W0030875

BASTEI
LÜBBE
TASCHENBUCH

Weitere Titel des Autors:

Die Bruderschaft der Runen (auch als E-Book erhältlich)
Der Schatten von Thot (auch als E-Book erhältlich)
Die Flamme von Pharos (auch als E-Book erhältlich)
Am Ufer des Styx (auch als E-Book erhältlich)
Das Licht von Shambala (auch als E-Book erhältlich)
Das Buch von Ascalon (auch als E-Book und Lübbe Audio erhältlich)
Das verschollene Reich (auch als E-Book erhältlich)

Bei Lübbe Audio erhältlich:

Team X-Treme
Der Fluch von Barataria
Die indische Verschwörung

Als E-Book erhältlich:

Bloodcast

Als E-Book und bei Lübbe Audio:

Die Erben der schwarzen Flagge

Über den Autor:

Michael Peinkofer, Jahrgang 1969, studierte in München Germanistik, Geschichte und Kommunikationswissenschaft. Seit 1995 arbeitet er als freier Autor, Filmjournalist und Übersetzer. Bekannt wurde er durch den Bestseller Die Bruderschaft der Runen. Michael Peinkofer lebt mit seiner Familie im Allgäu. Weitere Informationen zum Autor unter
www.michael-peinkofer.de

Michael Peinkofer

DIE BRUDERSCHAFT DER RUNEN

Historischer Roman

BASTEI LÜBBE TASCHENBUCH
Band 16 965

1. Auflage: April 2014

Dieser Titel ist auch als E-Book erschienen

Vollständige Neuausgabe
der bereits unter Band Nr. 15249 bei Bastei Lübbe
erschienenen Taschenbuchausgabe

Diese Ausgabe wurde vermittelt durch die Autoren- und
Verlagsagentur Peter Molden, Köln

Titelillustration: Johannes Wiebel, punchdesign, München,
unter Verwendung von © Shutterstock/Verdateo;
shutterstock/Arkady Mazor
Umschlaggestaltung: Johannes Wiebel, Punchdesign.de, München
Satz: hanseatenSatz, Bremen
Druck und Verarbeitung: CPI – Ebner & Spiegel, Ulm
Printed in Germany
ISBN 978-3-404-16965-8

Sie finden uns im Internet unter
www.luebbe.de
Bitte beachten Sie auch: www.lesejury.de

Meiner Frau Christine gewidmet
für ihre Geduld, Liebe und Inspiration

Prolog

Bannockburn
Im Jahr des Herrn 1314

Die Schlacht war geschlagen.

Der Himmel war düster und matt wie stumpfes Eisen, das jeden Glanz verloren hat. Die wenigen Fetzen von Blau, die den Tag über zu sehen gewesen waren, hatten sich hinter dichten Wolkenschleiern verborgen, die nun die Senke von Bannockburn mit tristem Grau überzogen.

Die Erde schien die Düsternis des Himmels widerzuspiegeln. Schmutziges Braun und erdiges Gelb überzogen die karg bewachsenen Hügel, die das Marschland säumten. Das weite Feld ähnelte einem Acker, der vom Pflug eines Bauern aufgerissen worden war, damit er die Saat aufnähme; doch es war die Saat des Todes, die auf den Feldern von Bannockburn ausgebracht worden war.

Im Morgengrauen waren sie einander begegnet: die Heere der Engländer, die unter ihrem unnachgiebigen Herrscher Edward II. einmal mehr versucht hatten, die aufsässigen Schotten in die Knie zu zwingen, und das Heer der schottischen Clansfürsten und Adeligen, die sich unter ihrem König Robert the Bruce zusammengeschart hatten, um einen letzten, verzweifelten Kampf um die Freiheit zu führen.

Im rauen Sumpfland von Bannockburn waren sie aufeinander getroffen zu jener Schlacht, die endgültig über das Schicksal

Schottlands entscheiden sollte. Am Ende hatten Roberts Mannen den Sieg davongetragen, doch er war teuer erkauft worden.

Unmengen lebloser Leiber übersäten das weite Feld, lagen in morastigen Löchern, schauten mit blicklosen Augen und in stillem Vorwurf hinauf zum Himmel, in den sich die zerfetzten Banner der Standarten reckten. Der kalte Wind des Todes strich durch die Senke, und als hätte die Natur Mitleid mit dem Elend der Menschen, stieg sanfter Nebel auf, der sich fahl wie ein Leichentuch über die grausige Szenerie breitete.

Nur hier und dort regte sich noch etwas; Verwundete und Verstümmelte, in denen kaum noch Leben war, versuchten mit heiseren Rufen auf sich aufmerksam zu machen.

Die Räder des Ochsenkarrens, der sich durch den zähen Morast des Schlachtfelds wälzte, quietschten leise. Eine Schar von Mönchen war unterwegs, um inmitten der blutigen Körper nach Verwundeten Ausschau zu halten. Von Zeit zu Zeit hielten sie an, konnten jedoch meist nichts anderes mehr tun, als den Sterbenden mit einem Gebet den letzten Beistand zu leisten.

Die Mönche waren nicht die Einzigen, die zu jener düsteren Stunde über das Schlachtfeld von Bannockburn wanderten. Aus dem dichten Nebel, dort, wo die Dunkelheit bereits nach den Senken griff, kamen zerlumpte Gestalten aus dem Unterholz gekrochen, die keinen Respekt vor dem Tod hatten und die die Armut dazu zwang, sich zu nehmen, was die Gefallenen auf Erden zurückgelassen hatten – Leichenfledderer und Diebe, die jeder Schlacht folgten wie die Aasfresser einer Viehherde.

Lautlos huschten sie aus den kargen Büschen, bewegten sich krabbelnd wie Insekten über den Boden, um über die Toten herzufallen und sie ihrer Habe zu berauben. Hier und dort wurde gestritten, wenn es darum ging, ein gut erhaltenes Schwert oder einen Bogen in seinen Besitz zu bringen, und nicht selten wurden schartige Klingen gezückt, um eine Entscheidung herbeizuführen.

Zwei der Diebe stritten sich um den seidenen Umhang, den ein englischer Edelmann in der Schlacht getragen hatte. Der Ritter würde ihn nicht mehr brauchen, die Axt eines schottischen Clansmannes hatte ihm den Schädel gespalten. Während die Diebe sich um den wertvollen Besitz zankten, tauchte unmittelbar vor ihnen plötzlich eine dunkle Gestalt aus dem Nebel auf.

Es war eine alte Frau.

Sie war klein an Wuchs und ging noch dazu gebückt, doch mit ihrem schwarzen Mantel aus grober Wolle und dem langen, schlohweißen Haar bot sie einen Furcht einflößenden Anblick. Zusammengekniffene Augen starrten aus tief liegenden Höhlen, und eine schmale Habichtsnase schien die von Falten zerfurchten Züge der Alten in zwei Hälften zu teilen.

»Kala«, zischten die Diebe entsetzt, und im nächsten Augenblick war der Kampf um den Umhang entschieden. Treulos ließen die Fledderer das gute Stück zurück und flüchteten sich in den Nebel, der jetzt immer dichter aus der Senke stieg.

Die alte Frau blickte ihnen missbilligend hinterher. Sie empfand keine Zuneigung für jene, die die Ruhe der Toten störten, auch wenn es der Kampf ums nackte Überleben war, der die meisten dazu trieb. Mit ihren wachen, wasserblauen Augen hielt die Alte Umschau und erspähte durch den Nebelvorhang die schemenhaften Umrisse der Mönche, die sich um die Verwundeten kümmerten.

Kalas Kehle entrang sich ein mürrischer Laut.

Mönche. Die Vertreter der neuen Ordnung.

Sie wurden immer zahlreicher in diesen Tagen, überall sprossen Klöster wie Pilze aus dem Boden. Längst hatte der neue

Glaube den alten abgelöst, hatte sich als stärker und mächtiger erwiesen. Manches Althergebrachte wurde von den Vertretern der neuen Ordnung fortgeführt. Anderes, was über Generationen hinweg bewahrt worden war, drohte in Vergessenheit zu geraten.

So wie an diesem Tag.

Keiner der Mönche wusste, was sich wirklich auf dem Schlachtfeld von Bannockburn zugetragen hatte. Sie sahen nur das Offensichtliche. Das, woran sich die Geschichte erinnern würde.

Langsam schritt die alte Frau über das von Leichen übersäte Feld, dessen Boden von Blut getränkt war. Verstümmelte Leiber und abgetrennte Gliedmaßen säumten ihren Weg, herrenlose Schwerter und Teile von Rüstungen, die mit Blut und Dreck besudelt waren. Krähen, die sich an den Gefallenen gütlich taten, flatterten kreischend auf, als sie sich ihnen näherte.

Kala sah es mit Gleichmut.

Sie hatte zu lange gelebt und zu viel gesehen, um noch ehrliches Entsetzen zu empfinden. Sie war Zeuge gewesen, wie ihre Heimat von den Engländern unterworfen und grausam unterjocht worden war, hatte den Untergang ihrer Welt erlebt. Blut und Krieg waren die ständigen Begleiter in ihrem Leben gewesen, und tief in ihrem Innern empfand sie einen stillen Triumph darüber, dass die Engländer so vernichtend geschlagen worden waren. Auch wenn der Preis dafür hoch gewesen war. Höher, als einer der Mönche oder irgendjemand sonst unter den Sterblichen es ahnte.

Die alte Frau erreichte das Zentrum des Schlachtfelds. Dort, wo der erbitterteste Kampf getobt und König Robert zusammen mit den Clans des Westens und ihrem Anführer Angus Og die Hauptlast des Angriffs getragen hatte, häuften sich die Körper der Erschlagenen noch dichter als anderswo. Mit Pfeilen gespickte Leichen übersäten den Boden, und hier und dort wälzten sich noch Verwundete, die das zweifelhafte Glück gehabt hatten, einem gnadenvollen Tod zu entgehen – bisher.

Die alte Kala schenkte ihnen keine Aufmerksamkeit. Sie war nur aus einem einzigen Grund gekommen: um sich mit eigenen Augen zu vergewissern, ob sich bewahrheitet hatte, was die Runen ihr erzählt hatten.

Mit einer energischen Geste strich sie das schlohweiße Haar beiseite, das der kühle Wind ihr immer wieder ins Gesicht wehte. Ihre Augen, die den Jahren zum Trotz nichts von ihrer Schärfe eingebüßt hatten, blickten dorthin, wo Robert the Bruce gestanden hatte.

Dort lagen keine Erschlagenen.

Wie das Auge eines Sturms, in dem sich kein Lufthauch regte, war jener Boden, auf dem der König selbst gefochten hatte, unberührt geblieben. Kein Leichnam lag innerhalb des Kreises, den der König verteidigt hatte, gerade so, als hätte Bruce während der Schlacht hinter einer unsichtbaren Mauer gestanden.

Die alte Kala kannte den Grund dafür. Sie wusste von dem Pakt, der geschlossen worden war, und von der Hoffnung, die sich daran knüpfte. Eine trügerische Hoffnung, die noch einmal die Geister der alten Zeit heraufbeschwor.

In der hereinbrechenden Dunkelheit erreichte die alte Frau die freie Fläche und betrat den Kreis, den keines Feindes Fuß berührt hatte. Dort sah sie es.

Die Runen hatten nicht gelogen.

Das Schwert des Bruce, jene Klinge, mit welcher der König die Schlacht gegen die Engländer gefochten und sie geschlagen hatte, war auf dem Feld zurückgeblieben.

Herrenlos steckte es in der Mitte des Kreises im weichen Morast, der sich bereits anschickte, es zu verschlingen. Matt ließ das letzte Licht des Tages das Zeichen schimmern, das in die flache Schneide des Schwertes gearbeitet war, ein Zeichen aus alter, heidnischer Zeit und von großer zerstörerischer Kraft.

»Er hat es getan«, murmelte Kala leise und empfand Erleichterung dabei. Die Last, die sie in den letzten Monaten und Jahren mit sich herumgetragen hatte, fiel von ihr ab.

Für kurze Zeit mochte es den Anhängern der alten Ordnung gelungen sein, den König auf ihre Seite zu ziehen. Sie waren es, die Robert den Sieg auf dem Schlachtfeld von Bannockburn ermöglicht hatten. Aber am Ende hatte er sich von ihnen abgewandt.

»Er hat das Schwert zurückgelassen«, sagte das Runenweib leise. »Damit ist es entschieden. Das Opfer war nicht umsonst.«

Mochten der König und die seinen am Ende dieses Tages feiern und die Früchte ihres Sieges genießen – er würde nicht von langer Dauer sein. Der Triumph auf den Feldern von Bannockburn trug den Keim der Niederlage schon in sich. Bald würde das Land erneut zerfallen und in Chaos und Krieg versinken. Dennoch war an diesem Tag ein bedeutender Sieg errungen worden.

Ehrfurchtsvoll näherte sich Kala dem Schwert. Auch jetzt, da es keinen Besitzer mehr hatte, schien noch große Kraft von ihm auszugehen. Kraft, die zum Guten wie zum Bösen genutzt werden konnte.

Lange hatte diese Klinge das Schicksal des schottischen Volkes bestimmt. Nun aber, da sie von den Mächtigen verraten worden war, hatte sie allen Glanz verloren. Es war Zeit, das Schwert dorthin zurückzubringen, von woher es stammte, und sich des Fluchs zu entledigen, den es in sich barg.

Der Kampf um das Schicksal Schottlands war entschieden, genau wie die Runen es vorausgesagt hatten. Die Geschichte würde sich nicht an das erinnern, was heute in Wahrheit geschehen war, und die wenigen, die es wussten, würden schon bald nicht mehr sein.

Doch die Runen hatten Kala nicht alles gesagt.

Erstes Buch

Im Zeichen der Rune

1.

Archiv von Dryburgh Abbey, Kelso
Mai 1822

In der alten Halle herrschte völlige Stille.

Es war die Ehrfurcht gebietende Stille überdauerter Jahrhunderte, die über der Bibliothek von Dryburgh Abbey lag und jeden gefangen nahm, der sie betrat.

Die Abtei selbst existierte nicht mehr; schon im Jahre 1544 hatten die Engländer unter Somerset das ehrwürdige Gemäuer geschleift. Dennoch war es mutigen Mönchen des Prämonstratenser-Ordens gelungen, den größten Teil der Klosterbibliothek zu retten und an einen unbekannten Ort zu bringen. Vor rund hundert Jahren waren die Bücher wieder entdeckt worden, und der erste Herzog von Roxburghe, der als Förderer von Kunst und Kultur bekannt gewesen war, hatte dafür gesorgt, dass die Bibliothek von Dryburgh am Ortsrand von Kelso eine neue Bleibe fand: in einem alten, aus Backsteinen errichteten Kornhaus, unter dessen hohem Dach die unzähligen Folianten, Bände und Schriftrollen seither lagerten.

Das gesammelte Wissen vergangener Jahrhunderte wurde hier aufbewahrt: Abschriften und Übersetzungen antiker Aufzeichnungen, die die dunklen Zeitalter überdauert hatten, Chroniken und Annalen des Mittelalters, in denen die Taten der Monarchen festgehalten worden waren. Auf Pergament und brüchigem Papier, an dem der Zahn der Zeit genagt hatte, war die Geschichte hier noch lebendig. Wer sich an diesem Ort in sie vertiefte, den umwehte der Odem der Vergangenheit.

Eben dies war der Grund, warum Jonathan Milton die Bibliothek so sehr mochte. Schon als Junge hatte die Vergangenheit einen eigentümlichen Reiz auf ihn ausgeübt, und er hatte sich weit mehr für die Geschichten interessiert, die ihm sein Großvater vom alten Schottland und über die Clans der Highlands erzählt hatte, als für die Kriege und Despoten seiner eigenen Tage. Jonathan war überzeugt davon, dass die Menschen aus der Geschichte lernen konnten – allerdings nur dann, wenn sie sich der Vergangenheit bewusst wurden. Und ein Ort wie die Bibliothek von Dryburgh, die davon durchdrungen war, lud wahrhaftig dazu ein.

Hier arbeiten zu dürfen war für den jungen Mann, der an der Universität von Edinburgh historische Studien betrieb, wie ein Geschenk. Sein Herz pochte, als er den großen Folianten aus dem Regal hievte. Staub wölkte auf und brachte ihn zum Husten. Dennoch presste er das Buch, das an die dreißig Pfund wiegen mochte, an sich wie einen wertvollen Besitz. Dann nahm er den Kerzenleuchter und stieg über die schmale Wendeltreppe nach unten, wo die Lesetische standen.

Vorsichtig bettete er den Folianten auf den massiven Eichenholztisch und nahm Platz, um ihn zu sichten. Jonathan war geradezu begierig zu erfahren, welchen Schatz er aus den Gründen vergangener Zeiten gehoben hatte.

Wie man hörte, waren noch längst nicht alle Schriften der Bibliothek geprüft und katalogisiert worden. Die wenigen Mönche, die vom Kloster abgestellt waren, um den Bestand der Bibliothek zu pflegen, waren mit dieser Aufgabe überlastet, sodass noch immer verborgene Perlen in den verstaubten und von dichten Spinnweben überzogenen Regalen schlummern mochten. Allein der Gedanke, eine davon zu entdecken, ließ Jonathans Herz höher schlagen.

Dabei war er eigentlich nicht hier, um die Geschichtswissenschaften um neue Erkenntnisse zu bereichern. Seine tatsächliche Aufgabe bestand darin, einfache Recherchen durchzuführen, eine ziemlich langweilige Tätigkeit, die allerdings gut bezahlt wurde. Zudem hatte Jonathan dabei die Ehre, für Sir Walter Scott zu arbeiten, jenen Mann, der für viele junge Schotten ein leuchtendes Vorbild war.

Nicht nur, dass Sir Walter, der auf dem nahen Landsitz Abbotsford residierte, ein erfolgreicher Romancier war, dessen Werke sowohl in den Stuben der Handwerker als auch in den Herrenhäusern der Adeligen gelesen wurden. Er war auch durch und durch ein Schotte. Seiner Fürsprache und seinem Einfluss bei der Britischen Krone war es zu verdanken, dass viele schottische Sitten und Gebräuche, die über die Jahrhunderte hinweg verpönt gewesen waren, allmählich wieder geduldet wurden. Mehr noch, in manchen Kreisen der britischen Gesellschaft war das Schottentum geradezu in Mode. Dort galt es neuerdings als schicklich, sich mit Kilt und Tartan zu schmücken.

Um das Verlagshaus, das Sir Walter zusammen mit seinem Freund James Ballantyne in Edinburgh gegründet hatte, mit neuem Stoff zu versorgen, arbeitete der Schriftsteller buchstäblich Tag und Nacht und meist an mehreren Romanen gleichzeitig. Zu seiner Unterstützung holte er Studenten aus Edinburgh auf seinen Landsitz, damit sie ihm halfen, geschichtliche Hintergründe zu recherchieren. Die Bibliothek von Dryburgh, die in Kelso lag und damit nur rund zwölf Meilen von Scotts Wohnsitz entfernt, bot ideale Voraussetzungen dazu.

Über einen Freund seines Vaters, mit dem Sir Walter in jungen Jahren die Universität von Edinburgh besucht hatte, war

Jonathan an die Volontärsstelle gekommen. Dass seine Arbeit dabei eher stumpfsinniger Natur war und mehr aus trockener Recherche denn aus der Suche nach verschollenen Chroniken und alten Palimpsesten bestand, konnte der hagere junge Mann, dessen Haar zu einem kurzen Zopf geflochten war, recht gut verschmerzen. Immerhin hatte er dafür die Gelegenheit, seine Zeit an diesem Ort zu verbringen, wo Vergangenheit und Gegenwart sich berührten. Manchmal saß er bis spät in die Nacht hier und vergaß über alten Briefen und Urkunden völlig die Zeit.

So auch an diesem Abend.

Den ganzen Tag über hatte Jonathan recherchiert und Material zusammengetragen: Einträge aus Annalen, Herrscherberichten, Klosterchroniken und anderen Aufzeichnungen, die Sir Walter beim Verfassen seines neuesten Romans von Nutzen sein mochten.

Gewissenhaft hatte Jonathan alle bedeutsamen Daten und Fakten herausgeschrieben und in dem Notizbuch festgehalten, das Sir Walter ihm gegeben hatte. Nach getaner Arbeit aber hatte er sich wieder seinen eigenen Studien zugewandt und damit jenem Teil der Bibliothek, dem sein eigentliches Interesse galt: den in altes Leder geschlagenen Sammelbänden, die im oberen Stockwerk lagerten und zum guten Teil noch nicht einmal gesichtet worden waren.

Wie Jonathan festgestellt hatte, waren darunter Pergamente aus dem zwölften und dreizehnten Jahrhundert: Urkunden, Briefe und Fragmente aus einer Epoche, deren Erforschung sich bislang vor allem auf englische Quellen stützte. Wenn es ihm gelänge, eine bislang unbekannte schottische Quelle aufzuspüren, würde das einer wissenschaftlichen Sensation gleichkommen, und sein Name würde in Edinburgh in aller Munde sein ...

Der Ehrgeiz hatte den jungen Studenten gepackt, sodass er jede freie Minute nutzte, um auf eigene Faust in den Beständen der Bibliothek zu recherchieren. Er war sicher, dass weder Sir Walter noch Abt Andrew, der Verwalter des Archivs, etwas dagegen hatten, solange er seine eigentliche Aufgabe pünktlich und gewissenhaft erledigte.

Im Schein der Kerze, der den Tisch in warmes, flackerndes Licht tauchte, studierte er nun eine jahrhundertealte Fragmentsammlung – Bruchstücke von Annalen, die Mönche des Klosters Melrose verfasst hatten, aber auch Urkunden und Briefe, Steuerberichte und dergleichen mehr. Das Latein, in dem die Schriftstücke gehalten waren, war nicht mehr die Hochsprache eines Caesars oder Ciceros, die heutzutage an den Schulen unterrichtet wurde. Die meisten Verfasser hatten sich einer Sprache bedient, die nur noch ansatzweise an die der Klassiker erinnerte. Der Vorteil war, dass Jonathan keine Mühe hatte, sie zu übersetzen.

Das Pergament der Schriftstücke war hart und brüchig, die Tinte an vielen Stellen kaum mehr zu lesen. Die bewegte Vergangenheit der Bibliothek und die lange Zeit, in der die Bücher in verborgenen Höhlen und feuchten Kellern gelagert worden waren, hatten sich nicht gerade vorteilhaft auf ihren Zustand ausgewirkt. Die Folianten und Schriftrollen waren im Verfall begriffen; ihren Inhalt zu sichten und für die Nachwelt festzuhalten musste das Ziel eines jeden interessierten Geschichtskundlers sein.

Aufmerksam besah Jonathan die einzelnen Seiten. Er erfuhr von Schenkungen des Adels an seine Vasallen, von Abgaben, die von den Bauern entrichtet worden waren, und er fand eine komplette Auflistung der Äbte von Melrose. Das alles war interessant, doch keineswegs sensationell.

Plötzlich entdeckte Jonathan etwas, das seine ganze Aufmerksamkeit in Anspruch nahm. Denn als er erneut umblätterte, änderten sich Aussehen und Form der Einträge. Was er nun vor sich hatte, war kein Brief und keine Urkunde. Tatsächlich fiel es ihm schwer, den ursprünglichen Zweck des Schriftstücks zu bestimmen, denn es erweckte den Anschein, als wäre es aus einem größeren Ganzen herausgerissen worden, möglicherweise aus einer Chronik oder aus alten Klosteraufzeichnungen.

Kalligrafie und Duktus der mit Pinsel aufgetragenen Schriftzeichen unterschieden sich grundlegend von jenen der vorangegangenen Seiten. Auch fühlte sich das Pergament grobporiger und dünner an, was nahe legte, dass es wesentlich älteren Datums war.

Woher mochte dieses Schriftstück stammen?

Und weshalb hatte man es aus seinem ursprünglichen Band herausgerissen?

Wäre einer der Mönche, die die Bibliothek verwalteten, in der Nähe gewesen, hätte Jonathan ihn danach gefragt. Zu dieser späten Stunde aber hatten sich Abt Andrew und seine Mitbrüder bereits zum Gebet und zur Klausur zurückgezogen. Die Mönche hatten sich daran gewöhnt, dass Jonathan sich tagelang in den Hinterlassenschaften der Vergangenheit vergrub. Da Sir Walter ihr volles Vertrauen genoss, hatten sie seinem Studenten einen Schlüssel überlassen, der es ihm zu jeder Zeit gestattete, die Bibliothek aufzusuchen.

Jonathan spürte, wie seine Nackenhaare sich sträubten. Es würde also an ihm liegen, das Rätsel zu lösen, das sich so unverhofft aufgetan hatte.

Im flackernden Schein der Kerze begann er zu lesen.

Es fiel ihm weitaus schwerer als bei den anderen Schriftstücken – zum einen, weil die Seite in einem viel schlechteren Zustand war, zum anderen aber, weil sich der Verfasser eines sehr seltsamen, mit fremden Begriffen durchsetzten Lateins bedient hatte.

Nach allem, was Jonathan herausfinden konnte, gehörte das Blatt nicht zu einer Chronik. Der Form nach – es war immer wieder von »hohen Herren« die Rede – mochte es sich um einen Brief handeln, aber der Sprachstil war dafür sehr ungewöhnlich.

»Vielleicht ein Bericht«, murmelte Jonathan nachdenklich vor sich hin. »Ein Bericht von einem Vasallen an einen Lord oder König ...«

Mit detektivischer Neugier las er weiter. Sein Ehrgeiz hatte ihn gepackt und drängte ihn dazu herauszufinden, an wen dieses Schriftstück einst gerichtet gewesen war und worum es im Einzelnen darin ging. Bei der Erforschung der Vergangenheit waren nicht nur solide historische Kenntnisse, sondern auch ein gutes Maß an Neugier gefragt. Jonathan besaß beides.

Die Schrift zu entziffern war ein entmutigendes Unterfangen. Obwohl er inzwischen einige Erfahrungen darin gesammelt hatte, die von Abkürzungen und Änigmen durchsetzten Aufzeichnungen zu lesen und zu deuten, kam er nur ein paar Zeilen weit. Auf den verschlungenen Pfaden, die der Verfasser dieser Schrift beschritten hatte, ließ das Schullatein Jonathan schmählich im Stich.

Immerhin tauchten einige Wörter auf, die seine Aufmerksamkeit erregten. Vom »papa sancto« war immer wieder die Rede – war der Heilige Vater in Rom damit gemeint? An mehreren Stellen tauchten die Wörter »gladius« und »rex« auf, die lateinischen Bezeichnungen für »Schwert« und »König«.

Und immer wieder stieß Jonathan auf Begriffe, die er nicht übersetzen konnte, weil sie eindeutig nicht der lateinischen Sprache entstammten, auch nicht ihrer abgewandelten Form.

Er nahm an, dass es sich dabei um Fügungen aus dem Gälischen oder Piktischen handelte, das im frühen Mittelalter noch weit verbreitet gewesen war.

Wie Sir Walter erzählt hatte, pflegten manche der alten Schotten noch immer diese archaischen, lange Zeit verbotenen Sprachen. Was, wenn er die Schriftseite abschrieb und sie einem von ihnen zeigte?

Jonathan schüttelte den Kopf.

Mit dieser einen Seite würde er nicht weit kommen. Er musste den Rest des Berichts zu finden, der irgendwo in den staubigen Eingeweiden der alten Bibliothek verborgen war.

Nachdenklich nahm er den Kerzenleuchter zur Hand. Im flackernden Lichtschein, den die Flammen in das Dunkel sengten, schaute er sich um. Dabei merkte er, wie sich sein Pulsschlag beschleunigte. Das Gefühl, einem wirklichen Geheimnis auf der Spur zu sein, erfüllte ihn mit Euphorie. Die Wörter, die er entschlüsselt hatte, gingen ihm nicht aus dem Kopf. Handelte es sich tatsächlich um einen Bericht? Möglicherweise um die Botschaft eines päpstlichen Legaten? Was mochten ein König und ein Schwert damit zu tun haben? Und von welchem König war wohl die Rede?

Sein Blick glitt hinauf zur Balustrade, hinter der sich schemenhaft die Regale des oberen Stockwerks abzeichneten. Von dort stammte der Sammelband, in dem er das Fragment entdeckt hatte. Möglicherweise würde er da auch den Rest finden.

Jonathan war sich im Klaren darüber, dass die Aussichten eher gering waren, aber er wollte es wenigstens versuchen. Die Zeit verlor er dabei völlig aus dem Blick – dass es schon weit nach Mitternacht war, hatte er nicht einmal bemerkt. Hastig stieg er die Stufen der Wendeltreppe empor – als ihn ein Geräusch zusammenfahren ließ.

Es war ein heftiges, dumpfes Pochen.

Die massive Eichentür der Bibliothek war geöffnet und wieder zugeschlagen worden.

Jonathan gab einen erschrockenen Schrei von sich. Er hielt die Kerze von sich, um den Raum unterhalb der Balustrade zu erleuchten, denn er wollte sehen, wer der nächtliche Besucher war. Doch der Schein der Kerze reichte nicht weit genug und verlor sich in der staubdurchsetzten Schwärze.

»Wer da?«, fragte Jonathan deshalb laut.

Er bekam keine Antwort.

Dafür hörte er jetzt Schritte. Leise, gemessene Schritte, die sich über das kalte Backsteinpflaster des Bodens näherten.

»Wer ist da?«, fragte der Student noch einmal. »Abt Andrew, sind Sie das?«

Wieder erhielt er keine Antwort, und Jonathan merkte, wie sich eine unbestimmte Furcht in seine angeborene Neugier mischte. Er löschte die Kerze, verengte die Augen zu Schlitzen, und in dem spärlichen Licht der Bibliothek, das nur noch vom Mondlicht herrührte, welches in dünnen Fäden durch die schmutzigen Fenster fiel, bemühte er sich etwas zu erkennen.

Die Schritte kamen unterdessen unbarmherzig näher – und tatsächlich erspähte der Student im Halbdunkel nun eine schemenhafte Gestalt.

»Wer ... wer sind Sie?«, fragte er erschrocken. Eine Antwort erhielt er jedoch nicht.

Die Gestalt, die einen weiten, wallenden Umhang mit einer Kapuze trug, blickte nicht einmal in seine Richtung. Ungerührt ging sie weiter, vorbei an den schweren Eichenholztischen und auf die Treppe zu, die auf die Balustrade führte.

Unwillkürlich wich Jonathan zurück, spürte plötzlich kalten Schweiß auf der Stirn.

Das Holz der Stufen knarrte, als die schattenhafte Gestalt ihren Fuß darauf setzte. Langsam kam sie die Treppe herauf, und mit jedem Schritt wich Jonathan noch weiter zurück.

»Bitte«, sagte er leise. »Wer sind Sie? Sagen Sie mir doch, wer Sie sind ...«

Die Gestalt erreichte das obere Ende der Treppe, und als sie einen der blassen Strahlen des Mondlichts kreuzte, konnte Jonathan ihr Gesicht sehen.

Sie hatte keines.

Entsetzt starrte Jonathan auf die unbewegten Züge einer Maske, aus deren Sehschlitzen ein kaltes Augenpaar blitzte.

Jonathan zuckte zusammen. Wer ein solch unheimliches Gewand trug und sein Gesicht dazu noch hinter einer Maske verbarg, der führte Böses im Schilde!

Hastig wandte er sich ab und begann zu laufen. Die Treppe hinunter konnte er nicht, weil die unheimliche Gestalt ihm den Weg versperrte. Also rannte er in die andere Richtung, an der Balustrade entlang und in eine der Gassen, die sich zwischen den Bücherregalen erstreckten.

Panik stieg in ihm auf. Die alten Bücher und Aufzeichnungen boten ihm plötzlich keinen Trost mehr. Alles, was er wollte, war zu fliehen – doch schon nach wenigen Schritten war seine Flucht zu Ende.

Die Gasse endete vor einer massiven Wand aus Backsteinen, und Jonathan erkannte, dass er einen schweren Fehler begangen hatte. Er fuhr herum, um ihn wieder gutzumachen – und erkannte, dass es zu spät war.

Der Vermummte stand bereits am Ende der Gasse. Gegen das spärliche Licht war nur seine Silhouette zu sehen. Finster und bedrohlich versperrte sie Jonathan den Weg.

»Was wollen Sie?«, fragte er noch einmal, ohne wirklich auf

eine Antwort zu hoffen. Seine Augen rollten panisch, suchten nach einem Ausweg, den es nicht gab. Zu drei Seiten umgaben ihn hohe Wände, er war dem Phantom schutzlos ausgeliefert.

Die Gestalt kam auf ihn zu. Jonathan wich zurück, bis er gegen den kalten Backstein stieß. Zitternd vor Angst, presste er sich dagegen; seine Fingernägel verkrallten sich so sehr in den rauen Ziegelvorsprüngen, dass Blut hervortrat. Er konnte die Kälte fühlen, die von der unheimlichen Gestalt ausging. Schützend riss er die Hände vors Gesicht, sank in sich zusammen und fing leise an zu wimmern, während der Maskierte auf ihn zu trat.

Der Umhang des Vermummten bauschte sich, und Dunkelheit fiel über Jonathan Milton, schwarz und finster wie die Nacht.

2.

Es war früher Morgen, als ein Bote an die Pforte von Abbotsford klopfte.

Sir Walter Scott, der Herr dieses stolzen Anwesens, das sich am Ufer des Tweed erstreckte, nannte seinen Besitz gern eine »Romanze aus Stein und Mörtel«, eine Beschreibung, die auf Abbotsford durchaus zutraf. Denn innerhalb der Mauern aus braunem Sandstein, der Kreuzgänge und Zinnen, die an den Ecken und über den Portalen des Anwesens aufragten, schien es, als wäre die Zeit stehen geblieben ... als wäre die Vergangenheit, von der Sir Walter in seinen Romanen schrieb, noch lebendig.

Am frühen Morgen, wenn die Sonne noch nicht aufgegangen

war und der Nebel vom Fluss aufstieg, bot Abbotsford eher ein unheimliches als ein anheimelndes Bild. Doch der Bote, der von seinem Rappen gestiegen war und energisch mit der Faust gegen das schwere Holztor hämmerte, hatte dafür keine Augen. Zu dringend war die Nachricht, die er dem Herrn von Abbotsford zu überbringen hatte.

Dumpf dröhnte das Holz unter den Schlägen wider, und es dauerte nicht lange, bis von der anderen Seite knirschende Schritte im Kies zu hören waren.

Der Riegel des Gucklochs wurde beiseite gezogen, und ein griesgrämiges Gesicht erschien, das dem Hausverwalter gehören mochte. Grau gewelltes Haar umrahmte ein wettergegerbtes Gesicht, aus dem eine gerötete Adlernase ragte.

»Wer bist du, und was willst du zu dieser unchristlichen Stunde?«, verlangte der Verwalter barsch zu wissen.

»Ich komme im Auftrag des Sheriffs von Kelso«, erwiderte der Bote und zeigte das Siegel, das er mit sich führte. »Ich habe eine dringende Nachricht für den Herrn des Hauses.«

»Eine Nachricht für Sir Scott? Um diese Zeit? Kann es nicht warten, bis wenigstens die Sonne aufgegangen ist? Seine Herrschaft schläft noch, und ich möchte ihn ungern wecken. Er bekommt ohnehin wenig Schlaf in diesen Tagen.«

»Bitte«, erwiderte der Bote, »es ist dringend. Es ist etwas geschehen. Ein Unfall.«

Der Hausverwalter musterte den Boten mit prüfendem Blick. Der drängende Tonfall schien ihn zu überzeugen, dass die Angelegenheit keinen Aufschub duldete, denn schließlich zog er doch den Riegel beiseite und öffnete das Tor.

»Nun gut, komm herein. Aber ich warne dich, junger Freund. Wenn du Sir Walter einer Nichtigkeit wegen den Schlaf raubst, wirst du das bereuen.«

Der Bote senkte ergeben das Haupt. Sein Pferd ließ er vor dem Portal zurück und folgte dem Verwalter durch den Kreuzgang, der den Garten säumte, ins Herrenhaus.

Im Haupthaus wies der Verwalter den Boten an, in der Halle zu warten. Beeindruckt vom gotischen Prunk und der altertümlichen Eleganz des Ortes, blieb der Bursche zurück, während der andere sich entfernte, um den Herrn des Hauses zu holen.

Die Eingangshalle von Abbotsford House sah aus, als wäre sie einem früheren Zeitalter entsprungen. Entlang der steinernen Wände reihten sich Rüstungen und alte Waffen, dazu Gemälde und Wandteppiche, die von der glorreichen Vergangenheit Schottlands kündeten. Die hohe Decke war wie in alter Zeit mit Holz getäfelt und vermittelte den Eindruck eines Rittersaals. Oberhalb des gemauerten Kamins, der die Stirnseite der Halle einnahm, prangte das Wappen der Scotts, umgeben von den Tartanfarben des Clans.

Aus einer Tür auf der rechten Seite des Kamins trat unvermittelt ein Mann, der an die fünfzig Jahre alt sein mochte. Mit einer Körpergröße von rund sechs Fuß bot er eine überaus eindrucksvolle Erscheinung. Das ergraute, kurz geschnittene Haar trug er nach vorn gekämmt. Seine Züge waren, seinem stämmigen Wuchs entsprechend, markant und von einer ländlichen Robustheit, wie sie bei adeligen Herren selten zu finden ist. Die kleinen Augen jedoch, die wach und aufmerksam wirkten und denen nichts zu entgehen schien, straften jeden Eindruck von Grobschlächtigkeit Lügen.

Trotz der frühen Stunde war der Mann vollständig angekleidet, ganz nach Art eines Gentlemans; zu grauen, eng geschnittenen Hosen trug er ein weißes Hemd und einen grünen Rock. Als er dem Boten entgegentrat, stellte dieser fest, dass er leicht humpelte.

Kein Zweifel – dies war Walter Scott, der Herr von Abbotsford.

Obwohl der Bote Scott noch nie zuvor persönlich begegnet war, hatte er sowohl von seiner beeindruckenden Erscheinung gehört als auch von der Behinderung, die von einer Krankheit aus Kindertagen herrührte.

Der aufgeweckte Zustand Scotts ließ vermuten, dass es stimmte, was man sich hinter vorgehaltener Hand erzählte: dass der Herr von Abbotsford kaum noch Zeit für Schlaf fand, sondern Tag und Nacht in seinem Studierzimmer weilte, um an seinen Romanen zu schreiben.

»Sire«, sagte der Bote und verbeugte sich, als der Hausherr auf ihn zu trat. »Bitte verzeihen Sie die Störung zu so früher Stunde.«

»Schon gut, mein Sohn«, sagte Sir Walter, und über seine groben Züge legte sich ein jungenhaftes Lächeln. »Ich war noch nicht zu Bett gegangen, und wie es aussieht, wird daraus heute wohl auch nichts mehr werden. Mein treuer Mortimer sagte, es gebe eine Nachricht für mich? Vom Sheriff von Kelso?«

»Das ist richtig, Sire«, bejahte der Bote, »und ich bedauere, dass es keine gute Nachricht ist. Es geht um Ihren Studenten, Jonathan Milton ...«

Sir Walters Züge umspielte ein wissendes Lächeln. »Der gute Jonathan. Was ist mit ihm? Hat er über seinem Eifer mal wieder die Uhrzeit vergessen und ist zwischen alten Urkunden und Folianten eingeschlafen?« Er erwartete, dass der Bote sein Lächeln zumindest erwiderte. Das Gesicht des Mannes blieb jedoch ernst.

»Ich fürchte, es ist schlimmer als das, Sire«, sagte er leise. »Es hat einen Unfall gegeben.«

»Einen Unfall?« Sir Walter hob die Brauen.

»Ja, Sire. Ein schreckliches Unglück. Euer Student – Jonathan Milton – ist tot.«

»Er ... er ist tot? Jonathan ist tot?«, hörte Sir Walter sich selbst sagen. Er hatte das Gefühl, dass ein Fremder die Worte aussprach, und konnte gar nicht glauben, was er hörte.

Der Bote nickte betroffen. Nach einer endlos scheinenden Pause fügte er hinzu: »Es tut mir sehr Leid, dass ich Ihnen diese Nachricht überbringen muss, Sire. Aber der Sheriff wollte, dass Sie sofort darüber in Kenntnis gesetzt werden.«

»Natürlich«, sagte Sir Walter und hatte Mühe, die Fassung zu bewahren. »Wann ist es geschehen? Und wo?«, wollte er wissen.

»In der Bibliothek, Sire. Offenbar war der junge Herr zu später Stunde noch dort, um zu studieren. Dabei muss er von der Treppe gestürzt sein.«

In Sir Walters Entsetzen mischten sich augenblicklich Schuldgefühle. Jonathan war in seinem Auftrag in Kelso gewesen, hatte für ihn in der alten Bibliothek recherchiert. An dem, was geschehen war, traf ihn also zumindest eine Mitschuld.

»Ich werde sofort nach Kelso aufbrechen«, kündigte er entschlossen an.

»Weshalb, Sire?«

»Weil ich muss«, sagte Sir Walter hilflos. »Es ist das Wenigste, was ich für Jonathan tun kann.«

»Tun Sie das nicht, Sire.«

»Weshalb nicht?«

»Der Sheriff von Kelso ist mit den Untersuchungen befasst, er wird Ihnen zu gegebener Zeit alles mitteilen. Aber ... sehen Sie sich nicht die Leiche an. Der Anblick ist schrecklich, Sire. Sie sollten nicht ...«

»Unsinn«, fiel Sir Walter ihm barsch ins Wort. »Ich bin lange genug selbst Sheriff gewesen und weiß, was mich erwartet.

Welch ein Lehrherr wäre ich, bräche ich jetzt nicht auf, um mich nach den Umständen von Jonathans Tod zu erkundigen?«

»Aber Sire …«

»Genug«, befahl Sir Walter unwirsch, und dem Boten blieb nichts übrig, als sich zu verbeugen und zurückzuziehen, auch wenn er ahnte, dass sein Auftraggeber, der Sheriff von Kelso, über Sir Walters Besuch nicht erfreut sein würde.

Die Ortschaft Kelso lag rund 12 Meilen von Abbotsford entfernt. Der größte Teil Kelsos gehörte zum Besitz des Herzogs von Roxburghe, dessen Vorfahr rund hundert Jahre zuvor ein Schloss am Ufer des Tweed hatte errichten lassen, auf dem die Familie seither residierte. Zusammen mit den Ortschaften Selkirk und Melrose bildete Kelso ein Dreieck, das Scott gern als »sein Land« bezeichnete: Hügel und Wälder, die vom ruhigen Wasser des Tweed durchflossen wurden und für ihn der Inbegriff seiner schottischen Heimat waren. Kelso schätzte er als das romantischste Dorf der Gegend, in dem noch viel vom Geist des alten Schottland lebendig zu sein schien, welchen er in seinen Romanen so gern heraufbeschwor.

An manchen Tagen ließ er sich von seinem Kutscher nach Kelso bringen, um zwischen den alten Steingebäuden am Ufer des Tweed spazieren zu gehen und sich vom Odem der Vergangenheit inspirieren zu lassen. An diesem Morgen jedoch war der Weg nach Kelso ein bitterer.

In aller Eile hatte Sir Walter das Haus über den bestürzenden Vorfall in Kenntnis gesetzt. Lady Charlotte, seine gutherzige Gattin, war sogleich in Tränen ausgebrochen, als sie vom Tod Jonathan Miltons erfahren hatte – sie hatte ihn als einen höflichen und zuvorkommenden jungen Mann kennen gelernt, der sie mit seinem schwärmerischen Patriotismus und seiner Neugier auf die Vergangenheit nicht selten an ihren Gatten in jüngeren Jahren erinnert hatte. Sir Walter hatte unterdessen anschirren lassen und die Kutsche nach Kelso zusammen mit seinem Neffen Quentin bestiegen, der ebenfalls in Abbotsford weilte und seinen Onkel begleiten wollte.

Quentin, der seine Kindheit und Jugendzeit in Edinburgh verbracht hatte, war der Sohn einer Schwester Sir Walters: ein junger Mann von fünfundzwanzig Jahren, stark und groß gewachsen wie die meisten Scotts, dabei aber von einer gewissen Einfalt, die vor allem daher rührte, dass er sein Elternhaus noch nie für lange Zeit verlassen hatte. Quentin war nach Abbotsford gekommen, um bei Sir Walter in die Schule zu gehen – nach dem Willen seiner Mutter sollte der junge Mann Schriftsteller werden wie sein berühmter Onkel.

So sehr Sir Walter dieser Vorsatz schmeichelte, fürchtete er, dass es Quentin an den meisten Voraussetzungen fehlte, die nötig waren, um ein erfolgreicher Romancier zu werden. Zwar verfügte der junge Mann über einen wachen Geist und eine ausgeprägte Fantasie, die beide zum Einmaleins der Schriftstellerei gehörten, doch sowohl seine sprachliche Ausdrucksfähigkeit als auch die Kenntnis der Klassiker von Plutarch bis Shakespeare ließen doch zu wünschen übrig.

Zudem hatte Quentin eine Neigung, Sachverhalte zu komplizieren und mit seltener Treffsicherheit am Wesentlichen vorbeizusehen, was er fraglos von seinem Vater geerbt hatte. Der analytisch scharfe Verstand und die energische Entschlusskraft, die allen Scotts zu Eigen waren, fehlten ihm gänzlich, und auch eine gewisse Ungeschicklichkeit des Jungen ließ sich nicht von der Hand weisen.

Scott hatte sich dennoch bereit erklärt, Quentin bei sich aufzunehmen und ihn auszubilden. Vielleicht, sagte er sich, musste sein Neffe erst noch entdecken, wo seine wahre Bestimmung lag. Und möglicherweise konnte ihm die Zeit in Abbotsford dabei von Nutzen sein.

»Ich kann es noch immer nicht glauben«, sagte Quentin betreten, während sie in der Kutsche saßen, die über den laubbedeckten Waldweg rumpelte. Für die Jahreszeit war es in den Nächten ungewöhnlich kühl, und beide Männer hatten ihre Umhänge eng um die Schultern geschlungen. »Dass Jonathan tot sein soll, ist einfach unfassbar, Onkel.«

»Unfassbar, in der Tat.«

Walter Scott grübelte düster vor sich hin. Der Gedanke, dass der junge Jonathan nur seinetwegen in Kelso gewesen war und dass er noch am Leben sein könnte, hätte er selbst ihn nicht in die Bibliothek geschickt, ließ ihn nicht los.

Natürlich wusste er, dass das Interesse des jungen Mannes an der Vergangenheit überaus groß gewesen war, und er hatte es als seine Pflicht betrachtet, diese Neigung und das Talent, das Jonathan im Umgang mit der Historie besaß, angemessen zu fördern. Nun jedoch erschienen ihm seine Beweggründe eitel und unaufrichtig.

Was sollte er Jonathans Eltern sagen, die ihren Sohn zu ihm geschickt hatten, damit er lernte und sich weiterentwickelte? Das Gefühl, versagt zu haben, lastete schwer auf Sir Walters Gemüt, und er spürte, wie sich eine bleierne Müdigkeit auf ihn senkte. Er hatte die ganze Nacht kein Auge zugetan, um an seinem neuesten Roman zu arbeiten, doch das Heldenstück um Liebe, Duelle und Kabale war ihm mit einem Mal gleichgültig. Seine Gedanken galten einzig und allein dem jungen Studenten, der im Archiv von Dryburgh ums Leben gekommen war.

Auch Quentin bot einen elenden Anblick. Jonathan und er

waren beinahe gleichaltrig und in den letzten Wochen gute Freunde geworden. Der plötzliche Tod des Studenten setzte ihm zu. Wieder und wieder fuhr er nervös durch sein dichtes braunes Haar, das wirr in alle Richtungen stand. Quentins Rock war wie immer zerknittert, die Schleife nachlässig gebunden. An einem anderen Tag hätte Sir Walter ihn darauf aufmerksam gemacht, dass dies ganz und gar nicht dem Auftreten eines Gentlemans entsprach. An diesem Morgen jedoch war es ihm gleichgültig.

Die Kutsche verließ den Wald, und durch das Seitenfenster war das helle Band des Tweed zu sehen. Nebel lag über dem Fluss und den Uferbänken. Die Sonne, die inzwischen aufgegangen war, verbarg sich hinter dichten grauen Wolken, was Sir Walters Stimmung nur noch mehr verdüsterte.

Endlich tauchten die ersten Gebäude von Kelso zwischen den Hügeln auf. Vorbei an der Taverne und der alten Schmiede rollte die Kutsche die Dorfstraße hinab und kam vor den Steinmauern des alten Kornhauses zum Stehen. Sir Walter wartete nicht erst, bis der Kutscher abgestiegen war. Er öffnete die Tür und stieg aus. Quentin folgte ihm.

Die Morgenluft war feucht und rau, sodass sich der Atem der Männer in der Kälte kräuselte. An den Pferden und der Kutsche, die vor dem Gebäude standen, konnte Sir Walter sehen, dass der Sheriff noch immer vor Ort war. Er gebot dem Kutscher zu warten und trat auf den Eingang zu, der von zwei Angehörigen der Landwehr bewacht wurde.

»Es tut mir Leid, Sire«, sagte einer der beiden, als Sir Walter und Quentin sich näherten – ein grobschlächtiger Bursche, dessen rotblondes Haar ein irisches Erbe vermuten ließ. »Der Sheriff hat allen Unbefugten den Zutritt zur Bibliothek untersagt.«

»Damit hat er Recht getan«, stimmte Sir Walter zu. »Aber

ich bin der Lehrherr des Jungen, der in dieser Bibliothek zu Tode gekommen ist. Daher kann ich wohl verlangen, eingelassen zu werden.« Er brachte die Worte mit solcher Entschlossenheit vor, dass der Rothaarige nicht zu widersprechen wagte.

Der Bursche, der einen recht unbeholfenen Eindruck machte, wechselte einen ratlosen Blick mit seinem Kameraden, dann zuckte er mit den Schultern und gab den Weg frei. Durch die große Eichenholzpforte betraten Sir Walter und Quentin das ehrwürdige Gebäude, das einst die Kornkammer der Region gewesen und nun zu einem Speicher des Wissens geworden war. Zu beiden Seiten der Haupthalle erstreckten sich doppelseitige, an die fünf Yards hohe Regale, die sich in engen Gassen gegenüberstanden. Mehrere Lesetische nahmen die freie Mitte der Halle ein. Da das Kornhaus über eine beträchtliche Höhe verfügte, hatte man entlang der Seiten eine Galerie eingezogen, die von einer hölzernen Balustrade begrenzt wurde und auf schweren Eichenholzstützen ruhte. Dort oben standen weitere Regale mit Büchern und Folianten, mehr, als ein Mensch in seinem Leben auch nur sichten konnte.

Am Fuß der Wendeltreppe, die auf die Balustrade führte, lag etwas am Boden, worüber man ein dunkles Tuch aus Leinen gebreitet hatte.

Sir Walter spürte Beklemmung, als ihm klar wurde, dass dies Jonathans Leiche sein musste. Daneben standen zwei Männer, die sich in gedämpftem Ton miteinander unterhielten. Sir Walter kannte sie beide.

John Slocombe, der Sheriff von Kelso, war ein stämmiger Mann mittleren Alters, der einen abgetragenen Rock und das Abzeichen des Gemeindesheriffs trug. Sein Haar war spärlich und seine Nase vom Scotch gerötet, den er sich nicht nur an kalten Abenden gern genehmigte.

Der andere Mann, der die schlichte Wollkutte des Prämonstratenser-Ordens trug, war Abt Andrew, der Vorsteher und Verwalter der Bibliothek. Obwohl das Kloster von Dryburgh nicht mehr existierte, hatte der Orden Andrew und einige Mitbrüder abgestellt, damit sie sich um die Bestände des alten Archivs kümmerten, das auf so wundersame Weise die Wirren der Reformationszeit überdauert hatte. Andrew war ein groß gewachsener, schlanker Mann mit asketischen, aber keineswegs unfreundlichen Zügen. Seine tiefblauen Augen waren wie die Seen der Highlands, geheimnisvoll und unergründlich. Sir Walter schätzte die Ruhe und Ausgeglichenheit, die der Abt an den Tag zu legen pflegte.

Als sie die Besucher erblickten, unterbrachen die beiden Männer ihr Gespräch. John Slocombes Gesicht verriet blankes Entsetzen, als er Sir Walter erkannte.

»Sir Scott!«, rief er aus und kam händeringend auf die beiden Besucher zu. »Beim heiligen Andreas, was tun Sie denn hier?«

»Mich nach den Umständen dieses schrecklichen Unfalls erkundigen«, entgegnete Sir Walter mit einer Stimme, die keinen Widerspruch duldete.

»Es ist schrecklich, schrecklich«, sagte der Sheriff. »Sie hätten nicht kommen sollen, Sir Walter. Der arme Junge ...«

»Wo ist er?«

Slocombe merkte, dass der Herr von Abbotsford nicht gewillt war, sich von ihm abwimmeln zu lassen. »Dort, Sir«, sagte er zögernd und trat zur Seite, um den Blick auf das blutige Bündel freizugeben, das auf dem nackten, kalten Steinboden der Bibliothek lag.

Sir Walter hörte, wie Quentin ein leises Wimmern von sich gab, aber er achtete nicht darauf. Sein Mitgefühl und seine Anteilnahme gehörten in diesem Augenblick einzig dem jungen

Jonathan, der auf so unerwartete und augenscheinlich sinnlose Weise aus dem Leben gerissen worden war. Obwohl Sir Walter ein stämmiger Mann von bester Konstitution war, merkte er, wie seine Knie weich wurden, als er sich dem Toten näherte.

Die Diener des Sheriffs hatten eine Decke über den Leichnam gebreitet, die sich an einigen Stellen mit dunklem Blut voll gesogen hatte. Auch auf dem Boden war Blut zu sehen. In zähen Rinnsalen war es über die Steinplatten gekrochen und schließlich in der Kälte geronnen.

Sheriff Slocombe blieb an Sir Walters Seite und gestikulierte weiter aufgeregt. »Sie müssen bedenken, Sir Walter, dass es ein Sturz aus großer Höhe war. Der Anblick ist schrecklich. Ich kann Sie nur warnen, den Toten zu be...«

Sir Walter ließ sich nicht beirren. Kurz entschlossen bückte er sich, griff nach der Decke und zog sie fort. Der Anblick, der sich den vier Männern bot, war tatsächlich furchtbar.

Es war Jonathan, daran bestand kein Zweifel. Der Tod hatte ihn jedoch grausam entstellt. In bizarrer Verrenkung lag der Student auf dem Boden. Er schien kopfüber gestürzt und mit großer Wucht aufgeschlagen zu sein. Blut war überall, dazu etwas, das Sir Walter für ausgetretene Hirnmasse hielt.

»Schrecklich, nicht wahr?«, fragte der Sheriff und blickte Sir Walter betroffen an. Während der Herr von Abbotsford erbleichte und betroffen nickte, hielt Quentin es nicht mehr aus. Der junge Mann gab einen gurgelnden Laut von sich, hielt sich die Hand vor den Mund und rannte nach draußen, um sich zu übergeben.

»Ihr Neffe scheint den Anblick nicht zu ertragen«, stellte der Sheriff mit leisem Vorwurf fest. »Ich sagte ja, dass es entsetzlich ist, aber Sie wollten mir nicht glauben.«

Sir Walter erwiderte nichts darauf. Stattdessen überwand er

seine Scheu und sein Entsetzen und bückte sich, um von Jonathan Abschied zu nehmen.

Ein Teil von ihm hoffte wohl, Vergebung zu finden, wenn er in das blasse, blutverschmierte Gesicht des Toten blickte. Doch was Sir Walter dort fand, war etwas anderes.

»Sheriff?«, fragte er.

»Ja, Sir?«

»Ist Ihnen der Gesichtsausdruck des Toten aufgefallen?«

»Was meinen Sie, Sir?«

»Die Augen sind weit geöffnet, der Mund aufgerissen. In den letzten Sekunden seines Lebens muss sich Jonathan über irgendetwas sehr entsetzt haben.«

»Er wird gemerkt haben, dass er das Gleichgewicht verlor. Vielleicht wurde ihm für einen kurzen Moment bewusst, dass dies das Ende ist. So etwas kommt vor.«

Sir Walter blickte an der schmalen hölzernen Wendeltreppe hinauf, die sich nur wenige Schritte entfernt in die Höhe rankte.

»Hatte Jonathan Bücher bei sich, als er die Treppe herunterkam?«

»Soweit wir das sagen können, nicht«, erwiderte Abt Andrew, der bislang nur schweigend zugehört hatte. »Jedenfalls wurden keine gefunden.«

»Keine Bücher«, resümierte Sir Walter leise.

Er blickte zur Treppe, versuchte sich vorzustellen, wie das tragische Unglück abgelaufen sein mochte. So sehr er sich auch bemühte, es wollte ihm nicht recht gelingen.

»Verzeihen Sie, Sheriff«, sagte er deshalb, »aber da sind einige Dinge, die ich nicht verstehe. Wie kann ein junger Mann, der keine Last bei sich trägt und beide Hände frei hat, um sich am Geländer festzuhalten, so von dieser Treppe stürzen, dass er auf den Kopf fällt und sich den Schädel bricht?«

Die Farbe in John Slocombes Gesicht wurde um eine Winzigkeit blasser, und Sir Walter, den sein Beruf zu einem aufmerksamen Beobachter gemacht hatte, entging auch nicht das Blitzen, das kurz in den Augen des Sheriffs aufflackerte.

»Was meinen Sie damit, Sir?«, fragte er.

»Dass ich nicht glaube, dass Jonathan von den Stufen gestürzt ist«, sagte Sir Walter, während er sich langsam aufrichtete, zur Treppe ging und die untersten Stufen emporstieg. »Sehen Sie sich das Blut an, Sheriff. Wäre Jonathan tatsächlich von hier gestürzt, müssten die Flecken in Richtung Ausgang deuten. Sie zeigen jedoch in die entgegengesetzte Richtung.«

Der Sheriff und Abt Andrew tauschten einen flüchtigen Blick. »Vielleicht«, meinte der Gesetzeshüter und deutete nach oben, »haben wir uns ja geirrt. Vielleicht ist der arme Junge direkt von der Balustrade gestürzt.«

»Von dort oben?« Sir Walter stieg die Stufen hinauf, die unter seinen Tritten leise knarrten. Langsam ging er an dem mit Schnitzereien verzierten Geländer entlang, bis er die Stelle erreicht hatte, unterhalb deren der Leichnam des Studenten lag. »Sie haben Recht, Sheriff«, stellte er nickend fest. »Von hier könnte Jonathan gestürzt sein. Die Blutspuren würden das bestätigen.«

»Sehen Sie.« Erleichterung war in John Slocombes Gesicht zu erkennen.

»Allerdings«, wandte Sir Walter ein, »wüsste ich nicht, wie Jonathan über die Balustrade gestürzt sein könnte. Wie Sie sehen, Sheriff, reicht mir das Geländer fast bis an die Brust, und ich wurde von meinem Schöpfer mit einer ansehnlichen Postur bedacht. Der arme Jonathan war einen Kopf kleiner als ich. Wie also könnte sich ein Unfall zugetragen haben, bei dem er kopfüber von der Balustrade gestürzt ist?«

In den Zügen des Sheriffs begann es wieder zu arbeiten, seine

Kiefer mahlten sichtbar. Er holte tief Luft, um zu antworten, besann sich dann aber anders. Leise vor sich hin murmelnd, kam er die Treppe herauf und gesellte sich zu Sir Walter, um in verschwörerischem Flüsterton mit ihm zu sprechen.

»Ich hatte Ihnen nahe gelegt, dass Sie den Leichnam ruhen lassen sollen, Sir, und ich hatte meine Gründe dafür. Das Schicksal des armen Jungen ist so schon schlimm genug, nehmen Sie ihm nicht auch noch sein Seelenheil.«

»Was wollen Sie damit sagen?«

»Ich will damit sagen, Sir, dass Sie und ich sehr wohl wissen, dass der junge Herr Jonathan nicht von dieser Balustrade gestürzt sein kann, aber dass wir unser Wissen besser für uns behalten sollten. Sie sind darüber im Bilde«, sagte er mit einem Seitenblick auf Abt Andrew, der unten neben dem Leichnam stand und mit gesenktem Haupt betete, »was die Kirche jenen vorenthält, die das größte Geschenk des Schöpfers von sich weisen.«

»Was meinen Sie damit?« Sir Walter blickte dem Sheriff prüfend in das vom Alkohol gerötete Gesicht. »Dass der arme Jonathan Selbstmord begangen haben soll?«

Er hatte lauter gesprochen, als er beabsichtigt hatte, doch Abt Andrew schien ihn nicht gehört zu haben. Der Ordensmann stand weiter in demütiger Haltung und hielt Andacht für Jonathans Seele.

»Ich wusste es von dem Augenblick an, als ich die Bibliothek betrat«, versetzte Slocombe, »aber ich behielt mein Wissen für mich, um dem Jungen ein anständiges Begräbnis zu ermöglichen. Denken Sie an seine Familie, Sir, an die Schande, die sie zu ertragen hätte. Zerstören Sie nicht das Andenken an Ihren Schüler, indem Sie eine Wahrheit ans Licht zerren, die besser verborgen bleiben sollte.«

Walter Scott schaute dem Mann, der in der Grafschaft für die

Durchsetzung des Rechts und die Wahrung der Ordnung verantwortlich war, tief in die Augen. Eine Zeitspanne, die John Slocombe wie eine Ewigkeit erschien, verstrich, ehe ein höfliches Lächeln über Sir Walters Miene glitt.

»Sheriff«, sagte er leise. »Ich verstehe, was Sie mir sagen wollen, und ich schätze Ihre« – er legte eine kurze Pause ein – »Diskretion. Aber Jonathan Milton hat keinesfalls Selbstmord begangen. Das würde ich jederzeit beschwören.«

»Wie können Sie sich da so sicher sein? Er verbrachte seine Zeit stets allein, oder nicht? Er hatte kaum Freunde, und soweit mir bekannt ist, wurde er auch nie mit einem Mädchen gesehen. Was wissen wir schon von den Dingen, die sich in einem kranken Geist abspielen?«

»Jonathans Geist war nicht krank, Sheriff«, widersprach Sir Walter. »Er war im höchsten Maße wach und gesund. Ich habe selten zuvor einen Studenten erlebt, der die ihm gestellten Aufgaben mit mehr Eifer und größerer Begeisterung erledigt hätte. Sie wollen mir weismachen, er habe sich absichtlich über dieses Geländer gestürzt, um seinem Leben ein Ende zu setzen? Das hier ist eine Bibliothek, Sheriff. Jonathan hat für das Studium der Geschichte gelebt. Er wäre nicht dafür gestorben.«

»Und wie erklären Sie sich dann, was geschehen ist? Sagten Sie nicht vorhin selbst, der Junge könne keinesfalls von der Treppe gestürzt sein?«

»Sehr einfach, Sheriff. Dass Jonathan sich nicht selbst von der Balustrade gestürzt hat, muss nicht zwangsläufig bedeuten, dass es nicht geschehen ist.«

»Ich verstehe nicht ...«

»Wissen Sie, Sheriff«, sagte Sir Walter und musterte Slocombe mit eisigen Blicken, »ich denke, dass Sie sehr wohl wissen, worauf ich hinauswill. Ich schließe aus, dass es ein Unfall gewesen ist, der den armen Jonathan das Leben gekostet hat, und ich kann auch nicht glauben, dass er sich selbst das Leben genommen hat. Also bleibt nur noch eine Möglichkeit.«

»Mord?« Der Sheriff sprach das schreckliche Wort so leise aus, dass man es kaum hörte. »Sie glauben, Ihr Schüler sei ermordet worden?«

»Die Logik lässt keinen anderen Schluss zu«, erwiderte Sir Walter, und Bitterkeit schwang in seiner Stimme mit.

»Welche Logik? Sie haben nur Vermutungen angestellt, Sir, oder etwa nicht?«

»Die allerdings für mich nur den einen Schluss zulassen«, sagte Sir Walter und blickte auf den leblosen Körper seines Schülers hinab. »Jonathan Milton ist heute Nacht eines gewaltsamen Todes gestorben. Jemand hat ihn von der Balustrade in den Tod gestoßen.«

»Das kann nicht sein!«

»Weshalb nicht, Sheriff? Weil es Ihnen Arbeit macht?«

»Bei allem Respekt, Sir, gegen diese Unterstellung verwahre ich mich. Nachdem ich hörte, was geschehen war, bin ich ohne Zögern hierher geeilt, um die Umstände von Jonathan Miltons Tod zu klären. Ich kenne meine Pflichten.«

»Dann erfüllen Sie sie auch, Sheriff. Für mich steht fest, dass hier ein Verbrechen verübt wurde, und ich erwarte, dass Sie alles tun, was in Ihrer Macht steht, um es aufzuklären.«

»Aber ... das kann nicht sein. Es ist einfach nicht möglich, verstehen Sie? Seit ich hier Sheriff bin, hat sich noch nie ein Mord in dieser Grafschaft ereignet.«

»Dann sollten Sie sich bei Jonathans Mörder beschweren, dass er sich nicht an diese Regel gehalten hat«, entgegnete Sir Walter bissig. »Ich für meinen Teil werde nicht ruhen, bis ich herausgefunden habe, was wirklich hier vorgefallen ist. Wer auch immer die Schuld an Jonathan Miltons Tod trägt, wird dafür büßen.«

Scott hatte den Flüsterton aufgegeben und in gewohnter Lautstärke gesprochen, sodass nun auch Vater Andrew aufmerksam geworden war. Der Mönch blickte zu ihnen herauf, und Sir Walter hatte das Gefühl, in seinen Zügen Verständnis zu lesen.

»Bitte, Sir«, sagte Sheriff Slocombe, dessen Stimme jetzt einen beinahe flehenden Tonfall annahm. »Nehmen Sie Vernunft an.«

»Ich bin nie klarer bei Verstand gewesen, mein werter Sheriff«, versicherte Sir Walter.

»Aber was gedenken Sie jetzt zu unternehmen?«

»Ich werde die Angelegenheit untersuchen lassen. Von jemandem, der die Wahrheit nicht so scheut wie Sie.«

»Ich habe getan, was ich für richtig hielt«, verteidigte sich Slocombe, »und ich glaube noch immer, dass Sie sich irren. Es besteht kein Grund, die Garnison zu verständigen.«

Sir Walter, der sich schon abgewandt hatte, um wieder nach unten zu steigen, wandte sich um. »Ist es das?«, erkundigte er sich scharf. »Ist es das, was Sie fürchten, Sheriff? Dass ich die Garnison verständigen könnte und ein Engländer hier das Kommando übernähme?«

Der Sheriff erwiderte nichts, doch der verlegene Blick, den er auf den Boden warf, verriet ihn.

Sir Walter seufzte. Er kannte das Problem. Die britischen Offiziere in den Garnisonen, zu deren Aufgaben es auch gehörte, den Landfrieden zu sichern und polizeiliche Aufgaben wahrzunehmen, hatten die Eigenschaft, wenig kooperativ zu sein. Die Arroganz, mit der sie ihre schottischen Kollegen behandelten, war berüchtigt. Sobald sie den Fall übernahmen, hatte der Sheriff praktisch nichts mehr zu sagen.

Während seiner Zeit als Sheriff von Selkirk hatte Scott wiederholt mit den Hauptleuten der Garnisonen zu tun gehabt. Die meisten von ihnen hassten es, in den rauen Norden versetzt worden zu sein, was die Bevölkerung nicht selten zu spüren bekam. Die Garnison zu alarmieren bedeutete, ganz Kelso ihrer Willkür auszuliefern.

»Sie brauchen sich nicht zu sorgen, Sheriff«, sagte Sir Walter leise. »Ich habe nicht vor, die Garnison zu verständigen. Wir werden selbst herauszufinden versuchen, was dem armen Jonathan zugestoßen ist.«

»Aber wie, Sir? Wie wollen Sie das tun?«

»Mit scharfer Beobachtungsgabe und wachem Verstand, Sheriff.«

Gefolgt von Slocombe, der sich verlegen die Hände rieb, stieg Sir Walter die Stufen hinab und gesellte sich zu Abt Andrew, der wie immer in sich selbst zu ruhen schien, selbst angesichts eines so schrecklichen Ereignisses.

»Wie ich höre, teilen Sie die Theorie des Sheriffs nicht?«, erkundigte sich der Mönch.

»Nein, werter Abt«, erwiderte Sir Walter. »Es gibt zu viele Widersprüche. Zu viel, das nicht zusammenpasst.«

»Das ist auch meine Ansicht.«

»Auch Ihre Ansicht?«, ächzte Slocombe. »Und weshalb haben Sie mir nichts davon gesagt?«

»Weil es mir nicht zusteht, Ihr Urteil in Zweifel zu ziehen. Sie sind der Hüter des Gesetzes, John, oder nicht?«

»Ich denke schon«, sagte der Sheriff ratlos und machte dazu ein Gesicht, das ahnen ließ, dass er sich in Gesellschaft eines gut gefüllten Glases Scotch jetzt wohler gefühlt hätte.

»Dann glauben Sie auch, dass der arme Junge von dort oben hinuntergestoßen wurde?«, fragte Sir Walter.

»Der Verdacht liegt nahe. Auch wenn mich der Gedanke,

dass sich in diesen ehrwürdigen Mauern ein kaltblütiger Mord ereignet haben soll, mit Unruhe und Furcht erfüllt.«

»Vielleicht war es kein Mord«, versuchte Slocombe es noch einmal. »Vielleicht war es nur ein Unglück, ein misslungener Scherz.«

»Misslungen, in der Tat«, versetzte Sir Walter bitter und mit einem Seitenblick auf die grausam entstellte Leiche. »Haben Sie Ihre Mitbrüder befragt, Abt Andrew?«

»Natürlich. Aber keiner von ihnen hat etwas gesehen oder gehört. Sie alle befanden sich zur fraglichen Zeit in ihren Kammern.«

»Gibt es dafür Zeugen?«, hakte Sir Walter nach und erntete dafür einen sträflichen Blick des Mönchs. »Verzeihen Sie«, fügte er halblaut hinzu. »Ich möchte niemanden verdächtigen. Es ist nur ...«

»Ich weiß«, versicherte der Abt. »Sie fühlen sich schuldig, weil der junge Jonathan in Ihren Diensten stand. Er war in Ihrem Auftrag hier, als es geschah, und deshalb glauben Sie mitverantwortlich für seinen Tod zu sein.«

»Kann man mir das verdenken?« Scott machte eine hilflose Geste. »Am frühen Morgen klopft ein Bote an die Tür meines Hauses und bringt mir die Nachricht, dass einer meiner Studenten tot ist. Und alles, was der zuständige Sheriff dazu liefern kann, sind ein paar fadenscheinige Erklärungen. Wie würden Sie an meiner Stelle reagieren, werter Abt?«

»Ich würde versuchen herauszufinden, was geschehen ist«, erwiderte der Vorsteher der Kongregation offen. »Und ich würde dabei keine Rücksicht auf die Befindlichkeiten der Betroffenen nehmen. Die Wahrheit zu ergründen hat in diesem Fall absoluten Vorrang.«

Sir Walter nickte, dankbar für die ermutigenden Worte. In

seinem Inneren herrschte Verwirrung. Lieber wäre ihm gewesen, es hätte sich eine andere Erklärung für den Vorfall finden lassen. Die Indizien ließen jedoch nur einen Schluss zu: Jonathan Milton war eines gewaltsamen Todes gestorben. Irgendwer hatte ihn über die Balustrade gestoßen, eine andere Möglichkeit gab es nicht. Und es lag an seinem Lehrer, herauszufinden, wer dieser Jemand gewesen war.

»War die Tür der Bibliothek verschlossen, als Sie Jonathan fanden?«, wollte Sir Walter wissen.

»Allerdings«, gab der Abt bereitwillig Auskunft.

»Es gab keine Hinweise auf ein gewaltsames Eindringen?«

»Nicht, soweit wir es beurteilen können.«

»Gab es Spuren auf dem Boden? Hinweise, die darauf schließen lassen, dass außer Jonathan noch jemand in der Bibliothek war?«

»Auch das nicht, soweit es sich sagen lässt. Jonathan scheint ganz allein gewesen zu sein.«

»Das ist unheimlich«, kommentierte Sheriff Slocombe mit Verschwörerstimme. »Als ich noch ein Junge war, hat mir mein Großvater von einem ähnlichen Vorfall erzählt. Der Mörder wurde nie gefunden, der Fall nie aufgeklärt.«

»Nun«, seufzte Sir Walter, »wir wollen es zumindest versuchen, nicht wahr? Wissen Sie, wo Jonathan zuletzt gearbeitet hat, werter Abt?«

»Dort, an jenem Tisch.« Der Mönch deutete auf einen der massiven Eichenholztische, die die Mitte der Halle einnahmen. »Wir fanden sein Schreibzeug, aber es lag kein Buch dabei.«

»Dann muss er hinaufgegangen sein, um es zurück an seinen Platz zu stellen«, vermutete Sir Walter. »Möglicherweise wollte er seine Studien beenden.«

»Möglicherweise. Woran hat der junge Herr denn zuletzt gearbeitet?«

»Er hat für einen neuen Roman recherchiert, der im späten Mittelalter spielen wird.«

»Dort oben finden sich aber keine Schriften aus jener Zeit.«

Sir Walter lächelte nachsichtig. »Sie wissen, dass Jonathan nicht nur in meinen Diensten Studien betrieben hat. Sein Eifer, was die Geschichtswissenschaft betraf, war sehr groß.«

»Das ist wahr. Der junge Herr hat oft ganze Nächte damit zugebracht, nach den Geheimnissen der Vergangenheit zu forschen. Möglicherweise ...«

»Ja?«, fragte Sir Walter.

»Nichts.« Der Abt schüttelte den Kopf. »Es war nur ein Gedanke. Nichts von Bedeutung.«

»Halten Sie es für möglich, dass es ein Dieb gewesen ist? Jemand, der sich hier in der Bibliothek versteckt und Jonathan aufgelauert hat?«

»Kaum. Was sollte hier wohl gestohlen werden, mein Freund? Hier gibt es nichts als Staub und alte Bücher. Diebe und Räuber interessieren sich in unseren Tagen mehr für volle Mägen und gefüllte Geldbörsen.«

»Das ist wahr«, räumte Sir Walter ein. »Könnten Sie trotzdem überprüfen, ob etwas gestohlen wurde?«

Abt Andrew zögerte. »Das wird schwierig sein. Es sind längst nicht alle Schriften des Archivs katalogisiert. Die Unterstützung, die mir die Ordensgemeinschaft zukommen lässt, ist, unter uns gesprochen, ein wenig ... karg. Unter diesen Umständen herauszufinden, ob etwas aus dem Bestand entwendet wurde, dürfte ziemlich unmöglich sein, zumal ich es nicht für sehr wahrscheinlich halte, dass einem Dieb an diesen alten Schriften gelegen ist.«

»Ich weiß Ihre Bemühungen dennoch zu schätzen«, versicherte Sir Walter. »Ich werde Ihnen Quentin schicken, damit er Ihren Mitbrüdern bei der Sichtung des Bestandes zur Hand geht. Und natürlich werde ich mich mit einer finanziellen Zuwendung bei Ihrer Gemeinschaft erkenntlich zeigen.«

»Wenn Ihnen so viel daran liegt ...«

»Ich bitte darum. Ich werde erst dann wieder Ruhe finden, wenn ich weiß, weshalb Jonathan sterben musste.«

»Ich verstehe.« Der Mönch nickte. »Dennoch muss ich Sie warnen, Sir Walter.«

»Wovor?«

»Manche Geheimnisse bleiben besser im Schoß der Vergangenheit verborgen«, sagte der Abt rätselhaft. »Man sollte nicht versuchen, sie ihm zu entreißen.«

Sir Walter blickte Andrew prüfend an. »Nicht dieses Geheimnis«, sagte er dann und wandte sich zum Gehen. »Nicht dieses Geheimnis, mein werter Abt.«

»Was werden Sie jetzt tun, Sir?«, erkundigte sich Slocombe besorgt.

»Sehr einfach«, erwiderte Sir Walter entschlossen. »Ich werde sehen, was der Arzt zu sagen hat.«

3.

Schottisches Grenzland
Zur gleichen Zeit

Kalter Wind strich über die Hügel der Highlands.

Ein Teil der Erhebungen, die sich von Horizont zu Horizont erstreckten, hatte sich sanft den Naturgewalten gefügt, die ohne

Unterlass an ihnen zehrten. Ein anderer Teil aber war im Lauf von Jahrmillionen von ihnen regelrecht bezwungen worden und fiel in rauen Klippen ab, an denen Wind und Regen nagten.

Gelbes Gras überzog die Landschaft, durchsetzt mit bunten Flecken von Heidekraut und Ginster, der über den schroffen Kalkstein rankte. Die Gipfel der Berge waren von Schnee bedeckt; in den Tälern lag Nebel und verlieh dem Land eine Aura von Unberührtheit. Ein schmaler, silbern schimmernder Fluss strömte in einen länglichen See, auf dessen glatter Oberfläche sich die majestätische Landschaft spiegelte. Darüber prangte der blaue, von Wolken durchsetzte Himmel.

Die Highlands schienen keine Zeit zu kennen.

Ein schneeweißes Pferd mit wehender Mähne und fliegendem Schweif jagte am Ufer des Sees dahin. Auf seinem Rücken saß eine junge Frau.

Es gab weder Sattel noch Zügel; die Frau, deren einziges Kleidungsstück ein schlichtes Hemd aus Leinen war, saß auf dem Rücken des Tieres und hatte die Hände in seine Mähne verkrallt. Obwohl die Hufe des Pferdes über den kargen Boden zu fliegen schienen, verspürte die Reiterin keine Furcht. Sie wusste, dass ihr nichts geschehen konnte, und setzte ihr ganzes Vertrauen in das kraftvolle Tier, dessen Muskeln sie unter dem schweißnassen Fell arbeiten fühlte. Das Tier sprengte einen sanften Hang hinauf und folgte der Hügelkette, die den See säumte.

Die Frau warf den Kopf zurück in den Nacken und ließ den Wind mit ihrem Haar spielen. Sie genoss die klare Luft; sie spürte weder die Kälte noch die Feuchtigkeit dieses schottischen Morgens und hatte das Gefühl, eins zu sein mit diesem Land.

Schließlich verlangsamte das Tier seinen Galopp und verfiel in langsamen Trab. Am Ende des Hügels, dort, wo der karge Boden den steten Kampf gegen die Kräfte von Regen und Wind verloren hatte und steil abfiel, hielt es an.

Die Frau hob den Blick, ließ ihn über die Hügel und Täler schweifen. Der würzige Duft von Moos und der herbe Geruch der Erde drangen in ihre Nase, sie hörte den leisen Gesang des Windes, der klang wie das Wehklagen um eine Welt, die längst verloren war, versunken im Nebel der Jahrhunderte.

Dies waren die Highlands, das Land ihrer Väter ...

Jäh endete der Traum.

Ein Schlagloch auf der schmalen, von Unebenheiten übersäten Straße sorgte dafür, dass die Kutsche einen Satz machte – und Mary of Egton wurde aus ihrem unruhigen Schlummer gerissen, in den sie während der langen Fahrt gefallen war. Blinzelnd schlug sie die Augen auf.

Sie wusste nicht, wie lange sie geschlafen hatte. Alles, woran sie sich erinnerte, war der Traum ... ein Traum, den sie immer wieder hatte. Der Traum von den Highlands, von den Seen und Bergen. Der Traum von Freiheit.

Die Erinnerung daran verblasste jedoch schnell, und das Erwachen in der Realität war kalt und ungemütlich.

»Gut geschlafen, Mylady?«, erkundigte sich die junge Frau, die ihr im Fond der Kutsche gegenüber saß. Ähnlich wie Mary trug auch sie ein gefüttertes Samtkleid, darüber einen wollenen Mantel, der sie vor der Kälte des rauen Nordens schützen sollte, und dazu ein apartes Hütchen, unter dem Strähnen ihres dunklen Haars hervorlugten. Sie war ein paar Jahre jünger als Mary, und wie immer sprach kindlicher Optimismus aus ihren Augen, eine Fröhlichkeit, die Mary in Anbetracht der Umstände dieser Reise nicht nachvollziehen konnte.

»Danke, Kitty.« Mary rang sich ein Lächeln ab, das ungleich gequälter wirkte als das ihrer jungen Zofe. »Hast du schon einmal etwas geträumt und gehofft, dass du aus diesem Traum nie wieder erwachen würdest?«

»Dann war es wieder derselbe Traum?«, erkundigte sich die Zofe begierig. Neugier war eine ihrer hervorstechendsten Eigenschaften.

Mary nickte nur. Die Freiheit, die sie in ihrem Traum empfunden hatte, wirkte noch immer in ihr nach und schenkte ihr ein wenig Trost, auch wenn sie wusste, dass es nur ein Traum und jenes Gefühl nichts als eine Illusion gewesen war.

Die Wirklichkeit sah anders aus. Nicht die Freiheit war es, in die Mary von dieser Kutsche geführt wurde, sondern die Gefangenschaft. Sie brachte sie nach Norden, in das wilde und raue Hochland, von dem man sich bei den heimischen Empfängen die unglaublichsten Dinge erzählte: von grimmig kalten Wintern und von Nebel, der so dicht war, dass man sich darin verirren konnte; von derben, ungebildeten Menschen, die keine guten Sitten pflegten und von denen sich einige noch immer sträubten, die Britische Krone anzuerkennen. Freiheit bedeutete diesen Menschen alles.

Mary aber würde dort nicht frei sein. Der Grund, weshalb sie sich nach Schottland begab, war ihre Hochzeit mit Malcolm of Ruthven, einem jungen schottischen Landlaird, dessen Familie zu großem Reichtum gekommen war. Die Heirat war abgesprochen worden, ohne dass man Mary gefragt hätte. Es war eines jener Arrangements, wie sie unter Adelsfamilien üblich waren – zu beiderseitigem Vorteil, wie es hieß.

Natürlich hatte Mary widersprochen. Natürlich hatte sie eingewandt, dass sie keinen Mann heiraten wolle, den sie weder kannte noch liebte. Doch ihre Eltern vertraten die Auffassung, dass Liebe etwas Gewöhnliches, Bürgerliches sei, dessen Bedeutung maßlos überschätzt werde. Aus finanzieller Sicht wie aus gesellschaftlichen Erwägungen heraus konnte ihnen nichts Besseres widerfahren als die Vermählung ihrer Tochter mit dem jungen Laird of Ruthven; Marys Familie gehörte wahrlich nicht zu den reichsten Adelsgeschlechtern, und eine Verbindung mit den Ruthvens bedeutete sowohl einen materiellen als auch gesellschaftlichen Aufstieg – beides Dinge, auf die Marys Eltern großen Wert legten.

Mary hingegen sträubte sich.

Mit aller Kraft hatte sie sich gegen diese Vereinbarung gewehrt, als Eleonore of Ruthven, die Mutter des Lairds, nach Egton gekommen war, um ihre zukünftige Schwiegertochter in Augenschein zu nehmen. Mary war sich vorgekommen wie ein Stück Vieh, das auf dem Marktplatz feilgeboten wurde, und sie hatte ihren Eltern vorgeworfen, sie um einiger Privilegien willen zu verkaufen. Damit jedoch hatte sie die Grenzen des Schicklichen weit überschritten, und der Handel zu wechselseitigem Vorteil war beschlossene Sache gewesen. Malcolm of Ruthven bekam eine schöne junge Frau, und die Egtons wurden ihre rebellische Tochter los, ehe sie ihnen noch mehr Unbill bereiten konnte.

Mary war niemals das gewesen, was ihre Eltern sich wohl gewünscht hätten – keine jener Möchtegernprinzessinnen, die sich auf Bällen und gesellschaftlichen Empfängen tummelten und nichts anderes im Kopf hatten, als einem jungen Earl oder Laird zu gefallen.

Ihre Neigung galt anderen Dingen.

Schon von Kindesbeinen an hatte sie sich lieber mit Büchern umgeben als mit neuen Kleidern, und sie hatte ihre Nase lieber in Romane gesteckt, anstatt sich in belanglosem Klatsch zu ergehen. Ihr Herz gehörte dem geschriebenen Wort, von dem sie nicht genug bekommen konnte. Denn ihm wohnte die Kraft inne, sie zurück in eine Zeit und Welt zu entführen, in denen Worte wie Edelmut und Ehre noch eine Bedeutung gehabt hatten.

Ob es die Bücher gewesen waren, die Marys Sehnsucht nach Romantik und Leidenschaft geweckt hatten, oder ob sie in ihnen lediglich fand, wonach ihr Herz schon immer gesucht hatte, wusste sie nicht zu sagen. Aber ihr Wunsch war es stets gewesen, vom einem Mann zur Frau genommen zu werden, der sie nicht wegen ihres Standes heiratete, sondern weil er sie innig liebte.

Für Romantik dieser Art war in der Gesellschaft jedoch kein Platz. Sie war geprägt von Verleumdungen und Intrigen, von Machtkämpfen, die hinter dem Rücken des Gegners ausgetragen wurden, und von politischen Manövern, wie auch Marys Heirat mit Malcolm of Ruthven eines war.

Ernüchtert hatte Mary erkennen müssen, dass Liebe und Wahrhaftigkeit Dinge waren, die unwiderruflich der Vergangenheit angehörten. Lediglich in ihren Büchern fand sie noch Spuren davon, Prosa und Poesie, die von einer Zeit handelten, die vor einem halben Jahrtausend zu Ende gegangen war ...

Plötzlich setzte das Rumpeln aus, das die Kutsche während der gesamten Fahrt erschüttert hatte. Sie hatten angehalten, und Mary konnte hören, wie der Kutscher vom Bock stieg und sich näherte.

»Mylady?«

Mary zog den Vorhang des Fensters beiseite, um einen Blick hinauszuwerfen. »Ja, Winston?«

»Mylady hatten mich gebeten, Bescheid zu sagen, wenn wir Carter Bar erreichen. Es ist so weit, Mylady.«

»Sehr gut. Danke, Winston. Ich werde hier aussteigen.«

»Sind Mylady sicher?« Der Kutscher, ein etwas grobschlächtig wirkender Mann mit blassem Gesicht, das von der Kälte des Fahrtwinds gerötet war, machte eine besorgte Miene. »Die Wege hier sind nicht gepflastert, und es gibt kein Geländer, an dem sich Mylady festhalten könnten.«

»Ich bin von Adel, Winston, nicht aus Zucker«, belehrte Mary ihn lächelnd und schickte sich an, aus der Kutsche zu steigen. Sie brachte den armen Winston, der in Egton in den Diensten ihrer Familie stand, damit in arge Bedrängnis, denn er hatte alle Hände voll zu tun, die Tür der Kutsche zu öffnen, die kleine Trittbank auszuklappen und seiner Herrin beim Aussteigen zu helfen.

»Danke, Winston«, sagte Mary und entschädigte den Kutscher mit einem Lächeln. »Ich werde ein Stück spazieren gehen.«

»Darf ich Mylady begleiten?«

»Nicht nötig, Winston. Ich kann allein gehen.«

»Aber Ihre Mutter ...«

»Meine Mutter ist nicht hier, Winston«, versetzte Mary bestimmt. »Alles, worum sie sich sorgt, ist, dass ihre Ware heil und wohlbehalten auf Schloss Ruthven ankommt. Und dafür weiß ich wohl zu sorgen.«

Der Kutscher senkte betreten den Blick. Als Bediensteter war er nicht gewohnt, dass man so offen mit ihm sprach, und Mary bedauerte sofort, ihn in Verlegenheit gebracht zu haben.

»Es ist gut«, sagte sie sanft. »Ich werde nur ein paar Schritte gehen. Bitte bleib so lange bei der Kutsche.«

»Wie Mylady wünschen.«

Der Kutscher verbeugte sich und gab den Weg frei. Mary, deren Mantel und Samtkleid in dieser Umgebung seltsam unpassend wirkten, trat an den Rand der Straße und ließ den Blick über die weite Landschaft schweifen, die sich jenseits des holprigen Bandes aus Stein und Lehm erstreckte.

Es war eine freundliche Landschaft aus sanftgrünen Hügeln

und Tälern, in denen es kleine Marktflecken, Wiesen, Weiden und Flüsse gab. Die Häuser waren aus Stein gebaut, und aus ihren Schornsteinen stiegen schmale Rauchbänder in den Himmel. Herden weideten auf stoppeligen Wiesen. Hier und dort brach Sonnenlicht durch die Wolkendecke und malte goldene Flecken auf die liebliche Landschaft.

Mary war überrascht.

Man hatte ihr gesagt, der Ausblick von Carter Bar vermittle jedem Schottlandreisenden einen ersten Eindruck von der Rohheit und Wildnis, die ihn im Norden erwarteten. Etwa zwanzig Meilen weiter südlich hatte der römische Kaiser Hadrian einen Wall errichten lassen, der schon vor rund 1700 Jahren die Zivilisation im Süden von der Barbarei im Norden getrennt hatte, und dieser Ruf haftete Schottland auch heute noch an. Von all der Rohheit jedoch, von der Wildnis und Kargheit, von der man sich im Süden erzählte, konnte Mary nicht das Geringste entdecken.

Das Land, das vor ihr lag, war nicht karg und rau, sondern fruchtbar und reich an Vegetation. Es gab Wälder und grüne Wiesen, hier und dort letzte Flecken von Ackerland. Mary hatte erwartet, dass der Ausblick von Carter Bay sie erschrecken werde, doch davon konnte keine Rede sein. Im Gegenteil. Der Anblick dieses lieblichen Landes mit seinen sanften Hügeln und Tälern verschaffte ihr etwas Trost, und für einen kurzen, unscheinbaren Augenblick hatte sie das Gefühl, nach langer Abwesenheit nach Hause zurückzukehren.

Das Gefühl verflog jedoch sogleich wieder, und jäh wurde Mary klar, dass sie im Begriff stand, alles hinter sich zu lassen, was ihr je vertraut gewesen war. Vor ihr lagen Ungewissheit und Fremde. Ein Leben mit einem Mann, den sie nicht liebte, in einem Land, das sie nicht kannte. Die alte Schwermut überkam sie wieder und senkte sich düster und drückend auf ihr Herz.

Mary wandte sich um und kehrte bedrückt zur Kutsche zurück. Ihre Zofe Kitty hatte es vorgezogen, in der Kutsche zu warten. Im Gegensatz zu Mary hätte es ihr durchaus genügt, mit einem wohlhabenden schottischen Laird verheiratet zu werden und zu wissen, dass sie den Rest ihres Lebens auf einem Schloss verbringen würde, umgeben von Reichtum im Überfluss. Mary hingegen war der Gedanke so unerträglich, dass ihr beinahe übel wurde. Was bedeutete all dieser Reichtum, dachte sie traurig bei sich, wenn dabei keine wahren Gefühle im Spiel waren?

Winston half ihr beim Einsteigen in die Kutsche und wartete geduldig, bis sie Platz genommen hatte. Erst dann erklomm er den Kutschbock, löste die Bremse und lenkte den Zweispänner die schmale Straße hinab, die sich in engen Serpentinen zum Tal hin wand.

Noch eine Weile quälte sich Mary damit, durch das kleine Fenster zu starren und die Landschaft zu betrachten. Sie sah grüne Wiesen und Schafherden, die darauf weideten – ein Bild des Friedens, das ihr jedoch keinen Trost mehr schenkte. Das Gefühl von Vertrautheit, das sie oben auf dem Pass verspürt hatte, war verflogen und kehrte nicht zurück, und Mary blieb nichts, als das zu tun, was sie auch zu Hause in Egton stets getan hatte, wenn sie das Gefühl gehabt hatte, an den Beschränkungen ihres Standes zu ersticken.

Sie griff zu einem Buch.

»Ein neues Buch, Mylady?«, fragte Kitty mit amüsiertem Augenaufschlag, als sie Mary nach dem ledergebundenen Bändchen greifen sah. Als eine der wenigen wusste die Zofe um die geheime Leidenschaft ihrer Herrin.

Mary nickte. »Es heißt *Ivanhoe*. Ein Schotte namens Walter Scott hat es geschrieben.«

»Ein Schotte und schreiben, Mylady?« Kitty kicherte, um

dann plötzlich zu erröten. »Mylady, bitte verzeihen Sie meine unbedachten Worte«, murmelte sie verlegen. »Ich vergaß, dass Ihr zukünftiger Ehemann, der Laird of Ruthven, ebenfalls ein schottischer Landsmann ist.«

»Schon gut.« Mary brachte ein Lächeln zu Stande. Immerhin verstand es Kitty, sie ein wenig aufzuheitern.

»Worum geht es in dem Buch, Mylady?«, erkundigte sich die Zofe, um rasch das Thema zu wechseln.

»Um Liebe«, erwiderte Mary wehmütig. »Um wahrhaftige Liebe, Kitty, um Ehre und um Treue. Dinge, die – so fürchte ich – ein wenig außer Mode gekommen sind.«

»Waren sie denn jemals in Mode?«

»Ich denke doch. Jedenfalls möchte ich das gern glauben. Die Art, wie Scott von diesen Dingen schreibt, die Worte, die er dafür findet ...« Mary schüttelte den Kopf. »Ich kann mir nicht vorstellen, dass jemand in dieser Weise darüber schreiben könnte, wenn er solche Dinge nicht jemals selbst erlebt hätte.«

»Wollen Sie mir etwas daraus vorlesen, Mylady?«

»Gern.« Mary freute sich, dass ihre Begleiterin Interesse an der hohen Kunst des geschriebenen Wortes zeigte. Bereitwillig rezitierte sie aus dem Roman, der aus der Feder Walter Scotts geflossen war. Und mit jeder Zeile, die sie las, bewunderte sie seine Dichtkunst nur noch mehr.

Scott schrieb von einer Zeit, in der Liebe und Ehre mehr als nur hohle Worte gewesen waren. Sein Roman, der im England des Mittelalters spielte, handelte von stolzen Rittern und edlen Frauen, von Helden, die sich in ritterlicher Minne nach ihrer Angebeteten verzehrten und ihre Ehre mit spitzer Klinge verteidigten ... von einer Ära, die verloren war und wohl niemals wiederkehren würde, hinweggefegt vom Wind der Zeit.

Mary war gefesselt. Scott verstand es, mit der Kraft seiner Poesie genau das auszudrücken, was sie tief in ihrem Herzen empfand.

Die Trauer.

Die Wehmut.

Und einen Hauch von Hoffnung.

Bei Einbruch der Dunkelheit erreichte die Kutsche Jedburgh, ein kleines Dorf fünfzehn Meilen südwestlich von Galashiels. Da es in der ganzen Ortschaft nur ein Wirtshaus gab, das Quartiere für die Nacht anbot, fiel die Auswahl nicht schwer.

Die Hufe der Pferde klapperten auf den grob gehauenen Pflastersteinen, als Winston die Kutsche vor dem alten, aus Naturstein gemauerten Gebäude zum Stehen brachte. Ein wenig missbilligend blickte Kitty aus dem Seitenfenster und rümpfte die Nase, als sie das graue Gemäuer erblickte, das ein rostiges Schild als THE JEDBURGH INN auswies.

»Nicht gerade ein Palast, Mylady«, äußerte sie ungefragt ihre Meinung. »Man merkt, dass wir nicht mehr in England sind.«

»Das ist mir gleichgültig«, entgegnete Mary bescheiden. »Es ist ein Dach über dem Kopf, oder nicht? Ich werde den Rest meines Lebens auf einem Schloss verbringen. Was macht da eine Nacht in einer Herberge schon aus?«

»Sie wollen wirklich nicht nach Ruthven, nicht wahr?«, fragte Kitty mit einer Direktheit, die ihr nicht zustand, die ihr aber nun einmal zu Eigen war.

»Nein.« Mary schüttelte den Kopf. »Gäbe es eine Möglichkeit, diese Hochzeit zu verhindern, würde ich es tun. Aber ich bin, was ich bin, und muss mich dem Willen meiner Familie unterordnen. Auch wenn ...«

»... Sie Laird Malcolm nicht lieben?«, half Kitty aus.

Mary nickte. »Ich hatte immer gehofft, dass mein Leben anders sein würde«, sagte sie leise. »Ein wenig wie in jenem Gedicht, das ich dir heute vorgelesen habe. Dass es Liebe darin geben würde und Leidenschaft. Dass mein Leben anders verlaufen würde als das meiner Eltern. Vermutlich war das naiv von mir.«

»Wer weiß, Mylady?« Kitty lächelte ihr zu. »Haben Sie nicht gehört, was man sich von diesem Land erzählt? Dass hier noch der Zauber aus alter Zeit am Wirken sein soll?«

»Ist das wahr?«

»Bestimmt, Mylady. Lowell, der Pferdeknecht, hat mir davon erzählt – sein Großvater war Schotte.«

»Ei«, meinte Mary nur. »Du hast Bekanntschaft mit dem Pferdeknecht geschlossen?«

»Nein, ich ...« Die Zofe errötete. »Ich wollte nur sagen, dass vielleicht doch noch alles gut werden wird, Mylady. Vielleicht ist Malcolm of Ruthven der Mann Ihrer Träume.«

»Kaum.« Mary schüttelte den Kopf. »Ich lese gern Geschichten, Kitty, aber ich bin nicht so kindisch anzunehmen, dass auch nur etwas von dem, was dort geschrieben steht, in Erfüllung gehen könnte. Ich weiß, was das Leben von mir verlangt. Und von dir, Kitty«, fügte sie hinzu, als Winston herantrat, um die Tür der Kutsche zu öffnen, »verlangt es, eine Nacht in dieser Herberge zu verbringen, ob es dir nun gefällt oder nicht.«

»Es gefällt mir nicht, Mylady«, erwiderte Kitty augenzwinkernd, »aber da ich nur Ihre Zofe bin, werde ich mich fügen und ...«

Der Rest von dem, was sie sagen wollte, ging in lautem Geschrei unter, das von der Straße hereindrang, begleitet von hektischen Schritten auf dem harten Pflasterstein.

»Was ist da los?«, fragte Mary. Rasch ergriff sie die Hand, die Winston ihr reichte, und stieg aus der Kutsche – gerade rechtzeitig, um zu sehen, wie mehrere Männer, die die rote, langrockige Uniform des Hochland-Militärs trugen, dabei waren, einen Mann aus dem Gasthaus zu zerren.

»Los, komm schon! Willst du wohl mit uns kommen, du verdammter Hund?«

»Nein, ich will nicht!«, brüllte der Gescholtene, der von breiter Statur war und die einfache, fast ärmliche Kleidung eines Bauern trug. Sein Akzent wies ihn unverkennbar als Schotten aus, und die schwere Zunge, mit der er sprach, zeigte an, dass er zu viel getrunken hatte. Sein Gesicht und seine Nase waren beinahe so rot wie die Uniformen seiner Häscher, die ihn packten und mit grober Gewalt auf die Straße beförderten.

»Wir werden dich lehren, den Namen des Königs nicht noch einmal in den Schmutz zu ziehen, du verdammter Rebell!« Der Anführer des Trupps, seinen Schulterstreifen nach ein Corporal, holte aus und rammte dem Bauern den Kolben seines Gewehrs in die Seite. Der Betrunkene gab ein Stöhnen von sich, brach zusammen und schlug der Länge nach auf den kalten Stein.

Der Unteroffizier und seine Soldaten lachten derb und waren im nächsten Moment dabei, den wehrlos am Boden Liegenden mit Gewehrkolben und Stiefeltritten zu traktieren. Einige Männer, die hinter den Soldaten aus dem Gasthaus gekommen waren, standen am Straßenrand und wohnten dem grausamen Schauspiel betroffen bei. Keiner von ihnen wagte es jedoch, gegen die Soldaten einzuschreiten, die offenbar gewillt waren, an dem wehrlosen Bauern ein blutiges Exempel zu statuieren.

Entsetzt sah Mary, wie der am Boden liegende Mann von einem Gewehrkolben ins Gesicht getroffen wurde. Mit hässlichem Knacken brach seine Nase. Hellrotes Blut spritzte auf das Pflaster.

Mary of Egton wand sich vor Abscheu. Alles in ihr empörte

sich gegen die Art, wie mit diesem Mann verfahren wurde, und spontan fasste sie einen mutigen Entschluss.

»Halt!«, gebot sie mit lauter Stimme. Doch die Soldaten hörten sie nicht, sondern prügelten weiter auf den Wehrlosen ein.

Schon wollte Mary loseilen, um dem armen Mann zu helfen, aber Winston, der noch immer ihre Hand hielt, ließ sie nicht los. »Nein, Mylady«, warnte der Kutscher. »Tun Sie das nicht. Bedenken Sie, wir sind in einem fremden Teil des Landes, und wir wissen nicht, wieso …«

Mit einer energischen Bewegung riss Mary sich los. Fremd oder nicht – sie war nicht gewillt, dabei zuzusehen, wie dieser arme Mensch zu Tode geprügelt wurde. Was immer er verbrochen hatte, niemand verdiente es, so behandelt zu werden.

»Halt!«, rief sie noch einmal, und noch ehe Winston oder irgendjemand sonst etwas dagegen unternehmen konnte, trat sie auch schon in den Kreis der Uniformierten, die den am Boden Liegenden traktierten. Verblüfft unterbrachen die Soldaten ihr grausames Werk.

»Wer hat hier den Oberbefehl?«, erkundigte sich Mary forsch.

»Ich, Mylady!«, meldete sich der junge Corporal zu Wort. Seinem Dialekt konnte Mary entnehmen, dass auch er Schotte war – ein Schotte, der einen Landsmann öffentlich verprügelte.

»Was hat dieser Mann getan, dass er es verdient, so behandelt zu werden?«, wollte Mary wissen.

»Verzeihen Sie, Mylady, aber ich denke nicht, dass Sie das etwas angeht. Treten Sie zur Seite, damit wir unserer Pflicht nachkommen können.«

»Ihrer Pflicht, Corporal?« Mary musterte den Hochländer von Kopf bis Fuß. »Sie sehen es als Ihre Pflicht an, einen wehrlosen, am Boden liegenden Menschen zu treten? Ich muss sagen, Corporal, ich bin wirklich froh darüber, dass es solch pflichtbewusste Soldaten gibt. Da braucht eine Dame wenigstens nicht um ihre Sicherheit zu fürchten – jedenfalls nicht, solange sie nicht am Boden liegt.«

Einige der Schaulustigen lachten dröhnend. Die Gesichtszüge des Corporals nahmen die Farbe seiner Uniform an.

»Es steht Ihnen frei, mich zu beleidigen, Mylady«, sagte er mit bebender Stimme, »aber Sie dürfen mich nicht davon abhalten, diesen Verräter zu strafen.«

»Er ist ein Verräter? Was hat er getan?«

»Er hat sich in abfälliger Weise über das Königshaus geäußert«, lautete die empörte Antwort.

»Und das macht ihn bereits zum Verräter?« Mary hob die Brauen. »Wie steht es da mit einem Corporal, der seine eigenen Landsleute öffentlich misshandelt? Sie sind doch Schotte, Corporal, oder nicht?«

»Natürlich, Mylady, aber ...«

Wieder lachten einige der Männer, die vor dem Wirtshaus standen. Zwei von ihnen klatschten vor Vergnügen in die Hände.

»Wenn dieser Mann gegen das Gesetz verstoßen hat, dann führen Sie ihn ab und machen Sie ihm den Prozess«, wies Mary den Unteroffizier zurecht. »Aber wenn er nichts getan hat, was gegen das Gesetz verstößt, und Sie ihn nur deshalb verprügeln, weil Ihnen und Ihren Kumpanen nichts Besseres einfällt, dann lassen Sie ihn gefälligst in Ruhe, Corporal. Haben Sie mich verstanden?«

Bebend vor Zorn stand der Unteroffizier vor ihr, seine Fäuste ballten sich in hilfloser Wut. Dennoch war ihm klar, dass er nichts unternehmen konnte. Die junge Frau, die ihn vor aller Augen so brüsk zurechtwies, war ganz offensichtlich von Adel, und sie war Britin. In den Augen des Corporals waren das gleich zwei gute Gründe, sich nicht mit ihr anzulegen.

»Ich werde das melden«, gab er zähneknirschend bekannt.

»Tun Sie das«, versetzte Mary bissig. »Ich kann es kaum erwarten, mit dem Befehlshaber Ihrer Garnison eine gepflegte Tasse Tee zu trinken.«

Der Corporal blieb noch einen weiteren Augenblick stehen. Dann wandte er sich wutentbrannt ab und bedeutete seinen Männern, ihm zu folgen. Unter dem Beifall und den Spottrufen der Schaulustigen zogen die Uniformierten ab.

Mary würdigte sie keines Blickes mehr und beugte sich stattdessen zu dem Mann hinunter, der sich vor Schmerzen am Boden wand. Seine Nase war schief, sein Gesicht mit Blut besudelt. Auf seiner Stirn klaffte eine Platzwunde.

»Alles in Ordnung«, sprach sie beruhigend auf ihn ein, während sie in eine der Taschen ihres Mantels griff und ein seidenes Taschentuch hervorholte. »Sie sind weg. Sie brauchen keine Angst mehr zu haben.«

»Gott segne Sie, Mylady«, presste der Bauer hervor, den die Schmerzen wieder nüchtern gemacht zu haben schienen. »Er segne Sie ...«

»Schon gut.« Mary winkte ab und wischte das Blut aus dem Gesicht des Mannes. Rückblickend vermochte sie nicht mehr zu sagen, was sie veranlasst hatte, sich so entschieden für ihn einzusetzen. War es Mitleid gewesen? Oder hatte sie sich nur einfach dagegen empört, dass ein Mensch so grausam behandelt wurde?

»Seine Nase ist gebrochen«, sagte Mary zu den Schaulustigen, die noch immer am Straßenrand starrten und gafften. »Jemand sollte einen Arzt holen.«

»Einen Arzt?«, fragte ein junger Kerl mit feuerrotem Haar

einfältig. »Es gibt hier keinen Arzt, Mylady. Der nächste Doktor ist drüben in Hawick, und der ist Engländer.«

»Was soll das heißen?«

Der junge Bursche schaute sie mit großen Augen an. »Das heißt, dass wir ihn nicht zu holen brauchen, weil er nicht kommen würde«, erklärte er schulterzuckend. »Außerdem würde ein Jahreslohn nicht ausreichen, um ihn zu bezahlen.«

»Ich verstehe.« Mary biss sich auf die Lippen. »Dann tragt ihn ins Gasthaus und legt ihn auf einen Tisch. Ich werde versuchen, ihn zu verbinden.«

Der junge Kerl und seine Kumpane schauten einander ratlos an. Augenscheinlich wussten sie nicht, was sie tun sollten.

»Na los, worauf wartet ihr?«, sagte ein alter Schotte, der ebenfalls dabeistand und auf einer Pfeife kaute, aus der er kleine Wölkchen in die von Nebel durchsetzte Abendluft blies. »Tut, was die Lady gesagt hat, und tragt den armen Allan ins Haus.«

Die jungen Kerle stießen sich gegenseitig an, als müssten sie sich Mut machen. Dann endlich setzten sie sich in Bewegung, nahmen den Verletzten auf, der entsetzlich stöhnte, und trugen ihn ins Gasthaus.

»Danke«, sagte Mary, an den alten Schotten gewandt, der weiter an seiner Pfeife schmauchte.

»Hm«, meinte der Alte nur, dessen wettergegerbtes Gesicht an altes Leder erinnerte und dessen Bart ein weißlicher Kranz war, der von einem Ohr zum anderen reichte. »Das haben Sie gut gemacht, Kindchen«, fügte er anerkennend hinzu.

»Kindchen?«, fragte Winston aufgebracht, der dem Vorfall fassungslos beigewohnt hatte und jetzt dabei war, das Gepäck der beiden Damen abzuladen. »Das ist Lady Marybeth of Egton«, belehrte er den alten Schotten. »Wenn du sie schon ansprechen musst, dann gefälligst so, wie es ihrem Rang und ihrer Herkunft geb…«

»Das genügt, Winston«, fiel Mary ihrem Kutscher ins Wort.

»Aber Mylady, er …«

»Es genügt«, wiederholte Mary energisch, und Winston verstummte. Mürrisch wandte er sich wieder dem Gepäck zu, schulterte die beiden Holzkoffer und trug sie ins Gasthaus.

»Gut gemacht«, sagte der alte Schotte wieder, und das Lächeln, das er Mary sandte, war wie ein schwacher Lichtschein an diesem tristen Tag.

Später saßen sie im Schankraum an einem Tisch, der ein wenig abseits der übrigen stand und mit einem Tuch aus Leinen gedeckt war.

Der Schankraum des *Jedburgh Inn* unterschied sich in nichts von denen der anderen Gasthäuser und Tavernen, in denen Mary und ihr Gefolge während der letzten Tage genächtigt hatten: ein mäßig großer Raum, dessen Wände aus massivem Stein gemauert waren, darüber eine niedrige Decke aus morschem Holz. Der Tresen war wenig mehr als ein dickes Brett, das über eine Reihe alter Ale-Fässer gelegt worden war, und die Tische und Stühle waren aus derbem Eichenholz gezimmert. Ein Feuer flackerte im offenen Kamin und hielt die Kälte der Nacht aus dem Schankraum fern; weiter hinten führte eine hölzerne Treppe in den ersten Stock des Hauses, wo sich die Kammern für die Gäste befanden.

Zunächst hatte sich Mary um den Verwundeten gekümmert. So gut es ihr möglich war, hatte sie seine Platzwunde verbunden und angeordnet, ihn nach Hause zu bringen, damit er sich ausruhen konnte. Danach hatte Winston beim Schankwirt Essen bestellt, und nun tischte man ihnen ein reiches Mahl auf, das aus Ale, Käse, Brot und Haggis bestand. Während es Kitty und Winston deutlich anzusehen war, dass sie der schottischen Küche nicht allzu viel abgewinnen konnten, fand Mary durchaus Geschmack daran. Vielleicht lag es an ihrer Abneigung gegen alles Künstliche, Übersteigerte, was sie die Vorzüge der einfachen Küche schätzen ließ – der derb gewürzte Schafsmagen schmeckte ihr weit besser als die Rebhühner und Fasane, die auf langweiligen Empfängen gereicht wurden.

Auch entgingen ihr keineswegs die Blicke, mit denen die anwesenden Männer und Frauen immer wieder verstohlen herüberschauten. Mary hatte Blicke wie diese noch nie zuvor gesehen, doch ihr war bald klar, was sie bedeuteten.

Hunger.

Die Leute, die dort an den Nachbartischen saßen, waren bettelarm. Ein ganzer Haggis war vermutlich mehr, als sie und ihre Familien in einem ganzen Monat zu essen bekamen. Als sich Winston kurz darauf beschwerte, dass die Schotten wohl nicht wüssten, wie vernünftiges Ale zu brauen sei, wies Mary ihn scharf zurecht. Sie konnte nicht sagen, wieso, aber etwas in ihr hatte instinktiv Partei ergriffen für die Menschen, die dieses ihr fremde Land bewohnten – etwas, das tief aus ihrem Inneren kam und dessen Ursprung sie nicht zu benennen vermochte.

So saßen sie schweigend am Tisch, der nicht weit vom Kaminfeuer stand, das wohlige Wärme verbreitete. Weder Kitty noch Winston wagten es, ein Wort zu sagen; der Kutscher, weil er sich für seinen Geschmack bereits genug Rügen für einen Tag eingefangen hatte, und die junge Zofe, weil sie ihre Herrin beim besten Willen nicht verstand.

Gerade wollte Mary bekannt geben, dass sie sich zur Nachtruhe nach oben zu begeben gedachte, als sich einer der anderen

Gäste von seinem Tisch erhob und mit schwerfälligen Schritten herüberkam. Es war der alte, bärtige Schotte, der Mary vor dem Gasthaus angesprochen hatte. Die Pfeife steckte noch immer in seinem Mundwinkel. Beim Gehen stützte er sich auf einen knorrigen Stock, dessen Knauf mit kunstvollen Schnitzereien verziert war.

»Darf ich mich setzen, Mylady?«, fragte er mit vom Ale schwerer Zunge.

»Nein«, erwiderte Winston barsch und erhob sich von seinem Stuhl. »Mylady wünscht nicht ...«

»Natürlich dürfen Sie«, meinte Mary lächelnd und wies auf den Stuhl am Ende des länglichen Tisches.

»Aber Mylady«, ereiferte sich Winston. »Er ist doch nur ein einfacher Bauer! Er hat an Ihrem Tisch nichts verloren!«

»Ebenso wenig wie ein einfacher Kutscher«, versetzte Mary gleichmütig. »So ist das eben auf Reisen.«

»Sie sind auf Reisen?«, fragte der alte Schotte, nachdem er sich gesetzt hatte. »Wollen wohl nach Norden?«

»Das geht dich nichts an«, sagte Winston barsch. »Mylady wird nicht ...«

Ein strafender Blick Marys ließ ihn verstummen. Schmollend setzte sich der Kutscher wieder auf seinen Platz und sah dabei aus, als hätte man ihn gezwungen, noch einen Krug von dem verhassten schottischen Bier zu trinken.

»Ja, wir wollen nach Norden«, gab Mary dem alten Schotten höflich Auskunft, der ihr auf seltsame Art vertraut erschien – fast so, als wäre sie ihm schon einmal begegnet. Dabei hatte sie die Grenze von Carter Bar noch nie zuvor in ihrem Leben überschritten. Es war mehr ein Gefühl, eine Ahnung, die tief aus ihrem Inneren emporstieg.

»Ihre erste Reise nach Schottland?«

Mary nickte.

»Und es gefällt Ihnen hier?«

»Ich weiß nicht.« Mary lächelte verlegen. »Ich bin heute erst angekommen. Zu früh, um mir schon ein Urteil zu bilden.«

»Dann haben Sie Ihren Landsleuten etwas voraus«, meinte der alte Schotte mit freudlosem Lächeln. »Die meisten Engländer, die zu uns kommen, wissen schon am ersten Tag, dass es ihnen hier nicht gefällt. Das Land ist rau, das Wetter kalt, und das Bier schmeckt nicht so wie zu Hause.«

»So etwas gibt es?«, fragte Mary, wobei sie Winston mit einem strafenden Blick bedachte.

»Allerdings, Mylady. Aber Sie sind anders, das kann ich in meinen alten Knochen fühlen.«

»Wie meinst du das?«

Der Alte setzte seine Pfeife ab, paffte einen letzten Kringel in die dicke, nach Ale und kaltem Schweiß riechende Luft. Dabei umspielte ein jungenhaftes Lächeln seine Züge.

»Ich bin alt, Mylady«, sagte er. »Sechsundsiebzig verdammte Winter habe ich schon mitgemacht, das ist in dieser Gegend eine Menge. Ich bin im gleichen Jahr auf die Welt gekommen, in dem dieser verdammte Schlächter Cumberland uns die Schmach von Culloden zugefügt hat. Seither habe ich viele Engländer kommen und gehen sehen. Für die meisten von ihnen ist unser schönes Land nichts weiter als etwas, das man ausbeuten, dem man jeden verdammten Penny abpressen kann. Aber Sie sind aus einem anderen Holz geschnitzt, das kann ich spüren.«

»Täusche dich nicht«, erwiderte Mary. »Ich bin von Adel, genau wie die anderen Engländer, von denen du sprichst.«

»Aber Sie sehen uns nicht gleich als Barbaren, die man kultivieren muss«, sagte der alte Schotte und blickte sie dabei bedeutungsvoll an. »Sie sehen uns als Menschen. Sonst wären Sie nicht dazwischengegangen, als diese gemeinen Verräter über den armen Allan Buchanan hergefallen sind.«

»Ich habe nur getan, was meine Pflicht war«, erwiderte Mary bescheiden.

»Sie haben mehr als das getan. Sie waren sehr mutig und haben für uns Partei ergriffen. Diese Jungs dort« – er deutete zu den Nachbartischen, an denen junge Schotten saßen, die immer wieder verstohlen herüberblickten – »werden Ihnen das nie vergessen.«

»Schon gut. Es war nichts Besonderes.«

»Für Sie vielleicht nicht, Mylady, aber für uns schon. Wenn man Angehöriger eines Volkes ist, das von den Briten und den Landlords unterdrückt und ausgebeutet wird, das von seinem Land vertrieben wird, nur dass andere noch mehr Gewinn machen können, dann lernt man, Freundlichkeit zu schätzen.«

»Sie sprechen von den *Clearances*, nicht wahr?«, erkundigte sich Mary. Sie hatte von den gewaltsamen Umsiedlungen gehört, die von den Landlords betrieben wurden und es zum Ziel hatten, die Wirtschaft der Highlands umzustrukturieren. Anstelle des Ackerbaus, der bislang dort betrieben worden war und nur kargen Gewinn abgeworfen hatte, sollte die Schafzucht die wirtschaftliche Zukunft Schottlands sein. Doch dafür war es notwendig, dass die Bewohner des Hochlands aus ihren angestammten Gebieten an die Küsten umgesiedelt wurden. Der Adel im Süden erachtete diese Maßnahmen als notwendig, um aus dem Norden des Königreichs endlich eine zivilisierte, prosperierende Gegend zu machen. Aus der Sicht der Einheimischen stellte sich das freilich anders dar ...

»Es ist eine Schande«, sagte der alte Schotte. »Über Generationen hinweg haben unsere Väter dafür gekämpft, dass Schottland frei sein soll von diesen verdammten Engländern – und nun werden wir von dem Land vertrieben, das wir seit Jahrhunderten bewohnen.«

»Das tut mir sehr Leid«, sagte Mary, und es klang ehrlich. Obwohl sie auf den ersten Blick nichts mit diesen Menschen verband, fühlte sie sich ihnen doch auf seltsame Weise nahe. Vielleicht, weil sie ein gemeinsames Schicksal teilten – auch Mary fühlte sich aus ihrer Heimat vertrieben, würde den Rest des Lebens an einem Ort verbringen müssen, der ihr fremd war und an dem sie nicht leben wollte. Vielleicht, so dachte sie, hatte sie mehr mit diesen Menschen gemeinsam, als ihr bislang klar gewesen war.

»Fünfhundert Jahre«, murmelte der alte Schotte vor sich hin. »Fünfhundert verdammte Jahre. Wussten Sie das?«

»Wovon sprichst du?«

»Es war 1314, als sich Robert the Bruce auf dem Schlachtfeld von Bannockburn den Engländern stellte. Die vereinten Clans zogen den Briten das Fell über die Ohren, und Robert wurde König eines freien Schottlands. Vor mehr als fünfhundert Jahren«, fügte der Alte mit geheimnisvollem Flüstern hinzu.

»Das wusste ich nicht«, gestand Mary. »Ich weiß überhaupt sehr wenig über die Highlands. Aber dagegen werde ich etwas unternehmen.«

»Ja, tun Sie das, Mylady«, fuhr der Alte fort und beugte sich so dicht zu ihr hinüber, dass sie den strengen Geruch seiner Lederweste und seinen von Tabak und Bier bitteren Atem riechen konnte. »Es ist immer gut, die Vergangenheit zu kennen. Man darf sie niemals vergessen. Niemals, hören Sie?«

»Bestimmt nicht«, versicherte Mary ein wenig eingeschüchtert. Die Züge des alten Schotten hatten sich verändert, sie wirkten nicht mehr so gütig und weise wie zuvor, sondern fanatisch, gehetzt. In seinen eben noch so milden Blicken schien jetzt ein wildes Feuer zu lodern.

»Wir haben den Fehler gemacht, die Vergangenheit zu vergessen«, flüsterte der Alte ihr zu, wobei seine Stimme einen beschwörenden Tonfall annahm. »Wir haben die Traditionen unserer Ahnen verraten und wurden dafür fürchterlich bestraft. Robert selbst war es, der den ersten Schritt machte. Er brach mit den Traditionen, beging den Fehler, mit dem alles Übel begann.«

»Welchen Fehler?«, fragte Mary verwundert. »Wovon redest du?«

»Ich spreche vom Schwert des Königs«, sagte der alte Schotte geheimnisvoll. »Vom Schwert, das auf dem Schlachtfeld von Bannockburn zurückblieb. Es hatte den Sieg errungen, doch Robert achtete es nicht. Er brach mit der Tradition der alten Zeit und wandte sich anderen Sitten und Gebräuchen zu. Das war der Anfang vom Ende.«

»Wenn du meinst ...« Peinlich berührt blickte Mary sich um. Es war offensichtlich, dass der Alte zu viel getrunken hatte und ihm der Alkohol zu Kopf gestiegen war. An Kittys und Winstons Blicken konnte sie sehen, dass die beiden keinen Pfifferling auf das gaben, was der Mann sagte. Mary hingegen fühlte sich betroffen, auch wenn sie nicht hätte sagen können, woran das lag.

Vielleicht an dem Alten selbst, der ihr so fremd und gleichzeitig so vertraut erschien. Vielleicht auch an dem, was er erzählte, wenngleich sich Mary keinen Reim darauf machen konnte.

»Das Schwert ging verloren«, murmelte der Alte, »und mit ihm unsere Freiheit.«

»In Ordnung, Alter«, sagte der Schankwirt, der herbeikam, um den Tisch abzuräumen. »Du hast die Lady lange genug belästigt. Jetzt ist es Zeit, nach Hause zu gehen. Es ist Sperrstunde, und ich will heute nicht nochmal Ärger mit den Roten kriegen.«

»Ich geh schon«, versicherte der Alte. »Lassen Sie mich nur noch einmal in Ihre Augen blicken, Mylady. Ich kann darin etwas erkennen, das ich lange nicht mehr gesehen habe.«

»Und das wäre?«, fragte Mary ein wenig belustigt.

»Güte«, erwiderte der Alte ernst. »Mut und Wahrhaftigkeit. Dinge, die ich verloren glaubte. Es ist schön, sie noch einmal gesehen zu haben. Ich bin froh, Sie getroffen zu haben, Mylady.«

Für einen kurzen Moment glaubte Mary, in den Augen des Alten etwas feucht schimmern zu sehen. Dann erhob sich der Schotte und wandte sich zum Gehen. Er verließ das Lokal zusammen mit den anderen Gästen, die der Wirt mit sanfter Gewalt hinausbugsierte.

Verblüfft sah Mary ihnen hinterher. Die letzten Worte des alten Schotten wollten ihr nicht aus dem Kopf.

Güte, Mut und Wahrhaftigkeit. Dinge, die ich verloren glaubte ...

Der alte Mann hatte genau das ausgesprochen, was auch sie empfand. Er hatte ihre innersten Gedanken in Worte gefasst, so als könnte er bis auf den Grund ihrer Seele schauen. Als kennte er sie seit Jahren. Als wüsste er um ihre geheimen Wünsche und Sehnsüchte und teilte sie ...

»Ein seltsamer Kauz, wenn Sie mich fragen, Mylady«, sagte Winston.

»Ich weiß nicht.« Kitty zuckte mit den Schultern. »Ich fand ihn ganz nett.«

»Es war ganz seltsam«, sagte Mary. »Ich weiß, es klingt verrückt, aber ich hatte das Gefühl, diesen Mann zu kennen.«

»Kaum, Mylady.« Winston schüttelte den Kopf. »Ein armer

Teufel wie er dürfte noch nie aus seinem Dorf hinausgekommen sein. Und Sie wiederum sind noch nie zuvor hier gewesen.«

»So meinte ich es auch nicht. Es war anders. Eine Art von Vertrautheit, wie ich sie selten zuvor …«

Mary unterbrach sich.

Sie durfte ihr innerstes Seelenleben nicht vor ihren Dienstboten ausbreiten, so vertraut sie ihr auch sein mochten. Was zwischen ihr und dem alten Grenzländer gewesen war, wusste sie nicht einmal selbst zu deuten. Aber es war offenkundig, dass seine Worte sie berührt hatten. Seine Trauer um das alte Schottland, das für immer verloren war, hatte sie betroffen gemacht, gerade so, als hätte auch sie etwas Wichtiges verloren. *Eine Zeit der Romantik und der Wahrhaftigkeit …*

Der Gedanke ließ Mary nicht los.

Und später, als sie in ihrer Kammer im Bett lag, unter der schweren, mit Daunen gefüllten Decke, die hohen Gästen vorbehalten war, fragte sie sich, wie es gewesen sein musste.

Damals, vor fünfhundert Jahren …

Früh am nächsten Morgen brachen sie auf. Beim ersten Sonnenstrahl hatte Winston die Pferde angeschirrt. Während Kitty ihrer Herrin bei der Morgentoilette und beim Ankleiden half, verlud der Diener die Koffer auf den breiten Gepäckträger, der am Heck der Kutsche montiert war.

Im Schankraum des Wirtshauses, in dem es noch immer nach Schweiß und Ale roch, nahm die kleine Reisegesellschaft ein karges, aber kräftigendes Frühstück ein, das aus einem zähflüssigen Getreidebrei bestand. Winston wollte protestieren, dass eine englische Lady wohl etwas Besseres zu erwarten hätte, doch Mary hielt ihn zurück.

Sie wollte nicht unhöflich wirken; die Begegnung mit dem alten Schotten am Abend hatte einen tiefen Eindruck auf sie gemacht, und im Ansatz erahnte sie, welcher Stolz und welches Traditionsbewusstsein diese einfachen Menschen erfüllten. Auch sie bekamen zum Frühstück nicht mehr zu essen als Getreidebrei, also wollte Mary gern damit vorlieb nehmen. Eine seltsame Sympathie verband sie mit den Bewohnern dieses Landes, die sie sich selbst nicht recht erklären konnte.

In der Nacht hatte sie erneut geträumt; wieder hatte sie die junge Frau gesehen, die auf dem schneeweißen Pferd durch die Highlands ritt – Highlands, die Mary nur von Gemälden her kannte und die in ihren Träumen so greifbar waren, als wäre sie selbst schon dort gewesen. Danach konnte sich Mary nur an verschwommene Eindrücke und ferne Bilder erinnern. Eine Burg, von deren Zinnen eine junge Frau geblickt hatte, ein Schwert, das inmitten eines Schlachtfelds im Boden steckte.

Es musste an den Worten des alten Schotten liegen, die Mary bis in den Schlaf verfolgt hatten.

Nach dem Frühstück verließen die Reisenden das *Jedburgh Inn*. Die Sonne war bereits über die derben, mit Stroh gedeckten Häuser gestiegen, der Himmel zartrosa verfärbt.

»Morgenrot«, kommentierte Winston missmutig, während er den Damen beim Einsteigen in die Kutsche half. »Es wird regnen, Mylady. Es sieht nicht so aus, als bereitete dieses verdammte Land Ihnen einen warmen Empfang.«

»Geregnet hat es zu Hause auch, Winston«, sagte Mary achselzuckend. »Ich verstehe deine Abneigung nicht.«

»Verzeihen Sie, Mylady. Es muss an dieser Gegend liegen. Sie ist leer und trostlos, und die Bewohner sind nichts als ungebildete Bauern.«

Mary, die gerade dabei gewesen war, in die Kutsche zu steigen, hielt auf der Stiege inne und sandte ihrem Bediensteten einen tadelnden Blick. »Für einen Kutscher hast du eine sehr hohe Meinung von dir, mein guter Winston.«

»Verzeihen Sie, Mylady. Ich wollte nicht herablassend klingen«, entschuldigte sich der Diener, doch der Hochmut in seinen Zügen strafte seine Worte Lügen.

Mary kletterte in die Kutsche und nahm Platz. Sie konnte es den Schotten nicht verdenken, wenn sie die Engländer nicht leiden konnten. Sogar englische Diener schienen auf die Bewohner dieses Landes herabzublicken und hielten sie für ungeschickte Tölpel.

Mary aber war anderer Ansicht. Durch die Romane Walter Scotts, die sie gelesen hatte, hatte sie vom Land jenseits der Grenzen eine andere Meinung bekommen. Was die einen für einen öden Landstrich hielten, in dem es weder Kultur noch gute Sitten gab, war für sie nun einer der wenigen Orte, an denen Begriffe wie Ehre und Edelmut noch nicht ausgestorben waren.

Für die meisten jungen Adeligen in ihrem Alter war Tradition nicht mehr als ein leeres Wort, eine Phrase, mit der man seinen Reichtum zu legitimieren suchte, während andere kaum genug zu essen hatten; hier im Norden hatte das Wort noch eine Bedeutung. Hier lebte man mit der Vergangenheit und war stolz darauf. In den Augen des Alten hatte Mary diesen Stolz deutlich gesehen.

Während sich die Kutsche in Bewegung setzte und Kitty sich unaufhörlich darüber beschwerte, dass sie auf ihrem kargen Lager schlecht geschlafen habe und ihr Rücken sie quäle, kreisten Marys Gedanken wieder um das, was der kauzige Alte gesagt hatte.

Was hatte er damit gemeint, als er von Verrat gesprochen hatte? Welche alten Traditionen waren auf dem Schlachtfeld von Bannockburn preisgegeben worden? Dem Schotten schien es bitterernst gewesen zu sein, auch wenn seine Zunge vom Ale schwer gewesen war. Mary spürte, dass ihre zukünftige Heimat ein Land voller Rätsel und Widersprüche war.

Gedankenverloren blickte sie zum Seitenfenster der Kutsche hinaus, sah die Gebäude Jedburghs vorbeiziehen, die Läden der Händler und die Werkstätten der Handwerker. Ein paar Hühner und ein Schwein tummelten sich auf der Straße und stoben entsetzt zur Seite, als sich die Kutsche näherte.

Zu dieser frühen Stunde war kaum jemand auf den Straßen unterwegs, nur ein paar Frauen, die mit Handkarren zum Markt zogen. Kurz darauf erreichte die Kutsche den Marktplatz – eine freie Fläche, die fünfzig Yards im Quadrat maß und von zweistöckigen Häusern umgeben wurde, unter ihnen ein Handelskontor und das Haus des örtlichen Sheriffs.

Am östlichen Ende des Platzes hatten einige Marktweiber ihre Stände und Buden errichtet und boten das Wenige zum Kauf, das ihre Männer dem kargen Boden abrangen. Mary jedoch hatte kein Auge für sie. Ihre ganze Aufmerksamkeit gehörte dem Schafott, das in der Mitte des Platzes errichtet worden war.

Es war ein aus grobem Holz gezimmertes Podest, auf dem sich mehrere Galgen erhoben. In den Schlingen hingen zu Marys Entsetzen fünf Männer.

Im Morgengrauen hatte man sie hingerichtet. Soldaten, deren rote Uniformröcke die einzigen Farbtupfer vor dem tristen Grau der Häuser waren, hielten vor den Galgen Wache.

»Wie entsetzlich«, rief Kitty aus und schlug sich die Hände vors Gesicht.

Auch wenn Marys Innerstes sich vor Abscheu verkrampfte und der Anblick der fünf Toten, die starr und leblos an ihren

Stricken hingen, Übelkeit in ihr emporsteigen ließ – sie konnte nicht anders, sie musste hinsehen. Und zu ihrem Entsetzen stellte sie fest, dass sie einen der Toten kannte.

Da man darauf verzichtet hatte, Säcke über die Köpfe der Verurteilten zu ziehen, sah sie im Vorbeifahren die Gesichter der Toten. Und in einem von ihnen erkannte Mary den alten Schotten, der sie im *Jedburgh Inn* angesprochen hatte, der ihr von Robert the Bruce und der Schlacht von Bannockburn erzählt hatte, davon, wie die Tradition des schottischen Volkes verraten worden war.

Seine letzten Worte kamen ihr in den Sinn. Er hatte sich von ihr verabschiedet. Irgendwie schien er geahnt zu haben, dass er den Morgen nicht erleben würde.

Mary schloss die Augen, spürte Trauer und Zorn zugleich. Sie hatte mit dem Alten gesprochen, hatte ihm in die Augen gesehen. Sie wusste, dass er kein schlechter Mensch gewesen war, kein Verbrecher, der es verdiente, auf dem Marktplatz gehängt und öffentlich zur Schau gestellt zu werden. In diesem Land allerdings, das begann Mary allmählich zu begreifen, galten andere Regeln.

Einer der Soldaten, die vor dem Schafott Wache hielten, blickte zur Kutsche herüber. Voller Entsetzen sah Mary, dass es der junge Corporal war, den sie vor dem Gasthof zurechtgewiesen hatte. Ein Grinsen huschte über seine Züge, und er nickte ihr zu. Für die Schmach, die sie ihm angetan hatte, hatte er sich bitter gerächt.

Mary wusste nicht, was sie tun sollte. Am liebsten hätte sie Winston angewiesen, die Kutsche anzuhalten, damit sie zu dem Corporal gehen und ihn zurechtweisen konnte. Aber eine innere Stimme sagte ihr, dass sie damit alles nur noch schlimmer machen würde.

Der Stolz und die Unbeugsamkeit des Alten waren den englischen Machthabern ein Dorn im Auge gewesen. Sie hatten ihn hingerichtet, um ein Exempel zu statuieren und der Bevölkerung zu zeigen, dass es gefährlich war, sich gegen die Mächtigen aufzulehnen. Und indirekt hatte Mary sogar noch dazu beigetragen.

Innerlich schüttelte sie sich. Sie schämte sich dafür, zu jenen zu gehören, die die Macht in diesem Land in Händen hielten. Auf den Adelsbällen im Süden amüsierte man sich gern über die Dummheit der schottischen Bauern und dass man ihnen die Zivilisation notfalls auch mit Gewalt bringen müsse. Junge Männer, die ihr Leben lang noch keine Not gelitten hatten, gefielen sich darin, geschmacklose Scherze über sie zu machen.

Die Realität jedoch sah anders aus. Nicht Zivilisation, sondern Willkür herrschte in diesem Land, und nicht die Schotten, sondern die Engländer schienen hier die wahren Barbaren zu sein.

Marys Empörung war grenzenlos, Tränen der Wut und der Trauer stiegen ihr in die Augen. Und während die Kutsche Jedburgh verließ, fragte sich die junge Frau einmal mehr, in was für eine schreckliche Gegend man sie geschickt hatte.

4.

Während seiner Zeit als Sheriff von Selkirk hatte Walter Scott zwei Obduktionen beigewohnt.

Die erste hatte er selbst angeordnet, als Douglas McEnroe, ein stadtbekannter Frauenheld, mit gebrochenem Genick im Graben der Landstraße gefunden worden war, die von Ashkirk nach Lillisleaf führte; die andere war notwendig geworden, als eine Witwe aus Ancrum behauptet hatte, der plötzliche Herztod ihres Mannes könne kein Zufall gewesen sein. Damals hatte sich in beiden Fällen der Mordverdacht nicht bestätigt, und insgeheim wünschte sich Sir Walter, dass es auch heute so sein würde. Eine dunkle Vorahnung sagte ihm jedoch, dass er vergeblich hoffte.

William Kerr war ein ältlicher Mann, der unter der Last seiner Jahre gebückt ging und den an kalten Nebeltagen, von denen es in den Lowlands so viele gab, das Rheuma plagte. Da er der einzige Arzt in Selkirk war, hatte er stets alle Hände voll zu tun, wobei es keinen Unterschied machte, ob ein Dorfbewohner Zahnschmerzen hatte oder die Kuh eines Bauern kalbte – Kerr war für Notfälle beider Art zuständig.

Als Sheriff von Selkirk hatte Sir Walter Kerr schätzen gelernt, und zwar als Freund wie auch als kompetenten Mediziner. Der alte Will mochte ein seltsamer Kauz sein, der eigentümliche Gewohnheiten pflegte, aber er war der beste Arzt, den Sir Walter kannte. Und er brauchte seinen Rat.

»Nun«, meinte Kerr in der ihm eigenen leiernden Sprechweise, die einen unvorbereiteten Zuhörer an ein rostiges Jagdhorn erinnern mochte, »soweit ich das beurteilen kann, ist der Junge aus großer Höhe gestürzt.«

»Ist er gestürzt, oder wurde er gestoßen?«, fragte Sir Walter. »Das ist die Frage, mein Freund.«

Kerr umrundete mit kleinen Schritten den Tisch, auf dem der Leichnam des armen Jonathan lag. Sir Walter hatte die Leiche von Kelso nach Selkirk bringen lassen, damit der Arzt sie untersuchte, und so betrübt der alte Kerr über den grausamen Tod eines so jungen Menschen war, so willkommen schien ihm doch die Abwechslung zu sein, die eine Leichenschau bot.

Nachdem er die Schädelfraktur in Augenschein genommen hatte, reinigte er den Leichnam vom Blut, um Jonathans Verletzungen genauer untersuchen zu können.

»Es gibt keine Hinweise auf Gewalteinwirkung«, stellte er schließlich fest. »Keine Schnittwunden und keine Stichverletzungen am ganzen Körper. Der Tod ist durch den Aufschlag eingetreten, daran besteht kein Zweifel. Außerdem hat sich der arme Junge bei dem Sturz das Genick gebrochen. Das erklärt den unnatürlichen Winkel, in dem Kopf und Rumpf zueinander stehen.«

Sir Walter vermied es hinzusehen. Der beißende Geruch, der in William Kerrs Arbeitszimmer herrschte und von den unzähligen Ölen und Essenzen herrührte, die der Arzt seinen Patienten als Heilmittel verabreichte, versetzte seinen Magen schon genug in Unruhe. Der Gedanke, dass jener junge Mann, der dort blass und leblos auf dem Tisch lag, sich noch tags zuvor bester Gesundheit erfreut hatte, war ihm unerträglich.

»Das Geländer in der Bibliothek ist zu hoch, als dass man einfach darüber fallen könnte«, stellte Sir Walter fest, »und ich weigere mich einfach zu glauben, dass Jonathan sich selbst das Leben genommen hat. Er war ein lebensfroher junger Mann, und ich könnte mir keinen Grund vorstellen, der gut genug wäre, um auch nur ernsthaft in Erwägung zu ziehen, dass ...«

»Die Liebe.« Kerr blickte auf. In einem Anflug seines seltsamen, unter den Dorfbewohnern berüchtigten Humors kicherte er leise. Vor seinem linken Auge trug der Arzt eine selbst gebastelte Vorrichtung, die aus einer kurzen Lederröhre und einem Vergrößerungsglas bestand – ein Hilfsmittel, damit seinen betagten Augen auch ja nichts entging. Als er Scott damit ansah, schien es, als blickte das monströse Auge eines Zyklopen auf den Herrn von Abbotsford.

»Vielleicht hatte unser junger Freund ja Liebeskummer«, riet Kerr. »Vielleicht gab es eine Dame seines Herzens, die seine Zuneigung nicht erwiderte. Die Tiefen, in die unerwiderte Leidenschaft die menschliche Seele zu stürzen vermag, sollte man nicht unterschätzen.«

»Das stimmt, alter Freund.« Sir Walter nickte. »Viele meiner Romane handeln von der Macht der Liebe. Aber die einzige Leidenschaft, die der arme Jonathan kannte, waren seine Bücher. Am Ende«, fügte er mit Bitterkeit in der Stimme hinzu, »sind sie ihm wohl zum Verhängnis geworden.«

»Der Junge ist von der Balustrade gestoßen worden, sagen Sie?«

»Das vermute ich. Eine andere Möglichkeit gibt es nicht.«

»Weil die Indizien dafür sprechen oder weil Sie eine andere Erklärung nicht zulassen wollen?«

»Was wollen Sie damit sagen, Will?«

»Erinnern Sie sich noch an Sally Murray?«

»Natürlich.«

»Diese arme Frau war so überzeugt davon, dass ihr Mann ermordet worden war, dass sie keine andere Möglichkeit in Betracht zog. Die Wahrheit war jedoch, dass er in Hawick bei den Huren gewesen war, und die jungen Dinger hatten sein schlichtes Herz wohl überfordert.« Der Arzt kicherte wieder. »Solche Dinge geschehen, Sir. Nur weil wir wollen, dass es sich anders verhalten hat, wird sich die Vergangenheit nicht ändern.«

»Weshalb erzählen Sie mir das, Will?«

Kerr nahm das Vergrößerungsglas ab und legte es beiseite. »Bei meinen Untersuchungen leistet mir dieses Ding gute Dienste«, erklärte er, »aber ich brauche es nicht, um in anderer Leute Seele blicken zu können. Und in Ihrer Seele, Sir, bei allem schuldigen Respekt, entdecke ich Schuld.«

»Schuld? Weswegen?«

»Das weiß ich nicht, denn Sie können für das, was diesem armen Jungen widerfahren ist, nicht das Geringste. Aber ich kenne Sie lange und gut genug, um zu wissen, dass Sie sich dennoch mit Selbstvorwürfen plagen.«

»Selbst wenn Sie Recht hätten – ich sehe nicht, worauf Sie hinauswollen, Will.«

»Denken Sie an die Witwe Murray. Ihr fiel es einfacher zu glauben, ihr Mann sei vergiftet worden, als sich einzugestehen, dass er in den Armen eines Freudenmädchens ein unrühmliches Ende gefunden hatte. Und ich denke, dass Sie, Sir, um jeden Preis jemanden finden wollen, der die Schuld an Jonathans Tod trägt.«

»Unsinn.« Scott schüttelte den Kopf. »Das ist es nicht.«

»Das hoffe ich, Sir. Denn wie Sie wissen, starb die arme Witwe Murray, ohne sich die Wahrheit jemals eingestanden zu haben.«

»Ich weiß, mein guter Will«, erwiderte Sir Walter seufzend. »Doch Sie übersehen, dass es einen großen Unterschied gibt zwischen dem Fall Murray und diesem hier. Damals gab es keinerlei Indizien, die darauf hindeuteten, dass Lester Murray an etwas anderem gestorben sein könnte als an seinem überforderten Herzen. Hier jedoch liegen die Dinge anders. Jonathan wurde mit zerschmettertem Schädel am Fuß einer Balustrade aufgefunden, von der er unmöglich von selbst gestürzt sein kann. Und nach allem, was ich über den Jungen weiß, gibt es auch keinen Hinweis auf Selbstmordgedanken. Ich bilde mir das nicht ein, Will. Es gibt Fakten, die dafür sprechen, dass Jonathan Milton nicht das Opfer eines Unfalls wurde. Es war Mord.«

Einmal mehr war Sir Walter lauter geworden, als er beabsichtigt hatte, und ihm war klar, dass dies seinen Standpunkt nicht glaubwürdiger machte. Der Tod seines Schützlings machte ihm schwer zu schaffen, aber das bedeutete nicht, dass er sich in Hirngespinste flüchtete. Oder doch?

Der alte Kerr betrachtete Sir Walter durch sein glotzendes optisches Auge, das er inzwischen wieder aufgesetzt hatte. Scott kam es so vor, als könnte er ihm damit bis auf den Grund seiner Seele blicken.

»Ich verstehe Sie, Sir«, sagte der Arzt schließlich. »An Ihrer Stelle würde ich wahrscheinlich genauso empfinden.«

»Danke, Will.«

Kerr nickte, wandte sich dann wieder dem Leichnam zu und nahm jeden Zoll des leblosen Körpers in Augenschein.

Endlos scheinende Minuten verstrichen, in denen sich Sir Walter an einen anderen Ort wünschte. An welchem Roman arbeitete er gerade? Was war die letzte Szene gewesen, die er geschrieben hatte? Er konnte sich nicht entsinnen. Poesie und Romantik schienen mit einem Mal weit entfernt zu sein. In William Kerrs Laboratorium war kein Platz dafür.

»Hier«, sagte der Arzt plötzlich. »Das könnte es sein.«

»Sie haben etwas gefunden?«

»Nun ja ... Hier an den Armen finden sich Stellen, die blutunterlaufen sind. Das könnte darauf hindeuten, dass der Junge von jemandem ziemlich hart gepackt wurde. Außerdem ist mir das hier aufgefallen. Hören Sie!«

Mit einem wissenden Lächeln drückte der Arzt auf die Rippen des Toten. Mit einem leisen Knirschen, das Sir Walter Übelkeit bereitete, gaben sie nach.

»Gebrochen?«, fragte er.

»So ist es.«

»Und was bedeutet das?«

»Dass es möglicherweise einen Kampf gegeben hat, bei dem Ihrem Schüler die Rippen gebrochen wurden.«

»Oder«, spann Sir Walter den Gedanken weiter, »Jonathans Rippen brachen, als jemand ihn mit Gewalt über das Geländer stieß.«

»Auch das wäre denkbar. Allerdings könnte er sich die Brüche ebenso gut beim Sturz selbst zugezogen haben.«

»Suchen Sie weiter, Will«, forderte Scott den Doktor auf. »Je mehr Sie finden, desto eher bekommen wir Gewissheit.«

»Das ist nicht gesagt«, widersprach der Arzt mit einem Augenzwinkern, das angesichts des Vergrößerungsglases ziemlich grotesk wirkte. »Nur selten bringt mehr Wissen auch mehr Klarheit. Oft genug ist es umgekehrt. Schon Sokrates hat das erkannt.«

Trotz der Anspannung, unter der er stand, musste Sir Walter über den kauzigen Mediziner lächeln. Vielleicht würde William Kerr ihm tatsächlich helfen können, ein wenig Licht ins Dunkel zu bringen. Und einmal mehr enttäuschte der Arzt ihn nicht.

»Sir?«, fragte er plötzlich.

»Ja, Will?«

»Welche Farbe hatte Jonathans Mantel?«

»Nun, er war ... grau, soweit ich mich erinnere«, sagte Sir Walter mit kraus gezogener Stirn. »Weshalb ist das von Belang?«

»Nicht etwa schwarz? Aus grob gesponnener Wolle?«

»Nein.« Sir Walter schüttelte den Kopf. »Nicht, dass ich mich erinnern könnte.«

Der Doktor ließ ein triumphierendes Gelächter vernehmen. Dann griff er mit einer Pinzette zu und zog etwas unter dem Daumennagel von Jonathans rechter Hand hervor. Als er es hochhielt, sah Sir Walter, dass es sich um eine Faser handelte. Eine schwarze Wollfaser.

»Dann«, sagte der alte William Kerr, »war außer dem jungen Jonathan wohl noch jemand in dem Archiv ...«

Es war unheimlich in der Bibliothek. Zwischen den hohen, mit alten Folianten voll gestopften Regalen schien die Zeit stillzustehen, und der Staub vergangener Jahrhunderte erfüllte die Luft. Obwohl zahlreiche brennende Kerzen auf den Lesetischen aufgestellt worden waren, wurde ihr Licht schon nach wenigen Schritten von der drückenden Düsternis verschluckt.

Quentin Hay war kein mutiger Mann. Walter Scotts Neffe entbehrte die zupackende, entschlossene Art seines Onkels, und er war gewiss nicht das, was man einen Draufgänger nannte. Während seine Brüder alle schon frühzeitig gewusst hatten, was sie werden wollten – Walter, der jüngere, der nach seinem berühmten Onkel benannt worden war, war nach Edinburgh gegangen, um Recht zu studieren, Liam, der ältere, war den Dragonern beigetreten –, hatte Quentin sein zwanzigstes Lebensjahr erreicht, ohne auch nur eine blasse Ahnung zu haben, was er aus sich und seinem Leben machen wollte, sehr zum Leidwesen seiner Mutter.

Dass er ihrem Bruder nacheifern und ebenfalls Schriftsteller werden sollte, war ihre Idee gewesen. Nicht, dass Quentin es sich nicht hätte vorstellen können, seinen Lebensunterhalt mit dem Schreiben von Büchern zu verdienen. Das Problem war, das er sich auch vorstellen konnte, mit jedem anderen Beruf sein Auskommen zu bestreiten. Gewiss, das Schreiben machte ihm Freude – aber ob seine Anlage dazu so ausgeprägt war wie die seines Onkels, bezweifelte er doch sehr.

Immerhin hatte er auf diese Weise die Gelegenheit erhalten, von zu Hause fortzukommen. In Abbotsford gefiel es ihm gut.

Nicht nur, weil Sir Walter ihm ein geduldiger, weiser Lehrer und in mancher Hinsicht mehr eine Vaterfigur war als der leibliche Vater, ein wortkarger, hart arbeitender Mann, der sich als Buchhalter in einem Handelskontor in Edinburgh verdingte. Sondern auch, weil Sir Walter ihn nicht unter Druck setzte, wie seine Eltern das zu tun pflegten, und weil Quentin zum ersten Mal in seinem Leben das Gefühl hatte, selbst entscheiden zu dürfen, was er mit seinem Leben anfangen wollte. Meistens jedenfalls.

Bis spät in die Nacht in einer kalten, zugigen Bibliothek zu sitzen und nach Hinweisen auf einen Mord zu suchen, gehörte allerdings nicht zu den Dingen, die er sich freiwillig ausgewählt hätte. Aber Sir Walter hatte keinen Zweifel daran gelassen, dass er Quentins Hilfe dringend benötigte, und der junge Mann hatte ihn nicht im Stich lassen wollen.

Er selbst hatte deutlich gespürt, wie sehr sein Onkel unter dem Tod von Jonathan Milton litt. Auch er war betrübt über das jähe und schreckliche Ende, das der junge Student gefunden hatte, mit dem zusammen er oft in Jedburgh gewesen war, um einzukaufen oder das örtliche Gasthaus aufzusuchen.

Den Tag über war Quentin Abt Andrew und seinen Mitbrüdern dabei zur Hand gegangen, die Bestände der Bibliothek zu überprüfen – ein schier aussichtsloses Unterfangen bei all den papiernen Schätzen, die in den hohen Regalen lagerten. Die Mönche hatten sich dabei auf jene Bereiche konzentriert, in denen Jonathan Milton gearbeitet hatte, und natürlich hatten sie auch die Regale im oberen Stockwerk überprüft, wo der Student sich zuletzt aufgehalten haben musste.

In ihrer kontemplativen Art waren die Prämonstratenser dabei schweigend zu Werke gegangen. Zuerst war Quentin die Stille drückend und schwer erschienen, im Lauf des Tages hatte er sich aber daran gewöhnt. Ja, mit der Zeit hatte er die Stille sogar als etwas Befreiendes empfunden, hatte es genossen, endlich einmal mit seinen Gedanken allein zu sein; mit seiner Furcht und der Trauer – und der Wut auf jene, die für Jonathans Tod verantwortlich waren.

Bis zum Abend wurden keinerlei Hinweise darauf gefunden, dass ein Dieb in der Bibliothek sein Unwesen getrieben haben könnte. Alle Bände schienen an ihrem Platz zu stehen, säuberlich eingereiht und von jahrzehntealtem Staub bedeckt. Bei Sonnenuntergang zogen sich die Mönche zurück, um im Gebet des Herrn zu gedenken und den Tag in Klausur zu beschließen.

Quentin jedoch war in der Bibliothek geblieben.

Ein Gefühl, das ihm bislang fremd gewesen war, hatte von ihm Besitz ergriffen und nötigte ihn dazu, die Suche fortzusetzen: Ehrgeiz. Der unwiderstehliche Drang herauszufinden, was geschehen war, erfüllte Quentin, und dabei sah er sich noch nicht einmal in der Lage, genau zu benennen, woher dieser Ehrgeiz rührte. Vielleicht waren es die mysteriösen Umstände von Jonathans Tod, die seine Neugier geweckt hatten und ihn nun sogar dazu brachten, die Nacht in dieser unheimlichen, düsteren Umgebung zu verbringen. Vielleicht war es die Gelegenheit, seinem Onkel endlich zu beweisen, was in ihm steckte.

Sir Walter hatte schon so viel für ihn getan – und dies war eine Möglichkeit, sich dafür erkenntlich zu zeigen. Quentin war sicher, dass sein Onkel erst dann wieder Ruhe finden würde, wenn die Umstände von Jonathans Tod lückenlos geklärt waren. Wenn er etwas dazu beitragen konnte, dann wollte er es tun, egal wie unangenehm die Umstände auch sein mochten.

Der junge Mann vermied es, sich in der von schummrigem Kerzenlicht beleuchteten Bibliothek umzusehen. Wenngleich seine schriftstellerischen Fähigkeiten zu wünschen übrig ließen, verfügte er doch über eine ausufernde Fantasie, die ihn überall in den dunklen Gassen und Nischen, die sich zwischen den Regalen auftaten, schemenhafte Gestalten sehen ließ – die gleichen Phantome, die jedes Kind in dunklen Nächten zu sehen glaubte und die Quentin nie wirklich losgeworden war.

Er erinnerte sich, dass sein Onkel ihn einmal amüsiert gefragt hatte, ob er denn an Gespenster glaube. Natürlich nicht, hatte Quentin verneint, schließlich hatte er sich vor seinem Onkel nicht lächerlich machen wollen. Aber insgeheim wusste er, dass er gelogen hatte. Der junge Mann war überzeugt davon, dass es einige Dinge zwischen Himmel und Erde gab, die sich mit rationalen Mitteln nicht erklären ließen, und eine verlassene, nur unzureichend beleuchtete Halle, die bis unter die Decke mit uralten Schriften und Büchern angefüllt war, war durchaus dazu angetan, diesen Glauben noch zu beflügeln.

»Ich muss mich konzentrieren«, rief Quentin sich den obersten Grundsatz ins Gedächtnis zurück, den sein Onkel ihm beigebracht hatte. »Der Verstand bringt Licht in die Dunkelheit, heller als jeder Feuerschein.« Es klang nicht sehr überzeugt, doch es beruhigte ihn, seine eigene Stimme zu hören. Beherzt griff er nach dem Kerzenleuchter und seinem Schreibzeug und ging wieder nach oben, um seine Arbeit fortzusetzen.

Ein Teil der Bücher des Archivs war von den Mönchen bereits katalogisiert worden. Das bedeutete, dass die Bücher mit fortlaufenden Signaturen versehen worden waren, nach denen sie in den Regalen einsortiert waren. Wenn hier ein Buch entwendet worden war, ließ sich das sehr leicht feststellen – der Dieb konnte ja unmöglich alle anderen Signaturen geändert haben. Allerdings kam es in Anbetracht der unzähligen Bände, die im Archiv von Dryburgh lagerten, einer herkulischen Aufgabe gleich, sämtliche Signaturen zu sichten und auf ihre Vollständigkeit zu prüfen. Und wenn der Dieb nicht so dumm gewesen war, ein registriertes Exemplar zu entwenden, sondern eines aus dem unkatalogisierten Bereich der Bibliothek, würde man ihm ohnehin nie auf die Schliche kommen.

Im flackernden Schein der Kerze schritt Quentin das nächste Regal ab. Die Signaturen umfassten mehrere römische Zahlen und Schriftzeichen, die nicht leicht zu merken waren. Sie zu verfolgen erforderte höchste Konzentration, sodass der junge Mann seine unheimliche Umgebung darüber fast vergaß.

Eine vorspringende Diele, deren feuchtes Holz sich verzogen hatte, brachte sie ihm jäh wieder ins Gedächtnis.

Quentin blieb mit der Stiefelspitze hängen und kippte nach vorn, und noch ehe er reagieren und sich irgendwo festhalten konnte, schlug er bäuchlings auf den Boden. Es krachte dumpf, als er auf den alten Bohlen landete, die bedenklich unter seinem Gewicht ächzten. Der Kerzenleuchter, den Quentin vor Schreck losgelassen hatte, traf so unglücklich auf, dass er entzweiging.

Ihrer Halterung beraubt, rollte die noch brennende Kerze über den Boden, der an dieser Stelle leicht abfiel. Mit vor Entsetzen geweiteten Augen sah Quentin sie davonkullern.

»Nein!«, schnappte er, als gälte es, die ungezogene Flamme zurechtzuweisen. Hastig und auf allen vieren kroch er der Kerze hinterher.

Panik packte ihn dabei. Wenn eines der Regale Feuer fing, würden die Flammen in Sekundenschnelle um sich greifen. Das mit Öl behandelte Pergament würde wie Zunder brennen, ebenso wie das jahrhundertealte Papier. Von allen Tölpeleien und Nachlässigkeiten, die Quentin je begangen hatte, würde dies mit Abstand die fürchterlichste sein.

»Nein«, jammerte er, als er sah, dass die Kerze unter eines der Regale rollte. Der junge Mann ließ sich auf den Bauch fallen und robbte verzweifelt über den Boden. Staub wirbelte auf und brannte in seinen Augen, brachte ihn zum Husten. Seine Panik zwang ihn dazu, die bizarre Verfolgung fortzusetzen – bis er schließlich erleichtert feststellte, dass die Kerze unter dem Regal liegen geblieben war.

Er streckte sich und versuchte, sie zu erreichen, doch seine Arme waren zu kurz. In einem Anflug von Genialität nahm er die Feder, die er mit der anderen Hand umklammert hielt, und holte mit ihrer Hilfe die Kerze heran.

Unschuldig rollte der Stummel aus Wachs, der ihm solchen Schrecken eingejagt hatte, über den Boden und beleuchtete die Dielen.

In diesem Augenblick sah Quentin es.

Im Lichtschein der vorüberhuschenden Flamme war es nur für einen winzigen Moment zu sehen, aber es erregte Quentins Aufmerksamkeit. Rasch wälzte er die Kerze noch einmal zurück. Er hatte sich nicht geirrt.

In der Bodendiele unter dem Regal prangte ein Zeichen, ein Emblem, das jemand in das weiche Holz geschnitzt hatte.

Neugierig beugte Quentin sich vor und zwängte seinen Kopf so weit zwischen Boden und Regal, wie er es wagen konnte, ohne stecken zu bleiben.

Das Zeichen war in etwa so groß wie seine Handfläche und sah aus wie ein Siegel – mit dem Unterschied, dass keine Buchstaben darin zu erkennen waren. Es bestand nur aus zwei Elementen – einem gebogenen, das wie die Sichel des Neumonds aussah, und einem geraden, das die Sichel durchstieß.

Obwohl Quentin das Zeichen noch nie zuvor gesehen hatte, ging eine eigenartige Vertrautheit davon aus. Allerdings war da auch ein Gefühl, das den jungen Mann ängstigte.

Was es wohl zu bedeuten hatte? Weshalb hatte man es ausgerechnet an dieser Stelle in das Holz geritzt?

»Vielleicht, um etwas zu markieren«, gab sich Sir Walters Neffe selbst die Antwort. Entschlossen griff er nach der Kerze, packte sie und zog sie unter dem Regal hervor. Da der Leuchter zerbrochen war, musste er sie mit bloßen Händen halten, sodass ihm das Wachs auf die Finger tropfte.

Er achtete nicht darauf. Sein Puls schlug schneller, sein Ehrgeiz war noch größer geworden, jetzt, wo er das Gefühl hatte, etwas wirklich Wichtiges entdeckt zu haben. Möglicherweise hatte ihm sein Ungeschick dieses eine Mal einen guten Dienst erwiesen. Vielleicht war er der Erste, der das Symbol entdeckt hatte ...

Langsam richtete er sich auf und studierte im Kerzenlicht das Regal, unter dem er das Zeichen gefunden hatte. Der Schein der Kerze reichte nicht weit; Reihe für Reihe musste er absuchen, arbeitete sich immer weiter empor – um plötzlich innezuhalten.

Ein Band fehlte.

Inmitten einer Reihe von Folianten, die keine Kennzeichnung trugen, klaffte eine Lücke, die etwa eine Handspanne breit war.

»Das ist es«, flüsterte Quentin und merkte, wie er von seinem eigenen verschwörerischen Tonfall eine Gänsehaut bekam. »Ich habe es gefunden.«

Sein Onkel hatte also Recht gehabt. Es hatte tatsächlich ein Dieb in der Bibliothek sein Unwesen getrieben, und er, Quentin, hatte den Beweis dafür gefunden. Seine Brust schien vor Stolz zu schwellen, und am liebsten hätte er die Euphorie, die ihn erfüllte, laut hinausgebrüllt.

Dann plötzlich hörte er ein hässliches Geräusch.

Leise, pochende Schritte, die die Treppe zur Galerie heraufkamen. Die Dielen ächzten unter dem Gewicht.

Für einen Moment stand Quentin wie gelähmt vor Entsetzen, und seine alte Furchtsamkeit gewann wieder die Oberhand. Dann jedoch rief er sich selbst zur Vernunft. Er musste damit aufhören, an den Kinderschreck zu glauben, anders würde es ihm nie gelingen, die Anerkennung seines Onkels und seiner Familie zu erlangen.

»Wer ist da?«, fragte er deshalb laut und achtete darauf, dass seine Stimme fest und sicher klang.

Er bekam keine Antwort.

»Onkel, bist du das? Oder sind Sie es, Abt Andrew?«

Wieder herrschte bitteres Schweigen, auch die Schritte waren verstummt.

Quentin befeuchtete seine Lippen. Er hatte die besten Vorsätze, nicht mehr an Gespenster zu glauben. Aber weshalb antwortete der nächtliche Besucher nicht, wenn er ihn ansprach? Die Erinnerung an das, was dem armen Jonathan widerfahren war, stieg in ihm auf. Furcht legte sich wie ein eiserner Ring um seine Brust und drückte ihm die Luft ab.

»Wer ist da?«, fragte er noch einmal, und mit der Kerze in der Hand schritt er die Gasse zwischen den Regalen hinab. Erschrocken registrierte er, dass diese Kerze nun die einzige Lichtquelle in der Bibliothek war. Jemand hatte alle anderen gelöscht und dafür gesorgt, dass das Archiv in tiefe Dunkelheit gesunken war.

Zu welchem Zweck?

Sich mit beiden Händen an seine Kerze klammernd, als wäre sie ein guter Geist, der ihn durch das Dunkel führte, folgte Quentin der Gasse bis zu ihrem Ende. Er trat leise auf und zuckte bei jedem Knarren, das die alten Bohlen von sich gaben, in sich zusammen. Endlich erreichte er den Hauptgang, warf einen Blick hinaus. Es war zum Verzweifeln. Das spärliche Licht der Flamme wurde schon nach wenigen Ellen von staubiger Schwärze verschluckt. Was sich jenseits davon befand, konnte

Quentin nur vermuten, und es ließ ihn in seinem tiefsten Innern erschaudern.

Trotz des Mantels, den er trug, war ihm plötzlich kalt. Die Panik, die in ihm aufstieg, vermochte er nur mit Mühe niederzuhalten. Vorsichtig setzte er einen Fuß vor den anderen. Er musste die Treppe erreichen, hatte nur den einen Wunsch, die Bibliothek so schnell wie möglich zu verlassen. Zuerst das geheimnisvolle Zeichen auf dem Boden, dann der fehlende Band, schließlich die Schritte in der Dunkelheit ...

Unheimliche Dinge gingen in dieser Bibliothek vor sich, mit denen Quentin nichts zu tun haben wollte, egal, was die anderen sagten. Sollten sie von ihm enttäuscht sein, wenn sie wollten, aber er hatte keine Lust, das gleiche traurige Schicksal zu erleiden wie Jonathan.

Unsicher lenkte er seine Schritte in Richtung der Treppe, passierte Reihen von Regalen. Es war wie in den unruhigen Nächten seiner Kindheit, als namenlose Schrecken in dunklen Winkeln gelauert hatten. Auch jetzt zuckte Quentin zusammen, wenn er hier einen Schatten, dort eine undeutliche Gestalt zu erkennen glaubte. Es kostete ihn einige Überwindung, dennoch einen Fuß vor den anderen zu setzen. Und plötzlich gewahrte er die Gestalt, die vor ihm im Dunkeln stand. Einen Augenblick lang hielt er auch sie für einen Schemen, den seine Furcht ihm vorgaukelte, für eine Ausgeburt seiner Fantasie. Als sich der Schatten jedoch bewegte, wurde Quentin klar, dass er sich geirrt hatte.

Mit einem Aufschrei schlug er die Hände vors Gesicht. Die Kerze entwand sich abermals seinem Griff und fiel zu Boden. Im Davonrollen warf sie flackerndes Schlaglicht auf die fremde Gestalt, und Quentins Verdacht wurde schreckliche Gewissheit.

Dieses Phantom war echt!

Quentin sah einen dunklen Mantel und ein konturloses Gesicht. Dann spürte er die sengende Hitze hinter sich, gefolgt von blendender Helligkeit.

Einem jähen Instinkt gehorchend, fuhr Quentin herum – und starrte in ein loderndes Flammenmeer.

Die Regale hatten Feuer gefangen. Gelb leuchtende Feuersbrunst loderte an ihnen empor und griff bereits auf die Bücher über, fraß sie auf wie ein gieriger Moloch.

»Nein!«, entfuhr es Quentin entsetzt, als er sah, wie das Wissen vergangener Jahrhunderte dem Wüten der Flammen zum Opfer fiel. Und einen Herzschlag später traf ihn die Erkenntnis, dass es seine Schuld war. Er hatte die Kerze fallen lassen ...

Der junge Mann wandte sich abermals um, schaute nach dem Vermummten, der ihn so in Panik versetzt hatte – nur um festzustellen, dass das Phantom verschwunden war. Hatte es überhaupt je wirklich existiert? Oder war es doch nur eine Ausgeburt seiner Ängste gewesen? Hatte er einmal mehr mit offenen Augen geträumt?

Ihm blieb keine Zeit, darüber nachzudenken. Schon hatte das Feuer auf die nächsten Regale übergegriffen. Mit dumpfem Grollen fraßen sich die Flammen durch die wertvollen Bücher und Folianten. Der Anblick erfüllte Quentin mit maßlosem Entsetzen. Einen Augenblick lang stand er wie erstarrt. Dann wurde ihm bewusst, dass er etwas unternehmen musste.

»Feuer! Feuer!«, brüllte er so laut er konnte und sprang auf die brennenden Regale zu, in dem mutigen, aber törichten Bemühen, wenigstens noch einige Bücher zu retten. Beißender Rauch quoll zwischen den Folianten hervor, brannte in seinen Augen und raubte ihm den Atem.

Er bekam einige der Bücher, die noch nicht Feuer gefangen hatten, zu fassen und zog sie aus dem Regal, wollte sie vor den Flammen in Sicherheit bringen – doch der Rauch hatte ihn von allen Seiten umzingelt und hüllte ihn ein wie eine dichte, undurchdringliche Wand.

Quentin musste husten. Beißender Qualm fraß sich in seine Lungen, Übelkeit befiel ihn. Er wurde schwach und kraftlos und ließ die Bücher fallen. Seine Knie wurden weich, und er konnte sich nur noch mühsam auf den Beinen halten.

Durch vom Rauch verquollene Augen erhaschte er einen Blick auf die Treppe. Er musste sie erreichen, sonst würden die Flammen sein Ende sein.

Hustend und würgend kämpfte er sich durch den dichten Rauch, presste sich das Tuch vors Gesicht, das er um den Hals gebunden trug.

»Feuer!«, ächzte er dabei immer wieder, doch das Brausen der Flammen, die einen wahren Feuersturm in der Bibliothek entfacht hatten, übertönte ihn.

Endlich erreichte er das Geländer und bekam es zu fassen. Die Dielen bebten unter seinen Füßen. An der Balustrade entlang hangelte er sich zur Treppe, während er spürte, wie ihm die Sinne schwanden. Nach Atem ringend, arbeitete er sich weiter voran, erreichte die erste Stufe – und verlor den Halt.

Quentin merkte noch, wie er in die bodenlose Tiefe stürzte. Dann schienen die Flammen schlagartig zu verlöschen, und es wurde schwarz um ihn.

Er sah sie aus der Ferne. Die Reiterin saß auf einem schneeweißen Pferd, das mit wehender Mähne und fliegendem Schweif die Landschaft durcheilte. Je näher sie kam, desto deutlicher konnte er ihre Züge erkennen.

Sie war jung, nicht älter als er selbst, und von vornehmer Gestalt. Aufrecht saß sie auf dem Rücken des Tieres, dem weder

Sattel noch Zügel angelegt waren, und hatte die Hände fest in seine Mähne verkrallt. Ihr Haar wehte im Wind, umrahmte das ebenmäßige Gesicht mit dem kleinen Mund und den Augen, die wie Sterne leuchteten. Ihr einziges Kleidungsstück schien ein schlichtes Hemd aus Leinen zu sein, das ihre Figur wie Wasser umfloss.

Sie war das schönste Geschöpf, das ihm je unter die Augen gekommen war. Und obwohl er sie deutlich sehen konnte, obwohl er den Wind fühlte und die feuchte, würzige Luft roch, die vom Boden aufstieg, wusste er, dass sie nicht wirklich war, sondern nur ein Traum.

Die Reiterin kam auf ihn zu.

Die Hufe ihres Pferdes schienen den Boden kaum zu berühren, mit atemberaubender Geschwindigkeit sprengte das Tier heran. Obwohl er ahnte, dass sie nur ein Trugbild war, streckte er die Hände nach ihr aus, versuchte sie zu greifen ...

»Quentin?«

Die Stimme schien aus weiter Ferne zu kommen, als stünde ihr Besitzer auf der anderen Seite eines weiten Tals und als trüge der Wind seine Worte heran.

Quentin wollte sie nicht hören. Er schüttelte den Kopf und presste die Hände auf die Ohren, denn er hatte nur Augen für die Reiterin, die sich jetzt wieder von ihm zu entfernen schien.

»Nein!«, rief er enttäuscht. »Geh nicht! Bitte, geh nicht ...«

»Ruhig, mein Sohn. Es ist alles in Ordnung.«

Wieder die Stimme. Diesmal war sie beträchtlich näher, und je deutlicher sie wurde, desto mehr entschwand das Bild der jungen Frau.

»Bitte geh nicht«, murmelte Quentin noch einmal. Dann

spürte er, wie ihn jemand an der Schulter berührte, und er schlug die Augen auf.

Zu seiner Überraschung blickte er in das Gesicht eines Mannes. Weißgraues, nach vorn gekämmtes Haar umrahmte Züge, die Entschlossenheit und Kraft, aber auch Sorge verrieten. Es dauerte eine Sekunde, bis Quentin klar wurde, dass er nicht mehr im Reich der Träume weilte. Und dass jenes Gesicht, das ihn so besorgt musterte, Walter Scott gehörte.

»Onkel Walter«, hauchte er. Das Sprechen fiel ihm schwer, jedes Wort brannte wie Feuer in seiner Kehle.

»Guten Morgen, Quentin. Ich hoffe, du hast gut geschlafen.« Ein jungenhaftes Lächeln huschte über Sir Walters Züge, die ein wenig von den schier unerschöpflichen Energien erahnen ließen, die diesen Mann erfüllten. Quentin hingegen fühlte sich elend und ausgelaugt. Und als die Erinnerung zu ihm zurückkehrte, wusste er auch, weshalb.

»Wo bin ich?«, fragte er heiser.

»In Abbotsford.«

»In Abbotsford?« Quentin blickte sich erstaunt um. Tatsächlich: Er befand sich in seinem Schlafraum auf dem Landsitz seines Onkels. Er lag im Bett, auf dessen Kante Sir Walter hockte. Mattes Morgenlicht fiel durch das Fenster und verhieß einen neuen Tag.

»Wie bin ich hierher gekommen?«

»Du hattest großes Glück. Abt Andrew und seine Mönche haben das Feuer bemerkt und sind ohne Zögern in das Flammenmeer vorgedrungen, um dich zu retten.«

»Dann konnte der Brand gelöscht werden?«

»Nein, das nicht.« Sir Walter klang enttäuscht. »Das Kornhaus von Kelso ist bis auf die Grundmauern abgebrannt – und mit ihm alle Bücher, die dort lagerten. Das Wissen der Vergangenheit liegt in Schutt und Asche. Aber du, lieber Junge, bist am Leben. Nur das zählt.«

»In Schutt und Asche«, echote Quentin freudlos. Sein schlechtes Gewissen bereitete ihm Übelkeit, schnürte ihm die Kehle zu. »Die Mönche hätten mich lieber in den Flammen sterben lassen sollen«, sagte er leise.

»Mein lieber Junge!« Sir Walter klang plötzlich streng, die buschigen Brauen zogen sich zusammen. »Du bist sehr undankbar! Die Brüder fanden dich bewusstlos am Fuß der Treppe. Hätten sie dich nicht gerettet, würdest du jetzt nicht mehr unter uns weilen.«

»Ich weiß, Onkel«, sagte Quentin zerknirscht. »Und vielleicht wäre es besser so.«

»Weshalb sagst du so etwas? Wir haben uns große Sorgen um dich gemacht. Doktor Kerr und Lady Charlotte sind die ganze Nacht nicht von deiner Seite gewichen.«

»Das verdiene ich nicht, Onkel«, erwiderte Quentin niedergeschlagen. »Denn an dem Feuer in der Bibliothek ...«

»Ja?«

»... trage ich Schuld«, brachte Quentin sein Geständnis zu Ende. »Ich habe meine Kerze fallen lassen, daraufhin fing eines der Regale Feuer. Ich habe noch versucht, einige der Bücher zu retten, aber es war zu spät. Es ist meine Schuld, Onkel. Diejenigen, die behaupten, dass ich zu nichts tauge, haben vollkommen Recht. In all den Monaten, die ich schon bei dir bin, war ich dir nur eine Last. Ich habe dich enttäuscht.«

Er wagte es nicht, seinem Onkel ins Gesicht zu sehen, und schloss die Augen in der Erwartung, dass Sir Walter ihn mit wüsten Flüchen und Verwünschungen bedenken würde. Doch die Schelte blieb aus. Stattdessen gab sich Sir Walter einem langen, ausgiebigen Seufzen hin.

»Quentin?«

»Ja, Onkel?« Quentin blinzelte.

»Mache ich den Eindruck, als wäre ich wütend auf dich?«

»N-nein, Onkel.«

»Du bist ein törichter Junge, weißt du das?«

»Ja, Onkel.«

»Aber nicht aus den Gründen, die du genannt hast. Sondern weil du noch immer nicht begriffen hast, wie viel du uns allen bedeutest. Ist dir klar, welche Sorgen wir uns um dich gemacht haben? Ich habe bereits Jonathan verloren, Quentin. Dich auch noch zu verlieren, das hätte ich nicht ertragen. Du bist mein Neffe, mein eigen Fleisch und Blut. Das darfst du niemals vergessen.«

Quentin gönnte sich ein zaghaftes Lächeln. »Das ist lieb von dir, Onkel, und ich bedauere sehr, euch allen solche Sorgen bereitet zu haben. Aber der Brand in der Bibliothek ist meine Schuld. Nun werden wir nie erfahren, wer den armen Jonathan ermordet hat.«

»Da wäre ich mir nicht so sicher.«

»Nein? Weshalb nicht?«

»Weil Abt Andrew und seine Mitbrüder hinter der Bibliothek leere Behälter gefunden haben. Behälter, in denen Petroleum aufbewahrt wurde.«

»Was soll das heißen?«

»Das heißt, mein Junge, dass es Brandstiftung gewesen ist. Irgendwer hatte es darauf angelegt, die Bibliothek in Flammen aufgehen zu lassen.«

»Dann ... trifft mich gar keine Schuld?«

»Natürlich nicht. Glaubst du im Ernst, eine kleine Kerze könnte im Handumdrehen eine solche Feuersbrunst auslösen?«

Quentin atmete auf. Für einen kurzen Moment fühlte er sich

so unbeschwert und leicht, als hätte Pater Cawley ihm die Beichte abgenommen. Dann jedoch kehrte ein weiteres Stück seiner Erinnerung zurück ...

»Es war also Brandstiftung?«

»Danach sieht es aus. Offensichtlich wollte jemand die Spuren verwischen, die er in der Bibliothek hinterlassen hatte.«

»Der Vermummte«, flüsterte Quentin und merkte, wie ein kalter Schauder über seinen Rücken rann. »Die dunkle Gestalt. Ich dachte schon, sie sei nur ein Trugbild gewesen, aber ...«

»Quentin?«

»Ja, Onkel?«

»Gibt es da etwas, das du mir erzählen möchtest?«

»Nein«, sagte Quentin schnell, um dann ein halbherziges »Ja« hinterherzuschicken. Was hatte er schon zu verlieren? Sollte sein Onkel ihn ruhig für einen Träumer und Fantasten halten, er würde bei der Wahrheit bleiben. »Ich glaube, ich war nicht allein in der Bibliothek«, rückte er zögernd heraus.

»Was heißt das?«

»Das heißt, dass dort noch jemand war. Eine dunkle Gestalt.«

»Eine dunkle Gestalt?« Sir Walters Blick enthielt eine Mischung aus Unglauben und Bestürzung.

»Sie sah aus wie ein Phantom, wie ein Geist aus den Geschichten, mit denen man in Edinburgh die Kinder erschreckt. Sie stand plötzlich im Dunkeln und starrte mich an, aber ich konnte ihr Gesicht nicht erkennen.«

»Hat sie etwas gesagt?«

Quentin schüttelte den Kopf. »Sie stand nur da und starrte mich an. Als das Feuer ausbrach, war sie plötzlich verschwunden.«

»Bist du dir da auch ganz sicher?«

»Nein.« Quentin schüttelte den Kopf. »Bin ich nicht, Onkel.

Es ging alles so schnell, und ich habe mich so sehr erschreckt, dass ich nicht mehr weiß, was ich wirklich gesehen habe und was nicht.«

»Ich verstehe.« Sir Walter nickte bedächtig. »Also könnte es auch sein, dass deine Furcht dir nur einen Streich gespielt hat?«

»Es wäre möglich.«

Sir Walter nickte wieder, und Quentin konnte die Enttäuschung im Gesicht seines Onkels und Mentors erkennen. Sein Onkel war zu froh darüber, ihn gesund und am Leben zu wissen, als dass er ihn wegen seiner Unaufmerksamkeit getadelt hätte – und das verletzte Quentin beinahe noch mehr.

»Da war noch etwas, Onkel«, sagte er schnell.

»Ja?«

»Kurz bevor die Gestalt auftauchte, bevor ich ihre Schritte hörte, da hatte ich etwas entdeckt.«

»Was, mein Sohn?«

»Es war ein Zeichen. Ein Symbol, das in eine der Bodendielen geritzt war.«

»Was für ein Zeichen?«

»Das weiß ich nicht. Es war keine Zahl und auch kein Buchstabe – jedenfalls in keiner Sprache, die ich kenne. Und als ich das darüber stehende Regal untersuchte, stellte ich fest, dass einer der Bände fehlte.«

»Was sagst du?«

»Einer der Bände fehlte«, wiederholte Quentin voll Überzeugung. »Jemand muss ihn an sich genommen haben. Möglicherweise war es diese Gestalt im schwarzen Mantel.«

»Im schwarzen Mantel?« Sir Walters Augen verengten sich zu schmalen Schlitzen, als hätte Quentin gerade etwas ungeheuer Wichtiges gesagt. »Sagtest du, der Vermummte trug einen schwarzen Mantel? Vielleicht aus Wolle?«

»Mit einer Kapuze«, bestätigte Quentin. »Weshalb ist das wichtig, Onkel?«

»Weil Doktor Kerr schwarze Wollfasern an Jonathans Leichnam gefunden hat«, erklärte Sir Walter tonlos. »Ist dir klar, was das bedeutet, mein Junge?«

»Dass ich mir jene Gestalt doch nicht eingebildet habe?«, fragte Quentin vorsichtig.

»Mehr als das. Es könnte bedeuten, dass du dem Mörder von Jonathan begegnet bist. Und dass er versucht hat, auch dich zu töten.«

»Auch mich zu töten?« Ein dicker Kloß schnürte Quentin die Kehle zu. »Aber weshalb, Onkel? Warum sollte jemand so etwas Schreckliches tun?«, krächzte er.

»Das weiß ich nicht, Quentin«, erwiderte Sir Walter düster. »Aber ich fürchte, dass deine Entdeckung den Ereignissen eine völlig neue Wendung gibt. Ob es Sheriff Slocombe gefällt oder nicht – wir werden die Garnison alarmieren müssen.«

Wenige Tage nach dem Brand im Archiv von Dryburgh fuhr eine von uniformierten Reitern eskortierte Kutsche die schmale Straße hinab, die am Ufer des Tweed entlang nach Abbotsford führte.

In der Kutsche saßen John Slocombe, der Sheriff von Kelso, und ein weiterer Mann, in dessen Gegenwart Slocombe sich äußerst unwohl fühlte.

Der Mann war Brite.

Obwohl er einen zivilen Gehrock und graue Hosen mit Reitstiefeln trug, hatte seine Erscheinung etwas Militärisches. Sein schwarzes Haar war kurz geschnitten, die Augen blickten stechend, und die Gesichtszüge wirkten geradezu asketisch. Der schmale Mund war wie mit einem Messer geschnitten, und die Haltung des Mannes ließ keinen Zweifel daran, dass er gewohnt war, Befehle zu erteilen.

Sein Name war Charles Dellard.

Inspector Dellard.

Mit umfassenden Befugnissen ausgestattet, war er im Auftrag der Regierung unterwegs, um die mysteriösen Vorfälle in der Bibliothek von Kelso zu untersuchen.

Slocombe wagte es kaum, seinem Gegenüber ins Gesicht zu sehen. Unterwürfig blickte er zu Boden, nur hin und wieder, wenn er hoffen konnte, dass der andere ihn nicht dabei beobachtete, wagte er es, Dellard einen verstohlenen Blick zuzuwerfen.

Die schlimmsten Befürchtungen des Sheriffs waren noch übertroffen worden. Das Gesetz, das den Landfrieden jenseits der Borders aufrechterhalten sollte, sah vor, dass, wann immer die örtlichen Sheriffs mit der Lösung einer Aufgabe überfordert waren, die Militärgarnisonen zur Unterstützung angefordert werden sollten. Die Vorstellung, dass ein arroganter englischer Offizier, der in den Norden versetzt worden war, damit er sich hier seine Sporen verdiente, aufkreuzen und seine Arbeit übernehmen würde, hatte Slocombe ganz und gar nicht behagt, weshalb er Sir Walter gebeten hatte, die Sache für sich zu behalten. Es war nie gut, die Hilfe der Engländer in Anspruch zu nehmen, denn allzu häufig wurde man sie nicht mehr los.

Nach dem Brand der Bibliothek, bei dem sein Neffe beinahe ums Leben gekommen wäre, war Scott jedoch durch nichts mehr davon abzubringen gewesen, die Hilfe der Garnison anzufordern. Und Slocombe, dessen Freiheiten dadurch erheblich eingeschränkt wurden, war nichts anderes übrig geblieben, als gute Miene zum bösen Spiel zu machen. Scott schien geradezu vernarrt zu sein in den Gedanken, dass ein Mörder in Kelso umging, und er ließ sich durch nichts und niemanden vom Gegenteil überzeugen.

Slocombe hatte beschlossen, den Weg des geringsten Widerstands zu wählen und die Erniedrigung über sich ergehen zu lassen. Doch wie sich gezeigt hatte, schlug der Fall wesentlich höhere Wellen, als es ihm oder irgendjemandem sonst, der im Grenzland wohnte, recht sein konnte. Vielleicht hing es damit zusammen, dass Scott eine Berühmtheit war und man seine Romane sogar am königlichen Hof las. Jedenfalls war die Sache nach London gemeldet worden, und schon wenige Tage später war Dellard in Kelso aufgetaucht: ein Regierungsinspektor, der angekündigt hatte, den Fall lückenlos aufklären zu wollen. Ob es ihm gefiel oder nicht – Slocombe war zu seinem Handlanger degradiert worden, dem nichts anders übrig blieb, als zu kooperieren oder eine gut bezahlte Stelle in Gemeindediensten zu verlieren.

»Ich hasse diese endlosen Hügel und Wälder«, beschwerte sich Dellard mit einem Blick aus dem Fenster. »Die Zivilisation ist in diesem rauen Landstrich so spärlich gesät wie die Bildung seiner Bewohner, wie mir scheint. Ist es noch weit bis zu Scotts Landsitz?«

»Nicht mehr weit, Sir«, antwortete Slocombe beflissen. »Abbotsford liegt unmittelbar am Ufer des Tweed, unweit von ...«

»Das genügt. Ich bin nicht gekommen, um Geografiestudien zu betreiben, sondern um einen Mordfall aufzuklären.«

»Natürlich, Sir. Wenn Sie mir den Einwand erlauben – es ist noch immer nicht erwiesen, dass es sich um Mord handelt.«

»Diese Entscheidung sollten Sie mir überlassen.«

»Natürlich, Sir.«

Die Kutsche verließ den Wald, der das Flussufer säumte, und näherte sich einem aus Natursteinen errichteten Tor, dessen

Gatter weit offen stand. Kutsche und Reiter passierten die Durchfahrt und folgten der Straße zu dem imposanten Gebäude, das sich an ihrem Ende erhob. Die Ansammlung von Mauern, Türmen und Zinnen aus behauenem Sandstein erinnerte an eine mittelalterliche Burg.

»Ist es das?«, wollte Dellard wissen.

»Ja, Sir. Das ist Abbotsford.«

»Scott scheint jemand zu sein, der die Vergangenheit pflegt.«

»Das ist wahr. Viele sagen, dass er die Seele Schottlands verkörpert.«

»Das scheint mir doch ein wenig hoch gegriffen. Man hat mir in London von diesem Gebäude erzählt und auch davon, wie geschmacklos es sämtliche Stilrichtungen mischt. Immerhin scheint Scott Geld zu besitzen, was hier im Norden nicht allzu üblich ist.«

Der Kutscher zügelte die Pferde, und die Droschke kam zum Stehen. Diensteifrig stieg Slocombe aus, um seinem Vorgesetzten das Trittbrett auszuklappen, was Dellard wie selbstverständlich geschehen ließ. Mit der gravitätischen Gelassenheit des Machtgewohnten stieg er aus der Kutsche und bedachte den Hausverwalter, der ihm mit verwunderter Miene entgegen kam, mit einem geringschätzigen Blick.

»Guten Morgen, Sir«, sagte der Verwalter, ein vierschrötiger Mann mit groben Händen, der sich besser auf die Versorgung von Pferden verstand als auf den Umgang mit hohem Besuch. Zögernd verbeugte er sich. »Was führt Sie zu uns?«

»Ich möchte Sir Walter sprechen«, verlangte Dellard mit einer Stimme, die keinen Widerspruch duldete. »Sofort.«

»Aber Sir.« Der Hausverwalter bedachte ihn mit einem verwunderten Blick. »Ich glaube nicht, dass Sie gemeldet sind. Sir Walter ist ein viel beschäftigter Mann, der ...«

»Zu beschäftigt, um einen hohen Beauftragten der Regierung zu empfangen?« Dellard hob die schmalen Brauen. »Das sollte mich wundern.«

»Wen darf ich melden?«, fragte der Bedienstete eingeschüchtert.

»Inspector Charles Dellard aus London.«

»Sehr wohl, Sir. Wenn Sie mir bitte folgen möchten.«

Der Verwalter machte eine unbeholfene Handbewegung und wies den Besuchern den Weg ins Haus. Mit einem Wink bedeutete Dellard seiner Eskorte – acht Reitern, die die roten Uniformen der britischen Dragoner trugen – abzusitzen und auf ihn zu warten. Slocombe hingegen gab er ein Zeichen, ihm ins Haus zu folgen.

Durch das von Rosen umrankte Tor betraten die drei Männer den Hof des Anwesens. Vorbei am Springbrunnen, der die Mitte des Gartens einnahm, gelangten sie in die Eingangshalle. Von hier aus führte der Verwalter Dellard und Slocombe in den Salon, einen von knisterndem Kaminfeuer erwärmten Raum, von dessen großen Fenstern man einen Blick auf den Tweed genoss. Mit unverhohlener Neugier blickte Dellard sich um.

»Wenn die Gentlemen hier warten möchten«, sagte der Verwalter und zog sich zurück. Ihm war deutlich anzusehen, dass er sich in der Gegenwart des Engländers unwohl fühlte.

John Slocombe erging es nicht anders. Hätte der Sheriff die Möglichkeit dazu gehabt, hätte auch er am liebsten das Weite gesucht. Aber wenn er seine Arbeit behalten wollte, musste er sich fügen. Überhaupt lag es an Sir Walter, die Dinge wieder gerade zu rücken. Er war es gewesen, der darauf bestanden hatte, die Garnison zu verständigen. Sollte er selbst sehen, wie er die Engländer wieder loswurde.

Es dauerte nicht lange, bis im Nebenzimmer Schritte zu hören waren. Die Tür wurde geöffnet, und Sir Walter trat ein, wie immer in einen schlichten Rock gekleidet. Wie so oft verrieten dunkle Ränder um seine Augen, dass er die letzten Nächte nur wenig geschlafen hatte.

Sein Neffe Quentin war bei ihm, was Slocombes Laune noch weiter sinken ließ. Er mochte den schlaksigen jungen Mann mit dem blassen Gesicht nicht so recht leiden. In seinen Augen trug er die Schuld am Brand in der Bibliothek und hatte sich die Sache mit dem unheimlichen Besucher nur ausgedacht, um von sich abzulenken. Und nun hatten sie die Garnison auf dem Hals.

»Sir Walter, wie ich annehme?«, fragte Inspector Dellard, ohne dem Herrn des Hauses Gelegenheit zu geben, sich vorzustellen. Seine Direktheit verriet seine militärische Herkunft.

»Richtig«, bestätigte Sir Walter und näherte sich mit skeptischem Blick. »Und mit wem habe ich die Ehre?«

Dellard verbeugte sich zackig. »Charles Dellard, Inspector im Regierungsauftrag«, stellte er sich vor. »Man hat mich geschickt, um die Vorfälle in der Bibliothek von Kelso zu untersuchen.«

Sir Walter und sein Neffe tauschten einen verwunderten Blick.

»Ich muss zugeben«, sagte der Herr von Abbotsford darauf, »dass ich ebenso überrascht wie geschmeichelt bin. Zum einen hatte ich nicht zu hoffen gewagt, dass man einen Inspector der Regierung schicken würde, um den Fall zu untersuchen. Zum anderen wurde ich nicht über Ihr Kommen unterrichtet.«

»Dafür bitte ich um Vergebung«, erwiderte Dellard. Der fordernde, arrogante Ton war aus seiner Stimme verschwunden und samtiger Beflissenheit gewichen. »Es blieb leider keine Zeit, Sie über meine Ankunft in Kenntnis zu setzen. Wenn wir herausfinden wollen, was in Kelso geschehen ist, dürfen wir keine Zeit verlieren.«

»Das ist natürlich in unserem Sinn«, stimmte Sir Walter zu. »Darf ich Ihnen meinen Neffen Quentin vorstellen, Inspector? Er ist Augenzeuge. Der Einzige, der den Vermummten gesehen hat.«

»Ich habe den Bericht gelesen«, erwiderte Dellard und deutete abermals eine Verbeugung an. »Sie sind ein außerordentlich mutiger junger Mann, Master Quentin.«

»D-danke, Inspector.« Quentin errötete. »Ich fürchte allerdings, dass ich Ihr Lob nicht verdiene. Als ich den Vermummten sah, bin ich geflüchtet und ohnmächtig geworden.«

»Jeder nach seinen Fähigkeiten«, versetzte Dellard mit süffisantem Grinsen. »Dennoch sind Sie mein wichtigster Zeuge. Sie müssen mir alles berichten, was Sie gesehen haben. Jedes noch so kleine Detail kann helfen, den Täter zu fassen.«

»Sie sind also auch der Ansicht, dass es sich um Mord handelt?«, fragte Sir Walter.

»Nur ein blinder Idiot mit den kriminalistischen Fähigkeiten eines Ochsen kann das ernstlich leugnen wollen«, sagte der Inspector mit einem strafenden Seitenblick auf Slocombe.

»Aber Sir«, verteidigte sich der Sheriff, dem die Schamröte ins Gesicht gestiegen war. »Abgesehen von der Aussage des jungen Masters gibt es keinen Anhaltspunkt, der auf einen Täter schließen ließe.«

»Das stimmt nicht ganz«, widersprach Sir Walter. »Sie vergessen die Stofffasern, die an Jonathans Leichnam gefunden wurden.«

»Aber das Motiv?«, wollte Slocombe wissen. »Wo liegt das Motiv des Täters? Weshalb sollte jemand in die Bibliothek von Dryburgh eindringen und einen wehrlosen Studenten ermorden? Und warum sollte es dieser Jemand anschließend darauf anlegen, das Gebäude niederzubrennen?«

»Vielleicht, um Spuren zu verwischen?«

Quentin hatte nur leise gesprochen, aber jetzt richteten sich aller Augen auf ihn.

»Ja, junger Herr?«, fragte Dellard mit prüfendem Blick. »Sie haben einen Verdacht?«

»Nun, ich ...« Sir Walters Neffe räusperte sich. Er war es nicht gewöhnt, vor so vielen Leuten zu sprechen, noch dazu wenn Vertreter des Gesetzes darunter waren. »Ich meine, ich verstehe nicht allzu viel von diesen Dingen«, sagte er, »aber kurz bevor dieser Vermummte auftauchte, hatte ich in der Bibliothek etwas entdeckt. Es war eine Art Zeichen.«

»Ein Zeichen?« Dellard zog die Brauen hoch.

»Es sah ziemlich fremdartig aus, und es war in eines der Dielenbretter geritzt. Als ich das Regal darüber genauer in Augenschein nahm, sah ich, dass eines der Bücher fehlte. Möglicherweise wurde es gestohlen.«

»Und Sie denken, dass jemand zwei Morde riskiert, nur um ein altes Buch an sich zu bringen?«, fragte Slocombe spitz.

»Nun ja, ich ...«

»Ich fürchte, diesmal muss ich unserem wackeren Sheriff beipflichten«, sagte Dellard mit entschuldigendem Lächeln. »Ein geheimnisvolles Zeichen und ein verschwundenes Buch scheinen mir keine ausreichenden Anhaltspunkte für einen Mord zu sein, geschweige denn für zwei.«

»Mit Verlaub.« Sir Walter schüttelte den Kopf. »Das ist alles, was wir haben.«

»Mag sein. Aber ich gehe davon aus, dass sich bei näherer Untersuchung des Falles noch weitere Hinweise ergeben werden. Mit einem verschwundenen Buch dürften die Vorfälle in der Bibliothek kaum zusammenhängen.«

»Was macht Sie so sicher?«

Dellard zögerte einen winzigen Augenblick, dann erschien wieder das unverbindliche Lächeln auf seinen Zügen. »Ich bitte Sie, Sir Walter. Ich weiß, dass Sie ein Mann sind, der sein Geld mit dem Schreiben von Geschichten verdient, und ich habe Respekt vor Ihrer Kunst. Aber bitte verstehen Sie auch, dass ich mich bei meinen Ermittlungen nur an die Fakten halten kann.«

»Das verstehe ich durchaus. Doch sollten Sie nicht zunächst den Spuren folgen, die Sie haben, Inspector, ehe Sie nach weiteren suchen?«

»Durchaus, Sir. Aber bei dieser Sache geht es nicht um ein verschwundenes Buch, das können Sie mir glauben.«

»Nein?« Sir Walters Augen wurden zu schmalen Schlitzen. »Worum geht es dann, Inspector? Gibt es da etwas, das Sie uns verschweigen?«

»Wo denken Sie hin, Sir?« Dellard machte eine abwehrende Geste. »Vergessen Sie bitte nicht, dass ich auf Ihre Anforderung hin hierher geschickt wurde. Natürlich werde ich Sie zu jedem Zeitpunkt über den Stand der Ermittlungen auf dem Laufenden halten. Aber meine Erfahrung auf dem Gebiet der Kriminalistik sagt mir, dass wir es hier nicht mit verschwundenen Büchern und ähnlichem faulen Zauber zu tun haben, sondern dass der oder die Täter andere Ziele verfolgen.«

»Ich verstehe«, sagte Sir Walter nur. Seinen starren Zügen war nicht anzumerken, ob er Dellard Glauben schenkte oder nicht. Zumindest glaubte der Inspector, eine Spur von Zweifel im Gesicht des Schriftstellers wahrzunehmen.

»Wie dem auch sei«, sagte er deshalb, »ich werde alles in meiner Macht Stehende tun, den Fall aufzuklären und dafür zu sorgen, dass in diesem Landstrich wieder Ordnung und Ruhe einkehren. Der Tod Ihres Studenten wird nicht ungeahndet bleiben, Sir Walter, das verspreche ich Ihnen.«

»Danke, Inspector. Mein Neffe und ich wissen Ihre Bemühungen sehr zu schätzen.«

»Zu Ihren Diensten.« Dellard verbeugte sich. »Ich werde in den nächsten Tagen wieder vorbeikommen, um Sie über den Fortgang der Ermittlungen in Kenntnis zu setzen. Möglicherweise«, fügte er verheißungsvoll hinzu, »können wir den Fall innerhalb weniger Tage aufklären.«

»Das wäre sehr beruhigend«, versicherte Sir Walter, und Dellard und Slocombe wandten sich zum Gehen.

Mortimer, der Hausverwalter, brachte die beiden Männer zurück zum Tor, wo die Kutsche und die bewaffnete Eskorte warteten. Mit einer Handbewegung gebot Dellard seinen Leuten aufzusitzen, dann stieg er in die Droschke.

Während der Fahrt, die am Ufer des Tweed entlang zurück nach Kelso führte, sprach der Inspector kein Wort. Die Stille, die dabei entstand, empfand Slocombe, der ihm in der Kutsche gegenübersaß, als unerträglich. Schließlich hielt er es nicht mehr aus.

»Sir?«, fragte er leise.

»Was ist?«

»Als Scott Sie fragte, ob Sie ihm etwas verschweigen, da haben Sie für einen Augenblick gezögert ...«

Der Blick, mit dem Dellard den Sheriff bedachte, war vernichtend. »Was soll das heißen, Sheriff? Bezichtigen Sie mich der Lüge? Glauben Sie, ich hätte Sir Walter etwas verheimlicht?«

»Natürlich nicht, Sir. Ich dachte nur ...«

»Sie haben Recht mit Ihrer Vermutung«, gestand Dellard unvermittelt. »Allerdings beunruhigt es mich, wenn selbst ein Einfaltspinsel wie Sie mich so einfach durchschauen kann.«

»Wie bitte, Sir?« Ratlosigkeit sprach aus Slocombes Zügen. Dellards Unverfrorenheit überstieg sein schlichtes Gemüt.

»Ich habe Scott tatsächlich etwas verheimlicht«, erklärte Dellard unwirsch. »Aber nicht aus böser Absicht, sondern um ihn und seinen Neffen zu schützen.«

»Zu schützen? Wovor, Sir?«

Der Blick des Inspectors war lange und prüfend. »Wenn ich es Ihnen sage, Sheriff, dürfen Sie niemandem etwas davon verraten. Diese Angelegenheit ist von höchster Brisanz. Selbst in London wird nur hinter vorgehaltener Hand darüber gesprochen.«

Slocombe schluckte sichtbar. Seine vom Scotch ohnehin gerötete Haut wurde noch ein paar Nuancen dunkler, und trotz der Kühle des Morgens waren kleine Schweißperlen auf seiner breiten Stirn zu sehen.

»Natürlich, Sir«, lispelte er. »Ich werde schweigen wie ein Grab.«

»Dann sollen Sie wissen, dass der Mord in der Bibliothek von Dryburgh nicht der erste Vorfall dieser Art war.«

»Nein?«

»Allerdings nicht. Überall im Land ist es zu höchst mysteriösen Mordfällen gekommen, deren Täter Männer in schwarzen Kutten waren. Wir wissen, dass eine Gruppe schottischer Nationalisten dahinter steckt, die bereits wiederholt für Unruhe gesorgt hat. Seit den Umsiedlungen der Highland-Bewohner treiben diese Mordbrenner ihr Unwesen, jedoch ist es uns bislang noch nie gelungen, einen von ihnen zu fassen.«

»Ich verstehe«, hauchte Slocombe fast lautlos, und seinem Gesichtsausdruck war zu entnehmen, dass er sich nicht sicher war, ob er all das wirklich hören wollte.

»Zum einen wollte ich Sir Walter nicht beunruhigen. Jeder weiß, wie sehr er sich für die Belange Schottlands bei der Krone einsetzt, und ich möchte nicht, dass er sich wegen einiger Gesetzloser Sorgen macht. Zum anderen geben uns die Vorfälle in

Kelso einen unschätzbaren Vorteil an die Hand, den wir bislang noch nie hatten.«

»Einen Vorteil? Ich fürchte, ich verstehe nicht, Sir ...«

»In den bisherigen Fällen haben die Mörder immer wieder zugeschlagen, bis sie all jene ausgelöscht hatten, die in ihren Augen das schottische Vaterland an die englische Krone verraten haben. Sir Walter ist in den Augen vieler Schotten ein Held, weil er sich bei Hofe dafür eingesetzt hat, dass die alten schottischen Traditionen wieder gebilligt wurden. Andere hingegen halten ihn für einen Verräter am Schottentum, der mit der Krone faule Kompromisse schließt. Die Wahrheit liegt stets im Auge des Betrachters.«

Slocombe sog scharf die Luft ein. Allmählich sickerte das Gehörte in seine vom Alkoholgenuss verlangsamten Gedankengänge. »Sie meinen, jemand will Sir Walter ermorden?«

»Nicht nur ihn. Seine gesamte Familie und alle, die um ihn sind. Und dazu ist diesen Sektierern jedes Mittel recht. Verstehen Sie jetzt, weshalb ich Sir Walter nichts darüber sagen konnte?«

Der Sheriff nickte bedächtig. »Aber«, wandte er nach kurzem Überlegen ein, »wäre es nicht klug, Scott über die wahren Hintergründe der Vorfälle in Kenntnis zu setzen? Er könnte entsprechende Maßnahmen treffen, um sich und seine Familie zu schützen.«

»Nein.« Dellard schüttelte entschieden den Kopf. »Das möchte ich nicht.«

»Aber sagten Sie nicht soeben, dass die Mörder nicht aufgeben werden, bis sie ihr Ziel erreicht haben?«

»Genau das.«

»Dann ...« Slocombe starrte sein Gegenüber fassungslos an. »Sie nehmen dieses Wagnis bewusst in Kauf. Sie wollen Scott und seine Familie als Lockvögel benutzen.«

»Ich habe keine andere Wahl.« Dellard verzog keine Miene. »Diese Mordbrenner haben bereits dutzende von Menschenleben auf dem Gewissen, und der Kreis ihres Wirkens weitet sich immer weiter aus. Im Norden haben sie längst für Unruhe gesorgt, jetzt strecken sie ihre Hände nach dem Süden aus. Das muss ein Ende haben, schon in Ihrem ureigensten Interesse. Denn was würde wohl geschehen, wenn die Krone den Eindruck gewänne, dass Schottland nicht mehr sicher ist?«

»Man würde Truppen schicken«, sagte Slocombe leise. »Noch mehr davon.«

Dellard nickte. »Sie sehen, dass ich auf Ihrer Seite bin. Aber es darf kein Wort von dieser Unterhaltung nach draußen dringen, haben Sie mich verstanden?«

»Natürlich, Sir.«

»Scott und seine Familie dürfen nicht wissen, in welcher Gefahr sie schweben. Ich werde sie mit meinen Leuten bewachen und dafür sorgen, dass ihnen nichts geschieht. Und wenn die Mörder erneut zuschlagen wollen, werden wir sie fassen. Die Gelegenheit war niemals günstiger.«

5.

Das ist es?«

Walter Scott hob die Brauen, während er die einfache Zeichnung betrachtete, die sein Neffe Quentin angefertigt hatte. Es waren nur zwei Striche; einer gebogen wie eine Mondsichel, der andere eine gerade Linie, welche die Sichel senkrecht kreuzte.

»Ich denke schon.« Quentin nickte, während er sich ratlos am Hinterkopf kratzte. »Du musst bedenken, Onkel, dass ich das Zeichen nur kurz zu sehen bekam, nämlich als ich versuchte, die Kerze unter dem Regal hervorzuholen ...«

»Die brennend davongerollt war, nachdem du den Kerzenständer hattest fallen lassen«, resümierte Sir Walter die Geschichte, die ihm sein Neffe ausführlich erzählt hatte. »Und warum hast du Inspector Dellard nichts davon gesagt?«

»Weil er sich nicht dafür interessiert hat«, erwiderte Quentin mit gesenktem Haupt, während sie einander in den ledernen Sesseln des Salons gegenübersaßen. Im Kamin flackerte ein knisterndes Feuer, von dem wohlige Wärme ausging. Das Schaudern, das Sir Walters Neffen befiel, vermochte es dennoch nicht zu vertreiben. »Ich glaube, ich traue ihm nicht, Onkel.«

»Wem, mein Junge?«

»Inspector Dellard.«

»Weshalb nicht?«

»Ich weiß nicht, Onkel ... Es ist nur ein Gefühl. Aber ich hatte den Eindruck, dass er uns nicht die ganze Wahrheit sagt.«

Sir Walter schmunzelte, während er nach seiner Teetasse griff und einen kleinen Schluck nahm. »Es hat nicht zufällig etwas damit zu tun, dass der Inspector Engländer ist?« Er musterte seinen Neffen mit einem prüfenden Blick, denn er wusste, dass im Haus seiner Schwester antimonarchistische Töne gepflegt wurden. Die Befürchtung, dies könnte auf Quentin abgefärbt haben, lag zumindest nahe.

»Nein«, widersprach Quentin entschieden. »Damit hat es nichts zu tun. Ich bin schon lange genug hier, um etwas von dir gelernt zu haben, Onkel. Du hast mir beigebracht, dass es nicht darauf ankommt, ob einer Engländer ist oder Schotte, sondern darauf, dass man sich seines Erbes und seiner Ehre bewusst ist, seiner Pflicht als Patriot.«

»Das ist wahr.« Sir Walter nickte. Offenbar war doch nicht alles, was er dem Jungen beizubringen versucht hatte, verhallt wie das Rufen im Walde.

»Aber Dellard hat mir dennoch nicht gefallen. Deshalb wollte ich zuerst dir davon erzählen.«

»Ich verstehe.« Sir Walter griff nach dem Stück Papier, das zwischen ihnen auf dem kleinen Beistelltisch lag, und drehte es herum. »So hat das Zeichen also ausgesehen?«

»Ich denke schon. Unmittelbar nach meinem Erwachen konnte ich mich nicht daran erinnern. Aber je mehr Zeit vergeht, desto deutlicher sehe ich es vor meinen Augen.«

»Also gut.« Sir Walter nahm einen weiteren Schluck Tee, während er die Zeichnung kritisch in Augenschein nahm. »Was also könnte es sein? Es ist offensichtlich ein Emblem, möglicherweise eine Art Geheimzeichen.«

»Meinst du?« Quentin beugte sich vor. Seine blassen Wangen hatten sich rot gefärbt, was immer dann geschah, wenn etwas sein sonst eher stilles Gemüt in Aufregung versetzte.

»Irgendwie«, sagte Sir Walter grübelnd, »kommt mir dieses Zeichen sogar bekannt vor. Je länger ich darüber nachdenke, desto mehr habe ich den Eindruck, es schon einmal gesehen zu haben.«

»Bist du sicher?«

»Leider nein.« Sir Walter schüttelte den Kopf und nahm noch einen Schluck Tee. Gewöhnlich beflügelte der Genuss des bitteren Getränks, das er einmal täglich zu sich nahm, seine Fantasie und sorgte dafür, dass sein Geist wach blieb. Vielleicht würde es ihm ja auch dabei helfen, hinter das Geheimnis des mysteriösen Zeichens zu kommen.

Er betrachtete die Zeichnung von allen Seiten. »Irgendwo …«, murmelte er sinnierend vor sich hin. »Wenn ich mich doch nur erinnern könnte …«

Plötzlich hielt er inne.

Schlagartig sah er die Zeichnung mit anderen Augen, glaubte zu wissen, wo er das Emblem schon einmal gesehen hatte. Nicht auf Papier gezeichnet, sondern in Holz gebrannt. Das Zeichen eines Handwerkers …

Mit einem Elan, der seinen Neffen aufschreckte, sprang Sir Walter aus dem Sessel und verließ den Salon. Quentin, der schon fürchtete, sein Onkel fühle sich nicht wohl, folgte ihm mit besorgtem Blick.

Sir Walter jedoch ging es bestens. Im Gegenteil – der Umstand, dass ihm unversehens eingefallen war, woher er das Zeichen kannte, erfüllte ihn mit Euphorie. Durch den schmalen Korridor eilte er in die Eingangshalle. Dort wandte er seine Aufmerksamkeit der Täfelung aus Eichenholz zu, die er mit Argusaugen musterte.

»Onkel?«, fragte Quentin unsicher.

»Keine Sorge, mein Junge, es geht mir gut«, versicherte Sir Walter, während er den Blick über die sorgfältig gearbeiteten und mit Handschnitzereien verzierten Platten gleiten ließ, die mehrere hundert Jahre alt waren. Dabei konzentrierte er sich vor allem auf die Kanten, die dem Betrachter abgewandt waren.

Quentin stand vor Staunen der Mund offen. Hätte er gewusst, wonach sein Onkel Ausschau hielt, hätte er ihm freilich geholfen; so blieb ihm nichts, als ratlos zuzusehen, wie Sir Walter jede einzelne Platte der Täfelung absuchte und mit den Fingern über die Kanten fuhr, von denen grauer Staub aufstieg.

»Ich werde die Diener anweisen müssen, diesen Teil des Gebäudes einer gründlichen Reinigung zu unterziehen«, sagte Sir

Walter hustend. »Weißt du, woher diese Tafeln stammen, mein Junge?«

»Nein, Onkel.«

»Sie stammen aus der Abteikirche von Dunfermline«, erklärte Sir Walter, während er unbeirrt weitersuchte. »Als man vor vier Jahren daranging, den Ostflügel neu zu errichten, wurden einige Reste der alten Bausubstanz entfernt, unter anderem auch diese wunderbaren Arbeiten, die ich daraufhin erwarb und nach Abbotsford bringen ließ.«

»Dunfermline«, wiederholte Quentin nachdenklich. »Ist das nicht die Kirche, in der man das Grab von Robert the Bruce gefunden hat?«

Scott unterbrach seine Suche für einen Augenblick, um seinem Neffen anerkennend zuzulächeln. »Das stimmt. Es freut mich, Quentin, dass die Geschichtslektionen, die ich dir zukommen lasse, nicht ganz umsonst sind.«

»Das Grab wurde vor vier Jahren zufällig im Zuge der Bauarbeiten entdeckt«, stellte Quentin sein Wissen unter Beweis. »Bis dahin wusste man nicht, wo sich das Grab von König Robert befindet.«

»Auch das ist richtig, mein Junge.« Sir Walter bückte sich, um die Abschlusskante einer weiteren Holztafel zu prüfen. »Aber möglicherweise war es gar kein Zufall, dass König Roberts Grab gefunden wurde. Es sind nicht wenige, die behaupten, dass die Geschichte stets dann ihre Geheimnisse preisgibt, wenn die Zeit dafür reif ... Ha!«

Letzteres war ein triumphierender Ausruf, der Quentin zusammenzucken ließ. »Was ist, Onkel?«

»Komm her, mein Junge«, forderte Scott ihn auf. »Bring eine Kerze mit. Und wenn es irgend möglich ist«, fügte er schmunzelnd hinzu, »lass sie dieses Mal nicht fallen, in Ordnung?«

Quentin eilte zu einem der Kandelaber, die die Eingangshalle säumten, und nahm eine Kerze heraus. Sogleich eilte er damit zu seinem Onkel, dessen Gesichtsausdruck jungenhafte Freude verriet.

»Dorthin mit dem Kerzenschein«, wies er seinen Neffen an, und Quentin hielt die Kerze so, dass ihr Licht auf die Kante der Täfelung fiel.

In diesem Moment sah auch er es. Das Zeichen aus der Bibliothek.

Quentin sog scharf die Luft ein, und um ein Haar wäre die Kerze seinem Griff entglitten, was ihm einen tadelnden Blick von Sir Walter eintrug.

»Was hat das zu bedeuten, Onkel?«, erkundigte sich der junge Mann aufgeregt, dessen Gesicht jetzt einige Ähnlichkeit mit einer reifen Tomate hatte.

»Das ist eine Rune«, erklärte Sir Walter zufrieden.

»Eine Rune? Du meinst, ein heidnisches Schriftzeichen?«

Sir Walter nickte. »Obwohl im Mittelalter christliche Schrifttypen weit verbreitet waren, hielten sich die heidnischen Symbole noch weit bis ins vierzehnte Jahrhundert hinein, vor allem unter denen, die viel Wert auf alte Traditionen legten. Häufig verloren sie dabei ihre ursprüngliche Bedeutung – diese hier zum Beispiel hat ein Handwerker als sein Zeichen verwendet.«

»Ich verstehe«, sagte Quentin. Enttäuschung schwang in seiner Stimme mit. »Und du meinst, was ich in der Bibliothek gesehen habe, war ebenfalls nur das Zeichen eines Handwerkers? Dann ist meine Entdeckung wohl nicht so aufregend, wie ich dachte.«

»Mitnichten, mein lieber Neffe, und zwar aus zwei Gründen. Zum einen wurde die Galerie im Archiv von Kelso erst vor knapp hundert Jahren errichtet, während diese Täfelung wesentlich älter ist. Es kann sich also schwerlich um denselben Handwerker gehandelt haben.«

»Möglicherweise um seinen Nachkommen?«, fragte Quentin vorsichtig.

»Das wäre in der Tat ein sehr erstaunlicher Zufall. Ebenso wie es Zufall gewesen sein müsste, dass just in dem Regal, das du mit diesem Zeichen markiert vorfandest, einer der Folianten fehlte. Und dass dieser vermummte Unbekannte ausgerechnet in dem Augenblick auftauchte, als du diese Entdeckung gemacht hattest. So viele Zufälle auf einmal, mein lieber Junge, sind doch sehr unwahrscheinlich. Würde ich so etwas in einem meiner Romane schreiben, würden die Leute mir niemals glauben.«

»Dann habe ich also tatsächlich etwas Wichtiges entdeckt?«

»Das werden wir herausfinden«, sagte Sir Walter und klopfte ihm ermunternd auf die Schulter, ehe er sich erneut in Bewegung setzte, diesmal in Richtung Bibliothek. »Immerhin wissen wir nun, dass es sich bei deinem Zeichen um eine alte Rune handelt, sodass es möglich sein sollte herauszufinden, was sie bedeutet.«

Quentin steckte die Kerze in den Leuchter zurück und folgte seinem Onkel in die Bibliothek, die im Ostflügel des Gebäudes lag und an das Arbeitszimmer grenzte. Über 9000 Bände lagerten hier, viele davon Originale, die Scott aus alten Beständen erworben hatte. Unter einer mächtigen, mit prunkvollen Schnitzereien verzierten Decke standen ein quadratisches Lesepult und mehrere Sessel, die zum Lesen einluden. Die schweren Eichenholzregale ringsum waren mit lederbeschlagenen Bänden gefüllt.

Von den Klassikern der Antike über die Schriften der Philosophen bis hin zu historischen und geografischen Abhandlungen umfasste die Bibliothek von Abbotsford alle Gebiete, in denen ein Gentleman nach Scotts Meinung bewandert sein sollte. Darüber hinaus lagerten hier auch Bücher ausländischer Schriftsteller wie die der Deutschen Goethe und Bürger, die Scott in jungen Jahren in seine Sprache übersetzt hatte, sowie Sammlungen schottischer Märchen und Balladen, die er von überall zusammengetragen hatte.

Mit dem immensen Wissensschatz, der in Kelso lagerte, ließ sich die Bibliothek von Abbotsford nicht vergleichen; aber während die Bestände von Dryburgh nur ein Archiv gewesen waren, in dem das Wissen vergangener Jahrhunderte ungenutzt geschlummert hatte, war Sir Walters Bibliothek ein Ort des geistigen Austauschs und der Inspiration, und nicht wenige der gebundenen Bände waren abgegriffen vom häufigen Lesen.

Während Quentin es in all den Monaten, die er nun schon bei seinem Onkel weilte, noch nicht gelungen war, das System zu durchschauen, nach dem die vielen Tausend Bücher geordnet waren, hatte Sir Walter keine Mühe, sich zurechtzufinden. Zielstrebig trat er auf eines der Regale zu, griff nach kurzem Suchen nach einem Band mit goldenen Lettern, zog ihn hervor und trug ihn zum Lesepult in der Mitte des Raums.

»Licht, mein Junge, mehr Licht«, forderte er Quentin auf, der eilig damit beschäftigt war, die Leuchter zu entzünden. Das Kaminfeuer reichte längst nicht aus, den großen Raum zu erhellen.

Die Ungeduld war Scott anzumerken, während er wartete, bis sein Neffe die Kerzen angezündet hatte und es mit jeder Flamme ein wenig heller wurde.

Endlich reichte das Licht der Kerzen aus, um in ihrem Schein lesen zu können. Sir Walter schlug das Buch auf und winkte Quentin zu sich heran, der staunend feststellte, dass es sich um eine Abhandlung über Runenkunde handelte.

»In diesem Band sind viele der alten Zeichen zusammengefasst«, erklärte Sir Walter. »Du musst wissen, mein Junge, dass es keine einheitliche Runenschrift gab. Ihre Bedeutung war von Region zu Region verschieden. Einige Zeichen hatten eine Bedeutung, die nur wenigen Eingeweihten bekannt war, und wieder andere ...«

»Sieh, Onkel!«

Quentin schrie so laut, dass Scott zusammenfuhr. Wütend war er dennoch nicht, denn sie hatten bereits gefunden, wonach sie suchten.

Auf einer Seite des Buchs war die Rune abgebildet, die Quentin in der Bibliothek gesehen hatte – jene halbrunde Markierung, die von einem senkrechten Strich durchkreuzt wurde.

»Tatsächlich«, murmelte Sir Walter und las laut die Erläuterung der Abbildung vor. »›Neben den gängigen Runenzeichen, die bei fast allen Clans gefunden werden und auf piktische Wurzeln zurückgehen, existiert auch eine Reihe weiterer Zeichen, die in späterer Zeit hinzukamen. Ein Beispiel dafür ist die hier abgebildete Schwertrune, die erstmals für das frühe Mittelalter bezeugt wurde ...‹«

»Eine Schwertrune?«, fragte Quentin mit hochgezogenen Brauen.

»Ja, mein Junge.« Sir Walter nickte, während er den Text noch einmal knapp überflog. »Dieses Zeichen bedeutet ›Schwert‹.«

»Ich verstehe, Onkel.« Quentin machte ein einfältiges Gesicht. »Und was soll das heißen?«

»Das weiß ich noch nicht, mein Junge. Aber wir werden alles daransetzen, es herauszufinden. Ich werde einem oder zwei Freunden in Edinburgh schreiben. Möglicherweise kennen sie jemanden, der uns mehr darüber verraten kann. Und wir werden Inspector Dellard über unsere Entdeckung in Kenntnis setzen.«

»Was? Bist du sicher, Onkel?«, fragte Quentin, um gleich ein wenig vorsichtiger hinzuzufügen: »Ich meine, hältst du das wirklich für notwendig?«

»Ich weiß, dass du ihm misstraust, mein Junge, und wenn ich ehrlich sein soll, so weiß auch ich noch nicht recht, was ich von ihm halten soll. Dennoch ist er nun einmal der für diesen Fall zuständige Beamte, und wenn wir wollen, dass er rasche Fortschritte macht und Jonathans Mörder so bald wie möglich findet, müssen wir mit ihm kooperieren.«

»Natürlich. Du hast Recht.«

»Ich werde augenblicklich anschirren lassen. Wir fahren nach Kelso, um Inspector Dellard zu informieren. Ich bin gespannt, was er zu unserer Entdeckung zu sagen hat.«

Obwohl er seinen Lebensunterhalt damit verdiente, sich Geschichten auszudenken, die den Leser in andere Zeiten und an andere Orte entführten, war Sir Walter kein Träumer. Nicht nur seine Fähigkeit, die unbestimmte Sehnsucht nach vergangenen Epochen in Worte zu fassen, hatte ihm großen Erfolg beschert, sondern auch sein ausgeprägter Realitätssinn.

Er hatte weder erwartet, dass sich Charles Dellard vor Freude über den neuen Hinweis überschlagen noch dass er sich dafür bedanken würde. Die Reaktion des Inspectors fiel sogar um einiges zurückhaltender aus, als Scott es angenommen hatte.

Gemeinsam saßen sie in Sheriff Slocombes Büro in Kelso, das Dellard kurzerhand zu seinem Arbeitszimmer bestimmt hatte; der Inspector thronte hinter dem breiten Schreibtisch aus Eichenholz und schüttelte den Kopf, während er auf das Runenbuch blickte, das er aufgeschlagen vor sich liegen hatte.

»Und das ist ganz bestimmt das Zeichen, das Sie gesehen haben?«, wandte er sich an Quentin, der sich wie immer in der Gegenwart des Engländers unwohl fühlte.

»J-ja, Sir«, versicherte er stammelnd. »Ich denke schon.«

»Sie denken es?« Dellards Blick hatte etwas von einem Raubvogel. »Oder sind Sie sich sicher?«

»Ich bin mir sicher«, sagte Quentin, jetzt mit festerer Stimme. »Das ist das Zeichen, das ich in der Bibliothek gesehen habe.«

»Bei unserem letzten Treffen konnten Sie sich nicht daran erinnern. Woher dieser Gesinnungswandel?«

»Nun«, sprang Sir Walter seinem Neffen bei, »es ist allgemein bekannt, dass Erinnerungen nach einem schockierenden Erlebnis erst ganz allmählich wieder zurückkehren. Als Quentin mich darauf aufmerksam machte, haben wir sofort zu recherchieren begonnen. Und das Ergebnis unserer Recherche, Inspector, teilen wir Ihnen hiermit mit.«

»Was ich sehr zu schätzen weiß, meine Herren«, versicherte Dellard, wobei die verkrampfte Miene seine Worte Lügen strafte. »Ich fürchte nur, dass ich mit Ihrem Hinweis nicht sehr viel anfangen kann.«

»Weshalb nicht?«

»Weil ...«, begann Dellard, und in seinen stahlblauen Augen blitzte es rätselhaft. Er unterbrach sich und schien sich kurz zu besinnen. »Weil ich bereits eine Spur habe, die ich verfolge«, erklärte er dann.

»Aha«, meinte Sir Walter und beugte sich wissbegierig vor. »Und um was für eine Spur handelt es sich, wenn es erlaubt ist zu fragen?«

»Ich bedauere, Sir, aber ich bin nicht befugt, Ihnen oder irgendjemandem sonst darüber Auskunft zu geben. Alles, was ich Ihnen sagen kann, ist, dass Master Quentins Entdeckung und das Zeichen in diesem Buch nichts damit zu tun haben.«

»Was macht Sie so sicher, Inspector? Haben Sie dieses Zeichen schon zuvor gesehen? Sind Sie dieser Spur etwa bereits nachgegangen?«

»Nein, ich ...« Erneut unterbrach sich Dellard, und es entging Sir Walters geschultem Auge nicht, dass der Inspector nervös wurde. Man hätte leicht annehmen können, Dellard verheimliche ihnen etwas. Sollte Quentin mit seiner Vermutung also Recht gehabt haben?

Dellards Blicke flogen zwischen den beiden Besuchern hin und her. Ihm schien zu dämmern, dass er an Glaubwürdigkeit verlor. »Ich weiß«, fügte er deshalb rasch hinzu, »dass das in Ihren Ohren seltsam klingen muss. Aber ich bitte Sie, Gentlemen, mir zu vertrauen. Mir liegt nichts mehr am Herzen als das Wohlergehen der Bürger dieses Landes.«

»Das will ich Ihnen gern glauben, und ich bin überzeugt davon, dass Ihre Beweggründe ehrenwert sind, Inspector«, sagte Scott. »Dennoch müssen Sie zugeben, dass das Auftauchen dieser Rune ein seltsamer Zufall ist.«

»Das gebe ich durchaus zu, Sir. Aber einem Mann mit Ihrer Erfahrung muss klar sein, dass derlei Zufälle nun einmal existieren und sie nicht immer eine Entsprechung in der Wirklichkeit haben müssen. Was ich damit sagen will, ist, dass ich Ihnen durchaus glaube, dass der junge Master dieses Zeichen in der Bibliothek gesehen hat. Aber ich bitte Sie, auch mir zu glauben, wenn ich Ihnen sage, dass es nicht mit den Ereignissen in jener Bibliothek in Verbindung steht. Meine Leute und ich sind bereits dabei, die wahren Täter zu verfolgen. Zu gegebener Zeit werde ich Sie über den Fortgang der Ermittlungen informieren.«

»Ich verstehe«, sagte Sir Walter gepresst. Er hatte damit gerechnet, dass Dellard sich ungern von Zivilisten bei seiner Arbeit helfen ließe. Dass er den Hinweis jedoch so brüsk zurückwies, überraschte selbst ihn. »Damit dürfte wohl alles gesagt sein. Wenn Sie unsere Hilfe nicht in Anspruch nehmen wollen, Inspector, können wir Sie natürlich nicht dazu zwingen.«

Scott nickte seinem Neffen zu, und die beiden wandten sich zum Gehen. Auch Dellard erhob sich, wie die Höflichkeit es gebot, und Quentin nahm das Runenbuch wieder an sich. Schon wollten Scott und sein Neffe das Büro verlassen, als der Inspector sich räusperte. Er schien noch etwas auf dem Herzen zu haben.

»Sir Walter?«, fragte er leise.

»Ja?«

»Da ist etwas, worum ich Sie bitten möchte«, sagte der Polizist. Seiner Miene war unmöglich anzusehen, was in seinem Kopf vor sich gehen mochte. »Offen gestanden ist es keine Bitte, sondern eine Notwendigkeit.«

»Ja?«, fragte Sir Walter noch einmal. Es galt als höfliche britische Art, lange und umständlich um den heißen Brei herumzureden. Als gebürtiger Schotte bevorzugte er jedoch noch immer den direkten Weg.

»Die Ermittlungen, die meine Leute und ich führen, bringen es mit sich«, begann Dellard umständlich, »dass Sie Abbotsford nicht mehr verlassen dürfen.«

»Wovon sprechen Sie?«

»Ich spreche davon, dass Sie in den nächsten Tagen Ihren Wohnsitz nicht verlassen sollten, Sir, ebenso wenig wie Ihr Neffe oder sonst ein Angehöriger Ihres Hauses oder Ihrer Familie.«

Sir Walter bemerkte die fragenden Blicke, die Quentin ihm zuwarf, aber er reagierte nicht darauf. »Nun, Inspector«, sagte er, »ich nehme an, dass Sie Ihre Gründe dafür haben, wenn Sie so etwas von mir verlangen.«

»Die habe ich, Sir, bitte glauben Sie mir. Es ist zu Ihrem Besten.«

»Mehr wollen Sie mir nicht darüber sagen? Sie verlangen, dass ich Abbotsford nicht mehr verlasse, dass ich in meinen eigenen Wänden eingeschlossen bleibe wie ein Dieb, und alles, was Sie zur Begründung zu sagen haben, ist, dass es zu meinem Besten sei?«

»Ich bedauere, dass ich Ihnen nicht mehr darüber verraten kann«, versicherte Dellard kühl. »Aber Sie müssen respektieren, dass ich an meine Befehle und meine Anweisungen gebunden bin. Ich habe Ihnen ohnehin schon mehr gesagt als ich sollte. Also bitte, Sir Walter: Überlassen Sie uns die Ermittlungen, und ziehen Sie sich so lange mit Ihrer Familie zurück, wie es nötig ist. In Abbotsford ist es für Sie am sichersten, glauben Sie mir.«

»Am sichersten? Droht mir denn Gefahr?«

»Bitte, Sir!« Die Stimme des Inspectors nahm einen beschwörenden Tonfall an. »Fragen Sie nicht weiter, sondern tun Sie, worum ich Sie bitte. Die Ermittlungen in diesem Fall sind bereits weit fortgeschritten, aber wir brauchen dazu freie Hand.«

»Ich verstehe.« Scott nickte. »Sie wünschen also nicht, dass wir uns weiter in irgendeiner Form an den Ermittlungen beteiligen?«

»Es ist zu gefährlich, Sir. Bitte glauben Sie mir.«

»Schön«, sagte der Herr von Abbotsford nur und gab sich keine Mühe, den pikierten Ton in seiner Stimme zu verbergen. »Quentin, wir gehen. Ich denke nicht, dass der Inspector unsere Hilfe noch länger benötigt.«

»Ich danke Ihnen, Sir«, erwiderte Dellard. »Und ich bitte Sie noch einmal, mich zu verstehen.«

»Ich verstehe Sie durchaus, Inspector«, versicherte Scott, als er bereits auf der Schwelle stand. »Aber nun müssen auch Sie etwas verstehen: Ich bin Vorsitzender des Obersten schottischen Gerichts. Einer meiner Studenten wurde heimtückisch ermordet, und mein eigener Neffe wäre um ein Haar das Opfer eines Mordanschlags geworden. Wenn Sie ernsthaft glauben, dass ich mich in die Wände meines Hauses zurückziehen und in Ruhe abwarten werde, so sind Sie einem schweren Irrtum erlegen, Inspector. Sollte meine Familie tatsächlich in Gefahr schweben, wie Sie behaupten, dann werde ich ganz sicher nicht die Hände in den Schoß legen und andere für meine Sicherheit sorgen lassen, sondern ich werde auch weiter alles daransetzen, dass Jonathans Mörder dingfest gemacht wird. Folgen Sie Ihren Hinweisen, Inspector, ich wünsche Ihnen viel Erfolg dabei. Aber versuchen Sie nicht, mich davon abzuhalten, meinen eigenen Ermittlungen nachzugehen. Guten Tag.«

Mit diesen Worten verließ Scott das Büro des Sheriffs. Quentin, der sich unter Dellards Blicken gewunden hatte wie ein Aal, folgte ihm auf dem Fuß. Geräuschvoll fiel die Tür hinter den beiden ins Schloss.

Sekundenlang stand Dellard regungslos hinter seinem Schreibtisch. Dann erst setzte er sich wieder und griff über die polierte Tischplatte nach dem Kästchen, in dem Slocombe seinen indischen Tabak aufbewahrte. Ein zufriedenes Lächeln umspielte dabei seine strengen Züge.

In seinen Kreisen war Dellard dafür bekannt, ein brillanter Taktiker zu sein. Es gehörte zu seinen Stärken, Menschen zu beeinflussen und sie das tun zu lassen, was er wollte.

Bisweilen musste man sie dazu lediglich ermuntern. Dann wieder – wie im Fall dieser eigensinnigen Schotten – brauchte man ihnen nur etwas zu verbieten, um sicherzugehen, dass sie genau das tun würden, was man von ihnen wollte.

Dellards Pläne entwickelten sich gemäß seinen Wünschen.

»Verzeih, Onkel«, sagte Quentin und hatte Mühe, mit dem Tempo mitzuhalten, das Sir Walter an diesem Morgen vorlegte. »Aber war es klug, Dellard so offen zu brüskieren?«

»Darum geht es nicht, mein Junge«, erwiderte Scott, den das Gespräch mit dem Inspector sichtlich aufgebracht hatte. »Hier war ein offenes Wort gefragt. Immerhin weiß Mister Dellard jetzt, woran er mit uns ist.«

»Und wenn er Recht hatte? Wenn wir uns tatsächlich in Gefahr befinden?«

»Eine Gefahr wurde noch nie dadurch aus der Welt geschafft, dass man den Kopf in den Sand steckt und so tut, als existierte sie nicht«, sagte Sir Walter bestimmt. »Dellard scheint etwas zu wissen, aber er will es uns nicht sagen. Das muss ich respektieren. In diesem Fall werden wir eben selbst herausfinden müssen, was es mit dieser Sache auf sich hat. Hast du Dellards Gesicht gesehen, als sein Blick auf die Rune fiel?«

»Äh – nein, Onkel.«

»Beobachten, Quentin! Du musst beobachten! Wie oft habe ich dir schon gesagt, dass ein großer Schriftsteller nicht mit geschlossenen Augen durchs Leben wandeln darf?! In der Gabe des Beobachtens liegt das größte Geheimnis unserer Zunft.«

»Ich verstehe. Natürlich, Onkel«, sagte Quentin kleinlaut und ließ eingeschüchtert den Kopf sinken.

Sir Walter bemerkte es, und er schalt sich selbst dafür, den Jungen so angeherrscht zu haben. Wenn er ehrlich zu sich selbst war, musste er sich eingestehen, dass es nicht Quentin war, dem sein Groll galt – und auch nicht Inspector Dellard. Es war die gesamte Lage, die an seinen Nerven nagte und ihn aufbrausend und rechthaberisch werden ließ – das Gefühl, sich in einem Wald von Fragezeichen verlaufen zu haben und keinen Weg nach draußen zu finden ...

»Entschuldige, mein Junge«, sagte er, und seine vor Ärger verhärteten Züge wurden wieder milder. »Es ist nicht deine Schuld. In Wahrheit ...«

»Du vermisst Jonathan, nicht wahr, Onkel?«, fragte Quentin.

»Das auch.«

»Er wäre dir ohne Frage eine größere Hilfe als ich. Vielleicht wäre es besser gewesen, ich wäre in jener Nacht von der Galerie gestoßen worden, dann wäre Jonathan jetzt bei dir und ...«

»Halt.« Sir Walter blieb stehen und fasste seinen Neffen an der Schulter. »Ich will hoffen, dass du das nicht ernst meinst.«

»Warum nicht?«, erwiderte Quentin elend. »Jonathan war dein bester Student. Ich kann sehen, wie sein Tod dich schmerzt. Ich hingegen bereite dir Tag für Tag nur Ärger und Mühe. Vielleicht wäre es besser, wenn du mich nach Edinburgh zurückschicken würdest.«

»Willst du das denn?«

Betreten blickte Quentin zu Boden und schüttelte den Kopf.

»Dann werde ich dich auch nicht zurückschicken«, versprach Sir Walter entschlossen.

»Aber sagtest du nicht ...?«

»Es mag wohl sein, dass Jonathan der talentierteste Student war, der je in meinen Diensten stand, und ich gebe zu, dass sein Tod in meinem Leben eine große Leere hinterlassen hat. Aber du, Quentin, bist mein Neffe! Schon deshalb wirst du immer einen festen Platz in meinem Herzen haben.«

»Auch wenn ich mit geschlossenen Augen durchs Leben wandle?«

»Auch dann«, versicherte Sir Walter und musste lächeln. »Außerdem solltest du nicht vergessen, dass du es gewesen bist, der die Schwertrune gesehen hat. Ohne deinen Hinweis wären wir dem Geheimnis nicht auf der Spur.«

»Vermutlich gibt es gar kein Geheimnis. Inspector Dellard sagte, dass meine Entdeckung nichts mit dem Mord an Jonathan und mit dem Brand in der Bibliothek zu tun habe.«

»Das sagte er«, räumte Sir Walter ein. »Aber während er es sagte, leuchteten seine Augen auf eine Weise, die mir nicht recht gefallen wollte. Wüsste ich nicht, dass Inspector Dellard ein verlässlicher und loyaler Staatsdiener ist, würde ich sagen, dass er uns belügt.«

»Dass er uns belügt?« Quentin wurde schlagartig puterrot.

»Dass er uns zumindest etwas verschweigt«, beschwichtigte Sir Walter ein wenig. »In beiden Fällen ist es sinnvoll, wenn wir unsere Ermittlungen auf eigene Faust fortsetzen. Inspector Dellard scheint an einer Zusammenarbeit nicht gelegen zu sein.«

»Und wenn er Recht hat mit seiner Warnung? Wenn es tatsächlich gefährlich ist, weitere Nachforschungen anzustellen?«

Der Blick, den Sir Walter seinem jungen Schützling zuwarf, enthielt einen Anflug von jugendlicher Unbekümmertheit und Abenteuerlust, die der Herr von Abbotsford bisweilen an den Tag zu legen pflegte. »Dann, mein lieber Neffe«, erwiderte er voll Überzeugung, »werden wir uns zu wehren wissen. Einstweilen aber bin ich viel eher geneigt anzunehmen, dass unser werter Inspector uns lediglich einschüchtern wollte, um bei den Ermittlungen freie Hand zu haben und sich nicht von einem starrsinnigen alten Schotten in die Karten sehen zu lassen.«

»Meinst du?«

»Wie auch immer, er wird damit keinen Erfolg haben«, sagte Sir Walter lächelnd, während er sich wieder in Bewegung setzte und die schmale Hauptstraße von Kelso entlangging.

»Was werden wir jetzt unternehmen?«, fragte Quentin.

»Wir werden zu Abt Andrew gehen und ihn um eine Unterredung bitten. Möglicherweise weiß er mit dem Runenzeichen mehr anzufangen als Dellard – immerhin wurde es in seiner Bibliothek gefunden. Und vielleicht weiß er unsere Kooperation auch mehr zu schätzen als der Inspector.«

»Du bist noch immer überzeugt davon, dass die Rune der Schlüssel zu allem ist?«

»Das bin ich, mein Junge, auch wenn ich dir nicht genau sagen kann, weshalb es sich so verhält. Zum einen treffen hier für meinen Geschmack zu viele Zufälle aufeinander; zum anderen habe ich das untrügliche Gefühl, dass noch viel mehr an der Sache dran ist, als es bislang den Anschein hat.«

Quentin wagte nicht, noch weitere Fragen zu stellen. Die ganze Angelegenheit, von Jonathans Tod über die Ereignisse in der Bibliothek bis hin zur Entdeckung der Schwertrune, war ihm ohnehin schon unheimlich genug und versetzte sein junges Herz in Aufregung. Ein – wenn auch kleiner – Teil von ihm hätte nichts dagegen gehabt, wenn sein Onkel ihn zurückgeschickt hätte nach Edinburgh. Ein anderer Teil jedoch – und Sir Walter hätte wohl behauptet, dass sich hier das Erbe der Familie Scott bemerkbar machte – drängte ihn dazu, bei seinem Onkel zu bleiben und ihm bei den Ermittlungen zur Hand zu gehen. Eine denkwürdige Mischung aus Furcht und Abenteuerlust machte sich in ihm breit und sorgte dafür, dass sein Magen sich anfühlte, als hätte sich ein Bienenschwarm darin eingenistet.

Sie gingen die Hauptstraße hinab bis zur Kirche, an die sich das Aedificium des kleinen Konvents anschloss.

Da nur wenige Prämonstratenser in Kelso lebten, war ihre Bleibe unscheinbar und bescheiden. Jeder der Ordensbrüder bewohnte eine enge, karg möblierte Zelle; für Versammlungen gab es einen Kapitelsaal, neben dem sich das Refektorium befand, in dem die Mönche zu speisen pflegten. Ein kleiner Klostergarten, in dem Gemüse, Kartoffeln und Kräuter angebaut wurden, versorgte sie mit Grundnahrungsmitteln; außerdem ließ der Herzog von Roxburghe regelmäßig ein Rind oder Schwein für sie schlachten.

Obwohl Quentin schon des Öfteren in der Bibliothek gewesen war, war dies sein erster Besuch im Kloster selbst. Seltsame Ehrfurcht ergriff ihn, als sie an die schwere Eingangspforte klopften. Geräuschvoll schwang die Tür auf, und das verkniffene Gesicht eines kleinwüchsigen Mönchs erschien, den Quentin als Bruder Patrick kannte.

Sir Walter bat höflich, die Störung zu entschuldigen, und fragte, ob Abt Andrew zu sprechen wäre. Bruder Patrick nickte, ließ die beiden Besucher eintreten und bat sie, in dem kleinen Eingangsraum zu warten.

Seinen Zylinderhut, den er höflich abgenommen hatte, mit schwitzenden Händen knetend, blickte Quentin zu der reich verzierten Holztäfelung hinauf, mit der der Eingang ausgeschlagen war. Das von außen eher ärmlich wirkende Haus ließ solchen Prunk nicht vermuten.

»Die Decke ist eines der wenigen Stücke, die aus der Abtei von Dryburgh geborgen werden konnten«, erklärte Sir Walter, der Quentins Staunen wohl bemerkte. »Wenn du genau hinsiehst, wirst du hier und dort Spuren von Ruß erkennen. Die Engländer sind nicht sehr nachsichtig mit der alten Abtei umgegangen.«

Quentin nickte. Er erinnerte sich, dass ihm sein Onkel von

den blutigen Geschehnissen während der Reformationsbewegung erzählt hatte. 1544 war der Engländer Somerset mit seinem Heer in Südschottland eingefallen und drei Jahre lang brandschatzend durch das Land gezogen. Die Abtei von Dryburgh war seiner Zerstörungswut gleich im ersten Kriegsjahr zum Opfer gefallen und seither nicht wieder aufgebaut worden. Nicht mehr als eine – wenn auch stolze – Ruine erinnerte nördlich von Jedburgh noch an ihren einstigen Glanz.

Unvermittelt waren auf dem Gang Schritte zu hören, und Abt Andrew erschien. Seine asketischen Züge verzogen sich zu einem milden Lächeln, als er Scott und seinen Neffen erblickte.

»Sir Walter, welch unerwartete Freude. Und der junge Master Quentin ist auch dabei.«

»Ich grüße Sie, Abt Andrew«, sagte Scott, und er und sein Neffe verbeugten sich. »Ob unser Besuch allerdings wirklich eine Freude ist, bleibt abzuwarten.«

»Ich fühle, dass Sie etwas belastet, mein Freund. Was ist es? Kann ich Ihnen helfen?«

»Offen gestanden ist es genau das, was wir gehofft hatten, werter Abt. Können Sie ein wenig von Ihrer wertvollen Zeit für uns erübrigen?«

Der Abt lächelte wehmütig. »Mein Freund, seit die Bibliothek den Flammen zum Opfer gefallen ist, gibt es nicht mehr viel, worum meine Mitbrüder und ich uns zu kümmern haben. Es wird mir also eine Freude sein anzuhören, was Sie zu berichten haben. Bitte folgen Sie mir in mein Arbeitszimmer.«

Damit wandte er sich um und ging den Besuchern voraus den schmalen Gang entlang, der sich an den Eingangsbereich anschloss, vorbei an unverputzten Natursteinwänden bis zu einer hölzernen Treppe, die sich in den ersten Stock des Hauses hinaufwand. Sir Walter und Quentin folgten Abt Andrew nach oben, wobei Quentin jedes Mal zusammenzuckte, wenn die Stufen unter seinen Tritten geräuschvoll knarrten.

Im oberen Stockwerk befanden sich die Zellen der Mönche sowie das Arbeitszimmer des Abts, dem neben der Aufsicht über seine Mitbrüder auch die Verwaltung des kleinen Konvents oblag. Abt Andrew öffnete die Tür, bat seine Besucher höflich einzutreten und wies ihnen Plätze an dem länglichen Tisch an, der die Mitte des niedrigen, von einem schmalen Fenster erhellten Raumes einnahm.

»Nun?«, fragte er, nachdem auch er Platz genommen hatte. »Was führt Sie zu mir, meine Herren?«

»Dieses Buch«, gab Sir Walter zur Antwort und forderte Quentin mit einem Nicken auf, den Band auf den Tisch zu breiten und die entsprechende Stelle aufzuschlagen.

Ein wenig umständlich hievte der junge Mann das Buch auf die Tafel. Er brauchte eine Weile, um die Seite mit dem Schwertsymbol zu finden. Endlich schlug er sie auf und schob Abt Andrew das Buch hin.

Der Mönch, der nicht recht wusste, was ihn erwartete, warf nur einen flüchtigen Blick auf das Zeichen – und Sir Walter bemerkte das Zucken, das seine sonst so entspannten Züge durchlief.

»Woher haben Sie das?«, fragte der Ordensmann.

»Sie kennen dieses Zeichen?«, hielt Sir Walter dagegen.

»Nein.« Abt Andrew schüttelte ein wenig zu schnell den Kopf. »Aber ich habe ähnliche Zeichen schon gesehen. Es ist eine Rune, nicht wahr?«

»Eine Rune, in der Tat.« Sir Walter nickte. »Die gleiche Rune, die Quentin in einer Bodendiele der Galerie eingeritzt fand, kurz bevor die Bibliothek in Flammen aufging. Und übrigens auch die gleiche Rune, die als Handwerkszeichen in eines meiner Deckenpaneele eingebrannt wurde, die aus der Klosterkirche von Dunfermline stammen.«

»Ich verstehe«, sagte der Abt. »Ein bemerkenswerter Zufall.«

»Oder vielleicht auch mehr als das«, gab Sir Walter zu bedenken. »Um dies herauszufinden, sind wir hier, werter Abt. Können Sie uns etwas über dieses Zeichen sagen?«

»Über dieses Zeichen?« Abt Andrew schien einen Moment lang nachzudenken. »Nein«, sagte er dann. »Ich bedauere, Sir Walter. Es gibt nichts, was ich Ihnen darüber sagen könnte.«

»Obwohl das Zeichen in Ihrer Bibliothek gefunden wurde?«

»Wie Sie wissen, waren die Mönche meines Ordens nicht die Bauherren der Bibliothek.«

»Das nicht, aber Sie haben sie verwaltet. Und Quentin glaubt sich zu erinnern, dass just in dem Regal, das mit dieser Rune markiert war, ein Buch fehlte. Möglicherweise war es der gestohlene Band. Das fehlende Indiz für den Mord an Jonathan Milton.«

»Ist das wahr, Master Quentin?« Abt Andrew schaute Quentin fragend an, und in seinen Blick mischte sich ein Ausdruck von Entschlossenheit, der etwas Respektgebietendes hatte und zu einem Mönch nicht recht zu passen schien.

»Ja, Euer Ehren«, erwiderte der junge Mann, als stünde er vor Gericht.

»Können Sie sich denken, welches Buch fehlte?«, erkundigte sich Sir Walter. »Bitte, hochwürdiger Abt, es ist sehr wichtig. Da die Bibliothek völlig niedergebrannt ist, können wir unsere Vermutungen leider nicht mehr überprüfen. Alles, was uns bleibt, ist die Erinnerung.«

»Und manchmal vermag auch sie uns zu täuschen«, sagte der Abt rätselhaft. »Es tut mir Leid, Sir Walter. Ich kann Ihnen und

Ihrem Neffen nicht weiterhelfen. Weder kann ich Ihnen etwas über diese Rune sagen noch über das Buch, das möglicherweise aus dem Bestand der Bibliothek entwendet wurde. All dies ist bei dem Brand in Rauch aufgegangen, und dabei sollten Sie es belassen.«

»Das kann ich nicht, werter Abt«, widersprach Sir Walter höflich, aber bestimmt. »Bei allem Respekt, den ich Ihrem Amt und Ihrem Orden entgegenbringe – einer meiner Schüler ist in Ihrer Bibliothek ermordet worden, und um ein Haar wäre auch mein Neffe dort ums Leben gekommen. Selbst Inspector Dellard scheint keinen Zweifel daran zu hegen, dass ein ebenso gerissener wie skrupelloser Mörder in Kelso sein Unwesen treibt, und ich werde nicht eher ruhen, bis er gefunden und seiner gerechten Bestrafung zugeführt wurde.«

»Sie suchen Rache?«, fragte der Abt mit leisem Vorwurf.

»Ich suche Gerechtigkeit«, verbesserte Sir Walter bestimmt.

Der Mönch musterte ihn lange und durchdringend. Was er dabei dachte, war unmöglich zu erahnen. »Wie auch immer«, sagte er schließlich, »Ihre Beobachtungen scheinen mir ein Fall für den Inspector und seine Männer zu sein. Wie Sie sich denken können, war er bereits hier und hat mir einige Fragen gestellt. Und ich hatte den Eindruck, dass der Fall bei ihm in guten Händen liegt.«

»Möglicherweise«, räumte Sir Walter ein, »vielleicht aber auch nicht. Inspector Dellard scheint seine eigene Theorie zu verfolgen, was diesen Fall betrifft.«

»Dann ist er dem Täter bereits auf der Spur?«

»Oder er verfolgt eine falsche Fährte. Die Dinge sind zu undurchsichtig, als dass man dies im Augenblick mit Bestimmtheit sagen könnte. Aber ich weiß, dass ich mich auf meinen Neffen verlassen kann, werter Abt, und wenn Quentin sagt, dass er dieses Zeichen gesehen hat, dann glaube ich es ihm. Wissen Sie, was es bedeutet?«

»Woher sollte ich?« Die Frage des Abts klang ungewöhnlich spitz.

»Es ist eine Schwertrune, ein Symbol aus dem frühen Mittelalter, also aus einer Zeit, in der Ihre Vorgänger das Heidentum bereits bezwungen hatten.«

»Das ist nicht weiter ungewöhnlich. In vielen Teilen Schottlands haben sich heidnische Traditionen und Gebräuche bis ins sechzehnte Jahrhundert hinein behauptet.« Abt Andrew lächelte. »Sie kennen den Starrsinn, der unseren Landsleuten bisweilen nachgesagt wird.«

»Mag sein. Aber etwas – nennen Sie es ein Gefühl, eine Ahnung – sagt mir, dass es mit diesem Zeichen mehr auf sich hat. Es ist nicht nur eine Rune, ein überkommenes Zeichen, dessen Bedeutung längst verloren gegangen ist. Es ist ein Symbol.«

»Ein Symbol pflegt stets für etwas zu stehen, Sir Walter«, wandte der Abt ein und schaute Scott prüfend an. »Wofür sollte diese Schwertrune stehen?«

»Das weiß ich nicht«, gestand der Herr von Abbotsford schnaubend. »Aber ich habe mir geschworen, es herauszufinden. Schon weil ich es Quentin und dem armen Jonathan schuldig bin. Und ich hatte gehofft, dass Sie uns dabei helfen würden.«

»Ich bedauere.« Abt Andrew seufzte und schüttelte langsam sein Haupt, dessen Schläfen bereits grau geworden waren. »Sie wissen, Sir Walter, dass ich Ihnen in Freundschaft zugeneigt und ein großer Bewunderer Ihrer Kunst bin. Aber in dieser Sache kann ich Ihnen nicht helfen. Nur das eine will ich Ihnen sagen: Lassen Sie die Vergangenheit ruhen, Sir. Blicken Sie nach vorn und erfreuen Sie sich derer, die am Leben sind, anstatt die

Toten sühnen zu wollen. Das ist mein gut gemeinter Rat. Bitte nehmen Sie ihn an.«

»Und wenn nicht?«

Das milde, überlegene Lächeln kehrte auf Abt Andrews Züge zurück. »Ich kann Sie nicht dazu zwingen. Jedem Geschöpf Gottes steht das Recht zu, seine Entscheidungen frei zu treffen. Aber ich bitte Sie inständig, Sir Walter, die richtige Entscheidung zu treffen. Ziehen Sie sich von dem Fall zurück und überlassen Sie Inspector Dellard die Ermittlungen.«

»Raten *Sie* mir das?«, fragte Sir Walter offen. »Oder teilen Sie mir nur mit, was Dellard Ihnen aufgetragen hat?«

»Der Inspector scheint um Ihr Wohlergehen besorgt zu sein, und diese Eigenschaft teile ich«, erwiderte Abt Andrew ruhig. »Lassen Sie sich gewarnt sein, Sir Walter. Eine Rune ist ein heidnisches Zeichen aus einer Zeit, die in Dunkelheit verborgen liegt. Niemand weiß, welche Geheimnisse es birgt oder welche finsteren Absichten und Gedanken es hervorgebracht haben mögen. Das sollte nicht auf die leichte Schulter genommen werden.«

»Wovon sprechen Sie? Von Aberglauben? Sie? Ein Ordensmann?«

»Ich spreche von Dingen, die älter sind als Sie oder ich, selbst älter als diese Mauern und dieses Kloster. Das Böse, Sir Walter, ist keine Einbildung. Es existiert so real wie alles andere und versucht ständig, uns in Versuchung zu führen. Manchmal auch« – er deutete auf das Buch, das aufgeschlagen vor ihm auf dem Tisch lag –, »indem es uns seltsame Zeichen sendet.«

Die Stimme des Abts hatte sich immer mehr gesenkt, bis sie zuletzt nur noch ein Flüstern war. Als er zu Ende gesprochen hatte, war es, als verlöschte ein flackerndes Feuer. Quentin, der bei den Worten des Mönchs kreidebleich geworden war, fühlte eisiges Schaudern.

Sir Walters Blick und der des Abts begegneten sich, und einen Moment lang starrten sich die beiden Männer an.

»Gut«, sagte Scott schließlich. »Ich habe verstanden. Ich danke Ihnen für Ihre ehrlichen Worte, werter Abt.«

»Sie waren ernst gemeint. Bitte halten Sie sich daran, mein Freund. Folgen Sie diesem Zeichen nicht weiter. Ich meine es gut mit Ihnen.«

Sir Walter nickte nur. Dann erhob er sich zum Gehen.

Abt Andrew übernahm es persönlich, seine beiden Besucher zurück zur Pforte zu geleiten. Der Abschied fiel kurz und weniger herzlich aus als die Begrüßung. Die Worte, die gefallen waren, wirkten noch immer nach.

Draußen auf der Straße wagte Quentin eine ganze Weile lang nicht, seinen Onkel anzusprechen, und entgegen seiner sonstigen Gewohnheit schien Sir Walter auch nicht das Bedürfnis zu haben mitzuteilen, was er dachte. Erst als sie zurück zum Dorfplatz kamen, wo die Kutsche wartete, brach Quentin sein Schweigen.

»Onkel?«, begann er zaghaft.

»Ja, Neffe?«

»Das war bereits die zweite Warnung, die wir bekommen haben, nicht wahr?«

»So scheint es.«

Quentin nickte langsam. »Weißt du«, rückte er dann heraus, »je mehr ich darüber nachdenke, desto offensichtlicher wird mir, dass ich mich geirrt haben muss. Vielleicht war es gar nicht dieses Zeichen, das ich gesehen habe. Vielleicht war es ein ganz anderes.«

»Ist es die Erinnerung, die aus dir spricht, oder die Furcht?«

Quentin überlegte kurz. »Eine Mischung aus beidem«, sagte er zögernd, worauf Sir Walter lachen musste.

»Die Erinnerung, Neffe, kennt keine Furcht. Ich denke, du weißt ganz genau, was du gesehen hast, und Abt Andrew wusste es ebenfalls. Ich habe ihn beobachtet, als sein Blick auf die Schwertrune fiel. Er kennt dieses Zeichen, da bin ich mir sicher. Und er weiß um seine Bedeutung.«

»Aber Onkel – willst du damit sagen, dass Abt Andrew uns belogen hat? Ein Mann des Glaubens?«

»Mein Junge, ich vertraue Abt Andrew und bin mir sicher, dass er nie etwas unternehmen würde, das uns schaden könnte. Aber zweifellos weiß er mehr, als er uns gegenüber zugegeben hat …«

6.

Von einer Hügelkuppe aus beobachtete der Reiter die Straße, die von Jedburgh im Süden nach Galashiels im Norden führte und unterhalb Newtowns eine Schlucht überbrückte, die der Tweed im Lauf von Jahrtausenden in die Landschaft gegraben hatte. Das sanfte Hügelland fiel hier ungewöhnlich schroff in die Tiefe. Steile Wände von Lehm und Sand umlagerten das an dieser Stelle nur schmale Flussbett, das viele Yards unterhalb der Brücke verlief. Eine kühne, gleichwohl zerbrechlich wirkende Architektur miteinander verbundener Baumstämme trug die Konstruktion.

Nur eine halbe Meile südlich der hölzernen Brücke befand sich die Kreuzung, an der die Straßen von Jedburgh und Kelso zusammenfanden. Vom Hügel aus ließ sich sowohl die Kreuzung als auch die Brücke gut einsehen. Der Reiter brauchte weiter nichts zu tun, als abzuwarten. Sein finsteres Werk hatte er bereits verrichtet.

Er hatte einen Umhang aus dunkelgrüner Wolle angelegt, der ihn mit der Umgebung verschmelzen ließ und ihn unter den tief hängenden Ästen der Bäume fast unsichtbar machte. Vor dem Gesicht trug er eine Maske aus Stoff, die nur schmale Sehschlitze frei ließ, ansonsten aber seine Züge ganz verhüllte – ein weiteres Indiz dafür, dass er Unredliches im Schilde führte.

Der Mann war außer Atem. Sein breiter Brustkorb hob und senkte sich heftig unter dem Umhang, und das Fell seines Rappen glänzte von Schweiß. Ihm war kaum genug Zeit geblieben, den Auftrag in die Tat umzusetzen, den man ihm erteilt hatte. Alles hatte schnell gehen müssen, hatte keine Verzögerung geduldet. Wenn die Kutsche aus Kelso die Kreuzung passiert hatte, gab es kein Zurück mehr.

Vor wenigen Minuten war im Osten das Rauchsignal aufgestiegen, was bedeutete, dass Scotts Kutsche den Wald verlassen hatte. Bald würde er an der Kreuzung eintreffen.

Der Reiter richtete sich im Sattel auf und spähte mit Argusaugen zwischen den Zweigen hindurch, um sich noch einmal zu vergewissern, dass die Konstruktion der Brücke keine sichtbaren Mängel aufwies. Das war wichtig, wenn Walter Scotts Ableben wie ein Unfall aussehen sollte.

Die letzte Stunde hatten der Vermummte und seine Leute daran gearbeitet, die Brücke so zu bearbeiten, dass sie bei Belastung nachgeben würde. Wegen der filigranen Statik der Konstruktion war das nicht weiter schwierig. Gaben nur wenige der Balken nach, die die Brücke trugen, stürzte das ganze Gebilde in die Tiefe – und mit ihm alles, was sich darauf befand.

Scott hatte einen schwer wiegenden Fehler begangen. Mit seinen Nachforschungen und seiner Neugier hatte er dafür gesorgt, dass sich mächtige Menschen bedroht fühlten. Der Maskierte war damit beauftragt worden, diese Bedrohung aus der Welt zu schaffen, endgültig und auf eine Art und Weise, die keinerlei Verdacht erregte.

Eine einstürzende Brücke würde zweifellos viele Fragen aufwerfen, möglicherweise würde ein neuer Disput zwischen den Landlords und der Regierung entbrennen, die sich gegenseitig die Schuld an dem Unglück zuschieben würden. Über dem Ganzen würde niemand mehr Fragen nach dem Tod von Walter Scott stellen – genau wie jene es wünschten, die den Mann mit der Maske bezahlt hatten.

Die Augen des Reiters verengten sich, als von Südosten der Hufschlag von Pferden und das Rasseln eines Geschirrs zu vernehmen waren, die der Wind herübertrug. Fast gleichzeitig erklang der Schrei eines Eichelhähers – das vereinbarte Signal.

Die Faust des Maskierten ballte sich in einer Geste des Triumphs. Scott und sein Neffe hatten keine Chance, sie ahnten nicht, dass sie auf eine tödliche Falle zurasten. Wenn die Brücke nachgab, würden sie entweder von den Trümmern erschlagen werden oder in den Fluten des Flusses ertrinken, der um diese Jahreszeit viel Wasser führte.

Hatte Scott nicht einmal gesagt, dass er einst mit Blick auf seinen geliebten Tweed sterben wolle? Das Gesicht unter der Maske verzog sich zu einem Grinsen. Zumindest dieser Wunsch würde ihm erfüllt werden.

Der Reiter wandte den Blick nach Süden auf die Straßenkreuzung; er erwartete, jeden Augenblick Scotts Kutsche zwischen den Hügeln auftauchen zu sehen. Er war sich seiner Sache so sicher, dass er in Gedanken schon die Geldstücke zählte, die man ihm für den Mord versprochen hatte – als sich von einem Moment auf den anderen alles änderte.

Während abermals der Schrei des Hähers erklang, diesmal schriller und gleich zweimal hintereinander, tauchte an der Kreuzung tatsächlich eine Kutsche auf – aber sie kam nicht über die Straße von Kelso herbei, sondern von Jedburgh herauf, und sie würde noch vor Scotts Droschke die Brücke erreichen.

Der Maskierte stieß eine bittere Verwünschung aus, die seine niedere Herkunft verriet. Hatte er seine Leute, die er unterhalb der Kreuzung aufgestellt hatte, nicht angewiesen, darauf zu achten, dass keine andere Kutsche die Straße passierte?

Die Blicke des gedungenen Mörders flogen gehetzt zwischen der Brücke und der Kreuzung hin und her. Kein Zweifel – die fremde Kutsche würde die Schlucht vor Scott erreichen, und die Insassen würden statt seiner in die Tiefe stürzen. Dafür würden die Auftraggeber ihn nicht bezahlen ...

Der Mann auf dem Pferd verfiel in Panik. Rasch sprang er aus dem Sattel, eilte unter den tief hängenden Ästen der Eschen hindurch, und obwohl er riskierte, gesehen zu werden, gab er jenen ein Zeichen, die sich unten zu beiden Seiten der Straße im Gebüsch verbargen. Heftig gestikulierend deutete er in die Richtung, aus der in wenigen Augenblicken die andere Kutsche auftauchen würde.

Ein gehetzter Blick zurück zur Kreuzung sagte ihm, dass die fremde Droschke die Straße von Kelso passiert hatte und jetzt geradewegs auf die Brücke zuhielt. Es war ein Zweispänner. Ein einzelner Kutscher saß auf dem Bock, und an den Koffern, mit denen das Gefährt beladen war, erkannte der Maskierte, dass es sich um Reisende handeln musste, möglicherweise Briten aus dem Süden. Ein weiterer herber Fluch kam ihm über die Lippen. Wenn bei dem Unglück Briten ihr Leben ließen, würde die

Sache für ungleich mehr Aufsehen sorgen als bei einem Schotten.

Im nächsten Moment sah der Anführer der Mordbande seine eigenen Leute die Straße von Jedburgh heraufkommen – sechs Mann, die auf ihren Pferden saßen und ritten, als wäre eine Schwadron Dragoner hinter ihnen her. Offenbar waren sie unaufmerksam gewesen und hatten die Kutsche durchschlüpfen lassen – jetzt jagten sie hinter ihr her und versuchten sie einzuholen.

Vielleicht, dachte der Maskierte, war doch noch nicht alles verloren.

Mary of Egton stand nach wie vor unter dem Eindruck der grausigen Ereignisse, die sich in Jedburgh zugetragen hatten. Die Bilder der Männer, die leblos am Galgen hingen, wollten ihr nicht aus dem Kopf gehen, und sie fragte sich einmal mehr, was der alte Mann aus dem Gasthaus und seine Kameraden verbrochen haben mochten, dass man sie standrechtlich auf dem Dorfplatz gehenkt hatte.

In dem rauen Land jenseits der Grenze, so sagte sie sich, herrschten andere Gesetze als zu Hause. Noch nie zuvor hatte Mary einen Menschen gesehen, der am Galgen hing, und die schrecklichen Eindrücke verfolgten sie – anders als Kitty, deren argloses Wesen ihr auch über unangenehme Dinge rasch hinweghalf.

»Was ist, Mylady?«, fragte sie lächelnd. »Grämen Sie sich noch immer wegen dieser Männer?«

Mary nickte. »Es will mir nicht aus dem Kopf. Ich kann nicht verstehen, weshalb man sie hingerichtet hat.«

»Ich weiß es auch nicht, Mylady. Aber ich bin sicher, dass es gute Gründe dafür gab. Möglicherweise waren es gesuchte Verbrecher. Vielleicht« – sie schlug sich entsetzt die Hand vor den Mund – »war der seltsame Kauz, der sich in der Gastwirtschaft neulich abends zu Ihnen gesellte, gar ein Mörder, und Sie sind nur um Haaresbreite dem Tod entgangen!«

»Vielleicht«, räumte Mary nachdenklich ein. »Die Sache ist nur – dieser Mann sah nicht aus wie ein Mörder.«

»Das tun Mörder nie, Mylady«, entgegnete die Zofe mit entwaffnender Logik. »Sonst würde man sie auf den ersten Blick erkennen, und es gäbe keine Morde mehr.«

»Zugegeben«, sagte Mary und musste lächeln. Kittys naives Gemüt half ihr ein wenig über die Schwermut hinweg, die auf ihr lastete. »Aber ich habe in die Augen dieses alten Schotten geblickt, und was ich dort gesehen habe ...«

Ein spitzer Schrei aus Kittys Mund unterbrach sie. Durch die Kutsche ging ein heftiger Ruck. Mary fühlte, wie sie in den mit dunklem Samt bezogenen Sitz gepresst wurde; sie hörte die donnernden Hufe der Pferde, dazu den Knall von Winstons Peitsche.

»Was soll das?«, fragte Kitty entsetzt.

Mary schüttelte den Kopf. Obwohl die Kutsche heftig wankte und über die Schlaglöcher sprang, die die Straße übersäten, erhob sie sich von ihrem Sitz und hangelte sich zum Fenster, zog die Scheibe herab und warf einen Blick hinaus.

Ein Stück voraus konnte sie eine Brücke sehen, auf die die Kutsche in hoher Geschwindigkeit zuraste – ein Blick zurück zeigte ihr sechs Reiter, die auf fliegenden Hufen hinter ihnen herjagten. Die Männer trugen schäbige Kleidung und weite Umhänge, die ihre hageren Gestalten umflatterten, dazu breitkrempige Hüte und Masken vor den Gesichtern.

Die Erkenntnis traf Mary wie ein Hammerschlag.

Räuber!

Ein Überfall!

Schockiert prallte sie zurück und ließ sich auf ihren Sitz fallen. Kitty, die das Entsetzen in den bleichen Zügen ihrer Herrin sah, kam nicht mehr dazu, nach dem Grund zu fragen. Denn im nächsten Augenblick zerriss ein Schuss die Stille über dem Tal.

»Was war das?«

Sir Walter, der mit Quentin in der Droschke saß, die sie von Kelso zurück nach Abbotsford bringen sollte, schreckte auf. Eben noch war er in Gedanken versunken gewesen, hatte darüber nachgesonnen, welche Gründe Abt Andrew wohl haben mochte, ihnen zu verheimlichen, was er ganz offensichtlich über die Schwertrune und die geheimnisvollen Vorgänge in der Bibliothek wusste, als ihn das Geräusch jäh ins Hier und Jetzt zurückholte.

»Was?«, erkundigte sich Quentin mit der ihm eigenen Arglosigkeit. »Wovon sprichst du?«

»Das Geräusch eben. Dieser Knall.«

»Ich habe nichts gehört, Onkel.«

»Aber ich«, versicherte Sir Walter grimmig, »und ich kenne dieses Geräusch. Das war ein Schuss, mein Junge.«

»Ein Schuss?«, fragte Quentin ungläubig, als sich das Geräusch wiederholte, das Sir Walter vernommen hatte.

»Schüsse«, rief sein Onkel und stürzte ans Fenster, um einen Blick hinauszuwerfen.

Soeben erreichten sie die Kreuzung, wo sich die Straße mit der aus Jedburgh vereinte und auf die Brücke zu führte. Atemlos sah Sir Walter, wie eine Horde von Reitern mit wehenden Umhängen hinter einer fremden Kutsche herjagte, deren Kutscher die Peitsche schwenkte und alles zu geben schien, um ihnen zu entkommen.

»Ein Überfall!«, rief Sir Walter fassungslos aus. »Dreiste Räuber am helllichten Tag!«

Quentin ächzte entsetzt. Statt jedoch wie sein Onkel ans Fenster zu eilen und sich zu vergewissern, was draußen vor sich ging, warf er sich spontan auf den Boden der Kutsche, den Kopf mit den Armen schützend. Nach den Ereignissen in der Bibliothek und der düsteren Warnung, die Abt Andrew ausgesprochen hatte, war ein Überfall von bewaffneten Räubern einfach zu viel für sein angegriffenes Nervenkostüm.

Sir Walter überlegte noch, was zu tun war – die Gegend um Galashiels galt als sicher, weder er noch sein Kutscher führten eine Waffe mit sich –, als eine neue Bedrohung auftauchte.

Unmittelbar vor der Brücke, aus dem Gebüsch, das die Straße säumte, stürzten mehrere Männer, abgerissene Gestalten wie jene zu Pferd, die gleichfalls Masken vor ihren Gesichtern trugen und der Kutsche den Weg versperrten. In der Hand des Anführers sah Sir Walter eine große Steinschlosspistole blitzen, deren doppelter Lauf Feuer gab ...

Winston Sellers ließ die Peitsche knallen und trieb die Pferde des Gespanns unnachgiebig zur Eile an. Ihre Hufe schienen über die karge, steinige Straße zu fliegen, Sehnen und Muskeln arbeiteten unter schweißglänzendem Fell, doch der Kutscher gönnte den Tieren keine Rast.

Seit drei Generationen taten die Sellers' im Hause derer von Egton ihren Dienst, und keiner von ihnen hatte es je an Loyalität gegenüber der Familie mangeln lassen. Stets hatten sie treu zu den Egtons gestanden und waren nie von ihrer Seite gewichen – nicht einmal damals, als Lady Marys Großvater, Lord Warren of Egton, in die Kolonien nach Nordamerika gegangen war, wo er als Offizier gegen die aufständischen Separatisten gekämpft hatte.

Weshalb Winston diese Dinge durch den Kopf gingen, während er auf dem Kutschbock der schwankenden Droschke saß und die Pferde unnachgiebig zur Eile antrieb, wusste er selbst nicht zu sagen. Vielleicht, weil er sich in diesem Augenblick der Verantwortung bewusst wurde, die auf seinen Schultern lag.

Mary of Egton mochte nicht immer das gewesen sein, was Winston sich unter einer Lady vorstellte, und ihre Neigung, auf alles zu pfeifen, was bewährt und althergebracht war, hatte ihn schon oft in Verlegenheit gebracht. Dennoch war sie ihm gegenüber immer gerecht und fürsorglich gewesen, und das war mehr, als viele Bedienstete von ihren Herren behaupten konnten. Der Kutscher war wild entschlossen, ihr Leben bis zum letzten Atemzug zu verteidigen und alles zu unternehmen, dass sie den Räubern nicht in die Hände fiel.

Gehetzt blickte er zurück, sah die Reiter, die die Kutsche verfolgten, die Furcht erregenden Masken vor ihren Gesichtern. Weder war Winston schon einmal von Räubern verfolgt worden, noch hatte man ihm je nach dem Leben getrachtet. Der erste Schuss, der gefallen, war, hatte ihm jäh klar gemacht, dass diese Leute es ernst meinten und er nicht zulassen durfte, dass die Damen in die Gewalt der Banditen gerieten.

Abermals schwang er die Peitsche. Die Hufe der Pferde donnerten über die unebene Straße und zerrten die Kutsche hinter sich her, deren Räder über Steine und Schlaglöcher sprangen und dabei bedenklich ächzten. Winston konnte nur hoffen, dass sie der Beanspruchung standhalten würden. Wenn ein Rad oder eine Achse brach, war alles verloren. Eine wirkliche

Chance, ihren Häschern zu entwischen, hatten sie nur, wenn sie die Brücke erreichten, die ein Stück vor ihnen lag – auf den ebenen Holzbohlen würde die Kutsche ungleich schneller vorankommen, und dann gelänge es ihnen vielleicht zu entkommen.

Erneut fiel ein Schuss. Instinktiv zog Winston den Kopf zwischen die Schultern, wohl wissend, dass er auf dem Kutschbock ein leichtes Ziel bot. Das Stück Blei, das der Bandit auf ihn gefeuert hatte, verfehlte ihn. Der Kutscher gönnte sich ein erleichtertes Aufatmen, das ihm jedoch im Hals stecken blieb, als er erneut zurückblickte. Die Verfolger hatten aufgeholt, waren jetzt nur noch zehn, fünfzehn Yards von der Kutsche entfernt.

Er musste das Letzte aus den Pferden herausholen, wenn er die Brücke erreichen wollte, bevor sie ihn einholten. Eben wollte er die Peitsche schwingen – als er sah, wie sich das Gebüsch zu beiden Seiten der Straße teilte und mehrere Maskierte daraus hervorsprangen, mit Pistolen und Säbeln bewaffnet.

In einer ersten, instinktiven Reaktion wollte Winston an den Zügeln reißen, um den Männern auszuweichen, die ihm den Weg versperrten. Im nächsten Augenblick wurde ihm klar, dass damit jede Möglichkeit zu entkommen endgültig vertan wäre. Nur einen Weg gab es: auf der Straße bleiben, sich nicht aufhalten lassen und den Kordon der Räuber durchbrechen.

Winston Sellers war weder ein besonders mutiger noch ein sehr entschlossener Mann, doch die Situation machte ihn dazu. Halb richtete er sich auf dem Kutschbock auf, als er die Peitsche schwang und die Pferde zusätzlich mit lauten Rufen anstachelte.

Die Räuber auf der Straße schrien, und Winston sah, wie einer von ihnen seine Pistole hob. Einen Lidschlag später schnappte das Steinschloss zu, und die Waffe gab Feuer. Der Kutscher spürte einen heißen, stechenden Schmerz in seiner rechten Schulter. Der Aufprall war so stark, dass er ihn zurück auf den Kutschbock warf, aber er ließ weder die Zügel los, noch hörte er auf, die Peitsche zu schwingen.

Die Pistole des Banditen krachte noch einmal, und aus dem zweiten Lauf der Waffe jagte eine weitere Kugel, die ihr Ziel jedoch verfehlte. Dann hatte die Kutsche die Männer erreicht. Vier von ihnen warfen sich laut schreiend zur Seite, aber der Schütze war nicht schnell genug. Die Hufe der Pferde erfassten ihn und rissen ihn zu Boden, ehe sich die schweren Räder der Kutsche über ihn hinwegwälzten.

Einen Herzschlag später hatte die Droschke die Brücke erreicht, schoss hinaus auf die vom Regen glatt gespülten Bohlen. Trotz der Schmerzen, die ihn quälten, und des Blutes, das aus der Wunde quoll, machte Winston Sellers seiner Erleichterung in einem heiseren Aufschrei Luft – eine Erleichterung, die jedoch nur einen Augenblick lang währte.

Dann spürte er, wie die Bohlen der Brücke unter dem Gewicht der Kutsche nachgaben, hörte das Ächzen der Konstruktion – und die vermeintliche Rettung erwies sich als tödliche Falle.

Es ging so schnell, dass selbst Sir Walters rasche Auffassungsgabe kaum ausreichte, um die Vorgänge zu verfolgen.

Soeben hatte die Droschke, deren Kutscher ein Mann von außergewöhnlicher Geistesgegenwart sein musste, die Phalanx der Räuber durchbrochen, die sich ihm unerwartet in den Weg gestellt hatte, und schoss mit ungebremster Geschwindigkeit hinaus auf die Brücke.

Fast gleichzeitig stellten die Banditen ihren wütenden Angriff ein und stoben auseinander wie eine Schar Hühner vor dem Fuchs. Die Berittenen ließen ihre Kameraden zu Fuß rasch aufspringen; nur den, der von der Kutsche überrollt worden war, ließen sie liegen. Dann gaben sie ihren Pferden die Sporen und jagten über die Hügel davon – als das markerschütternde Ächzen erklang.

Sir Walter blickte zur Brücke und wurde Zeuge eines unfassbaren Vorgangs.

Kaum war die Kutsche den Räubern entronnen, sahen sich ihre Insassen einer neuen, tödlichen Gefahr ausgesetzt. Denn als das Gefährt die Mitte der Brücke erreichte, fiel deren Konstruktion in sich zusammen.

Von seiner Position aus konnte Sir Walter nicht sehen, wo es begann; mit markigem Knacken gab einer der Tragbalken nach. Das enorme Gewicht, das auf den hölzernen Pfeilern und Trägern ruhte, die sich aus den Fluten des Tweed erhoben, war dadurch einseitig verteilt. Die Statik geriet aus dem Gleichgewicht – und mit donnerndem Getöse brach die Brücke in sich zusammen.

Unmittelbar dort, wo sich die Kutsche befand, knickten die Träger ein. An der Bruchstelle gaben die Bohlen der Fahrbahn nach; sie stürzten in die Tiefe und schlugen in die Fluten, die sie schäumend davontrugen. Die Räder der Kutsche versanken in den Lücken, die die fehlenden Bohlen hinterließen, der rasende Lauf der Pferde wurde jäh gestoppt.

Die Tiere wieherten entsetzt und hielten in ihrer wilden Flucht inne. Panisch stemmten sie sich in ihr Geschirr, angetrieben von den hektischen Rufen des Kutschers, der von seinem hohen Sitz aus kaum erfassen konnte, was geschehen war. In diesem Augenblick gab die gesamte Mittelkonstruktion der Brücke nach. In einer wahren Kettenreaktion knickten die Pfeiler und Trägerbalken wie morsche Äste ab – und die Brücke brach in der Mitte entzwei.

Die Hauptträger barsten mit einem entsetzlichen Knall, der mit Bohlen belegte Fahrweg brach auseinander und senkte sich in die Tiefe, die Kluft vergrößerte sich mit jedem Augenblick. Die Pferde wieherten panisch, wollten sich aufbäumen, doch das Geschirr hinderte sie daran. Sie verloren teilweise den Boden unter ihren Hufen und trampelten ins Leere.

Während die eine Hälfte der Brücke tosend in sich zusammenstürzte, blieb jener Teil, auf dem die Kutsche stand, noch mit dem Rand der Schlucht verbunden. Einer der Pfeiler widersetzte sich standhaft den Gesetzen der Physik, aber es war nur eine Frage der Zeit, wann auch er den Gewalten nachgeben würde. Weitere Träger brachen, und der hölzerne Brückenweg neigte sich zur Seite.

Die Kutsche geriet ins Rutschen und prallte gegen das Geländer, das sie vorläufig aufhielt. Ein Ruck durchlief das Gefährt, und der Kutscher, der sich verzweifelt oben auf dem Sitzbock festgeklammert hatte, verlor den Halt. Seine Hände griffen ins Leere, und er fiel schreiend und kopfüber in die Tiefe, wo der Fluss ihn verschlang.

Die beiden Pferde, die sich nach wie vor wild in ihrem Geschirr aufbäumten, zerrten an der Kutsche. Die Deichsel brach, und die Tiere folgten ihrem Kutscher in den sicheren Tod. Im Fallen durchschlugen sie einen weiteren Träger. Der letzte noch stehende Pfeiler neigte sich knirschend. Nur noch vom morschen Geländer gehalten, schwebte die Kutsche in dramatischer Schräglage über dem Abgrund. Schrille Schreie waren aus dem Inneren zu hören.

»Nein!«, schrie Sir Walter entsetzt, der bislang gehofft hatte, dass niemand in der Kutsche säße.

Fieberhaft überlegte er, wie den Insassen geholfen werden könnte …

Kitty schrie wie von Sinnen.

In dem Augenblick, als der Brückenweg eingestürzt und die Kutsche mehrere Yards in die Tiefe gesackt war, hatte sich ein schriller, lang gezogener Schrei ihrer Kehle entrungen, der nicht aufhören wollte. Mary dagegen versuchte Ruhe zu bewahren, was in Anbetracht der Ereignisse alles andere als einfach war.

Zuerst war die Kutsche fast senkrecht in die Tiefe gesackt, dann zur Seite gekippt – und voller Entsetzen hatten die beiden Frauen mit ansehen müssen, wie Winston in die Tiefe gestürzt war.

»Mein Gott, Mylady!«, rief Kitty schrill und klammerte sich an ihrem Sitz im Fond der Kutsche fest, als könnte sie das retten.

Mary blickte aus dem Seitenfenster der Kutsche und sah das hölzerne Geländer, das die Brücke zum Abgrund hin begrenzte und die Kutsche im Augenblick noch vor dem Absturz bewahrte. Das von der Sonne und vom Regen verwitterte Holz hatte allerdings schon bessere Zeiten gesehen, und unwillkürlich fragte sich Mary, wie lange es der Beanspruchung noch standhalten würde, zumal bereits ein unheilvolles Knirschen und Knacken zu hören war.

Vorsichtig, um das labile Gleichgewicht nicht zu gefährden, wagte sie sich noch ein Stück weiter vor und spähte aus dem Fenster. Zu ihrem Entsetzen stellte sie fest, dass die Brücke unmittelbar vor der Kutsche endete; nur die geborstenen Enden der Tragbalken waren dort zu sehen, wo der Fahrweg hätte weitergehen sollen. Die Pferde waren fort, waren zusammen mit ihrem Meister in die Tiefe gestürzt.

Die Brücke war in der Mitte auseinander gebrochen, die andere Hälfte bereits in sich zusammengestürzt. Nur eine Laune des Schicksals schien diese Seite vorerst noch davor bewahrt zu haben. Allerdings konnte diese Laune jeden Augenblick ein Ende haben, wenn der letzte verbliebene Pfeiler nachgab. Oder, was noch wahrscheinlicher war, wenn das morsche Holz des Geländers seinen Dienst versagte.

Trotz der Panik, die sie fühlte, war Mary klar, dass sie keinen Augenblick länger in der Kutsche ausharren durften. »Wir müssen die Kutsche verlassen«, war ihr erster Gedanke. »Komm, Kitty.«

»Nein, Mylady.« Die Zofe schüttelte krampfhaft den Kopf, Tränen der Panik rannen ihr über die Wangen. »Ich kann nicht.«

»Aber ja! Ich weiß, dass du es kannst.«

Kitty schüttelte weiter den Kopf, trotzig wie ein kleines Mädchen. »Wir werden sterben«, schluchzte sie, »genau wie Winston.«

»Nein, das werden wir nicht«, widersprach Mary entschieden. Ihr Gesichtsausdruck hatte nichts mehr von der Distinguiertheit einer Lady aus vornehmem Hause. Die Entschlossenheit hatte dicke Adern auf ihrer blassen Stirn anschwellen lassen, und aus ihren sanften Augen sprach der eiserne Wille zu überleben. »Wir müssen die Kutsche verlassen, Kitty. Wenn wir hier bleiben, sterben wir.«

»Aber ... aber ...«, presste die Zofe stammelnd hervor. Sie war kreidebleich im Gesicht und zitterte am ganzen Körper. Ihr zuvor noch so unbekümmertes Wesen war von Tränen der Angst hinweggespült worden.

Auch Mary fühlte, wie ihr das Herz bis zum Hals schlug; sie hatte das Gefühl, jeden Augenblick den Boden unter den Füßen zu verlieren – und das im doppelten Sinn. Mit eiserner Disziplin zwang sie sich dazu, sich zusammenzunehmen und das Einzige zu tun, das ihrer Zofe und ihr das Leben retten konnte.

Langsam rutschte sie über die Sitzbank zur anderen Seite der Kutsche hinauf, begleitet vom nervösen Knacken des Geländers. Irgendwie gelang es ihr, die Tür zu entriegeln und sie aufzustoßen. Über ihr war der blaue Himmel zu sehen.

»Los, Kitty«, raunte sie ihrer Zofe zu. »Dort hinauf.«

»Gehen Sie nur, Mylady. Ich werde hier bleiben.«

»Um was zu tun? Zu sterben?«, fragte Mary hart. »Das kommt nicht infrage. Los jetzt.«

»Bitte nicht, Mylady!«

»Verdammt nochmal, beweg dich endlich, du verzogenes Gör!«, herrschte Mary sie an, und obwohl sich die Worte wie auch der Tonfall weniger für eine Dame als für einen Schleifer auf dem Kasernenhof geziemten, verfehlten sie ihre Wirkung nicht.

Zaghaft löste sich Kitty aus der Ecke, in der sie reglos gekauert hatte, und ergriff Marys Hand, um aus der Kutsche zu klettern. Plötzlich war ein lautes Knacken zu hören. Voller Entsetzen gewahrte Mary, dass das Geländer nachgab und sich unter der Beanspruchung bog.

Dann ertönte ein helles Knacken. Einer der Holme brach, worauf sich die Kutsche ein Stück weiter dem Abgrund zu neigte. Doch noch hatte das Geländer seinen aussichtslosen Kampf nicht verloren, und das schwere Gefährt hing jetzt am sprichwörtlich seidenen Faden.

Kitty starrte zitternd in die Tiefe, die durch das Fenster zu sehen war. »Rasch«, raunte Mary ihr zu und ergriff ihre Hand, zog sie an sich heran, um ihr dann dabei zu helfen, aus der Kutsche zu klettern. Kitty bewegte sich ungeschickt, ihr seidenes Kleid war ihr hinderlich. Mit einer Mischung aus Geduld und sanfter Gewalt gelang es Mary, ihre Zofe nach draußen zu bugsieren. Nachdem sie einen letzten Blick in die gähnende Leere geworfen hatte, verließ auch sie die Kutsche.

Kittys zarte Hände streckten sich ihr entgegen und halfen ihr beim Ausstieg. Mit zitternden Gliedern stemmte sich Mary empor und schaffte es trotz ihres weiten Kleides, aus der Öffnung zu klettern. Vor Angst am ganzen Körper bebend, kauerten die beiden Frauen auf der schrägen Seitenwand der Kutsche, und in diesem Augenblick wurde ihnen erst bewusst, wie aussichtslos die Lage war.

Nur ein einzelner Pfeiler der Brücke war heil geblieben, der das letzte Stück Fahrbahn trug, auf dem die Kutsche stand – allerdings war der Pfeiler bereits eingeknickt und würde bald nachgeben, um den Rest der Brücke – und mit ihm die Kutsche – ins Verderben zu reißen.

Verzweifelt blickte Mary zum Klippenrand empor. Der hölzerne Fahrweg der Brücke war seitlich abgefallen und hing schräg über der Schlucht; er schien nur noch an wenigen hölzernen Fasern zu hängen. Wenn sie rissen, war es vorbei. Mary spürte, wie es in den Tiefen rumorte, hörte das markige Knacken des Pfeilers, der der Belastung nicht mehr lange standhalten würde.

»Oh, Mylady«, jammerte Kitty und starrte entsetzt in die Tiefe. »Mylady, Mylady …«

Sie wiederholte es wie eine Beschwörungsformel, während bittere Tränen über ihre Wangen rannen. Verzweifelt suchte Mary nach einem Ausweg, musste jedoch einsehen, dass es keinen gab. Weder hatten sie eine Chance, das andere Ufer zu erreichen, noch konnten sie zurück. Eine ungeschickte Bewegung, ein Schritt in die falsche Richtung, und der Pfeiler würde nachgeben.

Die Angst und die Panik, die sie zuvor noch so erfolgreich bekämpft hatte, ergriffen nun auch von ihr Besitz. Mary und ihre Zofe nahmen sich bei den Händen, um sich in den letzten Minuten – vielleicht auch nur Sekunden – ihres Lebens gegenseitig Trost zu spenden.

Die beiden waren so verängstigt, dass sie nicht merkten, wie die Rettung kam – in der unscheinbaren Gestalt eines Seils.

Verwirrt starrte Mary auf das zu einer Schlinge geformte Ende des Stricks. Instinktiv griff sie danach und blickte hinauf zur Klippe, woher es gekommen war. Es war niemand zu sehen, aber im nächsten Augenblick wurde ein zweites Seil herabgeworfen. Auch hier war das Ende zu einer Schlinge gebunden worden.

»Rasch!«, war eine drängende Stimme von oben zu vernehmen. »Legen Sie sich die Schlingen um!«

Mary und Kitty tauschten einen verwunderten Blick. Dann taten sie, wie die Stimme ihnen geheißen hatte, schlüpften mit den Armen durch die Schlingen und legten sie sich um. Keinen Augenblick zu früh!

Einen Herzschlag später gab das Brückengeländer nach. Mit lautem Knacken barst das morsche Holz, und die Kutsche, auf der die beiden Frauen kauerten, rutschte über die schrägen Bohlen in die Tiefe, stürzte hinab und tauchte gischtend in die Fluten.

Mary und ihre Zofe schrien laut, als sie den Halt unter den Füßen verloren. Einen Augenblick fürchteten sie schon, ebenfalls hinabgerissen zu werden, doch die Seile hielten sie. Gleichzeitig spürten sie, wie sie nach oben gezogen wurden, während unter ihnen der Rest der Brücke, seiner Statik gänzlich beraubt, knirschend in sich zusammenfiel.

Das Ächzen des Pfeilers und das Bersten des Holzes übertönten selbst Kittys Schreie. Beklommen sahen die beiden Frauen mit an, wie sich der Rest der Brücke vom Klippenrand löste und mit infernalischem Getöse in die Tiefe stürzte, während sie selbst hilflos über dem Abgrund schwebten, im wahrsten Sinn des Wortes zwischen Leben und Tod.

Doch wer immer das andere Ende des Seiles hielt, schien nicht gewillt, es loszulassen. Über der gähnenden Tiefe baumelnd, wurden Mary of Egton und ihre Zofe hinaufgezogen, ganz langsam, Stück für Stück.

Kittys Schreie erstarben, und ihre sonst so rosigen Züge verfärbten sich grün. Im nächsten Moment verlor sie das Bewusstsein – der Schock und der Schrecken der Ereignisse waren zu viel für sie gewesen. Reglos hing sie in der Schlinge, die sie ruckweise nach oben zog.

Mary blieb noch lange genug bei Bewusstsein, um zu erleben, wie sie den schützenden Klippenrand erreichte. Mit zitternden Händen tastete sie nach dem Fels. Von oben reckten sich ihr Hände entgegen, die ihre Handgelenke umklammerten und ihr dabei halfen, sicheren Boden unter den Füßen zu gewinnen.

Erschöpft ließ sie sich in den Staub fallen. Ihr Atem ging ungleichmäßig, ihr Herzschlag raste, und sie merkte, wie auch ihr die Sinne schwanden.

Sie hatte ihr Ende bereits vor sich gesehen und konnte es kaum fassen, dass sie gerettet worden war. Es kam ihr vor wie ein Wunder, und sie wollte unbedingt einen Blick auf ihre geheimnisvollen Retter erheischen, ehe sich die Ohnmacht über sie breitete.

Ein Gesicht erschien über ihr. Es gehörte einem jungen Mann mit ein wenig einfältigen, aber ehrlichen und sympathischen Zügen, der sie besorgt betrachtete.

Ein zweites Gesicht gesellte sich hinzu, dessen Besitzer einige Jahre älter war. Ein breites, energisch wirkendes Kinn zierte ein rundes, von weißgrauem Haar umrahmtes Antlitz. Das prüfende Augenpaar, das ihr daraus entgegenblickte, war wach und klar und hätte einem Gelehrten ebenso gehören können wie einem Poeten.

»Geht es Ihnen gut?«, erkundigte sich der Mann, und während ihre Sinne sich trübten, wurde Mary bewusst, dass sie dieses Gesicht kannte.

Es war ihr in dem Buch begegnet, das sie gelesen hatte und das von den tapferen Taten des Ritters Wilfred von Ivanhoe handelte. Und als sich die Ohnmacht wie ein dichter, dunkler Sack über sie stülpte, dachte sie, dass ihr geheimnisvoller Retter kein anderer sein konnte als Sir Ivanhoe selbst ...

7.

Als Mary die Augen wieder öffnete, hatte sich scheinbar nichts verändert. Das Gesicht schwebte noch immer über ihr und blickte sorgenvoll auf sie herab.

»Ich weiß nicht«, flüsterte sie leise. »Entweder bin ich tot, und das ist der Himmel, oder ...«

»Tot sind Sie nicht, mein Kind«, sagte das Gesicht mit mildem Lächeln. »Und der Himmel ist dies auch nicht. Obwohl ich mir große Mühe gegeben habe, es mir hier so angenehm wie möglich zu machen.«

Sie blinzelte, woraufhin die Benommenheit ein wenig von ihr wich. Verblüfft stellte sie fest, dass sie sich nicht mehr unter freiem Himmel befand. Sie lag in einem weichen Bett in einem großzügigen Zimmer, dessen Decke von hölzernen, mit Schnitzereien verzierten Balken getragen wurde. Die Wände waren mit dunklem Holz getäfelt, die Luft von Wachsgeruch durchtränkt.

Durch das Fenster auf der gegenüberliegenden Seite des Raumes flutete warmes, freundliches Sonnenlicht, wie es nur das Frühjahr mit sich brachte. Süßliche Gerüche drangen von draußen herein, der Duft von Blüten, die Mary nicht kannte, die ihre Lebensgeister jedoch wieder weckten.

Zunächst kam die Umgebung ihr vor wie ein ferner, entrückter Traum. Aber mit jedem Augenblick, der verstrich, wuchs in ihr die Erkenntnis, dass sie keineswegs tot und im Himmel war, sondern dass es das Leben, die Wirklichkeit war, die sie umgab. Und das bedeutete auch, dass der Mann, der vor ihrem Bett stand und besorgt auf sie herabsah, kein Engel war, sondern ein Wesen aus Fleisch und Blut. Ihr heldenhafter Retter ...

»Sie sind nicht Sir Ivanhoe«, stellte sie fest und errötete dabei.

»Nicht ganz.« Der Mann mit dem weißen Haar lächelte. Sein schottischer Akzent war ausgeprägt, ohne bäuerlich zu wirken. Viel eher hatte Mary das Gefühl, einen vollendeten Gentleman vor sich zu haben.

»Bitte verzeihen Sie mir, dass ich mich noch nicht vorstellen konnte«, sagte er. »Mein Name ist Walter Scott, Mylady. Zu Ihren Diensten.«

»Walter Scott?« Im ersten Moment glaubte Mary, noch immer zu träumen. Dann wurde ihr klar, dass sie wach war – und dass sie sich tatsächlich dem Autor der Romane gegenübersah, die sie so sehr liebte. Sie bemühte sich jedoch, sich ihre Überraschung nicht anmerken zu lassen. Sie hatte gehört, dass Sir

Walter seine Profession gern für sich behielt, und sie wollte ihn nicht beschämen.

»Sollten wir uns kennen?«, fragte er. »Verzeihen Sie mir, wenn ich mich nicht erinnere, Mylady. Aber bisweilen scheint mein Gedächtnis, auf das ich mir immerhin allerhand einbilde, mich schändlich im Stich zu lassen.«

»Keineswegs.« Sie schüttelte den Kopf, woraufhin sie das Gefühl bekam, eine Hammerschmiede nähme ihre Arbeit darin auf. Zugleich kehrte die Erinnerung an die schrecklichen Ereignisse zu ihr zurück.

Noch einmal durchlebte sie die Augenblicke der Furcht und Ungewissheit. Sie sah die Brücke einstürzen, hörte das Knacken der Balken und Kittys entsetzte Schreie, fühlte ihre eigene Angst. Dennoch war es das Wohl ihrer Zofe, das ihr am meisten am Herzen lag.

»Wie geht es Kitty?«, fragte sie. »Ist sie ...?«

»Keine Sorge«, erwiderte Sir Walter. »Sie ist wohlauf. Der Doktor hat ihr ein Tonikum aus Baldrianextrakt verabreicht. Sie schläft.«

»Und ... Winston?«

Sir Walter schüttelte den Kopf. »Es tut mir Leid, Mylady. Die Leiche Ihres Kutschers wurde ein Stück unterhalb des Durchbruchs ans Ufer gespült. Jede Hilfe kam zu spät.«

Mary nickte. Ihre Augen wurden feucht, und sie wandte verlegen den Blick ab – nicht, weil sie sich ihrer Tränen schämte, sondern weil der Grund dafür ihr unaufrichtig erschien. So sehr sie bedauerte, dass Winston sein Leben gelassen hatte, und obwohl ihr bewusst war, dass sie ihr Überleben zum großen Teil seinem Mut und seiner Geistesgegenwart zu verdanken hatte, hatte ihr allererster Gedanke nicht dem Kutscher gegolten, sondern ihrem eigenen Wohlergehen.

Sir Walter blickte sie prüfend an, als wüsste er genau, was in diesem Augenblick in ihr vor sich ging. »Grämen Sie sich nicht, Mylady«, sagte er leise. »Ich weiß, was Sie empfinden, denn auch ich habe schon Situationen wie diese erlebt. Erst vor kurzem ist einer meiner Studenten auf tragische Weise ums Leben gekommen; tags darauf wäre mein Neffe um ein Haar das Opfer eines Unglücks geworden. Und alles, was ich empfinden konnte, war Dankbarkeit für seine Rettung. Wir alle sind nur Menschen, Mylady.«

»Danke«, sagte Mary leise und nahm das Taschentuch, das er ihr reichte, um die Tränen zu trocknen. »Sie sind sehr gütig, Sir. Und Sie haben uns gerettet. Wären Sie nicht gewesen ...«

»Wir waren nur zur richtigen Zeit am richtigen Ort«, wiegelte Sir Walter ab, wobei Mary für einen kurzen Moment einen Schatten auf seinen Zügen zu erkennen glaubte. »Jeder hätte an unserer Stelle getan, was wir getan haben.«

»Das bezweifle ich sehr«, erwiderte Mary. »Ich hoffe inständig, dass ich mich eines Tages dafür bei Ihnen revanchieren kann, Sir.«

»Und ich bete, dass der Herr das verhindern möge, Mylady«, konterte Sir Walter mit spitzbübischem Lächeln. »Wie fühlen Sie sich?«

»Nun, ich würde sagen, in Anbetracht der Fährnisse, die hinter mir liegen, fühle ich mich gut.«

»Das freut mich zu hören.« Sir Walter nickte. »Ich werde eine der Dienerinnen anweisen, Ihnen Tee und etwas Gebäck zu bringen. Sie müssen hungrig sein.«

»Es geht. Ehrlich gesagt fühlt sich mein Magen eher an, als hätte ich einen Sack Flöhe verschluckt.« Sie errötete und legte hastig die Hand vor den Mund. »Verzeihen Sie, Sir. Ich kann nicht glauben, dass ich das gerade gesagt habe.«

»Warum nicht?« Sir Walter musste lachen. »Glauben Sie mir, es gibt viel zu viele junge Frauen von Adel, die mit ihrer Sprache so umgehen, als könnte man damit rohe Eier zerschlagen. Ich finde es erfrischend, wenn eine Frau von vornehmer Herkunft sich ein wenig schöpferischer auszudrücken weiß.«

»Sie ... Sie wissen, wer ich bin?« Mary errötete noch mehr. »Dabei habe ich mich Ihnen noch nicht einmal vorgestellt. Sie müssen mich für sehr unhöflich halten.«

»Keineswegs, Lady Mary«, erwiderte Sir Walter galant. »Unhöflich wäre es gewesen, Sie danach zu fragen. Ihr Ruf ist Ihnen ohnehin gewissermaßen vorausgeeilt.«

»Woher ...?«, fragte Mary, um sich dann selbst die Antwort zu geben. »Die Kutsche. Mein Gepäck ...«

»Was davon aus dem Fluss geborgen werden konnte, wurde hierher gebracht. Ich fürchte nur, Sie werden nicht mehr viel Freude daran haben.«

»Das schadet nicht. Nach allem, was geschehen ist, bin ich so dankbar dafür, noch am Leben zu sein, dass ich mich nicht wegen ein paar dummer Kleider beschweren möchte.«

»Das ist sehr klug von Ihnen – wenn auch nicht gerade typisch für eine junge Dame aus hohem Hause, wenn mir die Bemerkung gestattet ist.«

»Sie haben mir das Leben gerettet, Sir«, erwiderte Mary lächelnd. »Natürlich ist es Ihnen gestattet, und Sie haben natürlich Recht. Ich bin wohl nicht gerade eine typische Vertreterin meines Standes.«

»Seien Sie froh darüber, Mylady. Die meisten jungen Frauen wären verängstigt in der Kutsche sitzen geblieben und in den Tod gerissen worden. Sie jedoch waren mutig genug zu handeln.«

»So habe ich es noch nicht betrachtet.« Sie lächelte wieder. »Wie lange bin ich ohne Bewusstsein gewesen?«

»Einen Tag und eine Nacht«, erwiderte Sir Walter.

»Und in all der Zeit bin ich hier gewesen?«

»Verzeihen Sie meine Eigenmächtigkeit, aber ich hielt es für das Beste, Sie nach Abbotsford zu bringen. Hier sind Sie in Sicherheit und können sich erholen nach allem, was geschehen ist.«

»Abbotsford«, wiederholte Mary leise. Die Romanze aus Stein und Mörtel – so pflegte Walter Scott seinen Landsitz zu nennen.

Erneut befiel sie bleierne Müdigkeit, und sie musste blinzeln. Verschwommen sah sie, wie Sir Walter sich abwandte und das Zimmer verließ, und wie aus weiter Ferne nahm sie wahr, dass noch jemand im Zimmer stand, den sie erst jetzt bemerkte – ein junger Mann mit rötlich blondem Haar, der nervös die Hände rang und besorgt zu ihr herüberblickte.

Dann wurde die Erschöpfung übermächtig, und sie schlief wieder ein.

Quentin stand reglos da. Obwohl ihm klar war, dass dies keinesfalls das Betragen eines Gentlemans war, konnte er seine Augen nicht von der jungen Frau abwenden.

Mary of Egton – so lautete ihr Name – war das zauberhafteste Geschöpf, das ihm je begegnet war.

Ihr schlanker, vollendeter Wuchs, das hübsche, edle Gesicht mit den hohen Wangenknochen und der nach oben geschwungenen Nase, die vielleicht ein wenig zu keck für eine Dame von Adel war, die wasserblauen Augen, der schmale kleine Mund und das blond gelockte Haar, das offen über das Kissen wallte – all das schlug den jungen Mann völlig in den Bann.

Bislang hatte sich Quentin nie besonders für Frauen interessiert – zum einen wohl deshalb, weil sie sich nicht für ihn interessiert hatten, zum anderen aber auch, weil sein Herz noch nie für ein weibliches Geschöpf geschlagen hatte. Bislang hatte er nur die Bürgertöchter aus Edinburgh und derbe Bauernmaiden gekannt – Mary of Egton jedoch war anders als jede Frau, die er in seinem Leben gesehen hatte. Hätte man ihm gestattet, von nun an für den Rest seines Lebens auf der Schwelle ihres Zimmers stehen und in ihrer Nähe sein zu dürfen, wäre sein Glück vollkommen gewesen.

Sir Walter war die Faszination seines Neffen für die junge Dame nicht entgangen. Schon Quentins Bitte, nach ihr sehen zu dürfen, war ihm seltsam vorgekommen, zumal seine Besorgnis um das Wohlergehen von Lady Marys Kammerzofe auffallend geringer ausgeprägt war. Die junge Mary of Egton schien Quentins unbescholtenes Herz im Sturm erobert zu haben.

Die ganze Zeit über hatte der junge Mann nicht gewagt, ihr Zimmer zu betreten – nicht nur, weil es sich nicht gehörte, sondern auch, weil er dazu viel zu schüchtern war. Allein der Blick, den sie ihm zugeworfen hatte, kurz bevor sie wieder eingeschlafen war, hatte genügt, um sein Herz bis hinauf zum Hals schlagen und seine Wangen erglühen zu lassen.

»Wird sie wieder gesund werden?«, fragte er seinen Onkel, flüsternd, um die Lady nicht zu wecken.

»Sei unbesorgt«, erwiderte Sir Walter und konnte sich ein Schmunzeln nicht verkneifen. So teilnahmsvoll hatte er seinen Neffen noch selten erlebt, vor allem nicht in Gegenwart einer jungen Frau. Die Art und Weise, wie er auf der Schwelle stand und die Lady seines Herzens aus der Ferne betrachtete, erinnerte Scott an die Figuren aus seinen Romanen, an die Ritter und edlen Herren, von denen er schrieb und die sich in vornehmer Minne nach den Damen ihrer Herzen verzehrten. Mit dem

Unterschied, dass dies kein Roman war, sondern die Wirklichkeit, und dass die Geschichte ohne Zweifel anders enden würde als in Walter Scotts Romanzen.

»Sie hat einen Schock erlitten, ist aber sonst wohlauf«, beruhigte er seinen Neffen. »Doktor Kerr sagt, dass sie schon bald aufstehen darf.«

»Das ist gut.« Quentin rang sich ein Lächeln ab. »Es war ziemlich knapp, nicht wahr?«

»Allerdings.« Sir Walter nickte und legte seine fleischige Rechte auf die Schulter des Jungen. »In all dem Durcheinander und der Aufregung bin ich noch nicht dazu gekommen, dir zu danken, Neffe.«

»Mir zu danken? Wofür, Onkel?«

»Du hast gute Arbeit geleistet. Es war deine Idee, die Seile aus dem Werkzeugkasten der Kutsche zu verwenden. Hättest du nicht so schnell und selbstlos gehandelt, wären die beiden Damen jetzt nicht mehr am Leben.«

Quentin errötete und wusste nicht, was er darauf erwidern sollte. Er war es nun mal gewohnt, dass man ihn seiner Ungeschicklichkeit wegen schalt. Für etwas gelobt zu werden – noch dazu für eine Tat wie diese – war in der Tat eine neue Erfahrung für ihn. »Es war nichts«, sagte er bescheiden. »Jeder andere wäre auch darauf gekommen.«

»Wie auch immer«, meinte Sir Walter, während er leise die Tür des Gästezimmers hinter sich schloss. »Du hast dich gestern als wahrer Scott erwiesen, mein Junge.«

»Ich danke dir, Onkel«, sagte Quentin mit einem Anflug von Selbstbewusstsein. »Aber eigentlich besteht kein Grund, sich zur Rettung der Damen zu beglückwünschen. Immerhin hat es auch ein Todesopfer gegeben. Und die Schurken sind entkommen.«

»Das ist wahr.«

»Gibt es schon eine Nachricht von Sheriff Slocombe?«

»Nein«, erwiderte Sir Walter, während sie die Treppe hinabstiegen und ins Arbeitszimmer gingen, wo es wie immer nach Kaminfeuer und Tabak roch. »Er und seine Leute sind immer noch damit beschäftigt, nach Spuren zu suchen. Unterdessen sind diese Banditen längst über alle Berge.«

»Und Inspector Dellard?«

»Soweit ich mitbekommen habe, misst er dem Vorfall keine Bedeutung bei. Er hat es dem Sheriff überlassen, sich darum zu kümmern, obwohl er weiß, dass Slocombe mit dieser Aufgabe völlig überfordert ist. Selbst wenn sich die Spitzbuben in seinem eigenen Whiskykeller verstecken würden, würde er sie nicht finden. Der Scotch würde seine ganze Aufmerksamkeit in Anspruch nehmen.«

»Es ist eine Schande«, ereiferte sich Quentin mit für ihn ungewohntem Temperament. »Am helllichten Tag werden wehrlose Reisende von einer Räuberbande überfallen, und der Sheriff ist nicht in der Lage, sie zu fassen.«

»Möglicherweise waren es Räuber«, sagte Sir Walter nachdenklich. »Vielleicht waren sie aber auch mehr als das.«

»Was meinst du, Onkel? Sie trugen Masken vor ihren Gesichtern. Und sie waren bewaffnet, oder nicht?«

»Das macht sie nicht zwangsläufig zu Räubern, mein Junge. Aber möglicherweise ist es das, was wir annehmen sollen.«

»Meinst du?«

»Möglicherweise ... Wie oft ist es in den letzten Jahren in Galashiels am helllichten Tag zu einem Überfall gekommen?«

»Ich weiß nicht, Onkel – sehr lange bin ich noch nicht hier, wie du weißt.«

»Ich will es dir sagen, mein Junge«, meinte Sir Walter, und

seine Stimme nahm dabei einen verschwörerischen Ton an, der Quentin hellhörig werden ließ. »In den letzten vier Jahren hat es im ganzen Bezirk keinen solch dreisten Überfall gegeben. Die Gegend gilt allgemein als befriedet, und ich darf sagen, dass ich als Sheriff von Selkirk meinen eigenen Teil dazu beigetragen habe. Und weißt du, wie viele Brücken in den letzten fünfzehn Jahren eingestürzt sind?«

Quentin schüttelte den Kopf.

»Nicht eine einzige«, erklärte Sir Walter. »Verstehst du, worauf ich hinauswill?«

»Dass das einmal mehr zu viele Zufälle auf einmal sind?«, hielt Quentin dagegen.

»Erraten, Neffe. Sheriff Slocombe hält den Einsturz der Brücke für einen Unfall, eine Katastrophe, die niemand voraussehen konnte – aber ich habe da meine Zweifel. Was, wenn diese Kerle die Brücke manipuliert haben, um sie in dem Augenblick, als die Kutsche darauf fuhr, zum Einsturz zu bringen?«

»Du meinst, es waren keine Räuber, sondern gedungene Mörder?«, fragte Quentin tonlos.

»So ist es«, bestätigte Sir Walter, und Unheil schwang in seiner Stimme mit.

»Aber«, wandte Quentin nach kurzem Überlegen ein, »ergibt das denn einen Sinn? Diese Banditen haben versucht, Marys ... ich meine, Lady Marys Kutsche aufzuhalten. Warum hätten sie das tun sollen, wenn es ihnen in Wirklichkeit darum ging, die Kutsche auf die Brücke zu lotsen? Es hätte genügt, sie von den Reitern jagen zu lassen, oder nicht?«

»Dieselbe Frage habe ich mir auch gestellt, mein Junge«, erwiderte Sir Walter und nickte anerkennend. »Ich sehe, dass sich meine Lektionen in angewandter Logik allmählich auszahlen. Aber was wäre, wenn der Anschlag in Wirklichkeit nicht

Lady Mary galt? Was, wenn diese Maskierten nicht die Aufgabe hatten, ihre Kutsche auf die Brücke zu treiben, sondern sie davon abhalten wollten, die Brücke zu befahren?«

»Du meinst ...?« Quentins Gesichtsfarbe wechselte zu ungesunder Blässe. Sein neu gewonnenes Selbstbewusstsein war plötzlich wie weggefegt.

»Nehmen wir einmal an, diese Maskierten hatten den Auftrag, einen Anschlag zu verüben – einen Anschlag auf eine Kutsche, von der sie wussten, dass sie die Brücke passieren würde. Sie steigen hinab in die Schlucht und präparieren die Pfeiler der Brücke so, dass sie die Last eines Fußgängers noch tragen, unter dem Gewicht einer Droschke jedoch zusammenbrechen müssen. Und nehmen wir weiter an, dass diese Leute nach getaner Arbeit im Gebüsch sitzen und darauf warten, dass sich die betreffende Kutsche nähert. Es kommt auch tatsächlich eine Kutsche – nur ist es nicht die, auf die sie gewartet haben. Etwas ist anders abgelaufen, als es geplant war, und eine Droschke mit einer jungen Adeligen und ihren beiden Bediensteten droht die Brücke zuerst zu erreichen. Was werden die Mörder tun?«

»Sie werden versuchen, die Kutsche aufzuhalten«, sagte Quentin leise.

»Genau das haben diese Männer getan! Allerdings ist es ihnen nicht gelungen. In dem Glauben, die beiden Frauen damit zu retten, hat der Kutscher ihre Reihen durchbrochen und ist hinaus auf die Brücke gefahren ... Den Rest der Geschichte kennst du.«

»Das ... das klingt unglaublich«, erwiderte Quentin. »Und doch scheint es die einzige Erklärung zu sein, die Sinn ergibt. Aber wem galt der Anschlag wirklich? Wer saß in der anderen Kutsche, die eigentlich in den Abgrund stürzen sollte, als die Kutsche zusammenbrach?«

Sir Walter erwiderte nichts, sondern sandte Quentin nur einen langen, durchdringenden Blick. Der Junge überraschte ihn immer wieder – bisweilen durch seinen Scharfsinn und dann wieder durch seine Fähigkeit, das Offensichtliche nicht zu erkennen.

»Du ... willst damit sagen ...?«, stammelte der junge Mann, als ihm die schreckliche Wahrheit dämmerte.

»Was sonst? Erinnere dich an die Worte von Inspector Dellard. Er hat uns ausdrücklich gewarnt, dass man uns nach dem Leben trachten könnte.«

»Das stimmt. Aber schon so bald?«

»Mir ist nicht bekannt, dass Mordbrenner sich nach einem bestimmten Zeitplan richten«, versetzte Sir Walter bitter. »Alles deutet darauf hin, dass der Überfall ein sorgfältig vorbereiteter Hinterhalt und der Einsturz der Brücke kein Zufall war. Es war nur nicht vorgesehen, dass Lady Marys Kutsche vor uns die Brücke befuhr. Sie und ihre Bediensteten waren lediglich zur falschen Zeit am falschen Ort. Wären wir nur wenige Augenblicke früher an der Kreuzung eingetroffen, wären wir es gewesen, unter denen die Brücke zusammengebrochen wäre.«

Quentin stand wie vom Donner gerührt.

Sein Gesicht war noch blasser geworden, namenloser Schrecken zeichnete sich darauf ab. Dann wurden seine Knie weich, und er ließ sich auf einen der ledernen Sessel sinken, die vor dem Kamin standen. Gedankenverloren starrte er in die Flammen.

»Der Anschlag hat uns gegolten«, sagte er immer wieder. »Nur einem Zufall haben wir es zu verdanken, dass wir noch am Leben sind.«

»So sehe ich das auch, mein Junge«, stimmte Sir Walter grimmig zu. »Offenbar sind unsere Gegner tatsächlich mächtiger und gefährlicher, als wir es bislang vermutet haben. Ich hatte angenommen, dass Dellard absichtlich übertreibt, um uns von den Ermittlungen fern zu halten und freie Hand zu haben. Aber so, wie die Dinge sich nun darstellen, habe ich mich wohl geirrt. Wir befinden uns tatsächlich in großer Gefahr.«

»Was werden wir nun tun?«, fragte Quentin. Seine Stimme hörte sich elend an.

»Wir werden Dellard über unsere Schlussfolgerungen in Kenntnis setzen und ihm begreiflich machen, dass dieser Vorfall sehr wohl in seinen Zuständigkeitsbereich fällt. Denn wenn der Fall Slocombe überlassen bleibt, werden die einzigen Erfolge, die wir am Ende vorzuweisen haben, ein paar leere Scotchflaschen sein. Aber zunächst sollten wir uns um unsere Gäste kümmern, wie es sich für zivilisierte Menschen gehört. Lady Mary und ihrer Zofe soll es hier in Abbotsford an nichts fehlen.«

»Ich verstehe, Onkel.«

»Und – Quentin?«

»Ja, Onkel?«

»Kein Wort von dem, was hier gesprochen wurde, zu Lady Charlotte. Meine Frau hat ohnehin genügend Sorgen, und der Verlust von Jonathan hat sie schwer getroffen. Ich möchte sie nicht unnötig beunruhigen.«

»Unnötig, Onkel? Eine Bande von Mördern hat uns aufgelauert. Ein Mensch fand den Tod, zwei Damen wären um ein Haar ums Leben gekommen. Das nennst du unnötig?«

Sir Walter widersprach nicht, und in seinen Augen konnte Quentin lesen, dass er ebenso dachte wie er.

»Du hast gehört, was ich gesagt habe, Neffe«, beharrte er dennoch. »Ich wünsche nicht, dass Lady Charlotte oder irgendjemand sonst im Haus von den Dingen erfährt, die wir besprochen haben.«

»Wie du willst, Onkel.«

»Gut«, sagte Sir Walter und nickte, wobei ihn eine Ahnung überkam, dass diese Angelegenheit nicht dadurch bereinigt werden konnte, indem man sie leugnete.

Gegen Abend hatte sich Mary of Egton bereits so weit erholt, dass der Doktor ihr gestattete, das Bett zu verlassen. Auch ihre Zofe Kitty war wieder vollständig genesen – wenngleich die Baldrianextrakte, die Kerr ihr verabreicht hatte, ihr vorlautes Wesen noch ein wenig dämpften.

Lady Charlotte hatte es sich nicht nehmen lassen, sich persönlich um die beiden Damen zu kümmern und sie im Haus und in den Gärten herumzuführen.

Der überraschende Tod Jonathans hatte Sir Walters Gattin hart getroffen und eine seltsame Leere in ihr hinterlassen. Da es ihr nicht vergönnt gewesen war, eigene Kinder zu bekommen, nahm sie sich aller Studenten, die Scott zu sich nach Abbotsford holte, mit geradezu mütterlicher Sorgfalt an – und die jungen Menschen, die hier ein und aus gingen, achteten und ehrten Lady Charlotte. Wenn Sir Walter der Kopf des Hauses war, so pflegten sie zu sagen, war seine Gattin das Herz. Sir Walter selbst ließ immer wieder verlauten, dass sein großzügiges Heim nur eine Ansammlung lebloser Steine wäre, würde Lady Charlotte es nicht mit Leben füllen, und dies entsprach in jeder denkbaren Hinsicht der Wahrheit.

Die Lady – eine Dame mittleren Alters, deren schlanker Wuchs und scharf gezeichnete Züge von einer ruhigen, vornehmen Schönheit waren – kümmerte sich um die Verwaltung des Anwesens. Ihr unterstanden das Hausgesinde und die Gärtner, der Kutscher und der Stallknecht. Unterstützt wurde sie dabei vom treuen Mortimer, der schon seit vielen Jahren in den Diensten der Familie Scott stand und sich vom einfachen Pferdeburschen zum Hausverwalter emporgearbeitet hatte. Was den Wert eines Menschen betraf, so legte Lady Charlotte die gleichen Maßstäbe an wie ihr Mann: Nicht die Herkunft war entscheidend, nicht die Abstammung machte einen Menschen zu einem ehrbaren Geschöpf, sondern allein seine Taten.

Während sich Sir Walter für den Rest des Tages in sein Arbeitszimmer zurückzog und dort über seinem neuesten Roman brütete – durch die Vorfälle der letzten Tage war er erheblich in Verzug geraten und musste sich beeilen, um die Termine für die Lieferung der nächsten Kapitel einzuhalten –, führte Lady Charlotte die beiden Besucherinnen durch Abbotsford.

Sie zeigte ihnen die weitläufigen, von Rüstungen und Gemälden gesäumten Hallen, dann die Gärten, die Waffensammlung und die Bibliothek. Letztere versetzte Mary besonders in Entzücken, vor allem, da sie alle ihre Bücher eingebüßt hatte, als die Kutsche in die Fluten des Tweed gestürzt war.

Lady Charlotte gestattete ihr, sich in der Bibliothek umzusehen und sich die Zeit bis zum Dinner mit Lesen zu vertreiben. Während Mary sich gar nicht satt sehen konnte an den zahllosen in Leder gebundenen Schätzen, die in den Regalen schlummerten, sah Kitty den Gärtnerburschen bei der Arbeit zu, die draußen auf der Wiese das Gras mähten und deren nackte Oberarme vor Schweiß glänzten.

Um sieben Uhr läutete die Glocke zum Dinner, und man fand sich im großzügigen Speiseraum des Anwesens ein, in dem eine lange Tafel stand. An den Kopfenden, einander gegenüber, hatten Sir Walter und seine Gattin Platz genommen. Neben Sir Walter saßen Quentin sowie Edwin Miles, ein junger Student aus Glasgow, der zurzeit ebenfalls in Abbotsford weilte. Die beiden Plätze auf Lady Charlottes Seite des Tisches waren unbesetzt – sie waren Mary of Egton und ihrer Zofe vorbehalten. Ursprünglich hatte auch William Kerr zum Essen bleiben sollen. Der Doktor, den Sir Walter als menschenscheuen und nicht eben redseligen Zeitgenossen kannte, hatte es jedoch vorgezogen, am späten Nachmittag nach Selkirk zurückzufahren, nachdem er die jungen Frauen ein letztes Mal untersucht und sich über ihren Gesundheitszustand vergewissert hatte.

Vom Gang waren jetzt gedämpfte Stimmen zu hören, und eine der Dienerinnen führte die Lady of Egton und ihre Zofe herein. Lady Charlotte hatte sie mit Kleidern aus ihrem eigenen Besitz ausgestattet – schlichten Roben aus dunkelroter und grüner Seide, die die strahlende Schönheit der jungen Besucherinnen hervorhoben. Sir Walter entging nicht, dass Quentin vor Staunen der Mund offen blieb, als Mary of Egton den Speisesaal betrat.

»Ich weiß nicht, wie es in Edinburgh gehandhabt wird«, raunte er seinem Neffen daraufhin schmunzelnd zu, »aber wir schlichten Leute vom Land lassen den Mund zu, wenn wir einer Dame gefallen wollen.«

Quentins Gesicht färbte sich schlagartig puterrot. Verlegen blickte er auf seinen Teller und wagte es nicht mehr, die jungen Frauen anzusehen. Edwin Miles hatte weniger Berührungsängste. Wie ein vollendeter Gentleman, als der er gelten wollte, erhob er sich von seinem Sitz und verbeugte sich, um den beiden Damen seine Aufwartung zu machen. Quentin sah das Lächeln, das Lady Mary ihm schenkte, und es ärgerte ihn. Eine dumpfe Ahnung aus den Tiefen seines Bewusstseins sagte ihm, dass es Eifersucht sein musste, die er fühlte. Zum ersten Mal in seinem Leben …

Nachdem sie freundlich in die Runde gelächelt hatte, nahm Mary Platz, und auf einen Wink Lady Charlottes hin wurde der erste Gang des Dinners aufgetragen.

»Ich habe mich für Wildsuppe entschieden«, erklärte Lady Charlotte, während die Dienerinnen zwei Terrinen mit köstlich duftendem Inhalt auftischten. »Ich hoffe, den Geschmack der Damen damit getroffen zu haben.«

»Natürlich«, versicherte Kitty, noch ehe Mary der Etikette entsprechend antworten konnte. »Also, ich weiß nicht, wie's Ihnen geht, aber nach allem, was geschehen ist, bin ich hungrig wie ein Wolf.«

»Kitty«, zischte Mary tadelnd, und ihre Zofe errötete. Sir Walter und Lady Charlotte jedoch lachten.

»Lassen Sie nur, Lady Mary«, beschwichtigte Scott. »In meinem Haus wird ein offenes Wort stets geschätzt. In manchen Gegenden des Königreichs mag es als unschicklich gelten, doch hier in Schottland ist es eine alte Tradition zu sagen, was man denkt. Das ist vielleicht einer der Gründe für die Missverständnisse, die es zwischen Engländern und Schotten gab.«

»Ich danke Ihnen für Ihre Freundlichkeit, Sir«, erwiderte Mary höflich. »Sie haben uns in Ihrem Haus aufgenommen und uns jede nur denkbare Hilfe zukommen lassen. Wären Sie nicht gewesen, würden Kitty und ich nicht hier sitzen. Ich kann Ihnen also gar nicht genug danken.«

»Danken Sie mir nicht zu sehr«, erwiderte Sir Walter, und wieder schien sich ein Schatten über sein Gesicht zu legen. »Quentin und ich haben nur getan, was das Gebot der Stunde war. Bevor wir nun aber gemeinsam zu Abend essen, lassen Sie uns beten und dem Herrn danken. Und lassen Sie uns auch an jene denken, die nicht mehr unter uns sind.«

Fast schien es Mary, als wäre das Licht des Kaminfeuers und der Kerzen in den Lüstern plötzlich gedämmt, als breitete der Schatten auf Sir Walters Zügen sich aus und erfasste den gesamten Raum. Schwermut legte sich auf die Herzen aller Anwesenden, und sie senkten die Häupter und falteten die Hände in stummer Andacht.

»Herr«, sagte Sir Walter leise. »Wir kennen deine Wege nicht und haben nicht Verstand genug, sie zu begreifen. In deiner Weisheit und Güte hast du diese beiden jungen Frauen vor dem Tod bewahrt und sie gesund und wohlbehalten zu uns geführt. Wir beten für die Seelen jener, die nicht mehr bei uns sind. Für Jonathan Milton und Winston Sellers. Sie beide erfüllten bis zum letzten Augenblick ihre Pflicht, jeder auf seine Weise. Nimm sie zu dir in dein Reich und führe sie zur ewigen Gerechtigkeit. Und behüte die, die hier am Tisch versammelt sind, vor allem Bösen, das am Wegrand lauern mag. Amen.«

»Amen«, echote es reihum.

Mary, die ihren Blick gesenkt hatte, schaute blinzelnd auf.

Man hatte sie vor den katholischen Schotten gewarnt, vor dem Fanatismus, den ihr Hang zur Religiosität bisweilen hervorbrachte. Bei Sir Walters Gebet hatte sie jedoch nichts davon bemerkt. Was sie gehört und gefühlt hatte, war nur Betroffenheit, die Anteilnahme von jemandem, dem es egal war, ob jemand Protestant war oder Katholik, Engländer oder Schotte. In Walter Scotts Weltbild – und diesen Eindruck hatte Mary auch durch die Lektüre seiner Romane gewonnen – ging es vor allem um Menschen und nicht um Konfessionen oder Rassen.

Sie bemerkte den Blick, der ihr von der anderen Seite der Tafel zugeworfen wurde. Es war der junge Mann, der ihr aufgefallen war, kurz bevor sie erneut in tiefen Schlaf gefallen war, und der, wie sie inzwischen wusste, Sir Walters Neffe Quentin war.

»Wie ich hörte, waren Sie sehr um mein Wohlergehen besorgt, junger Herr«, sagte sie und lächelte ihm zu.

»Das ist reichlich untertrieben.« Lady Charlotte lächelte

mild. »Der gute Quentin hat die ganze Zeit über vor Ihrem Zimmer gewacht, Lady Mary.«

»Und dabei auch einen Blick hineingeworfen«, versetzte Mary und warf Quentin ein Lächeln zu, das diesen über sein ganzes bleiches Gesicht erröten ließ.

»V... verzeihen Sie, Mylady«, stammelte er dabei. »Es war nicht meine Absicht, Sie zu beschämen.«

»Und es war nicht meine Absicht, Sie zu beschämen, werter Master Quentin«, erwiderte sie. »Im Gegenteil, stehen Kitty und ich doch tief in Ihrer Schuld. Wie man mir sagte, waren Sie es, der den rettenden Einfall mit dem Seil hatte.«

»Nun, ich ...« Quentin wusste nicht recht, was er erwidern sollte. Verlegen wandte er den Blick und stocherte mit dem Silberlöffel in der Suppe herum. Wildsuppe gehörte sonst zu seinen Lieblingsgerichten, heute jedoch brachte er kaum einen Löffel davon herunter; zum einen, weil die jüngsten Enthüllungen Sir Walters wie ein Geschwür an ihm nagten, zum anderen, weil die liebreizende Gesellschaft von Lady Mary dafür sorgte, dass er sich vorkam wie ein ausgemachter Narr.

Der schneidige Edwin Miles, der schon in Edinburgh in höheren Kreisen verkehrt hatte, hatte da weniger Schwierigkeiten. Leise räusperte er sich, um dann in einer galanten Geste sein Glas zu heben und einen Trinkspruch auszubringen.

»Obwohl ich nicht der Herr dieses Hauses, sondern nur ein geduldeter Gast bin, möchte ich mir erlauben, einen Toast auszusprechen. Trinken wir auf das Wohl dieser beiden jungen Damen, die der Herr so wohlbehalten zu uns geführt hat. Und natürlich auf Sir Walter und Quentin, die daran nicht geringen Anteil hatten.«

»Auf Sir Walter und Quentin«, sagte Mary und hob ebenfalls ihr Glas.

Auch Quentin, der schließlich wusste, was sich gehörte, wollte seinen Kelch erheben – dabei kam er jedoch mit dem Ellbogen an Sir Walters Glas und stieß es um, worauf sich der Spätburgunder über das blütenweiße Tischtuch ergoss.

Lady Charlotte lachte wohlwollend, Kitty kicherte ungeniert über sein Ungeschick. Edwin Miles immerhin besaß noch genügend Anstand, sich ein Lachen zu verkneifen, und verbarg seinen Mund hinter vorgehaltener Hand. Quentin wäre es am liebsten gewesen, ein Loch hätte sich im Boden aufgetan und ihn auf der Stelle verschlungen.

Was hatte er Edinburgh auch verlassen und sich auf Abenteuersuche begeben müssen? Denn das war es gewesen, was er vor allem anderen gesucht hatte. Er war es leid gewesen, stets daheim zu sitzen und sich Erzählungen über die großen Taten seiner Brüder anhören zu müssen ... Aber in diesem Augenblick wünschte er sich mit aller Macht wieder nach Hause zurück. Dies war nicht seine Welt, ganz und gar nicht. Spätestens nach dem Brand in der Bibliothek hätte er die Zeichen der Zeit erkennen und nach Edinburgh zurückkehren müssen. Vermummte Diebe, die in Straßengräben lauerten, einstürzende Brücken und gedungene Mörder, all das war mehr, als sein schlichtes Gemüt bewältigen konnte. Und weil all das wohl noch nicht genügte, war nun auch noch dieses Frauenzimmer aufgetaucht und stellte seine ganze Welt auf den Kopf. In ihrer Gegenwart benahm er sich wie ein Schaf.

Mit hochroten Zügen saß er bei Tisch, und als verspräche sich der junge Edwin Miles einen persönlichen Vorteil davon, den Dolch noch einmal in die bereits klaffende Wunde zu stoßen, sagte er genüsslich: »Nun denn, mir scheint, unser guter Quentin ist heute Abend ein wenig ungeschickt, nicht wahr?«

»Das schadet nicht«, entgegnete Mary darauf. »Bei Tisch

mag der junge Master Quentin es an Geschick fehlen lassen. Gestern hingegen hat er alle Geistesgegenwart und allen Mut bewiesen, den sich eine Frau bei einem Mann nur wünschen kann.« Das Lächeln, das sie ihm zuwarf, war so freundlich und entwaffnend, dass sich Quentin schlagartig besser fühlte – und Edwin sich zurückzog wie ein kläffender Hund, dem man auf den Schwanz getreten hatte.

»Wie meine Gattin mir berichtete, haben Sie sich sehr für die Bibliothek interessiert, Lady Mary?«, warf Sir Walter ein, um das Thema zu wechseln. Der erste Gang war beendet, und die Teller wurden abgetragen. Durch den schmalen Korridor, der in die Küche mündete, war bereits der süßlich herbe Duft von Fasanbraten mit Wildbeerensoße zu erahnen.

»Das ist richtig.« Mary nickte. »Sie haben eine sehr eindrucksvolle Sammlung, Sir. Wenn ich die Muße dazu hätte, würde ich Sie bitten, mehr Zeit in Ihrer Bibliothek verbringen zu dürfen.«

»Das war noch gar nichts«, meldete sich Quentin zu Wort – ein wenig zu hastig, aber immerhin gelang es ihm jetzt, ein paar zusammenhängende Sätze hervorzubringen. »Was Sie gesehen haben, war nur die Handbibliothek. Die eigentliche Bücherei ist noch um vieles größer. Wenn mein Onkel es gestattet, könnte ich Sie gern ein wenig dort herumführen, Lady Mary.«

»Natürlich gestatte ich es«, sagte Sir Walter. »Ich habe Lady Mary bereits gesagt, dass sie sich in Abbotsford ganz wie zu Hause fühlen soll.«

»Danke, meine Herren. Es ist ein schönes Gefühl, sich zu Hause zu fühlen. Denn streng genommen habe ich im Augenblick keine Heimat.«

»Wie dürfen wir das verstehen?«

»Sehen Sie, als dieses schreckliche Unglück sich ereignete,

war ich gerade auf dem Weg nach Ruthven, wo ich ein neues Zuhause zu finden hoffe. Denn nach dem Willen meiner Eltern soll ich mit dem jungen Laird von Ruthven verheiratet werden.«

Quentin saß wie vom Donner gerührt. Er wollte einfach nicht glauben, was er da hörte. Dieses zauberhafte Geschöpf war bereits versprochen, war mit einem jungen Adeligen verlobt? Quentins nach Rosen duftende Träume, die Hoffnungen, die er sich für kurze Zeit gemacht hatte, lösten sich schlagartig in Luft auf.

»Verzeihen Sie meine Direktheit, Mylady – aber so, wie Sie das sagen, hört es sich nicht an, als ob es auch Ihr Wille wäre, den Laird of Ruthven zu heiraten«, sagte Sir Walter.

»Sollte ich diesen Eindruck erweckt haben, tut es mir Leid«, erwiderte die junge Frau mit vornehmer Geschmeidigkeit. »Es steht mir nicht zu, die Entscheidung meiner Eltern infrage zu stellen. Allerdings kenne ich den Laird von Ruthven noch nicht, sodass ich nicht weiß, was mich erwartet.«

»Sie wurden verlobt mit einem Mann, den Sie nicht einmal kennen?«, fragte Quentin ungläubig. »Den Sie noch nie gesehen haben?«

»In den Kreisen, aus denen ich stamme, ist so etwas durchaus üblich«, erwiderte Mary, »und als gute Tochter meines Hauses muss ich mich dem Willen meiner Familie beugen, nicht wahr?«

»Natürlich«, sagte Quentin und errötete schon wieder. »Bitte, ich wollte Sie nicht verletzen.«

»Sie haben mich nicht verletzt, lieber Master Quentin«, sagte sie, und für einen kurzen Augenblick begegneten sich ihre Blicke. »Bisweilen können Fremde uns besser begreifen als Menschen, die uns nahe stehen, aber danach wird nicht gefragt.

Ich habe mich dem Willen meiner Familie zu fügen und werde auf Schloss Ruthven eine neue Heimat finden. Schade ist nur, dass nahezu alles, was ich aus meinem alten Leben bei mir hatte, in den Fluten versunken ist.«

»Es muss schrecklich sein, alles zu verlieren«, sagte Lady Charlotte mitfühlend. »Kleider und Geschmeide, alles, worauf eine Lady Wert legt.«

»Um meine Kleider ist es mir nicht schade«, versicherte Mary. »Aber meine Bücher reuen mich. Obwohl ich froh darüber sein sollte, mit dem Leben davongekommen zu sein, habe ich das Gefühl, gute Freunde verloren zu haben. Können Sie das verstehen?«

»Natürlich verstehe ich das«, versicherte Sir Walter. »Möglicherweise versteht es sogar niemand besser als ich. Ein guter Roman ist tatsächlich wie ein Freund, nicht wahr?«

»Das stimmt.«

»Was haben Sie gerade gelesen?«

»Einen sehr spannenden Roman, der im englischen Mittelalter spielt. Er hieß *Ivanhoe*.«

»Und? Wurden Sie gut unterhalten?«, fragte Sir Walter, ohne mit der Wimper zu zucken.

»Allerdings«, bestätigte Mary. »Der Romancier, der *Ivanhoe* verfasst hat, ist übrigens Schotte.«

»Ein Schotte? Sollte ich ihn kennen?«

»Das denke ich wohl, Sir Walter«, versetzte Mary lächelnd. »Denn obgleich der Verfasser des Romans lieber unerkannt bleiben möchte, weiß ich sehr wohl, dass Sie selbst ihn geschrieben haben.«

Es war eine der seltenen Gelegenheiten, zu denen man Sir Walter sprachlos erlebte. Zwar hing er seine Schriftstellerei nicht an die große Glocke, aber er hatte nicht verhindern können, dass sich in den letzten Jahren herumgesprochen hatte, aus wessen Feder die Abenteuer Ivanhoes und anderer Romangestalten stammten. So versuchte er es erst gar nicht zu leugnen, zumal das Lob der jungen Frau ihm schmeichelte.

»Bitte zürnen Sie mir nicht, dass ich es Ihnen nicht gleich gesagt habe, Sir Walter«, bat Mary. »Ich tat es nicht aus mangelndem Respekt, denn Ihre Romane sind Meisterwerke. Ich habe jeden gelesen, dessen ich habhaft werden konnte, und ich kenne niemanden, der die Gefühle vergangener Zeiten so packend in Worte zu kleiden versteht wie Sie. Beim Lesen Ihrer Bücher hat man den Eindruck, dass Sie mit den Helden fühlen. Dass in Ihrer Brust ein Herz schlägt, das Werte wie Anstand und Ehre nicht vergessen hat. Auch nicht in diesen Zeiten.«

Sir Walter war es gewohnt, kritisiert zu werden; in Edinburgh gab es nicht wenige selbst ernannte Fachleute, die in seinem Werk diese und jene Schwäche zu erkennen glaubten und sich zu Richtern seines Schaffens aufspielten. Noch niemals hatte er ein Kompliment erhalten, das so aus dem Innersten zu kommen schien wie bei Lady Mary.

»Ich danke Ihnen, Mylady«, sagte er schlicht.

»Nein, Sir – ich danke Ihnen. Denn Ihre Romane haben mir geholfen, dass ich in den letzten Jahren die Hoffnung nicht verloren habe. Sie haben mich die ganze Zeit über begleitet, selbst hierher in die Fremde.«

»Wenn meine Romane Ihnen gefallen haben, Lady Mary, wenn sie Ihr Herz berührt haben, dann sind Sie in diesem Land nicht fremd.« Sir Walter lächelte, und seine Stimme bebte ein wenig, als er fortfuhr: »Wie Sie festgestellt haben werden, besteht an Büchern in Abbotsford kein Mangel. Wenn Sie erlauben, wird es mir eine Freude sein, Sie mit einigen Exemplaren aus meiner Bibliothek auszustatten.«

»Das ist sehr freundlich von Ihnen, Sir, aber das kann ich unmöglich annehmen. Sie haben schon so viel für mich getan!«

»Nehmen Sie es ruhig an, mein Kind«, sagte Lady Charlotte, und ein Schmunzeln umspielte dabei ihr sanftes Gesicht. »Wenn mein Gatte sich von einigen seiner geliebten Bücher trennt, sollten Sie zugreifen, ehe er zu Verstand kommt und es sich anders überlegt.«

Alle lachten, am lautesten Sir Walter, auf dessen Kosten der Scherz gegangen war. Im Schein des Kerzenlichts unterhielt man sich weiter, und der nächste Gang wurde aufgetragen.

Man tauschte Gedanken aus und erlebte Momente der Sorglosigkeit, und für einige Stunden schien es, als wären die dunklen Wolken, die sich über Abbotsford zusammengezogen hatten, vertrieben worden.

Am nächsten Morgen brachen Mary of Egton und ihre Zofe von Abbotsford auf.

Da ihre Kutsche bei dem Unglück zerstört worden war, hatte Sir Walter seinen eigenen Vierspänner anschirren lassen und ihn den Frauen für die Reise zur Verfügung gestellt. Der Kutscher würde das Gespann zurückbringen, sobald er Lady Mary und ihre Zofe wohlbehalten nach Ruthven gebracht hatte. Außerdem schickte Scott zwei berittene Diener als Geleitschutz mit – weniger, weil er fürchtete, die Damen könnten noch einmal Opfer eines Überfalls werden, sondern weil er nicht wollte, dass sie sich ängstigten. Der Leichnam von Winston Sellers würde zurück nach Egton gebracht werden, wo er bei seiner Familie Ruhe finden würde.

»Wie soll ich Ihnen nur danken, Sir Walter?«, fragte Mary, als sie sich vor dem steinernen Tor von Abbotsford verabschiedeten. »Sie haben mehr für uns getan, als ich jemals vergelten kann.«

»Danken Sie mir nicht zu sehr, Lady Mary«, erwiderte Scott. »Ich habe nur getan, was meine Pflicht war.«

»Sie haben weit mehr als das getan, ebenso wie Ihre Gattin und Ihr Neffe. Sie alle haben uns so freundlich aufgenommen und uns nach diesen schrecklichen Ereignissen wieder Hoffnung gegeben. Ich wünsche mir sehr, dass ich Ihnen all das irgendwann zurückgeben kann.«

»Hoffen Sie das lieber nicht, Mylady«, sagte Sir Walter rätselhaft. Dann winkte er einen seiner Bediensteten heran, der ein großes, in Leder geschlagenes Buch bei sich trug. »Das hier möchte ich Ihnen noch mit auf den Weg geben, wenn Sie gestatten.«

»Was ist das?«

»Es ist eine Abhandlung über die Geschichte unseres Landes, von den Pikten über das Schicksal der Clans bis zum Schlachtfeld von Culloden. Wenn Sie Schottland und seine Menschen verstehen lernen wollen, müssen Sie dieses Buch lesen.«

Der Diener händigte den schweren Band Mary aus, die ihn vorsichtig entgegennahm und durchblätterte. Das Buch war alt, bestimmt über hundert Jahre, und Mary wagte nicht, seinen Wert zu schätzen. »Das kann ich nicht annehmen, Sir«, sagte sie deshalb. »Gerade spreche ich noch davon, wie tief ich ohnehin in Ihrer Schuld stehe. Sie haben mir schon so viele Ihrer Bücher mitgegeben, und nun wollen Sie mir auch noch dieses zum Geschenk machen?«

»Ich weiß, dass es bei Ihnen in guten Händen ist, Lady Mary. In Ihren Augen sehe ich nicht die Überheblichkeit und die Vorurteile, mit denen viele Besucher aus dem Süden in unser schönes Land kommen. Die Gegensätze zwischen Engländern und Schotten dürfen nicht länger bestehen bleiben. Wir sind ein Land, ein Königreich. Und wenn dieses Buch etwas dazu beitragen kann, so will ich es Ihnen gern schenken.«

Mary fühlte, dass es keinen Sinn gehabt hätte zu widersprechen. Höflich verneigte sie sich und versprach, das Buch in Ehren zu halten.

Dann folgte der Augenblick des Abschieds.

Obwohl sie nur kurze Zeit in Abbotsford verbracht hatte, fiel es Mary schwer, sich von den romantischen Erkern und steinernen Türmen zu trennen, in denen sie vorübergehend ein Zuhause gefunden hatte. Dies war eine Welt, in der sie sich wohl gefühlt hatte und die außerhalb der Mauern nicht mehr zu existieren schien. Eine Welt, in der es noch Anstand, Mut und Ehre gab und in der Menschen nicht nach ihrem Titel beurteilt wurden, sondern nach ihrem Herzen.

Nacheinander verabschiedete sie sich von Sir Walter und Lady Charlotte, danach von Quentin, der ihr dabei nicht in die Augen blicken konnte. Und obwohl es nicht üblich war, verabschiedete sich Mary auch vom Hausgesinde, bedankte sich für jede einzelne Wohltat, die man ihr hatte zuteil werden lassen.

Dann stieg sie in die wartende Kutsche. Mit einem Ruck fuhr das schwere Gefährt an, verließ den Innenhof und rollte hinaus auf die Straße.

Die Scotts und Quentin standen im Tor und winkten, bis die Kutsche um eine Biegung verschwand und der grünende Wald sie verschluckte. Und für einen kurzen Moment glaubte Sir Walter, es in den Augen seines Neffen feucht schimmern zu sehen.

Nicht nur Mary of Egton und ihre Zofe, auch die Familie

Scott hatte für einige Stunden Sorglosigkeit erleben, hatte die Trauer und Nöte der zurückliegenden Tage vergessen können.

Mit Lady Marys Abschied kehrte der Alltag zurück – und mit ihm die Furcht.

8.

Was erwarten Sie von mir?« In Charles Dellards Gesicht waren weder Mitgefühl noch Nachsicht zu lesen. Im Gegenteil hatte Sir Walter das Gefühl, der Inspector empfinde heimliche Genugtuung darüber, dass sich seine düsteren Voraussagen schon so bald bewahrheitet hatten.

»Was ich von Ihnen erwarte?«, wiederholte Sir Walter. Im Büro in der Stadtwache von Kelso war es warm und stickig. Quentin, der seinen Onkel wie immer begleitete, hatte Schweißperlen auf der Stirn. »Ich erwarte von Ihnen, dass Sie Ihren Pflichten nachkommen und diese Angelegenheit so untersuchen, wie sie es verdient.«

»Wie ich schon sagte – die Sache fällt nicht in meine Zuständigkeit. Sheriff Slocombe ist als Vertreter des Gesetzes dazu ermächtigt, den Unfall an der Brücke ...«

»Es war kein Unfall«, bestritt Sir Walter entschieden. »Es war ein gezielter Anschlag, der meinem Neffen und mir galt. Die Lady of Egton und ihre Zofe waren lediglich zur falschen Zeit am falschen Ort.«

»Das sagten Sie schon. Dennoch gibt es dafür keinen Anhaltspunkt.«

»Nicht? Sagten Sie mir bei unserem letzten Zusammentreffen

nicht selbst, dass ich in Gefahr sei? Dass ich mich aus dem Fall zurückziehen solle?«

Dellard antwortete nicht sofort, sondern schien sich seine Worte zu überlegen. »Gut, Sir«, sagte er dann, »nehmen wir an, Sie hätten Recht. Gehen wir einmal davon aus, dass der schreckliche Zwischenfall an der Brücke kein bedauernswerter Unfall gewesen ist, sondern das Werk jener Verbrecher, die auch für den Tod von Jonathan Milton und für den Brand der Bibliothek verantwortlich sind. Was erwarten Sie von mir?, frage ich Sie noch einmal. Ich sagte Ihnen doch schon, dass ich diesen Kriminellen auf den Fersen bin. Was könnte ich noch mehr tun?«

»Sie könnten mir zum Beispiel endlich sagen, wer diese Leute sind«, schlug Sir Walter vor. »Weshalb sind sie so entschlossen, dass sie über Leichen gehen? Was führen sie im Schilde?«

Dellards Miene verschloss sich wie eine eiserne Pforte. »Es tut mir Leid, Sir, aber ich bin nicht befugt, Ihnen darüber Auskünfte zu erteilen.«

»Nein? Obwohl man meinem Neffen und mir nach dem Leben trachtet? Obwohl eine junge Dame, die immerhin von vornehmem Geblüt ist, beinahe getötet worden wäre? Obwohl es ein Todesopfer gegeben hat?«

»Ich habe Ihnen alles mitgeteilt, was Sie wissen müssen. Ich sagte Ihnen, dass es für Sie am sichersten ist, in Abbotsford zu bleiben und dort abzuwarten, bis meine Leute und ich die Angelegenheit geregelt haben. Wir stehen kurz davor, den Fall zu lösen und die Verantwortlichen zu fassen. Aber es ist wichtig, dass Sie sich an meine Anweisungen halten, Sir.«

»Ihre Anweisungen?«, fragte Sir Walter scharf.

»Meine dringenden Bitten«, drückte Dellard es diplomatischer aus. Das Blitzen in seinen Augen verriet allerdings, dass er noch ganz andere Vokabeln gefunden hätte, hätte seine Disziplin ihn nicht zurückgehalten.

»Sie weigern sich also noch immer, uns etwas über den Fall zu verraten. Trotz allem, was vorgefallen ist.«

»Ich kann nicht. Die Sicherheit der Bürger dieses Landstrichs hat für mich oberste Priorität, und ich werde nichts tun, was sie gefährden könnte. Keinesfalls werde ich dulden, dass ein Zivilist ...«

»Dieser Zivilist hat Rechtswissenschaften studiert!«, rief Sir Walter so laut, dass Quentin zusammenzuckte. Plötzlich kam ihm die sonst so sanfte Erscheinung seines Onkels finster und Ehrfurcht gebietend vor. »Dieser Zivilist war mehrere Jahre lang Sheriff von Selkirk! Und dieser Zivilist hat ein Recht darauf zu erfahren, wer ihm nach dem Leben trachtet und den Frieden seines Hauses bedroht!«

Sekunden, die Quentin wie eine Ewigkeit vorkamen, standen sich die beiden Männer gegenüber, getrennt nur durch den alten Schreibtisch aus Eichenholz.

»Also gut«, sagte Dellard schließlich. »Aus Respekt vor Ihrer Person und dem Ansehen, das Sie sowohl hier als auch bei der Krone genießen, werde ich mich beugen und Sie einweihen. Aber seien Sie gewarnt, Sir Scott. Zu viel Wissen kann gefährlich sein.«

»Man hat mir schon einmal nach dem Leben getrachtet«, erwiderte Sir Walter grimmig. »Ein Mann wurde dabei getötet, und zwei junge Damen sind nur knapp mit dem Leben davongekommen. Ich will endlich wissen, woran ich bin.«

»Behaupten Sie nicht, ich hätte Sie nicht gewarnt, Sir«, sagte der Inspector so unheilvoll, dass Quentin eine Gänsehaut bekam. »Unsere Gegner sind ebenso rücksichtslos wie verschlagen, und deshalb ist äußerste Vorsicht geboten.«

»Wer ist es?«, fragte Sir Walter unbeirrt.

»Aufständische«, erwiderte Dellard knapp. »Bauern und anderes Landvolk, das unzufrieden ist mit seinem Los, das es sich selbst zuzuschreiben hat.«

»Wovon sprechen Sie?«

»Ich spreche davon, dass die Regierung seit einigen Jahren alles daransetzt, dieses gottverlassene Land zu zivilisieren, und dass ihr von Seiten der Bevölkerung dabei ständig Hindernisse in den Weg gelegt werden. Was hätte diesen Leuten Besseres passieren können, als aus der Ödnis ihrer Ländereien gerissen und an die Küste umgesiedelt zu werden, wo es fruchtbares Land und Arbeit gibt? Städte, in denen sich ein Leben führen lässt, dass diesen Namen auch verdient.«

»Falls Sie auf die *Highland Clearances* anspielen ...«, begann Sir Walter.

»Genau das tue ich! Ich spreche davon, Steuergelder braver Bürger dafür zu verschwenden, starrsinnigen Schotten ein besseres Leben zu ermöglichen. Und wie wird es gedankt? Mit Aufstand, Mord und Totschlag.«

Gebannt verfolgte Quentin das Gespräch, das sich mehr und mehr zu einem Streit auswuchs. Er wusste, dass Dellard mit seinen leichtfertigen Reden einen wunden Punkt im ansonsten ausgeglichenen Wesen seines Onkels traf.

Natürlich war auch Quentin über die Räumungsaktionen unterrichtet, die in den Hochlandgebieten vor sich gingen, und das schon seit mehreren Jahren. Angelockt von den Versprechungen reicher Schafzüchter, hohe Pachtmieten für ihre Ländereien zu bezahlen, hatten viele Lairds und Clanlords zugestimmt, das Land von seinen Bewohnern zu reinigen: Man zwang sie, ihre Heimat zu verlassen und an die Küstengebiete zu ziehen, und wer sich weigerte, dem wurde nicht selten das Dach über dem Kopf angezündet. Besonders schlimm war es in der Grafschaft Sutherland, wo der Engländer Granville das Sagen hatte und die Gerichtsvollzieher durch das Militär unterstützt wurden. Wiederholt hatte sich Sir Walter gegen die Umsiedlungen eingesetzt, war jedoch auf taube Ohren gestoßen – nicht zuletzt deshalb, weil viele adelige Schotten die Maßnahmen befürworteten, da sie ihre eigenen Taschen füllten.

»Ich habe nichts dagegen, die Dinge beim Namen zu nennen, Inspector«, sagte Sir Walter und schien sich dabei nur mühsam beherrschen zu können, »aber ich mag es nicht, wenn sie verdreht werden. Im Zuge der Räumungen des Hochlands wurden und werden viele schottische Bauern mit brutaler Gewalt zwangsenteignet und gegen ihren Willen von ihrem angestammten Gebiet an die Küste umgesiedelt – und das alles nur, damit ihre ehemaligen Clansherren den Boden an reiche Schafzüchter aus dem Süden verpachten können.«

»Angestammtes Gebiet? Sie sprechen von kargem Boden und nackten Steinen.«

»Diese Steine, werter Inspector, sind die Heimat dieser Menschen, die sie seit Jahrhunderten bewohnen. Die Absichten der Regierung mögen ehrenhaft sein, aber sie rechtfertigen keinesfalls ein solches Vorgehen.«

»Rechtfertigen sie es denn, dass eine Bande dieser heimatlosen Bauerntölpel mordend und brandschatzend durch die Lande zieht?«, entgegnete Dellard scharf.

Sir Walter senkte den Kopf. »Nein«, sagte er leise, »das tut es nicht. Und ich schäme mich dafür, dass es Landsleute von mir sind, die hinter diesen gemeinen Anschlägen stecken. Sind Sie auch wirklich sicher, dass es sich so verhält?«

»Ich verfolge diese Verbrecher schon seit Jahren«, sagte Dellard. »Es sind Fanatiker. Nationalisten, die sich in Kutten hüllen und marodierend umherziehen. Doch diesmal bin ich ihnen dicht auf den Fersen. Ich stehe kurz davor, sie zu fassen.«

»Sind diese Leute es auch gewesen, die den armen Jonathan ermordet haben?«

»So ist es.«

»Und sie waren es, die um ein Haar meinen Neffen umgebracht hätten?«

»Es tut mir Leid, dass Sie all das erfahren müssen, Sir Walter. Aber Sie wollten es nicht anders. Meine Absicht ist es, Sie und Ihre Familie zu schützen und vor schädlichen Einflüssen zu bewahren. Aber Sie müssen mich meine Arbeit tun lassen.«

Sir Walter schwieg. Quentin, der seinen Onkel inzwischen gut genug kannte, konnte sehen, dass Dellards Worte ihn nachdenklich gemacht hatten. Quentin selbst hatten die Ausführungen des Inspectors weniger erschreckt – im Gegenteil. Der Gedanke, dass aufständische Bauern hinter den Vorfällen steckten und dass das geheimnisvolle Phantom, das ihm in der Bibliothek begegnet war, ein Mensch aus Fleisch und Blut gewesen sein sollte, beruhigte ihn ein wenig.

Sir Walter jedoch schien nicht gewillt zu sein, sich damit schon zufrieden zu geben. »Das ergibt keinen Sinn«, wandte er ein. »Wenn es tatsächlich Aufständische sind, weshalb haben sie es dann auf mein Leben abgesehen? Jeder weiß, dass ich ein Gegner der *Clearances* bin und daraus auch vor den Regierungsvertretern nie ein Hehl gemacht habe.«

»Aber es ist auch bekannt, dass Sie mit der Krone sympathisieren, Sir. Dank Ihres Zuspruchs ist die schottische Lebensart am Hof in Mode gekommen, und der König plant einen Besuch in Edinburgh. Ganz offenbar haben Sie sich die Rebellen damit zu Feinden gemacht, ob es Ihnen gefällt oder nicht.«

»Und warum sollten aufständische Bauern eine Bibliothek

niederbrennen? Man sollte meinen, dass Heimatvertriebenen mehr daran gelegen ist, ihre hungrigen Bäuche zu füllen.«

»Erwarten Sie, dass ich Ihnen erkläre, was diese Strauchdiebe im Schilde führen? Es sind Aufständische, Sir Scott, dumme Bauerntölpel, die nicht nach dem Sinn ihres Mordens fragen.«

»Diese Menschen riskieren den Galgen, Inspector. Also ist es doch nur logisch anzunehmen, dass sie einen Zweck mit ihren Taten verfolgen.«

»Worauf wollen Sie hinaus?«

»Ich will damit sagen, dass Ihre Theorie mich nicht überzeugt, Inspector Dellard, weil die entscheidenden Beweise fehlen. Ich hingegen habe Ihnen wiederholt Indizien und Zeugenaussagen geliefert, aber Sie haben sich nicht dafür interessiert.«

»Welche Aussagen?« Dellard streifte Quentin mit einem geringschätzigen Blick. »Den Bericht eines Jungen, der so verängstigt war, dass er sich kaum mehr richtig entsinnen kann. Und eine abenteuerliche Geschichte über irgendein altes Zeichen. Erwarten Sie, dass ich so etwas meinen Vorgesetzten präsentiere?«

»Kein Zeichen, eine Rune«, verbesserte Sir Walter. »Und trotz allem, was Sie gesagt haben, bin ich noch immer nicht davon überzeugt, dass diese Rune nicht mit dem in Verbindung steht, was hier vorgefallen ist.«

»Das steht Ihnen frei«, erwiderte Dellard, und seine Stimme klang dabei so eisig, dass Quentin fröstelte. »Ich kann Sie nicht zwingen, meinen Theorien zu folgen, obgleich ich auf dem Gebiet der Verbrechensbekämpfung gewiss mehr Erfahrung habe als Sie und diesen Banditen schon seit langem auf der Spur bin. Wenn Sie möchten, können Sie bei der Regierung Beschwerde gegen mich einlegen. Aber bis dahin, Sir, leite ich die Ermittlungen, und ich werde mir von niemandem sagen lassen, wie ich vorzugehen habe.«

»Ich habe Ihnen meine Hilfe angeboten, das ist alles.«

»Ich brauche Ihre Hilfe nicht, Sir. Ich weiß, dass es am Hof einige Kreise gibt, die mit Ihnen sympathisieren. Aber ich gehöre nicht zu diesen Leuten. Ich bin Offizier, verstehen Sie? Ich bin hier, weil ich einen Auftrag zu erfüllen habe, und das werde ich tun. Ich werde bei diesem Bauernpack hart durchgreifen und zeigen, wer die Herren sind in diesem Land. Und Ihnen, Sir Walter, rate ich dringend, nach Abbotsford zurückzukehren und dort zu bleiben. Mehr kann – und will – ich Ihnen nicht sagen.«

»Ziehen Sie es zumindest in Betracht, einige Ihrer Leute zum Schutz von Abbotsford abzustellen?«

»Das wird nicht nötig sein. Wir sind den Übeltätern bereits auf der Spur. Nicht mehr lange, und wir haben sie in der Falle. Und jetzt wünsche ich Ihnen einen guten Tag, Sir.«

Dellard setzte sich wieder hinter seinen Schreibtisch und wandte sich den Unterlagen zu, die er zuvor gesichtet hatte. Seine beiden Besucher würdigte er keines Blickes mehr, gerade so, als hätten sie den Raum bereits verlassen.

Sir Walters Fäuste ballten sich, und für einen Augenblick befürchtete Quentin schon, sein Onkel könnte alle Zurückhaltung vergessen. Die Ereignisse der letzten Tage, angefangen von Jonathans Tod über den Brand in der Bibliothek bis hin zum Überfall an der Brücke, hatten Sir Walter mehr zugesetzt, als er zugeben wollte, und Quentin hatte – wenn auch widerwillig – erkennen müssen, dass selbst sein Onkel nicht ohne Furcht war.

Vielleicht war es nicht so sehr die Sorge um sein eigenes Wohlergehen, die Sir Walter den Schlaf raubte, aber er fürchtete um die Sicherheit seiner Familie und des Gesindes, das in seinen Diensten stand. Und Dellard rührte keinen Finger, um diese Ängste zu zerstreuen.

Energisch wandte sich Sir Walter ab, nahm seinen Hut und verließ das Büro des Inspectors.

»Dieser Mann verheimlicht etwas«, sagte er, kaum dass sie wieder auf der Straße standen.

»Wie meinst du das, Onkel?«, fragte Quentin.

»Ich weiß nicht, was es ist, aber ich denke, Dellard hat uns noch immer nicht alles gesagt, was er über diese Aufständischen weiß.«

»Was wirst du nun tun?«

»Zweierlei. Zum einen werde ich einen Brief nach London schicken und mich über Dellards starrsinnige Haltung beschweren. Für jemanden, der geschickt wurde, um uns zu beschützen, ist er entschieden zu arrogant. Auch die Haltung, die er gegenüber unserem Volk einnimmt, gefällt mir nicht.«

»Und zum anderen?«

»Werden wir noch einmal Abt Andrew aufsuchen. Bei unserem letzten Gespräch hatte ich den Eindruck, dass auch er mehr weiß, als er uns sagen wollte. Vielleicht überlegt er es sich unter dem Eindruck der jüngsten Ereignisse anders und bricht sein Schweigen.«

Quentin zuckte nur mit den Schultern. Er wusste, dass es nichts genützt hätte zu widersprechen. Auch was die Endgültigkeit seiner Entscheidungen betraf, war Sir Walter ein wahrer Schotte.

Erneut schlugen sie also den Weg zur Abtei ein, und Quentin war froh darüber, dass die Straßen der Stadt an diesem Morgen munter belebt waren, sodass sie wohl nicht fürchten mussten, erneut Opfer einer meuchlerischen Attacke zu werden. Allerdings ertappte sich Quentin dabei, dass er Menschen, die ihnen entgegenkamen oder die in den Gassen standen, mit skeptischeren Blicken bedachte als sonst. Der Vorfall in der Bibliothek und die Ereignisse an der Brücke hatten ihn misstrauisch gemacht; er traute der Welt nicht mehr, die ihn umgab. Für ihn, den naiven Jungen, war das eine bemerkenswerte Veränderung, doch Quentin wusste nicht, ob er sie gut oder schlecht finden sollte. Zumindest war sie nützlich.

Von der Pforte des Ordenshauses aus wurden sie wiederum in den ersten Stock geführt. Diesmal fanden sie Abt Andrew ins Gebet versunken.

Der Mönch, der sie hereingeführt hatte, gebot ihnen mit flüsternder Stimme zu warten, bis der Abt sein Brevier beendet hätte. Sir Walter und Quentin kamen der Aufforderung höflich nach, und Quentin hatte Gelegenheit, sich im karg möblierten Arbeitszimmer des Abts umzusehen. Sein Blick fiel auf alte Bücher und Schriftrollen, einige der wenigen, die aus der niedergebrannten Bibliothek hatten geborgen werden können. Abt Andrew war nicht nur ein Mann des Glaubens und Vorsteher der Bruderschaft von Kelso; er war auch Wissenschaftler und Gelehrter.

Der Mönch beendete sein Gebet mit dem Kreuzzeichen und verneigte sich bis zum Boden. Dann erhob er sich von den Knien und verneigte sich noch einmal vor dem schlichten Kreuz, das an der ansonsten schmucklosen, weiß gekalkten Wand hing. Erst danach wandte er sich seinen Besuchern zu.

»Sir Walter! Master Quentin! Wie schön, Sie nach allem, was geschehen ist, wohlbehalten wieder zu sehen. Ich danke dem Herrn dafür.«

»Guten Morgen, Hochwürden. Sie haben also bereits von dem Vorfall gehört?«

»Wer nicht?«, hielt der Ordensmann dagegen und lächelte

auf seine milde, nachsichtige Art. »Wenn Sheriff Slocombe einen Fall bearbeitet, ist gewöhnlich ganz Kelso über den Stand der Ermittlungen informiert.«

»Dann können Sie sich sicher denken, weshalb wir hier sind.«

»Um die Fürsprache des Herrn zu erbitten, dass die Übeltäter bald gefasst werden mögen?«

In der Zeit, die er nun schon auf Abbotsford weilte, hatte Quentin es nicht oft erlebt, dass Sir Walter verlegen gewesen war. Dies war eine der wenigen Gelegenheiten, und der junge Mann konnte sich des Eindrucks nicht erwehren, dass Abt Andrew genau das beabsichtigt hatte.

»Nein, werter Abt«, gestand Sir Walter dennoch. »Wir sind hier, weil wir Antworten suchen.«

»Wer tut das nicht? Die Suche nach Antworten nimmt den größten Teil unseres Lebens ein.«

»Wohl wahr«, konterte Sir Walter, »und ich fürchte, wenn ich diese ganz bestimmten Antworten nicht bald erhalte, wird mein Leben nicht mehr von allzu langer Dauer sein.«

»Sie sprechen sehr gelassen von sehr ernsten Dingen«, stellte der Abt mit leisem Vorwurf fest.

»Meine Gelassenheit ist nur äußerlich, werter Abt, glauben Sie mir«, sagte Sir Walter. »In Wahrheit bin ich von tiefer Sorge erfüllt, nicht so sehr meinetwegen als vielmehr um der Menschen willen, die mir am Herzen liegen. Einen habe ich bereits verloren, und vor wenigen Tagen musste ein Unbeteiligter sein Leben lassen. Diese Sache zieht immer weitere Kreise, ohne dass ich es verhindern kann, und das beunruhigt mich.«

»Ich kann Ihre Besorgnis spüren, Sir Walter, und natürlich werde ich Sie und die Ihren in mein Gebet mit einschließen. Allerdings frage ich mich, weshalb Sie zu mir gekommen sind. Inspector Dellard scheint mir in diesem Fall der geeignetere ...«

»Bei Inspector Dellard sind wir schon gewesen«, ergriff Quentin ungefragt das Wort, weil er das Gefühl hatte, seinem Onkel irgendwie helfen zu müssen. Dabei wunderte er sich über seine eigene Keckheit.

»Er hat uns eine abstruse Geschichte aufgetischt, der zufolge aufständische Bauern aus den Highlands für die Anschläge verantwortlich sein sollen«, fügte Sir Walter erklärend hinzu.

»Und das glauben Sie ihm nicht?«

»Es ergibt keinen Sinn. Dellard hat sowohl Quentins Aussage als auch meine Beobachtungen in den Wind geschlagen und verfolgt unbeirrt seine eigene Theorie.«

»Sie spielen auf die Sache mit der Rune an ...«

»Ja, werter Abt. Dies sind die Antworten, nach denen wir suchen.«

»Bei mir?«

»Ja, Hochwürden. Offen gestanden hatten wir gehofft, dass Sie uns ein wenig mehr darüber sagen könnten als bei unserem letzten Besuch.«

»Ich habe Ihnen alles mitgeteilt, was ich darüber weiß. Aber ich sagte Ihnen auch, dass es Unheil heraufbeschwören würde, sich zu sehr mit diesen Dingen zu beschäftigen. Schon wenig später mussten Sie erfahren, wie Recht ich hatte. Also hören Sie diesmal auf meinen Rat, Sir Walter. Er kommt aus einem Herzen, das Ihnen und Ihrer Familie sehr zugeneigt ist.«

»Daran zweifle ich nicht, und Sie wissen, dass auch ich dem Kloster stets in Freundschaft verbunden war. Aber es sind keine guten Ratschläge, die ich brauche, sondern Antworten. Ich muss wissen, was es mit dieser Rune auf sich hat. Dellard glaubt nicht daran, aber ich bin überzeugt davon, dass das Zeichen und diese bedrohlichen Zwischenfälle in einem Zusammenhang stehen.«

»Was macht Sie so sicher?« In der Stimme des Ordensmannes machte sich eine leichte Veränderung bemerkbar. Sie klang nicht mehr ganz so ruhig und wohlwollend, was Quentin als wachsende Anspannung deutete.

»Ich bin mir keineswegs sicher, werter Abt. Mein Neffe und ich irren durch ein Labyrinth zusammenhangloser Anhaltspunkte und suchen nach fehlenden Verbindungen. Wir hatten gehofft, dass Sie uns dabei weiterhelfen können, denn offen gestanden ...«

»Ja?«

»... hatte ich den Eindruck, dass Sie ein wenig mehr wissen, als Sie uns verraten wollten«, gestand Sir Walter in seiner offenen Art. »Ich weiß, dass Sie nicht in böser Absicht geschwiegen haben, sondern weil Sie uns nicht beunruhigen wollten. Nun jedoch wäre es wichtig, alles zu erfahren. Es ist leichter, sich auf eine Gefahr vorzubereiten, wenn man weiß, von welcher Seite sie droht.«

»Das haben Sie bemerkt?« Der Abt hob erstaunt die Brauen.

»Mein Beruf bringt es mit sich, Veränderungen in Mimik und Gestik deuten zu lernen. Ich bilde mir ein, mir in der hohen Kunst der Beobachtung einige Fähigkeiten angeeignet zu haben, und in Ihrem Fall, Hochwürden, war es mir offensichtlich, dass Sie uns nicht alles über die Schwertrune gesagt haben.«

Der Vorsteher des Ordens blickte zuerst Sir Walter, dann seinen Neffen an. Er brauchte einige Atemzüge, um seine Überraschung zu überwinden. Dann sagte er: »Zu verschweigen und zu verheimlichen ist nicht Sache eines Ordensmannes. Zwar gibt es kein Gelübde, das uns zur Wahrheit verpflichtet, jedoch hat uns der Herr stets dazu aufgerufen, einander ehrliches Zeugnis zu geben. Deshalb will ich nicht leugnen, dass Sie Recht haben, Sir Walter. Ich kenne das Zeichen, das Sie mir gezeigt haben, und ich habe es schon früher gesehen.«

»Weshalb haben Sie uns das nicht gesagt?«

»Weil ich nicht möchte, dass Ihnen oder Ihrem Neffen etwas zustößt. Jene Rune, Sir Walter, gehört dem Reich des Bösen an. Sie stammt aus heidnischer Zeit, und noch niemals hat sie den Menschen etwas Gutes gebracht. Damit, fürchte ich, müssen Sie sich zufrieden geben, denn mehr kann – und darf – ich Ihnen nicht sagen.«

»Es tut mir Leid, Abt Andrew, aber damit kann ich mich keineswegs zufrieden geben. Ich habe Grund zu der Annahme, dass diese Rune und der Überfall an der Brücke in einem Zusammenhang stehen. Ich muss herausfinden, was es damit auf sich hat.«

»Inspector Dellard scheint diesen Zusammenhang nicht zu vermuten.«

»Nein«, bestätigte Sir Walter verdrießlich. »Er ist überzeugt, dass die Rune nichts mit den Dingen zu tun hat, die geschehen sind.«

»Weshalb geben Sie sich dann nicht auch damit zufrieden? In meinen Augen ist der Inspector ein umsichtiger und erfahrener Ermittler, der sowohl das Vertrauen der Regierung als auch das der Landlords genießt.«

»Weil ich den Verdacht hege, dass dem Inspector mehr daran gelegen ist, die Ereignisse als Vorwand zu benutzen, gegen Aufständische vorzugehen, als daran, sie tatsächlich aufzuklären«, erwiderte Sir Walter offen.

»Das ist eine schwer wiegende Anschuldigung.«

»Keine Anschuldigung. Ein Verdacht, den ich einem guten

Freund gegenüber äußere. Ihnen und mir mag an der Wahrheit gelegen sein, mein lieber Abt. Was allerdings Dellard betrifft, bin ich mir da nicht so sicher.«

Wieder trat eine Pause ein, in der Quentins Blicke zwischen den beiden Männern hin und her huschten.

Beide hatten ihre Standpunkte klar gemacht, und Quentin hätte nicht zu sagen vermocht, wer die überzeugenderen Argumente vorgebracht hatte. Sowohl Sir Walter als auch der Abt hatten etwas Respektgebietendes an sich, und Quentin war gespannt, wer von beiden sich durchsetzen würde.

In Anbetracht der Dinge, um die es ging, war Quentin sich nicht einmal sicher, ob er wollte, dass sein Onkel seinen Willen bekam ...

»Ich ehre Ihre Absichten, Sir Walter«, sagte der Abt schließlich, »und ich weiß, was Sie empfinden. Aber ich kann Ihnen nicht mehr sagen, als ich es bereits getan habe. Nur warnen möchte ich Sie ein weiteres Mal: Die Rune ist ein Zeichen des Bösen. Tod und Verderben kommen über den, der ihren dunklen Wegen folgt. Schon zwei Menschen haben den Tod gefunden, und um ein Haar« – dabei blickte er auf Quentin – »wären noch mehr Opfer zu beklagen gewesen. Seien Sie dankbar für jene, die noch unter uns weilen, und lassen Sie die Dinge auf sich beruhen. Bisweilen«, fügte der Abt bedeutungsvoll hinzu, »erhalten die Menschen Hilfe, mit der sie nicht gerechnet hatten.«

»Wovon sprechen Sie?«, fragte Sir Walter, und es hörte sich bitter und sarkastisch an. »Von meinem Schutzengel?«

»Ich glaube durchaus daran, dass der Allmächtige seine schützende Hand über uns hält, Sir Walter, auch in finsteren Zeiten wie diesen. Vergessen Sie, was Sie gesehen und gehört haben, und vertrauen Sie darauf, dass Gott Sie und die Ihren beschützen wird. Ich bitte, nein, ich beschwöre Sie: Vergessen Sie die Rune. Nicht nur um Ihretwillen. Denken Sie dabei auch an Ihre Familie.«

Der Abt hatte leise gesprochen und jedes seiner Worte deutlich betont. Quentin hatte dabei eine Gänsehaut bekommen, und selbst seinen sonst so abgeklärten Onkel schienen die Worte des Mönchs nicht unberührt zu lassen.

Tod und Verderben, eine Rune, die dem Reich des Bösen angehörte – Quentin schauderte bei diesen Worten und hätte kein Problem damit gehabt, die Angelegenheit für immer aus seinem Gedächtnis zu streichen. So weit würde Sir Walter nicht gehen, doch seine vorhin noch so entschlossenen Züge waren weicher und nachgiebiger geworden.

»Gut«, sagte er schließlich mit heiserer Stimme. »Ich danke Ihnen für Ihre offenen Worte, hochwürdiger Abt, und obgleich ich noch immer nach der Wahrheit dürste, verspreche ich, darüber nachzudenken.«

Abt Andrew wirkte erleichtert. »Tun Sie das, Sir. Ihre Familie wird es Ihnen danken. Es gibt Dinge, die so alt sind, dass die Geschichte sie vergessen hat. Traditionen, die auf Jahrhunderte zurückblicken und aus finsteren Zeitaltern stammen. Zu viele Menschen haben ihretwegen bereits ihr Leben gelassen, als dass man sich leichtfertig mit ihnen abgeben sollte. Unheil wäre die Folge. Verderben, aus dem es kein Entrinnen gibt ...«

»Los! Treibt sie zusammen!«

Charles Dellards schneidender Befehl gellte über den Dorfplatz von Ednam. Der kleine Ort, der vier Meilen nordwestlich von Kelso lag, war das Ziel der Operation, die der Inspector einer Eingebung folgend beschlossen hatte.

Der gestampfte Lehmboden erzitterte unter den Hufschlägen, als die Dragoner auf ihren Rössern heransprengten. Ihre roten Röcke leuchteten, die polierten Reitstiefel und die schwarzen Hauben aus Leder glänzten. Die blanken Säbel reflektierten das Licht der Nachmittagssonne und blendeten die Dorfbewohner.

Von allen Seiten kamen die Reiter heran und trieben die Dorfbewohner wie Vieh vor sich her, bis sich diese wie eine verschreckte Herde in der Mitte des von schäbigen, strohgedeckten Hütten umgebenen Platzes drängten. Die Frauen und Kinder weinten, während die Männer, die man aus ihren Häusern, Geschäften und Werkstätten getrieben hatte, die Fäuste in hilflosem Zorn ballten.

Dellard sah es mit Gleichmut. Der Inspector, der wie seine Männer hoch zu Ross saß und auf die ärmlich gekleideten Dorfbewohner herunterblickte, war daran gewöhnt, gehasst zu werden. Sein Amt brachte es mit sich, dass er Entscheidungen fällen und hart durchgreifen musste, und seine lange Erfahrung auf diesem Gebiet hatte ihn einen zielsicheren Instinkt dafür entwickeln lassen, wie man die Massen wirkungsvoll einschüchterte und unter seinen Willen zwang.

Die Macht hatte zwei Pfeiler: Härte und Willkür.

Härte, damit niemand daran zweifelte, dass er entschlossen und in der Lage war, seine Macht anzuwenden.

Willkür, damit niemand sich sicher fühlen konnte und Furcht die Menschen gefügig machte.

Die Dragoner erledigten ihre Arbeit zuverlässig, was Dellard beinahe amüsierte. Nicht wenige der Reiter waren gebürtige Schotten, die gegen ihre eigenen Landsleute vorgingen. Viele von ihnen waren an den *Clearances* in Sutherland beteiligt gewesen. Granville hatte sie empfohlen, und Dellard hatte sofort zugegriffen, als es darum gegangen war, eine schlagkräftige Abteilung für diese Mission zusammenzustellen.

Schließlich ging es dabei um mehr als jemals zuvor. Dellard war Realist, der pathetische Worte verabscheute. Aber dieses Mal ging es um alles ...

Einer der Dragoner feuerte seine Muskete ab. Der ohrenbetäubende Knall, der über den Dorfplatz tönte, ließ die schreiende Menge jäh verstummen. Schweigen trat ein. Irgendwo schnaubte ein Pferd und scharrte mit den Hufen. Ansonsten herrschte Stille.

Bang sahen die Dorfbewohner zu den Dragonern auf, die sie von allen Seiten umzingelt hatten. Dellard gewahrte den Zorn und die Furcht in den Augen der Menschen, und er genoss das Gefühl, gesiegt zu haben und die Macht zu besitzen.

Er lenkte sein Pferd durch die Reihen seiner Männer. In seiner Uniform mit dem dunklen Rock, den weißen Hosen und mit dem weiten Reitmantel, den er um die Schultern trug, wirkte er düster und Furcht einflößend, sodass die Dorfbewohner vor ihm zurückwichen.

Dellard kannte die Mechanismen der Angst, und er wusste, was er zu tun hatte, dass sie ihm in die Hände arbeitete. Er wartete noch einige Augenblicke und ließ die Dorfbewohner im Unklaren darüber, was mit ihnen geschehen würde. Dann erhob er seine schneidende Stimme, sodass sie laut über den Dorfplatz schallte.

»Männer und Frauen von Ednam«, rief er, »ich bin Inspector Charles Dellard von der Regierung Seiner Majestät des Königs. Möglicherweise habt ihr schon von mir gehört. Ich wurde geschickt, um die Vorfälle zu untersuchen, die zum Brand der Bibliothek von Kelso geführt haben, und ich bin ebenso bekannt wie berüchtigt dafür, dass ich meine Aufträge stets zur vollsten

Zufriedenheit Seiner Majestät ausführe. Natürlich weiß ich bereits, wer hinter dem gemeinen Anschlag steckt, und ich bin dabei, diese Kriminellen zu verfolgen und zur Rechenschaft zu ziehen. Dies ist der Grund, warum ich hier bin. Ich habe Hinweise erhalten, nach denen sich einige der Aufständischen, die in Galashiels für Unruhe sorgen, in diesem Dorf versteckt halten sollen!«

Unruhe setzte auf dem Dorfplatz ein. Die Männer und Frauen tauschten betroffene Blicke, und Dellard konnte das wachsende Entsetzen in ihren Augen sehen. Natürlich hatten sie keine Ahnung, wovon er sprach, und sie fragten sich unruhig, was er mit ihnen vorhabe und was als Nächstes geschehen werde.

Ein Mann trat vor, dessen Alter Dellard auf knapp sechzig schätzte. Die Kleidung, die er trug, war schäbig und zerlumpt, und der Hut, den er in seinen knochigen Händen knetete, war löchrig und hatte drei Spitzen nach der alten Mode.

»Was willst du?«, fragte der Inspector kalt.

»Sir, mein Name ist Angus Donovan. Ich bin der, den die Bewohner von Ednam zu ihrem Sprecher gewählt haben.«

»Du bist der Bürgermeister?«

»Wenn Sie es so nennen wollen, Sir.«

»Und was willst du von mir?«

»Ihnen im Namen der Einwohner von Ednam versichern, dass Sie sich irren müssen. In unserem Dorf halten sich keine Aufständischen auf. Jeder Mann und jede Frau in Ednam achten das Gesetz.«

»Und du erwartest, dass ich das glaube?« Dellards Mundwinkel fielen geringschätzig nach unten. »Ihr Bauern seid doch alle gleich. Ihr buckelt und senkt eure Häupter, doch sobald wir uns abwenden, zeigt ihr euer wahres Gesicht. Ihr brandschatzt und plündert, seid verschlagen und habgierig und mordet eure eigenen Landsleute.«

»Nein, Sir.« Der Bürgermeister verneigte sich tief. »Verzeihen Sie, wenn ich widerspreche, aber in Ednam gibt es keine Menschen, die so sind.«

»Möglicherweise stammen sie nicht aus Ednam«, räumte Dellard ein. »Aber wer Gesetzlosen Unterschlupf gewährt oder sie vor dem Auge des Gesetzes verbergen hilft, der macht sich ebenso mitschuldig an ihren Verbrechen, als hätte er sie selbst begangen.«

»Aber es gibt keine Gesetzlosen hier, so glauben Sie mir doch.« In die Stimme des alten Donovan mischte sich Verzweiflung.

»Schön«, sagte Dellard gelassen. »Dann beweise es mir.«

»Es Ihnen beweisen?« Die Augen des Bürgermeisters wurden groß und größer. »Wie könnte ich Ihnen das beweisen, Sir? Sie werden meinem Wort Glauben schenken müssen. Meinem Wort als Ältestem des Dorfes und als Veteran der Schlacht von ...«

Charles Dellard lachte nur. »So ist es mit den Schotten, nicht wahr?«, spottete er. »Sobald sie nicht mehr weiter wissen, flüchten sie sich in ihre glorreiche Vergangenheit, weil sie alles ist, was ihnen geblieben ist. Aber das wird euch nichts nützen. Hauptmann?«

Ein Dragoner, der die goldenen Epauletten des Offiziersranges trug, nahm im Sattel Haltung an. »Ja, Sir?«

»Diese Leute bekommen eine halbe Stunde Zeit, um uns die Aufständischen auszuliefern. Tun sie es nicht, brennt ihre Häuser nieder.«

»Jawohl, Sir«, bellte der Offizier, und seine starre Miene ließ keinen Zweifel daran, dass er den Befehl seines Vorgesetzten ohne Zögern auszuführen gedachte.

»A-aber Sir«, stammelte Angus Donovan, während unter den Dorfbewohnern leise Panik um sich griff.

Härte und Willkür, dachte Dellard zufrieden.

»Was willst du?«, fragte er. »Ich lasse euch eine gerechte Chance, oder nicht? Ebenso gut könnte ich meinen Leuten befehlen, Geiseln nehmen zu lassen oder einige von euch zu erschießen.«

»Nein!«, rief der Alte verängstigt und hob beschwörend die Hände. »Alles, nur das nicht!«

»Tut, was ich sage, und euch wird nichts geschehen. Bringt uns die Aufrührer, und wir lassen euch ungeschoren davonkommen. Versteckt sie weiter, und euer Dorf wird brennen.«

»Aber unsere Häuser ... Sie sind alles, was wir haben!«

»Dann solltet ihr schleunigst tun, was ich von euch verlange«, sagte Dellard hart. »Andernfalls werdet ihr bald überhaupt nichts mehr haben. Hauptmann?«

»Ja, Sir?«

»Eine halbe Stunde. Keine Minute länger.«

»Verstanden, Sir.«

Dellard nickte. Dann nahm er die Zügel, riss sein Pferd herum und ritt über den Dorfplatz davon. Der dunkle Mantel bauschte sich hinter ihm, und er war sich bewusst, dass nicht wenige der Dorfbewohner in ihm den leibhaftigen Teufel sehen mussten.

Härte und Willkür.

Charles Dellard war zufrieden. Die Dinge entwickelten sich so, wie er sie geplant hatte.

Wenn Scott und Slocombe von der Sache erfuhren, würden sie annehmen, dass er die Bevölkerung damit provozieren wollte, um die Nationalisten zum Handeln herauszufordern. Wahrscheinlich würden sie Protest einlegen, und vielleicht würde

Scott einen weiteren seiner berüchtigten Briefe nach London schreiben.

Dellard war es gleichgültig. Wie weit seine Pläne tatsächlich reichten, ahnte keiner dieser Einfaltspinsel. Und einst, in vielen Jahren, würde niemand mehr glauben wollen, dass alles in einem unbedeutenden Nest jenseits der Grenze begonnen hatte.

Einem Nest mit dem Namen Ednam.

9.

Sechs Tage später erreichte Mary of Egton Burg Ruthven – jenen Ort, der ihre zukünftige Heimat werden sollte.

Die Reise war lang und beschwerlich gewesen, dennoch war Mary nicht in die alte Trübsal verfallen, die sie auf ihrem Weg von Egton bis nach Galashiels begleitet hatte. So schrecklich der Unfall an der Brücke auch gewesen war und so sehr sie den Tod des armen Winston bedauerte – beides hatte ihr vor Augen geführt, dass das Leben ein Geschenk war, für das sie dankbar sein musste.

Natürlich hatte auch der Aufenthalt in Abbotsford dazu beigetragen, dass Mary sich besser fühlte; zum ersten Mal seit langer Zeit – vielleicht zum ersten Mal überhaupt – war sie Menschen begegnet, bei denen sie sich verstanden und heimisch fühlte. Die Scotts hatten sie nicht nur in ihr Haus aufgenommen und sie an ihrem Tisch speisen lassen, sie hatten ihr und Kitty das Gefühl gegeben, willkommen zu sein. Und dieses Gefühl hatte etwas in Mary verändert; es hatte bewirkt, dass sie dieses raue Land jenseits der Grenze nicht mehr mit so viel

Furcht und Misstrauen betrachtete wie noch zu Beginn ihrer Reise. Es mochte hier vieles geben, das ihr eigentümlich und fremd vorkam. Aber anderes war ihr auf seltsame Weise vertraut – so wie sie es für einen kurzen Augenblick empfunden hatte, als sie vom Grenzpunkt Carter Bar auf die Lowlands geblickt hatte.

Sicher hatte auch die Lektüre von Sir Walters Werken dazu beigetragen, dass Mary sich Schottland mehr denn je verbunden fühlte. In seiner Großzügigkeit hatte er ihr eine Gesamtausgabe seiner bislang erschienenen Romane und Verse geschenkt, und während der vergangenen sechs Tage hatte Mary kaum etwas anderes getan, als zu lesen – sehr zum Leidwesen Kittys, die Bücher nicht leiden konnte und sich mit ihr lieber über Kleider und Klatsch unterhalten hätte.

Mary jedoch fand durch Sir Walters Bücher Zugang zu ihrer neuen Heimat. Sie glaubte nun, manches besser zu verstehen, und hatte das Gefühl, den Rhythmus des schottischen Herzens schlagen zu hören, wie Sir Walter es genannt hatte. Manche seiner Bücher las sie schon zum wiederholten Mal, doch erst jetzt erfasste sie ihre wahre Bedeutung. In der Beschreibung entschwundener Epochen, in der Schilderung der Figuren und ihres Handelns, in der Sprache, mit der Sir Walter von edlen Recken und zarten Frauen erzählte, lag etwas vom Edelmut und von der Würde dieses alten, sehr alten Landes. Und mit einem Mal war Mary stolz, ein Teil davon werden zu können.

Noch vor wenigen Tagen war ihr die Reise nach Ruthven wie ein Gang ins Exil vorgekommen; sie hatte sich als ungeliebte Tochter gefühlt, die in die Fremde gegeben wurde, damit sie sich einfügen sollte.

Nun jedoch verstand sie ihr Schicksal als eine Gelegenheit.

Vielleicht war es ihr ja bestimmt, hier im Norden des Reiches ein neues, erfüllteres Leben zu beginnen. Möglicherweise würde Burg Ruthven ihr mehr Heimat sein, als Schloss Egton es je gewesen war; und vielleicht würde sie in Malcolm of Ruthven die Liebe ihres Lebens finden.

Sie war entschlossen, die Vergangenheit hinter sich zu lassen. Selbst die dunklen Wolken, die den Himmel verhingen, als die Kutsche am Morgen Rattray verließ, konnten sie nicht einschüchtern. Die letzte Etappe der Reise war die kürzeste. Nur noch rund zwanzig Meilen waren bis Burg Ruthven zurückzulegen, und mit jedem Markierungsstein, den die Kutsche passierte, pochte Marys Herz lauter.

»Sind Sie aufgeregt, Mylady?«, erkundigte sich Kitty, die die Körpersprache ihrer Herrin gut zu deuten wusste. So war ihr auch nicht verborgen geblieben, dass Lady Marys Laune sich in den letzten Tagen merklich gebessert hatte.

»Natürlich, und das wärst du auch an meiner Stelle! Immerhin werde ich schon bald den Mann treffen, mit dem ich den Rest meines Lebens verbringen werde.«

»Sie haben den Laird of Ruthven wirklich noch nie gesehen?«

»Nein.«

»Nicht einmal auf einem Gemälde?«

»Auch das nicht.«

»Dann will ich Ihnen verraten, was man sich von ihm erzählt«, sagte Kitty und beugte sich vor, als wollte sie nicht, dass man sie belauschte. »Man erzählt sich, der Laird sei sehr gut aussehend und eine Zierde seines Geschlechts. Außerdem ist er sehr begütert und ein Mann von Kultur. Und obgleich er gebürtiger Schotte ist, sagt man, dass er die englischen Sitten verinnerlicht habe und ein Gentleman reinsten Wassers sei.«

»So?«, fragte Mary und hob skeptisch die Brauen. »Und das erzählt man sich?«

Kitty, die kein Geheimnis lange für sich behalten konnte, errötete und schüttelte den Kopf. »Nein, Mylady«, gestand sie. »Ich habe Ihnen das nur erzählt, weil ich nicht möchte, dass Sie sich Sorgen machen. Es wird alles gut werden, Sie werden schon sehen. Sie müssen nur fest daran glauben.«

Mary musste lächeln. Kittys Besorgnis war rührend, ebenso wie ihr naives Vertrauen in das Schicksal. Aber vielleicht hatte sie ja Recht. Hätte jemand Mary vor ein paar Tagen gesagt, dass sie Walter Scott begegnen werde, hätte sie das niemals für möglich gehalten. Dennoch war es geschehen, und das mochte ein Zeichen dafür sein, dass es vielleicht doch noch Hoffnung gab. Hoffnung auf ein schöneres, freieres Leben ohne die Zwänge, die hinter ihr lagen. Vielleicht würde sie auf Burg Ruthven ihr Glück finden.

»Also gut, liebe Kitty«, sagte sie deshalb. »Ich werde auf mein Geschick vertrauen und abwarten, was mich auf Burg Ruthven erwartet. Vielleicht erleben wir dort die schönsten Tage unseres Lebens.«

»Natürlich«, erwiderte die Zofe und kicherte vergnügt. »Bälle und Empfänge, schöne Kleider und festlich gedeckte Tafeln. Sie werden sehen, es wird wunderbar, Mylady.«

»Und wer weiß«, fügte Mary mit einem verschmitzten Lächeln hinzu, »vielleicht findet sich dort ja auch ein hübscher junger Mann für dich.«

»Mylady!«, hauchte die Zofe und wurde rot. Sie hätte sich gegen diese Unterstellung entschieden verwehrt, wären nicht in diesem Augenblick jenseits des Hügels, den die Kutsche erklomm, die Mauern von Burg Ruthven aufgetaucht.

»Sehen Sie nur, Mylady! Wir sind da!«

Mary blickte durch die beschlagenen Scheiben. Es war unbehaglich kalt in der Kutsche; die Feuchtigkeit, die vom Boden aufstieg und sich als klammer Nebel über die kargen, erdfarbenen Hügel gelegt hatte, schien durch alle Ritzen zu kriechen und ließ die Frauen frösteln. Und der Anblick von Burg Ruthven trug wahrlich nicht dazu bei, die Kälte zu vertreiben.

Mauern aus Naturstein, so dick und mächtig, als stünden sie schon seit Anbeginn der Zeiten dort, erhoben sich aus dem zähen Nebel. Dahinter ragte ein trutziger Hauptturm auf, der mit schroffen Zinnen bewehrt war und an den sich ein mehrstöckiges Burghaus anschloss, aus dessen hohen Fenstern fahles Licht schimmerte. Auf der rechten Seite der mächtigen Anlage ragten Wehrtürme aus der Mauer und sicherten sie nach Osten, wo das Land in sanften Erhebungen verlief und von einem schmalen Wasserlauf geteilt wurde. Zur anderen Seite fiel die Erhebung, auf der Burg Ruthven stand, steil ab; ein felsiger Abgrund klaffte jenseits der Mauer, die im Westen von einem hohen Wachturm gekrönt wurde. Ein wuchtiger Söller zweigte davon ab, auf dem Mary eine schemenhafte Gestalt zu erkennen glaubte, dunkel und gedrungen. Im nächsten Moment war die Gestalt wieder verschwunden, und Mary war sich nicht sicher, ob sie nicht einer Täuschung erlegen war.

Die Kutsche hatte jetzt den Grat der Anhöhe erklommen. Die holprige Straße führte auf das große Tor zu, das in der Ummauerung klaffte. Darüber ragten die wuchtigen Ausleger einer hölzernen Zugbrücke aus der Mauer, die über den breiten Graben führte, welcher die Burg umlief und im Westen in die Schlucht mündete.

Als sich die Kutsche näherte, öffneten sich die Türflügel wie von Geisterhand.

Mary und ihre Zofe tauschten einen Blick. Keine der beiden

Frauen sagte etwas, doch der erste Eindruck, den Burg Ruthven bot, war alles andere als einladend. So sehr sich Mary mühte, die Dinge in einem positiven Licht zu betrachten – sie konnte nicht anders, als in dem sich öffnenden Burgtor ein riesiges, gähnendes Maul zu sehen, das sie und Kitty zu verschlingen drohte.

Je näher die Kutsche den Burgmauern kam, desto höher und drohender ragten sie auf. Beklommen redete sich Mary ein, dass die Düsternis, die von diesem Ort ausging, allein dem ungastlichen Wetter zuzuschreiben war. Hätte die Sonne vom Himmel gelacht und wären die Hügel von Blumen übersät gewesen, wäre der Eindruck gewiss ein anderer gewesen. So jedoch wirkte alles trist, traurig und tot.

Wehmütig musste Mary an Abbotsford denken, an die Gärten, die Lady Charlotte ihr gezeigt hatte, an die saftigen Wiesen, die sich entlang des Tweed erstreckten. Ihr Leben lang würde sie die Stunden, die sie im Haus der Scotts verbracht hatte, nicht vergessen. Die Erinnerung daran half ihr ein wenig, die Düsternis des Augenblicks zu vertreiben.

Die Kutsche erreichte das Burgtor. Hohl und dumpf tönte es, als die Hufe der Pferde über die Zugbrücke klapperten und das Gewölbe des Torhauses passierten. Schlagartig wurde es dunkel im Innern der Kutsche. Ein Gefühl innerer Unruhe beschlich Mary, und auch über Kittys eben noch so unbekümmertes Wesen legte sich ein Schatten.

Auch als die Kutsche das Burgtor passiert hatte, wurde es nicht wesentlich heller; die Droschke mit den beiden Frauen fuhr in einen von Mauern umgebenen Innenhof, dessen Stirnseite vom trutzigen Haupthaus begrenzt wurde. Zu beiden Seiten lagen gedrungene Gebäude mit Stallungen und Unterkünften, jedoch war nirgendwo auch nur eine Menschenseele zu sehen.

Endlich kam die Kutsche zum Stehen. Die Pferde verharrten, und Mary glaubte, die Tiere unruhig schnauben zu hören. Der Kutscher, den Walter Scott mitgeschickt hatte, stieg vom Bock und klappte die Stiegen aus, dann öffnete er die Tür.

»Mylady – wir sind am Ziel. Burg Ruthven.«

Mary nahm die Hand, die der Kutscher ihr reichte, und stieg aus. Dabei raffte sie ihre Röcke, wie es sich für eine Dame schickte, damit der Saum nicht schmutzig wurde.

Kalte, feuchte Luft schlug ihr entgegen. Eingeschüchtert blickte sie sich um, sah nichts als graue, düstere Mauern aus Stein. Neben dem Westturm erhob sich der Söller, aber die Gestalt blieb verschwunden; wahrscheinlich hatte Mary sie sich ohnehin nur eingebildet.

Am Haupthaus öffnete sich jetzt das Tor, und eine schlanke Frau trat heraus. Gemessenen Schrittes kam sie die Stufen zum Hof hinab, wobei jede ihrer Bewegungen Würde und Anmut verriet. Zwei Diener begleiteten sie mit gesenktem Blick. Aus dem Stall huschten gebückte Gestalten heran, die sich um Kutsche und Pferde kümmerten, dabei jedoch jeden Blickkontakt mit der Besucherin vermieden.

Die schlanke Frau, die ein weites Kleid aus silbern schimmerndem Brokat trug, kam auf Mary zu. Sie war nicht mehr so jung, wie ihr Wuchs und ihre Haltung glauben machen wollten. Ihr Haar, das sie streng hochgesteckt trug, war ergraut, die Haut, die nach altem Brauch gepudert war, von Falten zerfurcht. Die blassen, hageren Züge waren scharf geschnitten, der Blick ihrer eng stehenden Augen wach und forschend. Eine Schönheit war diese Frau wohl niemals gewesen, doch es ging etwas Respektgebietendes von ihr aus, das Mary schon bei ihrer letzten Begegnung aufgefallen war, als sie nach Egton gekommen und ihre zukünftige Schwiegertochter begutachtet hatte.

Mary kannte diese Frau – es war Eleonore of Ruthven, die Mutter ihres zukünftigen Ehemannes.

Gemessenen Schrittes kam die Herrin von Ruthven auf Mary zu. Ihr Gesicht zeigte keine Regung, verriet weder Freude noch Zuneigung. Stattdessen streckte sie die Hand aus, um sich von der jüngeren Frau nach alter Sitte huldigen zu lassen.

Mary wusste, was von ihr erwartet wurde. Von frühester Jugend an hatte man es ihr beigebracht, und wenn sie von den Bräuchen der alten Zeit auch nicht allzu viel hielt, fügte sie sich doch der Etikette. Sie nahm Lady Eleonores Hand und verbeugte sich tief, senkte ihr Haupt, bis die Herrin der Burg ihr gestattete, sich wieder zu erheben.

»Steh auf, mein Kind«, sagte sie, und für Mary und ihre Zofe hörte es sich an, als hätte der raue, kalte Nebel plötzlich eine Stimme bekommen. »Willkommen auf Burg Ruthven.«

»Ich danke Ihnen, Mylady«, sagte Mary und erhob sich gehorsam.

»So sehen wir uns also wieder. Du bist noch schöner geworden seit unserer letzten Begegnung.«

Mary verbeugte sich noch einmal. »Mylady sind sehr nachsichtig mit mir. Die Fährnisse einer langen Reise liegen hinter mir, die sicher ihre Spuren hinterlassen haben.«

»Eine Lady hat immer eine Lady zu sein, mein Kind. Hat deine Mutter dir das nie gesagt?«

»O doch, Mylady.« Mary seufzte. »Viele Male.«

»Unsere Abstammung ist es, die uns vom gewöhnlichen Volk unterscheidet, mein Kind, vergiss das nie. Bei einfachen Leuten mag eine Reise durch die Highlands Spuren hinterlassen, aber nicht bei uns.«

»Nein, Mylady.«

»Disziplin, mein Kind. Was du bisher davon gelernt hast,

wird dir in Ruthven von großem Nutzen sein. Und was du bisher davon hast missen lassen, wirst du hier lernen.«

»Wie Sie wünschen, Mylady.«

»Wo ist dein Gepäck?«

»Ich bedauere, Mylady, aber ich habe nicht viel Gepäck. Das meiste davon ging bei einem Unfall verloren, den mein erster Kutscher mit dem Leben bezahlte.«

»Wie entsetzlich!«, rief Eleonore aus und schlug die Hände vor das bleiche Gesicht. »Deine Kleider sind alle verloren? Die Seide? Der Brokat?«

»Mit Verlaub, Mylady – meine Zofe und ich können von Glück sagen, dass wir mit dem Leben davongekommen sind. Das Wenige, das wir besitzen, haben wir von mildtätigen Menschen erhalten, die uns in ihr Haus aufgenommen haben.«

»Allmächtiger!« Die Burgherrin starrte Mary an, als hätte sie den Verstand verloren. »Die Kleider, die du trägst, sind nicht deine eigenen?«

»Nein«, gestand Mary. »Uns ist nichts geblieben.«

»Welch eine Schmach! Diese Schande!«, stöhnte Eleonore. »Die zukünftige Frau des Lairds of Ruthven zieht als Bettelmaid durch die Lande!«

»Mit Verlaub, Mylady, so ist es nicht gewesen.«

»Nein? Und was befindet sich in den Koffern, die dein Kutscher gerade ablädt? Noch mehr Kleider aus mildtätiger Hand?«

»Bücher«, verbesserte Mary lächelnd.

»Bücher?« Die eisige Stimme überschlug sich.

»Eine Sammlung alter Klassiker. Ich lese gern.«

»Und womöglich auch viel?«

»Wenn mir dazu die Zeit bleibt – ja.«

»Nun, hier auf Burg Ruthven wirst du dazu nicht viel Gelegenheit finden. Du wirst feststellen, dass das Leben der Frau eines Lairds voller Aufopferung und Pflichten ist, sodass dir für solch lächerlichen Müßiggang keine Zeit bleiben wird.«

»Verzeihen Sie, dass ich Ihnen erneut widerspreche, Mylady, aber ich betrachte die Beschäftigung mit Büchern durchaus nicht als Müßiggang. Walter Scott pflegt zu sagen, dass ...«

»Walter Scott? Wer ist das?«

»Ein großer Schriftsteller, Mylady. Und ein Schotte.«

»Das ist unser Stallbursche auch. Was heißt das schon? Sieh mich an, mein Kind. Auch in meinen Adern fließt das Blut des alten Schottland, und dennoch haben weder ich noch mein Sohn etwas gemein mit diesem derben, faulen Bauernvolk, das auf unseren Ländereien sitzt und sie daran hindert, Gewinn abzuwerfen.«

Ihre Stimme war laut und unerbittlich geworden, ihre Züge noch um einiges härter. Dann jedoch schien sie sich zu besinnen, und auf ihrem Gesicht zeigte sich die Andeutung eines Lächelns.

»Wir wollen nicht darüber sprechen«, sagte sie. »Jetzt noch nicht, mein Kind. Du bist gerade erst angekommen und sicher müde von der langen Reise. Wenn du erst eine Weile hier bist, wirst du wissen, wovon ich rede, und meine Meinung teilen.«

Sie gab den Dienern ein Zeichen, das wenige Gepäck der Frauen ins Haus zu tragen. »Ich werde Daphne anweisen, dir dein Zimmer zu zeigen. Anschließend soll sie dir ein Bad einlassen, damit du dich frisch machen kannst. Schließlich sollst du deinem Bräutigam gefallen, wenn er dich zum ersten Mal sieht.«

»Wo ist Malcolm?«, fragte Mary erwartungsvoll. »Wann werde ich ihn sehen?«

»Mein Sohn, der Laird, ist zur Jagd ausgeritten«, beschied Eleonore kühl. »Er wird erst morgen zurückerwartet. Bis dahin hast du Zeit, dich einzugewöhnen. Ich werde dich mit einigen von meinen Kleidern ausstatten, bis die Schneiderin neue für dich gefertigt hat. Daphne, meine Kämmerin, wird dich ankleiden.«

»Verzeihung, Mylady, aber ich habe meine eigene Zofe. Kitty hat mich auf meinen ausdrücklichen Wunsch begleitet. Sie soll auch weiterhin in meinen Diensten bleiben.«

»Das wird nicht nötig sein, mein Kind«, sagte die Burgherrin und musterte Kitty mit einem abschätzigen Blick. »Der Laird von Ruthven ist durchaus in der Lage, dich mit eigenem Personal zu versorgen. Deine Zofe kann zurück nach Egton fahren. Du hast keine Verwendung mehr für sie.«

»Was?« Kitty sandte Mary einen hilflosen Blick. »Bitte, Mylady ...«

»Wer hat dir gestattet, die Stimme zu erheben?«, fragte Eleonore spitz. »Habe ich dich nach deiner Meinung gefragt, Mädchen?«

»Bitte seien Sie ihr nicht böse, Mylady«, bat Mary. »Es ist meine Schuld, wenn Kitty nicht weiß, wo die Grenzen ihres Standes liegen. Sie ist mehr als eine Dienerin für mich. In den letzten Jahren ist sie mir zur treuen Begleiterin und Freundin geworden. Deshalb möchte ich Sie in aller Form ersuchen, dass Kitty bleiben darf.«

»Eine Dienerin ist deine Freundin?« Aus Eleonores Blicken sprach Unverständnis. »Der Süden pflegt seltsame Sitten. Im Norden jedoch huldigen wir den Traditionen. Auch daran wirst du dich gewöhnen.«

»Wie Mylady wünschen.«

»Von mir aus kann deine Zofe bleiben. Aber es gelten keine Sonderrechte für sie.«

»Natürlich nicht. Danke, Mylady.«

»Geh jetzt und finde dich in dein neues Zuhause ein. Wenn

der Laird morgen nach Hause kommt, soll er alles zum Besten vorfinden. Auch seine zukünftige Frau.«

»Natürlich, Mylady«, sagte Mary und senkte ergeben ihr Haupt. Eleonore of Ruthven nickte, dann wandte sie sich ab und wollte zurück ins Haus.

»Mylady?«, rief Mary ihr nach.

»Was ist noch?«

»Ich danke Ihnen für den gütigen Empfang. Ich werde mich bemühen, den Erwartungen gerecht zu werden, die man an mich stellt. Ruthven soll meine neue Heimat werden.«

Einen Augenblick lang schien es, als wollte die Burgherrin etwas erwidern. Abermals nickte sie jedoch nur und ließ Mary und Kitty auf dem Burghof zurück. Schweigend blickten die jungen Frauen ihr nach, und beide hatten das Gefühl, dass etwas von der Kälte, die Eleonore of Ruthven verströmt hatte, zurückgeblieben war.

In ihrer ersten Nacht auf Burg Ruthven schlief Mary schlecht. Unruhig wälzte sie sich hin und her, und obwohl sie nicht wach war, hatte sie auch nicht das Gefühl zu schlafen. Fast war es, als würfen die hohen Türme und Mauern der Burg düstere Schatten auf ihre Träume.

Erneut sah sie die junge Frau, die auf dem Rücken eines weißen Hengstes durch die Highlands geritten war – eine Ewigkeit schien seit jenem Traum verstrichen zu sein. Mary erkannte die Reiterin an ihrer zierlichen Gestalt, der schlichten, ruhigen Schönheit und dem langen dunklen Haar.

Diesmal jedoch saß sie nicht auf einem Pferd, und sie empfand auch nicht jenes Gefühl von Freiheit, das sie sonst verspürte, wenn der Wind ihr Haar zerzauste und der erdige Geruch des Hochlands ihre Lungen füllte. Diesmal war ihr Herz bedrückt, traurig und voller Sorge.

Die junge Frau stand auf dem Söller einer Burg, an eine der Zinnen gelehnt, und starrte auf das raue Hügelland, das sich jenseits der Schlucht erstreckte. Die Sonne war dabei, im nebligen Dunst zu versinken, der wie jeden Abend emporstieg. Rot stand sie über dem Horizont und gab dem Land den Anschein, als sammelten sich Seen von Blut in den Senken. Die junge Frau sah darin ein schlechtes Omen, und Mary konnte ihre Furcht deutlich fühlen.

»Gwynn?«

Als ihr Name gerufen wurde, wandte sich die junge Frau um. Sie trug ein schlichtes Kleid aus Leinen, die Füße waren nackt. Dennoch fror sie nicht. Sie war an das raue Klima der Highlands gewöhnt, war hier geboren und aufgewachsen.

Der Mann, der ihren Namen gerufen hatte, war jung, eben erst dem Knabenalter entwachsen. Er trug einen Plaid aus rotbraun gefärbter Wolle, der um seine Hüften und Schultern geschlungen war. Ein lederner Gürtel, an dem ein kurzes Breitschwert hing, hielt den Tartan zusammen. Die Ähnlichkeit des jungen Mannes mit der Frau war nicht zu übersehen: die gleichen edlen Züge, die gleichen blauen Augen, das gleiche schwarze Haar, das dem jungen Krieger offen bis auf die Schulter wallte. Sein Kinn aber war breiter und energischer als das der Schwester, die Mundwinkel herabgezogen. Hass und Trauer sprachen daraus, und Gwynn erschrak, als sie ihren Bruder so erblickte.

»Du brauchst nicht länger Ausschau zu halten«, sagte er mit einer Kälte, die sie erschaudern ließ. »Vater wird nicht zurückkehren.«

»Was ist geschehen, Duncan?«

»Ein Bote hat Kunde gebracht aus Sterling«, gab der junge Mann mit bebender Stimme zur Antwort. »Der Sieg gegen die Engländer wurde errungen, aber viele tapfere Krieger sind gefallen, auch von unserem Clan.«

»Wer?«, fragte Gwynn, obwohl sie sich vor der Antwort fürchtete.

»Fergus. John. Braen. Unser Cousin Malcolm. Und unser Vater.«

»Nein«, sagte Gwynn leise.

»Der Bote hat berichtet, dass er bis zuletzt gekämpft und zehn englische Ritter besiegt habe. Dann traf ihn ein Pfeil aus den Reihen des Feindes. Ein Pfeil, der William Wallace gegolten hatte. Doch Vater warf sich in seinen Flug und fing ihn ab, mit seinem eigenen Herzen. Er soll sofort tot gewesen sein, während Wallace es nicht einmal bemerkte.«

Gwynns Augen füllten sich mit Tränen. Den ganzen Tag über hatte sie auf Nachricht vom Schlachtfeld gewartet, und tief in ihrem Innern hatte sie gefürchtet, etwas Schreckliches könne geschehen sein. Bis zuletzt hatte sie gehofft. Die Worte ihres Bruders aber machten alle Hoffnung zunichte.

In einer hilflosen Geste breitete Duncan die Arme aus, und Gwynn stürzte zu ihm. Die Geschwister umarmten sich in ihrer Trauer, klammerten sich aneinander wie Kinder, die Trost suchten.

»Ich hätte mit ihm gehen sollen«, sagte Duncan leise, mit den Tränen kämpfend. Sein Vater hatte ihm beigebracht, dass ein Hochländer niemals vor einer Frau Tränen vergoss, und gerade jetzt wollte er nicht versagen. »Ich hätte an seiner Seite kämpfen sollen, so wie Braen und Malcolm.«

»Dann wärst du jetzt ebenfalls tot«, schluchzte Gwynn, »und ich wäre allein.«

»Ich hätte ihn retten können. Ich hätte ihn davon abgehalten, sein Leben für diesen William Wallace zu opfern, der sich einbildet, uns von den Engländern befreien zu können.«

Seine Schwester löste sich aus seiner Umarmung und sah ihn prüfend an. »Vater hat an den Sieg geglaubt, Duncan. An den Sieg und an ein freies Schottland.«

»Ein freies Schottland«, spottete ihr Bruder. »Wenn ich das schon höre. Hunderte von Kriegern haben in Sterling ihr Leben gelassen Und wofür? Um einem Eiferer in den Kampf zu folgen, der davon träumt, die Krone an sich zu reißen. Hast du gehört, wie sie ihn neuerdings nennen? Braveheart rufen sie ihn, weil er die Engländer bezwungen hat. Sie glauben, er täte das alles um ihretwillen, dabei denkt er nur an sich selbst.«

»Vater hat ihm vertraut, Duncan. Er sagte, wenn es jemandem gelingen könne, die Clans zu einen und die Engländer zu besiegen, dann wäre es William Wallace.«

»Dieses Vertrauen hat ihn das Leben gekostet, wie so viele andere. Sie alle sind auf Wallaces Versprechungen hereingefallen.«

»Aber er hat den Clans nichts versprochen, Duncan. Nichts außer der Freiheit.«

»Das ist wahr, Gwynn. Aber will er sie ihnen auch geben? Oder ist er nur der Nächste, der unser Volk ausnutzen und sich zu seinem Führer aufschwingen will? Die Clansoberhäupter sind leicht zu beeindrucken, wenn man von Freiheit spricht und vom Hass auf die Engländer. Nicht anders war es bei unserem Vater. Er hat sein Leben umsonst geopfert. Um einen Betrüger zu retten, der uns alle verraten wird.«

»So etwas darfst du nicht sagen, Duncan. Vater hätte das nicht gewollt.«

»Und? Die Bürde, die er mir hinterlassen hat, ist schwer genug, auch ohne den Krieg gegen England. Nun, da Vater nicht mehr bei uns ist, bin ich Anführer des Clans. Diese Burg und die dazugehörigen Ländereien gehören mir.«

»Aber nur, solange du dich der englischen Krone beugst«, gab Gwynn zu bedenken. »Vater hat das gewusst, und er war es leid, sich den Engländern fügen und ihren Speichel lecken zu müssen. Deswegen ist er Wallace gefolgt. Er hat es für uns getan, Duncan. Für dich und für mich. Für uns alle.«

»Dann war er ein Narr«, sagte Duncan hart.

»Bruder! Sprich nicht so!«

»Schweig, Weib! Ich bin der neue Herr von Burg Ruthven und sage, was mir beliebt. Beim Clanstreffen werde ich offen aussprechen, dass ich Wallace misstraue. Er benutzt die Clans, um die Krone an sich zu reißen; er will mit unserem Blut die Macht für sich selbst erringen. Aber ich werde ihm nicht willenlos folgen, wie unser Vater es getan hat. Nur Robert the Bruce darf König werden. Er ist der Einzige, in dessen Adern das Blut der Mächtigen fließt. Ihm allein werde ich folgen.«

»Aber Wallace erhebt keinen Anspruch auf die Krone.«

»Noch nicht. Doch mit jedem Sieg, den er erringt, wird er mächtiger. Schon wird berichtet, dass er weiter nach Süden ziehen will, um die Engländer auf ihrem eigenen Grund und Boden anzugreifen. Glaubst du, dass ein Mann, der so etwas wagt, sich mit der Rolle eines Vasallen zufrieden geben wird? Nein, Gwynn. Noch mag Wallace so tun, als wollte er Robert zu seinem Recht verhelfen. Schon bald aber wird er den Schafspelz abwerfen, und der Wolf darunter wird zum Vorschein kommen.«

»Warum zürnst du Wallace so, Duncan? Weil Vater ihm vertraut hat? Weil er sein Leben für ihn geopfert hat? Oder weil du tief in deinem Inneren zweifelst, ob er dieses Opfer auch für dich gebracht hätte?«

»Schweig!«, brüllte Duncan und wich vor ihr zurück wie ein verwundetes Tier vor seinem Jäger. Die Tränen, die er mühsam zurückgehalten hatte, brachen sich jetzt Bahn und rannen ungezügelt über seine Wangen.

»Ich weiß nicht, wovon du sprichst«, behauptete er. »Vater hat seine Entscheidung getroffen, ich treffe die meine. Und ich sage, dass William Wallace ein Verräter ist, vor dem wir uns in Acht nehmen müssen. Ich werde mich auf Roberts Seite stellen und alles in meiner Macht Stehende tun, um ihn vor Wallace zu schützen.«

»Aber es besteht keine Feindschaft zwischen den beiden. Wallace steht auf Roberts Seite.«

»Die Frage ist, wie lange noch, Gwynn«, erwiderte ihr Bruder, und ein seltsamer Glanz spiegelte sich in seinen Augen. »Die Welt, wie wir sie kannten, ist dabei zu vergehen. Ein neues Zeitalter zieht herauf, Gwynn, spürst du es nicht? Verbündete werden zu Verrätern, Verräter zu Verbündeten. Wallace soll den Sieg erringen, wenn er kann. Aber am Ende wird nicht er die Krone tragen, sondern Robert the Bruce. Dafür werde ich sorgen, mit all meiner Kraft. Das schwöre ich beim Tod unseres Vaters ...«

10.

Mitternacht.

Der zunehmende Mond stand hoch zwischen kargen Hügeln, tauchte sie in kaltes, bleiches Licht. Kein Windhauch regte sich, sodass die Nebelschwaden wie erstarrt in den Senken lagen.

Das Land war trostlos und leer. Kein Baum hob seine Äste zum dunklen Himmel, nur karges Gestrüpp wuchs an den grauen Hängen. Im Erdboden verliefen tiefe Risse, die das spärliche Gras teilten und die Hügel aussehen ließen, als hätte man ihnen schwärende Wunden beigebracht.

Nichts Lebendes schien es an diesem entlegenen Ort zu geben. Dennoch kamen *sie* schon seit Jahrtausenden hier zusammen, an diesem Ort, der unheimliche Kräfte barg.

Die Steine waren im Halbkreis angeordnet, große Quader aus Fels, einst sorgfältig behauen, jetzt von Moos überwuchert. Vor langer Zeit hatten sie einen ganzen Kreis gebildet: dreizehn große Steine, jeder an die fünf Tonnen schwer. Die Erinnerung daran, wie sie an ihren Platz gelangt und es gelungen war, sie aufzurichten, war verloren gegangen – das Wissen um ihre Kraft aber hatte sich erhalten. Viele der Steine waren umgestürzt, und die großen, massiven Cairns aus Fels lagen verstreut um den magischen Kreis.

Seine Bedeutung jedoch hatte der Ort behalten.

Drei Jahrtausende, die seit der Errichtung des Steinkreises verstrichen waren, hatten den Kräften, die hier wohnten, nichts anhaben können, und noch immer kamen jene hierher, die ihnen frönten.

Die Prozession, die sich dem Steinkreis näherte, bot einen schaurigen Anblick. Vermummte Gestalten, die je zu zweien nebeneinander gingen, die Häupter gesenkt. Sie trugen Roben aus dunklem Stoff, der das Mondlicht zu schlucken schien. Weit und fließend umwallte er sie, während sie dem Steinkreis entgegengingen und dabei leise vor sich hin murmelten, Worte einer Sprache, die die Welt schon vor langer Zeit vergessen hatte, Laute aus dunkler, heidnischer Zeit. Das Licht der Zeitenwende hatte sie hinweggefegt, und dennoch waren sie nicht ganz vergessen; düstere Herzen hatten sich ihrer erinnert und sie bis in die Gegenwart hinein bewahrt. Von Generation zu Generation waren sie weitergegeben worden und hatten so die Jahrtausende überdauert – und mit ihnen der alte Glaube.

Der Anführer der Sektierer ritt seinen Leuten auf einem schneeweißen Pferd voraus. Wie sie war auch er in eine weite Robe gekleidet, die seine Gestalt verhüllte, jedoch war seine Kleidung von fahlweißer Farbe, die im Mondlicht leuchtete und ihn wie einen Abgesandten aus einer anderen, mystischen Welt wirken ließ.

Als der Zug den Steinkreis erreichte, schwoll der Gesang an, veränderte sich in Rhythmus und Tonfall. Eben noch hatte er sich unterwürfig und klagend angehört – jetzt klang er drängend und fordernd.

Die Zeit des Wartens näherte sich ihrem Ende.

Die Gestalten, die die Kapuzen ihrer Roben tief in die Gesichter gezogen hatten, verteilten sich auf dem Platz, den die Steine umschlossen. Dabei bewegten sie sich langsam und seltsam leblos, fast wie in Trance. Jeder kannte seinen Platz, wusste um seine Bedeutung im Kreis.

Der Anführer lenkte den Schimmel in die Mitte des Kreises, wo ein einfacher Steinblock stand, der in alter Zeit als Opfertisch gedient hatte. Die dunklen Blutflecke ließen erahnen, dass er diesen Zweck noch immer erfüllte.

Der Mann stieg von seinem Pferd, dessen Fell im Mondschein matt schimmerte und ihm eine unirdische Aura verlieh. Gemessenen Schrittes trat er an den Steintisch und hob die Arme. Augenblicklich verstummte der Gesang. In einer bedächtigen, fast theatralischen Geste griff sich der Mann an die Kapuze seiner weißen Robe und schlug sie zurück.

Darunter kamen unbewegte, starre Züge aus schimmerndem Metall zum Vorschein: eine Maske aus Silber, die das Gesicht bedeckte und nur die Augen frei ließ und in die Zeichen von alter, unheimlicher Bedeutung graviert waren. Seine Anhänger taten es ihm gleich, und auch unter ihren dunklen Kapuzen kamen Masken zum Vorschein – aus Holz geschnitzte Fratzen, die mit Ruß geschwärzt worden waren.

»Brüder«, erhob das Oberhaupt seine Stimme, die in der Nacht glasklar zu vernehmen war. »Ihr kennt den Grund für unsere Zusammenkunft. Die Zeit der Erfüllung ist nicht mehr fern, und noch immer haben wir nicht gefunden, wonach wir suchen. Wir haben Spuren, die wir verfolgen, aber feindliche Mächte haben sich erhoben und stellen sich uns in den Weg.«

»Tod!«, brüllte einer der Vermummten und riss seine Faust in die Höhe. »Tod und Verderben unseren Feinden!«

»So verlangen es die Runen«, sagte der, der vorn am Opfertisch stand. »Aber sie sagen auch, dass die Brüder des Schwertes auf der Hut sein müssen. Denn wenn sie entdeckt werden, ehe sie das Erbe angetreten haben, das ihnen von Rechts wegen zusteht, können sie besiegt werden. Wir sind nicht unbezwingbar, meine Brüder, noch nicht; wir müssen vorsichtig sein bei allem, was wir tun. Der Zwischenfall an der Brücke hätte niemals geschehen dürfen. Ich habe die Verantwortlichen zur Rechenschaft gezogen und dafür gesorgt, dass sie unsere Bruderschaft niemals wieder gefährden werden. Dennoch müssen wir uns vorsehen. Solange sich die Prophezeiung nicht erfüllt hat, sind wir verwundbar.«

Betretenes Schweigen machte sich breit. Der Anführer, der um die Macht seiner Worte wusste, ließ sie eine Weile wirken. Dann sagte er: »Es ist noch eine Partei aufgetreten, meine Brüder, die das Rätsel der Schwertrune zu entwirren sucht, und obgleich wir seit vielen Jahren auf der Suche sind, ist nicht auszuschließen, dass unsere Feinde vor uns erfolgreich sein werden.«

»Tod und Verderben!«, tönte es jetzt aus vielen Dutzend Kehlen. »Tod und Verderben unseren Feinden!«

»Natürlich könnten wir das tun«, räumte ihr Anführer ein. »Natürlich könnten wir unseren Feind aus dem Weg räumen. Aber ich habe nachgedacht, meine Brüder, und bin zu der Einsicht gekommen, dass dies kein kluger Schritt wäre. Zum einen würde ein weiterer Mord die Aufmerksamkeit umso mehr auf unsere Bruderschaft lenken, was nach den jüngsten Vorfällen nicht ratsam wäre. Zum anderen – warum sollten wir uns die Neugier unserer Feinde nicht zu Nutze machen? Warum sollten wir uns nicht ihrer bedienen, um das Rätsel zu lösen und um zu finden, was so lange Zeit vor uns verborgen wurde?«

Der Chor der Vermummten war verstummt. Gebannt blickten sie auf ihr Oberhaupt; sie waren ebenso eingeschüchtert wie voller Bewunderung über dessen Scharfsinn und Durchtriebenheit.

»Ich werde dafür sorgen, dass unsere Feinde für uns arbeiten«, verkündete er seinen Plan mit lauter Stimme. »Sie werden glauben zu triumphieren, aber in Wahrheit werden wir es sein, die den Sieg in Händen halten. Sie werden meinen, uns zu überlisten, aber wir werden ihnen stets einen Schritt voraus sein. Nicht mehr lange, meine Brüder, und die Macht wird wieder in den Händen derer liegen, die sie von Beginn an innehatten. Niemand wird uns dieses Mal aufhalten können.«

Seine Anhänger, die ihn in weitem Rund umstanden, gaben dumpfe, heidnische Laute von sich, mit denen sie ihre Zustimmung ausdrückten.

»Aber, erhabener Meister«, wandte schließlich einer von ihnen ein, »wie wollt Ihr unsere Feinde dazu bringen, für uns zu arbeiten?«

Unter der silbernen Maske des Anführers drang leises Gelächter hervor, das an ein grollendes Gewitter gemahnte. »Es ist einfach, meine Brüder. Man muss die menschliche Natur nur gut genug kennen. Bisweilen muss man den Leuten Dinge verbieten, um sicherzugehen, dass sie sie dennoch tun. Eitelkeit und Neugier sind starke Verbündete, deren man sich zumeist bedienen kann – und auch Walter Scott ist nicht frei davon ...«

11.

In ein paar Tagen ist Vollmond.«

Quentin stand am Fenster des Arbeitszimmers und betrachtete die bleiche Scheibe des Mondes, deren Spiegelbild im Wasser des nahen Flusses glitzerte.

Es war schon weit nach Mitternacht. Lady Charlotte und die Mägde waren längst zu Bett gegangen, während Sir Walter noch immer bei der Arbeit saß. Die gedrängten Abgabetermine und die Vorfälle der letzten Tage, die ihn vom Schreiben abgehalten hatten, zwangen ihn dazu, fast jede Nacht am Schreibtisch zu durchwachen.

Den getreuen Mortimer hatte er beauftragt, rings um das Anwesen Wachen zu postieren, die Alarm schlagen sollten, sobald sich etwas Unerwartetes regte. Wenn Inspector Dellard keine Anstrengungen unternahm, um Abbotsford zu beschützen, so würde Scott das eben selbst tun. Quentin, der im Zuge der ganzen Aufregung ohnehin keinen Schlaf gefunden hätte, leistete seinem Onkel im Arbeitszimmer Gesellschaft.

»Ich mag den Vollmond nicht«, sagte der junge Mann, während er weiter nachdenklich aus dem Fenster blickte. »Er ist mir unheimlich.«

»Was muss ich hören?«, fragte Sir Walter, der an dem großen Schreibtisch saß und im Schein einer Lampe an seinem neuen Roman schrieb. »Mein Neffe fürchtet sich vor dem Vollmond?«

»Nicht vor dem Mond selbst«, erwiderte Quentin, »nur vor dem, was er bewirken kann.«

»So?« Sir Walter, der einer Unterbrechung seiner Arbeit nicht abgeneigt schien, ließ die Schreibfeder sinken. »Was kann der Vollmond denn bewirken?«

»Furchtbare Dinge.« Quentin starrte weiter hinaus, während er sichtbar schauderte. Die Wärme des Kaminfeuers schien ihn nicht zu erreichen. »In Edinburgh gab es einen alten Mann. Sein Name war Maximilian McGregor, aber wir Kinder nannten ihn nur den ›Geister-Max‹. Er erzählte uns viele Geschichten über verwunschene Häuser, Gespenster und Nachtmahre. Und in diesen Geschichten war immer Vollmond.«

Sir Walter lachte wohlwollend. »Diese Spukgeschichten sind so alt wie Edinburgh selbst. Auch mir hat man sie als Kind erzählt. Davor wirst du dich doch wohl nicht ängstigen, mein Junge?«

»Nicht vor den Geschichten selbst. Aber einige der Gestalten, die darin vorkamen, suchen mich heute noch in meinen Träumen heim. Einmal erzählte uns der alte Max von einem jungen Clansmann aus den Highlands, der seine Familie verraten hatte. Daraufhin traf ihn der Fluch eines alten Druiden. Fortan verwandelte sich der Krieger in jeder Vollmondnacht in eine Bestie halb Mensch, halb Wolf.«

»Die Werwolfslegende.« Sir Walter nickte. »Gut, um Kinder zu erschrecken, nicht wahr? Und gutgläubige Studenten, die ihren armen Onkel von der Arbeit abhalten wollen.«

Quentin musste lächeln. »Wäre das nicht Stoff für einen neuen Roman, Onkel? Die Geschichte eines Clansmannes, den ein Fluch trifft, worauf er sich in einen Werwolf verwandelt?«

»Nein, danke«, wehrte Sir Walter ab. »Ich bleibe bei meinen tapferen Helden und schönen Damen, bei romantischer Liebe und wackerem Streit. Was ich mit den Worten des Dichters beschreibe, ist die Vergangenheit, die meisten meiner Figuren haben wirklich gelebt. Wer sollte denn irgendwelche erfundenen Geschichten über solch ein Monstrum lesen wollen? Manchmal hast du wirklich verrückte Ideen, mein Junge.«

»Verzeih, es war nur ein törichter Gedanke.« Quentin kehrte an den Tisch zurück und nahm seinem Onkel gegenüber Platz.

Sir Walter schrieb weiter und tauchte seine Feder regelmäßig ins Tintenfass. Nach einer Weile hob er den Blick und schaute Quentin über die Gläser der Brille an, die er beim Schreiben stets auf der Nase hatte; die ständige Arbeit bei Kerzenschein hatte seine Augen schlechter werden lassen.

»Was bedrückt dich, mein Sohn?«, wollte der Schriftsteller wissen.

»Nichts«, behauptete Quentin steif.

»Es hat nicht zufällig etwas mit einer jungen Dame namens Mary of Egton zu tun, die uns vor einer Woche verlassen hat?«

Quentin errötete. »Du hast es bemerkt?«, fragte er zaghaft.

»Ich müsste mit Blindheit geschlagen sein, hätte ich es nicht bemerkt. Wie du weißt, mein lieber Junge, gehört meine Beobachtungsgabe zu den Fähigkeiten, auf die ich mir am meisten einbilde. Ich habe sehr wohl mitbekommen, wie du die Lady of Egton angesehen hast, und ich muss dir gratulieren zu deinem erlesenen Geschmack. Ich habe selten ein anmutigeres Frauenzimmer gesehen, noch dazu mit einem so freundlichen Wesen.«

»Nicht wahr?«, meinte Quentin.

»Und gleichzeitig, mein lieber Junge, muss ich dir alle Hoffnung nehmen. Denn was du ersehnst, wird niemals Wirklichkeit werden. Lady Mary ist von Adel, und du bist es nicht. Sie ist Engländerin, und du bist Schotte. In einer besseren Welt sollten diese Dinge keine Rolle spielen, aber in der unseren sind es unüberbrückbare Gegensätze. Lady Mary ist dem Laird von Ruthven versprochen, den sie in wenigen Wochen heiraten wird.«

»Ich weiß«, sagte Quentin nur und sah ziemlich elend dabei aus. »Aber das allein ist es nicht. Ich habe viel nachgedacht in den letzten Tagen. Über die Vorfälle in der Bibliothek und das, was am Fluss geschehen ist. Und auch über das, was Inspector Dellard und Abt Andrew gesagt haben.«

»Und? Zu welchem Schluss bist du gekommen?«

»Zu keinem, Onkel. Jedes Mal, wenn ich anfange, darüber nachzudenken, bekomme ich es mit der Angst zu tun. Ich erinnere mich an Abt Andrews Worte, dass böse Mächte ihre Hand im Spiel hätten, und plötzlich bin ich nicht mehr Herr meiner Gedanken. Vor zwei Tagen träumte ich, wir wären an der Brücke zu spät gekommen, und ich sah Mary in die Tiefe stürzen und im Fluss ertrinken. Und vergangene Nacht sah ich Abbotsford in Flammen stehen. Ich habe das Gefühl, dass etwas Unheimliches, etwas Schreckliches dort draußen vor sich geht, Onkel.«

»Ich weiß, mein Sohn.« Sir Walter nickte bedächtig. »Auch ich mache mir Sorgen. Aber ich gebe mir alle Mühe, mich von meinen Ängsten nicht einschüchtern zu lassen. Gebrauche deinen Verstand, mein Junge. Der Herr hat ihn dir gegeben, damit du ihn benutzt. Und dieser Verstand sollte dir sagen, dass der Feind, mit dem wir es zu tun haben, durch und durch von dieser Welt stammt und nicht von einer anderen. Der Vollmond mag dir unheimlich sein, aber er hat nichts mit den Dingen zu tun, die hier geschehen sind, ebenso wenig wie deine Träume.

Du hast gehört, was Inspector Dellard gesagt hat. Die Drahtzieher der Anschläge sind aufständische Bauern aus den Highlands. Zwar bin ich kein Freund der Umsiedlungen und kann Dellards Methoden nicht gutheißen – die Art und Weise, wie er in Ednam vorgegangen ist, könnte geradezu vermuten lassen, der Schlächter Lord Cumberland wäre zurückgekehrt. Aber ich kann auch nicht befürworten, dass Männer zu Gesetzlosen werden und in der Bevölkerung Angst und Schrecken verbreiten. Deshalb hoffe ich, dass Dellard ihnen alsbald das Handwerk legen wird.«

Quentin nickte. Die Worte seines Onkels wirkten wie immer beruhigend auf ihn. »Und die Schwertrune?«, fragte er. »Das seltsame Zeichen, das ich gefunden habe?«

»Wer weiß?« Sir Walter nahm seine Brille ab. »Möglicherweise war es tatsächlich nur ein Zufall, ein unglückliches Zusammentreffen von Hinweisen, die sich bei Licht betrachtet ganz anders darstellen als ...«

In diesem Moment war draußen ein Schrei zu hören.

»Was war das?« Quentin schoss in die Höhe.

»Ich weiß es nicht, Neffe.«

Augenblicke lang verharrten die beiden Männer, lauschten angestrengt, ob außer dem Knistern des Kaminfeuers noch etwas anderes zu hören wäre. Plötzlich ertönte ein lautes Geräusch, hell und klirrend. Eines der beiden Fenster des Arbeitszimmers barst; ein Stein flog herein und landete mit dumpfem Schlag auf dem Parkett. Eisiger Nachtwind fegte herein, der die

Vorhänge blähte – und im fahlen Halbdunkel, das draußen herrschte, jagten konturlose Gestalten auf schneeweißen Pferden vorbei.

»Ein Angriff!«, rief Sir Walter entsetzt. »Wir werden angegriffen!«

Von draußen war das Donnern von Hufen zu hören, dazu infernalisches Geschrei, das Quentin kalte Schauer über den Rücken jagte. Vor Entsetzen halb reglos, starrte er hinaus in die Nacht, sah unheimliche Gestalten in flatternden Roben und auf schimmernden Pferden.

»Nachtmahre«, entfuhr es ihm. »Geisterreiter.«

»Von wegen.« Sir Walters Augen rollten wütend. »Wer immer diese Kerle sind, sie sitzen auf echten Pferden und werfen mit echten Steinen. Und wir werden sie mit echtem Blei willkommen heißen. Folge mir, Neffe.«

Noch ehe Quentin wusste, wie ihm geschah, packte ihn sein Onkel und schob ihn aus dem Arbeitszimmer, hinaus in die Waffenhalle. Rüstungen und Schwerter lagerten hier, Waffen aus vergangenen Epochen, aber auch moderne Musketen und Steinschlosspistolen, die der Herr von Abbotsford gleichermaßen sammelte. Sein Stolz waren preußische Infanteriegewehre, die Soldaten des Hochländerregiments von Waterloo mitgebracht hatten. Zwei dieser schlanken Büchsen, deren Zündmechanismen durch kleine Lederkappen geschützt waren, nahm Scott jetzt in aller Eile aus dem Schrank. Eines davon behielt er selbst, das andere reichte er an Quentin weiter.

Quentin nahm die schwere Waffe entgegen, die mit aufgepflanztem Bajonett beinahe so lang war wie er selbst, und hielt sie ungeschickt in den Händen. Natürlich war er schon auf der Jagd gewesen und hatte leichte Jagdbüchsen bedient – eine Kriegswaffe wie diese jedoch hatte er noch nie in der Hand gehabt. Aus einem weiteren Schrank holte Sir Walter kleine lederne Munitionstaschen, von denen er wiederum eine an Quentin reichte.

»Kartuschen«, sagte er nur. »Du weißt, wie man damit umgeht?«

Quentin nickte, und beide hasteten in die dunkle Eingangshalle. Wieder barst irgendwo eine Scheibe, und aus dem ersten Stock waren schrille Schreie zu hören. Lady Charlotte tauchte am oberen Ende der Treppe auf, in Begleitung einer Dienerin. Sie trug ihr schneeweißes Nachtgewand, dazu einen Umhang aus Wolle, den sie sich in aller Eile übergeworfen hatte. Im flackernden Schein des Kerzenleuchters, den die Dienerin hielt, war das Entsetzen in Lady Charlottes Gesicht deutlich zu sehen.

»Lass die Tür hinter uns verriegeln, Liebste!«, rief Sir Walter ihr zu, während er mit Quentin zum Eingang eilte, die Muskete in der Hand. »Dann geht in die Kapelle und versteckt euch dort!«

Sie erreichten die Tür, und Quentin zog den Riegel zurück. Das schwere Türblatt schwang auf, Sir Walter und sein Neffe stürzten hinaus.

Draußen herrschte Dunkelheit – aus der unerwartet berittene Schreckgestalten brachen. Auf donnernden Hufen sprengten sie heran. Ihre Pferde waren mächtige, stampfende Rösser, deren bleiches Fell vor Schweiß glänzte und aus deren Nüstern Dampf quoll. Die Reiter trugen lange Kutten, die sie umwehten und sie riesenhaft und furchtbar erscheinen ließen. In ihren Händen hielten sie Fackeln, deren Flammen durch die Nacht fauchten und einen flackernden Schein auf die Gesichter ihrer Träger warfen.

Quentin stieß einen grellen Schrei aus, als er in schwarze,

grässlich entstellte Mienen blickte, aus denen kalte Augen starrten.

»Masken!«, rief sein Onkel ihm zu. »Es sind nur Masken, Quentin«, und wie um seine Worte zu beweisen, betätigte der Herr von Abbotsford seine Muskete.

Das Steinschloss schnappte in die Zündpfanne, und ein greller Feuerstoß züngelte aus dem Lauf, als die Muskete krachte. Fast gleichzeitig warf einer der Reiter die Arme hoch, ließ seine Fackel fallen und griff sich an die Schulter. Er fiel nicht aus dem Sattel, aber es war offensichtlich, dass er getroffen worden war.

»Verstand«, murmelte Quentin mit bebender Stimme vor sich hin, »gebrauche deinen Verstand. Wenn man den Reiter verletzen kann, bedeutet das, dass er ein Wesen aus Fleisch und Blut sein muss ...«

»Verschwindet!«, brüllte Sir Walter aus Leibeskräften, während er die Preußenbüchse nachlud. »Macht, dass ihr von meinem Land herunterkommt, ihr feiges Gesindel!«

Die Reiter stürmten johlend an ihnen vorbei und schwenkten die Fackeln. Einer warf eine Flamme über die Mauer des Gartens, worauf es drinnen grell aufloderte.

»Tod!«, brüllte er dabei mit Stentorstimme. »Tod und Verderben unseren Feinden!«

Quentin spürte, wie ihm das Herz bis zum Hals schlug. Er erkannte die Roben wieder, ebenso wie die geschwärzten, konturlosen Mienen. Solch eine Gestalt war es gewesen, der er in der Bibliothek gegenübergestanden hatte. Er hatte sich nicht geirrt, das wusste er jetzt. Diese Vermummten waren für den Brand in der Bibliothek verantwortlich, und sie waren es auch gewesen, die den armen Jonathan ermordet und Lady Mary um ein Haar getötet hätten.

Zornesröte schoss dem jungen Mann ins Gesicht, und mit einem Mut und einer Entschlossenheit, wie er sie bislang nicht an sich gekannt hatte, brachte er das Gewehr in Stellung. Mit der rechten Hand wischte er die Schutzkappe beiseite, griff in die Munitionstasche und zog eine der schmalen Papierkartuschen hervor.

Mit den Zähnen biss Quentin das Ende ab und spuckte es aus; bitterer Pulvergeschmack lag auf seinen Lippen. Hastig schüttete er einen kleinen Teil der Pulverladung in die Zündpfanne und klappte das Pfannenblech herunter. Den Rest der Ladung mitsamt den Kugeln, die daran befestigt waren, gab er in den Lauf und drückte sie mit dem Ladestock zusammen.

Als die nächste Reiterschwadron – Quentin zählte fünf der vermummten Banditen – aus dem Unterholz brach, war Sir Walters Neffe vorbereitet. Der Kolben der Waffe flog gegen seine Schulter, während die Reiter, wüste Schreie ausstoßend und Fackeln schwenkend, auf ihn und seinen Onkel zuhielten.

Sir Walter feuerte erneut, aber diesmal ging seine Kugel fehl. Die Reiter lachten nur, und in der Hand eines der Vermummten sah Quentin einen schartigen Säbel blitzen, mit dem er auf seinen Onkel zusprengte. In wenigen Augenblicken würde er ihn erreicht haben, und der Herr von Abbotsford hatte nicht mehr genug Zeit, um seine eigene Waffe nachzuladen.

Quentin schloss sein linkes Auge, zielte über den Lauf und drückte ab.

Der Funkenregen aus der Zündpfanne entfachte die Ladung und schickte die Kugel mit lautem Knall auf Reisen. Der Rückstoß der Waffe riss Quentin von den Beinen und brachte ihn zu Fall. Noch während er stürzte, hörte er einen grellen Schrei und das panische Wiehern eines Pferdes.

»Onkel!«, schrie er, sprang auf die Beine und schaute sich nach Sir Walter um.

Sein Onkel war wohlauf.

Er stand nur wenige Schritte von Quentin entfernt und stützte sich auf sein Gewehr. Ihm zu Füßen lag einer der schwarz Vermummten in grotesker Verrenkung; sein Säbel steckte neben ihm im Boden.

»H-habe ich ...?«, fragte Quentin atemlos.

Sir Walter nickte nur. »Du hast sie vertrieben, mein Junge, du ganz allein. Sie sind fort, wie es aussieht, und das ist nur deinem Meisterschuss zu verdanken.«

»Ist er ...?« Quentin blickte zu der vermummten Gestalt, die reglos am Boden lag.

»So tot, wie ein Mensch nur sein kann«, bestätigte Sir Walter. »Der Herr möge sich seiner armen Seele erbarmen. Aber du, mein Junge, hast gezeigt, dass ...«

Plötzlich war aus dem nahen Wald das hektische Rascheln von Blättern zu hören. Zweige brachen mit hellem Knacken, und ein dunkler Schatten stürzte aus dem Unterholz. Sofort riss Sir Walter seine Muskete in den Anschlag, die er nach Quentins Meisterschuss nicht mehr abgefeuert hatte.

»Halt!«, rief er mit lauter Stimme. »Wer bist du? Bleib stehen, oder du wirst das gleiche unselige Ende finden wie dein Kumpan!«

»Gnade, Herr!«, flehte eine vertraute Stimme – sie gehörte Mortimer, dem ergrauten Verwalter von Abbotsford. »Bitte, schießen Sie nicht auf mich!«

»Mortimer!« Verblüfft ließ Sir Walter die Waffe sinken.

Keuchend stürzte der Verwalter aus dem Wald. Sein Atem ging dabei so heftig, dass er kaum sprechen konnte. »Bitte, Sire«, presste er stoßweise hervor. »Strafen Sie mich nicht für meine Nachlässigkeit ... Ich habe die Knechte nach Ihren Angaben aufgestellt ... ihnen aufgetragen, die Augen offen zu halten ...

Aber es waren zu viele Angreifer, und ... die Knechte sind geflohen, als sie die grässlichen Gesichter sahen.« Die Züge des alten Verwalters nahmen einen verzweifelten Ausdruck an. »Es waren Dämonen, Sire«, flüstert er, »ich schwöre es.«

»Mein armer Mortimer.« Sir Walter reichte seine Muskete an Quentin weiter und schloss den Verwalter, dem das Entsetzen noch ins Gesicht geschrieben stand, in seine Arme. »Ich bin sicher, du hast dein Bestes gegeben. Aber du darfst mir glauben, dass diese Mordbuben keine Dämonen waren. Andernfalls hätte unser tapferer Quentin ihnen wohl kaum mit einer Bleikugel beikommen können.«

Er deutete auf den Banditen, der leblos auf dem Boden lag, woraufhin sich der gute Mortimer ein wenig zu beruhigen schien. Vorsichtig näherte er sich dem Vermummten und betrachtete ihn, stieß ihn sachte mit dem Fuß an. Der Mann regte sich nicht mehr.

»Wir müssen zurück ins Haus und die Frauen beruhigen«, entschied Sir Walter. »Anschließend werden wir am Tor Posten beziehen. Sollten diese Kerle sich entschließen, noch einmal in dieser Nacht zurückzukehren, werden wir ihnen einen gebührenden Empfang bereiten. Allerdings denke ich, dass sie fürs Erste genug haben, schließlich hat einer von ihnen den Überfall mit dem Leben bez...«

»Sire! Sire!«

Der Schrei kam vom Haus. Eine der Dienerinnen hatte ihn ausgestoßen, die mit kreidebleicher Miene in der offenen Tür stand. »Kommen Sie, schnell! Im Frühstückszimmer ...!«

Sir Walter und sein Neffe wechselten einen erschrockenen Blick, dann eilten sie zurück zum Haus. Obgleich er die beiden Musketen trug, war Quentin schneller als sein Onkel, der mit seinem alten Gebrechen zu kämpfen hatte. Er überholte ihn und rannte ins Haus, passierte die Halle und den Korridor. Von dessen Ende aus konnte er bereits das orangerote Flackern erkennen.

Feuer!, schoss es ihm durch den Kopf, und er hastete weiter zum Frühstückszimmer. Jenseits des breiten Fensters, auf der anderen Seite des Flusses, loderte eine grelle Feuersbrunst, die jemand auf der Uferbank entfacht hatte. Für einen Moment war Quentin erleichtert, dass es nicht das Haus selbst war, das in Flammen stand. Dann aber sah er die vermummten Gestalten, die auf ihren Pferden um das lodernde Feuer ritten. Unter grellem Geschrei schwangen sie ihre Fackeln und sprengten davon.

Quentin blieb am Fenster stehen und starrte entsetzt auf das Feuer, das zugleich eine Botschaft war. Mit Petroleum hatten die Banditen ein mehrere Yards großes Muster ins Gras gegossen, das jetzt grell und lodernd die Nacht erhellte.

Quentin erkannte es sofort.

Es war ein Zeichen.

Eine Sichel, durchkreuzt von einer geraden Linie ... die Schwertrune, die er in der Bibliothek entdeckt hatte, kurz bevor sie in Flammen aufgegangen war.

Sir Walter, der atemlos neben ihm angelangte, sah es ebenfalls, und Quentin konnte fühlen, dass auch den Herrn von Abbotsford ein Schaudern befiel. Das brennende Zeichen belegte den Verdacht, den Sir Walter schon die ganze Zeit über gehegt hatte – dass die grausamen Vorfälle in Kelso und die Schwertrune in einem Zusammenhang standen.

Nun konnte es niemand mehr leugnen. Zu hell war das Feuer, das dort auf der anderen Seite des Flusses brannte und weithin zu sehen war.

Und so waren Sir Walter und sein Neffe nicht die Einzigen,

die es in dieser Nacht erblickten. Auch die geheimnisvollen Gestalten, die sich unten am Flussufer zwischen den Bäumen versteckten, sahen es – Gestalten, die die schlichten Kutten eines Mönchsordens trugen.

Zweites Buch

Am Kreis der Steine

1.

Das Erwachen war seltsam.

Als Mary of Egton die Augen aufschlug, wusste sie für einen Augenblick nicht, wo sie war. Erstaunt blickte sie sich in dem Gemach um, dessen Wände aus kaltem, abweisendem Stein gemauert waren. Die hohe Decke war mit dunklem, fast schwarzem Holz getäfelt, die Wände mit Teppichen behangen, deren Stickereien mittelalterliche Jagdszenen zeigten. Zwei hölzerne, mit Schnitzereien verzierte Schränke bildeten die Einrichtung, dazu eine Kommode mit einem großen Spiegel. Auf einem aus Eichenholz gedrechselten Ständer hing ein Kleid aus grausilbernem Damast, das ihr gänzlich unbekannt vorkam – bis sie sich daran erinnerte, dass sie dieses Kleid zum Dinner getragen hatte. Es gehörte nicht wirklich ihr, sondern war eine Leihgabe Eleonore of Ruthvens, die darauf bestanden hatte, sie einzukleiden, bis sie selbst neue Kleider besäße.

Mary konnte das Blut in ihren Adern fühlen. Unruhig pulste es durch ihren Körper, als hätte sie etwas in schreckliche Aufregung versetzt.

Dann, als würde ein Vorhang Stück für Stück beiseite gezogen, kehrte die Erinnerung an den Traum der vergangenen Nacht zurück. Die Traumbilder waren so lebhaft und intensiv, als wären sie Wirklichkeit. Mary erinnerte sich an die junge

Frau – Gwynn – und ihren Bruder Duncan, als hätten sie eben noch vor ihr gestanden. Als wäre sie tatsächlich Zeuge der Unterhaltung gewesen, die die beiden geführt hatten.

Und das war noch nicht alles.

Mary erinnerte sich auch an die Gefühle der jungen Frau, die sie gespürt hatte, als wären es ihre eigenen: zunächst die vage Hoffnung, der Vater werde bald heimkehren, dann ihre Enttäuschung, ihre Trauer und schließlich, als sie ihren Bruder von Lüge und Verrat hatte sprechen hören, das Entsetzen und die dumpfe Ahnung von drohendem Unheil.

Seltsam ... Einen Traum wie diesen hatte Mary noch nie zuvor gehabt. Obwohl sie lebhaft träumte und sich oft daran erinnern konnte, hatte der Schlaf ihr noch niemals Bilder vorgegaukelt, die so wirklichkeitsnah gewesen waren. Sie hatte den rauen Wind spüren können, der um die Mauern der Burg gestrichen war, den erdigen Geruch der Highlands. Und noch immer hatte sie den Eindruck, Gwynneth und ihrem Bruder tatsächlich begegnet zu sein.

Mary lachte über ihre eigene Unvernunft – natürlich war das völlig unmöglich. Wie sollten Gestalten aus einem Traum wirklich sein? All das musste sie sich eingebildet haben. Was sie gesehen hatte, war ein Traumbild gewesen, dessen Eindringlichkeit sich sehr einfach erklären ließ: Noch am Tag zuvor hatte Mary in Sir Walters Geschichtsbuch von William Wallace und dem Freiheitskampf der Schotten gelesen. Und hatte sie nicht während der Kutschfahrt nach Ruthven das Kapitel über die Schlacht von Sterling durchgearbeitet? Hatte sie nicht gelesen, wie zahlreiche Clansherren den Tod gefunden hatten und dies zu Missstimmigkeiten im schottischen Adel geführt hatte? Dass nicht wenige geglaubt hatten, Wallace strebe selbst nach der Krone und wolle die Clans beherrschen?

Natürlich!

Obwohl Mary häufig Bücher las und sich gern in den Welten verlor, die die Dichter mit schönen Worten heraufbeschworen, war sie Vernunftmensch genug, um zu wissen, dass es für alles eine rationale Erklärung geben musste. In diesem Fall lag sie auf der Hand: Der rätselhafte Traum war das Ergebnis ihrer Beschäftigung mit der schottischen Geschichte gewesen. Dass er so überaus eindringlich gewesen war, führte Mary auf die Erlebnisse vom Vortag zurück, auf ihre Ankunft auf Burg Ruthven und den kühlen Empfang durch Eleonore.

Vielleicht, sagte sie sich, war sie am gestrigen Abend aber auch nur zu müde gewesen, um ihre neue Heimat zu würdigen. Ein neuer Tag war angebrochen, und vielleicht sah heute schon alles anders aus. Immerhin würde sie bald zum ersten Mal jenem Mann begegnen, an dessen Seite sie den Rest ihres Lebens verbringen sollte.

Der Gedanke erschreckte sie nicht mehr so, wie er es noch vor ein paar Tagen getan hatte. Als hätte sich etwas von der Majestät und Gelassenheit, die von diesem weiten Land und seinen Bewohnern ausging, auf sie übertragen, fühlte Mary plötzlich eine tiefe innere Ruhe. Sie schlug die Decke zurück, schwang sich aus dem Bett und ging auf nackten Füßen hinüber zum Fenster.

Der steinerne Boden war kalt, aber sie merkte es kaum; eine innere Wärme erfüllte sie, die noch von dem seltsamen Traum herrühren mochte. Das unerklärliche Gefühl, Teil eines großen Ganzen zu sein, erfüllte Mary für einen Augenblick mit tiefem inneren Frieden – so wie am Grenzpunkt von Carter Bar, als sie auf die Wiesen und Wälder der Lowlands geblickt hatte.

Das Gefühl schwand in dem Augenblick, als sie aus dem Fenster blickte und die grauen Mauern und Türme von Burg Ruthven sah, die den blauen Himmel und die karge Landschaft zerschnitten. Die Sonne war bereits aufgegangen, aber keiner ihrer Strahlen fiel in Marys Gemach; auch der Burghof sah aus wie am Tag zuvor, düster und dunkel, und nur wenige Diener und Mägde waren zu sehen. Fast hätte man glauben können, Leben und Licht machten einen Bogen um dieses alte Gemäuer, aber natürlich wusste Mary, dass das nur Einbildung war.

Ruthven war nur ganz anders, als sie es erwartet hatte, vor allem dann, wenn sie es mit Walter Scotts Landsitz Abbotsford verglich – keine steinerne Romanze, sondern ein gemauerter Grabgesang. Dort blühten Blumen, waren Licht und Freundlichkeit zu Hause, während all dies hier fremd zu sein schien.

Mary ertappte sich dabei, dass sie sich nach Abbotsford zurückwünschte, und sie schalt sich eine Närrin, da sie sich in naiven Wunschvorstellungen verlor. Auch das musste an dem sonderbaren Traum liegen, den sie gehabt hatte. Offenbar hatte er sie mehr in Verwirrung gestürzt, als sie sich selbst eingestehen wollte.

Energisch schob sie die Erinnerung daran beiseite und widmete sich wieder der Gegenwart. Nicht der Vergangenheit musste ihre Aufmerksamkeit gelten, sondern der Zukunft. Der Wirklichkeit, nicht den Träumen.

Wie hätte sie auch wissen sollen, dass sich mehr dahinter verbarg, als sie oder irgendjemand sonst auf Erden ahnen konnte?

Kitty half Mary dabei, sich anzukleiden und für das Frühstück zurechtzumachen. Von Egton her war Mary es nicht gewohnt, bereits zur ersten Mahlzeit des Tages in Damast zu erscheinen. Auf Ruthven hingegen schien es so üblich zu sein, und sie wollte zeigen, dass sie die Gepflogenheiten ihres neuen Zuhauses schätzte und respektierte.

Eleonore hatte angekündigt, dass Mary Punkt neun Uhr von einem der Diener abgeholt würde. Der Schlag der Standuhr war noch nicht verklungen, als es zaghaft an die Tür des Gemachs klopfte.

»Lady of Egton?«

»Ja?«, fragte Kitty durch die Tür.

»Die Herrin hat zum Frühstück gerufen.«

Auf ein Nicken Marys öffnete Kitty die Tür. Draußen stand ein Diener, der eine schwarze Livree mit silbernen Borten trug. Der Mann, der um die vierzig Jahre alt sein mochte, hatte schütteres Haar und eine krumme Nase. Vor allem aber fiel Mary auf, dass er seltsam gebückt ging, wie jemand, der fürchtete, dass jeden Augenblick ein schreckliches Unglück über ihn hereinbrechen könnte.

Demütig senkte er den Blick und beugte sich noch weiter hinab. »Lady of Egton«, wiederholte er die Einladung, »die Herrin hat zum Frühstück gerufen. Wenn Sie mir bitte folgen wollen.«

»Gern«, sagte Mary und lächelte. »Wie heißt du, mein Freund?«

»S... Samuel«, kam die Antwort verstohlen. »Aber mein Name tut nichts zur Sache, Mylady. Einzig meine Arbeit ist es, die Ihnen meine niedere Anwesenheit erträglich machen soll.«

Der Ton, in dem er das sagte, und der Blick der grauen Augen hatten etwas Mitleiderregendes. Kitty kicherte leise, und auch Mary konnte sich ein Schmunzeln nicht verkneifen. »Ich bin gern bereit, den Sitten und Gebräuchen zu folgen, die hier auf Burg Ruthven herrschen«, sagte sie, »aber ich kann mir nicht denken, dass es verboten sein soll, einen Diener bei seinem Namen zu rufen, mein lieber Samuel. Also ängstige dich nicht, sondern zeige mir lieber den Weg zum Frühstückssalon.«

»Wie Mylady wünschen«, sagte der Diener und verbeugte sich erneut, und von unten herauf sandte er Mary einen verstohlenen Blick. »Gott schütze Sie, Mylady.«

Damit wandte er sich um und verließ das Gemach. Mary folgte ihm, Kitty blieb zurück. Sie hatte ihr Frühstück bereits zu früher Stunde mit den anderen Zofen und Kammerdienern eingenommen.

Samuel führte Mary durch einen langen, aus Natursteinen gemauerten Gang. Da es nirgendwo Fenster gab, mussten auch am Tag Kerzen angezündet werden, die einen düster flackernden Schein verbreiteten.

»Wohin führt dieser Weg, Samuel?«, fragte Mary, als sie einen Gang kreuzten, in dem eine Treppe steil nach oben führte.

»In die Gemächer des Lairds«, erwiderte der Diener eingeschüchtert. Sein Blick verriet Misstrauen.

»Dann ist er von der Jagd zurückgekehrt?«, fragte Mary, die sich erinnerte, dass die Tür zu dem Gang am Vorabend verschlossen gewesen war.

»Ja, Mylady. Die Jagd war gut und erfolgreich. Der Laird hat endlich den Hirsch erlegt, den er schon so lange verfolgt hat.«

»Und diese Tür?«, fragte Mary, als sie eine weitere Kreuzung passierten.

Erneut blickte der Diener sie verunsichert an. »Mylady mögen mir meine Frage verzeihen, aber hat man Sie denn noch nicht herumgeführt?«

»Nein.« Mary schüttelte den Kopf. »Ich bin gestern erst angekommen.«

Samuel schien erleichtert. »Jene Tür«, sagte er dann, »führt zum Westturm. Aber es ist nicht gestattet, sie zu öffnen. Der Laird hat es verboten.«

»Weshalb?«, fragte Mary, während sie langsam weitergingen.

»Mylady sollten mir nicht solche Fragen stellen. Ich bin nur ein einfacher Diener und weiß nicht viel.«

Mary lächelte. »Jedenfalls weißt du sehr viel mehr als ich, Samuel. Ich bin fremd hier und für jede Auskunft dankbar.«

»Dennoch bitte ich Sie, Mylady, nicht mich zu fragen, sondern jemand anderen. Jemanden, der Ihr Vertrauen verdient.«

Es war offensichtlich, dass der Diener nicht sprechen wollte, und Mary wollte ihn auch nicht dazu zwingen. Sie schwieg während des restlichen Wegs, der über eine steinerne Wendeltreppe in die unteren Etagen führte, wo sich der Saal und die Speisezimmer der Burg befanden.

Der Raum, in dem das Frühstück eingenommen wurde, war länglich und besaß eine hohe, von schweren Balken getragene Decke, von der ein großer eiserner Kerzenleuchter hing. Durch das hohe Fenster an der Stirnseite fiel fahles Morgenlicht, und man konnte die Burgmauern und dahinter die mattgrünen Hügel der Highlands sehen, die sich noch ebenso in Nebel hüllten wie am Tag zuvor. Im Kamin loderte ein zaghaftes Feuer – doch die Eiseskälte, die Mary entgegenschlug, als sie den Raum betrat, konnte es nicht vertreiben.

An der langen Tafel, die die Mitte des Salons einnahm, saßen zwei Personen. Die eine von ihnen kannte Mary bereits: Es war Eleonore of Ruthven, die Herrin der Burg. Die andere Person war Malcolm, seines Zeichens Laird of Ruthven – und Marys zukünftiger Ehemann.

Mary wusste nicht, was sie sagen sollte, als sie den Mann, an dessen Seite sie ihr Leben verbringen sollte, zum ersten Mal sah.

Malcolm war in ihrem Alter; sein kurz geschnittenes Haar war pechschwarz und an den Schläfen trotz seiner Jugend bereits etwas zurückgewichen. Seine Haut war ebenso blass wie die seiner Mutter; überhaupt schien der Laird die asketische Erscheinung Eleonores geerbt zu haben: der gleiche schmallippige Mund, die gleichen hohen Wangen, die gleichen tief liegenden Augen. Selbst den forschenden, unnachgiebigen Blick hatten Mutter und Sohn gemeinsam – Mary begegnete er in doppelter Ausführung, als sie den Frühstückssalon betrat.

»Guten Morgen, mein Kind«, begrüßte Eleonore sie mit wohlwollendem Lächeln. »Wie du siehst, habe ich dir nicht zu viel versprochen. Dies ist Malcolm, der Laird of Ruthven und mein Sohn – dein zukünftiger Ehemann.«

Mary senkte das Haupt und beugte die Knie, wie die Etikette es verlangte.

»Was habe ich dir gesagt, mein Sohn?«, hörte sie Eleonore fragen. »Ist sie nicht all das, was ich dir versprochen habe? Eine vollendete junge Dame und eine einzigartige Schönheit?«

»Das ist sie in der Tat.« Malcolm erhob sich und kam auf Mary zu; er reichte ihr die Hand zur Begrüßung. Endlich konnten sie einander in die Augen schauen – und innerlich erschrak Mary darüber, dass es die Augen eines völlig Fremden waren, in die sie blickte.

Nicht, dass sie etwas anderes erwartet hätte, schließlich sah sie Malcolm of Ruthven heute zum ersten Mal. Aber ein geringer, hoffnungslos romantischer Teil von ihr (möglicherweise der, der Walter Scotts Bücher so sehr liebte) hatte gehofft, dass sie in Malcolm of Ruthvens Blick wenigstens einen Hauch von Vertrautheit erkennen würde, eine leise Ahnung der Zuneigung, die sie vielleicht eines Tages füreinander empfinden würden.

Aber da war nichts.

Was Mary in den stahlblauen Augen ihres zukünftigen Ehemannes sah, war vor allem Kälte – auch wenn er sich Mühe gab, diesen Eindruck mit Worten zu mildern.

»Ich muss sagen«, bemerkte Malcolm mit leisem Lächeln, »dass meine Mutter nicht übertrieben hat. Sie sind in der Tat eine Schönheit, Mary. Schöner, als ich es mir je zu erträumen wagte.«

»Sie sind sehr großzügig mit Ihrem Lob, verehrter Laird«, erwiderte Mary beschämt. »Natürlich war es meine bescheidene Hoffnung, dass ich in Ihren Augen Gefallen finden würde. Aber nun, da ich weiß, dass es so ist, verspüre ich große Erleichterung, denn ich fürchtete, Ihren Erwartungen nicht zu entsprechen.«

Malcolm lächelte dünn. »Dann sind wir schon zwei, die diese Befürchtung hatten«, sagte er. »Meine Mutter pflegt derart mit meinen Vorzügen zu prahlen, dass es bisweilen fast unmöglich wird, ihren Lobeshymnen gerecht zu werden.«

»Seien Sie versichert, dass Sie mich nicht enttäuschen, verehrter Laird«, sagte Mary höflich und erwiderte sein Lächeln – möglicherweise hatte der erste Eindruck, den sie von ihm gehabt hatte, sie doch getrogen.

»Bitte, nennen Sie mich bei meinem Namen. Zwischen Brautleuten sollten keine Formalitäten stehen. Ich heiße Malcolm. Und nun haben Sie bitte die Freundlichkeit, meiner Mutter und mir beim Frühstück Gesellschaft zu leisten.«

»Gern«, erwiderte Mary und nahm am anderen Ende der Tafel Platz, wo für sie gedeckt worden war. Eine Dienerin kam und servierte ihr schwarzen Tee, dazu Toast und Konfitüre.

Obwohl Mary einen wahren Bärenhunger hatte, der noch von der langen Fahrt herrührte, hütete sie sich, zu viel zu essen. Sie beschränkte sich darauf, ein winziges Häppchen Brot zu bestreichen und nur ein kleines Stück davon abzubeißen – viel lieber hätte sie mit Kitty bei den Zofen gefrühstückt, wo es Butter und Käse gegeben hatte.

Peinliches Schweigen kehrte ein, und Mary konnte sehen, dass Eleonore ihrem Sohn drängende Blicke zuwarf.

»Hatten Sie eine gute Reise?«, erkundigte sich Malcolm daraufhin hölzern.

»Bedauerlicherweise nicht«, erwiderte Mary. »Nahe Selkirk wurde meine Kutsche von Wegelagerern überfallen. Mein Kutscher kam dabei ums Leben, und um ein Haar hätten auch meine Zofe und ich den Tod gefunden.«

»Das ist unakzeptabel!« Malcolm of Ruthvens Faust krachte mit Wucht auf die Tischplatte. »Ich habe es endgültig satt, solche Geschichten zu hören. Noch heute werde ich einen Brief an die Regierung aufsetzen, in dem ich ein härteres Vorgehen gegen dieses Bauernpack fordern werde. Nicht auszudenken, wenn Ihnen etwas geschehen wäre, liebste Mary.«

»Seien Sie beruhigt, werter Malcolm, es ist mir nichts geschehen. Zu meinem Glück waren beherzte Männer zur Stelle, die meiner Zofe und mir das Leben retteten. Wie sich herausstellte, war einer meiner Retter kein Geringerer als Sir Walter Scott.«

»Walter Scott?« Malcolm hob die Brauen. »Sollte ich den Mann kennen? Offenbar ist er von Adel.«

»Das ist er, wenn auch nicht nach gewohnten Maßstäben«, versicherte Mary. »Sir Walter ist ein großer Schriftsteller, der die Vergangenheit unseres Landes in prachtvollen Romanen wieder auferstehen lässt. Selbst am Hof zu London werden seine Bücher gelesen, allerdings ist er viel zu bescheiden, um sich dort als Urheber seiner Werke zu offenbaren.«

»Bücher.« Malcolm machte ein Gesicht, als hätte er in eine Zitrone gebissen. »Ich muss gestehen, meine Liebe, dass ich damit nicht allzu viel anzufangen weiß. Bücher mögen gut sein für Gelehrte und solche, die zu alt oder zu träge sind, um selbst große Dinge zu erleben. Ich für meinen Teil ziehe den Ruhm eigener Taten den Hirngespinsten irgendeines Fantasten vor.«

Mary biss ein weiteres Häppchen von ihrem Brot ab und musste ganz langsam kauen, um sich nicht anmerken zu lassen, wie sehr die Worte sie verletzten. In einem einzigen Atemzug hatte Malcolm nicht nur Sir Walter und sein Werk beleidigt, sondern sie auch noch indirekt der Tatenlosigkeit und Trägheit bezichtigt – ein wenig viel, wenn man bedachte, dass sie einander eben erst kennen gelernt hatten.

Vielleicht hätte Mary darüber hinwegsehen können, dass der Laird of Ruthven kein Literaturliebhaber war, hätte er nicht darauf bestanden, ihr eine Reaktion zu entlocken. »Wie denken Sie darüber, meine Liebe?«, fragte er. »Meinen Sie nicht auch, dass es einem Mann von Ehre besser zu Gesicht steht, sich eigenen Ruhm zu erwerben, als den Abenteuern erfundener Helden nachzueifern?«

»Nicht alle von Sir Walters Helden sind erfunden«, erwiderte Mary darauf. »Einer seiner bekanntesten Romane ist beispielsweise Rob Roy gewidmet.«

»Dem Dieb und Gesetzlosen?«, fragte Eleonore entsetzt.

»Ein Dieb und Gesetzloser ist er stets nur in englischen Augen gewesen. Scott stellt ihn als Helden und Freiheitskämpfer dar, der sich dem Unrecht widersetzt, das ihm und seiner Familie angetan wird.«

»Dann wundert es mich nicht, dass Verbrechen und Gesetzlosigkeit in den Lowlands immer mehr zunehmen«, konterte Malcolm, »wenn Menschen wie dieser Scott frei herumlaufen und Banditen zu Helden erheben.«

»Sir Walter ist ein berühmter Künstler und ein großer Mann«, sagte Mary, wobei sie sich keine Mühe mehr gab, den Zorn in ihrer Stimme zu bändigen. »Er hat mir das Leben gerettet und mich und meine Zofe in sein Haus aufgenommen. Ich stehe tief in seiner Schuld und werde nicht dulden, dass seine Ehre in meiner Gegenwart infrage gestellt wird.«

»Langsam, mein Kind«, beschied Eleonore ihr kühl. »Du vergreifst dich im Ton.«

»Lass nur, Mutter.« Malcolm lächelte. »Ganz offenbar ist meine zukünftige Ehefrau nicht nur äußerst schön und charmant, sondern hat auch das Herz eines Kämpfers. Das gefällt mir. Wollen Sie mir meine leichtfertigen Bemerkungen verzeihen, werte Mary?«

Mary zögerte nur einen Augenblick. »Natürlich«, sagte sie darauf. »Und ich bitte mir zu vergeben, dass ich meine Stimme erhoben habe.«

»Es ist vergeben«, versicherte Malcolm und wechselte das Thema. »Nach dem Frühstück werde ich Sie herumführen und Ihnen den Besitz der Familie Ruthven zeigen. Sie werden beeindruckt sein.«

»Davon bin ich überzeugt.«

»Die Familie derer von Ruthven blickt auf eine jahrhundertealte Tradition zurück, mein Kind«, erklärte Eleonore mit einem Unterton, der Mary nicht gefallen wollte. »Diese Traditionen zu wahren und den Besitz und die Stellung unserer Familie zu pflegen, ist das oberste Anliegen meines Sohnes.«

»Natürlich, Mutter«, sagte Malcolm. »Aber langweile meine zukünftige Frau bitte nicht mit trockenen Fakten. Ich werde ihr lieber berichten, welche wunderbaren Fortschritte wir in den vergangenen Jahren auf unserem Land erzielt haben. Wo mein Vater, der in Frieden ruhen möge, noch Land an Bauern verpachtete, deren Zehnter kaum ausreichte, um die Kosten zu decken, werden heute hohe Gewinne erwirtschaftet.«

»Auf welche Weise?«, wollte Mary wissen.

»Schafzucht«, sagte Malcolm nur.

»Sie sind in der Schafzucht tätig?«

»Aber nein, Kind, nicht wir«, sagte Eleonore in einem Ton, als wäre die Frage an Absurdität nicht zu überbieten. »Wir stellen unsere Ländereien Schafzüchtern aus dem Süden zur Verfügung, die gut dafür bezahlen, ihr Vieh darauf weiden zu lassen.«

»Ich verstehe«, erwiderte Mary nachdenklich. »Verzeihen Sie meine Fragen, die Ihnen sicher naiv erscheinen müssen ... Aber was ist mit den Bauern geschehen, die dieses Land noch zur Zeit Ihres Vaters bewirtschaftet haben?«

»Sie sind umgesiedelt«, sagte Malcolm schulterzuckend. »An die Küste.«

»Sie haben das Land freiwillig verlassen?«

»Das nun gerade nicht.« Der Laird lachte. »Die wenigsten von ihnen waren so einsichtig, freiwillig zu gehen. Nicht wenige mussten mit Gewalt dazu bewogen werden, und einigen besonders Starrsinnigen wurden zuerst die Häuser über den Köpfen angezündet, ehe auch sie zu der Einsicht gelangten, dass mein Entschluss unverrückbar feststand.«

Mary sah ihren Bräutigam fragend an. »Sie haben diese Menschen aus ihrer Heimat vertrieben? Halten Sie das für gerecht?«

»Es ist der Fortschritt, mein Kind. Der Fortschritt ist selten gerecht. Jedenfalls nicht zu Bettlern und Bauern, nicht wahr?«

Erneut lachte er, und Mary konnte nicht anders, als sein Lachen als höhnisch und falsch zu empfinden. Mit Bitterkeit erinnerte sie sich an das, was ihr der alte Schotte im *Jedburgh Inn* über die Umsiedlungen erzählt hatte, und mit einem Mal kam es ihr so vor, als machte sich Malcolm über ihn lustig.

»Verzeihen Sie, werter Laird«, versetzte sie deshalb kühl, »aber ich fürchte, Sie haben keine Ahnung, wovon Sie sprechen.«

Das selbstgefällige Gelächter Malcolm of Ruthvens verstummte, und der Blick, mit dem er wie auch seine Mutter Mary bedachten, war ebenso prüfend wie vorwurfsvoll. »Was wollen Sie damit sagen, werte Mary?«

»Ich will damit sagen, dass Sie nicht wissen, wie es ist, aus seiner Heimat vertrieben und dazu gezwungen zu werden, in der Fremde einen neuen Anfang zu wagen. Sie wissen nicht, welchen Mutes es dazu bedarf, und Sie haben nicht die geringste Ahnung, in welche Nöte Sie diese armen Menschen gestürzt haben.«

Eleonores Gesichtsfarbe änderte sich auffällig; die Zornesröte schoss der Burgherrin ins Gesicht und färbte ihren blassen Teint rosa. Sie holte tief Luft, um Mary brüsk zurechtzuweisen, aber ihr Sohn hielt sie zurück.

»Wenn du erlaubst, liebe Mutter«, sagte er, »würde ich gern darauf antworten und es Mary erklären.«

»Es gibt eine Erklärung, die solches Unrecht rechtfertigen kann?« Mary hob die Brauen. »Ich muss gestehen, dass ich neugierig bin.«

Malcolm lachte wieder, aber es klang nicht mehr ganz so selbstgefällig und überlegen wie noch zuvor. »Sie hören sich an, liebe Mary, als hätten Sie die letzten Wochen in Gesellschaft aufrührerischer Schotten verbracht. Die Universitäten in Edinburgh und Glasgow sind voll von jungen Eiferern, die gegen die *Clearances* wettern und den Geist alter Zeiten heraufbeschwören wollen, in denen sie frei waren und das Land, auf dem sie lebten, noch ihnen selbst gehörte.«

»Und?«, fragte Mary nur.

»Die Wahrheit, meine Teure, ist, dass das Land diesen Leuten niemals wirklich gehört hat. Wir, die Clansherren, sind es, die seit Jahrhunderten die Macht in den Händen halten. Uns gehört das Land, auf dem diese Menschen leben. In all dieser Zeit haben wir sie geduldet, obwohl es ihnen niemals gelungen ist, den Staub der Armut von sich abzuschütteln und dem kargen Boden Wohlstand abzugewinnen. In den heutigen, fortschrittlichen Zeiten ändert sich all das. Die Menschen verlassen ihre Lehmhütten in den Highlands und siedeln an die Küste um, denn dort gibt es Arbeit und Wohlstand. Im Fischfang werden viele tüchtige Männer benötigt, und die Webereien brauchen die Arbeitskraft hunderter Frauen. Dafür wird ein gerechter Lohn bezahlt, und der Fortschritt ist nicht mehr länger nur einigen wenigen vorbehalten. Wie Sie und ich werden diese Leute niemals sein, werte Mary. Sie sind nichts, und sie haben nichts, und ihr Name ist wie Rauch im Wind. Aber dank der Maßnahmen, welche die Regierung in Zusammenarbeit mit den Lairds und Herzogen ergriffen hat, wird Wohlstand nun für alle möglich. Wussten Sie, dass die meisten der Bälger, die auf den entlegenen Gehöften heranwachsen, weder lesen noch schreiben können? Dass die nächste medizinische Versorgung oft mehr als eine Tagesreise entfernt ist und viele Menschen deshalb sterben müssen? All das wird sich ändern, Mary, dem Fortschritt sei Dank.«

Seine Worte verklangen, und Mary saß schweigend am Tisch. Sie wusste nicht, was sie erwidern sollte, und schämte sich dafür, dass sie so rasch und unüberlegt geurteilt hatte. Möglicherweise hatte das, was sie in Jedburgh erlebt hatte, ihr Urteilsvermögen getrübt, und auch ihre eigene Lage mochte durchaus dazu beigetragen haben, dass ihr das Schicksal der heimatvertriebenen Highlander näher ging, als es eigentlich sollte.

Vielleicht hatte Malcolm ja Recht; vielleicht war es für die Menschen im Hochland tatsächlich besser, wenn sie an der Küste siedelten. Es war wie bei Kindern, die noch nicht wissen konnten, was gut für sie war, und deren Eltern für sie entscheiden mussten. Als Herr des Landes, das sie bestellten, hatte Malcolm für diese Leute entschieden. Sicher hatte er sich seine Entscheidung nicht leicht gemacht, und Mary schämte sich jetzt ein wenig dafür, dass sie ihn der Gewinnsucht verdächtigt hatte.

»Ich bitte Sie«, sagte sie und senkte dabei demütig ihr Haupt, »mir meine vorlauten und unbedachten Worte zu entschuldigen. Ich fürchte, ich muss noch viel lernen, was meine neue Heimat betrifft.«

»Und ich werde Ihnen gern dabei behilflich sein«, erwiderte Malcolm lächelnd. »Folgen Sie mir, Mary. Ich will Ihnen alles zeigen, was zu meinem Besitz gehört ...«

2.

Noch keine konkreten Ergebnisse?«

Walter Scotts Stimme überschlug sich fast. Die Hände auf dem Rücken verschränkt, wanderte er in seinem Arbeitszimmer auf und ab. Der Vergleich mit einem wilden Tier, das man in seinen Käfig gesperrt hatte, drängte sich Quentin auf.

»Seit einer geschlagenen Woche verfolgen Sie diese Mordbrenner nun schon, Inspector, und alles, was Sie mir zu sagen haben, ist, dass es noch keine konkreten Ergebnisse gibt?«

Charles Dellard stand in der Mitte des Raumes. Seine Uniform saß wie immer korrekt, die schwarzen Reitstiefel glänzten. Die kantigen Züge des Inspectors jedoch hatten ein wenig von ihrer Sicherheit verloren.

»Ich bitte um Verzeihung, Sir«, sagte er leise. »Die Ermittlungen machen leider nicht die erhofften Fortschritte.«

»Nein?« Mit vorgerecktem Kinn trat Scott auf seinen Gast zu, sodass Quentin schon fürchtete, sein Onkel könne handgreiflich werden. »Ich dachte, Sie wären kurz davor gewesen, die Leute zu schnappen, die hinter den Anschlägen steckten?«

»Möglicherweise«, gestand Dellard zähneknirschend, »war das ein Irrtum.«

»Ein Irrtum!« Scott schnaubte wie ein wilder Stier. Selten zuvor hatte Quentin seinen Onkel so aufgebracht erlebt. »Dieser Irrtum, werter Inspector, hat meine Familie und mein ganzes Haus in helle Aufregung gestürzt. Wir alle hatten schreckliche Angst in jener Nacht. Und hätte dieser junge Mann dort« – Scott deutete auf Quentin – »nicht so mutig und beherzt eingegriffen, wäre vielleicht noch Schlimmeres geschehen.«

»Ich weiß, Sir, und ich bitte Sie, meine Entschuldigung dafür anzunehmen.«

»Ihre Entschuldigung in allen Ehren, aber sie lässt die Gefahr nicht geringer werden, Inspector. Ich verlange, dass Sie Ihre Arbeit machen und diese Banditen fassen, die mich in meinem Heim angegriffen und bedroht haben.«

»Nichts anderes versuche ich, Sir. Leider haben sich die Spuren verloren, die meine Männer und ich verfolgt haben. So etwas kommt vor.«

»Vielleicht ja deshalb, weil Sie die falschen Spuren verfolgt haben«, versetzte Sir Walter bitter. »Mehrmals habe ich Sie auf die Indizien hingewiesen, auf die mein Neffe und ich gestoßen sind, aber Sie haben jede Hilfe ausgeschlagen. Dort draußen« – er deutete durch das große Fenster, das den Blick zur anderen Flussseite eröffnete – »ist der unwiderlegbare Beweis dafür in den Boden gebrannt, dass wir mit unseren Vermutungen richtig gelegen haben, die ganze Zeit über. Die Anschläge der letzten Wochen und das Runenzeichen stehen in einem Zusammenhang, Dellard, ob es Ihnen nun gefällt oder nicht.«

Der Inspector nickte bedächtig, schritt dann zum Fenster und blickte hinaus. Obwohl seit dem Überfall fast eine Woche vergangen war, konnte man noch immer die Stelle sehen, wo das Zeichen im Gras der Uferböschung gebrannt hatte. Eine Sichel wie die des Mondes, durchkreuzt von einem senkrechten Strich.

Scott trat neben ihn, er konnte vor Wut und Enttäuschung kaum an sich halten. »Meine Gattin ist seit jener Nacht völlig außer sich, Dellard. Albträume verfolgen sie, in denen vermummte Reiter mit schwarzen Umhängen auftauchen, die ihr nach dem Leben trachten. Das muss aufhören, verstehen Sie?«

»Was erwarten Sie von mir? Ich bin kein Arzt. Gegen die Albträume Ihrer Gattin vermag ich nichts zu unternehmen.«

»Nein, aber Sie können die Ursache dafür beseitigen. Sie haben mir geraten, in Abbotsford zu bleiben, und ich habe mich an Ihren Ratschlag gehalten, Dellard. Doch damit ist alles nur noch schlimmer geworden, denn ich habe meine Feinde erst recht angelockt. Dieses feige Mordgesindel hat mich hier, in meinen eigenen Mauern, heimgesucht, und es ist niemand da gewesen, um die Meinen zu beschützen.«

»Ich weiß, Sir, und es tut mir Leid. Ich hatte ...«

»Ich hatte Sie gebeten, einige Ihrer Männer zum Schutz von Abbotsford abzustellen, aber auch das haben Sie abgelehnt. Sie waren so von sich und Ihrer armseligen Theorie überzeugt, dass Sie alles andere darüber aus den Augen verloren haben. Um ein Haar wäre es zu einer Katastrophe gekommen.«

Dellard straffte sich, seine Züge wurden noch härter. Stoisch wie eine Statue ließ er Sir Walters Vorhaltungen über sich ergehen, ohne dass sie Wirkung zeigten.

»Sir«, sagte er schließlich, »es ist Ihr gutes Recht, wütend auf mich zu sein. An Ihrer Stelle wäre ich es vielleicht auch, und ich kann Ihnen nicht verdenken, wenn Sie einen weiteren Brief nach London schicken werden, um sich über mich und die Art meiner Amtsführung zu beschweren. Ich zweifle nicht daran, dass man Ihren Worten Glauben schenken und Ihnen in Anbetracht Ihrer Stellung als Vorsitzender des Obersten Gerichts und Ihrer Bekanntheit bei Hofe Recht geben wird. Daher werde ich den Entwicklungen vorgreifen und selbst von meinem Amt als ermittelnder Inspector zurücktreten. Ab sofort ist wieder Sheriff Slocombe für die Belange im Bezirk zuständig.«

»Verdammt, was für eine Sorte Mann sind Sie, Dellard? Ist das Ihr Verständnis von Ehre? Einfach zu gehen, wenn die Dinge schwierig werden?«

»Nun, Sir, ich hatte angenommen, dass Sie auf meiner Entlassung bestehen würden, und hielt es als ein Zeichen von Ehre ...«

»Ihre Ehre in allen Ehren, Dellard«, rief Sir Walter aus, »aber ich hätte nichts dagegen, wenn Sie zur Abwechslung einmal Ihren Verstand gebrauchten! Sie haben Fehler gemacht, keine Frage, aber ich halte Sie nach wie vor für einen fähigen Ermittler, wenn ich Ihre Methoden auch längst nicht gutheißen kann. Ich will nicht, dass Sie gehen, sondern ich verlange, dass Sie die Ermittlungen weiter führen. Ich will, dass Sie die Leute schnappen, die hinter diesen feigen Anschlägen stecken, und sie vor Gericht stellen. Dann wird meine Frau wieder ihren gerechten Schlaf finden, und wir alle werden aufatmen. Aber ich erwarte, dass Sie in Zukunft sämtliche Hinweise in Ihre Ermittlungen mit einbeziehen – auch dieses rätselhafte Zeichen dort draußen.«

Dellard wandte sich um und blickte wieder hinaus. »Ich wollte es nicht glauben«, sagte er leise. »Ich habe nicht wahrhaben wollen, dass der Brand in der Bibliothek und die Schwertrune etwas miteinander zu tun haben sollten.«

»Weshalb nicht?«, fragte Sir Walter, ehe sich ihm noch eine andere Frage aufdrängte. »Und woher kennen Sie überhaupt die Bedeutung dieses Zeichens? Wenn ich mich recht entsinne, habe ich sie Ihnen gegenüber nie erwähnt ...«

»Woher ich ...?« Dellard errötete. Ihm schien bewusst zu werden, dass er einen Fehler gemacht hatte. »Nun ... es ist eine allgemein bekannte Tatsache, oder nicht?«, hielt er dagegen.

»Eigentlich nicht.« Sir Walter schüttelte den Kopf. »Diese Rune ist Jahrhunderte, vielleicht sogar Jahrtausende alt, Inspector. Außer Quentin und mir gab es bislang nur eine weitere Person in Kelso, die ihre Bedeutung kannte.«

»Und von dieser Person habe ich davon erfahren«, sagte Dellard schnell. »Sie sprechen von Abt Andrew, nicht wahr? Ja, die Mönche scheinen manches alte Geheimnis zu hüten, jedenfalls hatte ich diesen Eindruck.«

»Dann haben Sie sich also bereits über die Rune informiert?«

»Wieso sollte ich? Schließlich hatte ich nicht den Eindruck, dass es einen Zusammenhang zwischen ihr und diesem Fall geben könnte.«

»Aber Sie haben mit dem Abt darüber gesprochen.«

»Das habe ich allerdings. Wie über viele andere Dinge auch. Muss ich Ihnen jetzt auch noch Rechenschaft darüber ablegen, mit wem ich worüber spreche?«

»Nein, Inspector, aber ich verlange Ehrlichkeit. Weshalb haben Sie Abt Andrew über die Rune befragt? Und was hat er Ihnen darüber gesagt?«

»Dass es ein sehr altes Zeichen sei, das vor vielen hundert

Jahren möglicherweise von einer heidnischen Sekte verwendet wurde.«

»Einer Sekte?« Sir Walter blickte Dellard forschend an. »Das sagte er?«

»So oder ähnlich, an die genauen Worte kann ich mich nicht erinnern. Ich hatte ja ohnehin nicht den Eindruck, dass diese Dinge für meine Ermittlungen wichtig sind.«

»Nun, Inspector«, sagte Sir Walter, jedes einzelne Wort betonend, »inzwischen sollte Ihnen klar geworden sein, dass Sie sich in diesem Punkt geirrt haben. Die Rune, ob es Ihnen nun gefällt oder nicht, steht mit den Ereignissen in Kelso und mit dem Überfall auf mein Haus in direktem Zusammenhang. Also sollten Sie anfangen, Ihre Ermittlungen auch in diese Richtung auszuweiten.«

»Das werde ich, Sir, aber ich denke nicht, dass uns das weiterbringen wird. Selbst wenn wir davon ausgehen, dass es sich bei den Übeltätern um irgendwelche Sektierer handelt, wissen wir so gut wie nichts über sie. Sie hinterlassen keine Spuren, und ihre Fährten verlieren sich im nächtlichen Wald. Fast könnte man annehmen, es mit leibhaftigen Gespenstern zu tun zu haben.«

Scott merkte, wie Quentin zusammenzuckte. Er selbst zuckte nicht einmal mit der Wimper. »Gespenster«, sagte er gelassen, »pflegen nicht zu Pferd auszureiten, mein werter Inspector. Und nach allem, was man hört, sollen sie auch gegen Bleikugeln äußerst unempfindlich sein. Der Mann, den mein Neffe in jener Nacht in Notwehr erschossen hat, war kein Gespenst, sondern ein Wesen aus Fleisch und Blut.«

»Über dessen Identität allerdings nichts herauszubekommen ist. Die Befragungen im Umland sind alle ergebnislos verlaufen«, konterte Dellard. »Niemand scheint diesen Mann zu kennen. Als wäre er ein Phantom aus einer anderen Welt, das zu uns gekommen ist.«

»Oder als käme er schlicht aus einer anderen Gegend«, erwiderte Sir Walter, der den erschrockenen Ausdruck in Quentins Gesicht bemerkte. »Ich wäre Ihnen dankbar, Inspector, wenn Sie Ihre Ermittlungen auf das Hier und Jetzt beschränken würden. Mir scheint, als hätten Sie damit genug zu tun. Man braucht keine übersinnlichen Erklärungen, um diesen Dingen auf den Grund zu gehen.«

»So? Meinen Sie?« Dellard trat einen Schritt vor und sprach in heiserem Flüsterton. »Noch vor wenigen Tagen hätte ich das Gleiche gesagt. Aber je mehr ich über diesen seltsamen Fall herausfinde, desto mehr habe ich den Eindruck, dass es hier nicht mit rechten Dingen zugeht.«

»Wie meinen Sie das, Inspector?«, fragte Quentin, der nicht mehr an sich halten konnte.

»Nun – geheimnisvolle Runenzeichen, die in der Nacht leuchten; heidnische Geheimbünde, die uralte Rituale zelebrieren; maskierte Reiter, deren Spuren sich im Nirgendwo verlieren und die nicht verfolgt werden können. Ich weiß nicht, wie es Ihnen geht, Master Quentin, aber ich finde das alles sehr befremdlich.«

Sir Walter zeigte keine Regung. Stattdessen blickte er den Inspector prüfend an, um herauszufinden, was hinter den blassen, strengen Zügen des Engländers vor sich ging. »Was wissen Sie noch?«, fragte er gelassen. »Was hat Abt Andrew Ihnen noch erzählt?«

»Was meinen Sie?«

»Ich fühle, dass Sie uns etwas verheimlichen, Inspector. Dass Sie uns nicht die ganze Wahrheit sagen. Schon seit geraumer Zeit habe ich den Eindruck, dass Sie mehr wissen, als Sie uns gegenüber zugeben wollen, und ich möchte Sie bitten, der Geheimniskrämerei ein Ende zu machen. Nach allem, was geschehen ist, haben mein Neffe und ich ein Anrecht auf die Wahrheit.«

Quentin nickte zustimmend, obwohl er sich nicht ganz sicher war, ob er die Wahrheit tatsächlich hören wollte. Möglicherweise blieben manche Dinge besser unentdeckt, manche Wahrheiten besser unausgesprochen.

Charles Dellard antwortete nicht sofort. Für einen Augenblick, der Quentin wie eine Ewigkeit vorkam, hielt er dem forschenden Blick Sir Walters stand.

»Ich bedauere, Sir«, sagte er dann, »wenn ich durch Fehler, die mir in der Vergangenheit unterlaufen sind, Ihr Vertrauen verloren habe. Wenn es Ihr Wunsch ist, werde ich weiter an dem Fall arbeiten und alles daransetzen, das verlorene Vertrauen zurückzugewinnen. Aber das ist der einzige Teil, den ich zu leisten vermag. Sie, Sir, müssen lernen, wieder Vertrauen aufzubringen, andernfalls werden Misstrauen und Argwohn Sie langsam zerfressen. Natürlich kann ich Sie nicht dazu zwingen, und es steht Ihnen frei, sich weiter Ihre Gedanken zu diesem Fall und den damit verbundenen Geschehnissen zu machen. Aber ich muss Sie warnen. Wenn Sie sich nur noch mit diesen Dingen beschäftigen, werden Sie alles verlieren.«

»Ist das etwa eine Drohung?«, fragte Sir Walter.

»Natürlich nicht, Sir. Nur eine einfache Folgerung. Wenn Sie sich nicht von diesen Dingen lösen, werden Sie schon bald an nichts anderes mehr denken können. Ihre Arbeit wird darunter leiden und Ihre Familie. Der Gedanke, verfolgt zu sein, wird Sie den Tag über nicht mehr loslassen und Sie selbst nachts in Ihren Träumen heimsuchen. Er wird das Erste sein, was Ihnen am Morgen in den Sinn kommt, wenn Sie aus unruhigem Schlaf erwachen, und das Letzte, ehe Sie einschlafen. Glauben Sie mir, Sir, ich weiß, wovon ich spreche.«

Der Blick, den der Inspector Sir Walter sandte, war unmöglich zu deuten. Aber zum ersten Mal hatte Quentin das Gefühl, dass sein Onkel nicht der Einzige im Raum war, der eine schwere Last mit sich herumschleppte.

»Machen Sie sich davon los, Sir«, sagte Dellard leise, fast beschwörend. »Ich kann Sie nicht dazu zwingen, mir noch einmal zu vertrauen, aber im Interesse Ihrer Familie und all jener, die Ihnen am Herzen liegen, sollten Sie es tun. Das ist mein gut gemeinter Rat an Sie. Und jetzt entschuldigen Sie mich, meine Herren. Ich habe zu tun.«

In militärischer Höflichkeit schlug Dellard die Hacken seiner Reiterstiefel zusammen und deutete eine Verbeugung an, dann machte er kehrt und verließ den Raum. Einer der Diener, die draußen gewartet hatten, führte ihn hinaus.

Eine Weile lang herrschte Schweigen im Arbeitszimmer. Quentin, auf den die Worte des Inspectors einen tiefen Eindruck gemacht hatten, beschlich das Gefühl, etwas sagen zu müssen, aber ihm fiel nichts Passendes ein. Er war erleichtert, als sein Onkel schließlich das Schweigen brach.

»Ein seltsamer Mann, dieser Inspector«, murmelte Sir Walter nachdenklich. »So sehr ich mich auch darum bemühe, ich werde nicht recht schlau aus ihm.«

»Er ist Engländer«, meinte Quentin ein wenig unbeholfen, als erklärte das alles.

»Das ist er.« Sir Walter musste lächeln. »Und das mag einige seiner Eigenheiten erklären, aber längst nicht alle. Jedes Mal, wenn wir ihn treffen, überrascht er mich von neuem.«

»Inwiefern, Onkel?«

»Nun, zum Beispiel, indem er hat durchblicken lassen, dass

er kein unbeschriebenes Blatt ist. Auch Dellard scheint von Dämonen gejagt zu werden, was manches erklären mag.«

»Dämonen?«, fragte Quentin erschrocken.

»Im übertragenen Sinn, mein Junge. Nur im übertragenen Sinn. Seine Warnung an mich war ehrlich gemeint. Jedenfalls nehme ich das an.«

»Dann willst du seinem Ratschlag folgen?«

»Das habe ich nicht gesagt, lieber Neffe.«

»Aber glaubst du denn nicht, dass Dellard Recht hat?«

»Und ob ich das glaube, mein Junge. Ich glaube es, weil ich es an jedem einzelnen Tag erlebe. Es stimmt: Jonathans Tod und die darauf folgenden Ereignisse beschäftigen mich bis hinein in meine Träume. Und am Morgen sind sie das Erste, woran ich denke.«

»Wäre es dann nicht besser, die Sache zu vergessen?«

»Das kann ich nicht, Quentin. Möglicherweise wäre ich noch vor ein paar Tagen dazu bereit gewesen, aber jetzt nicht mehr. Nicht, nachdem diese Leute mein Anwesen überfallen haben. Damit haben sie eine Grenze überschritten, die sie nicht hätten überschreiten sollen.«

»Dann ... dann werden wir die Sache also nicht dem Inspector überlassen?«

»Im Gegenteil. Dellard mag tun, was er für richtig hält, aber auch wir werden weitere Nachforschungen anstellen.«

»Wo, Onkel?«

»Dort, wo wir bereits zweimal Informationen verlangt haben und man sie uns vorenthalten hat – im Kloster zu Kelso. Dem Inspector gegenüber scheint Vater Andrew ein wenig gesprächiger gewesen zu sein, als es bei uns der Fall gewesen ist. Ich bin nach wie vor überzeugt davon, dass er weiß, was es mit dem Runenzeichen auf sich hat. Dellard hat von einer heidnischen

Sekte gesprochen – möglicherweise ist es das, was hinter allem steckt. Ich brauche Gewissheit.«

»Ich verstehe, Onkel.« Quentin nickte zögernd, und für einen winzigen Augenblick überkam Sir Walters Neffen ein schrecklicher Gedanke.

Was, wenn es bereits begonnen hatte? Wenn sich Dellards Worte bereits bewahrheiteten? Wenn Misstrauen und Argwohn bereits dabei waren, Sir Walters Innerstes zu zerfressen? Wenn der Verfolgungswahn ihn gepackt hatte? Immerhin war der Herr von Abbotsford nahe daran, sich auf die Jagd nach einer ominösen Sekte zu machen. War das normal für einen Mann, dessen Leidenschaft die Wissenschaft und dessen ganzer Stolz seine Vernunftmäßigkeit war?

Quentin schob den Gedanken sogleich wieder beiseite. Natürlich, Jonathans Tod hatte seinen Onkel schwer erschüttert, aber das bedeutete nicht, dass er nicht wusste, was er tat. Schon einen Augenblick später schämte sich Quentin für seine Gedanken und hatte das Gefühl, etwas wieder gutmachen zu müssen.

»Wie kann ich dir helfen, Onkel?«, fragte er deshalb.

»Indem du für mich nach Kelso gehst, Neffe.«

»Nach Kelso?«

Sir Walter nickte. »Ich werde Abt Andrew einen Brief schreiben, in dem ich ihn bitten werde, dich in den Büchern recherchieren zu lassen, die aus der Bibliothek geborgen werden konnten. Ich werde ihm mitteilen, dass du Jonathans Nachfolge angetreten hast und für mich Fakten für einen neuen Roman zusammentragen sollst.«

»Du willst einen neuen Roman schreiben, Onkel? Ist der alte denn schon fertig?«

»Keineswegs, und es ist auch nur ein Vorwand. Eine List, zu

der wir greifen müssen, weil uns die Wahrheit, so fürchte ich, vorenthalten wird. In Wirklichkeit wirst du die Gelegenheit nutzen, um Abt Andrews Bücherei nach anderen Hinweisen zu durchforsten, mein Junge – nach Hinweisen auf die Schwertrune und die rätselhafte Sekte, von der Dellard gesprochen hat.«

Quentins Mund blieb vor Staunen weit offen stehen. »Ich soll spionieren, Onkel? In einem Kloster?«

»Nur die Vorteile ein wenig ausgleichen«, drückte Sir Walter es diplomatischer aus. »Abt Andrew und Inspector Dellard spielen nicht mit offenen Karten, und sie sollten nicht erwarten, dass wir das einfach hinnehmen. Offensichtlich hüten sie ein Geheimnis, und nach allem, was vorgefallen ist, denke ich, dass sie ihr Wissen mit uns teilen sollten. Schließlich ist nicht ihr Leben bedroht, sondern unseres, und es geht nicht um ihr Haus und Heim, sondern um meins. Was immer notwendig sein wird, um es zu schützen, das werde ich tun. Wirst du mir dabei helfen?«

Quentin brauchte nicht zu überlegen – auch wenn der Gedanke, sich als Spion bei der Bruderschaft von Kelso zu betätigen, ihn nicht gerade begeisterte. »Natürlich, Onkel«, versicherte er. »Du kannst dich auf mich verlassen.«

»Sehr gut, mein Junge.« Sir Walter lächelte. »Abt Andrew und Dellard sollten wissen, dass sich die Wahrheit niemals lange verbergen lässt. Früher oder später wird sie ans Licht kommen.«

3.

Mit leisem Schmatzen lösten sich die Hufe der Pferde aus dem Morast, der die schmale Straße überzog. Die Räder der Kutsche wälzten sich langsam über den zähen Grund.

Es hatte zu regnen begonnen, aber Malcolm of Ruthven war trotzdem nicht davon abzuhalten gewesen, mit seiner Braut hinauszufahren und ihr seine Ländereien und seinen Besitz zu zeigen, der sich unter drückend grauen Wolken erstreckte.

Durch den milchigen Regenschleier konnte Mary of Egton blassgrüne Hügel sehen, zwischen denen sich die Straße hinzog. Schafe weideten auf den Wiesen; vor dem rauen Wetter hatten sie sich in die Senken geflüchtet und drängten sich dicht aneinander.

Während der Fahrt wurde kaum gesprochen; Mary starrte aus dem Seitenfenster der Kutsche und tat so, als bewunderte sie die weite Landschaft. In Wirklichkeit war es so, dass sie einem Gespräch mit Malcolm aus dem Weg gehen wollte.

Ihre erste Begegnung im Frühstückssalon war alles andere als harmonisch verlaufen. So sehr sich Mary vorgenommen hatte, ihrem Bräutigam unvoreingenommen gegenüberzutreten und diesen neuen Lebensabschnitt zuversichtlich zu beginnen, hatte sie nicht an sich halten können, als Dinge, an die sie unumstößlich glaubte, leichtfertig infrage gestellt worden waren. Ihr Interesse für Geschichte und Literatur, ihre Sympathie für die einfachen und ehrlichen Dinge, ihr ausgeprägter Sinn für Gerechtigkeit – all das war auf Burg Ruthven offenbar unerwünscht. Weder ihr zukünftiger Ehemann noch seine Mutter schienen die Eigenschaften, die Mary am meisten mit Stolz erfüllten, besonders zu schätzen. Was sie wollten, war keine eigenständige, unabhängige Persönlichkeit, sondern ein willenloses, blutleeres Wesen, das der Etikette gehorchte und das man an der Leine führen konnte wie eines der Schafe, die dort draußen weideten.

So sehr Mary bedauerte, was vorgefallen war – es tat ihr nicht Leid, dass sie widersprochen hatte. Eigentlich hatte sie sich nach dem Frühstück auf ihr Zimmer zurückziehen wollen, um ein wenig mit sich allein zu sein, aber Eleonore hatte darauf bestanden, dass sie Malcolm auf seiner Inspektion begleitete. Offenbar dachte man, dass Mary ihrem zukünftigen Ehemann geneigter sein würde, wenn sie erst sah, wie groß seine Besitztümer waren.

In Marys Augen kam dies einer Beleidigung gleich.

Es mochte Töchter von Adel geben, die so dachten und für die das einzige Lebensglück darin bestand, einen reichen Laird zu heiraten, der ihnen jeden materiellen Wunsch von den Augen ablas.

Mary aber war anders, und so sehr sie sich bemüht hatte, dies vor sich selbst zu leugnen, es gelang ihr nicht mehr. Insgeheim hatte sie gehofft, dass Malcolm of Ruthven der Mann ihrer Träume wäre, ein gleichwertiger Partner, der sie respektvoll behandelte, der ihre Wünsche und Sehnsüchte teilte und mit dem sie sich über die Dinge unterhalten konnte, die sie gefangen nahmen.

Die Wahrheit sah anders aus, war bitter und rau wie das Wetter in diesem Landstrich: Malcolm of Ruthven war ein kaltherziger Aristokrat, dem sein Stand und sein Besitz über alles zu gehen schienen. Was seine zukünftige Frau interessierte, war ihm vollkommen gleichgültig.

»Nun, meine Liebe«, erkundigte er sich in vollendeter, aber distanzierter Höflichkeit, »wie steht es? Finden meine Ländereien Ihren Gefallen? Das alles gehört meiner Familie, Mary. Von hier bis hinauf nach Bogniebrae und hinüber nach Drumblair.«

»Die Landschaft ist wunderschön«, erwiderte Mary leise. »Wenn auch ein wenig traurig.«

»Traurig?« Der Laird hob die schmalen Brauen. »Wie kann eine Landschaft traurig sein? Es sind nur Hügel, Bäume und Wiesen.«

»Dennoch geht ein Gefühl von ihr aus. Spüren Sie das nicht, Malcolm? Dieses Land ist alt, sehr alt. Es hat viel gesehen und erlebt. Und es trauert.«

»Worum trauert es?«, fragte der Laird halb amüsiert.

»Um die Menschen«, sagte Mary leise. »Fällt Ihnen das nicht auf? Es gibt keine Menschen auf Ihrem Land. Es ist leer und trist.«

»Und das ist auch gut so. Es hat uns mehr als genug Mühe gekostet, das Bauernpack von unseren Ländereien zu vertreiben. Sehen Sie die Schafe dort, Mary? Sie sind die Zukunft unseres Landes. Wer das nicht einsehen will, verschließt sich dem Fortschritt und schadet uns allen.«

Mary erwiderte nichts darauf. Sie wollte die unselige Diskussion nicht von neuem führen. Stattdessen blickte sie weiter aus dem Fenster, und zu ihrer Freude entdeckte sie zwischen den graugrünen Hügeln einige Dächer, von deren Schornsteinen sich Rauch in den Himmel wand.

»Dort drüben!«, sagte sie. »Was ist das?«

»Cruchie«, erwiderte Malcolm mit einem Tonfall, als hätte er in seinem Gesicht einen eitrigen Furunkel entdeckt. »Eine nutzlose Anhäufung von Stein.«

»Können wir dorthin fahren?«, bat Mary.

»Weshalb? Da gibt es nichts zu sehen.«

»Ich bitte Sie. Ich würde gern sehen, wie die Menschen hier leben.«

»Nun gut.« Der Laird war offensichtlich wenig von der Vorstellung begeistert. »Wenn Sie darauf bestehen, sollen Sie Ihren Wunsch erfüllt bekommen, liebe Mary.«

Mit dem silbernen Knauf seines Stocks, den er als Zeichen seiner Adelswürde bei sich trug, schlug er zwei Mal gegen die Stirnwand der Kutsche, um dem Fahrer zu bedeuten, dass er an der nächsten Kreuzung abbiegen solle.

Zäh schleppte sich das Gefährt die sanft ansteigende Straße hinauf. Je näher die Kutsche dem Dorf kam, desto deutlicher konnte man Einzelheiten durch den Regenschleier erkennen.

Es waren einfache, aus Naturstein errichtete Häuser, wie Mary sie aus den Dörfern kannte, die sie bei ihrer Anreise durchfahren hatte. Die Hausdächer waren jedoch nicht mit Ziegeln, sondern mit Stroh gedeckt, und es gab kein Glas in den Fenstern; Lumpen aus Leder und Wolle hingen davor, und der Unrat, der auf der Straße verstreut lag, zeigte, dass die Einwohner alles andere als im Wohlstand lebten.

»Ich hätte Ihnen diesen Anblick gern erspart«, sagte Malcolm geringschätzig. »Diese Leute leben wie Ratten in ihrem eigenen Dreck, und ihre Behausungen sind wenig mehr als schäbige Löcher. Aber ich werde diesen Missstand bald beenden.«

»Was haben Sie vor?«, erkundigte sich Mary.

»Ich werde dafür sorgen, dass dieses verdammte Kaff von der Landkarte verschwindet. Schon in ein paar Jahren wird niemand mehr wissen, wo es sich befunden hat. Kein Stein wird hier auf dem anderen bleiben, und die Schafe werden weiden, wo diese Tagelöhner jetzt noch meinen Grund und Boden besetzen.«

»Sie wollen das Dorf also ebenfalls räumen lassen?«

»So ist es, meine Liebe. Und wenn Sie erst die abgerissenen Kreaturen gesehen haben, die in diesen Hütten wohnen, so werden Sie mir zustimmen, dass dies das Beste sein wird, das ihnen widerfahren kann.«

Die Kutsche näherte sich den Häusern, und jetzt sah Mary auch die Gestalten, die in den Eingängen der Hütten kauerten. ›Abgerissen‹ war gar kein Ausdruck. Die Bewohner von Cruchie trugen wenig mehr als Lumpen am Leib, Fetzen aus Leinen und Wolle, die ausgeblichen waren und vor Schmutz starrten. Ihre Gesichter waren ausgezehrt und die Haut blass und fleckig vom Mangel, den sie litten. Ihre Augen konnte Mary nicht sehen, denn sobald sich die Kutsche näherte, senkten die Menschen den Blick, egal, ob es sich um Männer, Frauen oder Kinder handelte.

»Diese Menschen hungern«, stellte Mary fest, als sie an ihnen vorbeifuhren. Das Elend dieser Leute jagte ihr einen kalten Schauer über den Rücken.

»Das tun sie«, stimmte Malcolm ohne Zögern zu, »und es ist ihre eigene Dummheit und Unvernunft, die sie hungern lässt. Schon mehrmals habe ich ihnen angeboten, sie an die Küste umzusiedeln, aber sie wollen einfach nicht von hier weggehen. Dabei reicht das, was diese Faulpelze dem Boden abringen, weder aus, um ihre Bäuche zu füllen, noch um die Pacht an mich zu bezahlen. Verstehen Sie jetzt, was ich Ihnen die ganze Zeit zu sagen versuche? Diesen Leuten kann nichts Besseres widerfahren, als dass sie eine neue Heimat und eine Arbeit bekommen. Leider wollen sie das nicht einsehen.«

Mary erwiderte nichts darauf. Die Kutsche passierte eine Hütte, deren Dach halb eingefallen war. Im Eingang standen zwei Kinder, ein Junge und ein kleines Mädchen, deren Haare wirr und verdreckt waren und die schmutzige, löchrige Fetzen trugen.

Gerade als die Kutsche an ihnen vorbeirollte, blickte der Junge auf, und obwohl das Mädchen ihn heftig am Ärmel zog und ihm bedeutete, den Blick wieder zu senken, tat er es nicht. Stattdessen erschien ein zaghaftes Lächeln auf seinen blassen Zügen, als er Mary erblickte, und er streckte seine kleine Hand hoch und winkte.

Das Mädchen erschrak darüber sehr und lief ins Haus. Mary jedoch, die den Jungen ganz reizend fand, erwiderte sein Lächeln und winkte zurück. Das Mädchen kam zurück und mit ihm seine Mutter, und Mary konnte das Entsetzen in den Zügen der Frau sehen. Sie schrie den Jungen an und packte ihn, wollte ihn von der Straße zerren – als sie die Dame in der Kutsche sah, die freundlich lächelte und winkte. Verblüfft ließ sie ihr Kind los, und nach einem Augenblick des Zögerns huschte auch über ihre ausgemergelten Züge der Hauch eines Lächelns. Für einen Moment schien es, als hätte ein Sonnenstrahl die dichte Wolkendecke durchbrochen und ein wenig Licht in das triste Leben der Menschen gebracht.

Dann war die Kutsche vorbei – und Malcolm, der zur anderen Seite hinausgeblickt hatte, sah, was Mary tat. »Was fällt Ihnen ein!«, fuhr er sie an. »Was tun Sie da?«

Mary zuckte zusammen. »Nun, ich ... ich habe diesen Kindern zugewinkt, die dort am Straßenrand ...«

»Das steht Ihnen nicht zu!«, herrschte Malcolm sie an. »Wie können Sie es wagen, mich derart zu beleidigen?«

»Sie zu beleidigen? Was meinen Sie damit?«

»Haben Sie es denn noch immer nicht begriffen, Mary? Sie sind die zukünftige Frau des Lairds of Ruthven, und als solche haben die Leute Sie zu respektieren und zu fürchten.«

»Lieber Malcolm«, erwiderte Mary mit selbstbewusstem Lächeln, »die Leute werden mich auch noch respektieren, wenn ich ihnen dann und wann ein Lächeln schenke oder den Kindern von der Kutsche aus zuwinke. Und wenn Sie mit ›fürchten‹ meinen, dass die Leute entsetzt die Straße räumen sollen, sobald ich mich ihnen nähere, so muss ich Ihnen mit Bestimmtheit sagen, dass ich das ablehne.«

»Sie ... Sie tun was?«

»Ich lehne es ab, mich vor diesen Menschen als Herrin aufzuspielen«, sagte Mary. »Ich bin fremd in diesem Land, und meine Hoffnung ist es, dass Ruthven meine neue Heimat werden wird. Aber das kann nur dann geschehen, wenn ich mit diesem Land und den Menschen darauf in Einklang leben kann.«

»Das wird niemals so sein«, widersprach Malcolm entschieden. »Ich kann nicht glauben, was Sie da sagen, werte Mary! Sie wollen in Einklang leben? Mit diesem Bauernpack? Sie sind Tieren ähnlicher als Ihnen und mir. Sie atmen nicht einmal dieselbe Luft wie wir. Deshalb werden sie Sie fürchten und Ihnen Respekt erweisen, wie sie es von jeher tun, seit sich vor über acht Jahrhunderten der Clan der Ruthven der Herrschaft über diesen Landstrich bemächtigt hat.«

»Ihre Vorfahren haben sich dieses Land also genommen, werter Malcolm?«

»Das haben sie.«

»Mit welchem Recht?«

»Mit dem Recht dessen, den das Schicksal auserwählt hat«, erwiderte der Laird ohne Zögern. »Zum Clan der Ruthven zu gehören ist nicht nur eine Gefälligkeit, Mary. Es ist ein Privileg. Wir blicken auf eine Tradition, die zurückreicht bis in die Tage des Bruce und auf das Schlachtfeld von Bannockburn, wo die Freiheit unseres Landes erstritten wurde. Wir sind dazu bestimmt zu herrschen, meine Liebe. Je eher Sie das verstehen, desto besser wird es sein.«

»Sehen Sie«, sagte Mary sanft, »genau das unterscheidet uns. Ich möchte vielmehr glauben, dass alle Menschen von Natur aus gleich sind und dass Gott nur deshalb einige von ihnen mit Macht und Reichtum ausgestattet hat, damit sie den Schwächeren helfen und sie beschützen.«

Malcolm starrte sie an und schien einen Augenblick lang nicht zu wissen, ob er lachen oder in Tränen ausbrechen sollte. »Woher haben Sie denn das?«, fragte er schließlich.

»Aus einem Buch«, erwiderte Mary schlicht. »Ein Amerikaner hat es geschrieben. Er vertritt darin die These, dass alle Menschen von Natur aus gleich sind, mit denselben Werten und derselben Würde ausgestattet.«

»Ha!« Der Laird hatte sich für das Lachen entschieden, allerdings klang es nicht sehr aufrichtig. »Ein Amerikaner! Ich bitte Sie, werte Mary! Jeder weiß, dass diese Kolonisten verrückt sind. Das Empire hat gut daran getan, sie ziehen zu lassen, damit sie ihre wirren Ideen anderswo verwirklichen können. Sie werden schon sehen, wie weit sie damit kommen – aber Sie, meine Liebe, hätte ich für klüger gehalten. Vielleicht sollten Sie Ihre Nase weniger häufig in Bücher stecken. Eine schöne Frau wie Sie ...«

»Was hat mein Aussehen damit zu tun, würden Sie mir das bitte verraten?«, fragte Mary keck dagegen. »Wollen Sie mir das Lesen verbieten, mein lieber Malcolm? Und mich zu einer dieser blutleeren Aristokratinnen machen, die über nichts anderes reden können als über Hofklatsch und neue Kleider?«

In ihren Augen blitzte es angriffslustig, und Malcolm of Ruthven schien für sich zu beschließen, dass es keinen Sinn hatte, sich mit ihr zu streiten. Stattdessen beugte er sich wieder vor und gab dem Kutscher erneut ein Zeichen mit seinem Stock.

Mary starrte zum Fenster hinaus und sah Bäume und graue Hügel vorüberziehen. Dabei wusste sie nicht, was sie mehr erzürnte – dass ihr zukünftiger Ehemann Ansichten vertrat, die sie als veraltet und ungerecht empfand, oder dass sie sich einmal mehr nicht hatte beherrschen können und ihr Temperament mit ihr durchgegangen war.

Sie ließen die Anhöhe von Cruchie hinter sich, und der Baumbewuchs längs der Straße wurde dichter. Noch weniger Licht als zuvor fiel in die Kutsche, und Mary hatte das Gefühl, dass sich die dunklen Schatten geradewegs auf ihr Herz senkten. Keine Wärme ging von diesem Land aus und noch weniger von den Menschen, denen es gehörte. Malcolm saß unbewegt neben ihr, das blasse Gesicht eine steinerne Maske. Widerwillig überlegte Mary, ob sie sich bei ihm entschuldigen sollte, als der Laird den Kutscher plötzlich anwies, das Fahrzeug anzuhalten.

Inmitten des Waldes, der die Straße zu beiden Seiten begrenzte, kam die Kutsche zum Stehen.

»Wie steht es, meine Liebe?«, fragte Malcolm, jetzt wieder so beherrscht und unnahbar wie gewohnt. »Wollen wir ein Stück spazieren gehen?«

»Gern.« Mary lächelte zaghaft, um zu sehen, ob er ihr noch immer böse war. Er erwiderte ihr Lächeln nicht.

Sie warteten, bis der Kutscher abgestiegen war, die Tür geöffnet und die Stufen ausgeklappt hatte. Dann stiegen sie aus. Mary merkte, wie ihre Füße im weichen Boden halb versanken. Der zugleich würzige und modrige Duft des Waldes stieg ihr in die Nase.

»Wir werden ein Stück spazieren gehen. Warte hier auf uns«, wies Malcolm den Kutscher an. Dann ging er mit Mary auf einem schmalen Pfad, der sich zwischen hohen Tannen und Eichen schlängelte, tiefer in das düstergrüne Dickicht.

»Das alles gehört mir«, sagte er dabei. »Der Forst von Ruthven erstreckt sich von hier bis zum Fluss. Kein anderer Laird des Nordens nennt ein so großes Waldgebiet sein Eigen.«

Mary antwortete nichts, und eine Weile gingen sie schweigend nebeneinander her.

»Warum sagen Sie mir das, Malcolm?«, fragte Mary schließlich. »Haben Sie Angst, ich würde Sie nicht schätzen, wenn Sie weniger mächtig und wohlhabend wären?«

»Nein.« Er blieb stehen und schaute sie durchdringend an. »Ich sage Ihnen das, damit Sie zu würdigen wissen, welche Privilegien und welche Macht Sie ohne Zutun erlangen.«

»Ohne Zutun? Aber ich ...«

»Ich bin nicht dumm, Mary. Ich kann sehen, dass Sie mit dieser Absprache nicht einverstanden sind. Dass Sie lieber in England geblieben wären, anstatt hierher in den Norden zu kommen und einen Mann zu heiraten, den Sie nicht einmal kennen.«

Mary antwortete nicht. Was hätte sie erwidern sollen? Jeder Widerspruch wäre blanke Heuchelei gewesen.

»Ich kann Sie gut verstehen«, versicherte Malcolm, »denn mir geht es ebenso wie Ihnen. Denken Sie denn, mir behagt es, mit einer Frau verheiratet zu werden, die ich weder kenne noch liebe? Die ich noch nie zuvor in meinem Leben gesehen habe und die meine Mutter für mich ausgesucht hat, als wäre sie eine Ware auf dem Markt?«

Mary senkte den Blick zu Boden. Malcolm musste klar sein, dass er sie verletzt hatte, aber er scherte sich nicht darum. »Nein, Mary«, fuhr er mit schneidender Stimme fort. »Ich bin von dieser Absprache ebenso wenig begeistert wie Sie. Sie legt mir Fesseln an, die mich einengen, und sie bürdet mir Verpflichtungen auf, deren ich nicht bedarf. Bevor Sie sich also selbst bemitleiden, denken Sie daran, dass Sie nicht die Einzige sind, die unter dieser Absprache zu leiden hat.«

»Ich verstehe«, sagte Mary zögernd. »Aber verraten Sie mir eines, Malcolm. Wenn Sie so sehr gegen die Absprache und unsere Heirat sind, wenn sie Ihnen im Innersten verhasst ist und Sie sich nicht vorstellen können, jemals in Ihrem Leben etwas anderes in mir zu sehen als eine Ware, die man für Sie ausgesucht hat – wieso verschließen Sie sich dann nicht dem Plan Ihrer Mutter?«

»Das könnte Ihnen so passen, nicht wahr?« Sein Grinsen war zynisch und böse. »Dann wären Sie frei und könnten zurückgehen nach England, ohne Ihr Gesicht verloren zu haben. Denn der einzig Schuldige wäre dann ich, richtig?«

»Aber nein«, versicherte Mary, »Sie missverstehen mich. Alles, was ich damit sagen will, ist ...«

»Denken Sie denn, Sie sind die einzige Gefangene auf Burg Ruthven? Denken Sie wirklich, ich wäre frei?«

»Nun – Sie sind der Laird, oder nicht?«

»Von meiner Mutter Gnaden«, sagte Malcolm mit vor Sarkasmus triefender Stimme. »Sie sollten wissen, Mary, dass ich kein legitimer Spross des Hauses Ruthven bin. Meine Mutter brachte mich mit in die Ehe, die sie mit dem Laird of Ruthven einging, meinem werten Vorgänger und Stiefvater. Sein leiblicher Sohn kam bei einem mysteriösen Jagdunfall ums Leben. Eine verirrte Kugel traf ihn und brachte ihn zu Tode. So wurde ich Laird, als mein Stiefvater starb. Solange meine Mutter jedoch am Leben ist, darf ich all das hier nur verwalten. Sie ist die wahre Besitzerin und Herrin von Ruthven.«

»Das ... das wusste ich nicht«, sagte Mary leise, während ihr schlagartig klar wurde, wieso Eleonore of Ruthven so selbstsicher und herrisch auftreten konnte.

»Jetzt wissen Sie es. Und wenn Sie nun noch weniger geneigt sind, mich zu heiraten, so kann ich Ihnen das nicht verdenken. Ginge es nach mir, so würde ich Sie in die nächste Kutsche setzen und Sie lieber heute als morgen loswerden. Aber ich habe keine Wahl, werte Mary. Meine Mutter hat sich in den Kopf gesetzt, eine Frau für mich auszusuchen, und aus irgendeinem Grund glaubt sie, in Ihnen die richtige gefunden zu haben. Ich habe mich zu fügen, wenn ich auch weiterhin der Laird of Ruthven und Herr dieser Ländereien bleiben will. Und Sie, Mary, werden ebenfalls nach ihren Wünschen verfahren, denn ich werde mir weder von Ihnen noch von irgendjemandem sonst nehmen lassen, was mir von Rechts wegen zusteht.«

Der Wald ringsum schluckte den Klang seiner Worte und sorgte dafür, dass sie sich seltsam dumpf anhörten. Unbewegt stand Mary ihrem Bräutigam gegenüber; sie konnte kaum glauben, dass er all das wirklich gesagt hatte. Langsam, ganz langsam sickerte die Erkenntnis in ihr Bewusstsein, dass sie tatsächlich nichts weiter war als eine Ware, die auf dem Markt verschachert worden war.

Ihre Eltern hatten die aufsässige Tochter weggeschickt, damit sie in Egton nicht länger für Ärger sorgte; Eleonore hatte sie gekauft, damit ihr Sohn eine Frau hatte und Ruthven einen Erben schenken konnte; und Malcolm schließlich nahm sie als notwendiges Übel hin, um seinen Stand und seinen Besitz zu erhalten.

Mary kämpfte gegen die Tränen der Enttäuschung an, die aus ihrem Innersten emporstiegen, aber sie konnte sie nicht länger zurückhalten.

»Ersparen Sie mir Ihre Tränen«, sagte Malcolm hart. »Es ist ein Handel zu beiderseitigem Vorteil. Sie schneiden bestens dabei ab, werte Mary. Sie bekommen einen guten Namen und einen stolzen Besitz. Aber erwarten Sie nicht von mir, dass ich Sie liebe und achte, auch wenn man mir dieses Versprechen abringen wird.«

Damit wandte er sich ab und ging den Pfad zur Kutsche zurück. Mary blieb allein mit ihren Tränen. Sie schalt sich eine Närrin dafür, dass sie sich selbst etwas vorgemacht hatte.

Die Tage auf Abbotsford und ihre Begegnung mit Sir Walter Scott hatten ihr die Freude am Leben zurückgebracht, hatten sie hoffen lassen, dass das Schicksal für sie noch mehr bereithalten könnte als ein Leben in Pflichterfüllung und Unterordnung. Aber jetzt wurde ihr klar, wie töricht und vergeblich diese Hoffnung gewesen war. Burg Ruthven würde niemals ihre Heimat werden, und ihr zukünftiger Ehemann machte kein Hehl daraus, dass er sie weder schätzte noch Zuneigung für sie empfand.

Ein Leben in Einsamkeit lag vor ihr.

Unwillkürlich musste sie an die Menschen denken, die sie in Cruchie gesehen hatte, an den Ausdruck im Gesicht der jungen Mutter. Angst war darin zu lesen gewesen, und genau das war es, was auch sie in diesem Moment empfand.

Nackte Angst ...

Als Mary auf Burg Ruthven zurückkehrte, war Kitty nicht da. Man hatte sie zur Schneiderin nach Inverurie geschickt, um einen Termin für Mary zu vereinbaren.

Dass ihre Zofe, die für sie mehr eine Freundin denn eine Dienerin war, nicht anwesend war, um sie mit ihrer heiteren und unbeschwerten Art zu trösten, machte Mary noch schwermütiger.

Müde ließ sie sich auf das Bett fallen, das an der Stirnseite der Kammer stand, und ohne dass sie es verhindern konnte, barsten Trauer, Schmerz und Enttäuschung aus ihrem Innersten und brachen sich Bahn in bitteren Tränen, die ihr über die Wangen liefen und das Laken benetzten.

Wie lange sie so gelegen hatte, wusste Mary nicht zu sagen. Irgendwann versiegte der Strom ihrer Tränen, aber die Verzweiflung blieb. Obgleich Malcolm seinen Standpunkt mehr als deutlich gemacht hatte, lehnte sich ein Teil von ihr noch immer verzweifelt dagegen auf, dass dies alles gewesen sein sollte, was das Leben ihr zu bieten hatte. Sie war jung, schön und intelligent, interessierte sich für die Welt in ihrer ganzen reichen Vielfalt – und es sollte ihr Schicksal sein, als ungeliebte Frau eines schottischen Lairds ein Leben in trister Pflichterfüllung zu verbringen?

In ihre Überlegungen hinein drang ein Geräusch. Jemand klopfte an die Tür der Kammer, zaghaft zunächst, dann etwas lauter.

»Kitty?«, fragte Mary halblaut, während sie sich aufsetzte und die geröteten Augen rieb. »Bist du das?«

Sie erhielt keine Antwort.

»Kitty?«, fragte Mary noch einmal und trat an die Tür. »Wer ist da?«, wollte sie wissen.

»Eine Dienerin«, kam die Antwort leise, und Mary zog den Riegel zurück und öffnete die Tür, die sie in ihrer Not verschlossen hatte.

Draußen stand eine alte Frau.

Sie war nicht sehr groß und von untersetzter Gestalt, aber von ihren blassen, zerfurchten Zügen ging etwas Ehrfurcht Gebietendes aus. Das lange Haar, das ihr bis zu den Schultern reichte, war schlohweiß und bildete einen harten Kontrast zu dem pechschwarzen Kleid, das sie trug. Unwillkürlich musste Mary an die dunkle Gestalt denken, die sie bei ihrer Ankunft auf dem Söller von Burg Ruthven gesehen haben wollte ...

»Ja?«, fragte Mary zögernd. Sie gab sich Mühe zu verbergen, dass sie geweint hatte, aber ihre bebende Stimme und die geröteten Augen verrieten sie.

Die Alte blickte sich nervös auf dem Korridor um, als fürchtete sie, jemand könne ihr gefolgt sein oder sie belauschen. »Mein Kind«, sagte sie dann leise, »ich bin gekommen, um Sie zu warnen.«

»Um mich zu warnen? Wovor?«

»Vor allem«, erwiderte die Frau, deren Hochlandakzent rau und ausgeprägt war und deren Stimme wie altes Leder knarrte. »Vor diesem Haus und den Menschen, die darin leben. Vor allem aber vor Ihnen selbst.«

»Vor mir selbst?« Die Alte sprach in Rätseln, und fast glaubte Mary schon, die Frau hätte den Verstand verloren. In ihren Augen war jedoch etwas, das diesen Eindruck Lügen strafte; wie Edelsteine funkelten sie, und es lag etwas Waches, Warnendes darin, das Mary nicht übersehen konnte.

»Vergangenheit und Zukunft vereinen sich«, sprach die alte Frau weiter. »Die Gegenwart, mein Kind, ist der Ort, an dem sie einander begegnen. Schreckliche Dinge sind an diesem Ort geschehen vor langer Zeit, und sie werden wieder geschehen. Die Geschichte wiederholt sich.«

»Die Geschichte? Aber ...«

»Sie sollten diesen Ort verlassen. Es ist nicht gut für Sie, hier zu sein. Es ist ein dunkler, fluchbeladener Ort, der Ihr Herz verfinstern wird. Die Geister der Vergangenheit treiben hier ihr Unwesen. Man lässt sie nicht ruhen, deshalb werden sie zurückkehren. Ein Sturm steht bevor, wie das Hochland ihn nie zuvor erlebt hat. Wenn niemand ihn aufhält, wird er weiterziehen nach Süden und das ganze Land erfassen.«

»Wovon sprichst du?«, fragte Mary. Der Tonfall der Alten

und die Art, wie sie sie anblickte, jagten ihr einen Schauer über den Rücken. Sie hatte davon gehört, dass die Bewohner des Hochlands ihre Traditionen ehrten und dass die Vergangenheit in diesem rauen Landstrich in mancher Hinsicht noch lebendig war. Das keltische Vermächtnis ihrer Vorfahren bildete die Grundlage eines Aberglaubens, den diese Leute pflegten und der von Generation zu Generation weitergegeben wurde. Das mochte manches erklären …

»Gehen Sie«, flüsterte die Alte beschwörend. »Sie müssen gehen, mein Kind. Verlassen Sie diesen Ort so schnell wie möglich, ehe Sie das gleiche Schicksal ereilt wie …«

Sie stutzte und sprach nicht weiter.

»Das gleiche Schicksal wie wen?«, hakte Mary nach. »Von wem sprichst du?«

Wieder blickte sich die Alte nervös um. »Von niemandem«, sagte sie dann. »Ich muss jetzt gehen. Denken Sie an meine Worte.« Damit wandte sie sich ab, eilte den Gang hinab und verschwand um die nächste Biegung.

»Halt! Warte!«, rief Mary und eilte ihr hinterher. Als sie die Biegung jedoch erreichte, war die alte Frau bereits verschwunden.

Nachdenklich kehrte Mary in ihre Kammer zurück. Viele seltsame Dinge waren seit ihrer Abreise aus Egton geschehen. Die Begegnung mit dem alten Mann in Jedburgh, der Überfall auf die Kutsche, das Unglück an der Brücke, das Treffen mit Sir Walter, die unheimliche Unterredung mit Malcolm Ruthven … Wenn Mary all das zusammennahm, mochte es ihr tatsächlich so erscheinen, als hätten unheimliche Mächte ihre Hände im Spiel und lenkten ihr Leben in seltsame Bahnen. Aber natürlich war das Unsinn. So sehr Mary die Ehrfurcht respektierte, die die Hochländer vor ihrem Land und seiner Geschichte hatten, wusste sie natürlich, dass all das nur Aberglaube war, der Versuch, Dingen einen Sinn zu geben, die ganz offensichtlich keinen hatten.

Welchen Zweck sollte Winstons grausamer Tod an der Brücke auch gehabt haben? Welchen Sinn hatte es, dass sie hier, am Ende der Welt, ausharren und einen Mann heiraten musste, den sie nicht liebte und der sie als Fremdkörper in seinem Leben betrachtete?

Mary schüttelte den Kopf. Sie war eine Romantikerin, die gern daran glauben wollte, dass Werte wie Ehre, Edelmut und Treue über die Vergangenheit hinaus existierten. Aber sie war nicht so töricht, Geschichten von Gespenstern und dunklen Flüchen nachzuhängen. Die abergläubische Alte mochte daran glauben – sie tat es nicht.

Die Frage war nur, überlegte Mary, weshalb die Furcht nicht verging, die sie tief in ihrem Innersten empfand.

4.

Quentin Hay hatte kein gutes Gefühl dabei, den Abt eines Klosters zu belügen. Glücklicherweise hatte er es nicht selbst tun müssen.

In einem Brief hatte Sir Walter Abt Andrew gebeten, seinem Neffen Zugang zur klösterlichen Handbücherei zu verschaffen, da dringende Recherchen über die Geschichte der Abtei von Dryburgh zu erledigen seien, über die in Abbotsford nicht genügend Material vorliege. Und der Abt, offenbar froh darüber, dass Sir Walter seine Meinung geändert hatte und von seinem

Ziel abließ, das Rätsel der Schwertrune zu lösen, hatte es gern gestattet.

So saß Quentin in der Bücherei, einem kleinen, weiß getünchten Raum, der nur ein Fenster besaß, durch das fahles Sonnenlicht einfiel. Die Wände ringsum wurden von Regalen gesäumt, in denen sich Bücher stapelten – religiöse Schriften zumeist, aber auch Abschriften der Chroniken von Dryburgh sowie Aufzeichnungen über Heil- und Kräuterkunde, wie sie im täglichen Klosterleben von Nutzen sein konnten. Auch die wenigen Bände, die nicht dem Brand zum Opfer gefallen waren, hatten in den Regalen der Handbücherei eine neue Heimat gefunden. Der bittere Geruch von Ruß und Feuer ging von ihren geschwärzten Umschlägen aus.

Sir Walters Neffe saß an dem grob gezimmerten Lesetisch, der in der Mitte des Raumes stand, und blätterte in einer Klosterchronik aus dem vierzehnten Jahrhundert. Das Latein zu übersetzen, in dem die Chronik verfasst war, bereitete ihm einige Mühe. Er war längst nicht so gut wie Jonathan, wenn es darum ging, alte Aufzeichnungen zu sichten und zu entziffern.

Natürlich hatte er nicht die Zeit, um alle Klosterchroniken zu lesen, die insgesamt zwei Regalreihen füllten. Sein Onkel hatte ihm genau eingeschärft, worauf er zu achten hatte: auf Hinweise auf die Schwertrune sowie auf Zusammenhänge mit einer heidnischen Sekte.

Wenn Abt Andrew tatsächlich mehr wusste, als er zugab, mochte das bedeuten, dass sowohl die Rune als auch die Sekte den Mönchen des Ordens schon früher begegnet waren. Und das wiederum konnte heißen, dass es irgendwo in den alten Aufzeichnungen einen Hinweis darauf gab. Zwar hatte Quentin eingewandt, dass die Mönche sicher nicht so töricht wären, die entsprechenden Seiten in den Abschriften zu belassen, wenn sie nicht wollten, dass jemand davon erfuhr, aber Sir Walter hatte erwidert, dass die Macht des Zufalls nicht zu unterschätzen sei und dass sie dem nach Wissen Dürstenden häufig zu Hilfe komme.

Ohnehin hätte es keinen Sinn gehabt, Sir Walter umstimmen zu wollen. Also hatte sich Quentin gefügt, und da saß er nun, Seite um Seite sichtend, ohne dass ihm einer der gesuchten Hinweise ins Auge stach.

Die Arbeit war ermüdend. Bald wusste Quentin nicht mehr zu sagen, wie lange er tatsächlich schon über der Chronik saß. Nur die sich ändernde Farbe des Sonnenlichts, das von draußen hereinfiel, sagte ihm, dass es schon etliche Stunden sein mussten.

Bisweilen fielen ihm, ohne dass er etwas dagegen unternehmen konnte, die Augen zu, und er fiel in einen kurzen, nur Minuten währenden Schlaf. Die Anstrengungen der letzten Nächte, in denen er sich mit den Dienern und dem Hausverwalter darin abgewechselt hatte, das Anwesen zu bewachen, machten sich bemerkbar. Und jedes Mal, wenn der Schlaf Quentin übermannte und er im Niemandsland zwischen Traum und Wachen schwebte, verließen seine Gedanken die Bibliothek und wanderten nach Norden, zu einer jungen Frau namens Mary of Egton.

Wie es ihr wohl ergehen mochte? Sicher war sie ihrem zukünftigen Ehemann inzwischen begegnet, einem reichen Laird, der ihr alles bieten würde, was einer Dame ihres Standes zukam. Mit großer Wahrscheinlichkeit würde Quentin sie niemals wieder sehen – dabei hätte er sie so gern näher kennen gelernt, mit ihr gesprochen und ihr von Dingen erzählt, die nicht einmal sein Onkel wusste. Er konnte sich vorstellen, ihr alles anzuvertrauen und dabei Verständnis in ihren milden, freundlich blickenden Augen zu finden. Schon die Erinnerung an ihren zärtlichen Blick ließ ihn wohlig erschauern.

Mit dem Erwachen kam jedes Mal die Ernüchterung. Mary of Egton war fort, und sie würde nicht zurückkehren. Mit aller Härte schärfte sich Quentin das ein – um schon beim nächsten Minutenschlaf wieder in Schwärmerei zu geraten.

Wieder sah er sie vor sich, ihre anmutigen, von blondem Haar umrahmten Züge. Er beobachtete sie, wie sie im Bett lag und schlief, ein Engel, der vom Himmel herabgestiegen war, um ihn auf Erden zu besuchen. Wie sehr bedauerte er, nicht mehr mit ihr gesprochen, ihr nicht gesagt zu haben, was er für sie empfand ...

Leise Stimmen holten Quentin aus dem Schlaf.

Er öffnete die Augen und brauchte einen Moment, um sich zu vergegenwärtigen, dass er sich nicht im Gästezimmer von Abbotsford, sondern in Abt Andrews Bücherei befand. Vor ihm lag auch nicht das anmutigste Wesen, das er je gesehen hatte, sondern eine jahrhundertealte, in Schweinsleder gebundene Handschrift.

Nur die Stimmen, die er in seinem Traum gehört hatte, waren wirklich gewesen. Sie kamen von nebenan, aus dem Arbeitszimmer des Abts.

Zuerst dachte sich Quentin nichts dabei. Es kam öfter vor, dass Abt Andrew in seinem Arbeitszimmer Besuch erhielt, gewöhnlich wenn seine Mitbrüder eine Arbeit beendet hatten oder wenn es Entscheidungen zu treffen galt, die seiner Zustimmung bedurften. Da die asketisch lebenden Mönche wortreiche Konversationen als überflüssig ansahen, wurden stets nur die nötigsten Informationen ausgetauscht, und die Gespräche waren demzufolge von kurzer Dauer.

Diesmal jedoch war es anders.

Zum einen dauerte das Gespräch bedeutend länger als sonst, zum anderen war zunächst in Zimmerlautstärke gesprochen worden, bis die Sprecher ihre Stimmen plötzlich gesenkt hatten. So, als gäbe es ein Geheimnis zu wahren, das nicht für fremde Ohren bestimmt war.

Quentin wurde neugierig.

Mit einem verstohlenen Blick zu der Tür, die die Bücherei von Abt Andrews Arbeitszimmer trennte, stand er auf. Die Bodendielen waren alt und morsch, sodass er sich vorsehen musste, sich nicht zu verraten, wenn er auf sie trat. Vorsichtig schlich er zur Tür, und obwohl er natürlich wusste, dass es sich nicht geziemte, ein fremdes Gespräch zu belauschen, beugte er sich vor und legte sein Ohr an das hölzerne Türblatt, um zu hören, was drinnen gesprochen wurde.

Er unterschied zwei Stimmen, die sich in gedämpftem Ton miteinander unterhielten. Die eine gehörte unverkennbar Abt Andrew, die andere vermochte Quentin nicht zuzuordnen; denkbar, dass sie einem der Mönche des Konvents gehörte. Quentin kannte die Ordensbrüder nicht gut genug, um es mit Sicherheit sagen zu können.

Zuerst konnte er kaum etwas verstehen. Dann, als er sich konzentrierte, schnappte er einzelne Wortfetzen auf. Und endlich vernahm er ganze Sätze ...

»... noch keine Nachricht bekommen. Es besteht die Möglichkeit, dass sie sich bereits versammelt haben.«

»Das ist Besorgnis erregend«, entgegnete Abt Andrew. »Wir haben gewusst, dass dieser Zeitpunkt kommen würde. Aber nun, da er tatsächlich naht, wird mir angst und bang. Seit vielen Jahrhunderten trägt unser Orden diese Last, und ich gestehe, dass ich im Stillen oft gehadert habe, weshalb sie ausgerechnet uns anvertraut wurde.«

»Hadern Sie nicht, Vater. Wir dürfen nicht nachlassen. Nicht jetzt. Das Zeichen ist aufgetaucht. Das bedeutet, dass der Feind zurückgekehrt ist.«

»Und wenn wir uns irren? Wenn es nur ein Zufall war, dass der Junge das Zeichen gesehen hat? Wenn es in Wahrheit noch nicht reif war, entdeckt zu werden?«

Quentin erstarrte. Sprachen sie etwa von ihm?

»Die Dinge offenbaren sich, wenn der Zeitpunkt dafür gekommen ist, Vater. Haben Sie das nicht selbst immer wieder gesagt? Es kann keinen Zweifel geben. Nach so vielen Jahrhunderten ist das Zeichen zurückgekehrt. Das bedeutet, dass der Feind sich erneut formiert. Die letzte Schlacht steht bevor.«

Eine Weile lang war nichts mehr zu hören. Eine lange Pause trat ein, in der Quentin schon fürchtete, er könnte entdeckt worden sein.

»Du hast Recht«, ließ sich Abt Andrews leise Stimme endlich vernehmen. »Wir dürfen nicht zweifeln. Wir dürfen uns nicht aus der Verantwortung stehlen, die uns vor so langer Zeit übertragen wurde. Der Zeitpunkt der Erfüllung nähert sich, und wir müssen aufmerksamer und wachsamer sein als jemals zuvor. Der Anschlag auf die Brücke, der Überfall auf Sir Walters Haus – all dies mögen Zeichen sein, die uns gesandt wurden, damit wir den Ernst der Lage begreifen und entsprechend handeln.«

»Was sollen wir tun, ehrwürdiger Vater?«

»Es ist unsere Aufgabe, das Geheimnis zu hüten und dafür zu sorgen, dass der Feind es nicht entdeckt. Und genau das werden wir tun.«

»Und was ist mit den anderen? Sie sind darüber im Bilde, dass es noch mehr Parteien gibt, die das Rätsel zu ergründen suchen.«

»Niemand darf die Wahrheit erfahren«, sagte Abt Andrew entschieden. »Es geht dabei um viel zu viel, als dass man leichtfertig damit spielen dürfte. Das Wissen um diese Dinge bringt Tod und Verderben. So ist es schon zu alter Zeit gewesen, und so wird es wieder sein, wenn wir uns nicht vorsehen. Das Geheimnis darf nicht ans Licht kommen. Was verborgen ist, muss verborgen bleiben, wie hoch der Preis dafür auch sein mag.«

»Dann soll ich unsere Mitbrüder darüber unterrichten, dass der Zeitpunkt der Erfüllung gekommen ist?«

»Tu das. Jeder von ihnen soll sich vorbereiten und seine Sünden und Versäumnisse bedenken. Und jetzt lass mich allein. Ich möchte zum Herrn beten, dass er uns die Kraft und Weisheit schenken möge für den Konflikt, der uns bevorsteht.«

»Natürlich, Vater.«

Das Knarren der Bodendielen war zu hören, als mit Sandalen umhüllte Füße darüber gingen, dann fiel die Tür von Abt Andrews Arbeitszimmer geräuschvoll ins Schloss. Die Unterredung war zu Ende.

Quentin hatte vom Lauschen einen roten Kopf bekommen. Langsam zog er sich von der Tür zurück und hatte dabei das Gefühl zu zerplatzen. Gehetzt blickte er sich um und hätte am liebsten laut geschrien.

Sein Onkel hatte Recht gehabt. Die Mönche von Kelso wussten tatsächlich mehr, als sie zugegeben hatten. Aber weshalb verschwiegen sie es? Warum weihten sie Sir Walter nicht ein? Was hatten Abt Andrew und seine Mitbrüder zu verbergen?

Es musste dabei um viel, um sehr viel gehen. Von einer jahrhundertealten Last war die Rede gewesen, von einem Feind, der sich wieder erhoben hatte und den die Mönche für den Anschlag auf die Brücke und den Überfall auf Abbotsford verantwortlich machten. Von einem bevorstehenden Konflikt hatten sie gesprochen, von Zeit, die knapp wurde.

Was hatte das alles zu bedeuten?

Mehr noch als das Gespräch an sich hatte die Art und Weise der Unterhaltung Quentin in Aufregung versetzt. Nicht laut und offen, sondern heimlich und leise hatten sie darüber gesprochen – ein uraltes Geheimnis, das sie hüteten und dessen Enthüllung sie um jeden Preis verhindern wollten.

Das Zeichen, das sie erwähnt hatten, konnte nur die geheimnisvolle Schwertrune sein. Abt Andrew hatte ausdrücklich gewarnt, dass es ein Symbol des Bösen wäre, hinter dem dunkle Mächte stünden. Aber was genau mochte es damit auf sich haben? Die Mönche schienen sehr besorgt zu sein – und das wiederum versetzte Quentin in Unruhe.

Er beschloss, das Kloster auf schnellstem Weg zu verlassen und nach Abbotsford zurückzukehren. Sir Walter musste umgehend von dieser Unterredung erfahren, vielleicht wusste er sich einen Reim darauf zu machen. In aller Eile packte Quentin sein Schreibzeug und die Notizen zusammen, die er gemacht hatte, um es so aussehen zu lassen, als recherchierte er tatsächlich für einen neuen Roman seines Onkels. Dann stellte er die Klosterchronik, die er zuletzt gesichtet hatte, zurück ins Regal. Durch die Tür trat er hinaus auf den Korridor – und stieß einen entsetzten Schrei aus, als eine schlanke Gestalt in einer dunklen Robe vor ihm stand.

»Master Quentin«, sagte Abt Andrew und blickte ihn besorgt an. »Geht es Ihnen nicht gut?«

»N-natürlich, ehrwürdiger Abt, seien Sie unbesorgt«, presste Quentin hervor, während ihm das Herz bis zum Hals schlug. »Mir ist nur gerade eingefallen, dass mein Onkel mich in Abbotsford erwartet.«

»Schon um diese Stunde?« Der Abt machte ein erstauntes Gesicht. »Aber Sie können mit Ihren Recherchen unmöglich fertig sein.«

»Das ist richtig. Aber mein Onkel benötigt möglichst rasch die ersten Informationen, um mit dem Schreiben beginnen zu können. Wenn Sie es erlauben, will ich gern ein anderes Mal zurückkehren, um meine Studien in Ihrer Bibliothek fortzusetzen.«

»Natürlich«, sagte der Abt und musterte ihn dabei mit einem durchdringenden Blick. »Unsere Bücherei steht Ihnen stets zur Verfügung, Master Quentin. Aber geht es Ihnen wirklich gut? Sie sehen so gehetzt aus ...«

»Mir geht es gut«, versicherte Quentin ebenso rasch wie energisch, und obwohl ihm bewusst war, dass es grob unhöflich war, ließ er den Abt mit einem knappen Nicken stehen und eilte den Gang hinab Richtung Treppe.

»Leben Sie wohl, Master Quentin. Kommen Sie gut nach Hause«, rief Abt Andrew ihm hinterher.

Quentin hatte das Gefühl, dass der Blick des Ordensmannes auch dann noch auf ihm lastete, als er den Konvent längst verlassen hatte und er wieder in der Droschke nach Abbotsford saß.

5.

Erneut waren sie zusammengekommen, die Träger der dunklen Roben im Kreis der Steine.

Seit ihrer letzten Zusammenkunft hatte sich der Mond gefüllt. Als runde, fahle Scheibe stand er am nächtlichen Himmel und beschien mit seinem blassen Licht die schaurige Szenerie.

Wieder waren sie aufmarschiert, die Angehörigen der dunklen Bruderschaft, deren Wurzeln in ferner Vergangenheit lagen. Und wieder hatten sie sich um den steinernen Tisch versammelt, wo ihr Anführer stand, in schneeweißer Robe und von unirdischem Licht umgeben.

»Meine Brüder!«, erhob er die Stimme, nachdem der schaurige Gesang seiner Anhänger verstummt war. »Erneut haben wir zusammengefunden, und wieder ist der Tag der Erfüllung näher gerückt. Nicht mehr lange, und jene Konstellation wird eintreffen, auf die wir so lange gewartet haben.«

Die Vermummten schwiegen. Hass und Gier blickten aus den schmalen Schlitzen ihrer rußgeschwärzten Masken, und in ihren Seelen brannte eine Ungeduld, die vor hunderten von Jahren entzündet worden war. Vom Vater war sie auf den Sohn vererbt worden, über Generationen hinweg. Und mit jedem Jahrzehnt, das sie überdauert hatte, war sie noch drängender geworden.

»Unsere Feinde«, fuhr der Anführer mit lauter Stimme fort, »haben den Köder geschluckt. Sie glauben, gegen uns zu arbeiten, und wissen nicht, dass in Wahrheit wir es sind, die die Fäden ziehen. Ich habe die Runen befragt, meine Brüder, und sie haben mir die Antwort gegeben. Sie haben mir gesagt, dass es Ungläubige sein werden, die das Rätsel lösen werden.«

Unruhe kam unter den Sektierern auf, Unmutsäußerungen wurden laut.

»Aber«, fuhr ihr Anführer fort, »sie haben mir auch gesagt, dass wir es sind, die am Ende den Sieg davontragen werden. Die Ordnung wird untergehen, und das, was am Anfang war, wird auch am Ende triumphieren. Die alten Mächte werden zurückkehren und fortsetzen, was vor so langer Zeit unterbrochen wurde. Die Menschen werden nicht begreifen, was mit ihnen geschieht – sie sind wie Schafe auf den Weiden, die es nicht schert, welcher Schäfer sie hütet, solange sie saftiges Gras zu fressen haben. Aber wir, meine Brüder, werden diejenigen sein, die an der neuen Ordnung teilhaben und die alle Macht besitzen. Und niemand wird uns aufhalten, sei er nun von Adel oder gar ein König. Die Macht gehört uns, und keiner wird sie uns nehmen.«

»Die Macht gehört uns«, echote es aus den Reihen seiner Anhänger. »Keiner wird sie uns nehmen.«

»Wer glaubt, uns zu bekämpfen«, fügte ihr Anführer mit leisem Lachen hinzu, »wird am Ende unseren Sieg erst möglich machen. Dies prophezeie ich euch, so wahr ich das Oberhaupt dieser geheimen Bruderschaft bin. Nachdem es über Jahrhunderte hinweg verborgen war, ist das Geheimnis nun dabei, sich zu offenbaren. Der Zeitpunkt ist nicht mehr fern, meine Brüder. Der Tag steht bereits fest – und wenn sich der Mond in jener Nacht verfinstert, wird dies der Beginn eines neuen Zeitalters sein.«

6.

Sir Walter schwieg.

Im ledernen Ohrensessel des Arbeitszimmers hatte er den Bericht seines Neffen in aller Ruhe verfolgt. Er hatte zugehört, wie Quentin von der heimlichen Unterredung der Mönche berichtet hatte und von den seltsamen Dingen, die er aufgeschnappt hatte. Dabei hatte er weder Fragen gestellt noch ihn unterbrochen. Selbst jetzt, als Quentin mit seinem Bericht zu Ende war, sagte Sir Walter nichts.

Unbewegt saß er in seinem Sessel und schaute seinen Neffen an, obwohl Quentin nicht wirklich das Gefühl hatte, dass der Blick ihm galt. Vielmehr schien er geradewegs durch ihn hindurchzugehen und in weite Ferne zu reichen. Was Sir Walter dort sah, wollte Quentin lieber gar nicht wissen.

»Seltsam«, sagte Sir Walter nach langen Minuten des Schweigens, und eine herbe Mischung aus Düsternis und Unheil klang in seiner Stimme an. »Ich habe so etwas geahnt. Ich habe vermutet, dass Abt Andrew mehr weiß, als er uns offenbart hat, dass er etwas vor uns verbirgt. Nun aber, wo es sich zu bewahrheiten scheint, möchte ich es kaum glauben.«

»Ich habe die Wahrheit gesagt, Onkel, ich schwöre es«, versicherte Quentin. »Jedes einzelne Wort ist genau so gefallen, wie ich es dir berichtet habe.«

Sir Walter lächelte, aber es war nicht das wissende, überlegene Lächeln, das Quentin von seinem Onkel kannte; diesmal wirkte es wehmütig, und die Resignation darin war nicht zu übersehen.

»Du musst einem alten Mann verzeihen, mein Sohn, dass sein Herz sich weigert, Dinge anzuerkennen, die sein Verstand schon längst begriffen hat. Natürlich weiß ich, dass du mich nicht belügst, und ich glaube dir jedes Wort. Aber es schmerzt mich zu erfahren, dass Abt Andrew uns so arglistig hinters Licht geführt hat.«

»Die Mönche scheinen in keiner bösen Absicht zu handeln«, wandte Quentin ein. »Vielmehr geht es ihnen darum, Unbeteiligte zu schützen.«

»Zu schützen? Wovor?«

»Das weiß ich nicht, Onkel. Aber es war immer wieder die Rede davon, dass große Gefahr droht. Ein Feind aus dunkler, heidnischer Vergangenheit.« Quentin schauderte. »Und die

Rune, die ich entdeckt habe, scheint damit unmittelbar in Verbindung zu stehen.«

»Das war mir von dem Augenblick an klar, als ich das Zeichen aus Feuer dort am anderen Ufer brennen sah«, erwiderte Sir Walter düster. »Ich ahnte wohl, dass es ein Geheimnis gibt, das die Mönche von Kelso nicht mit uns teilen wollen, aber ich hätte niemals geahnt, dass ihr Misstrauen so weit geht. Sie wissen, wer hinter dem Mord an Jonathan steckt, und sie wissen auch, wer die Kerle sind, die uns hier auf Abbotsford überfallen haben. Dennoch wollen sie ihr Schweigen nicht brechen.«

»Möglicherweise haben sie gute Gründe dafür«, wandte Quentin zögernd ein, der seinen Onkel selten so aufgebracht erlebt hatte. Die Trauer um seinen Studenten und die Katastrophe an der Schlucht hatten fraglos ihre Spuren hinterlassen, aber nichts davon schien den Herrn von Abbotsford auch nur annähernd so verletzt zu haben wie der Umstand, dass Abt Andrew und seine Mitbrüder ihm ihr Vertrauen verweigert hatten.

»Welcher Grund zu schweigen kann gut genug sein, wenn es um Menschenleben geht?«, erwiderte Sir Walter wütend. »Abt Andrew und die seinen wussten, welche Gefahr uns droht. Sie hätten es uns sagen müssen, anstatt sich in irgendwelchen Andeutungen zu ergehen.«

»Wie uns zu Ohren kam, gab es eine Unterredung von Abt Andrew und Inspector Dellard«, gab Quentin zu bedenken. »Vielleicht hat der Abt Dellard darin einige Dinge mitgeteilt und ihm untersagt, sie weiterzuverbreiten. Möglicherweise ist das auch der Grund dafür, dass Dellard uns gegenüber so wortkarg gewesen ist.«

»Vielleicht, möglicherweise ...«, schnaubte Sir Walter und erhob sich energisch. »Ich bin es leid, mich mit wirren Spekulationen und Andeutungen zu begnügen, während wir alle womöglich in großer Gefahr schweben.«

»Was hast du vor, Onkel?«

»Ich werde nach Kelso fahren und Abt Andrew zur Rede stellen. Er soll uns sagen, was er über dieses Runenzeichen weiß, oder es für sich behalten. Aber ich werde ihn wissen lassen, dass ich es nicht schätze, zum Ball eines Spiels zu werden, dessen Regeln andere bestimmen. Und was auch immer er zu seiner Verteidigung anführen wird, seien es Runen, geheimnisvolle Zeichen oder anderer Schickschnack, werde ich diesmal nicht gelten lassen.«

»Aber Onkel! Denkst du nicht, dass der Abt gute Gründe hat, uns diese Dinge vorzuenthalten? Möglicherweise haben wir es tatsächlich mit Mächten zu tun, die sich unserer Kontrolle entziehen und denen mit herkömmlichen Mitteln nicht beizukommen ist.«

»Was denn, Neffe?« Der Spott in Sir Walters Stimme war unüberhörbar. »Fängst du wieder an mit deinen Spukgeschichten? Hast du dem alten Geister-Max einmal zu oft gelauscht? Ich versichere dir, dass die Gegner, mit denen wir es zu tun haben, keine Geister sind, sondern Menschen aus Fleisch und Blut. Und was auch immer diese Leute bezwecken, hat nichts mit altem Zauber oder dunklen Flüchen zu tun. Derlei Dinge existieren nicht. Seit Anbeginn der Menschheit sind es stets dieselben Beweggründe, die den Menschen dazu treiben, seinem Nächsten eine Plage zu sein: Mordgier und Habsucht, mein Junge. Das und nichts anderes. So ist es immer gewesen, schon in den Tagen unserer Vorfahren, und daran hat sich bis heute nichts geändert. Diese Leute mögen Runen und alte Prophezeiungen dafür benutzen, um ihre Verbrechen zu legitimieren, aber das alles ist nichts als Hokuspokus und fauler Zauber.«

»Denkst du das wirklich, Onkel?«

Sir Walter blickte seinen Neffen an. Als er den verschreckten Ausdruck in seinem Gesicht sah, legte sich sein Zorn ein wenig. »Ja, Quentin«, lenkte er ein. »Daran glaube ich. Die Vergangenheit, die ich in meinen Romanen so gern heraufbeschwöre, liegt hinter uns. Die Zukunft gehört der Vernunft und der Wissenschaft, dem Fortschritt und der Zivilisation. Sie bietet keinen Platz für alten Aberglauben. All das haben wir längst hinter uns gelassen, und wir können das Rad der Zeit weder anhalten noch es zurückdrehen. Was immer hinter all dem steckt, hat nichts mit Zauberei oder dunkler Magie zu tun. Es ist das Werk von Menschen, mein Junge. Nichts weiter. Und genau das werde ich auch Abt Andrew sagen.«

Quentin sah die bittere Entschlossenheit im Gesicht seines Onkels und wusste, dass es sinnlos gewesen wäre, ihn aufhalten zu wollen. Andererseits war das auch gar nicht sein Wunsch, denn Sir Walters Sicht der Dinge klang nicht nur vernünftiger, sondern auch weniger beunruhigend als das, was Quentin im Kloster mit angehört hatte.

Er beschloss, seinen Onkel nach Kelso zu begleiten, und folgte ihm hinaus auf den Korridor, wo ihnen der Hausverwalter entgegenkam.

»Sire!«, rief er aufgeregt.

»Mein armer Mortimer«, sagte Sir Walter angesichts des aufgelösten Anblicks, den der alte Verwalter bot. »Was ist dir denn begegnet?«

»Eine ganze Abteilung bewaffneter Dragoner, Sire«, erwiderte Mortimer mit vor Aufregung stockender Stimme. »Sie sind soeben in den Innenhof eingeritten. Der Engländer ist ebenfalls bei ihnen.«

»Inspector Dellard?«, fragte Scott erstaunt.

»So ist es, Sire, und er wünscht Sie dringend zu sprechen. Was soll ich ihm sagen?«

Sir Walter überlegte einen Moment und tauschte mit Quentin einen vorsichtigen Blick. »Sage dem Inspector, dass ich ihn in meinem Arbeitszimmer erwarte«, teilte er dem Verwalter schließlich mit. »Und lass Anne Tee und Gebäck bringen. Unser Gast soll nicht das Gefühl haben, wir im Norden hätten keine Manieren.«

»Sehr wohl, Sire«, sagte Mortimer und entfernte sich.

»Was mag Dellard wollen?«, fragte Quentin.

»Ich weiß es nicht, Neffe«, erwiderte Sir Walter, in dessen kleinen Augen es listig blitzte, »aber wenn uns der Zufall einen solchen Trumpf in die Hände spielt, sollten wir ihn nicht leichtfertig vergeben. Mit dem, was wir von Abt Andrew wissen, sollte es uns möglich sein, den guten Inspector ein wenig unter Druck zu setzen. Vielleicht wird Dellard dann gesprächiger, was diesen mysteriösen Fall betrifft ...«

Wie sich zeigte, schien Charles Dellard Sir Walter die Meinungsverschiedenheit während ihrer letzten Unterredung nicht zu verübeln. Der Inspector trug wieder die alte Überlegenheit zur Schau, als er das Arbeitszimmer Sir Walters betrat und in dem Sessel Platz nahm, den der Herr des Hauses ihm anbot.

»Ich danke Ihnen, Sir«, sagte er, als eines der Hausmädchen ihm ein Tablett mit frisch gebrühtem Tee und Gebäck servierte. »Es ist schön zu sehen, dass die Zivilisation auch bis hierher vorgedrungen ist. Obgleich die jüngsten Ereignisse eine andere Sprache zu sprechen scheinen.«

»Haben Sie etwas herausgefunden?«, fragte Sir Walter, der es vorgezogen hatte zu stehen und nun skeptisch auf den Besucher herabblickte.

»Das könnte man so sagen, ja.« Dellard nickte und nahm einen Schluck vom heißen Earl Grey. »Es ist mir gelungen, den Mann zu identifizieren, den Ihr Neffe in jener Nacht erschossen hat.«

»Tatsächlich?«

»Sein Name ist Henry McCabe. Wie Sie richtig vermutet haben, stammte er aus einer anderen Gegend, weshalb sich die Identifizierung so überaus schwierig gestaltet hat. Sein Heimatort ist Elgin, weit oben im Norden. Er gehörte einer Bande von Aufrührern an, die dort schon seit längerem ihr Unwesen treiben und ihr Tätigkeitsgebiet nun offenbar nach Süden ausgeweitet haben. Sie sehen also, Sir Walter – wir machen durchaus Fortschritte.«

»Ich bin beeindruckt«, sagte der Herr von Abbotsford, aber es klang nicht sehr aufrichtig. »Und was hat es mit dem Runenzeichen auf sich? Haben Sie auch darüber etwas herausgefunden, das Sie mir berichten könnten?«

»Ich bedauere.« Zwischen zwei Schlucken Tee schüttelte Dellard den Kopf. »Im Augenblick gestatten meine Ermittlungen es mir noch nicht, Ihnen darüber Genaueres zu sagen. Es sieht jedoch ganz so aus, als ob ...«

»Ersparen Sie mir das, Inspector«, fiel Scott ihm harsch ins Wort. »Ersparen Sie mir weitere Floskeln und Ausflüchte, wenn es letztendlich nur darum geht, mir die Wahrheit vorzuenthalten.«

Dellard blickte gelassen auf. »Geht es schon wieder los?«, fragte er. »Ich dachte, das hätten wir hinter uns gelassen?«

»Noch lange nicht, werter Inspector. Es wird weitergehen, bis Sie mir endlich die Wahrheit über jene Gesetzlosen sagen. Es sind keine gewöhnlichen Aufrührer, nicht wahr? Und sie haben die Schwertrune auch nicht aus Zufall zu ihrem Zeichen gemacht. Es steckt mehr dahinter, und ich will endlich wissen, woran ich bin. Worauf ist mein Neffe gestoßen, als er dieses Zeichen entdeckt hat? Weshalb wurde die Bibliothek niedergebrannt? Was haben die Mönche von Kelso damit zu tun? Und warum trachtet man mir nach dem Leben?«

»Viele Fragen«, sagte Dellard nur.

»Allerdings. Und ich habe das Gefühl, dass die Antworten auf diese Fragen weit in die Vergangenheit reichen. Wir haben es hier mit einem Rätsel zu tun, das weit über einen gewöhnlichen Kriminalfall hinausgeht, nicht wahr? Also brechen Sie um Himmels willen endlich Ihr Schweigen!«

Dellard saß schweigend im Sessel. Mit einer ruhigen Handbewegung führte er die Tasse aus weißem Porzellan zum Mund und nahm einen weiteren Schluck Tee. So langsam, dass es Quentin fast wie eine Provokation vorkam, setzte er die Tasse anschließend auf dem kleinen Beistelltisch ab und ließ sich durch Sir Walters forschenden Blick nicht im Geringsten aus der Ruhe bringen.

»Sie wollen Antworten, Sir?«, fragte er dann.

»Mehr als alles andere«, versicherte Sir Walter. »Ich will endlich wissen, woran ich bin.«

»Also gut. Dann will ich Ihnen von der Unterredung berichten, die ich mit Abt Andrew hatte, dem Vorsteher des Konvents von Kelso. Zwar hat er mich dringend gebeten, unter keinen Umständen davon etwas weiterzutragen, aber in Ihrem Fall will ich eine Ausnahme machen. Schließlich sind Sie – wenn ich es so ausdrücken darf – die Hauptperson in diesem Spiel.«

»Die Hauptperson? In einem Spiel? Wie darf ich das verstehen?«

»Sie haben Recht, Sir Walter. Bei den Tätern, die hinter den Mordanschlägen und den Überfällen der vergangenen Wochen stecken, handelt es sich tatsächlich nicht um gewöhnliche Aufrührer. Vielmehr sind es Sektierer, die einem uralten Geheimbund angehören.«

»Einem Geheimbund«, echote Quentin, der atemlos dabeistand und merkte, wie ein eisiger Schauer seinen Rücken heraufkroch.

»Die Wurzeln des Bundes«, fuhr Dellard fort, »reichen weit in die Vergangenheit. Es gab ihn schon, bevor die Zivilisation diesen rauen Landstrich erreichte, lange vor den Römern, in dunklen Tagen. Daher betrachten die Angehörigen des Geheimbundes die geltenden Gesetze nicht als bindend und frönen heidnischen Ritualen. Dies ist der Grund dafür, dass Abt Andrew ein Auge auf sie hat. Seinen Orden verbindet eine alte Feindschaft mit dem Geheimbund.«

»Und die Schwertrune?«, wollte Sir Walter wissen.

»Ist von alters her das Erkennungszeichen der Sektierer. Ihr Emblem, wenn Sie so wollen.«

»Ich verstehe. Das erklärt Abt Andrews Reaktion, als wir ihm die Rune zeigten. Aber weshalb all diese Warnungen und die Geheimniskrämerei? Dieser Geheimbund mag alt sein, aber das ist doch alles nur Hokuspokus und Aberglaube. Mit einer Abteilung berittener Dragoner sollte man einer solchen Bedrohung rasch beikommen können.«

»Sie haben mir einmal vorgeworfen, den Fall zu unterschätzen, Sir«, erwiderte Dellard mit leisem Lächeln. »Diesen Vorwurf darf ich nun zurückgeben. Denn der Geheimbund ist keinesfalls ein Zusammenschluss einiger weniger Sektierer. Er ist eine Bewegung, die oben im Norden bereits zahlreiche Anhänger gefunden hat. Wie Sie sicher wissen, ist trotz unserer modernen Zeit der Aberglaube in weiten Teilen Ihres Volkes noch weit verbreitet, und das Andenken an alte, heidnische Traditionen wird nach wie vor hochgehalten. Dazu kommt der Zorn, den die Bevölkerung über die *Clearances* verspürt. Zahlreiche Bauern, die von ihrem Land vertrieben wurden, haben sich dem Bund angeschlossen. Damit möglichst wenig darüber bekannt wird, habe ich von höchster Stelle den Auftrag bekommen, die Sache unter Verschluss zu halten und niemandem etwas darüber zu verraten – auch Ihnen nicht, Sir Walter. Jetzt verstehen Sie vielleicht mein Verhalten.«

Sir Walter nickte – offenbar hatte er das Problem tatsächlich unterschätzt. »Es tut mir Leid«, sagte er. »Ich wollte Sie nicht in eine Zwangslage bringen, Inspector. Aber meine Familie und mein Heim sind bedroht, und solange ich nicht weiß, aus welcher Richtung die Gefahr kommt, kann ich nichts gegen sie unternehmen.«

»Die Gefahr, Sir Walter, droht aus sämtlichen Richtungen. Denn wie wir erfahren haben, haben die Sektierer Sie zu ihrem Erzfeind erklärt.«

»Mich?« Der Herr von Abbotsford machte große Augen.

»Ja, Sir. Dies ist der Grund dafür, dass Ihr Student sterben musste. Und es ist auch der Grund, weshalb ich in Kelso bin, um die Ermittlungen zu leiten. Glauben Sie wirklich, man hätte einen Inspector aus London geschickt, wenn es – bitte verzeihen Sie mir – nur um einen gewöhnlichen Mordfall gegangen wäre?«

Sir Walter nickte. »Ich muss zugeben, dass ich mir diese Frage bereits gestellt habe.«

»Mit Recht, Sir. Der einzige Grund, weshalb ich geschickt wurde, ist der, dass diese Leute Ihnen nach dem Leben trachten und dass Sie am Hof und in Regierungskreisen einflussreiche Freunde haben. Man hat mich in diese entlegene Gegend gesandt, damit ich den Sektierern möglichst schnell das Handwerk lege. In der Wahl der Mittel hat man mir völlig freie Hand gelassen – und zwar Ihretwegen, Sir. Ich hatte den Auftrag, Sie und Ihre Familie um jeden Preis zu beschützen. Leider haben Sie mir meine Aufgabe nicht immer leicht gemacht – und leider habe ich sie nicht so erfüllt, wie man es von mir erwartet hat.«

»Meinetwegen?«, fragte Sir Walter entgeistert, der nicht so recht glauben konnte, dass es bei der Angelegenheit um seine Person gehen sollte. »Jonathan ist meinetwegen gestorben?«

»So ist die Taktik dieser Sektierer. Sie suchen sich ihre Opfer sehr sorgfältig aus. Dann legen sie ihnen die Schlinge um den Hals und ziehen ganz langsam zu. Der arme Jonathan war das erste Opfer. Sie, Master Quentin, hätten das nächste sein sollen. Und an der Brücke sollte es wohl Sir Walter selbst treffen. Nur einer glücklichen Fügung war es zu verdanken, dass es anders gekommen ist.«

»Einer glücklichen Fügung«, ächzte Sir Walter. »Ein Unbeteiligter ist ums Leben gekommen, und zwei junge Frauen wären um ein Haar verunglückt. Nennen Sie das eine glückliche Fügung?«

»In Anbetracht der Umstände, ja«, erwiderte Dellard hart. »Ich wusste die ganze Zeit über, in welcher Gefahr Sie schweben, deshalb wollte ich nicht, dass Sie auf eigene Faust ermitteln und sich und die Ihren dadurch noch mehr gefährden. Leider haben Sie nicht auf mich gehört, weshalb es in jener Nacht zu dem Überfall auf Ihr Anwesen gekommen ist. Meine Leute waren zum fraglichen Zeitpunkt in Selkirk, um einem Hinweis nachzugehen, den wir bekommen hatten. Rückblickend ist mir klar, dass es sich um ein Ablenkungsmanöver gehandelt hat.

Daraus lässt sich erkennen, wie gerissen die Gegenseite arbeitet.«

»Ich verstehe«, sagte Sir Walter tonlos, dessen logisch arbeitender Verstand in diesem Augenblick zu pausieren schien. Es war sein Neffe, der trotz der Angst, die ihm die ganze Angelegenheit machte, einen berechtigten Einwand erhob.

»Eines verstehe ich nicht«, sagte er. »Weshalb sollten sich diese Sektierer meinen Onkel als Ziel aussuchen? Jeder kennt ihn und weiß, dass er sich für die Belange Schottlands einsetzt. Er ist ein ehrenwerter Patriot, der …«

»Ist Ihnen schon einmal der Gedanke gekommen, werter Master Quentin, dass nicht jeder Landsmann das so sehen könnte? Es gibt durchaus auch Stimmen, die behaupten, Ihr Onkel verbrüdere sich mit den Engländern und verrate Schottland an die Krone.«

»Aber das ist doch Unsinn.«

»Sagen Sie das nicht mir, junger Herr. Sagen Sie das diesen mordlustigen Eiferern. Die Sektierer sind allesamt Menschen, die mit dem Rücken zur Wand stehen und nichts zu verlieren haben. In ihrer Verzweiflung hängen sie einem Aberglauben nach und morden und brandschatzen im Zeichen einer alten Rune. Mit Argumenten und Erklärungen ist ihnen nicht beizukommen, nur mit der eisernen Hand des Gesetzes.«

»Aber wissen Sie denn nicht, was mein Onkel für unser Volk getan hat?«

»Die meisten dieser Leute können weder lesen noch schreiben, werter Master Hay. Sie sehen nur, was offensichtlich ist: dass Ihr Onkel bei den Engländern und insbesondere beim Hochadel beliebt und ein gern gesehener Gast ist, und das macht ihn in ihren Augen zum Verräter am schottischen Volk.«

»Unfassbar«, sagte Sir Walter nur. Quentin fand, dass sein Onkel plötzlich müde und abgeschlagen wirkte. Matt sank Sir Walter auf seinen Schreibtischstuhl. »Ich ein Verräter! Wie können die Leute so etwas nur denken! Ich bin Patriot, durch meine Adern fließt schottisches Blut. Mein ganzes Leben lang habe ich mich für das Recht und die Belange des schottischen Volkes eingesetzt.«

»Mag sein, Sir«, räumte Dellard ein, »aber durch Ihre Kooperation mit der Krone und Ihre Tätigkeit bei Gericht haben Sie sich wohl verdächtig gemacht.«

Sir Walter stöhnte auf wie unter Schmerzen. »Aber es ging mir doch nur darum, die Stellung meiner Landsleute innerhalb des Reichs zu verbessern und das Schottentum wieder salonfähig zu machen.«

»Leider sehen die Aufrührer das gänzlich anders. Nach ihrer Auffassung haben Sie Schottland an die Engländer verraten und die alten Traditionen verschachert wie eine Hure ihren Körper.« Die Wortwahl des Inspectors war alles andere als fein, und unter jedem seiner Worte zuckte Sir Walter wie unter Peitschenhieben zusammen.

»Das war nie meine Absicht«, sagte er leise. »Ich wollte stets nur das Beste für meine Landsleute.«

»Sie wissen das, Sir, und ich weiß es natürlich auch. Aber diese Sektierer wissen es nicht. Und der bevorstehende Besuch Seiner Majestät des Königs in Edinburgh hat nicht dazu beigetragen, die Lage zu entschärfen.«

»Der Besuch Seiner Majestät?« Sir Walter blickte auf. »Woher wissen Sie davon? Die Vorbereitungen unterstehen strengster Geheimhaltung.«

Dellard lächelte. »Ich bin Inspector der Krone und für die innere Sicherheit des Landes verantwortlich, Sir. Ich habe in London Zugang zu obersten Regierungskreisen und weiß natürlich Bescheid, wenn Seine Majestät eine Reise plant.«

»König George plant eine Reise?«, fragte Quentin verwundert. »Nach Edinburgh?«

Sir Walter nickte. »Es ist ein Akt von enormer historischer Tragweite, dem man von Seiten der Regierung große Bedeutung für das innere Zusammenwachsen unseres Landes beimisst. Aus diesem Grund hat man mich, einen Schotten, damit beauftragt, die Vorbereitungen für den Besuch zu treffen.«

»Weshalb hast du mir nichts davon gesagt?«, fragte Quentin.

»Weil Seine Majestät ausdrücklich wünscht, dass die Planungen geheim bleiben. Und allmählich dämmert mir auch, weshalb.«

»Die Sektierer«, bestätigte Dellard. »Die Geheimpolizei befürchtet wohl eine Revolte in Edinburgh, und deshalb riet man zur strengsten Geheimhaltung. Nach allem, was sich zugetragen hat, sieht es jedoch ganz danach aus, als hätten die Aufrührer Kenntnis von dem bevorstehenden Besuch erhalten – und ihr Zorn richtet sich jetzt gegen Sie, Sir.«

»Ich verstehe.« Sir Walter nickte wissend. »Aber weshalb haben Sie mir nichts davon gesagt?«

»Weil es mir untersagt wurde. Man hielt es wohl für das Beste, Sie nicht unnötig zu beunruhigen.«

»Oder war es vielmehr so, dass ich ein willkommener Köder war?«, hakte Sir Walter nach, dessen alter Scharfsinn wieder zurückgekehrt zu sein schien. »Ein Lockvogel, um die Aufrührer aus ihrem Versteck zu holen und dingfest zu machen?«

Dellard schürzte die Lippen. »Ich sehe, Sir, es ist schwer, Ihnen etwas vorzumachen. In der Tat ist der Schutz Ihrer Person und Ihrer Familie nicht der einzige Auftrag, den ich aus London erhalten habe. Es ging auch darum, die Bande ausfindig zu machen und ihrem Treiben ein Ende zu bereiten. Andernfalls wird der Besuch Seiner Majestät nicht wie geplant stattfinden können.«

»Aber dieser Besuch muss stattfinden«, sagte Sir Walter drängend. »Er ist ein wichtiges Signal für die Zukunft unseres Landes. Das Protokoll, das ich derzeit ausarbeite, sieht vor, Seine Majestät in Edinburgh Castle zu empfangen und ihn mit den schottischen Herrscherinsignien zu ehren.«

»Mit welchen Insignien?«, fragte Quentin. »Das Königsschwert ist seit langer Zeit verschollen, oder nicht?«

»Allerdings«, räumte Sir Walter ein, »aber das Protokoll sieht einen zeremoniellen Akt vor, in dem Seine Majestät als König unserer vereinten Völker proklamiert werden soll. Es könnte der Anfang einer neuen, friedlichen Zukunft sein, in der Engländer und Schotten eine gemeinsame Geschichte weben. Wir brauchen diese Chance, Dellard. Mein Volk braucht sie. Dieser Besuch muss um jeden Preis stattfinden.«

»Auch in London empfindet man so, deshalb legt man so großen Wert darauf, die Aufrührer unschädlich zu machen. Ich bedauere, Sie sozusagen als Köder missbraucht zu haben, Sir Walter, aber in Anbetracht der Umstände hatte ich keine andere Wahl.«

»Sie haben nur getan, was Ihre Pflicht als Offizier und als Patriot war«, beschwichtigte ihn Sir Walter. »Vielmehr bitte ich Sie, meine Beharrlichkeit zu entschuldigen. Nicht durch Ihr Verschulden, sondern durch meine Unnachgiebigkeit sind meine Familie und mein ganzes Haus in Gefahr geraten.«

»Ich kann Sie gut verstehen, Sir. An Ihrer Stelle hätte ich wohl nicht anders gehandelt. Aber darf ich in Anbetracht der Lage vorschlagen, dass Sie meinen Anweisungen in Zukunft Folge leisten?«

Sir Walter nickte, zögernd zuerst, dann bitter entschlossen. »Was verlangen Sie?«

»Ich schlage vor«, drückte der Inspector es diplomatischer aus, »dass Sie mit Ihrer Familie Abbotsford verlassen.«

»Ich soll Abbotsford den Rücken kehren? Meinem eigenen Grund und Boden?«

»Nur bis wir die Sektierer gefasst und zur Rechenschaft gezogen haben«, beeilte sich Dellard zu sagen. »Dank der Hinweise, die ich von Abt Andrew bekommen habe, bin ich guter Hoffnung, dass wir die Gesetzlosen schon bald überführen werden. Bis es jedoch so weit ist, wäre es mir lieber, Sie und die Ihren in Sicherheit zu wissen, Sir Walter. Soweit ich weiß, besitzen Sie ein Stadthaus in Edinburgh ...«

»Das ist richtig.«

»Dann schlage ich vor, Sie ziehen sich mit Ihrer Familie dorthin zurück und warten ab, bis die Angelegenheit bereinigt ist. In Edinburgh haben Sie nichts zu befürchten. Bis in die Städte wagen sich diese Burschen nicht vor.«

Sir Walter blickte den Inspector befremdet an. »Wir sollen also fliehen? Uns dem Schrecken beugen, den diese Mordbrenner verbreiten?«

»Nur für kurze Zeit und auch nicht aus Feigheit, sondern um Ihre Familie zu schützen. Bitte, Sir, sehen Sie es ein. In den letzten Nächten ist es wohl nur deshalb ruhig geblieben, weil ich ohne Ihr Wissen Dragoner an allen Zufahrten zu Ihrem Anwesen postiert habe. Auf Dauer kann ich diese Männer jedoch nicht entbehren, Sir. Ich brauche sie für den Kampf gegen die Sektierer. Natürlich kann ich Sie nicht zwingen zu gehen, aber wenn Sie bleiben, vermag ich nicht länger für Ihre Sicherheit zu garantieren. Bedenken Sie also wohl, was Sie tun. Ich habe Ihnen die Wahrheit gesagt und mit offenen Karten gespielt, und es wäre mir lieb, wenn Sie nun dasselbe tun und mir sagen würden, was Sie vorhaben.«

Eine lange Pause entstand, in der Sir Walter stumm vor sich hin blickte. Quentin hatte eine ungefähre Vorstellung davon, was seinem Onkel durch den Kopf ging, und er war froh, nicht in seiner Haut zu stecken.

Eine Entscheidung musste getroffen werden, von der das Wohl des ganzen Hauses abhängen konnte. Entschloss sich Sir Walter, in Abbotsford zu bleiben, mochten sie alle Opfer eines weiteren heimtückischen Überfalls werden. Einmal hatten sich die Angreifer vertreiben lassen – ein zweites Mal würde es sicher nicht so leicht gelingen. Räumte Sir Walter hingegen das Feld, gab er den Aufrührern damit zu verstehen, dass er sich ihrer Gewalt beugte, und wer den Herrn von Abbotsford kannte, der wusste, dass ein solches Nachgeben in fundamentalem Widerspruch zu seinen Überzeugungen stand. Zudem musste er seine Bibliothek und sein Arbeitszimmer hinter sich lassen; die Möglichkeiten, die ihm in Edinburgh zur Verfügung standen, um seine Arbeit fortzusetzen – mit der er ohnehin in argen Verzug geraten war –, waren im Vergleich zu Abbotsford doch sehr eingeschränkt.

Wie also würde die Entscheidung ausfallen?

Obwohl Quentin, der sich eben erst aus dem Schatten seiner Familie löste, alles andere als erpicht darauf war, nach Edinburgh zurückzukehren, hoffte er, dass sein Onkel dieser Möglichkeit den Vorzug gäbe. Es war eine Sache, in alten Büchern nach Geheimnissen zu forschen; sich mit blutdürstigen Aufständischen anzulegen war eine ganz andere. Und obgleich ihm anzusehen war, wie schwer ihm die Entscheidung fiel, gelangte auch Sir Walter zu dieser Ansicht.

»Gut«, sagte er schließlich. »Ich beuge mich der Gewalt.

Nicht um meinetwillen, sondern um meiner Frau und meiner Familie und der Menschen willen, die in meinen Diensten stehen. Ich kann nicht verantworten, dass sie meinen Stolz und meinen Starrsinn mit dem Leben bezahlen.«

»Eine kluge Entscheidung, Sir«, sagte Dellard anerkennend, und Quentin atmete innerlich auf. »Ich weiß, dass Sie ein Mann von Ehre sind, dem ein solcher Schritt nicht leicht fällt. Aber ich darf Ihnen versichern, dass nichts Ehrenrühriges daran ist, das Feld zu räumen, wenn man dadurch Unschuldige schützen kann.«

»Ich weiß, Inspector. Aber Sie werden verstehen, dass mir das im Augenblick kein Trost ist. Da ist zu viel, das ich erst noch verarbeiten muss, und vielleicht ist das Haus in Edinburgh dafür der geeignete Ort.«

»Da bin ich mir ganz sicher.« Dellard nickte zustimmend, erhob sich dann aus seinem Sessel und trat an den Schreibtisch, um Sir Walter zum Abschied die Hand zu reichen. »Leben Sie wohl, Sir. Ich werde Sie über den Stand der Ermittlungen auf dem Laufenden halten und Ihnen einen Boten schicken, sobald wir die Rädelsführer gefasst und unschädlich gemacht haben.«

»Danke«, sagte Sir Walter, aber es klang matt und resignierend.

Der Inspector verabschiedete sich auch von Quentin und wandte sich dann zum Gehen. Der getreue Mortimer geleitete ihn durch den Gang und die Eingangshalle nach draußen, wo die Dragoner warteten.

Und niemand, weder Sir Walter noch Quentin noch der alte Hausverwalter, sah das zufriedene Grinsen, das über Charles Dellards Züge huschte.

7.

Nichts hatte sich geändert.

Schon zu Hause in Egton hatte Mary ungezählte nutzlose Stunden auf langweiligen Bällen und Empfängen zugebracht und dem geistlosen Geschwätz von Leuten zugehört, die sich aufgrund ihrer Abstammung für privilegiert hielten: junge Frauen, die kein anderes Gesprächsthema fanden als die neueste Mode aus Paris und den jüngsten Klatsch aus London, und junge Männer, die in ihrem Leben nichts geleistet hatten, als den Wohlstand zu erben, den ihre Väter und Großväter angehäuft hatten, und deren plumpe Annäherungsversuche Mary stets als beleidigend empfunden hatte.

Zugegeben – die Zahl der jungen Männer, die sich um sie drängten, um sich in ihre Tanzkarte einzutragen, hatte sich drastisch reduziert, seit bekannt gegeben worden war, dass sie Malcolm of Ruthvens Braut war. In jeder anderen Hinsicht jedoch war alles nur noch schlimmer geworden.

Die Ruthvens gaben einen Ball – Mary zu Ehren und um sie angemessen in ihrer neuen Heimat zu begrüßen, wie es hieß. In Wirklichkeit ging es bei dem Fest, das im großen Rittersaal der Burg abgehalten wurde, einmal mehr darum, Eleonore und ihrem Sohn vor dem Adel des Umlands ein Podium zu geben.

Man glänzte und protzte mit dem, was man hatte, erging sich in törichten Gesprächen über Nichtigkeiten und ereiferte sich an Dingen, die Mary nicht interessierten. Es schien, als hätte das wahre, wirkliche Leben keinen Zutritt zu gesellschaftlichen Anlässen wie diesen. Durch ihre Abreise aus Egton hatte Mary geglaubt, zumindest diesem unerfreulichen Aspekt ihres Lebens zu entrinnen, aber sie hatte sich geirrt. Die Adeligen des Hochlands waren nicht weniger blasiert und snobistisch als jene zu Hause. Ihre Namen mochten anders lauten, und sie mochten sich alle Mühe geben, ihren schottischen Akzent zu verbergen, den sie als bäuerlich und unschicklich empfanden. Aber unterm Strich waren es dieselben Gespräche, dieselben langweiligen Gesichter und dieselben Zwänge wie in Egton.

»Hier, mein Kind«, sagte Eleonore of Ruthven und nahm Mary am Arm, um sie mit sanfter Gewalt zur nächsten Gästegruppe zu führen, die am Rand der Tanzfläche stand und unbewegt stolze Mienen zur Schau trug, während die Kapelle ein altmodisches Menuett aufspielte. Vom Walzer und anderen neueren Tänzen, wie sie auf dem Festland Mode waren, schien hier noch nie jemand etwas gehört zu haben.

»Lord Cullen«, erhob Eleonore ihre schneidende Stimme, »gestatten Sie, dass ich Ihnen Mary of Egton vorstelle, Malcolms Braut und Verlobte.«

»Ich bin hocherfreut.« Cullen, ein Mittsechziger, der eine gepuderte Perücke zu seiner Paradeuniform trug, deutete eine Verbeugung an. »Ihrem Namen nach sind Sie Engländerin, Lady Mary?«

»Das ist wahr.«

»Dann haben Sie sicher noch einige Schwierigkeiten, sich mit dem rauen Wetter und den Sitten hier oben im Hochland zurechtzufinden.«

»Nicht wirklich«, sagte Mary und lächelte gezwungen. »Mein Bräutigam und seine Mutter geben sich alle Mühe, dass ich mich heimisch fühle und es mir an nichts fehlt, das Heimweh aufkommen lassen könnte.«

Das Gelächter, das Eleonore daraufhin vernehmen ließ, klang gekünstelt, ein wenig wie das Gackern einer Henne. Mary konnte die Heuchelei nicht ertragen und wandte sich ab. Vergeblich suchte sie in dem Durcheinander aus Perücken, Röcken und mit Federputz versehenen Kleidern nach einem menschlichen Gesicht. Ringsum sah sie nichts als gepuderte Blässe, die wohl – so kam es Mary vor – den Umstand verbergen sollte, dass die wenigsten dieser Leute noch am Leben waren.

»Ah, werte Mary! Da sind Sie ja!«

Ohne es zu wollen, war Mary in die Nähe des Kreises geraten, wo sich Malcolm mit anderen jungen Lairds und Landlords unterhielt. Die begehrlichen Blicke, mit denen einige von ihnen Mary bedachten, zeigten deutlich, dass die jungen Männer nicht halb so zivilisiert und vornehm waren, wie sie sich nach außen hin gaben.

»Gerade reden wir über eines Ihrer Lieblingsthemen«, sagte Malcolm grinsend, der seit ihrer Ausfahrt in den Wald kaum mit ihr gesprochen hatte.

»Was könnte das wohl sein?«, fragte Mary und lächelte unsicher. Sie musste den Schein wahren, irgendwie, um diesen Abend zu überleben, dachte sie im Stillen.

»Ist es wahr, dass Sie gegen die *Highland Clearances* sind, Mylady?«, fragte ein junger Bursche, der kaum zwanzig Jahre alt war und über dessen Stirn ein rotblonder Haarschopf quoll. Seine stämmige Erscheinung hatte etwas Bäuerliches – wären seine Vorfahren nicht vor einigen Jahrhunderten zu Reichtum und Ansehen gelangt, hätte er vermutlich in irgendeinem Stall oder auf dem freien Feld seine Arbeit verrichtet.

Mary überlegte sich ihre Antwort nicht lange. Sie hatte an diesem Abend so viele Heucheleien gehört und sich auch selbst daran beteiligt, dass ihr beinahe übel geworden war. Sie konnte sich nicht noch länger verstellen. Nicht, wenn es um ihre Überzeugungen ging.

»Ja«, sagte sie deshalb rundheraus. »Wie würde es Ihnen gefallen, von Ihrem Land vertrieben zu werden und das Dach über dem Haus angezündet zu bekommen, mein lieber ...«

»McDuff«, stellte der Rotschopf sich vor. »Henry McDuff. Ich bin der zweite Laird von Deveron.«

»Wie schön für Sie«, versetzte Mary lächelnd. »Sicher haben Sie in vielen Kriegen mutig gekämpft und zahlreiche Orden errungen, um in den Besitz Ihrer Privilegien zu gelangen.«

»Natürlich nicht«, verbesserte McDuff, der nicht merkte, dass Mary sich über ihn lustig machte. »Mein Urgroßvater hat das getan. Er hat auf dem Schlachtfeld von Culloden auf der richtigen Seite gestanden und unserer Familie damit auf alle Zeit Macht und Besitz gesichert.«

»Ich verstehe. Und Sie, werter McDuff, eifern Ihrem Ahnen nun darin nach, gegen Ihre eigenen Landsleute zu kämpfen. Leider sind Sie nicht ganz so tapfer wie er. Denn damals waren es Clansherren und Soldaten, heute hingegen nur wehrlose Bauern.«

»Das lässt sich nicht vergleichen«, schnaubte der Gescholtene. »Diese Bauern besetzten unser Land. Sie hindern es daran, guten Gewinn abzuwerfen.«

»Mein lieber McDuff«, sagte Mary mit zuckersüßer Stimme, »zuallererst einmal *leben* diese Menschen auf Ihrem Land und besetzen es nicht. Und sie tun es auch nicht umsonst, sondern zahlen Ihnen Pacht dafür.«

»Pacht!« Der Laird schnappte nach Luft, und seine Wangen färbten sich rot. »Wenn ich das schon höre! Als ob man die paar Pence, die diese Tagelöhner uns bezahlen, als Pacht bezeichnen könnte.«

Einige der jungen Männer, die dabeistanden, lachten höhnisch, andere drückten lautstark ihre Zustimmung aus. Malcolm of Ruthven war das wachsende Unbehagen anzusehen.

»Natürlich«, konterte Mary schlagfertig, »Sie haben Recht, mein lieber McDuff. Ich weiß ja, dass Sie und Ihresgleichen seit Jahren darben, weil Ihre Pachteinnahmen sich ständig verringern.« Dabei deutete sie unmissverständlich auf die nicht eben kleine Rundung, die sich über dem Hosenbund des jungen Lairds wölbte.

Diesmal war es Mary, die die Lacher auf ihrer Seite hatte, und McDuff zog ein beleidigtes Gesicht. Malcolm, dem die Angelegenheit sichtlich peinlich war, sagte: »Da siehst du es, lieber Henry. Das ist der Fortschritt, von dem wir so gern sprechen, die modernen Zeiten. Dazu gehört es eben auch, dass Frauen frei ihre Meinung äußern.«

»Das war nicht zu überhören«, erwiderte McDuff säuerlich.

»Verzeihen Sie, wenn ich Sie verletzt habe, werter Laird«, fügte Mary bissig hinzu. »Sicher wollen Sie nur das Beste für die Menschen, die auf Ihrem Land leben. Es würde Ihnen nicht im Traum einfallen, sich an ihnen zu bereichern, nicht wahr?« Sie sah noch, wie Malcolm schmerzvoll zusammenzuckte wegen der schallenden Ohrfeige, die sie seinem Gast erteilt hatte, aber sie kümmerte sich nicht mehr darum, sondern wandte sich ab und suchte den Ausgang.

Mary verspürte das dringende Bedürfnis nach frischer Luft. Sie musste fort, hinaus aus diesem Saal, in dem Heuchelei und Blasiertheit herrschten. Dass ihr die Blicke zahlreicher Ballgäste dabei folgten und sie noch nicht einmal mit ihrem Bräutigam getanzt hatte, wie es die Etikette verlangte, war ihr gleichgültig. Sie wollte nur weg, ehe noch mehr Bosheiten aus ihrem Mund purzelten, die ihr später vielleicht Leid tun mochten.

Geistesgegenwärtig achtete sie darauf, dass Eleonore nicht mitbekam, wie sie sich durch einen der Nebeneingänge davonstahl. Malcolm sah sie, hielt es jedoch nicht für nötig, ihr zu folgen, und Mary war ihm dankbar dafür.

An den Dienern vorbei, die ihr verblüfft nachblickten, stürzte sie durch den Gang und die nächstbeste Treppe hinab. Sie konnte die Tränen nicht länger zurückhalten. Als wäre ein Damm gebrochen, rannen sie ihr über die blass gepuderten Wangen und hinterließen gezackte Linien, die aussahen, als hätte ihr hübsches Gesicht Sprünge bekommen.

Längst wusste Mary nicht mehr, wo sie sich befand; sie hatte inmitten der verschlungenen Treppen und Gänge der Burg die Orientierung verloren, aber sie lief einfach weiter. Verzweiflung und Furcht pulsierten durch ihre Adern und schlugen ihr bis zum Halse.

Hatte sie wirklich geglaubt, sich damit arrangieren zu können? Hatte sie tatsächlich angenommen, sich so verstellen zu können, dass sie einen Mann heiratete, den sie weder kannte noch liebte? Dass sie alles leugnete, woran sie glaubte, nur um ihm eine willfährige Gemahlin zu sein?

Es war üblich in Adelskreisen, dass Ehen arrangiert wurden – Vernunftehen, die auf finanzieller und gesellschaftlicher Räson basierten und mit Liebe und Romantik nicht das Geringste zu tun hatten. Aber Mary wollte nicht, dass ihr Leben so verlief! Eine Zeit lang hatte sie sich damit getröstet, dass vielleicht alles anders kommen und sie in Malcolm of Ruthven einen Mann finden würde, den sie sowohl respektieren als auch lieben könnte. Aber weder das eine noch das andere war der Fall. Malcolm war nichts als ein aufgeblasener Emporkömmling, dem Reichtum und Einfluss über alles gingen. Und was beinahe noch schlimmer war: Er betrachtete Mary als Fremdkörper in seinem Leben, den er am liebsten entfernt hätte und nur seiner Mutter zuliebe duldete.

Sollte sie so den Rest ihres Lebens verbringen? Geduldet, aber unglücklich und verzweifelt, weil keine ihrer Hoffnungen sich jemals erfüllen würde?

Schluchzend stürzte sie durch einen langen, von alten Rüstungen gesäumten Gang, der von flackerndem Kerzenlicht spärlich beleuchtet wurde. Ihr war klar, dass es eine sinnlose Flucht war, aber ihr innerer Drang, zu fliehen und alles hinter sich zu lassen, war zu stark, als dass sie ihm hätte Einhalt gebieten können.

Hals über Kopf eilte sie eine Treppe hinab, passierte ein von Wachen gesäumtes Tor – und stand unvermittelt im Innenhof der Burg, wo die Kutschen und Droschken der Ballgäste in Reih und Glied geparkt waren.

Einige Kutscher und Diener standen beisammen und unterhielten sich. Als sie Mary erblickten, verstummten sie sofort und warfen ihr verstohlene Blicke zu.

»Bitte, ihr lieben Leute«, sagte Mary und wischte sich eilig die Tränen aus dem Gesicht. »Lasst euch von mir nicht stören.«

»Ist alles in Ordnung, Mylady?«, erkundigte sich einer der Kutscher besorgt.

»Natürlich.« Mary nickte und kämpfte gegen die Tränen an. »Es ist alles in Ordnung. Es geht mir gut.«

Sie ging über den Hof. Die nächtlich kalte Luft, die sie in ihre Lungen sog, beruhigte sie ein wenig. Plötzlich hörte sie leise Musik, einen munteren, pulsierenden Rhythmus, der sich von den langweiligen Klängen der Ballkapelle grundlegend unterschied.

»Was ist das?«, erkundigte sich Mary bei dem Kutscher.

»Wie meinen Mylady?«

»Ich meine die Musik«, sagte Mary. »Hörst du das nicht?«

Der Kutscher lauschte. Der Trommelschlag, zu dem sich jetzt

noch der helle Klang einer Fiedel und der muntere Schall einer Flöte gesellten, war unmöglich zu überhören.

»Nun, Mylady«, rückte der junge Mann errötend heraus, »soweit ich weiß, wird drüben im Gesindehaus ein Fest gefeiert. Eine der Mägde hat einen Burschen geheiratet.«

»Eine Hochzeit?«

»Ja, Mylady.«

»Und weshalb weiß ich nichts davon?«

»Bitte, Mylady dürfen nicht ungehalten sein.« Die Stimme des Kutschers nahm einen beinahe flehenden Klang an. »Die Mutter des Lairds hat der Verbindung zugestimmt. Wir wussten nicht, dass auch Myladys Einverständnis dazu notwendig ist, deshalb haben wir nicht ...«

»Das meinte ich nicht. Ich hätte es nur gern gewusst, um dem Brautpaar meine Aufwartung zu machen und ein Geschenk zu überbringen.«

»Ein Ge... Geschenk?«

»Gewiss. Warum schaust du mich so verwundert an? Ich komme aus dem Süden und bin mit den Gebräuchen hier im Norden nicht vertraut. Ist es in den Highlands nicht üblich, das Brautpaar zu beschenken?«

»Natürlich«, versicherte der Kutscher. »Ich hatte nur nicht erwartet, dass ... Ich meine ...« Er senkte den Kopf und sprach nicht weiter, aber Mary wusste auch so, was er hatte sagen wollen.

»Du hattest nicht erwartet, dass sich eine Dame für die Heirat zweier Bediensteter interessieren könnte?«, fragte sie.

Er nickte und schwieg.

»Dann lass dich eines Besseren belehren«, sagte Mary lächelnd. »Führe mich zum Gesindehaus und stelle mich dem Brautpaar vor. Würdest du das für mich tun?«

»Sie wollen wirklich hingehen?« Der Kutscher blickte sie unsicher an.

»Sonst würde ich dich wohl kaum darum bitten.«

»Also schön, ich ...« Er zögerte.

»Was ist denn noch?«

»Mylady müssen mir verzeihen, aber Ihr Gesicht ...«

Mary trat an eine der Kutschen und benutzte ein Seitenfenster als Spiegel. Sie sah sofort, was der Junge meinte – ihr Gesicht sah wirklich erbärmlich aus, verheult wie sie war. Hastig zog sie ein Taschentuch unter ihrem Kleid hervor und wischte den Puder ab. Darunter kam ihre helle, rosige Haut zum Vorschein. Dann wandte sie sich wieder zu dem Kutscher um.

»Besser?«, fragte sie lächelnd.

»Viel besser«, erwiderte er und erwiderte ihr Lächeln. »Wenn Mylady mir bitte folgen wollen ...«

Unter den staunenden Blicken der anderen Bediensteten führte er sie an den Kutschen und Stallungen vorbei auf die andere Seite des Hofs, wo sich ein zweistöckiges Gebäude aus grobem Naturstein an die Burgmauer fügte.

Obwohl die Fensterläden geschlossen waren, fiel durch die Ritzen Licht nach draußen, und aus dem Innern drang die Musik, die Mary bereits gehört hatte. Der Kutscher warf ihr einen verunsicherten Blick zu, und mit einem Nicken gab Mary ihm zu verstehen, dass sie noch immer gewillt war, der Feier einen Besuch abzustatten. Er ging ihr voraus und öffnete die Tür, und im nächsten Moment hatte Mary das Gefühl, sich in einer ganz anderen, fremden Welt wieder zu finden.

Obwohl die Mauern aus unverputztem Stein waren und die Möbel alt und grob gezimmert, strahlte der Raum eine Freundlichkeit und Helle aus, die Mary in Ruthven bislang vergeblich gesucht hatte.

Im offenen Kamin flackerte ein lustiges Feuer, vor dem mehrere Kinder kauerten und an langen Holzstöcken Brocken von Brotteig rösteten. In der linken Hälfte des Raums gab es eine lange Tafel, an der die Hochzeitsgäste saßen, unter ihnen einige Burschen und Mägde, die Mary vom Sehen her kannte.

Auf dem derben Eichenholztisch standen mehrere Schüsseln mit einfachem Essen – Brot und Blutwürste, dazu Bier aus grauen Steinkrügen. Ein Adeliger hätte eine solche Speise wohl kaum als passende Mahlzeit für eine Hochzeit empfunden, für diese Leute jedoch stellte sie ein Festmahl dar.

Auf der anderen Seite des Raums hatte die Kapelle Aufstellung bezogen – drei Angehörige der Dienerschaft, die sich darin verstanden, Fiedel und Flöte zu spielen und die Trommel dazu zu schlagen. Zum Rhythmus ihrer Musik, die frisch und unbeschwert klang, tanzten ein junger Mann und eine junge Frau, deren Haar mit Blumen geschmückt war – ohne Zweifel das Paar, dem zu Ehren die Feier abgehalten wurde. Gerade wollte Mary auf das Brautpaar zutreten, um den beiden ihre Glückwünsche auszusprechen, als einer der Musiker sie erblickte.

Jäh setzte der Trommelschlag aus, und auch die anderen Instrumente verstummten. Das Brautpaar hörte zu tanzen auf, und die Dienerschaft an der Tafel unterbrach ihr Gespräch. Stille kehrte von einem Augenblick zum anderen ein, und aller Augen richteten sich erschrocken auf Mary.

»Nein, bitte«, sagte sie. »Feiert weiter, lasst euch von mir bitte nicht stören.«

»Verzeihung, Mylady«, sagte der Bräutigam und senkte demütig sein Haupt. »Wir wollten Sie nicht stören. Wenn wir gewusst hätten, dass unser Lärm bis ins Haus zu hören ist, hätten wir nicht ...«

»Aber ihr habt mich nicht gestört«, unterbrach ihn Mary und lächelte. »Ich bin lediglich gekommen, um dem Brautpaar meine Aufwartung zu machen.«

Und noch ehe einer der Anwesenden recht verstand, was hier geschah, hatte sie auch schon die Hand des Bräutigams ergriffen, drückte sie und wünschte ihm und seiner Familie alles erdenklich Gute. Danach ging sie zu der nicht weniger verblüfften Braut, umarmte sie und sprach auch ihr die herzlichsten Glückwünsche aus.

»Danke, Mylady«, sagte die junge Frau errötend und machte einen etwas unbeholfenen Knicks. Ihre Züge waren blass und von Sommersprossen übersät, das Haar feuerrot. Trotz des schäbigen Kleides, das sie trug, wirkte sie auf eine natürliche, unverdorbene Weise hübsch. Mary war sicher, dass sie alle Damen auf dem Ball mühelos ausgestochen hätte, hätte man sie in ein teures Kleid gesteckt und sie entsprechend frisiert.

»Wie heißt du?«, wollte sie wissen.

»Moira, meine Dame«, lautete die zaghafte Antwort.

»Und du?«, fragte sie den Bräutigam.

»Mein Name ist Sean, Mylady. Sean Fergusson, der Schmiedegeselle.«

»Wie schön.« Mary lächelte und blickte sich um. »Gibt es hier einen Tropfen zu trinken, damit ich einen Spruch auf das Wohl des Brautpaars ausbringen kann?«

»Sie … Sie wollen mit uns trinken, Mylady?«, erkundigte sich einer der Älteren, die am Tisch saßen.

»Warum denn nicht?«, fragte Mary zurück. »Traut ihr es einer vornehmen Dame nicht zu, dass sie einen Bierkrug leert?«

Die Antwort ließ nicht lange auf sich warten – man brachte Mary einen der derben Krüge, die bis zum Rand mit schaumigem Gerstensaft gefüllt waren.

»Auf Sean und Moira!«, sagte Mary und hob ihren Krug. »Möge ihnen ein langes Leben in Gesundheit beschieden und mögen sie einander immer in Liebe zugetan sein.«

»Auf Sean und Moira«, echote es reihum, dann wurden die Krüge angesetzt und nach altem Brauch bis auf den Grund geleert – wobei Mary die Einzige war, die ihren Krug tatsächlich leerte, denn die übrigen Anwesenden waren damit beschäftigt, ihr staunend zuzusehen. Einer Adeligen, die in einem Zug einen Bierkrug leerte, waren sie noch nie begegnet.

»So«, sagte Mary, setzte den Bierkrug ab und wischte sich den Schaum mit dem Handrücken von den Lippen. »Und nun wünsche ich euch allen noch eine schöne Hochzeitsfeier. Möge sie heiterer und fröhlicher sein als die traurige Festivität, die dort drüben abgehalten wird.«

Sie nickte den Anwesenden zum Abschied zu und wandte sich zum Gehen, als Moira plötzlich vortrat.

»Mylady!«

»Ja, mein Kind?«

»Sie ... Sie müssen nicht gehen, wenn Sie nicht wollen. Sean und ich würden uns freuen, wenn Sie bleiben könnten. Natürlich nur, wenn Sie es wünschen ...«

»Nein«, sagte Mary. »Es wäre nicht gut. Ihr wollt sicher unter euch sein. Ich würde eure Feier nur stören.«

»Mich würde es nicht stören«, sagte Moira keck, »und Sean sicher auch nicht. Es sei denn, Sie möchten lieber gehen.«

Mary, die auf der Schwelle stehen geblieben war, wandte sich um. Eine seltsame Melancholie befiel sie plötzlich, und sie musste mit Tränen der Rührung kämpfen. »Ihr wollt mich dabeihaben?«, fragte sie. »Auf eurer Hochzeitsfeier?«

»Wenn es Ihnen gefällt, Mylady.«

Mary musste lächeln, und eine Träne rann über ihre Wange.

»Natürlich gefällt es mir«, versicherte sie. »Ich bleibe gern, wenn ich darf.«

»Werden Mylady es mir in diesem Fall gestatten, Sie zu einem Tanz aufzufordern?«, fragte Sean, und schlagartig war es totenstill im Raum. Dass eine Dame einen Bierkrug leerte und man sie einlud, einer Hochzeitsfeier im Gesindehaus beizuwohnen, war an sich schon ungewöhnlich genug. Dass sich nun aber ein Schmiedegeselle erdreistete, sie zum Tanz aufzufordern, war wohl zu viel des Guten.

Den anwesenden Gästen schien das nur allzu bewusst zu sein. Gespannt, fast ängstlich blickten sie Mary an, der einmal mehr klar wurde, dass diese Leute unter der Herrschaft der Ruthvens nicht viel zu lachen hatten. Auch Sean schien zu dämmern, dass er den Bogen überspannt hatte, und er senkte betreten den Blick.

»Aber natürlich werde ich mit dir tanzen«, sagte Mary in die Stille hinein. »Vorausgesetzt natürlich, deine Braut hat nichts dagegen.«

»W-wirklich?«, fragte Sean verdutzt.

»Natürlich nicht, Mylady«, sagte Moira schnell. »Was sollte ich denn dagegen haben?«

»Dann lasst die Musikanten etwas spielen«, verlangte Mary lachend. »Aber etwas Schnelles, Fröhliches, wenn ich bitten darf. Und seid bitte nachsichtig mit mir – ich fürchte, ich kenne eure Tänze nicht.«

»Dann werden wir sie Ihnen gern beibringen, Mylady«, versicherte Sean. Mit einem Wink bedeutete er den drei Musikern, ihre Arbeit wieder aufzunehmen, und einen Augenblick später erfüllten der schlagende Rhythmus der Trommel und das lustige Trillern der Flöte den Raum. Der Schmiedegeselle nickte Mary ermutigend zu und reichte ihr die Hände, und im nächsten Moment zog er sie mit sich auf die kleine Tanzfläche.

Im Nu hatten die übrigen Hochzeitsgäste einen Kreis um die beiden gebildet und klatschten und stampften im Rhythmus der Musik. Mary musste lachen. Ihr Gelächter klang silberhell und erleichtert, und sie hatte das Gefühl, als fiele eine zentnerschwere Last von ihr ab. Befreit von den Zwängen der Etikette lebte sie auf und hatte zum ersten Mal seit Abbotsford wieder das Gefühl, ein lebendes, atmendes Wesen zu sein.

Der junge Sean war ein temperamentvoller Tänzer. Ohne dass Mary auch nur einen der Schritte beherrschte, wirbelte er sie über die Bohlen und vollführte dabei lustige Sprünge. Mary fand schnell heraus, dass es hier kein Zeremoniell gab, keine festen Figuren und Verbeugungen, an die man sich zu halten hatte. Sie ließ sich einfach von der Melodie tragen und bewegte sich im Takt der Musik. Der Reifrock ihres schweren Kleides schwang dabei hin und her wie eine Glocke, was vor allem die Kinder sehr lustig fanden und mit ausgelassenem Gelächter quittierten.

»Genug getanzt, du Grünschnabel«, ereiferte sich ein alter Schotte, in dem Mary den betagten Stallwart der Burg erkannte. »Deine Braut wartet schon sehnsüchtig auf dich. Jetzt lass mich mit der Dame tanzen.«

»Wie du willst, Onkel«, meinte Sean grinsend und trat zurück.

Der alte Diener verbeugte sich vor Mary. »Werden Mylady es erlauben?«, fragte er galant.

Mary musste sich ein Lachen verkneifen. »Wie könnte ich einer so charmanten Aufforderung widerstehen, mein Herr?«, erwiderte sie schmunzelnd – und im nächsten Moment wurde sie am Arm eingehakt und herumgewirbelt.

Mit einem Temperament und einer Behändigkeit, die einem Mann seines Alters kaum zuzutrauen war, setzte der alte Stallwart über die Tanzfläche, sprang dabei hoch in die Luft und schlug die Hacken zusammen, als hätte die Schwerkraft keine Gültigkeit für ihn. Mary drehte sich zum Klang der Musik im Kreis. Ihr Pulsschlag erhöhte sich, und ihre Wangen wurden purpurrot.

Das Stück, das die Musikanten spielten, ging zu Ende. Aber noch ehe sich Mary setzen konnte, begann schon die nächste Weise, die noch flotter und heiterer war als jene zuvor. Einige der Kinder kamen, nahmen Mary bei den Händen und tanzten mit ihr einen Reigen, und für eine kurze Weile vergaß die junge Frau alle Nöte und Ängste um sich herum.

Sie dachte nicht an Malcolm of Ruthven und das traurige Los, das sie erwartete.

Und sie bemerkte nicht das Unheil, das sich über ihr zusammenbraute.

8.

Schweren Herzens hatte sich Sir Walter dazu entschlossen, Dellards Ratschlag Folge zu leisten und sich nach Edinburgh zu begeben. Obwohl er wusste, dass es für die seinen am besten war, kostete es ihn große Überwindung, von seinem geliebten Landsitz Abschied zu nehmen.

Nur der alte Mortimer und die Gärtner und Handwerker blieben zurück, um das Haus zu bewachen; dem übrigen Gesinde hatte Lady Charlotte freigegeben. Lediglich die Hausdiener und die Kammerzofe begleiteten die Familie nach Edinburgh.

Die Abreise von Abbotsford fiel auf einen Freitagmorgen,

der, wie Sir Walter fand, kein passenderes Wetter hätte bieten können. Der Himmel war grau und wolkenverhangen, und es regnete in Strömen. Die Straße war so aufgeweicht, dass die Kutschen nur langsam vorankamen.

Während der gesamten Fahrt nach Edinburgh sprach Sir Walter kaum ein Wort. Es war ihm anzusehen, dass er den Rückzug aus Abbotsford als persönliche Niederlage betrachtete, und wäre es dabei nur um ihn selbst gegangen, wäre er niemals gewichen.

Auch Quentin, der mit den Scotts in einer Kutsche saß, war während der Fahrt nicht wohl zu Mute. Zwar hatte er nichts dagegen, Abbotsford zu verlassen und damit außer Reichweite der vermummten Aufrührer zu sein; allerdings behagte es ihm gar nicht, nach Edinburgh zu seiner Familie zurückzukehren. In der kurzen Zeit, die er in den Diensten seines Onkels verbracht hatte, hatte er gerade angefangen, die Möglichkeiten zu entdecken, die in ihm steckten. Wenn er jetzt so unvermittelt nach Hause zurückkehrte, würde er bald wieder der sein, als der er gegangen war: ein Niemand, der in den Augen seiner Familie zu nichts wirklich taugte.

Aufgrund des Wetters gestaltete sich die Fahrt beschwerlich und dauerte länger als vorgesehen. Erst am Sonntag trafen Sir Walter und die seinen in Edinburgh ein. Das Haus, das die Familie Scott erworben hatte, lag in der Castle Street im Herzen der Altstadt, am Fuß des Berges, auf dem groß und majestätisch die Königsburg thronte.

Quentin war es schwer ums Herz, als die Kutsche vor dem Stadthaus der Scotts zum Stehen kam. Die Reise war nun unleugbar zu Ende und damit auch das Abenteuer, das er an der Seite von Sir Walter bestanden hatte. Ein tiefer Seufzer entrang sich seiner Kehle, als der Kutscher die Tür öffnete und die Stiegen ausklappte.

»Was ist mit dir, mein lieber Junge?«, fragte Lady Charlotte in ihrer milden, mitfühlenden Art. »Ist dir die Fahrt nicht bekommen?«

»Nein, Tante, das ist es nicht.«

»Dein Gesicht ist ganz blass, und du hast Schweiß auf der Stirn.«

»Es geht mir gut«, versicherte Quentin. »Bitte mach dir keine Sorgen. Es ist nur ...«

»Ich glaube, ich weiß, was unserem jungen Schützling fehlt, meine Liebe«, sagte Sir Walter und machte seinem Ruf, ein guter Menschenkenner zu sein, einmal mehr alle Ehre. »Ich denke, er will nicht nach Hause zurück, weil er noch nicht gefunden hat, wonach er sucht. Richtig?«

Quentin erwiderte nichts, sondern senkte nur betreten den Blick und nickte.

»Nun, mein Junge, ich denke, ich kann dir helfen. Da ich meine Studenten entlassen musste, jedoch vorhabe, meine Arbeit hier in Edinburgh fortzusetzen, habe ich durchaus Bedarf an einem fleißigen Helfer.«

»Du ... du meinst, ich kann bleiben?«

»Ich habe nie gesagt, dass du gehen musst, mein Junge«, erwiderte Sir Walter lächelnd. »Wir werden deiner Familie einen Brief schreiben, dass du wieder in der Stadt bist. Außerdem werde ich sie darüber in Kenntnis setzen, dass ich mit deinen Diensten sehr zufrieden bin und dich noch weiter zu meiner Unterstützung benötige.«

»Das würdest du für mich tun?«

»Natürlich, mein Junge. Und es ist noch nicht einmal gelogen. Denn es gibt tatsächlich einige Dinge, die ich von hier aus zu erledigen gedenke und bei denen ich etwas Hilfe gut gebrauchen kann.« Sir Walter hatte seine Stimme zu einem geheimnisvollen Flüstern gesenkt, das seine Gattin besorgt die Stirn runzeln ließ.

»Sorge dich nicht, meine Liebe«, fügte er deshalb laut hinzu. »Hier in Edinburgh sind wir sicher. Hier kann uns nichts geschehen.«

»Das hoffe ich sehr, mein Liebster. Das hoffe ich wirklich sehr.«

Sie verließen die Kutsche und betraten das Haus, das von den Dienern, die vorausgeschickt worden waren, bereits auf Vordermann gebracht worden war. In den Kaminen der Wohnräume flackerten wärmende Feuer, und der Duft von Tee und frischem Gebäck strömte durch das Haus.

Lady Charlotte, die müde und erschöpft war von der beschwerlichen Reise, zog sich schon bald in die Schlafräume zurück, während Sir Walter das Arbeitszimmer aufsuchte, das er auch hier unterhielt. Im Vergleich zum großen Studierzimmer in Abbotsford war es jedoch geradezu spartanisch; ein Sekretär und ein gläserner Schrank bildeten die einzige Einrichtung, und es gab auch keine umfassende Handbibliothek wie in Abbotsford.

Entsprechend hatte Sir Walter einige seiner Bücher einpacken und schon vor Tagen nach Edinburgh bringen lassen; Quentin oblag es jetzt, sie nach Themengebieten zu sortieren und in den Glasschrank zu räumen, während Sir Walter sich ein Glas von dem alten Scotch genehmigte, den er im Keller des Hauses lagerte.

»Da sind wir also«, sagte er mit leiser, fast resignierender Stimme. »Ich hätte nicht gedacht, dass es dazu kommen würde. Wir sind feige geflohen und haben den Gesetzlosen das Feld überlassen.«

»Es war die richtige Entscheidung«, meinte Quentin.

Sir Walter nickte. »Auch du wirst noch die Erfahrung machen, dass man die richtige Entscheidung treffen und sich dabei trotzdem als Verlierer fühlen kann, mein Junge.«

»Aber du bist kein Verlierer, Onkel. Du bist Oberster Richter und eine bekannte Persönlichkeit, und als solche hast du Verantwortung zu tragen. Es war richtig, Abbotsford zu verlassen. Inspector Dellard wird es dir jederzeit bestätigen.«

»Dellard.« Sir Walter lachte freudlos. »Glaubst du denn, er hat uns die Wahrheit gesagt? Die ganze Wahrheit, meine ich?«

»Ich denke schon. Jedenfalls passt alles zusammen, was er gesagt hat, oder nicht? Dadurch erklärt sich, was in den letzten Tagen und Wochen geschehen ist.«

»Tut es das?« Sir Walter nahm noch einen Schluck Scotch. »Ich weiß nicht, mein Junge. Während der langen Fahrt von Abbotsford hierher hatte ich viel Zeit zum Nachdenken, und mit jeder Meile, die wir zurücklegten, wuchsen meine Zweifel.«

»Zweifel? Woran?« Quentin merkte, wie ihn eine unheilvolle Ahnung beschlich.

»Die Mordbrenner, diese angeblichen Aufständischen – weshalb haben sie uns in jener Nacht überfallen? Offensichtlich ging es ihnen nicht darum, uns zu töten, sonst hätten sie es aufgrund ihrer zahlenmäßigen Überlegenheit jederzeit tun können.«

»Ich nehme an, mein Schuss hat sie verjagt«, wandte Quentin ein.

»Möglicherweise. Oder aber sie wollten uns einschüchtern. Vielleicht wollten sie uns nur eine Warnung zukommen lassen, deshalb auch das Feuer auf der anderen Seite des Flusses. Sie wollten uns wissen lassen, mit wem wir es zu tun haben.«

»Aber Inspector Dellard sagt ...«

»Ich weiß, was Inspector Dellard sagt. Ich kenne seine Theorie. Aber je mehr ich darüber nachdenke, desto mehr komme ich zu der Überzeugung, dass er sich irrt. Oder dass er uns noch immer nicht die ganze Wahrheit gesagt hat, was diese Sektierer und ihre Absichten betrifft.«

»Worauf willst du hinaus, Onkel?«, fragte Quentin vorsichtig.

»Dass wir die Sache noch nicht auf sich beruhen lassen werden«, erwiderte Sir Walter, die schlimmsten Befürchtungen seines Neffen bestätigend. »Ich habe mich der Vernunft gebeugt und meine Familie in Sicherheit gebracht. Aber das bedeutet nicht, dass ich die Hände in den Schoß legen und darauf warten werde, bis andere den Fall für uns gelöst haben. Auch hier in Edinburgh stehen uns Möglichkeiten offen.«

»Welche Möglichkeiten?« Quentin machte keinen Hehl daraus, dass er nicht gerade erbaut über die Absichten seines Onkels war. Die Aussicht, Dellard und seinen Leuten die Angelegenheit zu überlassen und endlich nichts mehr damit zu tun zu haben, hatte ihm durchaus behagt.

»Es gibt hier in der Stadt jemanden, mit dem wir über die Sache sprechen werden«, eröffnete Sir Walter. »Es ist ein Schriftkundiger, der in den alten Runen bewandert ist. Möglicherweise kann er uns mehr über die Schwertrune sagen, als Dellard und Abt Andrew es wollten.«

»Ein Runenkundiger?«, fragte Quentin mit großen Augen. »Du willst es also tatsächlich nicht auf sich beruhen lassen, Onkel? Du glaubst noch immer, dass man etwas vor uns verheimlicht und es deine Aufgabe ist, die Wahrheit herauszufinden?«

Sir Walter nickte. »Ich kann dir nicht erklären, weshalb ich in dieser Sache so empfinde, mein Junge. Natürlich sagt man den Scotts ein gerüttelt Maß an Beharrlichkeit nach, aber das allein ist es nicht. Es ist mehr ein Gefühl, ein Instinkt. Etwas sagt mir, dass noch viel mehr hinter dieser Sache steckt, als wir bislang herausgefunden haben. Möglicherweise sogar mehr, als Inspector Dellard ahnt. Die Mönche von Kelso scheinen ein uraltes Geheimnis zu hüten, und das macht mir Sorgen.«

»Warum hast du das Dellard nicht gesagt?«

»Um ihn noch mehr gegen uns aufzubringen? Nein, Quentin. Dellard ist Offizier, er redet und denkt wie ein britischer Soldat. Den Fall zu lösen heißt nach seinem Begreifen, seine Dragoner aufmarschieren und die Aufständischen erschießen zu lassen. Aber ich will mehr, verstehst du? Ich will nicht nur, dass die Verantwortlichen zur Rechenschaft gezogen werden. Ich möchte auch wissen, was wirklich hinter diesen Vorfällen steckt. Ich will verstehen, weshalb Jonathan sterben musste und man uns töten wollte. Und ich denke, dass wir auch Lady Mary noch eine Erklärung schuldig sind, findest du nicht?«

Quentin nickte. Er kannte seinen Onkel inzwischen gut genug, um zu wissen, dass er Mary of Egton nicht umsonst erwähnt hatte. Allerdings hatte Quentin trotzdem nicht vor, sich von seinem Onkel zu etwas überreden zu lassen, das er nicht für richtig hielt.

»Und wenn es nichts zu verstehen gibt?«, wandte er ein. »Wenn Inspector Dellard Recht hat und wir es tatsächlich nur mit einer Bande Gesetzloser zu tun haben, die die Engländer hassen und jeden bekämpfen, der mit ihnen gemeinsame Sache macht?«

»In diesem Fall«, versprach Sir Walter, »werde ich mich in mein Haus zurückziehen und mich in Zukunft darauf beschränken, meine Romane zu schreiben; ich bin ohnehin stark im Verzug. Aber wenn ich Recht habe, mein Junge, wird man uns vielleicht noch dankbar sein für unsere Nachforschungen.«

Quentin überlegte. Er konnte nicht leugnen, dass das Abenteuer mit seinem Onkel ihm trotz aller Gefahr Spaß gemacht hatte. Er hatte sich dabei lebendig gefühlt wie noch nie zuvor in seinem Leben und hatte Seiten an sich entdeckt, die er nie erahnt hatte. Und natürlich war da auch Lady Mary. Quentin hätte nichts lieber getan, als zu ihr nach Ruthven zu reisen und ihr zu berichten, wie sein Onkel und er den Fall gelöst hatten.

Aber war es das Wagnis wert?

Inspector Dellard hatte ihnen klar gemacht, dass die Mörder keine Skrupel kannten, und sie hatten schon mehrfach bewiesen, dass ein Menschenleben ihnen nichts bedeutete.

Sir Walter, der die Zweifel im Gesicht seines Neffen sah, holte hörbar Luft. »Ich kann dich nicht zwingen, deinem alten Onkel auf ein weiteres verrücktes Abenteuer zu folgen, mein Junge. Wenn du nicht willst, weil du um Leib und Leben fürchtest, so kann ich das verstehen und akzeptiere das. Es steht dir jederzeit frei, meine Dienste zu verlassen und nach Hause zu gehen. Ich werde dich nicht halten.«

Das saß. Denn wenn es etwas gab, das Quentin unter gar keinen Umständen wollte, dann war es, nach Hause geschickt zu werden, wo er nach dem Maßstab seiner erfolgreichen Brüder beurteilt wurde und man ihn für einen gutmütigen, aber trägen Nichtsnutz hielt.

»Also gut, Onkel«, sagte er mit einer Stimme, die durchblicken ließ, dass er Sir Walters kleinen Trick durchschaut hatte. »Ich werde bei dir bleiben und dir helfen. Aber nur unter einer Bedingung.«

»Ich höre, mein Junge.«

»Dass dieser Versuch der letzte ist. Wenn der Runenkundige uns keine erschöpfende Auskunft geben kann, wirst du nicht weiter nachforschen und die Dinge auf sich beruhen lassen. Ich kann dein Anliegen, Licht in die Angelegenheit zu bringen, gut verstehen. Ich weiß, dass du dir wegen Jonathans Tod noch immer Vorwürfe machst und herausfinden möchtest, was genau dahinter stand, und ich weiß auch, dass du dich Lady Mary gegenüber verantwortlich fühlst. Aber vielleicht ist da ja gar nicht mehr, Onkel. Vielleicht hat Inspector Dellard Recht, und es handelt sich wirklich nur um eine Bande von Mördern, die sich ein altes Zeichen ausgesucht haben, um in seinem Namen Angst und Schrecken zu verbreiten. Willst du mir versprechen, diese Möglichkeit im Auge zu behalten?«

Sir Walter saß im flackernden Schein des Feuers und nippte an seinem Glas. Der Blick, mit dem er Quentin bedachte, war seltsam.

»Sieh an«, sagte er leise. »Nur ein paar Monate hat es gedauert, bis dem Küken, das man mir gebracht hat, Flügel gewachsen sind. Und kaum ist es flügge geworden, erdreistet es sich schon, dem alten Adler Vorschriften zu machen.«

»Verzeih, Onkel«, sagte Quentin schnell, der seine harschen Worte schon bedauerte, »ich wollte nicht anmaßend erscheinen. Es ist nur ...«

»Schon gut, mein Junge. Ich bin dir nicht böse. Es ist nur eine erniedrigende Erfahrung, die jüngere Generation mit der Weisheit und Besonnenheit sprechen zu hören, die man eigentlich selbst aufbringen sollte. Du hast völlig Recht. Einmal muss ich mit diesen Vorfällen abschließen, oder sie werden mich ewig verfolgen. Wenn der Besuch bei Professor Gainswick kein Ergebnis bringt, werde ich die Sache auf sich beruhen lassen, so schwer es mir fallen wird. Abgemacht?«

»Abgemacht«, erwiderte Quentin, und plötzlich wurde ihm klar, was so seltsam an dem Blick war, mit dem sein Onkel ihn bedachte: Zum ersten Mal schaute der große Walter Scott ihn nicht mehr wie einen unwissenden Jungen an, sondern wie einen Erwachsenen. Einen gleichberechtigten Partner auf der Suche nach der Wahrheit.

Miltiades Gainswick war Sir Walter von früher gut bekannt; während seines Studiums war der Professor, der lange Jahre an der Universität von Edinburgh gelehrt hatte, Scott ein weiser Freund und Mentor gewesen, mit dem er über all die Jahre Kontakt gehalten hatte.

Ein Historiker im eigentlichen Sinn war Gainswick nicht – die Geschichtswissenschaft war für den Juristen mehr ein Zeitvertreib. Allerdings hatte er es darin zu einem gewissen Ruf gebracht und im renommierten Periodikum *Scientia Scotia* schon einige Beiträge veröffentlicht. Seine Spezialgebiete waren die keltische Geschichte und die schottische Frühzeit, die auf den aus Sussex stammenden Gelehrten eine besondere Faszination auszuüben schienen.

Noch von Abbotsford aus hatte Sir Walter Gainswick einen Brief geschrieben und ihm mitgeteilt, dass er ihn in Edinburgh besuchen wolle. Schon kurz nach ihrer Ankunft in der Stadt hatte der Professor ihn per Boten darüber in Kenntnis setzen lassen, dass er über einen Besuch höchst erfreut wäre.

Quentin, der sich nach anfänglichem Zögern bereit erklärt hatte, seinen Onkel bei den Nachforschungen zu unterstützen, bereute seinen Entschluss fast, als er sah, wohin der Kutscher die Droschke lenkte: in die High Street, die in zunächst sanfter, dann immer steilerer Steigung zur Königsburg hinaufführte, vorbei an der Kathedrale von St. Giles und dem Parlamentsgebäude, das Sir Walter nur zu vertraut war, denn hier tagte der Oberste schottische Gerichtshof, der in regelmäßigen Abständen zusammentrat und dem er vorstand.

Der Grund für Quentins Unbehagen war der Umstand, dass die High Street – oder »königliche Meile«, wie sie im Volksmund genannt wurde – gleichzeitig auch die Straße war, an der mit Abstand die meisten Spukhäuser standen. Hier hatten all die grausigen Geschichten gespielt, mit denen der alte Geister-Max die Kinder erschreckt hatte, und obwohl Quentin inzwischen natürlich wusste, dass es nur erfundene Geschichten gewesen waren, konnte er sich eines gewissen Schauders nicht erwehren.

Die Dunkelheit war bereits hereingebrochen, als die Droschke ihr Ziel erreichte. Nachwächter in dunklen Mänteln waren dabei, die Gaslaternen zu entzünden, die die Straße bis zur Burg hinauf säumten. Ihr fahler Schein vertrieb zwar die Dunkelheit, trug in Quentins Augen aber nicht dazu bei, die Szenerie weniger unheimlich zu machen.

Die schmalen, hohen Fassaden der *Lands*, wie die Häuser entlang der High Street genannt wurden, reckten sich düster und unheimlich in den wolkigen Nachthimmel. Dazwischen erstreckten sich schmale, von fensterlosen Mauern gesäumte Seitengassen, *Wynds* genannt, die in abgelegene Hinterhöfe führten, die nicht umsonst als *Closes* bezeichnet wurden. In weniger zivilisierten Tagen war es nicht selten vorgekommen, dass arglosen Spaziergängern dort aufgelauert worden war und sie ein Messer zwischen die Rippen bekommen hatten – und ihre ruhelosen Geister gingen, wie es hieß, noch heute in den Gassen und Höfen um ...

Als Quentin aus der Kutsche stieg, machte er ein so betretenes Gesicht, dass Sir Walter schmunzeln musste.

»Was ist mit dir, mein Junge? Du hast nicht etwa ein Gespenst gesehen?«

Quentin zuckte zusammen. »Nein, Onkel, natürlich nicht. Aber ich mag diese Gegend trotzdem nicht.«

»Auch auf die Gefahr hin, dich zu enttäuschen – in den letzten Jahren wurde, soweit mir bekannt ist, kein Gespenst in der High Street gesichtet. Du kannst also beruhigt sein.«

»Du machst dich über mich lustig.«

»Nur ein wenig.« Sir Walter lächelte. »Bitte verzeih, aber es ist amüsant zu sehen, wie hartnäckig sich der Aberglaube trotz aller Aufgeklärtheit in unserem Volk behauptet. Möglicherweise unterscheiden wir uns von unseren Vorfahren nicht so sehr, wie wir es gern hätten.«

»Wo wohnt Professor Gainswick?«, erkundigte sich Quentin, um das Thema zu wechseln.

»Am Ende dieser Gasse«, erwiderte Sir Walter, in eine der Wynds deutend. Dass Quentin daraufhin ein verdrießliches Gesicht machte, übersah er geflissentlich.

Sir Walter gebot dem Kutscher zu warten. Dann machten sie sich auf den Weg zum Haus des Professors, das tatsächlich am Ende des *Wynds* lag, auf der anderen Seite eines schmalen Hinterhofs. Mit seiner dunklen Fassade, den hohen Fenstern und dem spitzen Giebel sah es genau wie die Spukhäuser aus den alten Geschichten aus, und die Aussicht, den Abend dort in der Gesellschaft eines staubigen Gelehrten zu verbringen, behagte Quentin nicht.

Sobald er Professor Gainswick jedoch erblickte, verflogen seine Vorurteile. Der Gelehrte, der seit einigen Jahren im Ruhestand lebte, war ein jovialer Zeitgenosse – kein hagerer, asketischer Brite, sondern ein Mann mit ausgeprägter Leibesmitte, die einen barocken Lebensstil verriet. Sein Kopf war nahezu kahl, aber sein Gesicht wurde von einem grauen Bart umrahmt, der ihm bis zu den Backen reichte. Kleine, listige Augen spähten unter buschigen Brauen hervor. Das gerötete Gesicht des Professors ließ ahnen, dass er neben den vielen anderen Vorzügen Schottlands auch den Scotch zu schätzen wusste. Sein untersetzter Körper steckte in einem Herrenmantel aus schottischem Plaid, die Füße in dazu passenden Pantoffeln.

»Walter, mein Freund!«, rief er erfreut aus, als Sir Walter und Quentin den gemütlich eingerichteten Wohnraum betraten, in dem Gainswick in einem großen Ledersessel vor dem Kaminfeuer saß.

Die Begrüßung fiel herzlich aus; Gainswick umarmte seinen ehemaligen Schüler, der ihm, wie er sagte, »so viel Stolz und Ehre« mache, und begrüßte auch Quentin mit überschwänglicher Freude. Er bot ihnen Plätze am Feuer an und schenkte ihnen vom Whisky ein, einem besonders guten Tröpfchen, wie er betonte. Dann brachte er einen Toast auf das Wohl seines berühmten Schützlings aus, und in alter Tradition leerte man die Gläser.

Auf Quentin, der sonst keinen Whisky trank, hatte die unscheinbare bernsteinfarbene Flüssigkeit eine verheerende Wirkung. Nicht genug damit, dass sie wie Feuer in seiner Kehle brannte, hatte er anschließend auch noch das Gefühl, als hätte jemand Professor Gainswicks Haus auf den Kopf gestellt. Mit hochroter Miene stellte er das Glas zurück und versuchte, durch gleichmäßiges Atmen und Zufächeln von Luft wenigstens Würde zu bewahren und nicht vom Stuhl zu kippen.

Gainswick bemerkte es nicht in seinem Überschwang, und wenn Sir Walter etwas mitbekam, so ließ er es sich nicht anmerken. Auch er schien sich sehr darüber zu freuen, seinen alten Mentor nach langer Zeit wieder zu treffen. Eifrig wurden Erinnerungen ausgetauscht, ehe man schließlich auf den eigentlichen Grund des Besuchs zu sprechen kam.

»Walter, mein lieber Junge«, sagte der Professor, »so sehr ich mich darüber freue, dass Ihr Weg Sie wieder einmal in mein bescheidenes Heim geführt hat, so frage ich mich doch, was der Grund dafür gewesen sein mag. Ich weiß, dass Sie ein viel beschäftigter Mann sind, also nehme ich nicht an, dass es nur die Sehnsucht nach den alten Zeiten war?« Forschend blickte er seinen ehemaligen Schüler an.

Sir Walter hatte nicht vor, seinen alten Mentor auf die Folter zu spannen. »Sie haben Recht, Professor«, gestand er. »Wie Sie aus meinem Brief bereits erfahren haben, haben sich auf meinem Landsitz einige höchst merkwürdige und beunruhigende Dinge zugetragen, und mein Neffe und ich sind damit befasst, diese aufzuklären. Leider sind wir bei unseren Nachforschungen in eine Sackgasse geraten, und wir hatten gehofft, dass Sie uns vielleicht weiterhelfen könnten.«

»Ich fühle mich geschmeichelt«, versicherte Gainswick, und in seinen kleinen Augen blitzte es listig. »Allerdings kann ich mir nicht denken, wie ich Ihnen dabei helfen könnte. So sehr ich verabscheue, was Ihrem Studenten zugestoßen ist, und so sehr ich mir wünsche, dass die Verantwortlichen gefasst werden, sehe ich nicht, wie ich dazu beitragen könnte. Sie scheinen die Hilfe der Polizei weit mehr zu benötigen als die eines alten Mannes, der sich ein paar bescheidene Kenntnisse erworben hat.«

»Das ist nicht gesagt«, widersprach Sir Walter. »In meinem Brief habe ich Ihnen noch nicht alles mitgeteilt, Sir. Teils, weil ich fürchtete, der Brief könne von der Gegenseite abgefangen werden. Teils aber auch, weil ich es Ihnen lieber persönlich zeigen wollte.«

»Sie wollen mir etwas zeigen?« Der Professor beugte sich neugierig vor. Sein Blick war wach und neugierig wie der eines kleinen Jungen. »Was ist es?«

Sir Walter griff in die Brusttasche seines Rocks und holte ein

Blatt Papier hervor, das er entfaltete und an Gainswick weiterreichte. Darauf befand sich eine Skizze der Schwertrune.

Mit einer Mischung aus Staunen und Neugier nahm der Professor das Blatt entgegen und warf einen Blick darauf – und seine eben noch vom Alkohol geröteten Züge wurden schlagartig kreidebleich. Ein leises Ächzen entrang sich seiner Brust, seine Mundwinkel verzerrten sich.

»Was ist mit Ihnen, Professor?«, erkundigte sich Quentin besorgt. »Ist Ihnen nicht gut?«

»Nein, mein Junge« – er schüttelte krampfhaft den Kopf –, »es ist nichts. Dieses Zeichen – wo und wann haben Sie es gesehen?«

»Mehrmals«, antwortete Sir Walter. »Erstmals hat Quentin es in der Bibliothek von Kelso entdeckt, kurz bevor sie von Unbekannten niedergebrannt wurde. Das Zeichen kam mir bekannt vor, und ich entdeckte, dass es auch als Handwerkszeichen zu finden ist, und zwar auf einem der Paneele aus der Klosterkirche von Dunfermline, die sich in meinem Haus befinden. Als wir das Zeichen das nächste Mal sahen, brannte es als leuchtendes Feuer in der Nacht, sodass man es weithin sehen konnte.«

»Ein Signalfeuer«, echote Gainswick, und sein Gesicht wurde noch blasser. »Wer hat das Feuer entzündet?«

»Aufrührer, Räuber, Sektierer – um die Wahrheit zu sagen, ich weiß es nicht«, gestand Sir Walter. »Das ist der Grund für unseren Besuch, Professor. Ich hatte gehofft, dass Sie mit Ihren Kenntnissen ein wenig Licht in die Sache bringen könnten.«

Gebannt betrachtete Gainswick die Zeichnung und konnte den Blick nicht davon wenden. Quentin sah, dass die Hände des alten Gelehrten zitterten, und er fragte sich, was es wohl sein mochte, das den Professor so beunruhigte.

Gainswick brauchte einen Moment, um sich zu fassen. »Was haben Sie bereits herausgefunden?«, fragte er dann.

»Trotz aller Bemühungen noch nicht sehr viel«, räumte Sir Walter ein. »Nur dass dieses Zeichen offenbar von einer Bande von Aufrührern verwendet wird. Und dass es in der alten Sprache ›Schwert‹ bedeutet.«

»Es bedeutet weit mehr als das«, sagte Gainswick und schaute auf, und der Blick, mit dem er seine Besucher bedachte, gefiel Quentin ganz und gar nicht.

»Dieses Zeichen«, fuhr der Gelehrte mit Flüsterstimme fort, »dürfte es eigentlich nicht geben. Es gehört einem Satz verbotener Runen an, die schon vor tausenden von Jahren von den Druiden geächtet wurden. Sie reichen zurück in dunkle, heidnische Vorzeit.«

»Das sagte man uns schon«, Sir Walter nickte. »Aber was hatte es mit diesem Zeichen auf sich? Weshalb wurde es verboten?«

»In alter Zeit«, sagte Gainswick mit einer Stimme, die Quentin schaudern ließ, »als die Stämme noch zu heidnischen Naturgottheiten beteten, waren die Druiden mächtig und gefürchtet. Sie waren Weise und Mystiker, Wahrsager und manchmal auch Zauberer.«

»Zauberer?«, fragte Quentin, und man konnte den Kloß sehen, der seinen Hals hinauf und hinab wanderte.

»Nur Aberglaube, mein Junge«, beschwichtigte Sir Walter. »Nichts, worum du dich sorgen müsstest.«

»Einst habe ich ebenso gedacht«, sagte Gainswick und senkte die Stimme noch ein wenig mehr. »Aber Weisheit kommt über die Jahre, und im Alter erkennt man vieles, was einem in der Jugend verborgen blieb. Heute glaube ich, dass es mehr Dinge zwischen Himmel und Erde gibt, als die moderne Wissenschaft zugeben mag.«

»Was denn?«, fragte Sir Walter fast amüsiert. »Wollen Sie uns weismachen, dass die Druiden der Vorzeit tatsächlich zaubern konnten, Professor? Sie ängstigen den armen Quentin.«

»Das liegt nicht in meiner Absicht. Aber Sie haben mich gefragt, womit Sie es hier zu tun haben, mein lieber Walter. Und die Wahrheit ist, dass Sie sich mit dunklen Mächten eingelassen haben.«

»Mit dunklen Mächten? Wie darf ich das verstehen?«

»In jener alten Zeit«, fuhr Gainswick fort, »gab es zwei Arten von Druiden. Die einen folgten dem Pfad des Lichts und setzten ihr Wissen zum Guten ein, um zu heilen und zu erhalten. Aber es gab auch andere, die ihre Fähigkeiten dazu missbrauchten, ihre Macht zu vermehren und die Geschicke der Menschen zu beeinflussen. Um an ihre Ziele zu gelangen, schreckten sie vor keiner Untat zurück und verübten Menschenopfer und grausame Rituale. Die Mitglieder jener geheimen Kreise trugen dunkle Roben und hatten Masken vor ihren Gesichtern, damit niemand ihre Identität erkennen sollte. Und zusätzlich zu den herkömmlichen Runen, mit denen die Druiden ihre Geheimnisse bewahrten und die Zukunft deuteten, entwickelten sie weitere Zeichen. Dunkle Zeichen von dunkler Bedeutung.«

»Sie sprechen in Rätseln, Sir«, sagte Sir Walter, der aus dem Augenwinkel sah, wie Quentin auf seinem Sessel hin und her rutschte.

»Sie nannten sich ›Bruderschaft der Runen‹ und schworen der alten Lehre ab. Stattdessen frönten sie dämonischen Mächten, die ihnen, so wird es überliefert, die neuen Zeichen gaben. Die rechtschaffenen Druiden mieden und fürchteten diese Zeichen, und man begann damit, die Bruderschaft zu bekämpfen. Die meisten ihrer verbotenen Runen sind im Lauf der Jahrtausende verloren gegangen. Bis auf diese: die Schwertrune.«

»Und was hat es damit auf sich?«, fragte Quentin sichtlich nervös.

Der Professor lächelte. »Das weiß ich nicht, mein Junge. Aber es muss etwas an der Sache dran sein, das ist sicher.«

»Weshalb?«, wollte Sir Walter wissen.

»Weil es Quellen gibt, die es belegen. Vor einigen Jahren bin ich in der Königlichen Bibliothek auf eine alte Handschrift gestoßen, die in Latein abgefasst war. Es war die Abhandlung eines Mönchs, die sich mit heidnischer Runenkunde auseinander setzte. Die Handschrift war leider nicht vollständig, sodass ich nicht herausfinden konnte, was der Gegenstand der Untersuchung gewesen war. Aber auf den Seiten, die mir vorlagen, ging der Verfasser unter anderem auch auf die verbotenen Zeichen ein.«

»Und? Was schrieb er darüber?«

»Dass die Bruderschaft der Runen nie aufgehört hat zu existieren. Dass Teile von ihr sich bis weit über die Zeitenwende hinaus erhalten konnten und dass sie maßgeblichen Einfluss auf die schottische Geschichte nahmen.«

»Was?«

»Wie es hieß, sollen diverse schottische Potentaten der Bruderschaft nahe gestanden oder sich zumindest in ihrem Einflussbereich befunden haben. Unter ihnen auch Robert, Earl of Bruce.«

»Niemals!«, sagte Sir Walter entschieden.

»Mein lieber Walter«, erwiderte Professor Gainswick mit jungenhaftem Lächeln, »ich weiß, dass alle Schotten eine tiefe Zuneigung zu ihrem Bruce hegen – schließlich war er es, der die Clans geeint und die Engländer besiegt hat. Aber leider neigen sie dazu, historische Persönlichkeiten auf einen allzu hohen Sockel zu stellen. Auch König Robert war nur ein Mensch, mit allen Fehlern und Schwächen, die das Menschsein nun einmal mit sich bringt. Er war ein Mann, der weit reichende Entscheidungen zu treffen hatte und auf dessen Schultern große Verantwortung ruhte. Liegt der Gedanke, dass er sich mit den falschen Beratern umgeben haben könnte, wirklich so fern?«

Sir Walter überlegte. Ihm war anzusehen, dass es ihm nicht behagte, den Nationalhelden Schottlands in einem Atemzug mit den Sektierern erwähnt zu wissen. Andererseits hatte Professor Gainswicks Argumentation durchaus etwas für sich, und ein logisch arbeitender Verstand wie der Walter Scotts konnte sich dem nicht einfach entziehen.

»Nehmen wir an, Sie hätten Recht, Professor«, sagte er. »Angenommen, die Bruderschaft der Runen war tatsächlich bis ins Hochmittelalter tätig und hatte Verbindungen bis in höchste Kreise. Was sagt uns das?«

»Es sagt uns, dass der Einfluss dieser Sekte bislang grob unterschätzt wurde. Das kann zum einen daran liegen, dass die Bruderschaft selbst großen Wert darauf gelegt hat, nicht in den Geschichtsbüchern aufzutauchen, zum anderen aber auch daran, dass die Geschichtsschreibung traditionell in den Händen der Klöster lag, deren Vorstehern wohl kaum daran gelegen sein konnte, von einer heidnischen Bruderschaft zu berichten, die schwarzer Magie frönte. In der Überlieferung kommt es nicht selten vor, dass bestimmte Aspekte von den Chronisten einfach ausgeblendet wurden, wenn sie sich nicht mit deren Überzeugungen deckten. Das Schriftstück, das ich fand, war nicht mehr als ein Fragment. Vielleicht hat es nur durch eine Laune des Schicksals die Jahrhunderte überdauert.«

»Aber das ... das könnte ja bedeuten, dass diese Bruderschaft tatsächlich bis heute existiert«, folgerte Quentin aufgeregt. »Dass sie es ist, mit der wir es zu tun haben.«

»Unsinn, mein Junge.« Sir Walter schüttelte den Kopf. »Wir haben es lediglich mit einigen Aufrührern zu tun, die irgendwie von dieser Sache erfahren haben und sich nun eines alten Zeichens bedienen, um damit Angst und Schrecken zu verbreiten.«

»Aber die Reiter, die wir in jener Nacht gesehen haben, waren allesamt maskiert«, beharrte Quentin. »Und Abt Andrew hat dem Ganzen große Bedeutung beigemessen, wie du weißt.«

»Abt Andrew?« Professor Gainswick hob die buschigen Brauen. »Es sind also Mönche in die Sache verwickelt? Von welchem Orden?«

»Prämonstratenser«, erwiderte Sir Walter. »Sie unterhalten in Kelso eine kleine Niederlassung.«

»Auch der Mönch, dessen Handschrift ich gelesen habe, war ein Prämonstratenser«, sagte Gainswick leise.

»Das kann ein bloßer Zufall sein.«

»Aber möglicherweise auch mehr als das. Vielleicht gibt es etwas, das diesen Orden und die Bruderschaft der Runen miteinander verbindet. Etwas, das weit in die Vergangenheit reicht und die Jahrhunderte überdauert hat, sodass es noch heute am Wirken ist.«

»Lieber Professor, das sind doch alles nur Spekulationen«, wiegelte Sir Walter ab. Professor Gainswick hatte schon immer einen gewissen Sinn für Theatralik gehabt, was seine Vorlesungen ungleich interessanter gemacht hatte als die der anderen Gelehrten. In diesem Fall jedoch waren Fakten gefragt und keine halbseidenen Vermutungen. »Wir haben nicht einen einzigen Beweis dafür, dass wir es tatsächlich mit den Erben dieser Sektierer zu tun haben. Wir wissen ja noch nicht einmal, welche Ziele die Bruderschaft der Runen verfolgt hat.«

»Macht«, sagte Gainswick nur. »Um etwas anderes ist es diesen Strolchen nie gegangen.«

»Uns fehlen die Beweise«, wiederholte Sir Walter. »Wenn wir wenigstens eine Kopie dieser Handschrift hätten, auf die Sie gestoßen sind! Dann könnte ich damit nach Kelso fahren und Abt Andrew zur Rede stellen. So aber haben wir nichts als Vermutungen.«

»Ich wünschte, ich könnte Ihnen helfen, mein lieber Walter. Wie ich schon sagte, die Sache liegt einige Jahre zurück, und da okkulte Sekten und Rituale nicht unbedingt zu meinem Interessengebiet gehören, habe ich keine Abschrift anfertigen lassen.«

»Wissen Sie noch, wo Sie das Manuskript gefunden haben?«

»Es gibt in der Bibliothek eine Abteilung für Fragmente und Palimpseste, die sich nicht zuordnen lassen. Dort bin ich aus purem Zufall darauf gestoßen. Wenn ich mich recht entsinne, hatte das Schriftstück nicht einmal eine Katalogisierung.«

»Aber es ist noch immer dort?«

Gainswick zuckte mit den Schultern. »Bei all dem Durcheinander, das dort herrscht, kann ich mir nicht vorstellen, dass jemand das Schriftstück entwendet hat. Da müsste er schon gezielt danach gesucht haben.«

»Also gut.« Sir Walter nickte. »Gleich morgen werden Quentin und ich in die Bibliothek gehen und nach dem Schriftstück suchen. Wenn wir es fänden, hätten wir zumindest etwas in der Hand.«

»Sie haben sich nicht verändert, mein lieber Walter«, stellte der Professor lächelnd fest. »Aus Ihren Worten spricht noch immer der logisch arbeitende Verstand, der nicht bereit ist, etwas hinzunehmen, das sich nicht rational erklären lässt.«

»Ich habe eine wissenschaftliche Ausbildung genossen«, gab Sir Walter zurück, »und ich hatte einen hervorragenden Lehrer.«

»Mag sein. Aber dieser Lehrer hat mit zunehmendem Alter erkannt, dass Wissenschaft und Rationalität nicht das Ende aller Weisheit darstellen, sondern allenfalls ihren Anfang. Je mehr man weiß, desto deutlicher gelangt man zur Erkenntnis, im Grunde nichts zu wissen. Und je mehr wir die Welt mit der Wissenschaft zu greifen versuchen, desto mehr entgleitet sie uns. Ich für meinen Teil habe anerkannt, dass es Dinge gibt, die sich nicht ohne weiteres erklären lassen, und ich kann Ihnen nur raten, das ebenfalls zu tun.«

»Was erwarten Sie von mir, Professor?« Sir Walter musste schmunzeln. »Dass ich an faulen Zauber glaube? An schwarze Magie? An Dämonen und finstere Rituale?«

»Auch Robert the Bruce hat es getan.«

»Das ist keinesfalls erwiesen.«

Gainswick seufzte. »Ich sehe, mein Freund, Sie sind noch nicht so weit. Im hohen Alter, das versichere ich Ihnen, stellt sich vieles anders dar. Aber ich rate Ihnen dennoch, vorsichtig zu sein. Nehmen Sie es als Ratschlag Ihres verrückten alten Professors, der nicht möchte, dass Ihnen oder Ihrem jungen Schützling etwas zustößt. Diese Schwertrune und das Geheimnis, für das sie steht, sind keinesfalls zu unterschätzen. Es geht dabei um Macht und um Einfluss. Darum, die Geschichte zu prägen und sie zu formen, mithilfe von Kräften, die außerhalb unseres Begreifens stehen. Es ist nicht irgendein Kampf, auf dessen Spuren Sie gestoßen sind – es ist die epische Schlacht zwischen Licht und Finsternis, die seit Anbeginn der Zeiten tobt. Vergessen Sie das nie.«

Der durchdringende Blick, mit dem der Gelehrte seine Besucher bedachte, behagte Quentin nicht. Er fühlte sich plötzlich unwohl in seiner Haut und wäre am liebsten aufgestanden und nach Hause gegangen, wäre das nicht grob unhöflich gewesen.

Sein Onkel mochte nichts halten von Dämonen und finsteren Ritualen. Quentin hingegen flößte solches Gerede einen Heidenrespekt ein. Zwar hatte er mit eigenen Augen gesehen, dass die Reiter, die Abbotsford in jener Nacht überfallen hatten, keine Gespenster, sondern Wesen aus Fleisch und Blut gewesen waren, aber je mehr sie darüber erfuhren, desto unheimlicher kam ihm das Ganze vor.

Hatten sie es wirklich mit den Erben einer Bruderschaft zu tun, deren Wurzeln Jahrhunderte, wenn nicht Jahrtausende zurückreichten? Die so mächtig war, dass sie die schottische Geschichte maßgeblich beeinflusst hatte? Sicher waren ein alter Mann und ein unerfahrener Bursche dann nicht die geeigneten Personen, ein solches Geheimnis zu lüften ...

»Ich werde es nicht vergessen«, sagte Sir Walter zu Quentins Erleichterung – allerdings lag die Vermutung nahe, dass Scott mehr aus Respekt vor seinem alten Lehrer einlenkte denn aus wirklicher Überzeugung. »Wir danken Ihnen für Ihre Auskunft, und ich verspreche Ihnen, dass wir äußerste Vorsicht walten lassen werden.«

»Mehr kann ich nicht verlangen«, erwiderte Gainswick. »Und nun lassen Sie uns über etwas anderes sprechen. Wie geht es Ihrer Gattin? Und woran arbeiten Sie gerade? Ist es richtig, dass Sie einen Roman schreiben wollen, der im mittelalterlichen Frankreich spielt ...?«

Die Fragen, mit denen der Professor Sir Walter bestürmte, ließen keinen Raum mehr für weitere Spekulationen. Sir Walter beantwortete sie alle, und sie unterhielten sich über die alten Zeiten, als die Welt, wie sie übereinstimmend sagten, noch weniger kompliziert gewesen war. Da der Professor sich weigerte, sie ohne Mahlzeit gehen zu lassen, wurde es ein längerer Besuch; der Gelehrte wies seine Haushälterin an, ein Nachtmahl zu bereiten, und so war es spät, als Sir Walter und Quentin endlich das Haus am Ende der Gasse verließen.

»Professor Gainswick ist sehr freundlich«, stellte Quentin fest, während sie zurück zur Kutsche gingen.

»Das ist er. Schon als ich ein Student war, ist er stets mehr für mich gewesen als nur ein Lehrer. Allerdings ist der Professor in den letzten Jahren sehr gealtert.«

»Wie meinst du das?«

»Ich bitte dich, Quentin – dieses ganze Gerede von verbotenen Runen und Bruderschaften, die selbst auf das schottische Königshaus Einfluss gehabt haben sollen ...«

»Es wäre doch möglich, oder nicht?«

»Ich denke nicht. Die Annahme, dass diese Aufrührer die Erben jener geheimnisvollen Bruderschaft sein und noch immer die gleichen dunklen Ziele verfolgen könnten wie ihre Vorfahren, halte ich für ein Hirngespinst.«

»Vielleicht«, räumte Quentin ein. »Dennoch sollten wir vorsichtig sein, Onkel. Diese Dinge, von denen der Professor sprach, sind wirklich unheimlich.«

»Plagt dich schon wieder die Angst vor Gespenstern, mein Junge? Wie auch immer – wir werden morgen zur Bibliothek fahren und versuchen, dieses Fragment zu finden, von dem der Professor uns erzählt hat. Wenn wir einen konkreten Hinweis in der Hand hätten, könnten wir bei den Behörden argumentieren und möglicherweise erreichen, dass noch entschlossener gegen diese Kriminellen vorgegangen wird. So aber haben wir nichts als einen Strauß unhaltbarer Gerüchte und Vermutungen, und davon lasse ich mich nicht einschüchtern.«

Sie hatten das Ende der Gasse erreicht, wo die Droschke bereit stand. Der Kutscher stieg ab und öffnete die Tür, sodass sie einsteigen konnten.

In düstere Gedanken versunken, ließ sich Quentin in den harten Sitz fallen. Hätte er die schattenhaften Gestalten gesehen, die sich in dunklen Mauernischen und Hauseingängen verbargen und seinen Onkel und ihn beobachteten, wäre seine Unruhe noch weitaus größer gewesen.

Und vielleicht hätte sogar Sir Walter seine Meinung über Miltiades Gainswick revidiert.

9.

Als Mary am nächsten Morgen den Frühstückssalon betrat, bemerkte sie sofort, dass eine Veränderung eingetreten war.

Malcolm of Ruthven hatte das Haus bereits verlassen, nur seine Mutter war anwesend. Und der Blick, mit dem Eleonore Mary begrüßte, verhieß nichts Gutes.

»Einen angenehmen Morgen«, grüßte Mary dennoch freundlich und deutete eine Verbeugung an. »Haben Sie gut geruht?«

»Keineswegs«, schnarrte Eleonore, »und mir fiele auch nichts ein, was diesen Morgen für mich auch nur annähernd angenehm gestalten könnte. Weshalb hast du den Empfang so früh verlassen?«

Mary nahm am anderen Ende der Tafel Platz. Also das war der Grund für den frostigen Empfang, dachte sie. Man war ungehalten über ihren frühen Abschied.

»Ich fühlte mich nicht wohl«, beschied sie ihrer zukünftigen Schwiegermutter, während eine Dienerin kam und ihr Tee einschenkte.

»So, du fühltest dich also nicht wohl.« Eleonores Blick war unschwer zu deuten, Zorn und Verachtung lagen darin. »Dieser Empfang wurde zu deinen Ehren abgehalten. Der gesamte Hochlandadel hatte sich eingefunden, um dich in deiner neuen Heimat zu begrüßen. Ich weiß nicht, wie man es in England hält, aber hier im Norden gilt es als grob unhöflich, wenn sich der Ehrengast ohne ein Wort der Entschuldigung oder des Bedauerns zurückzieht. Du hast die Etikette verletzt und unsere Gäste beleidigt.«

»Das tut mir Leid«, sagte Mary, »das lag nicht in meiner Absicht. Aber ich fühlte mich nicht wohl, wie ich schon sagte, und ich hielt es für besser ...«

»Aber doch wohl genug, um an einer Feier im Gesindehaus teilzunehmen?« Eleonores Stimme klang so scharf und schneidend, dass Mary zusammenzuckte. Erschrocken blickte sie die Burgherrin an.

»Was ist, mein Kind? Hast du tatsächlich geglaubt, deine kleinen Eskapaden blieben mir verborgen? Ich erfahre alles, was innerhalb dieser Mauern vor sich geht.«

Mary senkte den Blick. Es war zwecklos, es zu leugnen. Wahrscheinlich hatte einer der Kutscher oder ein Angehöriger des Dienstbotenpersonals geplaudert, und Mary konnte es ihnen nicht einmal verdenken. Sie alle hatten Angst vor den Menschen, in deren Diensten sie standen.

»Es war nicht so geplant«, sagte Mary deshalb, jedes einzelne Wort betonend. »Ich ging nach draußen, um etwas frische Luft zu schöpfen. Dabei hörte ich Musik, und ich wollte wissen, woher sie kam. Dann ergab eins das andere.«

»Aus deinem Mund klingt das reichlich harmlos, wenn man bedenkt, dass du am Ende mit dem Gesellen des Hufschmieds getanzt und primitive, bäuerliche Sitten gepflegt hast.«

»Verzeihen Sie«, erwiderte Mary und konnte nicht verhindern, dass ihre Stimme sarkastisch klang, »ich wusste nicht, dass dies verboten ist.«

»Dir ist alles verboten!«, schrie Eleonore, und ihre Stimme überschlug sich dabei. Wütend blitzten ihre Augen, und die drohende Aura, die sie umgab, wirkte selbst auf Mary Furcht einflößend. »Alles, was den Ruf und das Ansehen des Lairds of Ruthven beschädigen könnte«, fuhr die Burgherrin ein wenig gemäßigter fort.

»Es beschädigt den Ruf und das Ansehen des Lairds, wenn ich eine Hochzeit seiner Bediensteten besuche und dem Brautpaar meine Glückwünsche ausspreche?«

»Es ist nicht Sache einer Lady, bäuerischen Sitten zu frönen und gemeines Volk zu beglückwünschen.«

»Gemeines Volk? Diese Menschen sind unsere Untergebenen. Sie stehen in unseren Diensten und unter unserem Schutz.«

»In allererster Linie«, verbesserte Eleonore mit zornbebender Stimme, »haben sie sich uns unterzuordnen und uns zu dienen. Ihr Blut hat nicht dieselbe Farbe wie unseres, sie sind unrein und niedrig. Für eine Lady ziemt es sich nicht, sich über Gebühr mit ihnen abzugeben.«

Mary nickte. »Allmählich verstehe ich, woher Malcolm seine Einstellungen hat.«

»Es steht dir nicht an, dreist zu werden oder mich oder den Laird in irgendeiner Form zu kritisieren. Deine Aufgabe beschränkt sich darauf, deinem Ehemann eine gute und gehorsame Gattin zu sein und das Haus Ruthven nach außen vollendet zu repräsentieren. Das und nicht mehr wird von dir verlangt. Fühlst du dich dazu in der Lage?«

Mary senkte den Blick. Für einen Moment wollte sie nicken

und klein beigeben, sich höherem Alter und Stand beugen, wie es ihr von Jugend an beigebracht worden war. Aber sie besann sich, denn sie musste an die Werte denken, an die sie unumstößlich glaubte und die in Burg Ruthven keine Gültigkeit zu besitzen schienen. Dies konnte, wollte sie nicht wortlos dulden.

»Es kommt darauf an«, sagte sie deshalb leise.

»Worauf?« In Eleonores Zügen lag jetzt wieder jener Raubvogelblick, der Mary schon am Tag ihrer Ankunft erschreckt hatte.

»Ob ich mich nicht schämen muss, das Haus Ruthven zu repräsentieren.«

»Ob du ...« Die Burgherrin keuchte und schien einen Augenblick lang tatsächlich keine Luft zu bekommen. Hilflos ruderte sie mit den Armen und brauchte einige Sekunden, um sich zu beruhigen. »Weißt du überhaupt, was du da sagst, törichtes Ding?«, schnappte sie dann.

»Ich denke schon«, versicherte Mary, »und ich glaube auch nicht, dass ich töricht bin. Es ist nur meine tiefste Überzeugung, Mylady, dass man Menschen – und sei ihre Herkunft noch so gering – nicht als minderwertig behandeln darf. Alle Menschen sind von Gott mit den gleichen Rechten und Privilegien ausgestattet. Der Umstand, dass nicht alle das Glück hatten, in wohlhabende Verhältnisse hineingeboren zu werden, sollte uns nicht dazu ermutigen, auf sie herabzublicken.«

»Auch das noch«, ächzte Eleonore verächtlich. »Revolutionäres Gefasel!«

»Vielleicht. Aber ich habe in die Augen der Menschen geblickt, die für Sie arbeiten, und ich habe Furcht darin gesehen. Die Dienstboten haben Angst vor Ihnen, Mylady, ebenso wie vor Ihrem Sohn.«

»Und das gefällt dir nicht?«

»Allerdings nicht, denn ich bin der Ansicht, dass Untergebene ihre Dienstherren viel eher lieben und ihnen in Treue ergeben sein sollten.«

Einen Augenblick saß Eleonore unbewegt, ohne dass Mary zu sagen vermocht hätte, was in ihr vor sich ging. Dann brach sie in schallendes Gelächter aus.

»Ist das der Grund für deine nächtliche Eskapade?«, wollte sie wissen. »Du willst die Zuneigung der Knechte und Mägde gewinnen?«

»Zuallererst sind es Menschen, Mylady. Und ja – ich möchte mir ihre Zuneigung und ihren Respekt erwerben.«

»Respekt erwirbt man sich allein durch Autorität. Und Furcht ist dabei ein gutes Hilfsmittel.«

»Der Ansicht bin ich nicht.«

»Es ist mir gleichgültig, welcher Ansicht du bist. Du hast den Laird und mich in unakzeptabler Weise bloßgestellt und beleidigt, und das wird nicht ungeahndet bleiben.«

»Mit Verlaub, Mylady – der Laird ist ein Tölpel, der nur seinen Ruf und seinen Reichtum im Blick hat! Er hat es nicht anders verdient.«

»Das genügt.« Eleonores Lippen wurden so schmal, dass sie nur mehr einen Strich in ihrem blassen Gesicht bildeten. »Du willst es offenbar nicht anders. Ich werde dir also eine Lektion erteilen müssen.«

»Was haben Sie vor?«, fragte Mary störrisch. »Mir das Dach über dem Kopf anzünden, wie Sie es bei diesen armen Menschen tun?«

»Das Dach sicher nicht, aber es gibt noch andere Dinge, die vortrefflich brennen. Papier zum Beispiel.«

»Was soll das heißen?« Mary hatte plötzlich eine schlimme Ahnung.

»Nun, mein Kind, es scheint mir auf schmerzliche Weise offensichtlich, dass diese krausen Vorstellungen, die du in deinem Kopf herumträgst, nicht von dir selbst stammen können. Von irgendwo musst du sie also haben, und da ist mir eingefallen, dass du deine Nase häufiger in Bücher steckst als jede andere junge Dame, die ich kenne.«

»Und?«, fragte Mary nur.

»Diese Bücher scheinen der wahre Grund für deine Renitenz und dein störrisches Verhalten zu sein. Ich habe daher angeordnet, deine Kammer von Büchern zu säubern und sie hinunter in den Hof zu bringen, um sie vor aller Augen zu verbrennen.«

»Nein!« Mary sprang auf.

»Du hattest die Wahl, mein Kind. Du hättest dich nicht gegen uns stellen sollen.«

Einen Augenblick war Mary wie erstarrt, fassungslos über solche Gefühlskälte. Entsetzen packte sie, und sie stürzte zum Fenster, blickte hinaus auf den Hof. Ein helles Feuer loderte dort unten, von dem grauer Rauch in den Morgenhimmel stieg, dazu Fetzen von Papier, die die heiße Luft in die Höhe trieb.

Mary konnte nicht verhindern, dass ihr Tränen in die Augen schossen. Es waren tatsächlich Bücher, die dort brannten – ihre Bücher. Soeben brachte ein Dienstbote einen weiteren Stapel aus dem Haus und warf ihn in die grellen Flammen.

Mary wandte sich ab und stürzte aus dem Salon. Mit fliegenden Schritten hastete sie durch die Korridore und über die Treppe, hinaus in den Hof. Kitty kam ihr entgegengeeilt, Tränen in den Augen.

»Mylady!«, rief sie aus. »Bitte verzeihen Sie mir, Mylady! Ich wollte sie daran hindern, aber ich konnte nicht. Sie haben die Bücher einfach mitgenommen!«

»Es ist schon gut, Kitty«, beschied Mary mit einem letzten Rest von Würde. Dann stieg sie die Stufen zum Innenhof hinab und musste mit ansehen, wie ein weiterer Stapel ihrer geliebten Bücher den Flammen preisgegeben wurde – unter ihnen auch das Werk über schottische Geschichte, das Sir Walter ihr geschenkt hatte. Den jungen Mann, der es ins Feuer geworfen hatte und der nun mit einer langen Eisenstange die Flammen schürte, kannte sie. Es war Sean, der Schmiedegeselle, mit dem sie am gestrigen Abend auf seiner Hochzeit getanzt hatte.

Verzweiflung ergriff von Mary Besitz. Sie rannte los, um zu retten, was noch zu retten war, wollte die Überreste ihrer geliebten Bücher mit bloßen Händen aus den Flammen zerren. Der junge Sean stellte sich ihr in den Weg.

»Mylady, nicht«, bat er.

»Lass mich vorbei! Ich muss meine Bücher retten.«

»Da ist nichts mehr zu retten, Mylady«, sagte der Schmiedegeselle traurig. »Es tut mir so Leid.«

Mary stand vor den Flammen und starrte in die lodernde Feuersbrunst, sah *Ivanhoe* und Das *Fräulein vom See* in der hellen Glut verschwinden. Das Papier krümmte sich, ehe es in Flammen aufging und sich schwarz färbte, um schließlich zu Asche zu zerfallen.

»Warum hast du das getan?«, flüsterte Mary. »Diese Bücher waren alles, was ich noch hatte. Sie waren mein Leben.«

»Es tut mir Leid, Mylady«, erwiderte Sean. »Wir hatten keine andere Wahl. Sie haben gedroht, die Häuser unserer Familien anzuzünden und uns von unserem Land zu verjagen, wenn wir es nicht tun.«

Mary schaute den Schmiedegesellen an. Ihre verquollenen Gesichtszüge hatten mit einer Dame nichts mehr gemein, aber sie schämte sich ihrer Tränen nicht. Was Eleonore of Ruthven ihr angetan hatte, war das Heimtückischste, das ihr je widerfahren war.

Die Räuber an der Brücke hatten es nur auf ihr Hab und Gut abgesehen gehabt – Eleonore hingegen ging es um mehr. Sie wollte Marys Leben zerstören, betrachtete sie als einen Besitz, mit dem sie nach Belieben verfahren und den sie nach ihren Erfordernissen formen konnte.

Inmitten der Tristesse und der Zwänge, die sie umgaben, war das Lesen für Mary wie eine Flucht in eine andere, bessere Welt gewesen. Wie sie ohne ihre Bücher überleben sollte, war ihr ein Rätsel.

»Bitte, Mylady«, sagte Sean, der die Verzweiflung in Marys Augen sah, »seien Sie uns nicht böse. Wir können nichts dafür.«

Mary blickte ihn unverwandt an. Im ersten Moment hatte sie tatsächlich einen unbändigen Zorn auf den jungen Mann verspürt und war von ihm und seinesgleichen maßlos enttäuscht gewesen. Aber nun war ihr klar, dass Sean und die anderen Bediensteten nichts dafür konnten. Sie fürchteten um ihre Existenz und hatten nur getan, was sie tun mussten, um sich und ihre Familien zu schützen.

Mary wandte den Blick ab und schaute am Hauptgebäude empor zum großen Fenster des Salons. Als ob sie es geahnt hätte, gewahrte sie dort Eleonore of Ruthven.

Die hagere Frau stand am Fenster und blickte hochmütig auf sie herab, und in ihrem blassen Gesicht sah Mary ein Lächeln der Genugtuung. Ihre Fäuste ballten sich, und zum ersten Mal in ihrem Leben empfand Mary Hass.

Mit einem letzten Blick nahm sie Abschied von ihren teuren Büchern, die die Flammen schon fast aufgefressen hatten. Dann wandte sie sich ab und verließ erhobenen Hauptes, um ihrer künftigen Schwiegermutter nicht noch mehr Anlass zum Triumph zu geben, den Hof.

Kitty begleitete sie, und beide kämpften ihre Tränen nieder, um sich keine Blöße zu geben. Erst als Mary in ihrer Kammer war, ließ sie ihren Tränen freien Lauf, und obwohl Kitty alles tat, um sie zu trösten, hatte sie sich noch nie zuvor in ihrem Leben so allein, so verlassen gefühlt.

Ihre Bücher waren ihr Lebenselixier gewesen, ihr Fenster zur Freiheit. Auch wenn ihr Körper in Zwängen gefangen sein mochte – ihr Geist war frei gewesen. Beim Lesen hatte er sich an ferne Orte und Zeiten begeben, wohin ihr niemand folgen konnte. Diese Freiheit, auch wenn sie nur eine Illusion gewesen war, hatte Mary geholfen, nicht zu verzweifeln.

Wie sollte sie nun hier leben, wie das zwangvolle Dasein auf Burg Ruthven überstehen ohne ein geschriebenes Wort, das ihre Fantasie beflügelte und ihr Trost und Hoffnung spendete?

Marys Verzweiflung war übermächtig. Sie verließ ihre Kammer den ganzen Tag nicht, und es kam auch niemand, um sie zu holen.

Irgendwann versiegten ihre Tränen, und erschöpft von Kummer, Wut und Empörung, schlief Mary ein. Und während sie schlief, hatte sie erneut einen seltsamen Traum, der sie in eine ferne Vergangenheit entführte ...

10.

Gwynneth Ruthven hatte die Einsamkeit gesucht.

Sie konnte das Gerede ihres Bruders und seiner neuen Freunde nicht mehr hören: dass Schottland in großer Gefahr sei und William Wallace, den sie alle nur »Braveheart« nannten, ein Verräter; dass er nach der Königskrone greife und es gelte, ihm Einhalt zu gebieten; dass ferner nur der Earl of Bruce Schottlands König sein könne und der Sieg über die Engländer mit allen Mitteln errungen werden müsse.

Gwynn hatte genug davon.

Schon ihr Vater hatte zu seinen Lebzeiten solche Reden geführt, hatte stets davon gesprochen, dass man die Engländer aus Schottland vertreiben und einen neuen König einsetzen müsse. Dass er es mit Wallace gehalten hatte, machte keinen Unterschied. Am Ende hatte er auf dem Schlachtfeld sein Leben gelassen, genau wie viele andere, und Gwynn konnte nicht sehen, dass sein Tod irgendetwas bewirkt hätte. Im Gegenteil. Das Blutvergießen und die Intrigen waren nur noch schlimmer geworden.

Wallace hatte versprochen, die Engländer aus Schottland zu vertreiben, aber es war ihm nicht gelungen; noch während er ins Land des Feindes eingefallen war und die Stadt York erobert hatte, waren englische Truppen an der Küste gelandet und hatten Edinburgh eingenommen; seitdem waren die Besatzer wieder auf dem Vormarsch.

Blut und Leid war alles, was die Revolte gebracht hatte, aber statt Lehren daraus zu ziehen und aus den Fehlern ihres Vaters zu lernen, war ihr Bruder Duncan bereits dabei, den nächsten Aufstand, das nächste Blutvergießen anzuzetteln.

Die Art, wie Duncan sich in den letzten Monaten verändert hatte, gefiel Gwynneth nicht. Er war älter geworden, trug jetzt mehr Verantwortung, aber das allein war es nicht. Wenn er sprach, klang er überheblich und unnahbar, und der seltsame Glanz in seinen Augen schien zu besagen, dass er sich zu mehr berufen fühlte als dazu, ein ferner Vasall des englischen Königs zu sein.

Gwynn wusste nicht, was ihr Bruder genau im Schilde führte, und es hätte auch wenig Zweck gehabt, ihn danach zu fragen. Aber es war offensichtlich, dass er etwas plante, zusammen mit den seltsamen und unheimlichen Leuten, mit denen er sich neuerdings umgab.

Früher hatten die beiden Geschwister einander alles anvertraut und waren unzertrennlich gewesen. Seit dem Tod ihres Vaters hatte sich dies jedoch geändert. Duncan sprach kaum noch mit Gwynneth, und wenn, dann nur, um sie zurechtzuweisen.

Anfangs hatte Gwynn es für eine Laune von ihm gehalten, für eine vorübergehende Erscheinung, die sich legen würde, wenn Duncan erst über den Verlust ihres Vaters hinweggekommen wäre. Aber sie legte sich nicht, im Gegenteil. Duncan blieb ihr gegenüber verschlossen, dafür wurde die Liste seiner mysteriösen Besucher immer länger.

Gwynneth erfuhr nicht, worum es bei den Unterredungen ging. Sie nahm aber an, dass es mit dem Aufstand zu tun hatte, mit William Wallace und dem jungen Earl of Bruce, den sie zum König krönen wollten.

Leise Furcht beschlich sie dabei. Sie hatte bereits den Vater an den Krieg verloren und wollte nicht auch noch ihren Bruder verlieren. Aber Duncans Herz hatte sich verhärtet. Er hörte nicht mehr auf sie, sondern nur noch auf seine neuen, unheimlichen Freunde.

Sooft sie konnte, verließ Gwynn deshalb die Burg und suchte der Düsternis zu entkommen, die von Duncan und seinen Beratern ausging – so wie an diesem Tag.

Unter dem Vorwand, Feuerholz zu sammeln, hatte sie sich einmal mehr aus der Burg geschlichen. Es war später Nachmittag. Dunkle Wolken hatten sich am Himmel zusammengezogen und verfinsterten die Sonne. Ganz sicher würde es Regen geben. Im Norden zog eine schwarze Wolkenwand auf, kalter Wind trieb sie heran.

Gwynn zog sich den Wollschal noch enger um die Schultern. Sie zitterte am ganzen Leib, aber es war nicht nur der kalte Wind, der sie schaudern ließ.

Hinter ihr ragten trutzig die Türme von Burg Ruthven auf. Als junges Mädchen waren sie für sie der Inbegriff von Schutz und Geborgenheit gewesen, von Ruhe und Frieden. Wenn sie jetzt allerdings zurückblickte, sah sie nichts als dunkle Mauern und drohende Zinnen. Sie fühlte unheimliche Kälte, ein Gefühl von Bedrohung, wie sie es noch nie zuvor empfunden hatte.

Möglicherweise hing es mit den Träumen zusammen, die sie seit dem Tod ihres Vaters hatte. Zwei Träume waren es, die sie immer wieder heimsuchten.

In dem einen Traum ritt sie auf einem weißen Pferd durch die Landschaft der Highlands, schmiegte sich eng an das Fell des Tieres, das ihr Trost und Ruhe schenkte, fühlte sich frei und ungebunden. In dem anderen Traum veränderte sich alles, und wohin Gwynn auch blickte, sah sie nur Elend, Not und Leid. Sie sah die Highlands in Flammen stehen, sah Menschen, die aus ihren Häusern vertrieben wurden, gejagt von Kriegern, deren Waffen Blitz und Donner spuckten.

Was hatte das nur zu bedeuten?

Schon unzählige Male hatte Gwynn über die Bedeutung dieser Träume nachgedacht. Weshalb wurde sie von ihnen heimgesucht? Und warum waren es immer die gleichen schrecklichen Bilder?

In der Einsamkeit, die in den Hügeln um Burg Ruthven herrschte, hoffte sie eine Antwort auf diese Frage zu finden. Die Suche nach Feuerholz war nur ein Vorwand – eine Frau, die mit sich allein sein wollte, um nachzudenken, wäre bei den Burgwachen auf Unverständnis gestoßen.

Wie immer, wenn sie die Gegend durchstreifte, folgte Gwynn zunächst dem Wasserlauf, der die Schlucht unterhalb des Westturms durchfloss. In den Sommermonaten, wenn der Bach nur wenig Wasser führte, war der Grund der Schlucht nahezu ausgetrocknet, und man fand hier Mengen von abgestorbenem Holz und dürren Zweigen.

Schon als Kind war Gwynn oft hierher gekommen, um in den schroffen Felsen umherzuklettern. Für ein Mädchen hatte sich das nicht geschickt, aber ihr Vater hatte sie gewähren lassen. Gwynn wusste, dass er sich eigentlich einen weiteren Sohn gewünscht und sich deshalb über jede männliche Tugend seiner Tochter gefreut hatte; aber sie rechnete es ihm hoch an, dass er sie die Enttäuschung niemals hatte spüren lassen.

Sie stieg über einen Haufen Geröll, den die Regenfälle im Frühjahr angestaut hatten, und gelangte in einen Nebenarm der zerklüfteten Schlucht. Verblüfft blickte sie sich um, weil sie plötzlich das Gefühl hatte, hier nie zuvor gewesen zu sein. Bislang war sie überzeugt gewesen, jeden Stein in dieser Gegend zu kennen – nun aber lag eine schmale Schlucht vor ihr, die sie noch nie betreten hatte.

Auch hier gab es schroffes Gestein und felsige Klüfte, Spalten und Höhlen im grauen Fels. Neugierig stieg Gwynn ein Stück weiter, als sie plötzlich merkte, wie Nebel aufzog. Er stieg aus den Spalten und Rissen im Fels, wallte über den Boden und breitete sich rasch aus. Gwynn hatte das Gefühl, als kröche er feucht und klamm an ihr empor, um mit kalter Hand nach ihr zu greifen. Ohne dass sie es sich erklären konnte, hatte sie plötzlich Angst.

Sie wandte sich um, wollte zum Ausgang der Schlucht zurückkehren, aber der Nebel hatte sie bereits vollständig eingehüllt. Nur noch schemenhaft konnte sie ihre Umgebung erkennen. Die knorrigen Äste abgestorbener Bäume sahen plötzlich aus wie die ausgebreiteten Arme grässlicher Trolle, die nur darauf warteten, unschuldige Wanderer zu fangen und zu verspeisen.

Gwynn erinnerte sich an die Geschichten, die die Alten am Kaminfeuer erzählten – über Trolle, Gnome und andere Kreaturen, die im Nebel hausten. In einem Anflug von Panik ließ sie das Feuerholz fallen, das sie gesammelt hatte, und versuchte, einen Weg durch den dichten Nebel zu finden.

»Wohin des Wegs, mein Kind?«

Eine schnarrende Stimme ließ sie herumfahren. Gwynneth erschrak zu Tode, als unmittelbar neben ihr eine dunkle Gestalt aus dem Nebel trat. Unbemerkt hatte sie sich ihr genähert.

Gwynn schrie vor Angst – bis sie erkannte, dass es sich weder um einen Gnom noch um einen Troll, sondern lediglich um eine alte Frau handelte.

Sie war von gedrungener Gestalt und ging gebückt am Stock. Das Gewand, das sie trug, war pechschwarz, und an einer ledernen Schnur, die um ihren Hals hing, waren seltsame, aus Knochen gefertigte Talismane befestigt. Am eindrucksvollsten war ihr Gesicht – blasse, von Falten zerfurchte Züge, mit tief liegenden, starrenden Augen. Ihre schmale, gebogene Nase schien das Gesicht in zwei Hälften zu teilen, der Mund war klein und halb geöffnet. Zähne schien sie keine mehr zu haben.

Ein Runenweib!, erkannte Gwynn entsetzt.

Die Frau gehörte allem Anschein nach zu jenen Menschen, die dem alten, heidnischen Glauben frönten und denen man üble Dinge nachsagte. Es hieß, Runenweiber könnten in die Zukunft sehen und finstere Flüche verhängen, die selbst den stärksten Clansmann töteten.

»Was willst du von mir?« Gwynns Frage klang entsprechend ängstlich.

In einer Geste der Unschuld hob die Alte die Arme. »Was denn?«, schnarrte sie, und ihre Stimme hörte sich an wie der Ostwind, der am Morgen durch die Mauern von Burg Ruthven pfiff. »Du wirst dich doch nicht etwa vor mir fürchten?«

»Natürlich nicht«, behauptete Gwynn in einem Anflug von Trotz.

»Dann ist es ja gut«, meinte die Alte und kicherte. »Du musst nämlich wissen, dass es Leute gibt, die üble Dinge über mich und meinesgleichen erzählen. Vielleicht hast du ja schon von mir gehört. Mein Name ist Kala.«

»Du ... du bist die alte Kala?«

»Du kennst meinen Namen also?«

Gwynn nickte und wich unwillkürlich zurück. Natürlich hatte sie von der alten Kala gehört, sie allerdings nur für eine Sagengestalt gehalten, mit der man kleine Kinder erschreckte.

Von allen Runenweibern war Kala am meisten berüchtigt. Es hieß, selbst die Druiden der alten Zeit hätten ihre Macht und ihre Zauberkraft gefürchtet, und man behauptete, dass sie viele hundert Jahre alt wäre und den Bau des großen Walls der Römer mit eigenen Augen gesehen hätte.

»Du solltest nicht alles glauben, was man sich über mich erzählt, mein Kind«, sagte Kala, als könnte sie Gwynneths Gedanken lesen. »Nur die Hälfte davon ist wahr, und selbst davon ist die Hälfte zur Hälfte erfunden ... Gwynneth Ruthven.«

»Du kennst meinen Namen?«

»Natürlich.« Kalas faltige Züge zerknitterten sich, was wohl wie ein Lächeln wirken sollte. »Ich kenne alle von eurem Clan, mit all ihren Eigenheiten und ihrem lächerlichen Starrsinn. Ich kenne dich und deinen Bruder, den heißblütigen Duncan. Und ich kannte auch euren Vater, der auf dem Schlachtfeld sein Leben gelassen hat. Ich habe sie alle beobachtet und ihr unseliges Treiben gesehen. Sie rufen nach Freiheit und meinen damit nur ihren eigenen Vorteil, und sie würden ihre Liebsten verraten, nur um zu bekommen, was sie erstreben.«

»Wovon sprichst du?«, fragte Gwynn, aber die Alte reagierte nicht auf ihre Frage. Kalas Blick schien an Gwynneth vorbeizugehen, in weite Ferne oder längst vergangene Zeiten.

»Ich bin dabei gewesen«, sagte sie mit krächzender Stimme. »Es ist mein Schicksal, den Gang der Dinge zu beobachten. Ich habe Könige kommen und gehen sehen, Herrscher aufsteigen und fallen. In diesen Tagen, Gwynneth Ruthven, bietet sich unserem Volk eine Gelegenheit, wie es sie noch nie zuvor gegeben hat. Wir könnten das Joch der Fremdherrschaft abschütteln und wieder unsere Freiheit gewinnen! Alles ist in Bewegung. Die Dinge sind in Unordnung geraten, und es bedarf einer starken und mutigen Hand, sie neu zu ordnen. Aber Neid und Missgunst drohen alles zu zerstören.«

Mit ihren knochigen Fingern hatte sie Gwynn am Arm gepackt und hielt sie fest, bannte sie mit ihrem Blick, während sie sprach. Gwynn merkte, wie ihr ein kalter Schauer den Rücken hinabrieselte, und energisch riss sie sich von der Alten los.

»Was redest du da?«, fragte sie unwirsch. »Hast du den Verstand verloren?«

»Ich bin gekommen, um dich zu warnen, Gwynneth Ruthven«, sagte die Alte mit bebender Stimme. »Dein Bruder ist dabei, Unheil heraufzubeschwören und Unglück über euch alle zu bringen.«

»Du redest wirres Zeug, alte Frau«, sagte Gwynn, in der sich alles dagegen sträubte, dem Gefasel der unheimlichen Alten noch länger zuzuhören. Sie wandte sich um und wollte das Tal verlassen, aber im dichten Nebel konnte sie den Pfad nicht finden. Ziellos stieg sie im Geröll umher, bis ihr Weg vor einer Felswand endete. Sie folgte der Wand und geriet dadurch nur noch weiter hinein in die Schlucht, bis sie die Orientierung vollends verloren hatte.

In einem Anflug von Panik blickte sich Gwynneth um – und erschrak, als plötzlich wieder die dunkle Gestalt neben ihr stand.

»Suchst du etwas, mein Kind?«

»Den Weg nach Hause«, erwiderte Gwynn gehetzt. »Ich will nach Hause, hörst du?«

»Nur zu, was hindert dich daran?«

»Dieser verdammte Nebel. Ich kann die Hand nicht vor Augen sehen.«

»Das scheint das Problem der Menschen zu sein.« Die Alte kicherte. »Unerschrocken wagen sie sich auf unbekannten Boden, spielen mit Dingen, deren wahre Bedeutung sie nicht im Ansatz verstehen. Bis sie nicht mehr weiter wissen.«

»Bitte«, sagte Gwynn fast flehend, »lass mich gehen. Ich weiß nicht, was das alles soll.«

»Weiß ich es denn? Weiß der Baum, was aus ihm werden wird, wenn der Holzfäller die Axt an ihn legt? Auch mir ist nicht klar, was das Schicksal vorhat, Gwynneth Ruthven. Aber die Runen haben mir offenbart, dass dein Clan dabei eine wichtige Rolle spielen wird. Das Schicksal Schottlands könnte einst in seinen Händen liegen, doch dein Bruder ist dabei, alles zu verspielen.«

»Mein Bruder? Weshalb?«

»Weil er nicht bereit ist zu warten, bis die Zeit reif ist. Weil er das Schicksal in die Hände genommen hat und sich ertrotzen will, was deinem Vater versagt blieb. Und er schreckt dafür vor keiner Untat zurück.«

»Untat? Mein Bruder Duncan?« Gwynn schüttelte den Kopf. »Du redest dummes Zeug, alte Frau. Der Tod unseres Vaters mag Duncan schwer getroffen haben, aber er ist nicht so, wie du sagst. Eine große Bürde ruht auf seinen Schultern, das ist alles.«

»So?«, erkundigte sich die Alte spitz. »Ist das der Grund, weshalb du in jeder freien Minute aus der Burg flüchtest, Gwynneth Ruthven? Weshalb du es nicht länger ertragen kannst, in der Nähe deines Bruders und der unheimlichen Berater zu sein, mit denen er sich neuerdings umgibt?«

»Du ... weißt davon?«

»Ich sagte es dir schon, kleine Gwynn: Ich weiß vieles, mehr als du ahnst. Ich habe dich und die deinen seit langem beobachtet. In all dieser Zeit habe ich geschwiegen, aber nun kann ich es nicht länger. Böse Dinge sind im Begriff, sich zu ereignen, Gwynn. Dinge, die den Lauf der Geschichte verändern werden, wenn niemand zur Stelle sein wird, um sie zu verhindern. Und es wird dein Bruder sein, der diese Dinge in Gang setzt.«

»Mein ... mein Bruder?« Gwynn zögerte. Ihr Innerstes sträubte sich dagegen, auch nur ein Wort von dem zu glauben, was das Runenweib sagte. Aber die Art und Weise, wie Kala mit ihr sprach, ihr Tonfall und ihr anklagender und zugleich trauriger Blick bewogen sie dazu, ihr zuzuhören. »Wie meinst du das?«, fragte sie hilflos. »Ich höre dich reden, aber ich verstehe kaum etwas von dem, was du sagst.«

»Dein Bruder, Gwynneth, hat das Schicksal selbst in die Hand genommen. Er ist dabei, gegen William Wallace zu intrigieren, den sie den ›Braveheart‹ nennen. Zusammen mit seinen falschen Freunden plant er, Wallace zu hintergehen und zu berauben. Seine Kraft soll auf Robert the Bruce übertragen werden, damit er den Thron besteigen und König von Schottland werden kann.«

»Und? Was ist falsch daran?«

»Alles, mein Kind. Der Zeitpunkt, die Runen, die Sterne. Alles. Wallace befindet sich auf dem Höhepunkt seiner Macht. Um ihn zu stürzen, werden finstere Künste und dunkle Kräfte benötigt. Mit beidem hat sich dein Bruder eingelassen, freilich ohne zu begreifen, was er da tut. Jene Menschen, mit denen er neuerdings verkehrt und die seine Vertrauten geworden sind ... nicht umsonst fühlst du dich in ihrer Gegenwart unwohl! Fluchbeladen sind sie und hängen einer düsteren Kunst an.«

»Du meinst den alten heidnischen Glauben?«, fragte Gwynn vorsichtig. »Sind diese Leute so wie du?«

»Nein, nicht wie ich«, zischte Kala so scharf, dass Gwynn erneut vor ihr zurückwich. »Anders, mein Kind. Voll finsterer Absichten und böser Pläne sind ihre Gedanken. Sie frönen den dunklen Runen, nicht den lichten, und ihre Kunst ist älter als alles, was du oder ich uns vorzustellen vermögen.«

Kala hatte ihre Stimme zu einem Flüstern gesenkt, und Gwynneth hatte plötzlich das Gefühl, am ganzen Körper zu frieren. Lag es am Nebel, der durch ihre Kleider kroch? Oder an der unbestimmten Furcht, die sie plötzlich beschlich?

»Dann muss ich Duncan warnen«, sagte sie ein wenig hilflos.

Kala lachte nur. »Glaubst du denn, das könntest du? Glaubst

du, er würde auf dich hören? Glaubst du, du hättest eine Möglichkeit, mit deiner Jugend und Unerfahrenheit gegen eine Macht anzugehen, die um so vieles älter und verschlagener ist als du? Deine Stimme würde ungehört bleiben in dem Sturm, der heraufzieht. Ich kann dich nur davor warnen, sie zu erheben.«

»Aber wenn alles wahr ist, was du sagst, dann befindet sich Duncan in großer Gefahr.«

»Droht der einzelnen Flamme Gefahr durch das Feuer? Dein Bruder weiß nicht, was er tut. Die Trauer um euren Vater und der Zorn auf die Engländer haben ihn blind gemacht. Trauer und Wut sind schlechte Ratgeber für einen jungen Mann. Er glaubt, in eures Vaters Sinn zu handeln, doch in Wahrheit tut er nur das, was seine Ratgeber von ihm verlangen. Er wird derjenige sein, der Braveheart verrät und dafür sorgt, dass sein Schicksal besiegelt wird.«

»Warum warnst du Wallace dann nicht?«

»Weil ich noch nicht weiß, woher die Gefahr droht, mein Kind. Die Runen haben mir William Wallaces Schicksal offenbart. Hart und grausam wird es sein, wenn dein Bruder und seine neuen Freunde erfolgreich sind. Aber noch weiß ich nicht, wann und wo der schändliche Verrat erfolgen wird, denn auch die Runen offenbaren mir nicht alles.«

»Weshalb erzählst du mir das?«, fragte Gwynn. »Was habe ich mit den Plänen meines Bruders zu schaffen?«

»Du bist eine Ruthven, genau wie er. In dir fließt das gleiche Blut, und auch du trägst Verantwortung für euren Clan. Du darfst nicht zulassen, dass dein Bruder diese Schuld auf sich lädt. Der Clan der Ruthven wäre verflucht in alle Ewigkeit. Aber noch gibt es Hoffnung.«

»Hoffnung? Worauf?«

»Auf Erlösung, mein Kind. Du allein hältst den Schlüssel dazu in der Hand. Es ist die unbesonnene Art der Männer, Dinge zu beginnen, deren Ausgang sie nicht absehen, und um des Ruhmes willen Mächte zu entfesseln, die sie nicht kontrollieren können. Erlösung vor dem Dunkel, das euch allen droht, kann nur eine Frau bringen – und die Runen haben deinen Namen genannt, Gwynneth Ruthven ...«

11.

Sir Walter verlor keine Zeit.

Wie er Professor Gainswick angekündigt hatte, wurden Quentin und er am nächsten Morgen in der Universitätsbibliothek von Edinburgh vorstellig und beantragten Zugang zur Fragmentsammlung.

Die Bibliothekare – grauhäutige Männer, die Staub zu atmen und das Tageslicht zu scheuen schienen – zeigten zunächst wenig Neigung, Scotts Wünschen nachzukommen. Als sie jedoch erfuhren, welch hoher und berühmter Gast sie in ihren Hallen besuchte, änderten sie ihre Meinung rasch. Mit zuvorkommender Höflichkeit wurden Quentin und Sir Walter über steile Stufen in ein abgelegenes Kellergewölbe geführt. In einem länglichen, fensterlosen Raum reihten sich hölzerne Regale, in denen tausende von Schriften lagerten – teils aus Pergament, teils aus Papier, gebunden, lose oder gerollt.

Der Bibliothekar fragte, ob Sir Walter etwas Bestimmtes suche und er ihm behilflich sein könne; Sir Walter jedoch verneinte und wünschte, mit seinem Neffen allein gelassen zu werden, worauf sich der Mann bereitwillig entfernte.

»Hier sieht es aus wie in der Bibliothek von Kelso«, stellte Quentin fest und hielt seine Lampe so, dass er damit eine Seite des langen Gewölbes beleuchtete. Der Keller war so weitläufig, dass sich sein hinteres Ende in Dunkelheit verlor.

»Mit dem Unterschied, dass die hiesigen Bibliothekare weniger Wert auf ihre alten Schätze zu legen scheinen«, fügte Sir Walter missbilligend hinzu und schaute sich um. In dem Raum war es feucht, dicker Schimmel überzog Wände und Decke. Zu sehen, wie das geschriebene Wort vergangener Generationen so geringschätzig dem Verfall überlassen wurde, tat ihm als Schriftsteller in der Seele weh.

»Offensichtlich ist den Gelehrten der Universität nicht besonders am Fortbestand dieser Schriftstücke gelegen«, mutmaßte Quentin.

»Oder es fehlt das Personal, um sie alle zu sichten und zu nummerieren. Viel zu lange haben wir das Vermächtnis unserer Vergangenheit sich selbst überlassen. Erinnere mich daran, dass ich dem Kuratorium der Bibliothek demnächst eine großzügige Spende zukommen lasse, damit dieser Missstand beseitigt wird.«

»Weshalb?«, fragte Quentin mit der alten Mischung aus Unbekümmertheit und Naivität. »Warum ist es so wichtig, sich mit der Vergangenheit zu beschäftigen, Onkel? Sollte die Zukunft uns nicht viel mehr interessieren?«

»Würdest du behaupten, dass die Früchte an einem Apfelbaum wichtiger sind als seine Wurzeln?«, hielt Sir Walter dagegen.

»Nun, die Äpfel kann ich essen, nicht wahr? Sie machen mich satt.«

»Was für eine törichte Antwort!« Sir Walter schüttelte den Kopf. »Für kurze Zeit mögen die Äpfel deinen Magen füllen, aber der Baum wird keine weiteren Früchte mehr tragen. Die Wurzeln zu vernachlässigen heißt, die Früchte zu verlieren. Die Geschichte ist etwas Lebendiges, mein Junge, genau wie ein Baum. Sie gedeiht und wächst mit denen, die sie betrachten. Wenn wir unsere Vergangenheit aus den Augen verlieren, verlieren wir auch unsere Zukunft. Wenn wir sie jedoch regelmäßig studieren und uns ihrer bewusst sind, so vermeiden wir es, die Fehler vorangegangener Generationen zu wiederholen.«

»Das leuchtet ein«, gab Quentin zu und schritt die Regale ab, die überquollen von welligem Papier und löchrigem Pergament. »Wie wollen wir in diesem Durcheinander jemals die Schrift finden, von der Professor Gainswick gesprochen hat?«

»Eine gute Frage, mein Junge.« Sir Walter hatte sich der anderen Seite der Kammer zugewandt, wo das Chaos nicht weniger unüberschaubar war. »Wenn der gute Professor uns wenigstens einen Hinweis gegeben hätte, wo wir nach dem Fragment zu suchen haben. Aber er ist ja selbst nur aus Zufall darauf gestoßen und hat dem Schriftstück keine weitere Bedeutung beigemessen. Also wird uns wohl nichts anderes übrig bleiben, als systematisch danach zu suchen.«

»Systematisch, Onkel? Du meinst ... wir sollen alle diese Schriftstücke sichten?«

»Nicht alle, Neffe. Du vergisst, dass Professor Gainswick von einer Schrift aus Papier gesprochen hat. Die Pergamente und Palimpseste, die hier lagern, scheiden also von vornherein aus. Wir brauchen nur Mappen mit den Fragmenten und nicht zuzuordnenden Schriften durchzusehen.«

»Natürlich«, versetzte Quentin mit seltener Keckheit. »Das dürften ja auch nur ein paar Tausend sein, nicht wahr?«

»Manchmal, mein lieber Neffe, frage ich mich tatsächlich, wie viel vom Blut deiner Ahnen tatsächlich in dir fließt. Die

Scotts waren schon immer mit einem übergroßen Maß an Optimismus und Tatkraft versehen. Sie scheuen vor keiner Mühe zurück, und sei sie noch so groß.«

Quentin widersprach nicht mehr. Sein Onkel verstand es wie kein Zweiter, ihn dazu zu bringen, Dinge zu tun, die er normalerweise rundheraus abgelehnt hätte. Ihn auf die Familie anzusprechen war ein geschickter Winkelzug; zwar durchschaute Quentin ihn, aber der Verantwortung, die er plötzlich fühlte, konnte er sich trotzdem nicht entziehen. Auch wenn der Anblick der Folianten und prall gefüllten Umschläge, die sich im Regal schier endlos aneinander reihten, ziemlich entmutigend war, gedachte er sich davon nicht einschüchtern zu lassen. Nicht jetzt, wo er auf dem besten Weg war, ein neuer Mensch zu werden ...

Während Sir Walter einzelne Bände aus dem Regal holte und sie auf die Lesetische hievte, die in der Mitte des Gewölbes aufgestellt waren, beschloss Quentin, sich zunächst einen Überblick zu verschaffen. Bevor er die Suche nach der Nadel im Heuhaufen begann, wollte er zunächst einmal wissen, wie groß diese Sammlung eigentlich war. Noch immer hatte der Lichtkreis seiner Lampe das Ende des Gewölbes nicht erreicht.

Da jeder Schritt entlang des Regals ein paar Tausend Seiten mehr bedeutete, die es zu sichten galt, wurde Quentin immer mutloser, je weiter er in das Gewölbe vordrang. Und wenn er ehrlich zu sich selbst war, dann war es nicht nur die Resignation vor der schier aussichtslosen Suche, die ihn so bedrückte. Er war sich nämlich gar nicht sicher, ob er das Schriftstück, von dem Professor Gainswick gesprochen hatte, wirklich finden wollte.

Seit der arme Jonathan ums Leben gekommen war, waren die Dinge immer noch schlimmer geworden: das Unglück an der Brücke, der Überfall auf Abottsford, das unheilvolle Runenzeichen – was mochte als Nächstes kommen?

Sir Walters Entscheidung, nach Edinburgh zu gehen, hatte Quentin zunächst ein wenig beruhigt. Doch nun in finsteren Gewölben nach Hinweisen auf einen alten Geheimbund zu suchen war ganz und gar nicht das, was er sich vorgestellt hatte.

Der Besuch bei Professor Gainswick hatte Quentins Angst geschürt. Woher dieses Gefühl kam, konnte er nicht bestimmen. Es war nicht so sehr die Furcht um Leib und Leben, die ihn bedrückte – hier in Edinburgh schienen sie vor den Nachstellungen der Bande einigermaßen sicher zu sein. Vielmehr spürte Quentin eine unbestimmte Furcht vor etwas Altem, Bösem, das die Zeiten überdauert hatte und darauf lauerte, erneut zuzuschlagen ...

Vor einem rostigen Eisengitter, dessen Tür mit einer schweren Kette verschlossen war, endete sein Weg. Das Gitter markierte jedoch nicht das Ende der Bibliothek, denn auf der anderen Seite konnte Quentin im matten Schein der Lampe weitere Schriftstücke erkennen, die in Regalen und auf Tischen aufgestapelt lagerten. Dem fingerdicken Staub nach zu schließen war die Kammer schon eine ganze Weile nicht mehr betreten worden. Als Quentin durch die Gitterstäbe leuchtete, erklang ein entsetztes Quieken, und etwas Graues mit schmutzigem Fell und langem, nacktem Schwanz stob entsetzt über den Boden davon.

»Onkel!«, rief Quentin laut. Seine Stimme klang schaurig von den Wänden wider. »Das musst du dir ansehen!«

Sir Walter griff nach seiner Lampe und kam den Gang herab. Verblüfft nahm er das Tor und den dahinter liegenden Raum zur Kenntnis. »Abgeschlossen«, stellte er mit Blick auf die Kette und das rostige Schloss fest.

»Was für Schriftstücke mögen das wohl sein, die dort lagern?«, fragte Quentin.

»Ich weiß es nicht, mein Junge, aber schon der Umstand, dass man sie von den übrigen weggesperrt hat, macht sie interessant, findest du nicht?« In den Augen seines Onkels konnte Quentin wieder das jugendliche, schalkhafte Funkeln sehen, das er gleichzeitig liebte und fürchtete.

»Von einem verschlossenen Raum hat Professor Gainswick aber nichts gesagt«, gab er zu bedenken.

»Und wenn schon, das hat nichts zu bedeuten. Das gesuchte Schriftstück könnte auch erst später hierher gebracht worden sein, oder nicht? Vielleicht gerade deshalb, weil sich Gainswick damit beschäftigt hat.«

Quentin erwiderte nichts darauf, zum einen, weil eine bloße Vermutung sich nicht mit einer Gegenvermutung widerlegen ließ, und zum anderen, weil sein Onkel sich ohnehin nicht mehr umstimmen ließ, wenn er sich einmal etwas in den Kopf gesetzt hatte.

Prompt brach Sir Walter seine eben erst begonnene Suche nach dem verschollenen Fragment ab, und sie gingen wieder nach oben, wo der grauhäutige Verwalter an einem Sekretär saß und Bücher katalogisierte. Sir Walter erzählte ihm von der Kammer und der verschlossenen Tür, und man konnte sehen, wie die ohnehin schon aschgraue Haut des Verwalters noch farbloser wurde.

»Wenn es möglich ist«, schloss der Herr von Abbotsford, »hätte ich gern den Schlüssel zu dieser Kammer, denn es könnte durchaus sein, dass sich dort befindet, wonach ich suche.«

»Das ist leider unmöglich«, entgegnete der Bibliothekar. Er gab sich Mühe, sachlich zu klingen und seine Nervosität zu verbergen. Aber nicht einmal Quentin, der längst kein so guter Beobachter war wie sein Onkel, blieb sie verborgen.

»Und weshalb, wenn es erlaubt ist zu fragen?«

»Weil der Schlüssel zu dieser Kammer schon vor langer Zeit verloren ging, deshalb«, erklärte der Verwalter und sah dabei so aus, als wäre er sich selbst dankbar für diese rasche und einfache Lösung des Problems. Allerdings hatte er nicht mit Sir Walters Beharrlichkeit gerechnet.

»Nun«, sagte dieser mit freundlichem Lächeln, »dann wollen wir nicht anstehen und einen Handwerker rufen, der in der Lage ist, das Schloss auch ohne Schlüssel zu öffnen. Ich bin gern bereit, die Kosten dafür zu übernehmen und der Bibliothek einen nützlichen Dienst zu erweisen.«

»Auch das ist nicht möglich«, schnappte der Bibliothekar.

Sir Walter holte tief Luft. »Ich muss gestehen, mein junger Freund, dass ich ein wenig verwirrt bin. Zuerst scheint ein altes Schloss das Einzige zu sein, was uns am Betreten dieses Raumes hindert, und nun gibt es plötzlich noch andere Probleme.«

Der Bibliothekar blickte verstohlen nach links und nach rechts, um sich zu vergewissern, dass niemand in der Nähe war. Dann senkte er seine Stimme und sagte: »Der Raum wurde versiegelt, Sir, schon vor sehr langer Zeit. Es heißt, dass verbotene Schriften dort lagern, die niemandes Auge erblicken darf.«

»Verbotene Schriften?«, fragte Quentin entsetzt. Die Augen seines Onkels hingegen begannen nur noch mehr zu funkeln.

»Bitte, Sir, fragen Sie nicht weiter. Ich weiß nichts darüber, und selbst wenn ich etwas wüsste, dürfte ich Ihnen nichts darüber sagen. Der Schlüssel ist vor langer Zeit verloren gegangen, und das ist auch gut so. Jenes Gewölbe ist älter als die Bibliothek, und es heißt, dass die Kammer schon seit Jahrhunderten nicht mehr geöffnet wurde.«

»Ein Grund mehr, es zu tun«, entgegnete Sir Walter. »Aberglaube und Ammenmärchen sollten Wissenschaft und Forschung nicht im Weg stehen.«

»Dann muss ich Sie bitten, dies mit dem Kurator der Bibliothek zu besprechen, Sir. Allerdings würde ich mir an Ihrer Stelle keine Hoffnungen machen. Vor Ihnen sind schon andere mit dem Anliegen gescheitert, die Kammer zu öffnen.«

»Andere?« Sir Walter und Quentin horchten auf. »Wer, mein Freund?«

»Seltsame Leute. Düstere Gestalten.« Der Bibliothekar schauderte.

»Wann ist das gewesen?«

»Vorletzten Monat. Ist das nicht eigenartig? Jahrhundertelang scheint sich niemand für diese Kammer zu interessieren, und nun gleich mehrere hintereinander.«

»In der Tat. Und diese Leute wollten ebenfalls den Schlüssel zur Kammer?«

»So ist es. Aber sie haben ihn nicht bekommen, genauso wenig wie Sie.«

»Ich verstehe«, sagte Sir Walter. »Danke, mein Freund, Sie haben uns sehr geholfen.« Damit wandte er sich ab und fasste Quentin am Ärmel, um ihn mit sich davonzuziehen.

»Hast du das gehört?«, zischte Quentin, als sie wieder im Keller waren und sicher sein konnten, dass niemand sie belauschte. »Die Kammer ist schon seit Jahrhunderten verschlossen! Es heißt, dass verbotene Schriften dort lagern. Vielleicht haben sie etwas mit der Rune und der Bruderschaft zu tun.«

»Vielleicht«, sagte Sir Walter nur.

»Und diese Leute, die vor ein paar Wochen die Bibliothek besucht haben, sind bestimmt Anhänger der Sekte gewesen. Sie wollten sich ebenfalls Zugang zu der Kammer verschaffen, aber der Kurator hat sie abgewiesen.«

»Möglich.«

»Möglich? Aber Onkel, alles spricht dafür! Hast du nicht gehört, was der Bibliothekar über sie gesagt hat? Dass es düstere Gestalten waren?«

»Und daraus folgerst du, dass es die Sektierer waren?«

»Nein«, räumte Quentin verlegen ein. »Aber wir sollten mit dem Kurator sprechen. Möglicherweise kann er uns einen Hinweis auf die Identität der Männer geben.«

»Sehr gut, Neffe. Und was dann?«

»Nun ja«, fügte Quentin ein wenig leiser hinzu, »dann sollten wir uns wieder der Kammer zuwenden. Denn deine Vermutung, dass es dort etwas geben könnte, das für uns von Bedeutung ist, scheint richtig gewesen zu sein.«

»Genauso ist es.« Sir Walter schlug triumphierend mit der Faust auf einen der Lesetische. »Wenn diese Leute sich tatsächlich Zugang zu der Kammer verschaffen wollten, muss das bedeuten, dass es dort etwas zu finden gibt. Möglicherweise stoßen wir dann endlich auf die entscheidenden Hinweise, die es uns ermöglichen, das Rätsel der Schwertrune zu lösen und diese ominöse Bruderschaft zu zerschlagen.«

»Also werden wir nicht länger nach Professor Gainswicks Fragment suchen?«

»Nein, mein Junge. Diese Kammer scheint mir sehr viel erfolgversprechender zu sein, als weiter nach der Nadel im Heuhaufen zu suchen. Wir werden sofort beim Kurator vorsprechen. Vielleicht kann er uns weiterhelfen.«

Es war nicht so, dass der Kurator der Bibliothek ihnen nicht weiterhelfen konnte. Quentin kam es vielmehr so vor, als ob er ihnen nicht weiterhelfen wollte.

Zwar war der rundliche Mann mit dem Backenbart bemüht, höflich Auskunft zu geben, jedoch war unübersehbar, dass er sich fürchtete. Nervös erzählte er Sir Walter und seinem Neffen dieselbe Geschichte, die sie auch schon vom Bibliothekar gehört hatten: dass die Kammer vor langer Zeit verschlossen worden sei und man höchste Order habe, sie nicht wieder zu öffnen. Der Schlüssel dazu sei verschwunden, und natürlich verbiete es sich, das Schloss gewaltsam zu öffnen.

Sir Walter unternahm einige Versuche, ihn umzustimmen, aber schließlich musste er sich geschlagen geben – in der Beharrlichkeit des Kurators fand selbst er seinen Meister. Der Kurator empfahl ihnen schließlich, beim Königlichen Amt für Forschung und Wissenschaft einen offiziellen Antrag zu stellen, dessen Bearbeitung allerdings Wochen, wenn nicht Monate in Anspruch nehmen könnte und zudem wenig Aussicht auf Erfolg hätte.

Auch im Hinblick auf die Männer, die ebenfalls versucht hatten, Zugang zur Kammer zu erhalten, konnte der Kurator ihnen nicht mit Auskünften dienen.

Vor etwa sechs Wochen, sagte er, hätten zwei Männer, deren Auftreten und Erscheinung er als »unheimlich« beschrieb, ebenfalls versucht, an den Schlüssel zu gelangen, aber natürlich hatte er auch ihnen den Zutritt zur Kammer verweigert. Da sie keine Namen genannt hatten und der Kurator sich auch nicht mehr erinnern konnte, wie die Männer ausgesehen hatten, erschien es Sir Walter aussichtslos, weiter nach Informationen zu fischen.

Er und sein Neffe traten daraufhin den Heimweg an. Natürlich hätten sie die Fragmentsammlung weiter durchsuchen können in der Hoffnung, auf Professor Gainswicks Fund zu stoßen. Aber dieses Vorgehen erschien ihnen wenig Erfolg versprechend, nun, da sie wussten, wo sich wohl die wahren Hinweise befanden, die zur Aufklärung dieses mysteriösen Falles führen könnten.

»Auf eine amtliche Erlaubnis zur Öffnung der Kammer zu warten wird zu lange dauern«, stellte Sir Walter fest, als sie wieder in der Kutsche saßen. »Ich werde deshalb einen Brief an den Justizminister aufsetzen. Als Vorsitzender des Obersten Gerichts habe ich das Recht, Durchsuchungen anzuordnen, wenn sie zur Lösung eines Falles beitragen.«

»Was meinst du, warum der Kurator uns nicht helfen wollte?«, fragte Quentin.

Sir Walter blickte seinen Neffen unverwandt an. »Du solltest nicht vergessen, dass in unserer Familie ich derjenige bin, der die schulmeisterlichen Fragen stellt«, erwiderte er schmunzelnd. »Du kennst die Antwort, sonst würdest du nicht so fragen.«

»Ich denke, der Mann hatte Angst. Und der Grund dafür ist, so glaube ich, bei den Männern zu suchen, die bei ihm vorgesprochen haben.«

»Das ist möglich.«

»Wenn diese Leute tatsächlich zur Bruderschaft der Runen gehören, beweist das, dass Professor Gainswick Recht hatte: dass es diese Sekte noch immer gibt und dass ihre Anhänger nach wie vor ihr Unwesen treiben.«

»Nein«, widersprach Sir Walter. »Es beweist zunächst nur, dass sich jemand für dieselben Dinge interessiert wie wir. Und dass ich dich nicht zu Professor Gainswick hätte mitnehmen sollen. Er ist ein Mann mit viel Fantasie, musst du wissen.«

»Aber sagtest du nicht vorhin selbst, dass die Runenbrüder ...«

»Wir mögen es mit Wirrköpfen zu tun haben«, unterbrach ihn Sir Walter, »mit politischen Eiferern, die den alten Aberglauben dazu benutzen, sich zu tarnen und schlichte Gemüter wie den Kurator einzuschüchtern. Aber ich weigere mich zu glauben, dass diese Runenbrüder oder wie immer wir sie nennen wollen mit übernatürlichen Kräften im Bunde stehen. Was sie bislang verbrochen haben, war allerdings schrecklich genug: Ihnen sind Mord, Brandstiftung und Landfriedensbruch vorzuwerfen, womit sie sich keinen Funken von gewöhnlichen Gesetzlosen unterscheiden. Ich weigere mich, an das Übernatürliche zu glauben, solange sich plausible Erklärungen anbieten. Bei diesen Sektierern handelt es sich um Gesetzlose, die sich eines alten Mythos bedienen, um sich mit einer Aura des Unheimlichen zu umgeben. Das ist alles.«

»Also hatte Inspector Dellard möglicherweise doch Recht?«

»Zumindest scheint er mit seinen Theorien nicht ganz falsch gelegen zu haben. Dennoch hat er sich in einer Hinsicht grundlegend geirrt.«

»Und in welcher?«

»Er hat uns nach Edinburgh geschickt, damit wir vor diesen Sektierern Ruhe haben. Allerdings scheinen sie hier ebenso ihr Unwesen zu treiben wie draußen in Galashiels. Und das ist etwas, das mich tatsächlich beunruhigt, mein Junge. Deshalb will ich meinen Beitrag dazu leisten, dass diese Leute möglichst schnell gefasst und ihrer gerechten Strafe zugeführt werden, ehe sie noch mehr Unheil anrichten können.«

Quentin bemerkte den Schatten, der sich auf die Züge seines Onkels legte. »Du denkst dabei an den Besuch des Königs, nicht wahr?«, fragte er vorsichtig.

Sir Walter antwortete nicht. An den mahlenden Kieferknochen und den angespannten Gesichtszügen seines Onkels konnte Quentin erkennen, dass er den Nagel auf den Kopf getroffen hatte.

Auch Sir Walter hegte Befürchtungen, wenngleich aus anderen Gründen als sein Neffe. Während ihn ausschließlich die realen, politischen Hintergründe des Falls beunruhigten, zerrten die Begleitumstände der Angelegenheit an Quentins Nerven. Zudem wurde der Junge das Gefühl nicht los, dass diese ganze Sache einige Nummern zu groß für sie war, und nicht einmal der Gedanke an Mary of Egton konnte ihm in diesem Augenblick Mut machen. Nicht, dass er seinem Onkel nicht allerhand zugetraut hätte – aber ihre Aussichten, den Fall auf eigene Faust zu lösen, schätzte er eher gering ein. Wie sollten sie mit den wenigen Informationen, die sie hatten, das Rätsel der Runenbruderschaft lösen? Außerdem schienen die Sektierer bereits in der Stadt zu sein, sodass es nicht nur wenig aussichtsreich, sondern auch äußerst gefährlich war, sich weiter mit der Sache zu befassen.

Quentin behielt seine Bedenken diesmal für sich; er hatte seinem Onkel versprochen, ihm bei den Ermittlungen zur Hand zu gehen, und hätte ihn niemals im Stich gelassen. Seine Hoffnungen ruhten vielmehr auf Charles Dellard, dem königlichen Inspector.

Vielleicht hatte er in der Zwischenzeit Fortschritte erzielt ...

Verehrte Herren,

bereits seit einigen Wochen bin ich nun in der bekannten Angelegenheit tätig, und Sie sind es gewohnt, am Anfang jeder Woche eine Depesche von mir zu erhalten, in der ich Sie über den aktuellen Stand der Ermittlungen informiere.

Leider muss ich Sie auch dieses Mal darüber in Kenntnis setzen, dass die Ermittlungen gegen die Aufrührer, die in Galashiels und anderen Bezirken für Unruhe gesorgt haben, noch immer nur schleppend vorankommen. Bei allem, was meine Männer und ich unternehmen, ist es, als stießen wir auf eine

Mauer des Schweigens, und ich kann leider nicht ausschließen, dass ein großer Teil der Landbevölkerung mit den Aufrührern sympathisiert.

Ich habe mir daher die Freiheit genommen und mit meinen Dragonern Durchsuchungen in umliegenden Dörfern durchgeführt, die im Verdacht standen, Aufrührern Unterschlupf zu gewähren. Leider musste ich dabei feststellen, dass sich die Bevölkerung in keiner Weise kooperativ verhielt, sodass ich einige Exempel statuieren musste. Zwar ist es mir dadurch gelungen, die Ordnung im Bezirk aufrechtzuerhalten, einer Lösung des Falles sind wir dadurch jedoch nicht näher gekommen, und ich befürchte, in Anbetracht der Umstände werden weitere Nachforschungen erforderlich sein, um das Rätsel, das sich um diese Aufrührer rankt, endgültig zu entwirren. Bei meiner Ehre als Offizier der Krone möchte ich Ihnen jedoch versichern, dass ich weiter alles in meiner Macht Stehende unternehmen werde, um die Gesetzlosen dingfest zu machen.

Hochachtungsvoll,
Charles Dellard
Königlicher Inspector

Charles Dellard überflog das Schriftstück noch einmal und blies dabei auf seine Unterschrift, damit die Tinte schneller trocknete. Dann faltete er das Papier, steckte es in einen Umschlag und versiegelte ihn. Anschließend rief er den Boten herein, der bereits vor der Tür seines Büros gewartet hatte.

»Sir?« Der junge Mann, der den roten Rock der Dragoner trug, nahm Haltung an.

»Corporal, diese Nachricht muss auf dem schnellsten Weg nach London gelangen«, sagte Dellard und händigte ihm den

Brief aus. »Ich möchte, dass Sie sie persönlich überbringen, haben Sie verstanden?«

»Jawohl, Sir«, bestätigte der Unteroffizier, machte auf dem Absatz kehrt und verließ das Büro. Dellard hörte, wie seine Schritte verhallten, und konnte ein Grinsen nicht unterdrücken.

Diese Hohlköpfe in London waren so einfach zufrieden zu stellen. Eine gelegentliche Depesche, in der er ein paar allgemeine Auskünfte über den Fortgang der Ermittlungen gab, genügte, damit sie keine überflüssigen Fragen stellen. Unterdessen konnte er in der Grafschaft tun, was ihm beliebte. Seit dieser elende Scott und sein furchtsamer, aber nicht weniger neugieriger Neffe aus Galashiels verschwunden waren, hatte Dellard freie Hand – freie Hand, um seine eigenen Pläne zu verfolgen und das zu tun, weswegen er eigentlich gekommen war.

Niemand, weder der neunmalkluge Scott noch diese Idioten in London, ahnte, worin seine wahren Pläne bestanden und was er tatsächlich im Schilde führte. Seine Tarnung war vollkommen, die Aktion selbst von langer Hand vorbereitet. Das Schicksal nahm seinen Lauf – und er selbst hatte gehörig dabei nachgeholfen.

Dellard wollte sich dem Kartentisch zuwenden und wieder zum Tagesgeschäft übergehen, als er vor der Tür eilige Schritte vernahm. Zuerst glaubte er schon, es wäre wieder Sheriff Slocombe, dieser notorische Säufer, dessen Büro er beschlagnahmt hatte und der ihn jeden Tag besuchte, um ihn mit törichten Fragen zu behelligen.

Aber Dellard irrte sich. Es war nicht Slocombe, der ihn aufsuchte, sondern Abt Andrew, der Vorsteher der Prämonstratenser-Kongregation von Kelso.

Der Adjutant kam herein und kündigte den Ordensmann an,

und noch ehe der Inspector sich entscheiden konnte, ob er den Besucher überhaupt empfangen wollte, stand der Abt bereits auf der Schwelle.

»Guten Tag, Inspector«, sagte er auf seine seltsam ruhige Art. »Können Sie einen Augenblick Ihrer wertvollen Zeit für mich entbehren?«

»Natürlich, ehrwürdiger Abt«, erwiderte Dellard, nicht ohne seinen Adjutanten mit einem zornigen Blick zu strafen – hatte er nicht ausdrücklich gesagt, dass er nicht gestört zu werden wünschte? »Setzen Sie sich«, bot er dem Abt einen Stuhl an, während der Adjutant sich rasch aus dem Staub machte. »Was kann ich für Sie tun, werter Abt? Sie sind kein sehr häufiger Gast in meinem Büro.«

»Glücklicherweise nicht«, erwiderte Abt Andrew mehrdeutig. »Ich wollte mich nur über den Fortgang der Ermittlungen informieren. Schließlich hat mein Orden durch den Umtrieb dieser Gesetzlosen einen nicht unbeträchtlichen Schaden erlitten.«

»Das weiß ich natürlich, und es tut mir sehr Leid«, versicherte Dellard beflissen. »Ich wünschte nur, ich könnte Ihnen an diesem Morgen eine erfreuliche Mitteilung machen.«

»Sie sind bei Ihren Ermittlungen also noch immer nicht weitergekommen?«

»Nicht wirklich«, gestand Dellard mit demütig gesenktem Haupt. »Wir haben einige Spuren, denen wir folgen, aber sobald es darum geht, diese Aufrührer zu fassen, stoßen wir auf eine Mauer des Schweigens. Diese Gesetzlosen scheinen bei der Bevölkerung großen Rückhalt zu genießen. Das erschwert meine Arbeit.«

»Seltsam«, erwiderte der Abt. »Bei meinen Gesprächen mit den Menschen hatte ich eher den Eindruck, dass sie die Aufrührer fürchten. Zumal Sie und Ihre Dragoner alles unternehmen, um der Bevölkerung klar zu machen, dass Kollaboration mit den Gesetzlosen schwere Bestrafung nach sich zieht.«

»Höre ich da einen leisen Vorwurf, werter Abt?«

»Natürlich nicht, Inspector. Sie sind der Gesetzeshüter. Ich bin nur ein einfacher Ordensmann, der nicht viel von diesen Dingen versteht. Allerdings frage ich mich, weshalb mit derartiger Härte gegen die Landbevölkerung vorgegangen werden muss.«

»Und? Fällt Ihnen dabei eine Antwort ein?«

»Nun, offen gestanden ist mir der Gedanke gekommen, Inspector, dass es Ihnen nur in zweiter Linie darum geht, die Brandstifter von Kelso und die Mörder von Jonathan Milton zu fassen. An erster Stelle scheint es darum zu gehen, Ihren Vorgesetzten in London das Gefühl zu vermitteln, dass Sie hier nicht untätig sind, während Sie in Wahrheit – bitte verzeihen Sie meine Offenheit – noch nicht die geringsten Ergebnisse vorzuweisen haben.«

Charles Dellard blieb äußerlich ruhig. In seinen Augen jedoch funkelte es zornig. »Warum führen wir diese Unterhaltung?«, wollte er wissen.

»Sehr einfach, Inspector. Weil ich es als meine Pflicht erachte, als Fürsprecher der Menschen von Galashiels einzutreten, die von Ihren Maßnahmen völlig eingeschüchtert sind. Sie kommen zu mir und klagen darüber, dass ihre Dörfer und Häuser von Dragonern durchsucht werden, dass man unschuldige Männer wie Verbrecher in Ketten legt und abführt.«

»Werter Abt«, sagte Dellard, sich zur Ruhe zwingend, »ich kann nicht erwarten, dass ein Mann des Glaubens die Notwendigkeiten versteht, die eine polizeiliche Ermittlung mit sich bringt, aber ...«

»Dies ist keine polizeiliche Ermittlung, Inspector, sondern reine Willkür. Die Menschen fürchten sich, weil es jeden von ihnen als Nächsten treffen könnte. Die Männer, die von Ihnen hingerichtet wurden ...«

»... waren allesamt überführte Kollaborateure, die Aufrührer versteckt oder ihnen zugearbeitet hatten.«

»Auch das ist seltsam«, sagte der Abt. »Mir hat man etwas anderes berichtet. Es hieß, dass diese Männer bis zuletzt ihre Unschuld beteuert und man ihnen nicht einmal zugehört hätte.«

»Was erwarten Sie? Dass jemand, dem der Strick droht, die Wahrheit sagt? Verzeihen Sie, ehrwürdiger Abt, aber ich fürchte, über die menschliche Natur wissen Sie nicht allzu viel.«

»Genug, um zu erkennen, was hier gespielt wird«, erwiderte Abt Andrew mit fester Stimme.

»So?«, fragte Dellard gelassen. »Und was wird Ihrer Ansicht nach hier gespielt?«

»Ich sehe, dass die Ermittlungen nicht so vonstatten gehen, wie sie sollten. Es fallen Späne, aber ich kann nicht erkennen, dass tatsächlich gehobelt wird. Ich weiß nicht, was Sie vorhaben, Inspector, aber ich kann sehen, dass Sie Ihre eigenen Pläne verfolgen. Wüsste ich es nicht besser, würde ich sagen, dass Sie gar kein wirkliches Interesse daran haben, die Aufrührer zu fassen.«

Inspector Dellards Gesicht wurde zur steinernen Maske. »Seien Sie froh«, sagte er tonlos, »dass Sie ein Kirchenmann sind, dem ich solche unbedachten Worte großmütig verzeihen werde. Andernfalls würde ich für eine Beleidigung wie diese augenblicklich Satisfaktion verlangen. Meine Männer und ich leisten tagtäglich Schwerstarbeit im Kampf gegen diese Verbrecher, und oft genug riskieren wir dabei Leib und Leben. Unterstellt zu bekommen, dass wir unsere Ziele nicht mit aller Hartnäckigkeit verfolgen, ist eine Böswilligkeit, die meine Ehre als Offizier verletzt.«

»Verzeihen Sie, Inspector.« Der Abt deutete eine Verbeugung an. »Es lag keineswegs in meiner Absicht, Sie zu beleidigen. Nach allem, was ich gehört habe, sah ich mich lediglich genötigt, bei Ihnen vorzusprechen und Ihnen meine Eindrücke zu schildern.«

»Und Ihr Eindruck ist, dass ich die Ermittlungen absichtlich verschleppe? Dass mir das Wohl der Menschen von Galashiels nicht am Herzen liegt? Dass ich meine eigenen Ziele verfolge?« Dellards Blick war stechend, aber der Ordensmann hielt ihm stand.

»Ich muss zugeben, dass ich diesen Verdacht noch immer hege«, gestand er offen.

»Das ist albern, werter Abt. Welche Ziele könnten das wohl sein?«

»Wer weiß, Inspector?«, erwiderte Abt Andrew rätselhaft. »Wer weiß ...?«

Quentins geheime Hoffnung, dass der Schlüssel zur verbotenen Kammer niemals auftauchen und es ihnen erspart bleiben werde, unter den alten Fragmenten nach Hinweisen zu suchen, zerschlug sich noch am selben Abend.

Sir Walter, Lady Charlotte und Quentin hatten gerade zu Ende diniert, als jemand heftig an die Tür des Hauses klopfte. Einer der Diener ging, um zu öffnen. Als er zurückkehrte, hielt er ein kleines Päckchen in der Hand, das er verwundert betrachtete.

»Wer war es, Bradley?«, erkundigte sich Sir Walter.

»Niemand, Sire.«

»Das ist schwerlich möglich.« Sir Walter lächelte. »Jemand muss geklopft haben, sonst hätten wir nichts gehört, richtig?«

»Sehr wohl, Sire. Aber als ich die Tür öffnete, war niemand da. Dafür lag dieses Päckchen auf der Schwelle. Ich nehme an, es hat sich jemand einen Scherz erlaubt.«

»Geben Sie es mir«, verlangte Sir Walter, und nachdem er das Päckchen, das in Leder gewickelt war und die Größe einer Zigarrenschachtel besaß, von allen Seiten betrachtet hatte, löste er die Verschnürung.

Unter dem Leder kam eine hölzerne Kassette zum Vorschein, deren Deckel sich abnehmen ließ. Quentin stockte der Atem, als er sah, was sein Onkel aus der kleinen Schachtel zu Tage beförderte: Es war ein Schlüssel, etwa eine Handspanne lang, rostig und mit grobem Bart.

»Das gibt's doch nicht!«, entfuhr es Quentin, der natürlich ebenso wie Sir Walter sofort ahnte, um welchen Schlüssel es sich handelte. Nur Lady Charlotte, die ihr Mann nicht über die jüngsten Geschehnisse unterrichtet hatte, weil er sie nicht beunruhigen wollte, war völlig ahnungslos.

»Was ist das?«, fragte sie ihren Mann.

»Das, meine Liebe«, erwiderte Sir Walter mit wissendem Lächeln, »scheint mir eine Einladung zu sein. Irgendwer scheint großen Wert darauf zu legen, dass Quentin und ich mit unseren Nachforschungen fortfahren. Und ich denke, wir werden ihm diesen Gefallen tun ...«

12.

Erneut waren sie zusammengekommen, am Kreis der Steine, wo ihre Vorfahren sich schon vor tausenden von Jahren versammelt hatten, um dunkle Mächte zu beschwören.

Die Männer in den dunklen Roben und mit den rußgeschwärzten Masken starrten auf ihren Anführer, der wie immer in den Mittelpunkt des Kreises getreten war. Fahl leuchtete seine weiße Robe im Mondlicht.

»Brüder«, rief er so laut, dass alle ihn hören konnten, »wiederum haben wir uns versammelt. Das große Ereignis ist nicht mehr fern. Die Nacht, in der die Prophezeiungen wahr werden und die alten Schwüre sich erfüllen, steht bevor. Und es gibt Neuigkeiten, meine Brüder. Die Weissagung der Runen ist dabei, sich zu erfüllen. Diejenigen, die glauben, uns zu bekämpfen, arbeiten uns in Wahrheit weiterhin in die Hände! Ihre Neugier ist groß, ebenso wie ihr Wille, uns zu vernichten. Doch bei allem, was sie tun, werden sie uns nur zu dem verhelfen, was vor vielen hundert Jahren verheißen wurde und das wir uns nun, nach so langer Zeit, endlich nehmen werden.«

Die Sektierer nickten und drückten murmelnd ihre Zustimmung aus, ein leiser, unheimlicher Chor, der durch den Steinkreis geisterte, um sich in der Schwärze der Nacht zu verlieren.

»Aber es gibt nicht nur gute Nachrichten, meine Brüder. Ich will euch nicht verhehlen, dass eine neue Gefahr heraufgezogen ist. Ein alter, sehr alter Feind hat sich wieder zu regen begonnen. Vor langer Zeit glaubten unsere Vorgänger ihn besiegt zu haben, doch er hat nur geschlafen. Über all die Jahrhunderte hat er uns beobachtet und darauf gewartet, dass wir uns zeigen. Es scheint, meine Freunde, dass sich in diesen Tagen nicht nur unser Schicksal erfüllt. Auch der Kampf gegen jene, die für die neue Ordnung stehen, soll endlich fortgeführt werden. Die Entscheidung im Kampf zwischen ihrem Glauben und dem unseren wird fallen, meine Brüder. Wir werden diesen Konflikt zu Ende bringen und die Früchte des Sieges ernten. Wie in alter Zeit werden die Runen wieder herrschen!«

»Die Runen werden herrschen«, erwiderten die Sektierer wie aus einem Munde, und ihr Anführer konnte die Aggression, die ihm von allen Seiten entgegenschlug, fast körperlich spüren.

Er war ein Meister darin, die Menge zu manipulieren und zu lenken. Er wusste, wie er mit den Gefühlen der Menschen spielen konnte, kannte die Reizworte, mit denen sie sich lenken ließen und durch die sie taub wurden für alle Fragen.

Dass die Suche nach dem Artefakt noch zu keinem konkreten Ergebnis geführt hatte, verschwieg er geflissentlich. Viel wichtiger war es, den gemeinsamen Feind zu hassen. Denn der Hass, das hatte er schon vor langer Zeit begriffen, vermochte eine Gruppe stärker zusammenzuschmieden als jedes eiserne Band.

Hass auf die neue Ordnung.

Hass auf diejenigen, die sie vertraten.

Hass auf ein Zeitalter, das dekadent und verkommen war und das nach Erneuerung schrie. Erneuerung, welche die Bruderschaft der Runen bringen würde.

13.

Der Schlüssel passte.

Sir Walters Wangen waren gerötet wie die eines Schuljungen, der in Nachbars Garten Äpfel stahl. Leise klickte es im Schloss, und der Bügel sprang auf. Es folgte ein lautes Rasseln, als Quentin die rostige Kette beiseite zog und zu Boden fallen ließ. Schon war der Zugang zur verbotenen Kammer der Bibliothek frei.

Natürlich hatten weder Sir Walter noch sein Neffe ein Wort darüber verloren, welch denkwürdiges Geschenk ihnen am Vorabend zuteil geworden war. Dem Bibliothekar hatten sie lediglich gesagt, dass sie sich noch einmal in der Fragmentsammlung umschauen wollten. Im Kellergewölbe hatten sie sich sogleich darangemacht, die verbotene Tür zu öffnen.

Mit metallischem Ächzen schwang die Gittertür auf, und der Schein der Lampen fiel auf die Regale, die die Wände der Kammer einnahmen. Jedes davon war bis zum Rand mit Schriftrollen und ledernen Mappen gefüllt, mit Urkunden und fragmentarischen Schriftstücken. Und irgendwo darunter, da war sich Sir Walter sicher, befanden sich Hinweise auf die geheimnisvolle Bruderschaft.

»Professor Gainswick würde gewiss einiges darum geben, jetzt bei uns zu sein«, meinte Quentin, als sie die Kammer betraten.

»Zweifellos würde er das«, stimmte Sir Walter zu. »Möglicherweise finden wir ja das eine oder andere Schriftstück, das wir ihm zur Begutachtung vorlegen können. Machen wir uns also an die Arbeit, mein Junge. Du kümmerst dich um das Regal auf der rechten Seite, ich nehme mir die linke Seite vor.«

»In Ordnung, Onkel. Und wonach genau suchen wir?«

»Nach allem, was auch nur annähernd mit unserem Thema

zu tun hat. Wenn dir Schriftstücke in die Hände fallen, in denen es um heidnische Bräuche, um Runenkunde oder um geheime Bruderschaften geht, dann hast du gefunden, wonach wir suchen.«

Schulterzuckend machte sich Quentin an die Arbeit. Seine Vorsicht und seine Neugier hielten sich inzwischen die Waage. Der erste Ordner, nach dem er griff, war von dicken Spinnweben überzogen. Staub wölkte auf und zwang Quentin zu einem Hustenanfall, dann lag der Band endlich vor ihm auf dem Tisch. Der lederne Umschlag enthielt eine Vielzahl von Schriftstücken, und die meisten waren aus altem, aufgequollenem Papier. Die Tinte war oftmals zerlaufen, sodass das Lesen einige Probleme bereitete. Pergamente waren ungleich leichter zu lesen, dafür aber musste Quentin zumeist seine Kenntnisse in Latein und Griechisch bemühen, um den scheinbar endlos aneinander gereihten Zeichen einen Sinn zu entlocken.

Die meisten der Unterlagen waren Urkunden über Grundstücksübereignungen und damit zusammenhängende Lehensrechte oder Erbschaftsbelange. Der Grund dafür, dass sie unter Verschluss gehalten wurden, durfte weniger daran liegen, dass sie brisantes Material enthielten; vielmehr hatte man sie wohl verschwinden lassen, damit nicht rückwirkend Ansprüche geltend gemacht werden konnten.

Quentin schlug den Ordner zu und nahm sich die nächste Mappe vor. Die Dokumente darin waren fast ausnahmslos auf Pergament geschrieben und enthielten Siegel, die bis in die frühchristliche Zeit zurückdatierten. Ehrfurcht überkam Sir Walters Neffen, wenn er daran dachte, wie alt diese Schriftstücke waren. Vor vielen hundert Jahren hatten Mönche und Hofschreiber sie aufgesetzt, freilich ohne daran zu denken, dass sie in ferner Zukunft einmal gelesen würden. Allmählich begriff

Quentin, was sein Onkel gemeint hatte, als er von lebendiger Geschichte gesprochen hatte und davon, aus den Taten und Fehlern vorangegangener Generationen zu lernen.

Als Nächstes stieß Quentin auf einige Palimpseste – Pergamente, die bereits einmal beschrieben worden waren und deren Beschriftung man aus Sparsamkeitsgründen wieder entfernt hatte. Oft genug war dies jedoch nur halbherzig geschehen, sodass man an manchen Stellen noch sehen konnte, was zuvor darauf gestanden hatte.

Anfangs fand Quentin es noch recht spannend, in detektivischer Arbeit herauszufinden, was man der Nachwelt hatte vorenthalten wollen. Schließlich wurde ihm aber klar, dass die Schreiber der Vergangenheit durchaus ihre Gründe dafür gehabt hatten, die erste Beschriftung der Pergamente zu entfernen. Es handelte sich dabei im Großen und Ganzen um höchst langweilige Sachverhalte: Notizen, Vermerke und Verbriefungen, die längst verfallen waren und nichts mit dem zu tun hatten, wonach Sir Walter und sein Neffe suchten.

So ging es einige Stunden.

Im Licht zweier Petroleumlaternen, die sie mehrmals nachfüllen mussten, studierten die beiden eine Unzahl von Schriften; sie nahmen Einsicht in Urkunden und lasen Fragmente von Büchern, die niemals fertig gestellt oder nur zum Teil überliefert worden waren. So stießen sie auf ein Buch mit detaillierten Zeichnungen des menschlichen Körpers, außerdem auf Blätter mit Liebesgedichten von Catull, Ovid und anderen Poeten der römischen Klassik. Es war ein reicher Fundus an Schriften, deren bloße Existenz genügt hatte, um die Sittenwächter auf den Plan zu rufen.

Nur das, was sie suchten, fanden Sir Walter und sein Neffe nicht. Schließlich griff Quentin nach einem Band, der im obersten Regal stand und gut doppelt so dick war wie alle anderen. Kaum hielt Quentin ihn in der Hand, verlor er das Gleichgewicht und kippte nach vorn. Mit einem Aufschrei fiel er von dem Stuhl, auf den er gestiegen war, um das Regal zu erreichen. Der Ordner mit den unzähligen Blättern entglitt ihm dabei; mit dumpfem Aufschlag landeten beide auf dem Boden, in einer Wolke von Staub und einem Wust von Blättern.

»Quentin!«, polterte Sir Walter, der sich heftig erschreckt hatte. »Du bist doch ein Unglücksrabe! Was hast du nun wieder angestellt?«

»I-ich weiß nicht«, stammelte Quentin verdattert und rieb sich den Staub aus den Augen. Als er sie blinzelnd wieder öffnete, sah er die Bescherung, die er angerichtet hatte: Umgeben von einem Schwall loser Blätter hockte er auf dem Boden und kam sich vor wie ein Lausejunge, den man bei einem Schelmenstreich erwischt hatte.

»Du wirst das in Ordnung bringen«, verlangte Sir Walter streng, »und zwar auf der Stelle! Du wirst jedes einzelne Stück Papier aufsammeln und es dorthin zurücklegen, wo es gewesen ist, ehe du ...«

Er unterbrach sich plötzlich, und die Entrüstung in seinem Gesicht wich namenlosem Staunen. Nur bei wenigen Gelegenheiten hatte Quentin seinen Onkel so sprachlos erlebt.

»Was ist?«, fragte der junge Mann verunsichert. »Habe ich noch etwas falsch gemacht?«

Sir Walter antwortete noch immer nicht, sondern bückte sich und hob ein Schriftstück auf, das ihm direkt vor die Füße geflattert war. Ungläubig betrachtete er es, ehe er es seinem Neffen zeigte.

»Heureka!«, rief Quentin – es war das Zeichen des Runenschwerts.

Das Symbol war nicht ohne weiteres zu erkennen. Der Kalligraph hatte es in die Ornamente eingearbeitet, die den Rand der Seite zierten. Erst wenn man das Blatt auf die Seite drehte, trat der senkrechte Strich mit dem kreuzenden Bogen deutlich hervor.

»Das kann kein Zufall sein«, sagte Sir Walter in seltener Aufregung. »Hol die Lampe, Junge, und bring sie zum Tisch. Und verzeih, dass ich dich einen Unglücksraben nannte. Wenn dies die Information ist, nach der wir suchen, kannst du dich in Zukunft mit Fug und Recht einen Glückspilz nennen.«

Quentin rappelte sich auf und tat wie ihm geheißen. Im weißlichen Schein der Lampe begannen die beiden Männer zu lesen.

Die Zeichen auf dem Fragment waren nicht einfach zu entziffern. Sie waren in alter Minuskelschrift gehalten, die zumindest Quentin einige Probleme bereitete. Sir Walter folgte jedem Zeichen mit dem Finger, während er dabei leise vor sich hin murmelte.

»Hier steht etwas«, stellte er nach einer Weile fest. »Von ›secreta fraternitatis‹ ist hier die Rede.«

»Vom Geheimnis einer Bruderschaft«, übersetzte Quentin und merkte, wie seine Nackenhaare sich sträubten.

»Ja«, sagte Sir Walter, »und ein Stück weiter unten wird diese Bruderschaft näher erläutert. ›Fraternitas signorum vetatorum‹ heißt es hier – die Bruderschaft der verbotenen Zeichen.«

»Mit verbotenen Zeichen könnten Runen gemeint sein«, überlegte Quentin. »Das würde bedeuten, dass von der Bruderschaft der Runen die Rede ist.«

»Davon gehe ich aus, mein Junge. Hier unten finden sich noch weitere Hinweise darauf. Wie ich es verstehe, steht hier etwas von geheimen Treffen in Vollmondnächten und von Beschwörungen finsterer Geister und Dämonen ›ex aetatibus obscuris‹.«

»Aus den dunklen Zeitaltern.« Quentin schauderte.

»Offenbar hat sich der Verfasser dieser Schrift näher mit der Bruderschaft und ihren Gepflogenheiten beschäftigt. Hier erwähnt er sogar, wo sie ihre geheimen Treffen abzuhalten pflegt: ›in circulo saxorum‹.«

»Im Kreis der Steine«, übersetzte Quentin.

»Damit sind zweifellos die Menhire gemeint, die sich aus vorchristlicher Zeit erhalten haben«, erklärte Sir Walter. »Die Gelehrten streiten sich nach wie vor darüber, welchem Zweck sie einst gedient haben mögen. Vielleicht birgt dieses Fragment die Antwort darauf. Denn wenn der Verfasser dieser Schrift Recht hat, war ein Steinkreis der Versammlungsort der Sektierer. Hier trafen sie sich ›ad artes obscuras et interdictas‹.«

»Zu dunklen und verbotenen Künsten«, sagte Quentin schaudernd und mit einer Stimme, die dem alten Geister-Max zur Ehre gereicht hätte. »Und so ist es noch heute.«

»Ich will hoffen, dass du das nicht wirklich glaubst, mein lieber Neffe«, sagte Sir Walter ein wenig unwillig. »Dennoch, ich kann es nicht bestreiten ... Vieles deutet darauf hin, dass die Aufrührer, die in Kelso und in Abbotsford zugeschlagen haben, sich auf diesen alten Hokuspokus berufen, um bei einfältigen Gemütern Angst und Schrecken hervorzurufen. Aber du wirst doch nicht annehmen, dass diese Leute tatsächlich Götzen anbeten und an alten Runenzauber glauben.«

»Professor Gainswick scheint überzeugt davon zu sein.«

»Bei allem Respekt, den ich meinem einstigen Lehrer gegenüber empfinde – Professor Gainswick ist im Verlauf der Jahre, die er über Büchern und alten Schriften verbracht hat, ein wenig exzentrisch geworden.«

»Und was ist mit Abt Andrew? Sagtest du nicht selbst, dass er uns etwas verschweigt, Onkel? Er hat uns ausdrücklich vor der Gefahr gewarnt, die hinter der Schwertrune steht. Möglicherweise wusste er von diesen Dingen.«

»Ein begründeter Verdacht«, gab Sir Walter zu, »den wir Abt Andrew so bald wie möglich persönlich vortragen werden.«

»Du willst nach Kelso zurückkehren?«

»Es war unser Ziel, in der Bibliothek nach einem Anhaltspunkt zu suchen, und diesen Anhaltspunkt haben wir zweifellos gefunden. Wenn wir Abt Andrew mit dieser Schrift konfrontieren, wird er vielleicht ein wenig freigebiger werden, was sein Wissen um alte Geheimnisse betrifft. Du wirst diese Seite transkribieren, mein Junge, und lass ja nichts davon aus. Inzwischen werde ich nachsehen, ob es noch mehr Schriftstücke gibt, die zu diesem Fragment gehören.«

»Ein Gefühl sagt mir, dass es nicht so ist«, meinte Quentin.

»Weshalb nicht?«

»Nun, wenn dieses Buch tatsächlich noch mehr Informationen über die verbotene Bruderschaft enthalten hätte, wäre es sicher längst vernichtet worden. Oder es wäre in den Wirren des Mittelalters verloren gegangen. Oder ...« Er unterbrach sich plötzlich und wurde seltsam blass um die Nase. »Onkel«, flüsterte er mit Verschwörerstimme, »möglicherweise ist es das, worauf Jonathan im Archiv von Kelso gestoßen ist. Vielleicht war das Zeichen, das ich gefunden habe, eine Art Markierung. Ein verborgener Hinweis darauf, dass sich in dem Regal noch ein weiteres Fragment befand. Und der arme Jonathan ist zufällig darauf gestoßen – du weißt, wie sehr er es liebte, seine Nase in alte Schriften zu stecken.«

»Das klingt für mich nicht sehr plausibel.« Sir Walter schüttelte den Kopf. »Weshalb sollte jemand Bruchstücke dieses Bandes in Kelso verstecken?«

»Nun, in Kelso lagerten die Bücher, die aus Dryburgh gerettet werden konnten, nicht wahr? Und das Kloster von Dryburgh gehörte einst zu den großen Wissenszentren dieses Landes, dessen Bücherei nicht weniger berühmt war als die Königliche Bibliothek von Edinburgh.«

»Ich sehe nicht, worauf du hinauswillst.«

»Was, wenn die Seiten des Buches absichtlich auf verschiedene Bibliotheken verteilt wurden? Was, wenn die Runensekte sie damit vor den strengen Augen der klösterlichen Zensoren verbergen wollte? Im Lauf der Jahrhunderte könnte das Wissen um den Verbleib der Fragmente dann verloren gegangen sein – bis der arme Jonathan unglücklicherweise darauf stieß.«

»Deine Geschichte klingt so abenteuerlich, dass sie schon beinahe wahr sein könnte, mein Junge«, gab Sir Walter zu. »Allerdings gibt es dafür bislang nicht den geringsten Beweis. Wir werden weiter suchen und sehen, ob wir etwas finden, das deine Theorie untermauert.«

»Was ist mit diesem Steinkreis, von dem im Text die Rede ist?« Das Blitzen in Quentins Augen verriet, dass das Jagdfieber nun auch ihn gepackt hatte und stärker war als alle Furcht und Vorsicht. »Könnten wir nicht versuchen, ihn ausfindig zu machen?«

»Leider gibt es keine Beschreibung, wo er sich befindet. Allein in den Lowlands finden sich dutzende solcher Steinkreise, von den Highlands ganz zu schweigen. Wir werden morgen noch einmal Professor Gainswick aufsuchen, vielleicht kann er uns mehr darüber sagen. Und jetzt mach dich an die Arbeit, mein Junge.«

»In Ordnung, Onkel.«

»Und – Quentin?«

»Ja, Onkel?«

Ein anerkennendes Lächeln huschte über die Züge von Sir Walter Scott. »Gute Arbeit, mein Junge. Wirklich sehr gute Arbeit.«

Die weitere Suche nach Fragmenten der Schrift, die ein Mönch des frühen Mittelalters verfasst haben mochte, um die Umtriebe der Druidenzirkel und Runensekten zu erfassen, blieb ergebnislos. Zwar durchforstete Sir Walter Unmengen zusammenhangloser Schriften und Fragmente, während Quentin eine genaue Abschrift ihres Fundes erstellte. Es fand sich jedoch keine Handschrift mehr, die zu dem einen Fragment gepasst hätte; auch inhaltliche Übereinstimmungen gab es nicht – weder einen weiteren Hinweis auf die Bruderschaft noch auf den Steinkreis oder die Rune.

Es war spätabends, als Sir Walter und Quentin ihre Suche beendeten.

Sie waren beide müde, und ihre Augen schmerzten vom künstlichen Licht. Dennoch würde Sir Walter keine Ruhe vergönnt sein: Zwei Tage lang hatte er seine schriftstellerischen Pflichten zu Gunsten seiner privaten Ermittlungen vernachlässigt – in Anbetracht der drängenden Termine ein Luxus, den er sich eigentlich nicht leisten konnte. Quentin wusste, dass sein Onkel die ganze Nacht hindurch arbeiten würde – woher er die Kraft dazu nahm, war dem jungen Mann ein Rätsel.

Sie verließen die Bibliothek durch den Hinterausgang. Der Nachwächter öffnete ihnen die schmale Pforte, und sie schlüpften hinaus in die Gasse, die sich zwischen dem Bibliotheksgebäude und der Rückseite der Universität erstreckte. Von den Laternen in der Chambers Street drang nur spärlicher Schein, graues Zwielicht herrschte in der Gasse. Nebel war vom Firth of

Forth heraufgezogen und bedeckte den Boden. Die Schritte Sir Walters und seines Neffen klangen hohl und dumpf auf dem Pflaster.

Plötzlich merkte Quentin, wie ihm unbehaglich wurde. Zuerst schob er es auf seine alte Furcht und auf den Nebel, der durch die Gasse kroch. Schon wollte er sich einen Narren schelten, der wohl niemals ganz erwachsen würde. Dann jedoch erkannte er, dass die leise Angst, die ihn beschlich, einen nur zu realen Hintergrund hatte.

Die Schritte, die er hörte und die von den Mauern widerhallten, waren nicht nur seine und die seines Onkels; da waren noch mehr Geräusche. Dumpfe, halblaute Tritte, die von irgendwo hinter ihnen kamen.

Quentin wollte sich umdrehen, um seinen Verdacht zu überprüfen. Die Rechte seines Onkels jedoch schnellte vor und packte ihn an der Schulter.

»Nicht umdrehen«, zischte Sir Walter.

»Aber Onkel«, flüsterte Quentin verblüfft. »Wir werden verfolgt.«

»Ich weiß, mein Junge. Schon seit wir die Bibliothek verlassen haben. Es werden Räuber sein, lichtscheues Gesindel. Geh einfach weiter und tu so, als hättest du sie nicht bemerkt.«

»Sollen wir nicht nach dem Constable rufen?«

»Und dabei unser Leben riskieren? Der nächste Ordnungshüter könnte ein paar Straßen entfernt sein. Was möchtest du bis zu seinem Eintreffen tun? Es mit drei, vier Wegelagerern gleichzeitig aufnehmen? Wenn diese Menschen bedroht werden, mein Junge, sind sie wie Tiere, die bei der Jagd in die Enge getrieben wurden. Sie haben nichts mehr zu verlieren und wehren sich mit aller Kraft.«

»Ich verstehe, Onkel.«

Quentin zwang sich dazu, nicht über die Schulter zu blicken, obgleich alles in ihm danach drängte. Solange der Feind, der ihnen folgte, kein Gesicht hatte, verbreitete er nur noch mehr Schrecken. Weder wusste Quentin, wie viele Gegner es waren, noch welche Absicht sie hegten. Wollten sie seinen Onkel und ihn nur berauben, oder hatten sie gar vor, sie hinterrücks zu ermorden?

Der Pulsschlag des jungen Mannes steigerte sich, bis er ihn in seinem Kopf hämmern hörte. Sehnsüchtig blickte er nach vorn zum Ende der Gasse, das plötzlich in unerreichbare Ferne gerückt zu sein schien.

Quentin kämpfte die Panik nieder, die in ihm aufsteigen wollte. Er konnte die Schritte der Verfolger noch immer hören, allerdings hatten sie sich nicht weiter genähert. Die Distanz zwischen ihnen war gleich geblieben – aber weshalb? Quentin fand keine Erklärung dafür, aber in ihm keimte die Hoffnung, dass sie es vielleicht tatsächlich schaffen und ungeschoren davonkommen könnten.

Da geschah etwas Unerwartetes.

Von einem Augenblick auf den nächsten waren völlig andere Geräusche aus der Gasse zu hören, lautes Geklirr und helle Schreie – und Quentin begriff, dass nur wenige Schritte hinter ihnen ein wilder Kampf losgebrochen war.

»Lauf!«, wies sein Onkel ihn an, und Quentin begann zu rennen, neben Sir Walter her, der sein krankes Bein plötzlich mit erstaunlichem Tempo fortzuschleppen wusste. Und gegen den Ratschlag seines Onkels blickte Quentin doch über die Schulter zurück.

Was er sah, brannte sich unauslöschlich in sein Gedächtnis ein.

In der Gasse war tatsächlich ein Kampf im Gang. Von beiden

Seiten stürzten sich dunkle Gestalten von den Dächern der Häuser, die im Zwielicht nur undeutlich zu erkennen waren. Sie trugen weite Kutten und waren mit langen Stäben aus Holz bewaffnet, mit denen sie sich den Verfolgern in den Weg stellten. Diese – ebenfalls in dunkle Umhänge gehüllt – stürzten sich mit erbostem Gebrüll auf ihre Gegner, und ein wüstes Handgemenge entbrannte.

Im spärlichen Licht, das in die Gasse fiel, sah Quentin blanke Messer blitzen und erschrak heftig. Die gellenden Schreie Verwundeter waren zu hören, und aus dem wirren Knäuel dunkler Umhänge starrte plötzlich eine rußgeschwärzte Maske, deren Anblick Quentin über alle Maßen entsetzte. Er stieß einen lauten Schrei aus und wollte vor Schreck stehen bleiben, aber sein Onkel packte ihn und zerrte ihn mit sich, und plötzlich merkte Quentin, dass sie das Ende der Gasse erreicht hatten.

Hals über Kopf liefen sie auf die Kutsche zu, die dort auf sie wartete. Sir Walter ließ den Kutscher gar nicht erst absteigen.

»Fahren Sie los!«, wies er den verblüfften Mann an, während er selbst die Tür aufriss und seinen Neffen einsteigen ließ, um ihm dann schnellstmöglich zu folgen.

Der Kutscher zögerte keinen Augenblick. Er ließ die Peitsche knallen, und der Zweispänner fuhr an. Die Gasse und mit ihr die Vermummten, die dort noch immer erbittert kämpften, fielen hinter ihnen zurück und verschwanden in der Dunkelheit. Schon wenige Augenblicke später deutete nichts mehr darauf hin, dass all diese Dinge wirklich geschehen waren. Der Schrecken, der den beiden noch in den Gliedern steckte, war jedoch echt …

»Du meine Güte«, stieß Sir Walter hervor und wischte sich die Stirn. »Das war knapp. Wer hätte gedacht, dass sich des Nachts solches Gesindel in unseren Straßen herumtreibt? Ich werde diesen Vorfall natürlich melden.«

»Onkel«, ächzte Quentin, der erst jetzt seine Sprache wieder fand, »*sie* sind es gewesen!«

»Wovon sprichst du, mein Junge?«

»Die Sektierer«, schnappte Quentin außer sich. »Die Runenbrüder! Sie waren es, die uns verfolgt haben!«

»Bist du sicher?«

»Ich habe einen von ihnen gesehen. Er trug eine Maske und starrte mich an. Und da waren diese anderen Männer in dunklen Kutten. Sie waren mit Stöcken bewaffnet und haben gegen sie gekämpft.«

»Und du kannst ausschließen, dass deine Sinne dir einen Streich gespielt haben? In der Gasse war es ziemlich düster, Junge.«

»Ich bin mir ganz sicher, Onkel«, bekräftigte Quentin. »Es waren die Runenbrüder, und ich denke nicht, dass sie aus purem Zufall hinter uns her waren. Sie wussten, dass wir in der Bibliothek waren, und haben uns aufgelauert.«

»Aber ...«, rief Sir Walter aus, und nun wurde selbst der couragierte Herr von Abbotsford um einiges blasser, »... das würde ja bedeuten, dass diese Sektierer genau über uns im Bilde waren! Dass sie wussten, wo wir uns befanden, und nur darauf warteten, dass wir die Bibliothek verlassen.«

»So ist es, Onkel«, bestätigte Quentin schaudernd. »Vielleicht sind sie es sogar gewesen, die uns den Schlüssel zur verbotenen Kammer haben zukommen lassen. Das Päckchen trug keinen Absender, oder?«

»Das nicht. Aber welchen Grund sollten diese Leute haben, uns den Schlüssel zu schicken?«

»Vielleicht wollen sie, dass wir etwas für sie herausfinden. Dass wir ein Geheimnis für sie lösen.«

»Aber ich bitte dich! Deine Fantasie geht mal wieder mit dir durch, Quentin. Weshalb sollte den Sektierern daran gelegen sein, dass wir für sie arbeiten? Das ergibt keinen Sinn.«

»Dieser Kampf in der Gasse ergibt auf den ersten Blick auch keinen Sinn, Onkel, und dennoch hat er stattgefunden.«

»Das ist nun allerdings wieder wahr«, bestätigte Sir Walter. »Wie es aussieht, hat die Runenbrüderschaft Feinde, möglicherweise eine rivalisierende Gruppierung. Die Straßen einiger Stadtteile sind voll von Banden, die sich gegenseitig bis aufs Messer bekriegen, trotz aller Bemühungen unserer Behörden, für Recht und Ordnung zu sorgen. Dass sie sich jedoch so weit aus ihren Revieren wagen, ist ungewöhnlich. Wir werden den Fall umgehend zur Meldung bringen.«

»Wozu? Ich wette, die Behörden werden in der Gasse nicht das Geringste vorfinden. Wie es aussieht, sind wir nicht die Einzigen, die das Rätsel um die Schwertrune lüften wollen, Onkel. Ein Gefühl sagt mir, dass hier etwas im Gang ist, dessen wahre Dimensionen wir gerade erst zu erahnen beginnen.«

»Du hörst dich schon an wie der gute Professor«, meinte Sir Walter. »Ich hätte dich in der Tat nicht zu ihm mitnehmen sollen.«

»Vielleicht höre ich mich so an, Onkel«, sagte Quentin tonlos. »Aber vielleicht hatte der Professor ja auch Recht, und es steckt weit mehr dahinter, als wir vermuten. Vielleicht hat er tatsächlich begonnen – jener Kampf zwischen den Mächten des Guten und des Bösen, von dem Gainswick gesprochen hat –, und wir sind mit unseren Ermittlungen zwischen die Fronten geraten.«

»Natürlich steht es dir frei, das zu glauben, mein Junge«, erwiderte Sir Walter mit der alten, ihm eigenen Gelassenheit. »Ich hingegen bin der Ansicht, dass es für all diese Dinge eine vernünftige Erklärung geben muss. Und ich werde nicht ruhen, bis ich sie gefunden habe ...«

14.

Für Mary of Egton war es, als hätte man das dunkle, finstere Loch, in das man sie gestoßen hatte, nun auch noch vergittert; als dränge kein Licht mehr in ihr karges Verlies, als hätte man ihr die Luft zum Atmen genommen.

Nachdem sie ihre zukünftige Schwiegermutter kennen gelernt und herausgefunden hatte, welch ein bornierter, selbstgefälliger Zeitgenosse ihr Bräutigam war, war der Aufenthalt auf Burg Ruthven ihr ohnehin schon wie ein lebenslanges Exil vorgekommen. Ohne ihre Bücher jedoch war ihr Schicksal geradezu unerträglich.

Solange sie in ihrer freien Zeit gelesen hatte, hatte zumindest ihr Geist der öden Realität entfliehen können. Die Geschichten von edlen Rittern und holden Frauen, von Heldenmut und großen Taten, die Walter Scott und andere Romanciers ersonnen hatten, hatten ihrer Vorstellungskraft Flügel verliehen, und im Spiegel der ruhmreichen, romantischen Vergangenheit war ihr die Gegenwart nicht ganz so trostlos erschienen.

Nun jedoch gab es nichts mehr, das sie trösten konnte. Ihr Aufenthalt auf Burg Ruthven war zu einem Albtraum geworden, aus dem es kein Erwachen gab. Dass Eleonore of Ruthven einen Tag nach dem Verbrennen der Bücher auch noch darauf bestanden hatte, Kitty, ihre treue Zofe und Freundin von Kindesbeinen an, habe Ruthven zu verlassen, hatte Mary auch nicht mehr erschüttern können.

Natürlich hatte sie Protest eingelegt, aber da sie Eleonores kaltes Herz inzwischen kannte, hatte sie sich keine Chancen erhofft, dass die Herrin von Ruthven ihren Entschluss widerrufen könnte. Noch am Abend hatte Kitty Burg Ruthven den Rücken gekehrt. Es war ein tränenreicher Abschied gewesen – der Abschied von Freundinnen, von Gleichgestellten, die zusammen einiges durchgemacht hatten und einander viel verdankten. Von Kittys einst so fröhlichem, unbeschwertem Wesen war nichts mehr zu spüren gewesen, als sie in die Kutsche gestiegen war, die sie zurück nach Egton bringen sollte.

Lange hatte Mary auf der Burgmauer gestanden und der Kutsche nachgeblickt, bis sie in der Dämmerung verschwunden war. Und während der kalte Abendwind um die Mauern der düsteren Festung gestrichen war, war ihr bewusst geworden, wie allein, wie einsam sie war. Wenn es das gewesen war, worauf Eleonore und ihr widerwärtiger Sohn es angelegt hatten, so hatten sie ihr Ziel erreicht.

Gesenkten Hauptes war Mary in ihre Kemenate zurückgekehrt und hatte sie seitdem kaum mehr verlassen.

Das Frühstück ließ sie sich aufs Zimmer bringen, lediglich zu Lunch und Dinner zeigte sie sich kurz, um sich gleich darauf wieder zurückzuziehen.

Sie vermochte ihrem Bräutigam und seiner Mutter kaum unter die Augen zu treten, denn sie sah in ihnen nichts anderes als ihre Peiniger – ichsüchtige Adelige, von Reichtum und Macht korrumpiert, denen das Schicksal anderer vollkommen gleichgültig war und denen nur das eigene Wohl am Herzen lag.

Vor allem Eleonore wich Mary aus, denn zu ihrem eigenen Entsetzen musste sie erkennen, dass die Gefühle, die sie gegen die Burgherrin hegte, sich weder für eine Dame noch für einen Christenmenschen ziemten. Sie gestand es sich nicht gern ein, aber tief in ihrem Inneren loderte ein geheimer Hass auf die Frau, die ihr alles genommen hatte.

Mary fühlte sich leer und ausgebrannt, abgeschnitten von der Welt, so als säße sie in einer Kutsche, während draußen die Wirklichkeit vorbeizog, sichtbar, aber unerreichbar für sie. Eingesperrt in einen goldenen Käfig, würde sie bis ans Ende ihrer Tage die Frau eines ebenso reichen wie bornierten Lairds sein, und man würde dafür auch noch Dankbarkeit von ihr verlangen. Man würde erwarten, dass sie ihm Kinder schenkte und ihm eine treue und ergebene Ehefrau wäre, die zu ihm aufblickte und ihn bewunderte. Dabei verachtete sie Malcolm aus tiefstem Herzen.

Tränen rannen über Marys Wangen, während sie wie so oft in den letzten Tagen am Fenster ihres Schlafgemachs stand und hinaus auf die Hügel der Highlands blickte, die um diese Jahreszeit von Nebelschleiern bedeckt waren. Tiefe, düstere Wolken hingen darüber, als wären sie ein Spiegelbild ihrer Seele.

Unwillkürlich fragte sich Mary, wie jemand diesen tristen, verlassenen Flecken Erde seine Heimat nennen konnte. Aber dann musste sie wieder an ihre Träume denken, an die herbe Schönheit der Highlands und die Verbundenheit, welche die Menschen, die hier lebten, ihrem Land gegenüber empfanden. Mary beneidete sie.

Eine Heimat hatte sie nie kennen gelernt, auch nicht in Egton, wo sie zwar zu Hause gewesen war, sich angesichts all der Zwänge und Pflichten ihres Standes aber nie wohl gefühlt hatte. Und schon gar nicht hier in Ruthven, wo man sie nur als zierendes Beiwerk betrachtete, das dem Manne ergeben sein, ansonsten aber schweigen sollte. Im Grunde, dachte Mary, war jeder Tagelöhner, der dort draußen auf den Feldern arbeitete, freier als sie, die in dieser Burg festgehalten wurde.

Ohne Aussicht auf Änderung.

Niemals ...

Sie hatte viel geweint in den letzten Tagen, aber irgendwann waren ihre Tränen versiegt und purer Bitterkeit gewichen, die nach und nach alles absterben ließ, was Mary einst zu einer lebensfrohen jungen Frau gemacht hatte. Mit ihren Büchern hatte man ihr die Kraft genommen. Sie welkte dahin wie eine vertrocknende Blume.

Als es verhalten an die Tür ihres Gemachs klopfte, zuckte Mary zusammen. Hatte sie nicht gesagt, dass sie nicht gestört zu werden wünschte?

Es klopfte abermals.

»Ja?«, rief Mary ein wenig unwirsch. Ihr stand nicht der Sinn nach Gesellschaft.

»Herrin«, drang es gedämpft von der anderen Seite, »bitte öffnen Sie die Tür. Ich muss mit Ihnen sprechen.«

Es war die Stimme einer alten Frau, und auf geheimnisvolle Weise konnte Mary sich ihr nicht entziehen. Sie trat vom Fenster zurück und ging zur Tür, zog den Riegel zurück und öffnete.

Draußen stand die alte Dienerin, jene Frau, die in ihrem schwarzen Kleid und dem schlohweißen Haar einen so unheimlichen Anblick bot und die Mary gleich nach ihrer Ankunft auf Burg Ruthven gewarnt hatte. Fast hatte Mary sie vergessen. Nun erinnerte sie sich wieder an sie, und ihr wurde klar, dass sie sie in der Zwischenzeit nicht mehr in der Burg gesehen hatte.

»Was willst du?«, erkundigte sich Mary unsicher. Die Alte erinnerte sie an jemanden ...

»Darf ich hereinkommen, Mylady? Ich muss mit Ihnen sprechen.«

Mary zögerte. Weder war ihr nach Gesellschaft zu Mute, noch stand ihr der Sinn nach einer Unterhaltung. Aber etwas an der Art, wie die Alte um Einlass gebeten hatte, deutete an, dass sie sich nicht abweisen lassen würde.

Mary nickte, und die alte Frau, deren wacher Blick und forscher Gang so gar nichts von einer Dienerin hatten, trat in ihr Gemach.

»Man sieht Sie selten in den letzten Tagen, Mylady«, stellte sie fest.

»Ich hatte zu tun«, erklärte Mary kühl. »Es gab einige Dinge, über die ich nachdenken musste.«

»Nachzudenken lohnt sich immer.« Die alte Frau kicherte. »Es fragt sich allerdings, ob Sie über die richtigen Dinge nachdenken.«

»Was soll das heißen?«

»Denken Sie noch an meine Worte? An die Warnung, die ich ausgesprochen habe?«

»Du sagtest, dass ich Ruthven so schnell wie möglich verlassen solle. Dass fürchterliche Dinge geschehen und dass Vergangenheit und Zukunft sich begegnen würden.«

»Dies ist geschehen«, behauptete die Alte und blickte Mary unverwandt an – und plötzlich war Mary klar, an wen die Dienerin sie erinnerte.

In dem seltsamen Traum, den sie gehabt hatte, nach dem Eleonore of Ruthven ihre Bücher verbrannt hatte, war ihr ein Runenweib erschienen – und dieses Runenweib hatte genauso ausgesehen wie diese alte Frau. Oder war es umgekehrt gewesen? Hatte die alte Dienerin Mary bei ihrer ersten Begegnung so beeindruckt, dass sie ihr im Traum wieder begegnet war? Natürlich, sagte sich Mary, so musste es gewesen sein ...

»Was ist mit Ihnen, Herrin?«, fragte die Alte.

»Nichts. Es ist nur ... Du erinnerst mich an jemanden.«

»Tatsächlich?« Die Dienerin lachte wieder – das Lachen des Wissenden gegenüber einem ahnungslosen Toren. »Möglicherweise, Mary of Egton, erinnere ich Sie ja an jemanden, dem es sich zuzuhören lohnt. Sie sollten mir nämlich gut zuhören, denn ich habe eine wichtige Nachricht für Sie. Schon einmal habe ich sie Ihnen überbracht, aber Sie wollten nicht hören. Nun haben sich düstere Dinge ereignet, und die Zeit drängt noch mehr als zuvor. Sie müssen diesen Ort verlassen, Lady Mary, besser heute als morgen.«

»Weshalb?«

»Ich kann Ihnen die Gründe dafür nicht nennen, denn Sie würden sie kaum verstehen. Aber ich muss Ihnen sagen, dass schlimme Dinge Ihrer harren, wenn Sie bleiben.«

»Schlimme Dinge?« Mary lachte freudlos. »Was könnte noch schlimmer sein als das, was mir bereits widerfahren ist? Man hat mir alles genommen, was mir etwas bedeutet hat, und der Mann, der mich heiraten wird, ist ein machthungriger Ignorant.«

»All das«, sagte die Alte düster, »ist nichts im Vergleich zu den Dingen, die auf Sie warten. Ein Sturm zieht auf, Mary of Egton, und Sie werden von ihm fortgerissen werden, wenn Sie sich nicht vorsehen. Es gibt einen Grund, weshalb Sie hier sind.«

»Einen Grund? Was meinst du damit?«

»Mehr kann ich nicht darüber sagen, denn auch ich weiß noch nicht alles. Aber Sie sind in großer Gefahr. Dunkle Mächte haben Ihnen eine Rolle in ihren Plänen zugeteilt.«

»Dunkle Mächte? Du redest wirres Zeug.«

»Ich wünschte, es wäre so. Aber in diesem Land, Mylady, gibt es mehr Dinge zwischen Himmel und Erde, als Sie sich vorzustellen vermögen. Die Sagen und Mythen der Vergangenheit sind hier vielfach noch lebendig, wenn auch nur in unserer Erinnerung.«

Mary konnte nicht anders, ein leiser Schauer rieselte ihren Rücken herab, während sie der Alten zuhörte. »Woher weißt du das alles?«, fragte sie.

»Ich weiß es, weil all das vor über fünfhundert Jahren bereits einmal geschehen ist, hier auf dieser Burg. Schon einmal gab es eine junge Frau wie Sie, die ein trauriges Schicksal erlitt. Sie war eine Fremde unter Fremden, die von ihrer Familie verraten wurde.«

»Wie war ihr Name?«, fragte Mary, die sogleich an ihre Träume denken musste. Aber natürlich war das Unsinn. Einen solchen Zufall konnte es nicht geben ...

»Gwynneth Ruthven«, sagte die Alte – und traf Mary damit wie mit einem Hammerschlag.

»Gwynneth Ruthven?« Mary hob die Brauen. Konnte ein solcher Zufall denn möglich sein?

»Sie sprechen den Namen aus, Mylady, als wäre er Ihnen bekannt.«

»Ich weiß, dass es seltsam klingen muss«, erwiderte Mary zögernd, »aber ich kenne ihn tatsächlich. Er ist mir bereits begegnet – in meinen Träumen.« Sie trat erneut ans Fenster und blickte hinaus, versuchte sich zu erinnern. »Im Traum begegnete mir eine junge Frau. Sie war etwa in meinem Alter, und ihr Name war Gwynneth. Gwynneth Ruthven. Ist das nicht sonderbar?«

»Sonderbar«, bestätigte die Alte, »und auch wieder nicht. Denn Träume, Herrin, sind mehr als nur Trugbilder, die unser müder Geist uns vorgaukelt. Sie sind ein Blick in unser Innerstes, in unsere Seele. Sie schaffen Verbindungen, oft über die Grenzen von Raum und Zeit hinweg.«

»Und was bedeutet das?« Mary wandte sich wieder um und schaute die geheimnisvolle Alte fragend an.

»Das, Mylady, müssen Sie für sich selbst herausfinden. Ich habe ohnehin schon mehr gesagt, als ich sollte. Weder dürfte ich hier sein noch mit Ihnen sprechen. Meine Zeit ist längst zu Ende, und ich bin nur deshalb gekommen, weil ein altes, ein uraltes Schicksal dabei ist, sich zu erfüllen. Und Sie, Herrin, sind in großer Gefahr.«

»In Gefahr? Welches Schicksal? Wovon sprichst du?«

»Derselbe Stolz. Derselbe Starrsinn«, sagte die Alte rätselhaft. »Die Vergangenheit kennt die Antwort. Suchen Sie nach ihr, wenn Sie mir nicht glauben wollen.« Damit wandte sie sich um und verließ das Gemach.

Mary unternahm nicht den Versuch, sie aufzuhalten. Sie vermutete, dass die alte Frau nicht mehr ganz richtig im Kopf war. Sie hatte wirres Zeug geredet, das keinen rechten Sinn ergab. Andererseits – woher kannte sie den Namen Gwynneth Ruthven? Mary hatte niemandem von ihren Träumen erzählt. Hatte die alte Dienerin also vielleicht doch Recht? Bestand tatsächlich eine Verbindung, eine Art Seelenverwandtschaft, zwischen Mary und dieser Gwynneth Ruthven? Eine Verbindung, die die Jahrhunderte überdauerte?

Mary fröstelte. Energisch schüttelte sie den Kopf. So etwas konnte nicht möglich sein. Dinge wie diese gab es nicht.

Aber wie erklärte es sich dann, dass sie von einer jungen Frau träumte, die tatsächlich gelebt hatte, obwohl sie nicht das Geringste von ihrem Schicksal wusste? Und wieso hatte das Runenweib aus dem Traum der alten Dienerin so verblüffend ähnlich gesehen?

Den ersten Traum hatte Mary auf die Lektüre von Sir Walters Buch zurückgeführt, in dem sie am Vorabend gelesen hatte. Nun aber war diese Möglichkeit nicht mehr gegeben; Eleonore of Ruthven hatte dafür gesorgt, dass es keine Bücher mehr gab, die Marys Fantasie beflügeln konnten. Wie also erklärte sich der zweite Traum? Und wie konnte es sein, dass die Alte davon wusste?

Ein kalter Schauer rann über Marys Rücken. Die dunklen Türme und Mauern von Burg Ruthven kamen ihr plötzlich noch unheimlicher und bedrohlicher vor. Etwas ging hier vor sich – oder bildete sie sich das nur ein? Wenn es so war, dann war sie in dem Augenblick, als sie nach Ruthven gekommen war, ein Teil davon geworden. Genau davor hatte die seltsame Alte sie gewarnt.

Von einem uralten Schicksal hatte die Dienerin gesprochen und von großer Gefahr. Nicht, dass Mary sich gefürchtet hätte, aber die Sache kam ihr sonderbar vor, und ihre Traurigkeit und die Verwunderung über den Besuch der Alten vermischten sich zu einer vagen Ahnung drohenden Unheils.

Es war spätnachts.

Dunkelheit hatte sich über Burg Ruthven gesenkt, und die Kälte der Nacht kroch durch die Gänge des alten Gemäuers. Längst hatten sich die Herren der Burg zur Ruhe begeben, und auch das Gesinde hatte sich schlafen gelegt.

Mary of Egton jedoch war noch wach.

Zum einen, weil ihr zu viel im Kopf herumging, als dass sie ein Auge hätte zutun können. Zum anderen aber auch, weil sie Angst davor hatte, einzuschlafen und erneut von Träumen heimgesucht zu werden, die auf seltsame Weise wirklich zu sein schienen.

Den ganzen Tag über hatte sie nach einer zufrieden stellenden Erklärung dafür gesucht, dass die junge Frau aus ihrem Traum einst wirklich gelebt hatte. Irgendwann war sie zu dem Schluss gekommen, dass sie Gwynneths Namen wohl aufgeschnappt haben musste und er sich in ihrer Erinnerung festgesetzt hatte. Andererseits ließ diese Erklärung etliche Fragen offen. Weshalb zum Beispiel hatte Mary in Gegenwart der alten Dienerin die gleiche innere Unruhe ergriffen, die Gwynneth Ruthven im Traum verspürt hatte? War es bloßer Zufall oder mehr als das? Gab es tatsächlich eine Verbindung, die über die Abgründe der Zeit hinweg Bestand hatte?

Trotz ihres scharfen Verstandes verfügte Mary über eine ausgeprägte Fantasie, die sich in literarischen Welten stets zu Hause gefühlt hatte. Unwillkürlich fragte sie sich, was Sir Walter, den sie als Mann der Vernunft und des rationalen Urteils kennen gelernt hatte, wohl zu alledem gesagt hätte.

Vielleicht, und dieser Gedanke erschreckte sie, hatte sie sich die Begegnung mit der Alten ja nur eingebildet? Womöglich war sie bloß ein Spuk aus Marys Erinnerungen, und Traum und Wirklichkeit stimmten deshalb auf so verblüffende Weise miteinander überein, weil es keinen Unterschied zwischen ihnen gab?

Was, wenn sie einfach nur einen lebhaften Tagtraum gehabt hatte? Wenn ihre Verzweiflung, ihre Einsamkeit dazu geführt hatten, dass sie Traumgespinste und Wirklichkeit nicht mehr zu unterscheiden vermochte? Sie war still und verschlossen geworden, lebte zurückgezogen in ihrem Gemach. War sie dabei, den Verstand zu verlieren?

Mary of Egton fühlte Panik in sich aufsteigen, weil ihre Vernunft ihr sagte, dass dies die einzig plausible Erklärung war. Vielleicht waren die jüngsten Geschehnisse einfach zu viel für sie gewesen. Möglicherweise war sie krank und brauchte Hilfe, aber wer konnte ihr in dieser misslichen Lage beistehen?

Ein verhaltenes Pochen gegen die Tür ihres Schlafgemachs riss sie jäh aus ihren Gedanken.

Mary, die ohnehin hellwach gewesen war, fuhr von ihrem Lager hoch. Sie hatte keine Kerze entzündet. Das Mondlicht, das durch das hohe Fenster fiel, beleuchtete das Gemach hinreichend mit kaltem, bläulichem Schein.

Wieder klopfte es, fordernder diesmal. Wer mochte das sein?

Im ersten Schrecken dachte Mary daran, dass es die Alte aus dem Traum sein könnte, die vor der Tür stand, um sie aufs Neue heimzusuchen und diesmal ihren Verstand einzufordern. Aber es war keine Frau, die dort draußen stand, sondern ein Mann, wie Mary im nächsten Moment klar wurde ...

»Mary? Ich weiß, dass Sie noch nicht schlafen. Bitte öffnen Sie die Tür, ich muss mit Ihnen sprechen.«

Ihr Pulsschlag beschleunigte sich, als sie Malcolm of Ruthvens Stimme erkannte. Was mochte der Laird von ihr wollen, zu so später Stunde? Seit ihrer Aussprache in der Kutsche hatten sie kaum mehr miteinander geredet. Was zu sagen gewesen war, war gesagt worden, darüber hinaus schien den Herrn von Ruthven nichts zu interessieren, was mit ihr zusammenhing – und nun stand er in dunkler Nacht vor ihrer Tür und begehrte Einlass?

Sie schlug die Decke zurück, erhob sich aus dem Bett und zog den seidenen Morgenmantel über ihr Nachthemd. Dann schlich sie leise zur Tür, um zu lauschen. Sie zuckte zusammen, als sie feststellte, dass Malcolm noch immer da war.

»Bitte, Mary. Lassen Sie mich ein. Ich muss Ihnen etwas Wichtiges sagen.«

Es hörte sich in der Tat dringlich an, und Mary konnte sich einer gewissen Neugier nicht erwehren. Noch während sie sich fragte, was ihr Bräutigam zu so später Stunde wohl von ihr wollte, zog sie den Riegel zurück und öffnete die Tür.

Draußen auf dem Gang stand Malcolm. Nicht im Rock, wie sie ihn kannte, sondern im weißen Hemd, dessen Ärmel bis zu den Ellbogen aufgekrempelt waren. Der Geruch, den er verströmte, verriet Mary, dass er dem Tabak und dem Whisky zugesprochen hatte. Seine Zunge war schwerfällig vom Alkohol.

»Sie haben mein Flehen also endlich erhört?«, fragte er. »Liebste Mary, lassen Sie mich in Ihr Gemach, ich bitte Sie.«

Er sprach lauter, als ihr lieb sein konnte. Das Letzte, was sie wollte, war, noch mehr Ärger mit Eleonore zu bekommen, und deshalb bedeutete sie ihm einzutreten. Malcolm nickte selbstgefällig und ging an ihr vorbei, umhüllt von einer bitter riechenden Wolke indischen Tabaks. Seine sonst so bleichen Züge waren gerötet und aufgedunsen, die Augen schmale Schlitze, aus denen er sie unverblümt anstarrte. Seine Anwesenheit bereitete Mary Unbehagen. Ein Teil von ihr wünschte sich, erneut einen Tagtraum zu haben. Aber diesmal war es die Realität, die sie erlebte, daran bestand nicht der geringste Zweifel.

In grober Missachtung all dessen, was sich für einen Gentleman gehörte, polterte der Laird durch Marys Zimmer, ließ sich seufzend in den Ohrensessel fallen, der am Fenster stand und in dem sie stets gelesen hatte. Seit einigen Tagen war er verwaist.

Unter dem Einfluss des Alkohols schienen Malcolms Blasiertheit und sein höfisches Gebaren zu platzen wie ein alter Rock, der zu eng geworden war. »Nun?«, fragte er und blickte sie unverwandt an. »Wie steht es, meine Teure? Haben Sie sich auf Ruthven gut eingelebt? Ich sehe Sie selten in den letzten Tagen.«

»Es ging mir nicht sehr gut«, erwiderte Mary kühl, während sie sich noch immer fragte, was der Laird von ihr wollte.

Malcolm stieß das raue, widerwärtige Gelächter eines Betrunkenen aus. »Als meine Mutter mir eröffnete, dass ich heiraten solle, war ich alles andere als begeistert von dem Gedanken. Nicht, dass ich die Freuden holder Weiblichkeit nicht zu schätzen wüsste, meine Teuerste, aber bislang habe ich in den Armen bezahlter Dirnen stets alles gefunden, wonach mein einsames Herz sich sehnte. Meine Mutter jedoch war der Ansicht, dass sich dies für einen Laird nicht schicke. Anscheinend hatte es bereits Gerede gegeben. Deshalb arrangierte sie diese Hochzeit für mich.«

»Ich verstehe«, sagte Mary nur. Nach allem, was sie bereits erfahren und durchlitten hatte, konnte sie diese Eröffnung kaum noch erschüttern.

»Ich war von Anfang an dagegen. Aber gewissermaßen, werte Mary, bin ich auf diesem Schloss ebenso gefangen wie Sie. Gefangen in den Zwängen einer überkommenen Gesellschaft und eines Adels, der faul und träge geworden ist und sich selbst überlebt hat.«

Mary erwiderte nichts, aber sie war erstaunt, solche Worte aus dem Mund Malcolm of Ruthvens zu hören.

»Mir blieb nichts, als einzuwilligen, wenn ich mein Erbe und meine Stellung sichern wollte. Ich muss zugeben, meine Liebe, dass ich dem Tag unserer ersten Begegnung mit Argwohn entgegenblickte. Und ich muss ebenso gestehen, dass ich über alle Maßen überrascht war, als es schließlich so weit war.«

»Überrascht? Weshalb?«

»Weil ich mir Sie anders vorgestellt hatte. Ich dachte, Sie wären eine dieser typischen Engländerinnen mit blasser Haut und sprödem Haar, ein blutarmes Geschöpf ohne Temperament und eigenen Willen. Aber ich habe mich in Ihnen geirrt, Mary. Sie sind eine Frau von Verstand. Ich will gern zugeben, dass mich das zu Beginn ein wenig verunsichert hat, und ich will auch gestehen, dass ich noch immer nicht recht weiß, was ich davon halten soll. Aber wenn ich Sie ansehe, Mary, dann spüre ich etwas tief in mir, das ich für eine Frau Ihres Standes noch niemals empfunden habe.«

»So? Und das wäre, werter Malcolm?«

»Leidenschaft«, antwortete der Laird ohne Zögern. Er erhob sich aus dem Sessel und kam langsam auf sie zu. »Ich empfinde Leidenschaft für Sie, Mary of Egton. Leidenschaft und Begehren.«

Mary wich unwillkürlich zurück. Das Gespräch war dabei, eine Wendung zu nehmen, die ihr nicht gefiel. Sie musste zugeben, dass Malcolm sie überrascht und einige Dinge gesagt hatte, die sie aus seinem Mund nicht für möglich gehalten hätte. Aber das bedeutete nicht, dass sie sogleich alle Vorbehalte vergaß und in flammender Liebe zu ihm entbrannte.

»Ich begehre Sie, Mary«, eröffnete Malcolm rundheraus, und in seinen Augen loderte ein unheimliches Feuer. »Diese Verbindung, die ohne unser Wissen und unsere Zustimmung arrangiert wurde, ist für keinen von uns einfach. Aber wir könnten alle Beschränkungen vergessen, die unser Stand uns auferlegt, und unserer Lust freien Lauf lassen. Vielleicht werden unsere Gefühle dann folgen.«

»Ich denke nicht, dass das die richtige Reihenfolge wäre«, erwiderte Mary, während sie weiter vor ihm zurückwich. »Liebe, mein werter Malcolm, muss aus gegenseitiger Achtung hervorgehen. Schon deswegen werden wir sie wohl nie füreinander empfinden. Sie können mich nicht leiden, das haben Sie selbst gesagt.«

»Die Dinge ändern sich«, behauptete der Laird mit einer wegwerfenden Handbewegung. »Wir leben in einer Zeit, in der alles in Bewegung ist, Mary. Eine Zeit der Revolutionen und Umstürze. Die Mächtigen mögen sagen, was sie wollen, aber ihre Zeit geht zu Ende. Wer das nicht mitbekommt, ist ein Narr. Ich für meinen Teil fühle es deutlich in dieser Nacht. Alles ändert sich, Mary. Die Schranken werden fallen. Veränderungen werden eintreten.«

Seine Stimme hatte einen unheimlichen, fast beschwörenden Tonfall angenommen, der Mary ängstigte und sie zum ersten Mal daran zweifeln ließ, ob Malcolm of Ruthven überhaupt Herr seines Verstandes war.

»Ich weiß nicht, wovon Sie sprechen«, sagte sie und gab sich Mühe, ihre Stimme fest und bestimmt klingen zu lassen. »Aber was Sie begehren, Malcolm of Ruthven, werden Sie nicht bekommen. Nicht in dieser Nacht und auch in keiner anderen, solange Sie nicht mehr für mich sind als ein Fremder, dessen Gesellschaft mir befohlen wurde.«

»Ein Fremder? Ich bin Ihr Bräutigam, Mary! Sie müssen mich achten und ehren!«

»Dann sollten Sie sich meine Achtung und meinen Respekt verdienen, werter Malcolm«, erwiderte sie. »Im Augenblick sind Sie dabei, sowohl das eine als auch das andere zu verspielen.«

»Sie achten mich nicht!«, schnaubte er, und sein vom Alkohol gerötetes Gesicht färbte sich noch dunkler. »Sie schauen auf mich herab, nicht wahr? Sie halten mich für einen Dummkopf, für einen Ignoranten, dem alles in den Schoß gefallen ist und der für seinen Besitz niemals etwas leisten musste. Der seiner Mutter ohne Widerspruch gehorcht und sich den Zwängen seines Standes willenlos unterordnet. Ist es nicht so, werte Mary? Ist es nicht so?«

Mary hütete sich, etwas darauf zu erwidern. Seine Stimme war lauter geworden, und er war dabei, sich in Rage zu steigern. Zu was er fähig wäre, wenn seine Wut übermächtig würde, mochte sie sich lieber nicht ausmalen.

»Sie wissen nichts über mich!«, herrschte der Laird sie an. »Sie wissen nicht das Geringste, und dennoch urteilen Sie! Würden Sie die Wahrheit kennen und wüssten Sie, wie lange die Tradition und die Ehre des Hauses Ruthven zurückreichen, so würden Sie mich sehr wohl achten, Mary of Egton, und Sie würden mir nicht verweigern, was mir aufgrund unserer Übereinkunft zusteht.«

»Ich weiß nicht, wovon Sie sprechen«, behauptete sie ausweichend. »Noch sind wir nicht verheiratet, Malcolm, und Sie haben keinen Anspruch auf mich. Ich bin nicht Ihr Besitz und werde es niemals sein.« Plötzlich stieß sie mit dem Rücken gegen hartes Holz. Die geschlossene Tür versperrte ihrem Rückzug den Weg.

»Rechtlich gesprochen mag das stimmen, Mary«, räumte Malcolm ein, dessen Zorn verflogen zu sein schien. »Aber hätten Sie sich ein wenig eingehender mit der Geschichte meines Hauses befasst, so wüssten Sie, dass die Lairds of Ruthven noch immer bekommen haben, wonach sie verlangten. Und gab man es ihnen nicht freiwillig, so nahmen sie es sich mit Gewalt ...«

In seinen Augen blitzte es, und er stürzte vor, fasste sie an den Armen und vergrub sein kantiges Kinn an ihrem zarten Hals, um ihr frevlerische Küsse aufzunötigen.

»Nein«, stieß Mary hervor, »tun Sie das nicht!« Aber gegen die rohe Gewalt, mit der sie gegen die Tür gepresst wurde, vermochte sie nichts auszurichten.

Malcolm keuchte vor schmutziger Lust. Sie fühlte seine Zunge auf ihrer Haut und schauderte, wand sich vor Ekel in seinem Griff. »Ich werde mir nehmen, was mir zusteht«, murmelte er zwischen keuchenden Atemstößen. »Sie gehören mir, Mary, mir ganz allein.«

Für einen Augenblick wollten ihr die Sinne vergehen vor Abscheu, Furcht und Scham. Dann aber regte sich ihr Widerstand.

Sie gehörte diesem Scheusal in Menschengestalt nicht, war nicht sein Eigentum, und wenn sich Malcolm gewaltsam nehmen wollte, was sie ihm aus gutem Grund verweigert hatte, so verdiente er nichts anderes als ihre Verachtung.

Ihr Leben lang war Mary dazu erzogen worden, sich zu fügen

und zu gehorchen. In einer von Männern dominierten Gesellschaft war es für eine Frau der schnellste und leichteste Weg, zu Wohlstand und Ansehen zu gelangen, wenn sie sich an die Regeln des Spiels hielt, die von Männern vorgegeben wurden. Auch wenn Mary hin und wieder dagegen rebelliert hatte, war es nur ein schwaches, halbherziges Aufbäumen gewesen. Das System selbst hatte sie nie wirklich angezweifelt.

In dem Augenblick, als Malcolm of Ruthven keuchend über sie herfiel, ihre Brust befühlte und seine Leibesmitte gegen ihren Schoß drängte, war es damit vorbei. Eine Stimme in ihr erwachte, die bislang geschwiegen hatte und die ihr sagte, dass sie sich zur Wehr setzen musste – und Mary handelte.

Später wusste sie nicht mehr zu sagen, wie sie den Mut dazu aufgebracht hatte; vielleicht war es auch nur pure Verzweiflung gewesen. Aber kaum hatte Malcolm of Ruthven ihre Arme losgelassen, um sich schnaubend wie ein Ross über ihre Brüste herzumachen, holte sie aus und versetzte ihm zwei schallende Ohrfeigen.

Der Laird ließ von ihr ab und starrte sie verblüfft an, nicht so sehr wegen des Schmerzes als wegen des Umstands, dass sie sich überhaupt zur Wehr gesetzt hatte. Von seinen Dirnen war er anderes gewohnt.

Mary wartete nicht, bis er seine Überraschung überwunden hatte und sich erneut auf sie stürzen konnte. Ihr rechtes Knie schnellte empor und traf den Burgherrn in den Unterleib, dorthin, wo sich die Quelle seines dreisten Begehrens befand. Daraufhin fuhr sie herum, öffnete die Tür der Kammer und stürzte hinaus auf den von Fackelschein beleuchteten Gang.

Sie konnte sein Stöhnen und Fluchen hinter sich hören und rannte, so schnell sie nur konnte. Als sie die Seidenpantoffeln verlor, lief sie mit nackten Füßen über kalten Stein, während ihr

Nachtgewand und der Morgenrock sie wie Schleier umwehten. Gehetzt wie ein Reh, das von Weidmännern gejagt wurde, blickte sie zurück und sah den Laird als dunklen Schatten am Ende des Korridors. Sie hörte die wüsten Flüche, mit denen er sie überhäufte, ehe er mit schwerfälligen, stampfenden Schritten die Verfolgung aufnahm.

Mit pochendem Herzen eilte Mary durch die nächtliche Burg. Am Ende des Ganges bog sie in einen schmaleren Korridor, über dem sich eine niedere, halbrunde Decke wölbte. In gebückter Haltung rannte Mary hindurch, doch sie schnitt sich die Fußsohlen an den scharfkantigen Steinen und hinterließ eine blutige Spur, der Malcolm leicht folgen konnte. Marys einziges Glück war, dass der Laird zu viel getrunken hatte und sich nur träge bewegte, andernfalls hätte er sie längst eingeholt.

In kopfloser Flucht lief sie durch lange Korridore und über Treppen, die bald nach oben und bald nach unten führten. Schon nach kurzer Zeit wusste sie nicht mehr, wo sie sich befand. Längst hatte sie noch nicht alle Bereiche der Burg gesehen, und in den letzten Tagen war ihr auch nicht der Sinn nach Exkursionen gestanden. Doch wohin sie auch lief: Die stampfenden Schritte und der keuchende Atem ihres Verfolgers blieben hinter ihr.

Mary kam sich vor, als spielte sie die Hauptrolle in ihrem schlimmsten Albtraum. Ziellos rannte sie durch halbdunkle Gänge und Korridore, immer auf der Flucht vor ihrem Häscher. Das Herz schlug ihr bis zum Hals, Furcht schnürte ihr die Kehle zu. Immer wieder schaute sie zurück und erheischte flüchtige Blicke auf den langen Schatten, den Malcolm of Ruthvens Gestalt im Schein der Fackeln warf.

Hier und dort versuchte sie, die Türen zu öffnen, die zu beiden Seiten auf die Gänge mündeten. Doch entweder waren sie verschlossen, oder sie gingen in weitere Korridore über, die nur noch tiefer ins Herz der düsteren Festung führten.

An einer Kreuzung blieb Mary stehen. Ihr Atem ging heftig, und ihr Pulsschlag hämmerte, während sie sich verzweifelt zu orientieren versuchte. Eine Richtung erschien ihr so wenig aussichtsreich zu sein wie die andere, und schon hörte sie, wie die Schritte ihres Verfolgers näher kamen. Plötzlich tauchte Malcolm am Ende des Korridors auf. Seine Augen waren wie glühende Kohlen, die in der Dunkelheit leuchteten.

»Habe ich dich endlich!«, brüllte er mit sich überschlagender Stimme, und einem jähen Impuls gehorchend, entschied sich Mary für den rechten Gang. Schon nach wenigen Schritten dämmerte ihr die Erkenntnis, dass sie sich falsch entschieden hatte: Der Korridor endete vor einer mächtigen Eichenholztür.

Die Tür zum Westturm!

Die verbotene Tür, wie Samuel ihr gesagt hatte.

In ihrer Verzweiflung drückte Mary die Klinke hinunter und war überrascht, als die Tür sich öffnen ließ. Flugs huschte Mary hindurch.

Im Mondlicht, das durch schmale Fensterschlitze fiel, konnte sie die Treppe sehen, die sich steil und eng nach oben wand. Mary machte sich keine Illusionen. Erschöpft wie sie war, würde ihr Verfolger sie rasch einholen. Sie wandte sich um und wollte zurück – um zu ihrem Entsetzen festzustellen, dass Malcolm die Mündung des Korridors bereits erreicht hatte und ihr den Weg abschnitt. Im Fackelschein, der über sein Gesicht wischte, konnte sie sein siegessicheres Grinsen sehen.

Mary biss die Zähne zusammen und rannte los, eine andere Wahl hatte sie nicht. Schon auf den ersten Stufen trat sie auf den Saum ihres Nachthemds. Der dünne Stoff riss, und beinahe wäre sie zu Fall gekommen. Mit den Händen stützte sie sich auf den steilen Stufen ab und eilte weiter, immer weiter hinauf. In einem engen Kreis wand sich die Treppe nach oben. Atemlos folgte Mary ihr, während Malcolm weiter aufholte.

Ihre Muskeln begannen zu schmerzen, und ihre blutigen Füße taten weh. Ein Teil von ihr wollte aufgeben. War es nicht sinnlos, die Flucht fortzusetzen? Sie hatte sich in eine Sackgasse begeben, aus der es kein Entkommen gab. Am Ende der Treppe würde auch ihre Flucht zu Ende sein – weshalb sollte sie also nicht einfach stehen bleiben und sich in ihr Schicksal ergeben?

Nein!

Trotzig schüttelte sie den Kopf. Wenn Malcolm of Ruthven sie mit Gewalt nähme, sollte er nicht das Gefühl haben, dass sie ihm auf halbem Weg entgegengekommen wäre. Sie wollte kämpfen bis zuletzt, und solange auch nur ein Funken Leben in ihr war, würde sie nicht aufgeben.

Mit aller Kraft, die ihr noch blieb, erklomm sie die Stufen. Sie passierte schmale, glaslose Fenster, durch die ein eisig kalter Wind fegte, und stieg immer weiter hinauf, getrieben von schierer Verzweiflung. Unvermittelt erreichte sie das Ende der Treppe. Vor einer schweren Tür aus Eichenholz endete Marys Flucht. Bar jeder Hoffnung drückte sie die Klinke – und war maßlos überrascht, als die Tür tatsächlich aufsprang. Ihr blieb keine Zeit, um aufzuatmen. Keuchend stürzte sie in die Turmkammer, schlug die Tür hinter sich zu und schob den Riegel vor. Erschöpft sank sie nieder, der Ohnmacht nahe, während draußen bereits stampfende Schritte zu hören waren.

Vor der Tür verstummten sie, dafür hörte Mary lüsternes Keuchen und etwas, das sich wie das Grunzen eines Schweins anhörte. Im Mondlicht, das durch das schmale Fenster der Turmkammer fiel, konnte sie sehen, wie die Klinke niedergedrückt wurde. Als Malcolm die Kammer verschlossen fand, begann er zornig an der Tür zu rütteln und mit solcher Wucht dagegen zu hämmern, dass Mary ängstlich zusammenzuckte.

»Was soll das?«, tönte es von draußen. »Öffne sofort die Tür, hörst du!«

Mary schwieg. Sie zitterte am ganzen Körper vor Angst und Erschöpfung und war nicht mehr in der Lage, auch nur einen Ton hervorzubringen.

»Verdammt!« Malcolm of Ruthven vergaß alle guten Sitten und fluchte wie ein Tagelöhner. »Lass mich gefälligst ein, hörst du nicht? Ich bin dein Mann und verlange, was mir zusteht!«

Er tobte und zeterte, während sie hinter der Tür am Boden kauerte und spürte, wie das Holz unter jedem seiner Schläge erzitterte. Schließlich hielt sie es nicht mehr aus. Sie presste sich die Hände auf die Ohren, hoffte und betete, dass das alte Holz nicht nachgeben möge. Der Gedanke, was geschehen würde, wenn er sie jetzt in seinem rasenden Zorn zu fassen bekäme, versetzte sie in Panik.

»Du undankbares Weibsstück«, hörte sie ihn wie aus weiter Ferne brüllen. »Ich habe dich in mein Haus aufgenommen. Ich biete dir meinen guten Namen und meinen Reichtum, und was gibst du mir dafür?«

Wieder erbebte die Tür unter wuchtigen Schlägen und Tritten, aber sowohl der Riegel als auch das Türblatt hielten der Beanspruchung stand.

Schließlich, aus Erschöpfung oder Resignation, ließ Malcolm of Ruthven von der Tür ab, und seine wüsten Flüche verstummten. Mary wartete noch eine Weile, dann nahm sie zögernd die Hände von den Ohren.

Sie wusste, dass er noch immer da war, und das nicht nur, weil sie ihn leise atmen hörte. Sie hatte das Gefühl, seine Anwesenheit fast körperlich zu spüren, auf der anderen Seite der Tür, nur eine Handbreit von ihr entfernt ...

»Du undankbares Ding«, sagte er mit gefährlich leiser Stimme. »Warum verweigerst du dich mir? Denkst du nicht, dass ich dich verdient habe?« Er lachte tückisch. »Glaubst du wirklich, du könntest mir entkommen? Du kannst dich nicht ewig hier oben verstecken, Mary of Egton, das weißt du genau. Es gibt kein Entkommen für dich, und wenn ich dich heute Nacht nicht besitzen kann, dann wird es eben ein anderes Mal sein. Mir entkommst du nicht. Je eher du das begreifst, desto eher wirst du dich mit mir arrangieren. Bis dahin ruhe sanft, schöne Mary.«

Sie vernahm seine Schritte, wie er langsam und schwerfällig die Treppe hinunterstieg. Mary blieb zurück, allein und verzweifelt. Der Schock saß tief, sie zitterte am ganzen Körper. Noch schlimmer jedoch als ihre Erschöpfung und der überstandene Schrecken wog die Erkenntnis, dass Malcolm of Ruthven Recht hatte.

Sie war eine Gefangene in seinem Reich. Heute Nacht mochte sie ihm entkommen sein, auf Dauer jedoch konnte sie sich nicht vor ihm verstecken. Und wenn sie erst verheiratet waren, bewahrte sie nichts mehr davor, auch im Bett sein Weib zu werden. Allein vor dem Gedanken graute ihr. Fort waren all die romantischen Wünsche und Vorstellungen, die sie einst gehabt hatte. Sie war verloren.

Vielleicht war es das, was die alte Dienerin gemeint hatte, als sie von einer großen Gefahr gesprochen hatte und davon, dass Mary Burg Ruthven auf schnellstem Weg verlassen sollte.

Die Beine an sich gezogen und die Arme darumgeschlungen wie ein Kind, saß sie im Halbdunkel. Tränen der Verzweiflung stiegen ihr in die Augen und rannen über ihre Wangen. Furcht,

Sorge und Wut – sie spürte alles zugleich; Erleichterung darüber, Malcolm für dieses Mal entkommen zu sein, gepaart mit der schrecklichen Gewissheit, ihm nicht auf immer entrinnen zu können. Wenn sie erst verheiratet waren, gab es für sie keine Hoffnung mehr.

Niemals ...

Als Mary schließlich aufblickte, vermochte sie nicht zu sagen, wie viel Zeit vergangen war. Der Mond stand noch immer hoch am Himmel, und das fahle Licht, das durch die trübe Fensterscheibe sickerte, tauchte die Turmkammer in mattes Licht.

Der Raum war halbrund und niedrig. Der aus Natursteinen gemauerte Kniestock war nur drei Fuß hoch, darüber setzten die Balken des Dachstuhls an, die sich in der Mitte zur Turmspitze vereinigten. Möbel gab es keine, aber in der Mauer, dem schmalen Fenster genau gegenüber, entdeckte Mary etwas, das ihre Aufmerksamkeit erregte: In einen der Mauersteine waren Zeichen geritzt worden, Initialen in lateinischer Schrift.

»G. R.« stand dort zu lesen, und sei es auf ihre Träume zurückzuführen, auf den Besuch der alten Frau oder auf das Durcheinander an Gefühlen, das in ihrem Inneren herrschte – Mary war sicher, dass diese beiden Initialen Gwynneth Ruthven bedeuten mussten.

Sie holte tief Luft, was ihr kaum gelang, ohne dass ihre Lungen sich verkrampften, und wischte sich die Tränen aus dem Gesicht. Erleichtert darüber, etwas zu haben, worauf sie sich konzentrieren konnte, untersuchte sie den Stein. Wie sie feststellte, war er locker. Sie packte ihn mit beiden Händen und rüttelte daran. Sand rieselte aus den Fugen, und der Stein wurde so lose, dass sie ihn hervorziehen konnte. Dahinter befand sich ein Hohlraum im Mauerwerk, und im fahlen Licht, das durch das Fenster fiel, sah Mary, dass etwas darin verborgen war. Neugier überkam sie, und obwohl sie sich ein wenig ekelte, steckte sie ihre Hand in die dunkle Öffnung, bekam es zu fassen und zog es hervor.

Eingehend betrachtete sie ihren Fund im blassen Mondlicht. Es war ein etwa ellenlanger lederner Köcher, dessen Nähte und Verschlusskappe mit Wachs versiegelt waren, um den Inhalt gegen Feuchtigkeit zu schützen. Wie lange mochte er hier wohl schon liegen?

Mary betrachtete den Behälter von allen Seiten, dann siegte ihre Neugier, und sie beschloss, einen Blick hineinzuwerfen. Sie brach das Wachssiegel und öffnete den Köcher. Im Innern befanden sich mehrere Rollen aus Pergament. Erstaunt zog Mary sie hervor. Sie waren alt, aber noch gut erhalten. Mary entrollte sie und merkte, wie ihr Herz schneller schlug.

Die Pergamentseiten waren dicht beschrieben, in lateinischer Sprache und Schrift. Da Mary in Egton Lateinunterricht erhalten hatte, war sie in der Lage, die Zeilen zu übersetzen, auch wenn es im spärlichen Licht alles andere als einfach war.

»Dies sind die Aufzeichnungen einer Gefangenen«, las sie flüsternd. »Möge derjenige sie finden, der ihrer würdig ist. Gezeichnet Gwynneth Ruthven, im Jahr des Herrn 1305.«

Mary hielt den Atem an. Zum einen war sie bestürzt darüber, tatsächlich auf eine Hinterlassenschaft der jungen Frau gestoßen zu sein, von der die alte Dienerin ihr erzählt hatte und der sie in ihren Träumen begegnet war. Konnte es Zufall sein, dass Mary, die sich aus Not in diesen Turm geflüchtet hatte, ausgerechnet hier auf Gwynneths Aufzeichnungen stieß?

Zum anderen empfand Mary unsagbare Genugtuung. Eleonore hatte ihre Bücher verbrennen lassen, um ihr jede Hoffnung zu rauben. Nun aber war Mary unversehens in den Besitz alter Aufzeichnungen gelangt, die ihren gefangenen Geist mit neuer Nahrung versorgten.

Mit Tränen der Verwunderung in den Augen begann Mary of Egton die Aufzeichnungen Gwynneth Ruthvens zu lesen, die vor über fünfhundert Jahren in eben dieser Turmkammer niedergeschrieben worden waren ...

15.

Es war bereits spät, und die Mönche von Kelso hatten sich zur Nachtruhe begeben. Nur Abt Andrew war noch wach; in seinem Arbeitszimmer kniete er auf dem Boden und hatte die Hände gefaltet. Wie immer, wenn er nach Antworten suchte, die Menschen ihm nicht geben konnten, war er tief ins Gebet versunken.

Bisweilen, wenn er über viele Stunden hinweg Antwort beim Herrn gesucht hatte, erreichte der Abt einen Zustand des tiefen inneren Friedens. Die Ruhe, die er dann verspürte, war eine Quelle der Kraft, des Glaubens und der Inspiration. In dieser Nacht jedoch konnte der Abt diesen Zustand nicht erreichen, so sehr er sich danach sehnte. Zu viel ging ihm im Kopf herum, das ihn davon abhielt, eins zu werden mit seinem Schöpfer.

Zu viele Sorgen ...

Die Geschehnisse der letzten Tage und Wochen hatten deutlich gezeigt, dass die Wachsamkeit, die der Orden über Jahrhunderte hinweg hatten walten lassen, nicht unbegründet gewesen war. Die Gefahr von einst war nicht vergangen. Sie hatte die Zeit überdauert bis in die Gegenwart, und dieser Tage schien sie erneut zu wachsen.

Wieder und wieder war der Abt die alten Schriften durchgegangen und hatte sich mit seinen Ordensbrüdern beraten. Es bestand kein Zweifel. Der Feind von einst hatte sich erneut erhoben. Die heidnischen Mächte setzten alles daran zurückzukehren, und wiederum bedienten sie sich der Bruderschaft.

Der Sieg vor Jahrhunderten war unvollkommen gewesen, die Entscheidung lediglich vertagt worden. Diesmal jedoch musste sie fallen, und das Wissen, dass seine Mitbrüder und er diese Bürde zu tragen hatten, lastete schwer auf Abt Andrew. Dies war ihre Bestimmung, der Zweck ihres Daseins. Die Wahrung der Bibliothek und die Pflege der alten Schriften waren nur Tarnung – in Wahrheit war es stets um sehr viel mehr gegangen.

Der Abt betete darum, dass seine Mitbrüder und er der Herausforderung gewachsen sein würden. »Vielleicht, o Herr«, fügte er seinem Gebet hinzu, »gefällt es dir in deiner Weisheit, uns schwachen Menschen Hilfe zu schicken und in den Kampf einzugreifen, auf dass er zu Gunsten des Lichts entschieden werde und die Finsternis nicht ...«

Er hatte noch nicht zu Ende gesprochen, als ein helles Klirren die Stille zerriss.

Der Abt blickte auf – und zu seiner Bestürzung sah er in Schwarz gehüllte Gestalten, die durch die Fensterscheibe brachen. Die Kapuzen ihrer Mäntel hatten sie tief in die Gesichter gezogen, die hinter Masken verborgen waren.

»Allmächtiger!«, stieß der Abt hervor.

Kalter Nachtwind fegte durch das Fenster herein, ließ die Kerzen flackern und tauchte die schrecklichen Besucher in unheimliches Licht.

Keine der Gestalten sagte ein Wort. Dafür zogen sie blanken

Stahl unter ihren Roben hervor – Säbel, deren Klingen im flackernden Kerzenlicht schimmerten und mit denen sie auf den wehrlosen Ordensmann eindringen wollten.

»Zurück!«, forderte Abt Andrew mit Stentorstimme, sprang auf und hob abwehrend die Hand. »Boten eines versunkenen Zeitalters seid ihr, und ich befehle euch, zurückzukehren, woher ihr gekommen seid!«

Die Vermummten lachten nur. Einer von ihnen setzte vor und hob seinen Säbel, bereit, den Abt damit zu durchbohren. Aber noch ehe die rasiermesserscharfe Klinge ihn erreichte, drehte sich der Abt zur Seite und wich dem Angriff aus.

Der Säbel stieß ins Leere, und sein Besitzer gab einen unwilligen Laut von sich. Noch ehe er dazu kam, eine zweite Attacke zu führen, hatte Abt Andrew seine erste Überraschung überwunden. Schon war er zur Tür der Kammer geeilt, zog den Riegel beiseite und flüchtete hinaus auf den Gang.

Die Vermummten folgten ihm. Ihre Absicht war deutlich in ihren Augen zu lesen, die durch die Sehschlitze ihrer Masken starrten: Sie wollten Blut, und der Ordensvorsteher von Kelso sollte ihr erstes Opfer sein.

Abt Andrew rannte, so schnell seine Beine und die aus Bast geflochtenen Sandalen es zuließen. Er stürzte den halbdunklen, nur von wenigen Kerzen beleuchteten Gang hinab und kam sich dabei vor wie in einem finsteren Albtraum. Aber dies war die Realität, die Stiefeltritte der Verfolger und ihr mordlüsternes Keuchen waren Beweis genug dafür. Sie holten auf und kamen näher, und wieder blitzten die blanken Klingen, lechzten nach dem Blut des wehrlosen Ordensmannes – der plötzlich nicht mehr allein war.

Am Ende des Korridors, wo der Gang in das schmale Treppenhaus mündete, schälten sich mehrere Gestalten aus dem

Halbdunkel, die wie der Abt das dunkle Gewand der Prämonstratenser trugen. Anders als er waren sie jedoch nicht wehrlos, sondern hielten lange Stäbe aus geschmeidigem Birkenholz in ihren Händen, mit denen sie den Angreifern entgegentraten. Ihre Kapuzen schlugen sie dabei zurück, sodass ihre kahlen Häupter sichtbar wurden.

Für einen Augenblick waren die Eindringlinge verblüfft. Mit Widerstand hatten sie nicht gerechnet, sie waren davon ausgegangen, dass dieser Mordauftrag leicht zu erledigen sein würde. Doch schon im nächsten Moment hatten sie ihre Überraschung verwunden und stürzten sich auf die Mönche, die sich schützend vor ihren Abt gestellt hatten. Sogleich entbrannte ein heftiges Handgemenge.

Wütend stürzten die Vermummten sich auf die Verteidiger, schwangen ihre Klingen mit vernichtender Wucht. Die Mönche im Gegenzug vermochten die Stäbe so zu führen, dass harmloses Holz in ihren Händen zur vernichtenden Waffe wurde. Vor vielen Jahrzehnten hatte ein weit gereister Bruder aus dem Fernen Osten das Geheimnis des waffenlosen Kampfes mitgebracht, das die Mönche vertieft und vervollkommnet hatten. Im Verborgenen hatten sie den Kampf mit dem Stab trainiert – nicht um anzugreifen, sondern um sich verteidigen zu können, wenn Leib und Leben in Gefahr waren. So wie in diesem Augenblick ...

Im Halbdunkel zuckte ein blanker Säbel vor und schnitt durch Fleisch und Sehnen. Einer der Mönche schrie auf und brach zusammen; sofort setzten zwei seiner Mitbrüder nach, um den Täter mit wirbelnden Stöcken zu strafen. Mit vernichtender Wucht ging das Holz nieder, zerschmetterte Knochen und fegte die Angreifer von den Beinen. Die Bewegungen der Mönche waren so schnell, dass die Vermummten ihnen kaum folgen konnten. Zwar waren die Angreifer besser bewaffnet, der Gewandtheit der Mönche hatten sie jedoch kaum etwas entgegenzusetzen.

Zwei von ihnen sanken bewusstlos unter den Stockhieben zu Boden, ein Dritter bekam den Ellbogen zerschmettert, als ein Stab ihn traf. Ein Vierter sprang vor und schwang den Säbel, ehe auch ihn das Ende eines Stabes traf und von den Beinen fegte.

Die verbliebenen Angreifer verfielen in entsetztes Geschrei und wandten sich zur Flucht. Hals über Kopf stürzten sie zurück zu Abt Andrews Kammer und flüchteten durch das zerbrochene Fenster. Einige der Mönche wollten ihre Verfolgung aufnehmen, aber Abt Andrew hielt sie zurück.

»Haltet ein, meine Brüder«, rief er ihnen zu. »Unsere Sache ist es nicht, zu strafen und zu rächen. Der Herr allein wird das für uns tun.«

»Aber ehrwürdiger Abt«, wandte Bruder Patrick ein, der zur Gruppe der wackeren Verteidiger gehörte. »Diese Männer sind nur aus einem Grund gekommen – um Sie zu ermorden! Zuerst Sie und dann uns alle!«

»Trotzdem darf Rache nicht das Gefühl sein, das unser Handeln leitet«, widersprach der Abt mit bestaunenswerter Ruhe. Seinen ersten Schrecken schien er völlig überwunden zu haben. »Vergiss nicht, Bruder Patrick, dass wir unsere Feinde nicht hassen. Weder wollen wir sie bestrafen, noch wollen wir ihnen Schaden zufügen. Wir wollen nur bewahren, was rechtens ist.«

»Das vergesse ich nicht, ehrwürdiger Abt. Aber wenn wir sie fassen, finden wir vielleicht heraus, wer sie geschickt hat.«

»Wir werden uns an jene halten, die uns geblieben sind«, erwiderte der Abt und deutete auf die Männer, die bewusstlos auf dem Boden des Korridors lagen. »Ich bezweifle, dass sie uns verraten werden, wer sie geschickt hat, aber vielleicht ist das auch gar nicht erforderlich.«

Er bedeutete seinen Mitbrüdern, sich um die Verletzten zu kümmern. Die Mönche würden ihre Wunden pflegen und dafür sorgen, dass sie wieder gesund wurden, wie es das Gebot der Nächstenliebe befahl. Bruder Patrick beugte sich zu einem der Bewusstlosen hinab, schlug seine Kapuze zurück und lüftete die Maske.

Darunter kamen blasse, von blondem Haar und einem Backenbart umrahmte Züge zum Vorschein, die einem jungen Mann gehörten. Noch größer war die Überraschung allerdings, als Patrick den Umhang des Eindringlings zurückschlug. Unter dem tiefen Schwarz der Robe trat helles Rot zu Tage – das Rot der Uniform eines britischen Dragoners.

Die Mönche von Kelso standen starr vor Entsetzen. Keiner von ihnen hatte mit einer solchen Wendung gerechnet – mit Ausnahme von Abt Andrew.

»Nun gibt es kein Zurück mehr«, murmelte er, und sein Blick verfinsterte sich. »Der Feind ist zurückgekehrt und hat sein Gesicht gezeigt. Der Kampf hat begonnen, meine Brüder ...«

Drittes Buch

Das Runenschwert

1.

Am Tag nach ihrem denkwürdigen Fund in der Bibliothek und dem unheimlichen Kampf in den Straßen machten Walter Scott und Quentin sich erneut auf, um Professor Gainswick zu besuchen. Vielleicht, so hofften sie, konnte der Gelehrte ihnen mehr über den Steinkreis sagen, von dem in dem alten Fragment die Rede war.

Den Vormittag hatte Sir Walter auf der Stadtwache verbracht, wo er versucht hatte, mehr über den Kampf herauszufinden, dessen Zeugen Quentin und er in der Nacht geworden waren. Als Mitglied des Obersten Gerichtshofs wurde er mit allem gebührenden Respekt behandelt, jedoch konnten die Constables ihm nicht weiterhelfen; weder war eine Anzeige eingegangen, noch hatten die Diensthabenden der Nachtwache überhaupt mitbekommen, was sich in den dunklen Gassen des Universitätsviertels abgespielt hatte. Allem Anschein nach waren Sir Walter und sein Neffe die einzigen Zeugen des Vorfalls – und im Licht des neuen Tages begannen selbst sie daran zu zweifeln, dass er überhaupt je stattgefunden hatte.

Während Sir Walter die Nacht an seinem Schreibtisch zugebracht hatte, hatte sich Quentin schlafen gelegt, allerdings kaum Ruhe gefunden.

Immer wieder musste er an die aufregenden Ereignisse denken, an die Entdeckung, die sie gemacht hatten, und an die dunklen Schatten, die sie verfolgten. Und sobald er die Augen schloss und ein wenig Schlaf fand, brachen schlimme Bilder über ihn herein – Albträume von Runen und grässlichen Fratzen, von Steinkreisen und von Feuern, die in der Nacht loderten und das Ende der Welt verhießen.

Entsprechend düster war seine Stimmung, als sie in der Kutsche saßen, die sie hinauf zur High Street brachte. Mochte sein Onkel die Augen verschließen und weiter nach einer rationalen Erklärung suchen – für ihn stand längst fest, dass hier nicht nur purer Zufall am Werk war. Immer wieder musste Quentin an die Warnungen denken, die sowohl Inspector Dellard als auch Abt Andrew ausgesprochen hatten.

Sir Walter, der in Quentins Mienenspiel zu lesen vermochte wie in einem offenen Buch, blickte ihn unverwandt an. »Mein lieber Neffe«, sagte er, »ich weiß zu schätzen, was du für mich tust. Aber in deinen Blicken lese ich Furcht.«

»Du verwechselst Furcht mit Vorsicht, Onkel«, verbesserte Quentin selbstbewusst. »Wenn ich mich recht entsinne, hielt Cicero sie für den besseren Teil der Tapferkeit.«

Sir Walter musste schmunzeln. »Schön, dass du trotz aller Aufregung noch Zeit für das Studium der Klassiker findest, mein Junge. Aber mir ist es ernst. Ich habe im Zuge dieser bestürzenden Ereignisse bereits einen Studenten verloren, und ich will nicht auch noch den Tod eines zweiten beklagen müssen. Wenn du also lieber aussteigen und zu deiner Familie zurückkehren möchtest, kann ich das gut verstehen. Ihr Haus ist nicht weit entfernt. Ich könnte dem Kutscher sagen, dass er ...«

»Nein, Onkel«, sagte Quentin entschieden. »Es ist wahr, dass ich nicht alle deine Ansichten teile, was diesen mysteriösen Fall anbelangt. Aber in den letzten Wochen und Monaten hast du zu viel für mich getan, als dass ich dich im Stich lassen könnte, wenn du mich brauchst. Und bei allem Respekt, Onkel – ich habe das Gefühl, dass du mich noch niemals so gebraucht hast wie in diesen Tagen.«

»Du bist ein braver Bursche, Quentin.« Sir Walter nickte. »Du hast gelernt, deine Furcht zu beherrschen und damit umzugehen. Aber ich möchte nicht, dass du dein Leben aus Dankbarkeit riskierst. Du hast mich schon weiter begleitet, als gut für dich ist. Die Leute, mit denen wir es zu tun haben, sind gefährlich, das haben sie mehrmals bewiesen. Und ich könnte deiner Mutter niemals unter die Augen treten und ihr sagen, dass du um meiner Verbohrtheit willen dein Leben lassen musstest.«

Sir Walters Stimme war leise geworden, und Quentin hatte den Eindruck, dass sein Onkel nicht nur müde war von den durchwachten Nächten, sondern auch erschöpft von der Verantwortung, die er trug. Vielleicht, dachte er, sollte er ihm etwas davon abnehmen.

»Dann entlasse mich aus deinen Diensten, Onkel«, schlug er kurzerhand vor.

»Wie meinst du das, mein Junge? Möchtest du nicht länger bei mir in die Lehre gehen?«

»Ich habe bereits viel von dir gelernt, Onkel, und ich bin sicher, dass es noch viel mehr zu lernen gäbe. Aber bei allem, was vielleicht noch vor uns liegt, möchte ich dich nicht als dein Schüler begleiten, sondern als ...« Er unterbrach sich, als ihm klar wurde, dass man seine Worte als vermessen auslegen konnte. »Sondern als dein Freund«, fügte er ein wenig leiser hinzu.

Sir Walter antwortete nicht sofort, sondern blickte aus dem Seitenfenster, an dem die schlanken Gebäude der High Street vorüberzogen. In wenigen Augenblicken würden sie Professor Gainswicks Haus erreichen.

»Was ist, Onkel?«, wollte Quentin wissen, während er sich quälend fragte, ob er zu weit gegangen war.

»Nichts, mein Junge.« Sir Walter schüttelte den Kopf. »Ich stelle mir nur gerade eine Frage.«

»Welche Frage?«

»Welcher Dummkopf dir jemals eingeredet hat, dass du zu nichts gut seist und dass nicht das Blut eines wahren Scott durch deine Adern fließe. Denkst du denn, ich durchschaue deine Worte nicht? Meinst du, ich merke nicht, was du damit bezweckst?«

»Verzeih, Onkel, ich ...«

»Du hast es gespürt, nicht wahr? Den Druck, der auf meinen Schultern lastet, die Verantwortung, die ich fühle und die mir fast die Luft zum Atmen nimmt. Um mir Erleichterung zu verschaffen, willst du mir wenigstens die Verantwortung für deinen Teil nehmen, willst mir als Freund zur Seite stehen, obwohl du weder meine Ansichten noch meine Entschlossenheit in dieser Angelegenheit teilst.«

»Aber nein, Onkel«, beteuerte Quentin zunächst höflich, dann aber besann er sich anders. »Es stimmt«, gab er zu, »ich bin mit dir nicht einer Meinung, was diese Sache angeht, und ich will auch gern zugeben, dass mir nicht wohl dabei ist. Was wir herausgefunden haben, ist mir unheimlich, und wenn es möglich wäre, würde ich mich gern abwenden und die Dinge auf sich beruhen lassen. Aber das ist es nun einmal nicht. Vor allem nicht, weil du darauf bestehst, diesen Fall aufzuklären. Ich weiß nicht, woher du den Mut dafür nimmst, Onkel, aber es ist offensichtlich, dass du dich vor diesen Leuten nicht fürchtest. In allem, was ich tue, bist du stets mein leuchtendes Vorbild. Nach Abbotsford bin ich vor allem aus einem Grund gekommen – um ein bisschen so zu werden wie du. Nun habe ich dazu die Gelegenheit, und ich werde sie nicht versäumen. Als mich alle für einen Dummkopf und Taugenichts gehalten haben, hast du an mich geglaubt und mich in dein Haus aufgenommen. Das werde ich dir nie vergessen. Deshalb wäre es mir eine Ehre, dich bei deinen Ermittlungen weiterhin begleiten zu dürfen – als dein Freund und deine warnende Stimme.«

Sir Walter blickte ihn prüfend an, und es war unmöglich zu sagen, was er in diesem Augenblick dachte. Quentin rutschte unruhig auf der Bank hin und her. Dann jedoch erschien ein mildes Lächeln auf den Zügen seines Onkels und Mentors.

»Als du zu mir kamst, Quentin, sah ich sofort, dass mehr in dir steckt, als irgendjemand bis dahin erkannt hatte«, sagte Sir Walter. »Die Geschwindigkeit allerdings, mit der du die Unreife der Jugend abgelegt hast und ein Mann geworden bist, überrascht selbst mich. Ich weiß dein Angebot sehr zu schätzen, mein Junge, und ich gebe gern zu, dass ich einen verlässlichen Freund in diesen Tagen wirklich gut gebrauchen kann. Wenn du also dieser Freund sein willst ...«

Er sprach nicht weiter, sondern hielt Quentin seine Rechte hin, die dieser sofort ergriff. »Es ist mir eine Ehre, Onkel«, erwiderte er. »Und bitte, lass uns vorsichtig sein, bei allem, was wir tun.«

»Das verspreche ich dir«, entgegnete Sir Walter lächelnd, »wobei es interessant wäre zu erfahren, ob der Freund oder der Neffe das gesagt hat.«

Die Kutsche kam zum Stillstand. Sie hatten die Kreuzung erreicht, von der aus die Gasse zu dem Hinterhof führte, in dem Miltiades Gainswicks Haus stand.

Sie stiegen aus, und Sir Walter wies den Kutscher an, auf sie zu warten. Es war später Nachmittag, aber die Wolken waren so dicht, dass die Sonnenstrahlen sie schon nicht mehr durchdrangen.

Die Mappe mit der Abschrift des Fragments unter dem Arm, folgte Quentin seinem Onkel durch die Gasse. Sie erreichten den Hof, an dessen Ende das Haus des Professors stand. Aus dem Arbeitszimmer drang das gelbe Licht einer Petroleumlampe – offenbar war der Gelehrte einmal mehr dabei, alte Schriften zu wälzen und sich mit der Vergangenheit zu beschäftigen. Sir Walter war sicher, dass Professor Gainswick das Fragment als willkommene Abwechslung betrachten würde, und vielleicht konnte er ihnen ja mehr über den Steinkreis sagen, der in der alten Schrift erwähnt wurde.

»Onkel«, sagte Quentin plötzlich, und auch Sir Walter bemerkte es in diesem Augenblick: Die Haustür stand einen Spalt weit offen. In einer ländlichen Umgebung wäre dies nicht weiter ungewöhnlich gewesen – in einer Stadt wie Edinburgh jedoch, in der sich immer viel Gesindel in den Gassen herumtrieb, war es höchst verdächtig.

Mit dem Knauf seines Stocks schlug Sir Walter gegen die Tür, um ihr Eintreffen anzukündigen, aber nichts geschah; weder näherte sich Professor Gainswicks Diener, noch war sonst ein Laut aus dem Innern des Hauses zu hören. Sir Walter sandte seinem Neffen einen jener Blicke, die Quentin in den letzten Tagen wohl zu deuten gelernt hatte – er verriet, dass sein Onkel sich Sorgen machte.

Sie stießen die Tür an, worauf sie knarrend nach innen schwang.

»Professor Gainswick?«, rief Sir Walter den schmalen Gang hinab. »Sir, sind Sie zu Hause?«

Sie erhielten keine Antwort, obwohl vom Ende des Ganges Licht zu ihnen drang. Jetzt wurde auch Quentin unruhig. Anspannung lag in der Luft, das Gefühl einer unheimlichen Bedrohung.

Mit einem Nicken bedeutete Sir Walter seinem Neffen einzutreten. Langsam gingen sie den Gang hinab. Die Dielen ächzten leise unter ihren Füßen. Sie passierten den Speiseraum und das Herrenzimmer, wo sie zuletzt beieinander gesessen hatten. Im Kamin brannte Feuer, was darauf schließen ließ, dass doch jemand im Haus sein musste.

»Professor Gainswick!«, rief Sir Walter deshalb noch einmal, »sind Sie hier? Sind Sie zu Hause, Sir?«

Den Professor fanden sie nicht, dafür seinen Diener. Quentin wäre fast über ihn gefallen, als sie das hintere Ende des Ganges erreichten, wo sich der Durchgang zum Arbeitszimmer befand. Die Tür war angelehnt, und nur ein dünner Balken Licht fiel durch den Spalt, der das unförmige Etwas zu Quentins Füßen beleuchtete.

»Onkel!«, entfuhr es ihm entsetzt, als er erkannte, dass es ein Leichnam war – Professor Gainswicks Diener. Sein Gesicht war verkrampft und aufgedunsen, die weit aufgerissenen Augen schienen Quentin in stummer Anklage anzustarren. Um seinen Hals war noch der Strick gewickelt, mit dem sein Mörder ihn erdrosselt hatte.

»Um Himmels willen«, ächzte Sir Walter und beugte sich zu ihm hinab. Rasch untersuchte er ihn, um dann resignierend den Kopf zu schütteln.

»Und der Professor?«, fragte Quentin betroffen.

Sir Walter blickte zur Tür. Sie ahnten beide, dass die Antwort auf Quentins Frage auf der anderen Seite lag, und sie irrten sich nicht.

Miltiades Gainswick saß im großen Sessel vor dem Kamin des Arbeitszimmers, ein Buch auf den Knien. Aber die Gesichtszüge des Gelehrten zeugten nicht von wissenschaftlicher Neugier, sondern waren eingefallen. Sein Atem klang wie das Rasseln von Ketten, und zu seinem Entsetzen sah Quentin überall Blut. Der Anzug und das Hemd des Gelehrten waren damit besudelt, ebenso der Sessel und der Fußboden, wo sich der Lebenssaft in schreiend roten Lachen sammelte.

»Professor!«

Sir Walter gab einen entsetzten Schrei von sich, und sie stürzten beide auf Gainswick zu, der ihnen matt und gebrochen entgegenblickte. Sein Kopf war zur Seite gefallen, und er hatte nicht mehr die Kraft, ihn zu heben. Mehrere Messerstiche hatten seinen Brustkorb durchbohrt, und selbst Quentin, der von Medizin keine Ahnung hatte, war klar, dass es für den Professor keine Rettung mehr gab.

»Nein, Professor«, flehte Sir Walter und fiel vor seinem alten Mentor auf die Knie. Dass er sich selbst dabei mit Blut besudelte, war ihm gleichgültig. »Bitte nicht ...«

Gainswick blinzelte und wandte seinen Blick, was ihn unendliche Mühe zu kosten schien. Die Andeutung eines Lächelns hellte seine Züge auf, als er Sir Walter erkannte.

»Walter, mein Junge«, keuchte er, und ein dünner Blutfaden rann aus seinem Mundwinkel. »Sie kommen leider zu spät ...«

»Wer hat das getan?«, hauchte Sir Walter fassungslos. »Wer hat Ihnen das angetan, Professor?«

»Ist geschehen ... machen Sie sich keine Vorwürfe.«

»Wer?«, fragte Sir Walter noch einmal, als Quentin ihm auf die Schulter tippte. An der Wand des Arbeitszimmers hatte Sir Walters Neffe etwas entdeckt, das ihm das Blut in den Adern gefrieren ließ.

Es war eine Spur, die die Täter hinterlassen hatten. Mehr

noch, es war eine Signatur, ein Erkennungszeichen. Als gälte es, die Urheberschaft auf ein Kunstwerk anzumelden.

An der Wand prangte das Zeichen des Runenschwerts, mit Miltiades Gainswicks Blut geschrieben.

»Nein«, schnappte Sir Walter, und Tränen der Wut, der Trauer und der Fassungslosigkeit stiegen ihm in die Augen. »Das darf nicht sein!«

»Seien Sie ... nicht traurig«, presste Gainswick mit versiegender Kraft hervor. »Alle Wege ... müssen irgendwann enden.«

»Verzeihen Sie mir, Professor«, flüsterte Sir Walter wieder und wieder. »Verzeihen Sie mir.«

Quentin, der reglos dabeistand, war nicht weniger betroffen als sein Onkel. Auch er fühlte sich verantwortlich für das, was geschehen war. Es war offensichtlich, wer diese grausame Bluttat begangen hatte. Und beinahe noch offensichtlicher war, wer die Täter zu Professor Gainswick geführt hatte.

»Fratzen«, drang es kaum noch hörbar aus Professor Gainswicks Kehle, »schreckliche Fratzen ... Ausgeburten der Finsternis ... kennen keine Gnade.«

»Ich weiß«, sagte Sir Walter hilflos.

Gainswick riss die Augen auf, und in einem letzten, verzweifelten Aufbäumen von Lebenskraft schoss seine blutige Hand vor, packte seinen ehemaligen Schüler am Kragen des Rocks und zog ihn nahe zu sich heran.

»Sie bekämpfen«, hauchte er mit ersterbender Stimme. »Findet Spuren ...«

»Wo, Professor?«, fragte Sir Walter nur.

Die beiden letzten Worte, die Miltiades Gainswick auf dieser Welt sprach, waren rätselhaft. Das erste lautete »Abbotsford«, das zweite »Bruce«.

Dann fiel der Kopf des Gelehrten zur Seite. Noch einmal hob

und dehnte sich Gainswicks Brustkorb, dann hörte sein Herz zu schlagen auf.

»Nein«, entfuhr es Quentin entsetzt, während sich gleichzeitig ohnmächtige Wut in ihm ballte. »Diese blutrünstigen Mörder! Diese Bestien in Menschengestalt! Professor Gainswick hat ihnen nichts getan. Ich werde ...«

Er unterbrach sich, als aus dem ersten Stock plötzlich ein lautes Knarren zu hören war.

»Was war das?«, fragte er.

»Da oben ist jemand«, stellte Sir Walter fest, dessen Gesicht zu einer eisigen Maske gefroren war.

»Vielleicht ein Diener?«

»Wenn ich mich recht entsinne, hatte der Professor nur den einen.«

Quentin und sein Onkel wechselten einen bedeutungsvollen Blick. Beiden war klar, was das bedeuten mochte: dass sich Professor Gainswicks Mörder noch im Haus aufhielt. Möglicherweise hatten sie ihn bei seinem blutigen Handwerk überrascht, und deshalb hatten sie den Professor noch lebend vorgefunden.

»Er wird dafür büßen«, verkündete Quentin entschlossen und stürmte zur Tür des Arbeitszimmers hinaus.

»Junge, nein!«, rief Sir Walter ihm hinterher, aber Quentin war nicht mehr aufzuhalten.

Alles, was sich innerhalb der letzten Tage und Wochen an Gefühlen in ihm aufgestaut hatte, brach sich jetzt Bahn. Seine Trauer über Jonathans Tod und die Ängste, die er beim Brand der Bibliothek ausgestanden hatte, die Zuneigung zu Mary of Egton und die Furcht vor der unheimlichen Bruderschaft und übernatürlichen Dingen sammelten sich wie Schießpulver in einem Fass, und Professor Gainswicks Tod war das Feuer an der Lunte.

Mit geballten Fäusten stürmte Quentin die Treppe hinauf, wild entschlossen, den feigen Mörder zu fassen und zur Strecke zu bringen. Über die Gefahren dachte er nicht nach. Unter dem Schock des schrecklichen Ereignisses stehend, wollte er Gerechtigkeit, wollte sich nicht länger verstecken, wollte endlich die Konfrontation mit dem geheimnisvollen Gegner, dessen Umtriebe schon so viele Todesopfer gefordert hatten.

Plötzlich ertönte das laute Klirren einer Fensterscheibe!

Das Geräusch war vom Ende des kurzen Korridors gekommen, aus Professor Gainswicks Schlafzimmer, dessen Tür weit offen stand. Quentin biss die Zähne zusammen und rannte los, stürzte den Gang hinab und in den Schlafraum.

Kalter Nachtwind schlug ihm entgegen, der durch das offene Fenster blies und die Bettvorhänge wehen ließ. Im bleichen Licht, das von draußen hereinfiel, wirkten sie wie Leichentücher.

Quentin eilte zum Fenster. Jemand hatte es mithilfe des Kleiderständers eingeschlagen, der jetzt auf dem Boden lag. Als Quentin hinausblickte, sah er eine in eine flatternde Robe gehüllte Gestalt über die Dächer davonhuschen.

»Stehen bleiben!«, brüllte er aus Leibeskräften. »Elender Mörder!«

Noch ehe er recht begriff, was er da tat, war er bereits dabei, auf das Fenstersims zu steigen und nach draußen zu klettern. An den Glasscherben schnitt er sich in die rechte Hand, aber er bemerkte es nicht einmal in seiner Rage. Wild pumpte das Blut durch seine Adern, und das Geräusch seines eigenen keuchenden Atems übertönte die warnenden Stimmen in seinem Kopf.

Er huschte durch die Öffnung, sprang und landete wenige Yards tiefer auf dem Dachfirst des Nachbarhauses. Auf demselben Weg, den auch der feige Mörder benutzt hatte, balancierte er darauf entlang, bis er den hoch aufragenden Schornstein erreichte. Daran hielt er sich fest und rutschte über das steil abfallende Dach bis zu dessen Rand. Von dort konnte er auf das mit Holzschindeln gedeckte Dach eines Pferdestalls springen, auf dem er den Vermummten zuletzt erblickt hatte.

Es blieb nur eine Richtung, die der Mörder genommen haben konnte – die Gasse hinab in Richtung Altstadt, wo es unzählige Winkel gab, in denen er Zuflucht suchen konnte. Quentin hatte nicht vor, ihn dorthin entkommen zu lassen.

»Haltet den Mörder!«, brüllte er aus Leibeskräften in der Hoffnung, einen der Constables zu alarmieren, die entlang der High Street ihren Dienst versahen. »Er darf nicht entkommen!«

Mit weit ausgreifenden Schritten setzte er über das flache Stalldach in die Richtung, in die der Flüchtige verschwunden war. Die Schindeln unter seinen Füßen knarzten verdächtig. Dann hatte er den Rand der Stallung erreicht. Ein Haufen Stroh lag unmittelbar neben dem Scheunentor, und Quentin sprang, ohne zu zögern. Er landete weich, befreite sich rasch aus dem Stroh und rannte die schmale Gasse hinab. Dort erheischte er wieder einen Blick auf den Mann mit dem Umhang.

Im schwachen Licht sah er ihn ganz kurz, ehe der Flüchtige in einer Nebengasse verschwand.

»Stehen bleiben!«, rief Quentin in seinem Zorn, obgleich ihm klar war, dass der Mörder sich nicht daran halten würde. Entschlossen nahm er die Beine in die Hand und rannte, so schnell er nur konnte.

Quentin war kein sehr ausdauernder Läufer. Wegen der hellen Aufregung, in der er sich befand, atmete er noch dazu flach und hastig, sodass seine Lungen brannten und seine Kräfte rasch nachließen. Dennoch wollte er nicht aufgeben. Alles in ihm sträubte sich dagegen, Professor Gainswicks Mörder entkommen zu lassen, und seine Wut und sein Trotz verliehen ihm zusätzliche Kräfte.

In Windeseile hetzte er die Gasse hinab, die von Unrat übersät war. Abseits der prächtigen Hauptstraße, in der Kaufleute, Anwälte und Gelehrte residierten, bot Edinburgh ein eher schäbiges Bild, ganz zu schweigen von dem zwielichtigen Gesindel, das sich in den Gassen herumtrieb. Die Übergänge zwischen den Vierteln waren fließend, und unversehens konnte man in eine Gegend gelangen, die man nach Einbruch der Dämmerung besser nicht mehr betrat.

Aber daran dachte Quentin nicht. Sein einziges Ziel war es, den Mörder zu fassen und ihn seiner gerechten Strafe zuzuführen. Atemlos erreichte er die Abzweigung, wo der Vermummte verschwunden war. Die Gasse war kurz und mündete in einen Hinterhof, eine Sackgasse, wie es schien. Auf drei Seiten wurde er von fensterlosen Hauswänden umschlossen, und es gab nur einen Zugang.

Ratlos blieb Quentin stehen und drehte sich um die Achse. Im spärlicher werdenden Licht nahm er die Mauern genau in Augenschein – vom Mörder war jedoch nichts zu sehen. Da fiel Quentins Blick auf eine hölzerne Falltür, die in das unebene Pflaster eingelassen war.

Zweifellos führte sie in einen Keller, und da dies die einzige Möglichkeit war, den Hof zu verlassen, musste es logischerweise der Weg sein, den der Mörder genommen hatte. Ohne nachzudenken packte Quentin den rostigen Eisenring und hob die Falltür an. Fauliger Geruch schlug ihm aus der dunklen Tiefe entgegen, und einen Augenblick lang zögerte er. Dann aber gab er sich einen Ruck. Wenn er jetzt aufgab, würde Professor

Gainswicks Mörder ungeschoren davonkommen, und das wollte er auf keinen Fall zulassen.

Beherzt griff er nach der Leiter, die an der Schachtwand lehnte, und kletterte daran nach unten. Die Sprossen waren kalt und mit glitschigem Moos bewachsen, sodass er sich vorsehen musste, um nicht auszugleiten. Etwa drei Yards tiefer war die Leiter zu Ende, und Quentin stand im kalten, dunklen Keller.

Das wenige Licht, das in den Schacht fiel, reichte kaum aus, die Umgebung zu beleuchten. Alles, was Quentin sah, waren schemenhafte Umrisse, uralte Kisten und Fässer, deren Inhalt einen Ekel erregenden Geruch verströmte. Zudem hörte er irgendwo in der Düsternis ein Rascheln, das vermuten ließ, dass er nicht allein hier war.

Seine Entschlossenheit ließ schlagartig nach, und er sagte sich, dass es wohl eine ziemlich dumme Idee gewesen war, in den Schacht zu steigen, ohne eine Waffe bei sich zu haben oder zumindest eine Lampe. Einem jähen Impuls gehorchend, wollte er sich umdrehen und nach der Leiter greifen, um wieder hinaufzuklettern – als unmittelbar vor ihm Licht aufflammte. Es war ein Streichholz, das plötzlich entzündet wurde und den Docht einer Kerze ansteckte. In ihrem Licht erblickte Quentin eine grässliche, aus Holz geschnitzte Fratze.

Es war der Mörder, der ihm aufgelauert hatte!

Ein schwerer Mantel aus schwarzer Wolle fiel über seine hünenhafte Gestalt, und eine große Kapuze umrahmte sein verhülltes Gesicht. Die Bedrohung, die von ihm ausging, war körperlich zu spüren.

»Du suchst nach mir?«, fragte der Vermummte spöttisch. »Nun hast du mich gefunden.«

Einen Augenblick brachte Quentin vor Schreck und Furcht

kein Wort heraus. Dann überwog seine Empörung über die schreckliche Bluttat, und mit aller Kraft redete er sich ein, dass das unheimliche Phantom, das aus der Dunkelheit aufgetaucht war, in Wahrheit ein Wesen aus Fleisch und Blut war, ein Mensch wie er.

»Wer sind Sie?«, wollte Quentin wissen. »Warum haben Sie den armen Professor Gainswick getötet?«

»Weil er sich mit Dingen beschäftigt hat, von denen er besser die Finger gelassen hätte«, lautete die Antwort. »Genau wie du. Es ist nicht gut, um diese Zeit lauthals brüllend durch die Straßen zu rennen. Allzu leicht weckt man die Aufmerksamkeit von Kreaturen, die man besser in Ruhe lassen sollte.«

Der Vermummte hob die Kerze, sodass ihr Schein noch mehr von dem Kellerraum erfasste. Und zu seinem Entsetzen sah Quentin, wie sich überall hinter den Fässern und Kisten etwas regte.

Gestalten kamen hervor, die nur noch mit viel gutem Willen als menschliche Wesen zu erkennen waren. Ihre Kleider waren schmutzig und hingen in Fetzen, waren kaum von ihrer ledrigen, fleckigen Haut zu unterscheiden. Aus Gesichtern, die verstümmelt und durch Narben entstellt waren, starrten blutunterlaufene Augen, und gelbe Zähne wurden in unverhohlener Mordlust gefletscht.

Quentin hatte von diesen Menschen gehört – man nannte sie die »Namenlosen«. Sie waren der Aussatz der Gesellschaft, hatten keine Herkunft und keine Bleibe. Sie lebten in den dunkelsten Winkeln der Stadt, und wer ihnen in die Hände fiel, der hatte keine Gnade zu erwarten. Noch nie zuvor war Quentin einem von ihnen begegnet, und nun war es gleich ein ganzes Dutzend. Unwillkürlich wich er zurück, bis er mit dem Rücken gegen die Leiter stieß.

Aus dunklen Winkeln kamen sie hervor, krochen und schlichen mehr, als dass sie gingen. In ihren Händen lagen Messer und rostige Dolche, abgebrochene Rapiere, deren Klingen noch blutig waren von den Kehlen, die sie zuletzt durchschnitten hatten. Diese Menschen waren die Ausgeburten der Nacht – und der düstere Vermummte schien über sie zu gebieten.

»Er gehört euch«, sagte er zu ihnen, worauf ein hässliches Kichern durch ihre Reihen ging. Augenpaare blitzten, und einer der Kerle, der langes schwarzes Haar hatte und dessen Nase bei einer Messerstecherei gespalten worden war, hielt mit seinem Dolch auf Quentin zu, um ihn kurzerhand zu erstechen.

Quentin reagierte augenblicklich. Sich umzudrehen und nach den Sprossen der Leiter zu greifen, war eins. Er wollte hinaus, nur hinaus aus dem Kellerloch und den blutrünstigen Klingen der Meuchler entkommen.

Die Namenlosen schrien empört auf, als sie sahen, dass er sich anschickte zu fliehen. Die Mordwaffen erhoben, stürzten sie zur Leiter.

Quentin kletterte nach oben, so schnell er konnte. Er merkte, wie ein Dolch nach ihm stach, spürte den Luftzug der Klinge, die ihn nur um Haaresbreite verfehlte. Knochige, abgemagerte Hände griffen nach ihm, und eine davon bekam ihn am rechten Fuß zu fassen.

Er schrie auf und schüttelte sein Bein, wehrte sich mit aller Kraft und war im nächsten Moment wieder frei. Hastig klammerte er sich an die nächste Sprosse, kletterte so schnell er konnte nach oben und durch die Öffnung hindurch.

Die Mordbande blieb ihm auf den Fersen, wollte ihr sicher geglaubtes Opfer nicht mehr entkommen lassen. Ein Menschenleben war in ihren Augen ohnehin nichts wert, und sie hatten schon aus geringeren Gründen getötet. Quentins Rock und seine neuen Stiefel waren für sie Anlass genug, zu mordenden Bestien zu werden. Mit knapper Not entkam er aus dem Schacht und rettete sich in den Hof.

»Hilfe!«, brüllte er aus Leibeskräften, aber entweder hörte ihn niemand, oder diejenigen, die ihn hörten, zogen es vor fernzubleiben.

Die Namenlosen quollen hinter ihm aus dem Schacht, zahlreich wie Ratten. Quentin rannte so schnell er konnte hinüber zum Durchgang, wo die Gasse mündete. Zu seinem Entsetzen musste er jedoch feststellen, dass der Zugang zum Innenhof verschlossen war – davor standen zwei weitere gedrungene Kerle mit Kleidung, die in Fetzen hing. Bewaffnet waren sie mit Holzknüppeln, durch die sie lange Nägel getrieben hatten – furchtbare Mordwerkzeuge aus einer Welt, in der es weder Recht noch Gesetz gab. Einer der beiden, der eine Klappe über dem rechten Auge trug, brüllte wie ein Raubtier und schwang die Keule, um seinem Opfer den Weg zu verstellen.

Quentin blieb stehen. Verzweifelt blickte er sich nach einem anderen Fluchtweg um, aber es gab keinen. Die Namenlosen, die sahen, dass er in der Falle saß, ließen sich jetzt Zeit. Sie verteilten sich und schwärmten aus, kreisten ihn auf dem Innenhof ein, hämisches Grinsen in den entstellten Gesichtern. Von dem Vermummten war weit und breit nichts mehr zu sehen, er hatte sich längst aus dem Staub gemacht.

Ein dicker Kloß wanderte Quentins schmalen Hals hinauf und hinab. Zum ungezählten Mal musste er an den Grundsatz seines Onkels denken, dass Panik selten zu etwas nütze und ein klar arbeitender Verstand auch in kritischen Situationen stets der beste Ratgeber war. Die Sache war nur: Auch der messerschärfste Verstand brachte hier nichts. Einen erkennbaren Ausweg gab es nicht, und Quentin konnte nicht verhindern, dass nackte Todesangst aus der Tiefe seines Bewusstseins kroch und sein Innerstes erzittern ließ.

Gehetzt blickte er bald hierhin, bald dorthin, aber überall sah er nur blanke Klingen und schadenfroh grinsende, ausgemergelte Fratzen. Er wusste, dass er weder Gnade noch Schonung zu erwarten hatte.

Ringsum war ein Kichern und Tuscheln, als sich die Namenlosen verstohlen miteinander unterhielten. Quentin verstand kein Wort, sie schienen ihre eigene Sprache zu haben. Immer enger zog sich ihr Kreis, und immer näher kam das rostige Eisen ihrer Klingen.

»Bitte«, sagte Quentin in seiner Verzweiflung, »lasst mich laufen, ich habe euch nichts getan« – und erntete dafür nichts als hämisches Gelächter.

Einer der Kerle – es war der Einäugige – schwang seine Keule geräuschvoll durch die Luft und setzte vor, um den Anfang zu machen. Quentin riss abwehrend die Hände hoch und schloss die Augen in der Erwartung, dass das Mordinstrument ihn mit vernichtender Wucht treffen würde.

Aber die Keule des Angreifers erreichte ihn nie. Ein satter, harter Schlag war zu hören, gefolgt von lautem Geschrei. Überrascht riss Quentin die Augen auf und sah den Grund.

Die Mörder hatten Gesellschaft bekommen.

Lautlos und wie rettende Engel waren Gestalten in weiten, braunen Kapuzenmänteln von den Dächern der umliegenden Häuser in den Hof gesprungen. Für einen Augenblick erschrak Quentin, weil er sie für Angehörige der Runenbruderschaft hielt. Aber dann sah er die Holzstäbe in ihren Händen und erkannte sie als jene, die sich in der Gasse einen heftigen Kampf mit den Runenbrüdern geliefert hatten. Wer immer sie waren, sie schienen nicht auf der Seite der Bruderschaft zu stehen.

Der Einäugige, der Quentin angegriffen hatte, lag bewusstlos zu seinen Füßen. Der Stab eines der geheimnisvollen Kämpfer hatte ihn mit Wucht ereilt und zu Boden gestreckt. Die Namenlosen, die über das Auftauchen der Kapuzenträger nicht weniger überrascht waren als Quentin, brüllten zornig auf wie Kinder, die man bei ihrem Lieblingsspiel störte.

»Lasst den jungen Mann in Frieden gehen«, forderte der Anführer der Stabkämpfer, aber die Namenlosen dachten nicht daran, ihre Beute so einfach freizugeben.

Sie tauschten heimliche Blicke und versuchten, die Stärke ihrer Gegner abzuschätzen. Da deren Bewaffnung nur aus schlichten Holzstäben bestand, während sie selbst mit Messern und Dolchen ausgerüstet waren, kamen sie wohl zu dem Schluss, dass sie eine gute Chance hatten, den Kampf zu gewinnen. Schon im nächsten Augenblick stürzten sie sich auf die Kapuzenträger, und ihr Kampfgebrüll war so von Hass durchsetzt, dass Quentin schauderte.

Der junge Mann, der seine unverhoffte Rettung noch immer nicht begreifen konnte, sah atemlos zu, wie auf dem Hinterhof ein heftiger Kampf entbrannte. Vierzehn Namenlose standen gegen sechs Stabkämpfer, die sich jetzt zusammenrotteten und ihre Hölzer kraftvoll kreisen ließen. Während die Angreifer schrien und brüllten, gaben die edlen Kämpfer in den weiten Roben keinen Ton von sich. Quentin stand vor Furcht und Staunen wie angewurzelt. Noch niemals zuvor hatte er Menschen auf diese Weise kämpfen sehen. Fast schien es, als wären sie mit ihren Stäben verschmolzen, so elegant und fließend waren ihre Bewegungen. Reihenweise schlugen sie die wüsten Angreifer damit in die Flucht.

Schon lagen mehrere der Meuchelmörder bewusstlos auf dem Boden. Die verbleibenden schrien weiter und schwangen ihre rostigen Klingen, willens, ihre Gegner zu zerfleischen. Aber die Stabkämpfer ließen sie nicht an sich herankommen, sondern hielten sie mit ihren schlichten Waffen auf Abstand. Machtvoll fuhren ihre Stöcke durch die Luft und gingen auf die elenden Gegner nieder. Hier bekam einer die Hand zerschmettert, dort brach ein Unterarm mit lautem Knacken, als ein Hieb ihn voller Wucht traf. Sein Besitzer – es war der mit der gespaltenen Nase – starrte auf seinen grotesk verbogenen Arm und brüllte so erbärmlich, dass die anderen der Mut verließ. Lauthals schreiend wandten sie sich zur Flucht.

Die geheimnisvollen Kämpfer verzichteten darauf, ihnen nachzustellen. Sie begnügten sich damit, den Platz um Quentin herum zu sichern, und einer von ihnen kam auf den jungen Mann zu, der vor Furcht und Aufregung am ganzen Leib zitterte.

»Sind Sie wohlauf?«, drang es unter der Kapuze hervor. Vergeblich versuchte Quentin das Gesicht zu erkennen, das sich im dunklen Schatten verbarg.

»Ja«, versicherte er mit tonloser Stimme. »Dank Ihrer Hilfe.«

»Sie müssen gehen, sofort. Die Kinder der Gosse sind leicht zu vertreiben, aber wenn sie zurückkehren, werden es so viele sein, dass auch wir sie nicht mehr aufhalten können.«

»Wer sind Sie?«, wollte Quentin wissen. »Wem verdanke ich meine Hilfe?«

»Gehen Sie!«, befahl der geheimnisvolle Kämpfer energisch, dessen Stimme Quentin entfernt bekannt vorkam. »Dort hinaus, rasch!« Er deutete zur Stirnseite des Innenhofs, wo das Tor jetzt wieder offen stand.

Quentin nickte und deutete eine Verbeugung an, dann begann er zu laufen. Seine Neugier, herauszufinden, wer seine ominösen Retter waren, war längst nicht so groß wie sein Bedürfnis, aus dieser schrecklichen Gegend zu flüchten. Im Laufschritt setzte er durch das Tor, hörte seine eigenen hektischen Schritte auf dem Pflaster.

Jenseits des Tores drehte er sich noch einmal um, wollte seinen Rettern einen letzten Blick zuwerfen. Zu seiner Überraschung musste er feststellen, dass sie bereits spurlos verschwunden waren.

Und er hatte sich noch nicht einmal gebührend bei ihnen bedankt …

2.

Sir Walter hatte sich in der Zwischenzeit große Sorgen um seinen Neffen gemacht. Umso erleichterter war er, als Quentin wohlbehalten zum Haus des Professors zurückkehrte.

Quentin verschwieg geflissentlich, was geschehen war – der Tod seines alten Freundes und Mentors hatte Sir Walter schon genug aufgewühlt, sodass sein Neffe ihm nicht noch weitere Schreckensnachrichten zumuten wollte. Er begnügte sich damit zu berichten, dass ihm der Mörder in den dunklen, engen Gassen schließlich entkommen war.

»Und du bist sicher, dass es einer der Sektierer gewesen ist?«, fragte Sir Walter.

»Daran besteht nicht der geringste Zweifel, Onkel«, versicherte Quentin. »Ich habe sein schwarzes Gewand gesehen und die Maske, die er vor dem Gesicht trug.«

»Dann hat ihr Treiben also erneut ein Todesopfer gefordert.«

»Es sieht ganz so aus. Die Frage ist nur, weshalb sie Professor Gainswick getötet haben.«

»Ich denke, auf diese Frage habe ich inzwischen eine Antwort gefunden, mein Junge«, erwiderte Sir Walter gepresst. Er hatte die Zwischenzeit genutzt, um den Schauplatz der schrecklichen Tat zu untersuchen. Den Kutscher hatte er zur Stadtwache geschickt, um die Constables zu alarmieren.

»In der Hand des Professors fand ich das hier«, erklärte er und griff in die Tasche seines Rocks, um ein Stück zerknittertes Papier hervorzuholen, das er Quentin reichte. Dieser strich es glatt und warf einen eingehenden Blick darauf.

Das Blatt enthielt eine Skizze, nicht von geübter, aber auch keineswegs von ungeschickter Hand gezeichnet. Sie zeigte ein mittelalterliches Schwert. Es hatte einen langen Griff, sodass es auch mit beiden Händen geführt werden konnte. Der Knauf war wie der Kopf eines Löwen gestaltet, des traditionellen schottischen Wappentiers, und das Heft war an den Enden reich verziert. Die Klinge selbst war lang und schmal und verjüngte sich zur Spitze hin. Sie war schmucklos bis auf einige Gravuren, die oberhalb des Hefts angebracht waren. Quentin hielt den Atem an, als er darunter die Schwertrune erkannte.

»Verstehst du, was ich meine, Junge?«, fragte Sir Walter. »Auf unseren Besuch hin hat Professor Gainswick sich offenbar ebenfalls mit der Schwertrune befasst. Dabei scheint er auf Dinge gestoßen zu sein, die nach Ansicht seiner Mörder besser verborgen geblieben wären. Der Schreibtisch des Professors wurde durchwühlt und einige seiner Aufzeichnungen offensichtlich entwendet. Allem Anschein nach wollten die Sektierer nicht, dass er sein Wissen weitergeben konnte ...«

»... und zwar an uns«, fügte Quentin hinzu und senkte schuldbewusst den Kopf. »Professor Gainswick ist unseretwegen ermordet worden, nicht wahr? Um uns davon abzuhalten, weitere Nachforschungen anzustellen.«

»Ich wünschte, ich könnte diese Möglichkeit ausschließen, mein Junge. Wie der Professor uns sagte, hatte er bereits vor Jahren aufgehört, sich mit der Runenkunde zu beschäftigen. Erst durch uns wurde er wieder darauf aufmerksam gemacht. Wie es aussieht, haben wir sein Interesse für Dinge geweckt, die ihm letztendlich den Tod gebracht haben.«

»Aber warum?«, fragte Quentin und merkte, wie sich seine Augen mit Tränen füllten, die gleichermaßen Trauer wie Wut ausdrückten. »Hat er nicht selbst gesagt, dass es nur Verderben bringt, sich mit der Schwertrune zu befassen? Weshalb hat er es dennoch getan?«

»Weil er Wissenschaftler war, mein Junge. Ein Mann der Wahrheit und der Forschung. Trotz seines hohen Alters hatte Professor Gainswick sich jene kindliche Neugier bewahrt, die allen Forschern zu Eigen ist. Er konnte ja nicht wissen, dass sie ihm am Ende den Tod bringen würde.«

»Dann ist es also wirklich unsere Schuld«, sagte Quentin tonlos. »Wir haben dem Professor von der Schwertrune berichtet. Und was noch schlimmer ist: Wir haben die Mörder zu ihm geführt. Erinnerst du dich an den Kampf, dessen Zeugen wir wurden? Ich wusste, dass Runenbrüder darin verwickelt waren. Zu diesem Zeitpunkt waren sie also schon in der Stadt. Sie sind uns gefolgt.«

»Es sieht so aus«, gab Sir Walter zu, »wenngleich sich mir dabei eine Frage stellt: Weshalb wurde Professor Gainswick ermordet, während wir noch am Leben sind? Die Logik lässt nur zwei mögliche Antworten zu: Entweder, wir sind zu unbedeutend, als dass die Bruderschaft uns ihre Aufmerksamkeit widmen würde ...«

»Das ist schwerlich vorstellbar, Onkel. Denk nur an den Überfall auf Abbotsford und an den Brand in der Bibliothek.«

»... oder«, führte Sir Walter seine Überlegungen fort, »es ist aus irgendwelchen Gründen erforderlich, dass wir am Leben bleiben. Möglicherweise planen die Sektierer etwas, und vielleicht spielen wir, ohne es zu wissen, eine Rolle in diesem Plan.«

»Meinst du?«, fragte Quentin. Diese Vermutung mochte möglicherweise auf seinen Onkel zutreffen, auf ihn selbst hingegen ganz sicher nicht. Schließlich hatte erst vor wenigen Minuten einer der Sektierer versucht, ihn von den Namenlosen umbringen zu lassen ...

»Es wäre möglich«, war Sir Walter überzeugt. »In diesem Fall müssen wir uns nach dem Grund fragen. Was bezwecken die Sektierer? Sind es wirklich nur Rebellen und Aufrührer, wie Inspector Dellard uns glauben machen will? Oder steckt mehr dahinter? Verfolgen sie womöglich einen größeren Plan, bei dem das hier eine Rolle spielt?« Er deutete auf die Zeichnung, die sein Neffe noch immer in der Hand hielt.

»Du meinst das Schwert?«, fragte Quentin.

»Allerdings. Professor Gainswick scheint herausgefunden zu haben, dass es einen Zusammenhang zwischen der Schwertrune und dieser berühmten Waffe gibt.«

»Berühmte Waffe?« Mit hochgezogenen Brauen betrachtete Quentin die Zeichnung. »Du meinst, dieses Schwert existiert wirklich?«

»Natürlich, mein Junge. Zumindest existierte es. Seit Jahrhunderten hat es nämlich niemand mehr gesehen. Dies ist das Königsschwert, Quentin. Die Klinge, mit der Robert the Bruce bei Bannockburn den Sieg über die Engländer davontrug.«

»Robert the Bruce? Bannockburn?« Quentin machte große Augen. Natürlich kannte er die Geschichten von König Robert, der Schottland geeint und es erfolgreich gegen die englischen Invasoren verteidigt hatte, aber von einem Königsschwert hatte er noch nie gehört.

»Gräme dich nicht, mein Junge, nur sehr wenige wissen davon«, tröstete ihn Sir Walter. »Das Schwert des Bruce wird in kaum einer alten Aufzeichnung erwähnt, und das aus gutem Grund, denn die Überlieferung sagt, dass es mit einem Fluch beladen gewesen sein soll.«

»Mit einem Fluch?« Quentins Augen wurden noch größer.

Sir Walter lächelte. »Du weißt, dass ich an derlei Dinge nicht glaube. Aber es wird überliefert, dass dieses Schwert einst William Wallace gehört haben soll. Er führte es in der Schlacht von Sterling, in der er die Engländer zum ersten Mal vernichtend schlug. Doch wie du weißt, blieb Wallace das Kriegsglück nicht lange hold. Nach der Niederlage bei Falkirk wurde der Mann, den sie Braveheart nannten, von Angehörigen des schottischen Hochadels verraten und von den Engländern gefangen genommen. Man brachte ihn nach London, wo man ihm den Prozess machte und ihn öffentlich hinrichten ließ. Wallaces Schwert aber, so will es die Überlieferung, verblieb in Schottland, und es gelangte in den Besitz des Bruce, der unserem Volk damit die Freiheit erkämpfte.«

»Von dieser Geschichte habe ich tatsächlich noch nie gehört«, gestand Quentin. »Was ist danach mit dem Schwert geschehen?«

»Es heißt, dass es verloren ging. Die historischen Quellen erwähnen es nicht einmal. Aber die Überlieferung behauptet hartnäckig, dass das Schwert des Bruce noch immer existiere und an einem geheimen Ort aufbewahrt werde. Über Jahrhunderte blieb es verschollen. Nur ab und an soll es aufgetaucht sein, um dann erneut im Nebel der Geschichte zu verschwinden.«

Quentin nickte. Wie immer, wenn es um derlei Dinge ging, sträubten sich seine Nackenhaare, und ein Schauer rann seinen Rücken hinab. Allerdings war er inzwischen reif genug, um seinen Verstand dennoch weiterarbeiten zu lassen. »Eins begreife ich nicht, Onkel«, wandte er deshalb ein, »wenn dieses Schwert so lange nicht gesehen wurde, wie kannst du dann so sicher sein, dass die Zeichnung gerade jene Waffe darstellt?«

»Ganz einfach, mein Junge – weil die Zeitgenossen von König Robert es im Bild festgehalten haben, um es der Nachwelt zu erhalten. Es ist auf der Grabplatte von Roberts Sarkophag abgebildet, der sich in der Abtei von Dunfermline befindet. Diese Abbildung zeigt ein Schwert mit einem Knauf, der wie der Kopf eines Löwen gestaltet wurde – genau wie auf Professor Gainswicks Zeichnung.«

»Und die Schwertrune?«, fragte Quentin.

Sir Walter zuckte mit den Schultern. »Ich bin mir nicht sicher. Seit König Roberts Grab vor vier Jahren entdeckt wurde, bin ich des Öfteren in Dunfermline gewesen. Die Schwertrune ist mir noch niemals aufgefallen, aber vielleicht habe ich nur nicht darauf geachtet. Viele Dinge fallen uns erst auf, wenn wir ein Bewusstsein dafür entwickelt haben.«

»Professor Gainswick scheint es aufgefallen zu sein. Die Rune ist auf der Zeichnung deutlich zu sehen.«

»Richtig. Und ich frage mich, woher der Professor seine Kenntnisse nahm. Mir ist nicht bekannt, dass er die letzten Tage in der Abtei gewesen wäre, um vor Ort Recherchen anzustellen.«

»Vielleicht hat er es aus einem Buch«, riet Quentin und deutete auf die Regale, die zum Bersten mit dicken Lederbänden gefüllt waren.

»Auch das wäre möglich. Aber anstatt uns erneut der trockenen Theorie zuzuwenden, würde ich vorschlagen, dass wir an Ort und Stelle recherchieren.«

»Du meinst in Dunfermline?«

»Dorthin führt die Spur, mein Junge, sowohl die des Runenzeichens als auch jene der Mörder. Die ganze Zeit haben wir nach einer plausiblen Verbindung zwischen beiden gesucht, und es spricht viel dafür, dass diese Verbindung das Königsschwert ist. Das war es wohl, was der Professor herausgefunden hatte, kurz bevor er starb.«

»Aber mit seinem letzten Atemzug erwähnte er nicht die Abtei, sondern Abbotsford«, gab Quentin zu bedenken.

»Abbotsford und König Bruce.« Sir Walter nickte. »Ich habe es nicht vergessen. Aber ich erinnere mich auch, dass ich dem Professor von der Täfelung erzählt habe, die sich in der Eingangshalle meines Hauses befindet. Auf ihr haben wir die Schwertrune ebenfalls entdeckt – und die Täfelung stammt aus der Abtei von Dunfermline. Hier schließt sich der Kreis.«

»Aber sagtest du nicht, die Rune auf der Täfelung sei das Zeichen eines Handwerkers?«

»Da habe ich mich wohl geirrt, mein Junge«, gestand Sir Walter mit matter Stimme. »Wie auch immer – das Rätsel um Professor Gainswicks Ermordung werden wir weder hier noch in Abbotsford lösen können, sondern nur dort, von wo das Runenzeichen zu stammen scheint.«

»In Dunfermline«, sagte Quentin – und im nächsten Moment waren sie nicht mehr allein.

Schritte waren auf dem Korridor zu hören, und gleich darauf stand ein Mann in der dunklen Uniform eines Constables auf der Schwelle. Bei ihm waren mehrere Diener der Stadtwache, die das Haus und den Hinterhof sichteten, während der Constable den Tatort selbst in Augenschein nahm.

Als Mitglied des Obersten Gerichtshofs war Sir Walter über jeden Zweifel erhaben, sodass der Constable darauf verzichtete, ihn oder Quentin zum Kreis der Verdächtigen zu zählen. Sie gaben lediglich zu Protokoll, was sie gesehen und erlebt hatten, und jetzt berichtete Quentin zu Sir Walters Bestürzung auch von seiner unheimlichen Begegnung auf dem dunklen Hinterhof. Beschreiben konnte er Professor Gainswicks Mörder freilich dennoch nicht, da der Mann zur Unkenntlichkeit maskiert gewesen war. Der Constable stellte dennoch viele Fragen und notierte alles, woran Quentin sich erinnerte. Daraufhin wurden er und sein Onkel entlassen und kehrten zurück nach Hause.

Unterwegs sprachen sie kaum ein Wort. Beide waren vollauf damit beschäftigt, die Ereignisse zu verarbeiten.

Nicht nur, dass Sir Walter einen guten Freund verloren hatte – dieser Freund war das nächste Opfer der Sektierer geworden, und diese Tatsache schien Sir Walter beinahe noch mehr zuzusetzen. Zwar konnte Quentin die bittere Entschlossenheit in den Zügen seines Onkels sehen, aber erstmals gesellte sich auch ein Hauch von Verzweiflung hinzu. Noch immer war es ihnen nicht gelungen, das Geheimnis des Runenzeichens zu lüften, und je länger sie dafür brauchten, desto mehr Menschen schienen dafür sterben zu müssen.

In der Hoffnung, der Mordlust der Sektierer zu entfliehen, waren sie Inspector Dellards Ratschlag gefolgt und nach Edinburgh gegangen. Nun jedoch hatten sie feststellen müssen, dass der lange Arm der Sektierer auch bis hierher reichte.

Die Ereignisse spitzten sich zu, und sowohl Quentin als auch sein Onkel hatten das Gefühl, dass die Zeit knapp wurde. In den letzten Wochen waren die Übergriffe der Gesetzlosen immer dreister, immer brutaler geworden. Sie schienen auf ein bestimmtes Ziel hinzuarbeiten, auf ein Ereignis, das in naher Zukunft stattfinden sollte. Aber worum mochte es sich dabei handeln? Wie fügten sich die einzelnen Teile des Rätsels zusammen? Gab es wirklich ein großes, düsteres Geheimnis, das all diese Vorgänge verband?

Bislang waren Quentin und sein Onkel bei ihren Ermittlungen stets auf Ablehnung gestoßen; egal, ob es bei Sheriff Slocombe gewesen war, bei Inspector Dellard, bei Abt Andrew oder bei Professor Gainswick – sie alle hatten ihnen mehr oder weniger offen abgeraten, die Sache weiter zu verfolgen. Ihre Beweggründe mochten unterschiedlicher Natur gewesen sein, aber alles in allem erschien es Quentin fast so, als wollte man sie um jeden Preis davon abhalten, nach den Hintergründen zu forschen. Täuschungsmanöver, halbherzige Hinweise und vage Andeutungen waren alles, worauf sie bislang gestoßen waren, während die Sektierer weiterhin ihr Unwesen trieben und ungestraft mordeten.

Quentins Entschlossenheit, dem Rätsel auf den Grund zu gehen, war längst so groß wie die seines Onkels. Allerdings waren für ihn all die Verbrechen der letzten Wochen nicht zusammenhanglos geschehen; vielmehr hatte er das Gefühl, dass sie zu einem großen Ganzen gehörten, zu einer geheimnisvollen Verschwörung, und dass ungleich mehr dahinter steckte, als sie bislang ahnten.

Vielleicht, dachte Quentin, war das Schwert des Bruce der Schlüssel, um das Rätsel zu lösen ...

3.

Gwynneth Ruthven fand keinen Schlaf, wie so oft in diesen unheilvollen Tagen.

Seit Wallaces Macht geschwunden war, befanden sich die Clans und der Adel in Aufruhr. Überall brodelte und gärte es, Unheil lag in der Luft, das Gwynn deutlich spüren konnte.

So viel hatte sich verändert seit dem Tod ihres Vaters, so viel in so kurzer Zeit. Nicht genug damit, dass der Aufstand, der von der Hoffnung des schottischen Volkes auf Frieden und Freiheit getragen worden war, blutig gescheitert war. Der Adel war zerstritten und uneins wie je, teilte sich in jene, die Wallace auch weiterhin folgen und ihm die Treue halten wollten, und jene, die ihn für einen gefährlichen Emporkömmling hielten und denen seine Niederlage bei Falkirk gerade zupass gekommen war.

Da sie eine Frau war, stand es Gwynn nicht zu, sich zu diesen Dingen zu äußern. Kriege zu führen und Politik zu betreiben war den Männern vorbehalten, und so war es allein ihr Bruder Duncan, der in diesen Tagen die Geschicke des Ruthven-Clans führte.

Zu Beginn seiner Herrschaft hatte Duncan seine Schwester noch des Öfteren um ihren Rat in strittigen Fragen gebeten, in letzter Zeit jedoch nicht mehr. Unter dem Einfluss der Berater, mit denen er sich umgeben hatte, hatte Duncan sich verändert. Zu seinem Nachteil, wie Gwynneth fand.

Immer wieder musste sie an ihre unheimliche Begegnung mit der alten Kala denken. Das Runenweib hatte sie gewarnt, dass ihr Bruder sich mit Mächten einließ, die er weder verstand noch kontrollieren konnte. Anfangs hatte Gwynneth sich damit zu trösten versucht, dass Kala eine verrückte Alte war, deren Worten man besser keine Aufmerksamkeit zollte. Aber je mehr Zeit verging, desto deutlicher erkannte sie, dass Kala Recht gehabt hatte, in jeder Hinsicht.

Anfangs war Duncan nur abweisend gewesen. Zunehmend hatte er sich verschlossen, hatte seine Schwester nicht mehr teilhaben lassen an seinen Gedanken. Sein Herz war betrübt gewesen vom Tod des Vaters, und in seine Trauer hatte sich Hass gemischt – Hass auf den Mann, dem er die Schuld am Tod des Clansfürsten und am Scheitern des Aufstands gab: William Wallace. Und dieser Hass hatte ihn empfänglich gemacht für seine neuen Berater, die längst nicht mehr von seiner Seite wichen.

Was Wallace betraf, stand Duncan unter den Clansoberhäuptern keineswegs allein. Es gab viele, die Braveheart misstrauten, nicht wenige hatten ihm auf dem Schlachtfeld von Falkirk den Rücken gekehrt. Dass Wallace und seine Getreuen sich dafür blutig rächten, hatte die Lage nicht verbessert. Der schottische Adel war dabei, sich gegenseitig zu zerfleischen, und einmal mehr würden die Engländer triumphieren.

Vergeblich hatte Gwynn versucht, ihrem Bruder das klar zu machen, aber er hatte sie nur ausgelacht und ihr gesagt, dass eine Frau von Dingen wie diesen nichts verstünde. Und natürlich hatte sie auch versucht, ihn trotz Kalas Worten vor seinen neuen Beratern zu warnen. Darauf war Duncan böse geworden, und für einen Moment hatte sie etwas in seinen Augen aufblitzen sehen, das ihr Angst gemacht hatte.

Seither fand Gwynneth keine Ruhe mehr.

Nacht für Nacht lag sie wach in ihrem Gemach und wälzte sich hin und her. Wenn der Schlaf sie übermannte, dann nur, um sie mit Albträumen heimzusuchen – Albträumen, in denen ihr Vater vorkam und ihr Bruder und in denen es zum blutigen Streit zwischen beiden kam. Gwynneth versuchte stets zu vermitteln, aber der Traum endete immer auf dieselbe Weise, ohne dass sie es ändern konnte: Vater und Sohn zückten ihre Schwerter und drangen aufeinander ein, und am Ende fiel der alte Clansherr vom Streich seines eigenen Sprosses, der die blutige Klinge zum Himmel reckte und etwas in einer Sprache sagte, die Gwynneth nicht verstand.

Es waren Laute, wie sie sie noch nie zuvor gehört hatte, von bösem, kaltem Klang. Duncan murmelte die Worte wie eine Beschwörungsformel, wieder und wieder, während Gwynneth vor Entsetzen wie erstarrt war. Ihr Herz pochte und begann zu rasen – und schweißgebadet erwachte sie dann aus ihrem Traum ...

Mary of Egton zuckte zusammen.

Jäh riss sie die Augen auf und wusste einen Augenblick lang nicht, wo sie sich befand. Ihr Herz schlug heftig, und sie hatte kalten Schweiß auf der Stirn. Ihre Hände und Füße waren eisig, und sie fröstelte.

Während ihre Augen sich an das Halbdunkel gewöhnten, kehrte auch ihre Erinnerung zurück. Sie begriff, dass sie sich noch immer in der Turmkammer befand, in die sie sich vor Malcolm of Ruthvens frechem Begehren geflüchtet hatte. Sie zitterte am ganzen Körper, wenn sie an die albtraumhafte Flucht durch die Gänge der Burg dachte, an das viehische Schnauben ihres Verfolgers, und sie musste sich energisch sagen, dass sie in Sicherheit war, um wieder zur Ruhe zu kommen.

Es war kein Wunder, dass sie fror. Nur mit ihrem Nachhemd und dem Morgenmantel bekleidet, kauerte sie auf dem kalten nackten Stein, während der eisige Nachtwind um den Westturm strich. Auf ihrem Schoß ruhten die Dokumente, die sie gefunden hatte: die Aufzeichnungen Gwynneth Ruthvens, die ein seltsames Schicksal ihr zugespielt hatte.

Mary erinnerte sich, dass sie begonnen hatte, in den Schriften zu lesen, die eine Art Chronik, ein Tagebuch waren, in dem Gwynneth ihre Eindrücke und Erlebnisse, ihre Hoffnungen und Ängste festgehalten hatte – eine junge Frau in Marys Alter, die vor rund fünfhundert Jahren gelebt hatte. Mary war völlig gebannt gewesen und hatte trotz der Schwierigkeiten, die die Übersetzung des Lateinischen mit sich brachte, nicht aufhören können zu lesen. Irgendwann musste sie über der anstrengenden Lektüre eingeschlafen sein, und wie es aussah, hatten sich ihre Träume und das Gelesene einmal mehr zu einer wirren Vision verquickt.

Inzwischen war die Dämmerung heraufgezogen, und der fahle Mondschein war grauem Zwielicht gewichen, das durch die niedere Fensteröffnung fiel.

Mary erwog, das Turmzimmer zu verlassen und in ihre Kammer zurückzukehren, aber obwohl sie in der Morgenkälte, die durch die Ritzen und Fugen des Mauerwerks kroch, erbärmlich fror, entschied sie sich dagegen. Malcolm mochte noch draußen lauern. Es war sicherer zu warten, bis er zur Jagd ausgeritten war, wie er es fast jeden Morgen tat. Zudem verspürte Mary nicht das geringste Bedürfnis, zu ihrem heuchlerischen Verlobten und seiner gefühllosen Mutter zurückzukehren. Lieber blieb sie für immer hier oben im Turm und vertrieb sich die Zeit damit, Gwynneths Vermächtnis zu studieren.

Kaum fiel ihr Blick auf die Zeilen, konnte sie nicht anders, als weiter darin zu lesen. Das Tagebuch der jungen Frau zog sie magisch an, gerade so, als wäre es nicht Gwynneth Ruthvens

Schicksal, das auf den Pergamenten festgehalten war, sondern ihr eigenes …

Gwynneth erwachte.

Ihr Atem ging stoßweise, die langen Haare klebten schweißnass an ihrem Kopf. Irgendwann musste sie eingeschlafen sein, aber wieder hatte ein Albtraum sie heimgesucht. Eine Vision ferner Zeiten, verschwommener Bilder, die ihr Angst gemacht hatten.

Gwynn schlug das Herz bis zum Hals, und sie atmete tief durch, um sich zu beruhigen. Auf einmal wurde ihr bewusst, dass die Stimmen, die sie gehört hatte, kein Traum gewesen waren, sondern Wirklichkeit. Dumpfes, monotones Gemurmel, das durch die Mauern der Burg geisterte und bald hier, bald dort zu vernehmen war.

Ihre Neugier war geweckt, und sie stieg aus dem Bett, um nachzusehen, woher die seltsamen Laute kämen. Das dünne Leinenhemd, das sie trug, bot keinen Schutz gegen die Kälte, und so griff sie zu der Decke aus dicht gewebter Schafswolle und warf sie sich über.

Vorsichtig schlich sie hinaus auf den Gang. Die Tür ihrer Kammer quietschte und fiel hinter ihr ins Schloss. Flackernde Fackeln, die hier und dort in den Wandhalterungen steckten, waren die einzige Beleuchtung. Weit und breit war niemand zu sehen. Wo waren die Wachen?

Gwynn zog die Decke noch enger um ihre Schultern und schlich lautlos den Gang hinab. Sie fröstelte – nicht so sehr wegen der grimmigen Kälte, an die sie gewohnt war, sondern wegen des Gesangs, der immer noch durch die Gänge kroch. Sie hörte nichts als ein dumpfes Brummen, das einer tristen Melodie folgte. Aber mit jedem Schritt, den sie tat, wurde der Gesang ein wenig lauter. Schließlich erreichte sie die Haupttreppe, die hinunter in die Eingangshalle führte. Leise stieg sie hinab, begleitet vom finsteren Gemurmel.

Die Halle war menschenleer. Die Posten, die gewöhnlich vor dem Eingang Wache hielten, waren nicht auf ihrem Platz, was Gwynneth beunruhigte. Im Halbdunkel blickte sie sich um. Noch immer war der Gesang zu hören, sogar noch lauter und deutlicher als zuvor. Er kam aus dem Carcer, den finsteren Gewölben, die sich unter Burg Ruthven erstreckten.

Gwynn schauderte. Sie mochte den Carcer nicht, hatte ihn noch nie gemocht. Mitunter wurden Gefangene dort gehalten, und man erzählte sich, dass ihr Urgroßvater Argus Ruthven seine Feinde in den dunklen Kammern grausam zu Tode gefoltert habe. Über Jahre hinweg hatten die Gewölbe leer gestanden. Nun aber schienen sie wieder genutzt zu werden ...

Trotz des Widerstandes, den sie in sich fühlte, bewegte sich Gwynn auf die Treppe zu und stieg langsam hinab. Der Gesang wurde noch lauter, und sie erkannte, dass es Worte in einer fremden Sprache waren – einer Sprache, die Gwynneth nicht verstand, aber deren Laute ihr kalte Schauer über den Rücken jagten, denn sie klangen kalt und zynisch. Und böse, wie die junge Frau fand.

Sie erreichte das Ende der Treppe. Vor ihr lag der schmale Korridor, auf den die vergitterten Zellen mündeten. Der Gesang kam vom Ende des Gangs, wo sich das Hauptgewölbe befand. Flackernder Feuerschein drang von dort bis zu ihr. Zögernd ging Gwynneth weiter.

Sie hielt sich eng an dem klammen, von Moos und Schimmel überzogenen Gestein, duckte sich in die Schatten, die das lodernde Feuer warf. Der Gesang schwoll an und erreichte einen schrecklichen Höhepunkt, dessen Dissonanz fast unerträglich war. Dann brach er ab, just in dem Moment, in dem Gwynneth das Ende des Korridors erreichte und einen Blick in den Hauptraum werfen konnte.

Der Anblick war entsetzlich. Gwynns Augen weiteten sich vor Schreck, und sie schlug die Hände vor den Mund, um nicht laut aufzuschreien und sich so zu verraten.

Das niedere Gewölbe, dessen Decke schwarz war vom Ruß, wurde von einem großen Feuer beleuchtet, das in der Mitte des Raumes entzündet worden war. Ringsum standen Gestalten, die schrecklich anzusehen waren – Männer in schwarzen Kapuzenmänteln, deren Gesichter grausam entstellt waren.

Für einen Augenblick dachte Gwynn, es handle sich um Dämonen, um Abkömmlinge der Finsterwelt, die gekommen waren, um sie alle ins Verderben zu reißen. Aber dann sah sie, dass die Augenpaare, die aus den dämonischen Gesichtern blickten, Menschen gehörten. Sie trugen hölzerne Masken, in die entsetzliche Fratzen geschnitzt waren und die man mit Ruß geschwärzt hatte, damit sie noch furchterregender wirkten.

Die Gestalten standen im weiten Kreis und schlossen nicht nur das Feuer ein, sondern eine weitere Gruppe von Männern, unter denen Gwynn zu ihrem Erschrecken Duncan erkannte, ihren eigenen Bruder.

Er war nackt. Soeben hatte er seine Kleider abgelegt, und einer der Vermummten, die ihn umstanden, nahm sie und warf sie ins Feuer. Daraufhin begann ein anderer, Duncans Körper in roter Farbe zu bemalen, mit seltsamen, verschnörkelten Symbolen.

Es waren Runenzeichen, aber sie waren anders als alle, die Gwynneth je gesehen hatte. Obwohl sie einige der alten Zeichen kannte, die vielerorts noch im Gebrauch waren, vermochte sie keines davon zu entziffern. Es musste sich um geheime Zeichen handeln. Um Runen, die verboten waren. Und jäh dämmerte Gwynn, dass es nicht Farbe war, mit der man den Körper ihres Bruders bemalte, sondern Blut …

Sie schauderte. Von Grauen gepackt sah sie zu, wie Duncans Arme, Beine, Rücken und Brust mit heidnischen Symbolen beschmiert wurden. Er selbst schien es nur am Rande wahrzunehmen. Die Arme ausgebreitet, stand er da und starrte vor sich hin, als wäre er nicht wirklich an diesem Ort. Dabei murmelte er lautlose Worte.

Gwynn spürte Furcht in ihrem Herzen, Angst um ihren Bruder. Alles in ihr drängte sie dazu, ihn herauszuholen aus dem Kreis der Vermummten, die Frevelhaftes im Schilde führten. Wie sehr er sich auch verändert haben mochte, Duncan war immer noch ihr Bruder, und sie war es nicht nur ihm, sondern auch ihrem Vater schuldig, dass sie ihn vor Schaden und Gefahr bewahrte.

Aber gerade in dem Augenblick, als sie vortreten und laut schreien wollte, geschah etwas: Die Vermummten, die ihren Bruder umlagert hatten, traten beiseite, und der Kordon der Zuschauer teilte sich. Eine weitere Gestalt trat auf, die ihre Züge hinter einer Maske verbarg. Im Unterschied zu den übrigen Anwesenden war ihre Kutte jedoch von strahlendem Weiß und die Maske aus glänzendem Silber. Obwohl sie noch nie zuvor in ihrem Leben einen Druiden gesehen hatte, wusste Gwynneth Ruthven sogleich, dass sie einen vor sich hatte.

Sie hatte von den Magiern und Runenkundigen der alten Zeit gehört. Obgleich die Mönche ihre heidnischen Gebräuche verboten hatten, lebten die Druiden in den Erzählungen und Erinnerungen des Volkes fort. Immer wieder hieß es, dass es nach wie vor welche von ihnen gebe, die sich den Geboten der

Kirche widersetzten und ein Leben im Verborgenen führten, dass sie sich versteckten, bis ihre Stunde gekommen sein würde und die alten Götter zurückkehrten.

Das Gesicht des Mannes in der weißen Kutte war nicht zu sehen, aber seine Haltung und die Art, wie er sich fortbewegte, legten nahe, dass er sehr alt sein musste. Er trat zur Mitte des weiten Runds, dorthin, wo Duncan stand. Die anderen Vermummten zogen sich zurück, sodass Gwynneths Bruder jetzt allein vor den lodernden Flammen stand, die unstete Schatten auf seine nackte, blutbesudelte Haut warfen.

Gwynn schauderte, und unwillkürlich presste sie sich noch enger an den Fels, als könnte sie so verhindern, entdeckt zu werden. Etwas in ihr drängte sie zu fliehen, aber die Sorge um ihren Bruder hielt sie zurück. Außerdem hatte sich brennende Neugier zu ihrer Sorge gesellt und bestürmte sie mit Fragen.

Wer waren diese Vermummten? Was hatte Duncan mit ihnen zu schaffen? Und weshalb unterzog er sich dieser heidnischen Zeremonie? Hatten sie ihn dazu gezwungen, oder tat er es aus freien Stücken?

Gwynneth erhoffte sich Antworten, während sie gebannt zusah, was weiter geschah.

Noch immer stand Duncan reglos und mit ausgebreiteten Armen da. Der Druide trat vor ihn und murmelte unverständliche Worte, die wie eine Beschwörungsformel klangen. Dann sagte er laut und vernehmlich: »Duncan Ruthven, bist du heute hier erschienen, um deine Aufnahme in unsere geheime Bruderschaft zu erbitten?«

»Ja«, kam die Antwort leise zurück. Duncans Augen waren glasig, seine Blicke seltsam entrückt. Er schien nicht Herr seiner selbst zu sein.

»Wirst du alles tun, was man von dir verlangt? Wirst du alle anderen Belange hinter die der Bruderschaft stellen und fortan nur noch danach streben, ihre Macht und ihren Einfluss zu mehren?« Zuerst hatte die Stimme des Druiden leise und beschwörend geklungen. Jetzt war sie laut und fordernd geworden.

»Ja«, erwiderte Duncan und nickte. »Mein ganzes Streben soll dem Wohl der Bruderschaft dienen, bis zum Tod und darüber hinaus.«

»Willst du feierlich schwören, den Weisungen deines Druiden zu gehorchen?«

»Ja.«

»Willst du dein Leben und das nachfolgender Generationen in den Dienst der Bruderschaft stellen und es ihrem Kampf gegen die neue Ordnung weihen?«

»Ja.«

»Willst du weiterhin schwören, die Feinde der Bruderschaft zu bekämpfen, wer immer sie auch sein mögen?«

»Ja.«

»Auch wenn es sich um deinesgleichen handelt? Um dein eigen Fleisch und Blut?«

»Ja«, versicherte Duncan und zögerte nicht einmal dabei. Gwynneth schauderte.

»So sei es. Von diesem Augenblick an, Duncan Ruthven, bist du aufgenommen in die Bruderschaft der Runen. Dein Name und dein Stand haben von nun an keine Bedeutung mehr, denn die Runen werden jetzt dein Leben bestimmen. In der Bruderschaft wirst du Erfüllung finden. Gemeinsam werden wir die Feinde bekämpfen, die am Horizont der Zeit aufgetaucht sind, um die alten Götter hinwegzufegen.«

»Gemeinsam«, echote Duncan und ließ sich, nackt wie er war, auf den kalten Stein nieder.

Der Druide breitete die Arme aus und sprach erneut Formeln in der fremden, hässlichen Sprache, dann winkte er seine Gefolgsleute heran. Die Vermummten kamen mit einer schwarzen Robe, die sie Duncan überstülpten. Schließlich bekam auch er eine Maske, die aus Holz geschnitzt und über dem Feuer geschwärzt worden war. Er zog sie über und schlug die weite Kapuze der Kutte über den Kopf. Nun unterschied ihn äußerlich nichts mehr von den übrigen Vermummten.

Gwynneth erschrak. Kalte Augen, die durch die Schlitze der Maske starrten, eine Robe aus schwarz gefärbter Wolle: Ihr Bruder hatte sich in ihrer Anwesenheit in einen dieser unheimlichen Vermummten verwandelt, und sie hatte nicht einmal versucht, es zu verhindern.

Aber noch war es nicht zu spät.

Sie konnte noch immer vortreten und sich zu erkennen geben, konnte Duncan bei seinem Namen rufen. Aber dazu fehlte der jungen Frau der Mut. Angst schnürte ihr die Kehle zu, legte sich wie ein eisernes Band um ihre Brust und raubte ihr fast die Luft zum Atmen. Etwas Bedrohliches ging von diesen Leuten aus, und jetzt, da ihr Bruder unter Maske und Robe verschwunden war und aussah wie sie, machte er ihr nicht weniger Angst als die anderen. Das also war der Grund dafür, dass er sich so verändert, dass er sich mit neuen Beratern umgeben hatte. Er war dem Einfluss dieser Bruderschaft verfallen, die dem alten, heidnischen Glauben anhing.

Unwillkürlich griff Gwynneth an das hölzerne Kreuz, das sie an einem Lederriemen um den Hals trug. Ihr Vater hatte es ihr einst geschenkt, damit es sie vor bösen Einflüssen und Versuchungen bewahren möge. Er hätte es besser Duncan gegeben.

Jetzt begann auch ihr Bruder, in jener fremden, Furcht einflößenden Sprache zu singen, die er wohl heimlich gelernt hatte.

Die übrigen Vermummten fielen in seinen Gesang ein, und es ertönte eine unheimliche Melodie, die das Gewölbe in seinen Grundmauern erzittern ließ. Schließlich hob der Druide die Arme, und sofort verstummte die Menge. Auch Duncan, der dem Anführer der Bruderschaft Treue und Gehorsam versprochen hatte, schwieg augenblicklich.

»Da du nun einer von uns geworden bist, Duncan«, ergriff der Alte wieder das Wort, »sollst du teilhaben an unseren Plänen und an unserem Kampf gegen die Feinde der alten Ordnung. Unser Ziel steht fest: Wir wollen, dass die alten Götter zurückkehren und die Mönche, jene frevelhaften Vertreter der neuen Zeit, für immer vertrieben werden. Mit ihren Kreuzen haben sie unser Land entweiht, mit ihren Kirchen unsere Kultstätten entehrt. Mit den Engländern machen sie gemeinsame Sache, um unser Volk zu unterjochen. Dagegen wollen wir kämpfen, mit allen Mitteln, die uns zur Verfügung stehen.«

»Ich würde mein Leben opfern, um der Sache zu dienen«, versicherte Duncan.

»Erst wenn der letzte Mönch aus Schottland vertrieben ist und die Clans wieder herrschen, wird unsere Mission erfüllt sein. Die alten Götter werden zurückkehren, und die Druiden werden wieder mächtig sein, so wie es einst gewesen ist.«

»Wie es einst gewesen ist«, bestätigte Duncan voller Überzeugung, und Gwynneth überlief erneut ein Schaudern. Etwas in der Stimme ihres Bruders hatte sich verändert. Sie klang jetzt ebenso kalt und zum Äußersten entschlossen wie die des Druiden.

»Nach einer langen Zeit des Wartens«, fuhr der Anführer der Bruderschaft fort, »ist jetzt die Zeit zum Handeln gekommen. Die Runen haben mir verraten, dass die Gelegenheit nie so günstig war, um die neuen Mächte vernichtend zu schlagen und die alte Ordnung wieder zu errichten.«

»Wie, großer Druide?«, fragte einer der Anhänger.

»Wie ihr wisst, befindet sich das Land in Aufruhr. Die neue Ordnung wankt, seit William Wallace das Schwert ergriffen und die Clans im Kampf gegen die Engländer vereint hat.«

»Wie kann das sein? Ist Wallace nicht ein ergebener Anhänger der Kirche?«

»Allerdings«, bestätigte der Druide. »Vergeblich haben wir versucht, ihn auf unsere Seite zu ziehen. Er ist unnachgiebig geblieben und hat unsere Freundschaft verschmäht. Dies wird ihm nun zum Verhängnis werden. Sein Niedergang hat bereits begonnen, meine Brüder. Wallaces große Tage sind gezählt. Der Adel hat sich gegen ihn gewendet, und ein verderblicher Fluch wird sein Schicksal endgültig besiegeln.«

»Ein Fluch, mächtiger Druide?«

Der Anführer der Bruderschaft nickte. »Das Schwert eines Mannes entscheidet über Sieg oder Niederlage. So ist es von alters her gewesen. Bravehearts Klinge jedoch wird keinen Sieg mehr erringen. Mit einem Fluch werden wir sie beladen – einem Fluch, der Wallace den Untergang, uns aber die Macht bringen wird. Alte Runen, die aus den Gründertagen unserer Bruderschaft stammen, haben mir das Geheimnis verraten. Bravehearts Schwert, mit dem er den Sieg bei Sterling errungen hat, ist keine gewöhnliche Waffe. Es ist eine der Runenklingen, die einst von den Clansherren geschmiedet wurden und mit deren scharfer Schneide die Geschichte unseres Volkes über Jahrhunderte geschrieben wurde. Durchdrungen sind sie von der Kraft der Runen, die ihnen zum Sieg verhelfen kann – oder zur Niederlage.«

»Ihr wollt Bravehearts Runenklinge verfluchen, großer Druide?«

»Das werde ich. Der bittere Odem des Verrats wird an ihr

haften, und es wird keine Möglichkeit geben, sie davon zu reinigen. Wallace wird fallen, sein Schicksal ist besiegelt. Die seinen werden ihn verlassen und einem anderen Führer folgen – einem, der unserer Bruderschaft und unseren Zielen wohlwollender gegenübersteht.«

»Ich habe mit den Unterhändlern des Earl of Bruce gesprochen«, meldete sich Duncan zu Wort. »Sie sagen, er sei bereit, unsere Bedingungen anzunehmen.«

Der Druide nickte. »Ich habe nichts anderes erwartet. Schon bald wird Wallaces Stern sinken. Das Kriegsglück wird ihn verlassen, und seine eigenen Leute werden ihn verraten. Sein Schwert aber wird an Robert the Bruce übergehen, der Wallaces Werk fortsetzen und den Krieg gegen die Engländer siegreich beenden wird. Auf diese Weise entledigen wir uns eines unliebsamen Gegners und gewinnen gleichzeitig einen wertvollen Verbündeten.«

»Der Earl hat zugesagt, dass er die Macht der Klöster brechen will. Er will das Verbot der Runengemeinschaften aufheben und den Druiden ihre alte Macht zurückgeben.«

»So soll es sein. Wallace ist alt und starrsinnig, Robert hingegen ist jung und leicht zu beeinflussen. Beim nächsten Adelstreffen werden wir ihn als Anführer vorschlagen. Danach wird alles so geschehen, wie ich es vorausgeplant habe. Wenn Robert erst auf dem Thron sitzt, werden wir ihn in unserem Sinn regieren lassen. Unsere Macht wird so groß sein wie einst, und sogar jenseits der Grenzen wird man vor uns zittern. Runen und Blut – so ist es einst gewesen, und so wird es wieder sein.«

»Runen und Blut«, echoten die Vermummten. Dann verfielen sie wieder in den monotonen Singsang, den sie schon zu Beginn der Zeremonie angestimmt hatten.

Erschrocken zog sich Gwynn in den dunklen Korridor zurück. Was sie gehört hatte, entsetzte sie über alle Maßen. Diese heidnischen Sektierer – diese Bruderschaft, wie sie sich nannten – planten ein teuflisches Komplott, dem Braveheart zum Opfer fallen sollte.

Gwynn war William Wallace nie begegnet, aber sie hatte viel von ihm gehört, und das meiste davon hatte ihr gefallen. Es hieß, Wallace sei ein Mann von großem Gerechtigkeitssinn, dem die Freiheit über alles gehe. Hart und erbarmungslos gegen seine Feinde, gewiss, aber auch sorgend für jene, die seines Schutzes bedurften. Gwynneths Vater hatte an ihn geglaubt, an seine Vision von einem freien, starken Schottland, das die Engländer nicht mehr zu fürchten brauchte.

Zu Beginn des Krieges gegen die Krone war Bravehearts Taktik erfolgreich gewesen; nach den ersten Siegen, die er errungen hatte, waren immer mehr Krieger seinem Banner gefolgt. Die Clans des Hochlands, von jeher verfeindet bis ins Mark, hatten ihren Zwist begraben und sich ihm angeschlossen, um der größeren, besseren Sache zu dienen: der Freiheit des schottischen Volkes. Dann hatte es Rückschläge gegeben, und nach ersten Erfolgen in England hatte Braveheart sich wieder zurückziehen müssen. Es war ein offenes Geheimnis, dass vor allem der junge Adel von Wallace abfiel und lieber Robert the Bruce als Anführer wollte, um ihn in Perth zum König zu krönen. Und jetzt kannte Gwynneth auch die treibende Kraft, die hinter diesem Bestreben steckte: die Bruderschaft der Runen.

Niemals hätte sie gedacht, dass ihr Bruder so töricht und verblendet sein könnte, um mit derart finsteren Mächten zu paktieren. Hatte ihr Vater ihnen nicht stets eingeschärft, dass die Zeit der Druiden vorbei war und nur der neue Glaube das Volk retten konnte? Dass es die Klöster waren, die Kultur und Bildung im Land verbreiteten, und dass das Sammeln von Wissen und die Kenntnis der Schrift mindestens ebenso wichtige Tugenden waren wie Tapferkeit und Fertigkeit im Umgang mit dem Schwert? Wie hatte Duncan nur all das vergessen können?

Erschüttert wollte sich Gwynneth abwenden und davonschleichen, als sie ein leises Knirschen hinter sich hörte. Fast gleichzeitig legte sich eine Hand auf ihre Schulter ...

Mit einem halblauten Schrei schreckte Mary auf.

Verwundert stellte sie fest, dass sie noch immer auf dem Boden des Turmzimmers saß, die aufgerollten Pergamente auf den Knien. Ihr Herz schlug schnell, ihre Handflächen schwitzten. Sie fühlte Beklemmung und Furcht, als wäre nicht Gwynneth Ruthven, sondern sie selbst es gewesen, die jene unheimliche Beobachtung in den Katakomben der Burg gemacht hatte.

Noch nie zuvor war Mary derart gebannt von einem Text gewesen, dass sie nicht mehr in der Lage war, Geschriebenes und Erlebtes zu trennen, nicht einmal bei den Romanen Sir Walter Scotts, der es sonst verstand, sie zu fesseln wie kein Zweiter.

Was Mary erlebt hatte, war so unmittelbar, so wirklichkeitsnah gewesen, dass sie tatsächlich das Gefühl hatte, jene düstere Stunde selbst erlebt zu haben. War sie eingeschlafen und hatte das alles nur geträumt? Mary konnte sich nicht erinnern, aber so musste es wohl sein. Vertieft in das Studium der alten Schrift, hatte sie ihre Müdigkeit gar nicht bemerkt, bis ihr schließlich die Augen zugefallen waren. Und einmal mehr hatten sich Gegenwart und Vergangenheit in ihrem Traum auf beunruhigende Weise vermischt.

Schaudernd musste Mary an die Hand denken, die sie aus dem Traum gerissen hatte. Sie hatte sie auf ihrer Schulter gefühlt. Hätte Mary nicht mit dem Rücken zur Wand gesessen, sie hätte sich umgewandt, um ganz sicherzugehen, dass nicht doch jemand hinter ihr war.

Nur ein Traum ... oder doch mehr als das?

Erneut musste Mary an die Worte der Dienerin denken, und sie fragte sich, ob die seltsame alte Frau vielleicht doch Recht gehabt hatte. Gab es tatsächlich etwas, das Gwynneth Ruthven und sie miteinander verband? Etwas, das ihre Schicksale verknüpfte, über die Jahrhunderte hinweg?

Marys Verstand weigerte sich, an Derartiges zu glauben, aber wie sollte sie sich all das sonst erklären? Wie, dass sie mit Gwynneth litt, als wäre sie eine teure Freundin, die sie von Kindesbeinen an kannte? Wie, dass sie den Eindruck hatte, in jenen düsteren Tagen selbst dabei gewesen zu sein?

Sie musste mehr über Gwynneth Ruthven und die Ereignisse herausfinden, die sich damals auf Burg Ruthven zugetragen hatten. Obwohl ein Teil von ihr sich davor scheute, begann Mary erneut zu lesen, und schon nach wenigen Zeilen hatte Gwynneths Bericht sie wieder ganz in den Bann geschlagen ...

Mit einem scharfen Atemzug wandte sich Gwynneth Ruthven um – und blickte in die faltigen Gesichtszüge einer alten Frau. Erleichtert stellte sie fest, dass es Kala war. Das Runenweib legte den Zeigefinger auf den Mund und bedeutete ihr zu schweigen. Dann nahm sie Gwynneth an der Hand und zog sie davon, über die Treppe nach oben, weg von den Sektierern, deren monotones Gemurmel hinter ihnen verklang.

Sie erreichten die Eingangshalle, und mit einer Behändigkeit, die man ihr nicht zugetraut hätte, huschte die alte Frau die Stufen zum Burgfried hinauf. Zu Gwynneths Verblüffung schien sich Kala in Burg Ruthven gut auszukennen. Sie hatte keine

Mühe, einen Weg durch die spärlich beleuchteten Gänge zu finden, und schien ihr Ziel genau zu kennen.

Endlich erreichten sie die Treppe, die in steilen Windungen hinauf zum Westturm führte, und Kala bedeutete Gwynn, ihr zu folgen. Verstohlen blickte sich die junge Frau um, ehe sie hinter der Alten durch die Tür schlüpfte und nach oben stieg.

Im Turm war es kalt und zugig. Wind blies durch die hohen Fensterschlitze, und Gwynneth fröstelte, als ihre nackten Füße über den klammen Stein nach oben stiegen. Im fahlen Mondlicht konnte sie Kala als dunklen Schatten vor sich sehen. Während Gwynns Pulsschlag schneller ging, schien der alten Frau der Aufstieg keine Mühe zu bereiten. Mit jugendlichem Schwung huschte sie hinauf, und schon kurz darauf standen sie vor der Tür der Turmkammer.

Zu Gwynneths Überraschung besaß Kala den Schlüssel. Sie öffnete die Tür und ließ Gwynn eintreten. Im Innern war es staubig und dunkel, bis auf das Mondlicht, das durch das niedere Fenster fiel.

»Setz dich«, forderte Kala Gwynn auf, und da es weder einen Stuhl noch eine Bank gab, nahm die junge Frau auf dem Boden Platz. Auch Kala ließ sich ächzend auf den Boden sinken, jetzt wieder ganz die greise Frau. »Und?«, fragte sie, ohne sich lange mit Erklärungen aufzuhalten. »Verstehst du jetzt, wovon ich sprach, als wir uns in der Schlucht begegneten?«

Gwynn nickte. »Ich glaube, ja. Nur habe ich längst nicht alles verstanden, was ...«

»Mehr brauchst du nicht zu wissen«, fiel Kala ihr ins Wort, um dann sanfter hinzuzufügen: »Es ist nicht gut, zu viel über diese Dinge in Erfahrung zu bringen, mein Kind. Zu viel Wissen schadet nur, sieh mich an. Alt geworden bin ich und gebeugt unter der Last des Wissens. Für dich genügt es, wenn du weißt,

dass jene Vermummten es nicht mit den weißen Künsten halten, sondern mit der anderen, der dunklen Seite, die sich der
verbotenen Runen bedient.«

»Ich verstehe«, sagte Gwynn und wagte nicht, weiter nach-
zufragen.

»Diese Kammer«, sagte Kala und machte eine ausholende
Handbewegung, »ist der letzte und einzige Ort dieser Burg, der
noch nicht durchdrungen ist von der Macht des Bösen. Er ist
am weitesten entfernt von der Stätte des düsteren Wirkens, tief
unten im Fundament der Burg.«

»Wer sind diese Männer?«, wollte Gwynneth wissen.

»Runenbrüder«, erwiderte Kala verächtlich. »Sie huldigen
dunklen Göttern und begehen grausame Rituale. Nicht selten
fließt auf ihren Feiern Menschenblut, wenn es ihren Zwecken
dient. Dein Bruder war so töricht, sich mit ihnen einzulassen.«

»Er ist jetzt einer von ihnen. Ich habe gesehen, wie er dazu
gemacht wurde. Er ist nicht mehr er selbst.«

»Natürlich nicht«, wetterte Kala. »Diese verwünschten Runenbrüder haben seine Gedanken vergiftet. Nun gehört er ihnen und wird nicht mehr auf dich hören. Wir können nichts
mehr für ihn tun.«

»Was heißt das?«

»Dass er den Pfad des Lichts verlassen hat, mein Kind. Er ist
nicht länger dein Bruder. Das musst du begreifen und dich damit abfinden.«

»Das kann ich nicht«, widersprach Gwynn trotzig. »Duncan
und ich haben denselben Vater. In unseren Adern fließt das
gleiche Blut, ich liebe ihn. Ich könnte ihn niemals verleugnen.«

»Sehr bedauerlich, mein Kind, denn er hat dich bereits aus
seinem Herzen verbannt.«

»Das ist nicht wahr.«

»Es ist wahr, und du weißt es. Schon seit geraumer Zeit hat dein Bruder nicht mehr auf dich gehört, oder? Er hat dich nicht mehr beachtet, dich nicht mehr um deinen Rat gefragt und dir keine Zuneigung mehr geschenkt. Habe ich Recht?«

Widerstrebend nickte Gwynn. »Woher weißt du das?«

»Es ist das Werk des Druiden. Er hat Duncans Herz mit Worten vergiftet und ihn blind gemacht für alle schönen Dinge. Für deinen Bruder gibt es keine Hoffnung mehr, das musst du begreifen. Jeder Versuch, ihn zu retten, würde dich vernichten, und der Druide würde triumphieren.«

»Wer ist er?«

»Wer er ist?« Kala gönnte sich ein freudloses Lachen, das die Stümpfe in ihrem Mund entblößte. »Sein Name ist zu lang, als dass du ihn dir merken könntest, mein Kind. Der Druide ist schon sehr lange auf dieser Welt, länger als ich oder irgendjemand sonst. Manche behaupten, dass es stets ein anderer wäre, der die silberne Maske trägt. Ich aber denke, dass es immer derselbe ist. Derselbe böse Geist, der seit Jahrhunderten ruhelos umherstreift und in dieses Zeitalter wechseln will.«

»In dieses Zeitalter?« Schaudernd zog Gwynneth den Umhang enger um die Schultern. Gegen das Grauen vermochte er sie allerdings nicht zu schützen.

»Die Bruderschaft der Runen ist alt, mein Kind, sehr alt. Es gab sie schon, als unser Volk noch jung war und an Riesen und Götter glaubte, an Geister, die in der Erde leben und an Irrlichter in den Sümpfen und Mooren. Inzwischen ist eine neue Zeit angebrochen und mit ihr eine neue Ordnung.« Sie deutete auf das Kreuz, das Gwynneth um den Hals trug. »In dieser neuen Ordnung ist für die Wesen der alten Welt kein Platz mehr. Die Runen werden bedeutungslos, und was einst war, wird untergehen.«

»Und darüber bist du nicht betrübt?«

Kala lächelte schwach. »Auch jene, die in der lichten Runenkunst bewandert sind, spüren, dass ihre Zeit auf Erden zu Ende geht. Ohnehin gibt es nur noch wenige von uns, aber anders als der Druide und die Bruderschaft vertrauen wir auf den Fluss des Lebens und das Gesetz der Zeit. Im Universum geht nichts verloren. Das Werk, das einst von uns begonnen wurde, wird von anderen weitergeführt werden.«

»Von anderen? Von wem sprichst du?«

»Von jenen, die ihr Leben in den Dienst der neuen Ordnung und des neuen Glaubens gestellt haben.«

»Du meinst die Klöster? Die Mönche und Nonnen?«

»Sie werden das Werk des Lichts fortsetzen«, sagte Kala überzeugt. »Ihre Lehre mag eine andere sein und ihr Gott mächtiger als unser alter Glaube, aber sie achten das Leben und verabscheuen die Finsternis ebenso sehr, wie wir es einst taten. Jene aber, die am alten Glauben festhalten wollen, sind ihre Feinde. Sie paktieren mit dämonischen Mächten und sprechen finstere Flüche aus, um mit allen Mitteln ihren Untergang zu verhindern. Sie wissen, dass die Zeit sie überholt hat, aber sie wollen es nicht wahrhaben. Deshalb setzen der Druide und seine Mitverschwörer alles daran, die neue Ordnung zu stürzen und die alten Mächte zurückzubringen. Dazu benötigen sie willige Helfer wie deinen Bruder. Leichtgläubige Patrioten, die glauben, dass sie das Beste für Schottland tun, für ihre Ehre und ihre Freiheit. Der Bruderschaft aber geht es nur darum, ihre eigene Macht und ihren Einfluss zu mehren. Der Druide und seine Anhänger wollen herrschen, mein Kind. Dein Bruder ist nur ein Mittel zum Zweck, und er ahnt noch nicht einmal, wofür er missbraucht wird.«

»Dann muss ich es ihm sagen. Er muss all das erfahren, ehe es zu spät ist.«

»Es ist bereits zu spät, mein Kind. Weder würde er dir zuhören noch dir Glauben schenken. Duncan hat sich mit den falschen Mächten eingelassen. Er ist der dunklen Seite verfallen, trägt ihre Zeichen und ihren Umhang. Er hat seine Entscheidung getroffen, für ihn gibt es kein Zurück mehr.«

»Dann sollten wir William Wallace warnen. Er muss erfahren, was die Bruderschaft im Schilde führt. Er ist der Einzige, der mächtig genug ist, sie aufzuhalten.«

»Klug gesprochen, mein Kind«, lobte die Alte. »Endlich wissen wir, woher die Gefahr droht und was unser Feind im Schilde führt. Aber Wallace ist nicht nur für seine Tapferkeit bekannt, sondern auch für seinen Starrsinn. Glaubst du wirklich, er würde einer jungen Clansmaid und einem alten Runenweib vertrauen?«

»Dann werde ich mit Pater Dougal sprechen«, entschied Gwynneth. »Unsere Feinde sind auch seine Feinde, und dem Wort eines Kirchenmannes wird Braveheart mehr Vertrauen schenken.«

Kala lächelte geheimnisvoll. »Ich sehe«, sagte sie, »dass ich mich in dir nicht geirrt habe. Aber wir müssen vorsichtig sein. Unter den Masken der Runenbrüder sind die Gesichter von einflussreichen Männern verborgen, von Rittern und Clansherren. Wir können niemandem mehr trauen und sollten nicht ...«

Plötzlich unterbrach sie sich und starrte mit weit aufgerissenen Augen auf die Tür der Kammer. Gwynn wandte sich um und hielt den Atem an, als auch sie den dunklen Schatten bemerkte, der durch den schmalen Spalt zwischen Boden und Türblatt zu sehen war.

Jemand stand vor der Tür ...

Mary of Egton zuckte zusammen, als plötzlich jemand laut gegen die Tür der Turmkammer klopfte.

»Mary?«, rief eine Stimme energisch. »Kind, bist du da drin?« Jäh wurde Mary zurück in die Gegenwart gerissen. Die Stimme gehörte Eleonore of Ruthven.

Erneut klopfte es, noch energischer diesmal, und wieder ließ sich Eleonores schrilles, herrisch tönendes Organ vernehmen: »Sprich mit mir! Welchen Sinn soll es haben, sich einzusperren wie eine störrische Göre? Glaubst du, wir würden dich nicht finden, wenn du dich hier versteckst?«

Ohne dass Mary es gemerkt hatte, war inzwischen Tag geworden. Die Sonne war aufgegangen und schickte fahle Strahlen in die Turmkammer, und zum ersten Mal sah Mary den Ort ihres selbst gewählten Exils bei Licht. Die Pergamente mit den Aufzeichnungen Gwynneth Ruthvens lagen noch immer auf ihrem Schoß.

»Wenn du nicht öffnen willst, dann werde ich den Schmied holen und das Schloss aufbrechen lassen«, kündigte Eleonore an. »Glaubst du, du könntest uns mit solchen Kindereien entkommen?«

Unverhohlene Drohung schwang in ihren Worten mit. Marys zarter Körper zitterte, nicht vor Kälte, sondern vor Angst. Der Schrecken der vergangenen Nacht steckte ihr noch in den Knochen. Sie hatte gesehen, wozu ihr zukünftiger Ehemann in der Lage war, und wäre es nach ihr gegangen, hätte sie die Turmkammer, die schon vor einem halben Jahrtausend als Zuflucht gedient hatte, niemals mehr verlassen.

»Willst du uns lächerlich machen?«, fragte Eleonore scharf. »Willst du uns demütigen vor dem Gesinde und dem ganzen Haus?«

Mary antwortete noch immer nicht. Furcht schnürte ihr die

Kehle zu. Selbst wenn sie gewillt gewesen wäre zu antworten, hätte sie es nicht gekonnt.

»Ganz wie du wünschst. Dann werde ich jetzt den Schmied rufen und ihn die Tür aufbrechen lassen. Aber erwarte weder Mitleid noch Nachsicht.«

Mary zuckte unter jedem Wort zusammen wie unter einem Peitschenhieb. Ihr Blick fiel auf die Schriftstücke, und ihr wurde klar, dass Eleonore sie auf keinen Fall finden durfte. Diese grässliche Frau hatte nicht davor zurückgeschreckt, Marys Bücher zu verbrennen. Sie würde ihr auch Gwynneths Tagebuch nehmen.

Rasch rollte Mary die Pergamente zusammen, steckte sie in den ledernen Köcher und schob ihn zurück in das Versteck in der Mauer. Anschließend verschloss sie die hohle Stelle wieder mit dem losen Stein, sodass sie kaum noch auszumachen war. Sodann überwand Mary ihre Scheu und eilte zur Tür. Langsam zog sie den Riegel zurück, öffnete die Tür einen Spalt und spähte mit einer Mischung aus Furcht und Argwohn hinaus.

Eleonore, die schon auf den Stufen gewesen war, wandte sich um. »Ach«, sagte sie mit hochmütig gewölbter Braue, »du hast dich also zur Vernunft entschlossen?«

»Es gibt einen Grund, weshalb ich hierher geflohen bin«, sagte Mary durch den Spalt. Weiter öffnen wollte sie die Tür nicht. Sie kam sich elend und schutzlos vor und schämte sich für das, was geschehen war.

»Einen Grund? Welcher Grund könnte es wohl rechtfertigen, ein derart unreifes und kindisches Verhalten an den Tag zu legen? Weißt du, was sich die Diener über dich erzählen? Sie lachen hinter vorgehaltener Hand und sagen, dass du nicht ganz richtig im Kopf seist.«

»Das ist mir gleichgültig«, erwiderte Mary trotzig. Eleonore wusste also nichts über die nächtliche Eskapade ihres Sohnes.

Es hätte wohl auch keinen Sinn gehabt, ihr davon zu berichten. Die Herrin von Burg Ruthven hätte ihr ohnehin nicht geglaubt, und alles wäre nur noch schlimmer geworden.

»Dir mag es gleichgültig sein, mein Kind, aber mir ist es keineswegs egal, was das Gesinde über uns denkt. Seit vielen hundert Jahren ist diese Burg der Stammsitz der Sippe, und noch nie zuvor ist es geschehen, dass jemand den Namen unserer Familie so beschmutzt hat, ohne dafür zur Rechenschaft gezogen zu werden. Du kannst von Glück sagen, dass mein Sohn eine so sanftmütige Seele ist. Er hat sich für dich eingesetzt und deine Bestrafung verhindert, also zeige dich ihm erkenntlich. Würde es nach mir gehen, würde ich deinen Starrsinn und deinen Trotz mit anderen Mitteln zu brechen wissen.«

»Ja«, versetzte Mary tonlos. »Malcolm ist wirklich ein Engel, nicht wahr?«

»Ich sehe, dass bei dir jedes gut gemeinte Wort verloren ist. Offenbar habe ich mich in dir geirrt. Vielleicht hat deine Mutter auch übertrieben, als sie deine Qualitäten gepriesen hat. Jedenfalls sind Malcolm und ich übereingekommen, dass es das Beste ist, dein Leben möglichst rasch in geordnete Bahnen zu lenken und dein rebellisches Wesen zu zähmen.«

»Was haben Sie vor?«, fragte Mary, Böses ahnend.

»Wir haben dich in Freundschaft und Liebe in unser Haus aufgenommen, aber du hast beides frech zurückgewiesen. Trotz deiner himmelschreienden Undankbarkeit hat Malcolm jedoch eingewilligt, dich zu heiraten, und das schon in wenigen Tagen.«

»Was?« Mary glaubte, nicht recht zu hören.

»Mein Sohn ist mit mir der Meinung, dass du deine starrsinnige Haltung ändern wirst, wenn du erst seine Ehefrau bist und den Pflichten unterliegst, die eine solche Verbindung mit sich bringt. Als junge Herrin von Burg Ruthven wirst du lernen, Haltung zu wahren und gehorsam zu sein, wie es von dir erwartet wird.«

»Aber ...«

»Du magst widersprechen, so lange und so oft du willst – es wird dir nichts nützen. Der Termin für die Trauung wurde bereits festgesetzt. Es wird nur eine kleine, formlose Feier werden, schließlich wollen wir uns nicht mit dir blamieren. Aber danach wirst du Mary of Ruthven und somit die Frau meines Sohnes sein. Und wenn es dir dann noch immer in den Sinn kommen sollte, gegen die Regeln und guten Sitten dieses Hauses zu verstoßen, so sollst du mich kennen lernen. Du wirst meinem Sohn eine treue und gehorsame Gattin sein, wie man es von dir erwartet. Du wirst ihm dienen und ihm als sein Weib gefügig sein. Und du wirst ihm einen Erben schenken, der die Traditionen von Ruthven bewahren und fortführen wird.«

»Und ich werde dabei überhaupt nicht gefragt?«, erkundigte sich Mary leise.

»Wozu? Du bist eine junge Frau von vornehmer Herkunft. Dies ist der Zweck deiner Bestimmung, auf den du dein Leben lang vorbereitet wurdest. Du kennst deine Pflichten, also erfülle sie auch.«

Damit wandte sich Eleonore ab, ging die Treppe hinunter und verschwand hinter der engen Biegung. Mary hörte die Schritte über die Stufen verklingen, und wie in Trance schloss sie die Tür wieder und schob den Riegel vor, als könnte er sie vor dem tristen Schicksal bewahren, das sie erwartete.

Verzweiflung griff nach ihrem Herzen. Mit dem Rücken an die Tür gelehnt, sank sie nieder und weinte hemmungslos.

Lange hatte sie sich beherrscht, hatte ihre Tränen zurückgehalten. Aber jetzt konnte sie nicht mehr anders, als ihrer

Furcht, ihrer Trauer und ihrem hilflosen Zorn freien Lauf zu lassen.

Wie hatte Eleonore sie genannt? Eine junge Frau von vornehmer Herkunft? Warum wurde sie dann wie eine Leibeigene behandelt? Warum erniedrigte man sie bei jeder sich bietenden Gelegenheit, warum brach man ihren Willen, warum hetzte man sie des Nachts durch die dunklen Korridore dieses kalten, elenden Gemäuers?

Als Mary Egton verlassen hatte, hatte sie bezüglich ihrer Zukunft schlimme Befürchtungen gehabt. Die Ereignisse während der Reise – die Rettung an der Brücke und das unerwartete Zusammentreffen mit Walter Scott – hatten ihr Hoffnung gemacht, und eine Zeit lang hatte sie tatsächlich geglaubt, alles würde doch noch gut werden.

Welch eine Närrin sie gewesen war!

Dabei hätte sie die Zeichen nur zu deuten brauchen, um sich darüber klar zu werden, dass sie in Ruthven niemals, niemals glücklich werden könnte.

Zuerst waren es nur kleine Dinge gewesen, Bemerkungen und Zurechtweisungen, die noch nicht wirklich wehgetan hatten. Dann hatte man sie wegen ihrer Meinung zur Politik und wegen ihrer Haltung gegenüber den Bediensteten gerügt. Man hatte Kitty, ihre treue Zofe und Freundin, weggeschickt und ihr die Bücher genommen, die sie so sehr liebte. Und als wäre das alles noch nicht genug, hatte ihr zukünftiger Ehemann in der vergangenen Nacht auch noch versucht, sie zu vergewaltigen.

Wäre die unerschütterlich optimistische Kitty noch hier gewesen, hätte wohl auch sie zugeben müssen, dass es kaum noch schlimmer kommen konnte.

Mary war eine Gefangene. Festgesetzt in einer Zwingburg, ohne Kontakt zur Außenwelt und den wenigen Dingen, die ihr

Freude bereiteten. Ihr zukünftiger Mann, den sie weder liebte noch achtete, war ein Scheusal, und das einzige Interesse seiner Mutter schien darin zu liegen, Marys Freigeist zu zähmen und ihren Willen zu brechen. Beide waren nur darauf bedacht, den Ruf und die Traditionen des Hauses Ruthven zu wahren, und Mary dämmerte die Einsicht, dass sie sowohl Malcolm als auch seiner Mutter völlig gleichgültig war. Sie war nichts als ein Mittel zum Zweck, ein notwendiges Übel, das in Kauf genommen werden musste, sollte es einen Erben geben, der die Familientradition fortführen konnte.

In einer Welt, die von Geldgier und Machtkalkül bestimmt wurde, war kein Platz für Träume und Hoffnungen, und Mary begriff, dass auch ihre Träume und Hoffnungen hier nicht überleben würden. Erneut traten ihr Tränen in die Augen und rannen über die zarten Wangen. Das Atmen fiel ihr schwer, weil Verzweiflung ihr die Brust zuschnürte.

So kauerte sie eine endlos scheinende Weile am Boden, elend und verzweifelt. Bis sie sich irgendwann an die Aufzeichnungen Gwynneth Ruthvens erinnerte. War es der jungen Frau nicht ähnlich ergangen? War nicht auch sie eine Gefangene gewesen, eine Fremde unter Menschen, die ihr hätten nahe stehen sollen?

Der Gedanke gab Mary neuen Mut. Energisch wischte sie die Tränen beiseite, nahm den losen Stein aus der Mauer und holte den Köcher mit der Schriftrolle hervor.

Und weil es das Einzige war, das sie von ihrer trostlosen Lage ablenken konnte, begann sie erneut zu lesen und versenkte sich in das Vermächtnis Gwynneth Ruthvens, die vor über fünfhundert Jahren gelebt hatte.

Hier, an diesem Ort …

4.

Die Abtei von Dunfermline war um das Jahr 1070 gegründet worden. Im Auftrag von Königin Margaret hatten Benediktinermönche eine Priorei errichtet, die 1128 den Status einer Abtei erhalten und bis ins Hochmittelalter hinein als Stätte des Glaubens, der Bildung und der Kultur gewirkt hatte.

Der Westteil der großen, aus hellem Sandstein erbauten Kirche hatte sich bis in Walter Scotts Tage erhalten, während der Ostflügel im Zuge der mittelalterlichen Kriegswirren zerstört worden war. Erst vor wenigen Jahren hatte man damit begonnen, ihn wieder aufzubauen. Der Architekt William Burns, der ein persönlicher Bekannter Sir Walters war, hatte den Auftrag erhalten, den Kirchenbau nach alten Vorgaben zu vervollständigen – eine Arbeit, die insgesamt drei Jahre in Anspruch genommen und erst vor wenigen Monaten zu Ende gebracht worden war. Im Zuge dieser Bauarbeiten war in einer lange verschütteten Kammer das Grab König Roberts I. von Schottland entdeckt worden, der als Robert the Bruce in die Geschichte eingegangen war.

»Wie eindrucksvoll«, sagte Quentin, als er zum neu errichteten Kirchturm hinaufblickte, einem trutzigen, rechteckigen Bau, der von einer steinernen Balustrade gekrönt wurde. Der Schriftzug KING ROBERT THE BRUCE war darin eingemeißelt, sodass weithin zu lesen war, wessen sterbliche Überreste die Abtei von Dunfermline barg.

»Nicht wahr?« Sir Walter nickte. »An Stätten wie dieser ist die Vergangenheit lebendig, mein Junge. Und vielleicht ist sie ja gewillt, uns das eine oder andere Geheimnis preiszugeben.«

Sie betraten die Kirche nicht durch den Fronteingang, sondern durch das Seitenschiff, dessen Mauern von mächtigen Pfeilern abgestützt wurden. Seit ihrer Renovierung zeigte sich die Kirche dem Besucher wieder in ihrer alten Pracht, und Quentin war tief beeindruckt von der Fertigkeit früherer Baumeister und Handwerker. Der Kirchenraum, das Herzstück der heiligen Stätte, war einst von den Meistern von Durham errichtet worden und war einzig in seiner Art. Umlaufen wurde er von einer sechsbogigen Arkade, die von glatten zylindrischen Säulen getragen wurde.

Quentin hielt sich gern in Kirchen auf. In seinen Augen strahlten sie eine Würde und Ruhe aus, wie sie anderswo kaum zu finden waren, als sorgte die Gegenwart höherer Mächte dafür, dass in diesen Mauern nichts Böses geschehen konnte. In Dunfermline war dieses Gefühl besonders stark; vielleicht deshalb, weil Margaret, die Stifterin des Klosters, eine Heilige gewesen war, vielleicht aber auch wegen der Bedeutung, die dieser Ort für jeden Schotten hatte.

»Dort drüben«, flüsterte Sir Walter und zupfte Quentin am Ärmel seines Rocks. Mit demütig gesenkten Häuptern durchquerten sie das Hauptschiff und gingen zu der schmalen Treppe, die in die Krypta führte. Sir Walter schritt voraus, und sie gelangten in einen schmalen länglichen Raum, an dessen Stirnseite ein kleiner Altar errichtet war. Er war dem heiligen Andreas geweiht, dem Schutzpatron der schottischen Nation. Davor stand, umrahmt von dutzenden brennender Kerzen, der Sarkophag des Königs.

Es war ein mächtiges hölzernes Gebilde, das gut einen Yard hoch und breit und etwa doppelt so lang war. Trotz seines beträchtlichen Alters war der Sarkophag gut erhalten; die geschnitzten Bilder und Verzierungen, mit denen er versehen war, waren noch gut zu erkennen.

Die Deckplatte trug ein Relief, das den König zeigte, in voller Rüstung, mit seinem Schwert und dem Wappenschild des Löwen. Im flackernden Schein der Kerzen sah es fast so aus, als schliefe der Bruce nur und könnte jeden Augenblick erwachen.

»Hier also liegt der König«, sagte Quentin mit vor Ehrfurcht bebender Stimme. »Seit einem halben Jahrtausend.«

»Man war sich zunächst nicht sicher, ob man tatsächlich das Grab König Roberts gefunden hatte«, erläuterte Sir Walter. »Aber dann stellte man fest, dass die Brust des Leichnams geöffnet worden war, und man erinnerte sich an die Überlieferung, der zufolge es der letzte Wunsch des Bruce gewesen sei, sein Herz ins Heilige Land zu bringen. In den Quellen heißt es, der König habe sich mit einer Schuld beladen, von der er sich habe reinigen wollen. Ursprünglich hatte er selbst die Reise ins Gelobte Land antreten wollen. Als jedoch deutlich wurde, dass seine Gesundheit ihm dies nicht mehr erlauben würde, bat er seine Getreuen, ihm diesen letzten Wunsch zu erfüllen, auf dass seine Seele Ruhe finde.«

»Was war das für eine Schuld, Onkel?«

»Davon berichtet die Überlieferung nichts. Aber es muss etwas Schwerwiegendes gewesen sein, denn es heißt, der König habe bis zu seinem Tod daran getragen.«

Es war Quentin anzusehen, wie sehr ihn Sir Walters Worte beeindruckten. Dennoch – und auch deswegen, weil er nicht länger als nötig in der Gruft verweilen wollte – zog er das Stück Papier hervor, dass sie bei Professor Gainswick gefunden hatten, und verglich die Zeichnung des Professors mit der Darstellung auf der Grabplatte. »Die Bilder sind identisch«, stellte er fest. »Mit einer Ausnahme.«

»Auf der Deckplatte des Sarkophags fehlt die Rune«, stellte Sir Walter fest, ohne auch nur einen Blick auf die Zeichnung geworfen zu haben. »Ich dachte es mir bereits, denn andernfalls hätte sie mir irgendwann auffallen müssen. Andererseits ...«

Er trat vor und beugte sich über die Deckplatte, um sie genauer zu betrachten. »Eine Kerze, schnell«, raunte er Quentin zu, der sich beeilte, der Aufforderung nachzukommen. Im Schein der Flamme sah er, was seinen Onkel hatte aufmerken lassen: An der Stelle, wo sich das Runenzeichen hätte befinden sollen, war das Eichenholz abgeschliffen.

»Denkst du auch, was ich denke, Junge?«, erkundigte sich Sir Walter.

»Ich glaube schon, Onkel. Jemand hat das Zeichen verschwinden lassen. Fragt sich nur, aus welchem Grund.«

»Um von sich abzulenken«, sagte Sir Walter bestimmt.

»Du meinst, es könnten die Runenbrüder selbst gewesen sein, die das Zeichen entfernt haben?«

»Wer sonst? Sie haben schon weit Schlimmeres getan, um ihre Spuren zu verwischen.«

»Nun, vielleicht war es auch jemand, der die Erinnerung an die Sektierer auslöschen wollte.«

»Auch diese Möglichkeit kommt in Betracht«, räumte Sir Walter ein. »Leider erklärt weder die eine noch die andere Variante, welcher Zusammenhang zwischen König Robert und den Sektierern besteht. Was ist die Verbindung? Der Brand in der Bibliothek von Kelso, der Überfall auf Abbotsford, der Mord an Professor Gainswick, der bevorstehende Besuch des Königs und nun auch noch das Grab von Robert the Bruce – wie hängt all das zusammen? Ich muss zugeben, mein Junge, dass dieses Rätsel meinen bescheidenen Verstand übersteigt.«

»Es muss eine Antwort geben«, sagte Quentin überzeugt. »Professor Gainswick scheint sie gefunden zu haben, deshalb musste er sterben.«

»Das ist das nächste Rätsel: Woher wusste der Professor, dass das Schwert einst mit der Rune versehen war? Soweit mir bekannt ist, existieren keine zeitgenössischen Darstellungen des Sarkophags. Das Zeichen scheint aber schon vor langer Zeit entfernt worden zu sein. Wie also konnte Professor Gainswick davon Kenntnis haben?«

»Vielleicht hat er nur seine Schlüsse gezogen«, vermutete Quentin.

Im flackernden Kerzenlicht nahm er die restlichen Seiten des Sarkophags in Augenschein, die wie die Deckplatte mit halbplastischen Darstellungen verziert waren. Obwohl der Zahn der Zeit merklich an ihnen genagt hatte und das Holz an einigen Stellen faulig war, waren die Bilder noch gut zu erkennen; sie zeigten wichtige Stationen im Leben des Königs.

Auf der rechten Seite war die Schlacht von Bannockburn dargestellt, bei der Robert seinen legendären Sieg über die Engländer errungen hatte. Die gegenüberliegende Seite zeigte seine Akklamation und Krönung durch den schottischen Adel im Palace of Scone, die Darstellung auf der Vorderseite die Anerkennung seiner Regentschaft durch den päpstlichen Gesandten. Die Rückseite schließlich bildete einen Ritter ab, der unterwegs war zu einer seltsam aussehenden Burg mit hohen, gewölbten Dächern. Von anderen Bildern wusste Quentin, dass viele Künstler des Hochmittelalters das Heilige Land so dargestellt hatten. Bei sich hatte der Ritter eine Schatulle, die mit den Worten COR REGIS überschrieben war.

»Das Herz des Königs«, übersetzte Quentin ehrfürchtig. »Es stimmt also, was die Überlieferung berichtet. Das Herz von König Robert wurde von seinen Getreuen ins Heilige Land gebracht.«

»Aus welchem Grund auch immer«, fügte Sir Walter mit grimmiger Miene hinzu.

Quentin kannte seinen Onkel inzwischen gut genug, um dessen Züge ausreichend zu deuten, und er wusste, wann er einen Gedanken verfolgte, der ihm selbst nicht gefiel. »Onkel«, erkundigte er sich deshalb vorsichtig, »hältst du es für möglich, dass dieses Rätsel, dem wir auf der Spur sind, etwas mit dem Gelübde des Königs zu tun hat? Dass diese Schuld, von der du gesprochen hast, mit der Schwertrune in Verbindung steht? Oder gar mit der geheimen Bruderschaft?«

»Ich muss zugeben, dass ich an diese Möglichkeit gedacht habe, auch wenn mir allein der Gedanke daran wie ein Frevel erscheint. Die Frage ist, welcher Zusammenhang zwischen all dem hier besteht ...«

»Onkel!«, rief Quentin laut, der in dem Fries der Schlacht von Bannockburn plötzlich etwas entdeckt hatte.

Sir Walter war sofort bei ihm, und mit vor Aufregung zitternden Händen deutete Quentin auf eine Stelle im Relief, wo Reihen englischer Bogenschützen abgebildet waren. Mitten unter den filigran geschnitzten Figuren, sodass man es auf den ersten Blick gar nicht entdecken konnte, befand sich ein fremdartiges Zeichen.

Eine Rune.

»Allmächtiger«, entfuhr es Sir Walter, und er bedachte seinen Neffen mit einem bewundernden Blick. »Alle Achtung, Junge, du hast wirklich scharfe Augen. Dieses Zeichen wurde so unauffällig in das Bild gearbeitet, dass es kaum zu sehen ist.«

»Es ist seltsam«, sagte Quentin, den solch überschwängliches Lob stets erröten ließ. »Auf den ersten Blick ist das Zeichen nicht zu erkennen, Wenn man es aber erst einmal ausgemacht hat, kann man das Bild nicht mehr betrachten, ohne es zu sehen.«

»Eine geheime Botschaft«, flüsterte Sir Walter. »Geschickt verborgen vor aller Augen.«

»Was das Zeichen wohl bedeuten mag?«

»Ich bin nicht sehr bewandert in der Runenschrift«, gestand Sir Walter und reichte seinem Neffen Papier und Kohle. »Mach eine Kopie davon, dann werden wir zu Hause nachschlagen.«

Quentin nickte, legte das Papier auf die Stelle und schraffierte sanft mit der Kohle darüber, bis sich die Umrisse der Rune auf dem Papier abzuzeichnen begannen. Danach suchte er, beflügelt durch seinen Fund, auch die anderen Seiten des Sarkophags nach verborgenen Zeichen ab – und fand sie zuhauf.

Immer wieder traten aus dem Gewirr der Darstellung verschlungene Symbole zu Tage, gerade so, als wären sie vor ein paar Augenblicken noch nicht da gewesen. Im Kerzenschein untersuchten Sir Walter und Quentin den Sarkophag. Je länger sie auf die Darstellungen starrten, desto mehr Zeichen schälten sich aus dem Gewirr und wurden sichtbar. Nach etwa zwei Stunden hatten sie zwölf verschiedene Zeichen ausgemacht, die Quentin fleißig kopierte.

»Ich denke, das sind alle«, meinte Sir Walter.

»Wie kommst du darauf, Onkel?«

»Weil es dreizehn Zeichen sind, und dieser Zahl kam in der Runenkunde eine besondere Bedeutung zu.«

»Dreizehn? Wir haben nur zwölf Runen gefunden.«

»Du vergisst die Schwertrune auf der Deckplatte. Vielleicht hat Professor Gainswick ihre Existenz tatsächlich nur aus der der anderen zwölf Runen abgeleitet. Offenbar hatte er die Zeichen ebenfalls entdeckt.«

»Natürlich.« Quentin nickte. »Deshalb auch der Hinweis auf Abbotsford. Der Professor wollte uns damit sagen, dass die Rune auf der Wandtafel nicht die Signatur eines Handwerkers, sondern das Werk der Sektierer ist.«

»Vielleicht. Was allerdings auch bedeuten würde, dass die

Bruderschaft damals großen Einfluss besessen haben muss, wenn sie Agenten am Hof des Königs hatte. Vermutungen bringen uns jedenfalls nicht weiter. Wir werden zurückkehren nach Edinburgh und versuchen, diese Zeichen zu übersetzen. Wenn es tatsächlich eine geheime Botschaft ist, werden wir alles tun, um sie zu entschlüsseln. Vielleicht wird sich uns das Geheimnis schon bald offenbaren.«

»Das befürchte ich«, murmelte Quentin, aber so leise, dass sein Onkel ihn nicht hörte.

5.

Und Ihr seid Euch ganz sicher, dass Ihr all das wirklich erlebt habt? Dass es nicht nur ein böser Albtraum gewesen ist, der Euch heimgesucht hat?«

»Es war wirklich«, versicherte Gwynneth Ruthven. Allein die Erinnerung an die Ereignisse, die sich in den düsteren Kerkern der Burg abgespielt hatten, ließ sie erschaudern. »So wirklich wie Ihr und ich, Pater.«

Pater Dougal, ein junger Prämonstratensermönch, den sein Kloster nach Ruthven geschickt hatte, damit er dem Burgherrn und den seinen geistlichen Beistand leisten sollte, blickte Gwynneth prüfend an. Es war ihm anzusehen, dass der Bericht der jungen Frau ihn schockiert hatte. Duncan Ruthven sollte Mitglied einer heidnischen Bruderschaft sein? Noch dazu von einer, die sich die Vertreibung der christlichen Religion und die Wiedereinführung der heidnischen Götter zum Ziel gesetzt hatte?

Dougal war kein Narr. Er wusste wohl, dass mit der Einführung der christlichen Lehre das Heidentum längst nicht besiegt war. Obwohl die meisten Clansfürsten sich und ihre Familien hatten bekehren lassen, hielt sich in vielen Gegenden hartnäckig der Aberglaube an Naturgeister, an schwarze und weiße Magie sowie an Runenzeichen, denen man geheimnisvolle Bedeutung beimaß. Auch Dougal hatte einst daran geglaubt, und obwohl er inzwischen zum wahren Glauben gefunden hatte, gab es noch immer einen Teil von ihm, der sich vor ihrer Macht fürchtete. Druiden, Geheimbünde und verschlungene Zeichen – all diese Dinge machten ihm Angst. Und wie er nun erfahren musste, wirkten sie in nächster Nähe.

»Wenn Ihr Recht habt, Lady Gwynneth, dann …«

»Welchen Grund sollte ich haben, Euch zu belügen? Ich bin die Schwester des Fürsten. Könnt Ihr meinen Worten nicht vertrauen?«

»Das würde ich gern«, versicherte der Mönch und senkte beschämt den Blick. »Aber ich will ganz offen mit Euch sein. Ihr wurdet in Gesellschaft einer Person gesehen, die Eure Worte zumindest zweifelhaft macht. Ich will nicht sagen, dass ich Euch nicht glaube, aber die Tatsache, dass Ihr Euch selbst mit jenen Dingen beschäftigt, deren Ihr Duncan Ruthven bezichtigt, mindert meine Zweifel nicht.«

»Wovon sprecht Ihr?«, fragte Gwynn, und dann wurde es ihr klar: die alte Kala. Man musste sie zusammen gesehen haben, und offenbar hatte sich schnell herumgesprochen, mit wem sie sich außerhalb der Burgmauern traf.

»Ich weiß, was man über jene Frau sagt, Pater«, erklärte Gwynn deshalb, »aber ich kann Euch versichern, dass nichts davon wahr ist. Auch sie ist in den Geheimnissen der Runen bewandert und weiß von Dingen, deren Kenntnis anderen längst verloren gegangen ist. Aber sie steht nicht auf der Seite der Bruderschaft, und ihr liegt auch nichts daran, das dunkle Zeitalter erneut heraufzubeschwören. Sie weiß, dass ihre Zeit zu Ende ist, und hält Euch und Eure Brüder für jene, die die Tradition der weißen Magier fortsetzen.«

»Der weißen Magier? Wie darf ich das verstehen?«

»Kala sagt, dass es einst zwei Sorten von Runenkundigen gab: solche, die sich mit den hellen, den lichten Runen befassten und sie zum Wohl der Menschen einsetzten, aber auch die anderen, die die Kraft der Runen missbrauchten, um zu Macht und Ansehen zu gelangen und die bestehende Ordnung zu stürzen. Wie der geheimnisvolle Druide und seine Bruderschaft, die meinen Bruder in ihren Bann geschlagen haben.«

»Habt Ihr versucht, mit Eurem Bruder darüber zu sprechen?«

»Nein. In den letzten Wochen und Monaten musste ich feststellen, dass er sich immer mehr von mir entfernt hat. Ich fürchte, er könnte mich an seine Mitverschwörer verraten, und damit wäre nichts erreicht.«

»Eine Verschwörung also«, fasste Dougal atemlos zusammen. Gwynneth konnte sehen, dass er unter seiner groben grauen Wollkutte vor Aufregung zitterte. »Eine Verschwörung mit dem Ziel, William Wallace zu entmachten und dem Feind auszuliefern.«

»Und dabei werden die Runenbrüder es nicht bewenden lassen. Als Nächstes soll das fluchbeladene Schwert in den Besitz des jungen Earl of Bruce übergehen, der auf der Adelsversammlung zum Anführer ernannt werden soll. Man will ihm so den Sieg über seine Feinde ermöglichen und ihn zum König krönen, aber Robert wird immer unter dem Einfluss der Runenbrüder stehen. Er wird das tun, was sie von ihm verlangen, und ich habe sie sagen hören, dass sie das Kreuz vom Angesicht dieser Erde tilgen wollen.«

Pater Dougal war kreidebleich geworden. Mit den eingefallenen Zügen und dem kahl geschorenen Haupt, dem dünnen blonden Bart und den dunklen Rändern um die Augen sah er ohnehin nicht sehr gesund aus. Nun aber wirkte er um Jahre gealtert. Kopfschüttelnd und mit gesenktem Haupt stand er vor Gwynneth Ruthven und versuchte die Bedeutung ihrer Worte zu erfassen.

»Glaubt Ihr mir jetzt?«, fragte die junge Frau fast ängstlich. Pater Dougal war der Einzige, an den sie sich in ihrer Not wenden konnte. Wenn er ihr nicht vertraute oder sie gar an ihren Bruder verriet, war alles verloren.

»Ich glaube Euch«, versicherte er zu ihrer Erleichterung. »Allerdings bin ich mir nicht sicher, ob Ihr den rechten Mann ins Vertrauen gezogen habt, Lady Gwynneth. Ich bin nur ein einfacher Mönch. Wie könnte ich Euch also helfen?«

»Indem Ihr William Wallace eine Warnung zuteil werden lasst. Wie ich hörte, hält er sich gegenwärtig bei Mönchen verborgen, um sich von seinen Verletzungen zu erholen. Es sollte Euch also möglich sein, ihm über Eure Glaubensbrüder eine Nachricht zukommen zu lassen.«

»Das ist freilich wahr.«

»Dann kann ich auf Euch zählen, Pater?«

Dougal blickte ihr tief in die Augen, und für einen kurzen Moment kam es Gwynn so vor, als schaute er sie nicht mit den Augen eines Mönchs an, sondern mit denen eines jungen Mannes. Schließlich nickte er, und auf seinen blassen, ausgemergelten Zügen erschien ein schüchternes Lächeln.

»Ich werde Euch helfen, Lady Gwynneth«, versprach er. »In der Zeit, die ich hier auf Burg Ruthven verbracht habe, seid Ihr stets eine treue Tochter der Kirche gewesen, sodass ich auf das Geschwätz, das allenthalben zu hören ist, nichts geben will. Ich werde mich augenblicklich auf den Weg zu meinen Mitbrüdern machen. Sir William muss erfahren, welche Gefahr ihm droht.«

»Ich danke Euch, Pater Dougal«, versicherte Gwynn flüsternd. »Und bitte seht Euch vor.«

Damit verließ sie den Beichtstuhl und die Hauskapelle von Burg Ruthven und kehrte mit eiligen Schritten in ihre Kemenate zurück. Immer wieder blickte sie sich um, wollte sichergehen, dass ihr keiner folgte. Doch obwohl sie niemanden sehen konnte, gab es einen Zeugen ihres Gesprächs mit Pater Dougal.

Seit Duncan Ruthven unter dem Einfluss der Bruderschaft stand, war Ruthven Castle ein Ort des Misstrauens geworden, der Lügen und Intrigen. Spione, die dem Druiden und seiner Sekte hörig waren, lauerten in den Schatten und Nischen und verliehen den Wänden Augen und Ohren – und einer dieser Spione hatte Gwynneth Ruthvens Gespräch mit Pater Dougal belauscht.

Es dauerte nicht lange, bis Gwynneth in ihrer Kammer Besuch erhielt. Als sie die Tür öffnete und ihren Bruder sah, freute sie sich, denn schon sehr lange hatten sie nicht mehr miteinander gesprochen. Dann jedoch erblickte sie die Männer, die ihn begleiteten: zwei bewaffnete Wächter und außerdem ein Mann, dessen Alter unmöglich zu schätzen war. Sein Haar war grau und lang und wallte bis auf die Schultern herab, und ein wahres Ungetüm von Bart wucherte in seinem Gesicht.

Der Blick seiner Augen, die unter schwarzen Brauen hervorstarrten, war kalt und unheimlich. Seine gekrümmte Nase war scharf wie ein Messer, der Mund nur ein schmaler Strich. Gwynn konnte sich nicht erinnern, den Mann jemals zuvor gesehen zu haben – bis er sich bückte, um zusammen mit Duncan in ihre Kammer zu treten.

Der gebeugte, ein wenig schleppende Gang des Fremden kam Gwynneth sofort bekannt vor: Es war der Druide, der Anführer der Bruderschaft. Sie gab sich Mühe, sich ihre Bestürzung nicht anmerken zu lassen. Sich zur Ruhe zwingend, wartete sie, bis Duncan und sein Begleiter eingetreten waren. Leise fiel die Tür hinter ihnen ins Schloss, die beiden Wachen blieben draußen.

»Wie geht es dir, Schwester?«, erkundigte sich Duncan in lauerndem Tonfall, und Gwynn ahnte, dass dieses Gespräch keinen guten Verlauf nehmen würde.

»Wie sollte es mir gehen?«, fragte sie, während Duncans Begleiter sie unverblümt anstarrte. Die Gegenwart des Mannes war so einschüchternd, dass Gwynn unwillkürlich zurückwich.

»Ich hoffe doch, dass es dir gut geht?«

Gwynn kannte Duncan lange genug, um zu wissen, dass ihm nicht wirklich an ihrem Wohlbefinden gelegen war. »Was willst du, Duncan?«, fragte sie deshalb geradeheraus. »Und wer ist dieser Mann?«

»Natürlich.« Duncan nickte. »Wahren wir die guten Sitten. Das, liebe Schwester, ist Graf Millencourt.«

»Ein Graf?«, fragte Gwynn erstaunt. »Von welchem Clan?«

»Von keinem Clan, meine Liebe«, erwiderte Millencourt selbst, und Gwynneth erkannte die Stimme wieder, die in der Nacht unheimliche Beschwörungsformeln gemurmelt und die Pläne der Verschwörer dargelegt hatte. »Ich komme nicht aus Schottland, sondern aus Frankreich, einem großen Land, das auf der anderen Seite des Meeres liegt.«

»Mir ist durchaus bekannt, wo sich Frankreich befindet«, versetzte Gwynn, ihre Abneigung kaum verbergend. »Nur wusste ich nicht, dass mein Bruder dort Freunde hat.«

»Der Graf ist weit mehr als das, Schwester«, wies Duncan sie brüsk zurecht. »Er ist nicht nur ein Freund, sondern ein treuer Verbündeter, der mir helfen wird, die Feinde Ruthvens zu besiegen. Und er ist kein Fremder in unserem Land, denn seine Wurzeln sind keltisch, genau wie unsere.«

»Seither ist einige Zeit vergangen«, sagte der Graf, und ein falsches Lächeln umspielte seinen schmalen Mund. »Viel hat sich geändert in diesem Land. Aber vielleicht wird eines Tages alles wieder so werden, wie es früher war.«

»Das will ich nicht hoffen«, versetzte Gwynn in einem Anflug von Starrsinn. Die Art des Grafen gefiel ihr nicht, sie war voller Hinterlist und Hochmut.

»Du solltest dem Grafen gegenüber ein wenig höflicher sein, Schwester«, mahnte Duncan. »Schließlich ist er ein Gast unseres Hauses.«

»In erster Linie ist er dein Gast, Duncan. Ich glaube nicht, dass Vater ihn in unserem Haus willkommen geheißen hätte.«

»Aber unser Vater ist nicht mehr am Leben!«, sagte Duncan so laut, dass seine Stimme sich fast überschlug. »Die Zeiten haben sich geändert. Ich bin jetzt der Herr von Ruthven, ich ganz allein, und es steht mir frei, mir meine Freunde und Verbündeten selbst auszuwählen.«

»So ist es«, räumte Gwynneth ein. »Aber du solltest dabei große Sorgfalt walten lassen, denn nicht immer sind Menschen das, was sie zu sein vorgeben.«

»Ich weiß«, sagte Duncan und senkte das Haupt. Für einen Augenblick glaubte Gwynneth schon, ihre Worte hätten ihn tatsächlich zum Nachdenken gebracht; als er den Kopf jedoch wieder hob, loderte ein Feuer in seinen Augen, das sie erschreckte. »Wie ich feststellen musste, Schwester, sind es gerade diejenigen, die mir am nächsten stehen, denen ich nicht vertrauen kann und die mir in diesen Tagen in den Rücken fallen.« Damit griff er unter seinen Umhang und zog einen Gegenstand hervor, den er Gwynneth hinhielt. »Erkennst du das wieder?«

Gwynn erkannte es sehr wohl, und sie schlug die Hand vor den Mund, um nicht laut zu schreien. Es war ein schlichtes Holzkreuz – jenes Kreuz, das Pater Dougal um den Hals getragen hatte.

»Was ist geschehen?«, fragte sie flüsternd. Entsetzt starrte sie ihren Bruder dabei an.

»Nichts weiter.« Duncan zuckte mit den Schultern. »Ich habe lediglich beschlossen, dass wir des geistlichen Beistands von Pater Dougal nicht länger bedürfen.«

»Du ... du hast ihn umgebracht«, sprach Gwynneth das Unvorstellbare aus. »Einen Mann der Kirche.«

»Ich habe nichts dergleichen getan«, erwiderte Duncan hämisch. »Aber wie ich hörte, hat sich der Pfeil eines Bogenschützen verirrt und den armen Pater in den Rücken getroffen, gerade als er die Burg verlassen wollte. Kannst du dir denken, wohin er wollte?«

»Nein«, sagte Gwynneth tonlos und ließ sich auf einen Hocker sinken. Ihre Knie fühlten sich plötzlich weich an, und ihr wurde übel. Düstere Ahnungen beschlichen sie.

»Dann will ich Eurem Gedächtnis ein wenig auf die Sprünge helfen, meine Liebe«, warf Millencourt ein.

Herrisch baute er sich vor ihr auf, blickte mit in die Hüften gestemmten Armen auf sie herab, wie ein Grundherr, der über eine Leibeigene zu richten hat. »Ihr wurdet belauscht, Gwynneth Ruthven, wie Ihr Pater Dougal Geheimnisse anvertraut habt, die besser verborgen geblieben wären. Dinge, die Ihr nie hättet erfahren und die Ihr nie hättet sehen dürfen. Dinge, die nicht für Eure Augen und Eure Ohren bestimmt gewesen sind.

Eure weibliche Neugier hat Euch wohl dazu verleitet, aber Ihr hättet ihr besser nicht nachgegeben, denn nun werdet Ihr schwer dafür zu büßen haben. Genau wie Dougal.«

»Ihr seid es gewesen, nicht wahr?«, fragte Gwynn. »Ihr steckt hinter allem. Ihr habt den Verstand meines Bruders vergiftet und ihn zu einem Schatten seiner selbst gemacht, zu einem Leibeigenen, der Euch willenlos gehorcht.«

»Mäßige deine Zunge, Schwester!«, schrie Duncan. »Graf Millencourt ist mein Freund und Mentor. Unter seiner Führung wird Schottland wieder werden, wie es einst gewesen ist: stark und mächtig. Und er will, dass Ruthven das mächtigste aller Häuser in Schottland wird, so wie es das Begehr unseres Vaters war.«

»Bist du blind?«, fragte Gwynn kopfschüttelnd. »Hat er dich auch mit einem Fluch belegt, sodass du sein wahres Gesicht nicht erkennen kannst? Es geht ihm nicht um dich, Duncan, und es geht ihm auch nicht um Ruthven. Es geht ihm nur um seine eigenen Ziele, und um sie zu erreichen, ist ihm jedes Mittel recht.«

»Hör nicht auf sie, mein Bruder«, raunte der Graf Duncan zu. »Sie ist verwirrt und weiß nicht, wovon sie redet.«

»Ich weiß sehr gut, wovon ich rede«, widersprach Gwynn. Ihre sonst so sanften Züge erröteten, Empörung trat anstelle ihrer Furcht. »Ich weiß, dass dieser da« – sie deutete auf den Grafen – »nicht das ist, wofür er sich ausgibt. Er ist nicht von Adel, und er stammt auch nicht aus Frankreich. Möglicherweise ist er nicht einmal ein Mensch.«

»Aber, meine Liebe«, fragte Millencourt mit breitem Grinsen. »Was sollte ich denn sonst sein?«

»Ich weiß es nicht. Aber man hat mir gesagt, dass Ihr älter seid als jeder Mensch und schon seit Jahrhunderten auf dieser

Erde wandelt. Vielleicht seid Ihr ein Gesandter des Bösen. Ein Dämon. Ein Bote der Finsternis.«

Einen Augenblick lang sagte Millencourt nichts. Dann warf er den Kopf in den Nacken und brach in schallendes Gelächter aus, das von der niederen Decke der Kammer widerhallte. Duncan, den die Worte seiner Schwester für einen kaum merklichen Moment erschreckt hatten, fiel in das Gelächter des Grafen ein, und Gwynneth wusste, dass sie keine Chance hatte, den Bann zu lösen, unter dem er stand.

»Was weißt du schon, Schwester?«, spottete Duncan lachend. »Du bist nur ein dummes Weib und ahnst nichts von den Möglichkeiten, die sich uns bieten. Wir stehen am Beginn eines neuen, großen Zeitalters, in dem wir wieder stark sein und herrschen werden.«

»Du solltest dich reden hören«, versetzte Gwynn. »Vater hätte so etwas nie gebilligt. Er stand immer treu zu seinem Land und zu seinem Glauben. Du jedoch hast alles verraten.«

»Vater war ein Narr«, zischte Duncan hasserfüllt. »Ich habe ihm gesagt, dass Braveheart ein Verräter ist, der uns alle ins Verderben führen wird, aber er wollte nicht auf mich hören. Er hat seine eigenen Entscheidungen getroffen, so wie ich nun die meinen treffe. Ich habe ihn nicht darum gebeten, in die Schlacht zu ziehen und mir Ruthven zu vermachen. Er hat mir diese Last ungefragt aufgebürdet, hat mich allein gelassen ohne Rat und Plan.«

»Du bist verletzt«, stellte Gwynneth fest. Darauf regte sich etwas in Duncans Zügen, und für einen kurzen Moment erinnerte er an den kleinen, unschuldigen Jungen, den sie einst als ihren Bruder gekannt und geliebt hatte.

Behutsam streckte sie die Hand nach ihm aus. »Bruder«, sagte sie leise, »ich weiß, dass du eine große Verantwortung zu tragen hast. Es ist schwer, auf sich gestellt zu sein und Entscheidungen treffen zu müssen, nicht wahr? Aber du bist nicht allein, Duncan. Vater wird immer bei dir sein, ebenso wie ich. Gemeinsam können wir viel erreichen. Es ist noch nicht zu spät. Alles kann wieder gut werden, hörst du?«

Für einen Augenblick war tatsächlich Zögern in Duncan Ruthvens Augen zu lesen, eine unbestimmte Sehnsucht nach einer Zeit, in der die Dinge weniger verworren gewesen waren, in der er noch gewusst hatte, wem seine Loyalität galt und wohin er gehörte.

Der Graf sah es wohl; plötzlich schienen ihn Bedenken zu plagen, dass sein ergebener Schüler sich von ihm abwenden könnte. »Hör nicht auf sie, Duncan!«, sagte er eindringlich. »Merkst du nicht, was sie vorhat? Sie will deine Entschlossenheit brechen und deinen Verstand vergiften.«

»Nein«, sagte Gwynneth bestimmt, »das will ich nicht. Ich will nur, dass mein Bruder wieder der wird, der er einst war.«

»Achte nicht auf sie, Duncan. Ihre Worte sind voller Falsch und Hohn. Sie will dich nur um dein verdientes Erbe bringen, um das, was dir von Rechts wegen zusteht. Spürst du nicht das Gift, das sie mit ihren Worten verspritzt? Sie ist eine Hexe.«

»Eine Hexe«, echote es tonlos aus Duncans Mund. Das unheimliche Flackern in seinen Augen setzte wieder ein, die Unsicherheit verschwand. Da wusste Gwynn, dass sie verloren hatte. Der Einfluss des Grafen war größer als ihrer, genau wie Kala es prophezeit hatte.

»Geh mir aus den Augen!«, herrschte Duncan sie an. »Was du auch sagst, Schwester, du wirst mich nicht von meinem Entschluss abbringen. Ich habe mich entschieden, auf wessen Seite ich stehe, und ich werde meine Meinung nicht ändern, weder jetzt noch später. Das Haus Ruthven soll auf ewig mit der Bruderschaft der Runen verbunden sein. Das schwöre ich bei meinem Blut!«

»O Duncan!« Gwynn schüttelte entsetzt das Haupt. »Du weißt ja nicht, was du sagst.«

»Im Gegenteil. Die Geschichte ist ein ewiger Kreislauf, Schwester. Alles wiederholt sich. William Wallace hat uns alle belogen. Er hat unseren Vater verraten, und nun wird er verraten. Hast du wirklich geglaubt, du könntest uns aufhalten? Indem du einen einfältigen Mönch ausschickst, um Wallace zu warnen? Ein einziger Pfeil hat ausgereicht, um seinem Tatendrang ein Ende zu setzen. Niemand kann uns aufhalten, Gwynneth. Niemand, hörst du?« Erneut stimmte er das kalte, höhnische Gelächter an, in welches der Graf mit einfiel.

Gwynn konnte nicht anders, als tiefen Abscheu zu empfinden. »Was ist nur aus dir geworden, Bruder?«, flüsterte sie schaudernd.

»Ich habe das wahre Wesen der Dinge erkannt. Und nenne mich nie wieder deinen Bruder, denn von diesem Augenblick an ist das Band zwischen uns zerschnitten. Du hast gegen mich gearbeitet und wolltest mich an den Feind verraten. Nicht länger sollst du ein Mitglied unserer Familie sein, sondern eine Ausgestoßene ohne Land und Namen. Du sollst bekommen, was du als Verräterin verdienst.«

»Nein«, hauchte Gwynn, aber die Züge ihres Bruders blieben hart und unnachgiebig. Laut rief er nach den Wachen und wies sie an, sie in die oberste Kammer des Westturms zu sperren, bis er entschieden hätte, was mit ihr geschehen sollte.

»Duncan, mein Bruder«, rief Gwynn mit Tränen in den Augen. »Was ist nur aus dir geworden? Welcher Dämon hat von dir Besitz ergriffen?«

»Ich kann dich nicht hören«, erwiderte der Herr von Ruthven kalt, »denn ich habe keine Schwester mehr. Und du, Weib, hüte deine Zunge, ehe ich sie dir heraustrennen lasse. Hinfort mit dir!«

Die Wächter ergriffen Gwynn und führten sie ab, aus der Kammer und hinaus auf den Korridor. Noch einmal wandte sie sich um, erheischte einen letzten Blick auf die steinerne Miene ihres Bruders und den hämisch lachenden Grafen. Dann schlug die Tür hinter ihr zu, und vor ihr lag der lange, dunkle Gang in eine ungewisse Zukunft.

Wie gebannt las Mary den Bericht zu Ende, und einmal mehr fühlte sie sich, als nähme sie selbst an den Geschehnissen teil, die sich damals auf Burg Ruthven abgespielt hatten ...

Man brachte Gwynneth in den Westturm und setzte sie in der Turmkammer gefangen. Dort fristete sie ein trauriges Dasein bei Kälte, Wasser und Brot, voller Verzweiflung über die böse Wendung, die die Dinge für sie genommen hatten. Nach einigen Tagen erhielt sie Besuch. Es war Kala, die unvermittelt vor der Tür auftauchte und sich durch das Türblatt mit ihr unterhielt. Kala behauptete, dass die Hoffnung noch nicht verloren sei, und sprach Gwynneth Trost und Mut zu. Dann schob sie etwas unter der Tür hindurch, das Gwynn verblüfft entgegennahm: Tinte, Siegelwachs und Pergament.

Das Runenweib ermunterte Gwynn, ihre Geschichte niederzuschreiben, jede traurige Einzelheit davon, und die Aufzeichnungen anschließend in der Mauer zu verstecken, wo sie einen Hohlraum und einen ledernen Behälter finden werde. Eine Erklärung dafür gab sie nicht, und Gwynn fragte auch nicht danach – sie war nur dankbar dafür, etwas zu haben, womit sie sich von ihrem traurigen Los ablenken konnte. Ihr Vater hatte darauf bestanden, dass sie Sprache und Schrift beherrschte, obwohl es ungewöhnlich war für eine Frau, und so würde es ihr keine Mühe bereiten, ihre Geschichte niederzuschreiben, wie die alte Kala es verlangte.

Als die Greisin sich von ihr verabschieden wollte, erkundigte sich Gwynn nach ihrer Zukunft. »Die Zukunft«, gab Kala zur Antwort, »ist schwer zu sehen in diesen Tagen. Die Welt ist in Aufruhr, und die Runen enthüllen nicht all ihre Geheimnisse.«

»Dann sag mir zumindest, was aus mir wird«, verlangte Gwynn.

Das Runenweib zögerte. »Du wirst stark sein müssen«, sagte sie. »Ich habe dein Ende gesehen, dunkel und böse. Dein Bruder hat eure Familie an finstere Mächte verraten, mein Kind, und ihnen wird sie gehören, viele Generationen lang.«

»Dann ... gibt es keine Hoffnung mehr?«

»Hoffnung gibt es immer, Gwynneth Ruthven, selbst an einem Ort wie diesem. Nicht jetzt, aber in vielen hundert Jahren. Wenn ein halbes Jahrtausend verstrichen ist, mein Kind, wird man sich deiner Taten und Leiden erinnern. Und eine junge Frau wird erkennen, wie sehr ihr Schicksal dem deinen gleicht. Sie wird sich entschließen, es zu ändern und der finsteren Macht den Kampf anzusagen. Dann erst wird sich das Schicksal des Hauses Ruthven entscheiden.«

Mit diesen Worten endete Gwynneth Ruthvens Bericht, und Mary saß wie vom Donner gerührt. Sie ging zurück und las den letzten Abschnitt ein zweites Mal, übersetzte nochmals jedes einzelne Wort, um sich zu vergewissern, dass ihr kein Fehler unterlaufen war.

Der Wortlaut des Textes blieb derselbe – aber wie war so etwas möglich? Wie konnte die alte Kala vor so vielen Jahrhunderten gewusst haben, was sich in ferner Zukunft ereignen würde? War sie tatsächlich ein Runenweib gewesen, eine Frau, die magische Fähigkeiten besaß und in die Zukunft blicken konnte? Hatte sie damals schon gesehen, was Mary widerfahren würde?

Mary of Egton war zu sehr Realistin, um solche Dinge für möglich zu halten. Sie glaubte an Romantik und an die Kraft der Liebe, an das Gute im Menschen und daran, dass alles im Leben zu einem bestimmten Zweck geschah – aber Magie und Zauberei waren Dinge, die sich mit ihrem modernen Weltbild nicht vereinbaren ließen.

War also alles nur Zufall?

Wollte sie in ihrer Verzweiflung und ihrer Einsamkeit eine Verbindung sehen, die es in Wirklichkeit gar nicht gab?

Andererseits war da die alte Dienerin, die so verblüffende Ähnlichkeit mit Kala besaß. Und die vielen Übereinstimmungen zwischen ihr und Gwynneth Ruthven. All die Träume, die sie gehabt hatte und die so seltsam wirklich gewesen waren ...

Hatte die Greisin also Recht? Waren Mary und Gwynneth Ruthven tatsächlich Seelenverwandte? Schwestern im Geiste, deren Verbindung zueinander so eng war, dass sie die Jahrhunderte überdauerte? Und waren das Runenweib und jene geheimnisvolle Dienerin tatsächlich ein und dieselbe Person?

Mary schüttelte den Kopf. Das war einfach zu fantastisch, um es zu begreifen. Die einzige Person, die ihr sagen konnte, ob all das wirklich war oder ob sie vielmehr dabei war, den Verstand zu verlieren, war die alte Dienerin. Wenn Mary Gewissheit wollte, musste sie sie zur Rede stellen und Klarheit von ihr verlangen.

Mary war überzeugt, dass dies die klügste Vorgehensweise wäre. Sie hatte nur einen entscheidenden Nachteil: Um die Dienerin zu befragen, musste sie die Turmkammer verlassen.

Es kostete sie einige Überwindung, aufzustehen und an die Tür zu treten. Ihre Glieder waren steif vor Kälte, die Hände eisig und gefühllos. Vorsichtig legte sie ihr Ohr an die Tür, um zu lauschen. Dann beugte sie sich hinab und warf einen Blick durch den Spalt zwischen Tür und Boden. Die Luft schien rein zu sein.

Mary atmete tief durch. Sie wusste, dass sie sich nicht ewig in diesem Turm verstecken konnte, aber zumindest für die vergangene Nacht war ihr die Kammer eine sichere Zuflucht gewesen. Sie erinnerte sich, dass die alte Kala die Turmkammer als einen der wenigen Orte der Burg bezeichnet hatte, in die das Böse noch nicht vorgedrungen war. Vielleicht war das der Grund dafür, dass Mary alle Überwindung aufbringen musste, um die rostige Klinke niederzudrücken und nach draußen zu schlüpfen.

Vor der Tür war tatsächlich niemand. Lautlos einen Fuß vor den anderen setzend, stieg Mary die Stufen hinab. Den Köcher mit Gwynneths Aufzeichnungen presste sie an sich wie einen wertvollen Schatz. Sie waren alles, was ihr geblieben war, ihr einziger Trost.

Dem Sonnenlicht nach zu urteilen, das durch die hohen, schmalen Öffnungen fiel, war es inzwischen Mittag. Man hatte ihr kein Essen gebracht, vermutlich wollte man sie dazu nötigen, ihr selbst gewähltes Exil zu verlassen. Wäre es nach ihrem Hunger gegangen, hätte Mary es noch geraume Zeit in der Turmkammer ausgehalten. Sie war genügsam, und es machte ihr nichts aus, Entbehrungen hinzunehmen. Und ohnehin litt sie lieber Hunger, als mit Malcolm of Ruthven an einem Tisch zu speisen.

Leise huschte sie durch die Korridore, durch die sie in der Nacht in heller Panik geflohen war. Noch immer konnte sie die Angst fühlen, wie ein Echo, das durch die Burg geisterte. Mary hielt sich nicht damit auf, ihre Kammer aufzusuchen, sondern begab sich hinab zur Küche, wo das Gesinde zu Mittag aß. In Gegenwart der Bediensteten, so hoffte sie, würden die Ruthvens sich keine Blöße geben wollen und sie in Ruhe lassen.

Den Speisesaal, wo Malcolm und seine Mutter vermutlich gerade aßen, umging sie und nahm die schmale, steile Treppe, die eigentlich den Dienstboten und Kammerzofen vorbehalten war. Auf diese Weise gelangte sie in jenen Bereich der Burg, in den die hohen Herrschaften gewöhnlich keinen Fuß setzten.

Hier gab es keine Wandteppiche oder Gemälde, und die wenigen Möbel waren grob gezimmerte, derbe Schränke. Aus der Küche drang der Geruch von frisch zubereitetem Wildbret, das Marys Magen nun doch ein wenig knurren ließ. Eine Dienerin, die ihr mit einem Tablett entgegenkam, hätte es beinahe fallen lassen, als sie Mary erblickte.

»Mylady!«, rief sie entsetzt.

»Ruhig«, beschwichtigte sie Mary und blickte sich vorsichtig um. »Bitte, hab keine Angst, ich will dich nur etwas fragen.«

»Wie Mylady wünschen.« Die Dienerin, eine junge Frau von vielleicht siebzehn Jahren, verbeugte sich flüchtig. »Was kann ich für Mylady tun?«

»Ich suche jemanden«, erklärte Mary. »Eine alte Schottin, die hier als Dienerin arbeitet.«

»Eine alte Schottin?« Das Mädchen blickte sie seltsam an. »Wie ist ihr Name?«

»Das weiß ich nicht«, erwiderte Mary ein wenig verlegen. »Ich dachte, sie wäre vielleicht hier. Sie ist sehr alt und hat weißes Haar.«

Die Dienerin dachte kurz nach, schüttelte dann entschieden den Kopf. »Hier gibt es niemanden, der so aussieht«, erklärte sie schlicht.

»Aber ich bin ihr mehrfach begegnet.«

»Es tut mir Leid«, murmelte die Dienerin, »Mylady müssen sich irren.« Und noch bevor Mary etwas erwidern konnte, huschte sie mit ihrem Tablett schon den Gang hinab und verschwand um eine Biegung.

Mary wusste sich darauf keinen Reim zu machen. Nun, das Mädchen war jung, möglicherweise arbeitete es noch nicht lange genug auf Burg Ruthven, um alle Bediensteten zu kennen. Mary redete sich ein, dass es so sein musste, und folgte dem Gang zur Küche. Dabei passierte sie den Speiseraum der Bediensteten – ein dunkles, fensterloses Gewölbe mit Ruß und Schimmel an der Decke. Ein langer, grob gezimmerter Holztisch und schäbige Stühle bildeten die karge Einrichtung, ein paar Kerzen auf dem Tisch verströmten spärliches Licht.

Mary verspürte Beklemmung bei dem Gedanken, dass Kitty hier unten hatte speisen müssen. Auch wenn sie ihre Zofe vermisste und froh gewesen wäre, die Freundin an ihrer Seite zu haben, war es vielleicht besser, dass Eleonore sie nach Hause geschickt hatte. Zumindest brauchte sie das alles nicht mehr zu ertragen.

Am Tisch saßen mehrere junge Burschen und waren damit beschäftigt, eine dünne Suppe zu löffeln. Von dem Wild, das die Herrschaften speisten, hatten sie nichts abbekommen. Einer der jungen Männer war Sean, der Schmiedegeselle, auf dessen Hochzeit Mary gewesen war. Als er sie erblickte, zuckte er zusammen und sprang auf, um sich zu verbeugen. Die anderen Burschen wollten es ihm gleichtun, aber Mary hob beschwichtigend die Hände.

»Bitte«, sagte sie schnell, »bleibt sitzen und esst weiter. Ich möchte euch nicht stören, ich suche nur jemanden.«

»Wen, Mylady?«, erbot sich Sean. »Vielleicht kann ich Ihnen helfen.«

Erneut beschrieb Mary die Frau, die sie suchte – eine alte Dienerin mit schwarzem Gewand und schlohweißem Haar, mit tiefen Falten, die sich in das wettergegerbte Gesicht gegraben hatten. Aber auch auf den Zügen des Gesellen zeigte sich Unverständnis.

»Es tut mir Leid, Mylady«, sagte Sean, »aber eine solche Dienerin kenne ich nicht.«

»Du musst dich irren«, beharrte Mary. »Ich habe mehrfach mit ihr gesprochen. Sie hat mich in meiner Kammer besucht.«

Sean tauschte betroffene Blicke mit den anderen Burschen. »Es tut mir wirklich Leid, Mylady«, sagte er noch einmal und senkte den Blick. Seine groben, aber ehrlichen Gesichtszüge waren jedoch nicht dazu angetan, jemanden zu täuschen. Mary konnte deutlich sehen, dass er ihr etwas verschwieg.

»Damit gebe ich mich nicht zufrieden«, stellte sie klar. »Ich will wissen, was es mit dieser Dienerin auf sich hat. Wenn du etwas weißt, Sean, dann musst du es mir sagen. Sofort.«

»Nein.« Der junge Schmied schüttelte den Kopf. »Ich bitte Sie, Mylady, verlangen Sie das nicht von mir.«

»Warum nicht? Haben sich alle in dieser Burg gegen mich verschworen? Selbst du, mein lieber Sean? Ich bin auf deiner Hochzeit gewesen, vergiss das nicht, und ich habe dir und deiner jungen Frau Glück gewünscht.«

»Wie könnte ich das jemals vergessen, Mylady?«, sagte er, und seine Stimme klang fast flehend. »Aber bitte fragen Sie nicht weiter.«

»Ich fürchte, ich habe keine andere Wahl, Sean. Sage mir, was du weißt. Wenn meine Bitten dich nicht erweichen können, dann muss ich es dir befehlen.«

Wieder blickte der junge Mann Hilfe suchend die anderen Burschen an, aber die hielten die Köpfe gesenkt. Schließlich nickte er widerstrebend. Argwöhnisch sah er sich um, dann beugte er sich zu Mary.

»Mylady müssen sich vorsehen«, flüsterte er so leise, dass sie ihn kaum verstehen konnte. »Dunkle Dinge gehen an diesem Ort vor sich. Böse Dinge.«

»Wovon sprichst du?«

Sean zögerte noch einen Augenblick, aber ihm schien klar zu sein, dass es nun kein Zurück mehr gab. »Haben Mylady schon einmal etwas von Glencoe gehört?«, fragte er. »Von dem Massaker, das sich dort ereignet hat?«

»Natürlich«, bestätigte Mary. Sie erinnerte sich, in Sir Walters Geschichtsbuch davon gelesen zu haben. Im Januar 1692 war es im Tal von Glencoe zu einem heimtückischen Überfall der Campbells auf den MacDonald-Clan gekommen, den viele MacDonalds mit dem Leben bezahlt hatten. Ein blutiges Kapitel schottischer Geschichte, das allerdings hundertdreißig Jahre zurücklag.

»Am Vorabend des Massakers«, berichtete Sean mit einer Stimme, die Mary schaudern ließ, »wurde im Tal von Glencoe die Bean Nighe gesichtet.«

»Wer ist das?«

»Eine alte Frau«, erwiderte Samuel düster. »Sie wurde beobachtet, wie sie Kleider im Fluss wusch.«

»Und?«, fragte Mary, die sich nicht denken konnte, was das mit der alten Dienerin zu tun haben mochte.

»Jene alte Frau«, fuhr der Geselle fort, »trug schwarze Kleider und hatte langes weißes Haar, genau wie die Dienerin, von der Sie erzählt haben. Auf Burg Ruthven arbeiten keine alten Leute, weil der Laird und die Herrin nur junge Gesichter und starke

Hände um sich haben wollen. Aber ich denke, dass die Frau, die Sie gesehen haben ...«

»Ja?«

Sean schüttete den Kopf und presste die Lippen fest aufeinander, als wollte er um jeden Preis verhindern, dass auch nur noch ein Wort über seine Lippen kam.

»Bitte, Sean«, drängte Mary, »ich muss es wissen. Was immer es auch sein mag, du kannst es mir sagen.«

»Auch, wenn es schrecklich ist?«, fragte der junge Mann elend.

»Auch dann.«

»Sie sollen wissen, Mylady, dass die Bean Nighe schon vor dem Massaker gesehen wurde und auch später. Sie ist sehr alt und taucht an den verschiedensten Orten auf. Nicht jeder kann sie sehen, aber jeder, dem sie erscheint ...«

»Ja?«

»Man sagt, dass der, dem sie erscheint, nicht mehr lange zu leben hat, Mylady«, flüsterte Sean.

Mary stand wie vom Donner gerührt.

»Danke, Sean«, flüsterte sie tonlos, während sie fühlte, wie ihre Knie weich wurden.

»Es tut mir Leid, Mylady«, versicherte der junge Schmied bestürzt. »Ich wollte es Ihnen nicht sagen, aber Sie haben mir keine Wahl gelassen.«

»Ich weiß.« Mary nickte.

»Es tut mir so Leid.«

»Es ist gut, Sean.« Sie zwang sich zu einem Lächeln. »Du kannst nichts dafür. Ich wollte es ja unbedingt wissen. Setz dich und iss weiter. Du bist sicher noch hungrig.«

»Nicht sehr ... Vielleicht gibt es etwas, das ich für Mylady tun könnte. Brauchen Mylady Hilfe?«

»Nein, mein lieber Freund. Was immer es mit diesen Dingen auf sich hat, muss ich selbst klären. Niemand kann mir dabei helfen.«

Sie wandte sich um und verließ das Gewölbe, verfolgt von beklommenen Blicken. Auf dem Weg nach oben hörte Mary noch immer Seans Worte, die wie ein Echo in ihrem Kopf nachhallten, und sie schauderte.

Schließlich erreichte sie die Eingangshalle und passierte die große Tür. Ihr war übel, und sie brauchte dringend frische Luft. Als sie ins helle Mittagslicht trat und die raue Luft in ihre Lungen drang, fühlte Mary sich tatsächlich ein wenig besser. Und schließlich meldete sich ihre Vernunft auch wieder zu Wort.

Es war allgemein bekannt, dass die Schotten ein abergläubisches Volk waren. Sie glaubten an geheimnisvolle Vorzeichen und derlei Hokuspokus, an Naturgeister und Fabelwesen. Die Bean Nighe war gewiss nur eine weitere Ausgeburt der fantasiebegabten schottischen Seele, redete sich Mary mit aller Kraft ein. Und dennoch ...

Wie erklärte es sich, dass sie selbst die alte Frau gesehen hatte, während sich kein anderer an sie erinnerte? Wie konnte die Alte von Dingen gewusst haben, die sich vor so langer Zeit ereignet hatten? Ganz zu schweigen von dem Turmzimmer, dem Tagebuch Gwynneth Ruthvens, Marys seltsamen Träumen ... Selbst der rationalste Geist würde zugeben müssen, dass die Anhäufung dieser Vorfälle mehr als geheimnisvoll war.

Am liebsten hätte Mary mit jemandem darüber gesprochen, hätte die Meinung eines unbeteiligten Dritten gehört, aber sie war allein, umgeben von Feinden und mit der düsteren Aussicht, vielleicht nicht mehr lange zu leben.

Noch am Vortag hätte sie über Seans Worte vielleicht nur gelacht. Nach der vergangenen Nacht lachte Mary nicht mehr.

Furcht kroch aus ihrem Innersten empor und schnürte ihr die Kehle zu. So sehr sie nach rationalen Erklärungen suchte – es gab zu viele Widersprüche, zu viele Fragen, die sich nicht beantworten ließen. Es sei denn, sie akzeptierte, dass Dinge zwischen Himmel und Erde existierten, die sich mit bloßer Vernunft nicht erklären ließen.

Geisterwesen und Weissagungen. Seelen, die über die Grenzen der Zeit hinweg miteinander verbunden waren ... Gab es derlei Dinge wirklich? Oder war sie vielleicht doch dabei, den Verstand zu verlieren? Hatten Kummer und Einsamkeit sie wahnsinnig werden lassen? Versuchte ihr Geist auf diese Weise, der tristen Realität zu entkommen?

Nein.

Was sie gesehen und erlebt hatte, war real gewesen. Keine Einbildung und kein Aberglaube, sondern Wirklichkeit. Auch Malcolms Raserei hatte sie sich nicht eingebildet, wenngleich ihr die Ereignisse der vergangenen Nacht jetzt wie ein wüster Albtraum erschienen. Ließ Mary alle vernunftmäßigen Bedenken beiseite, konnte das nur eines bedeuten: Das Schicksal hatte ihr eine Warnung zukommen lassen, eine Ahnung von dem, was geschehen würde, wenn sie ihren Weg nicht änderte.

Gwynneth Ruthven hatte bis zuletzt an das Gute in ihrem Bruder geglaubt, hatte nicht wahrhaben wollen, wie schlecht es um ihn – und damit auch um sie – bestellt gewesen war. Mary durfte nicht den gleichen Fehler begehen. Sie musste handeln, bevor es zu spät war. Nur aus diesem Grund hatte die alte Dienerin ihr geraten, Ruthven zu verlassen. So fügte sich alles zusammen, Traum und Wirklichkeit.

Mit schrecklicher Gewissheit wurde Mary klar, dass sie an einem Wendepunkt ihres Lebens angekommen war. Wenn sie in Ruthven blieb, hatte sie möglicherweise nicht mehr lange zu leben. Anfangs hatte sie ihren zukünftigen Ehemann nur für einen bornierten Aristokraten gehalten, dessen Horizont so beschränkt war wie sein Wissen. Inzwischen war ihr jedoch klar geworden, dass in ihm Abgründe schlummerten, von denen niemand – vermutlich nicht einmal seine Mutter – etwas ahnte.

Mary war sicher, dass Malcolm erneut versuchen würde, sich zu nehmen, was sie ihm verweigerte. Wenn er es nicht bekäme, würde er Gewalt anwenden, und wehe, wenn sie sich ihm widersetzte. In der vergangenen Nacht hatte der Erbe von Ruthven sein wahres Gesicht gezeigt. Mary fürchtete in der Tat um ihr Leben, und die düstere Weissagung des Schmiedegesellen machte ihr zusätzlich Angst. Aber vielleicht war es noch nicht zu spät, um das drohende Schicksal abzuwenden.

Wie alle jungen Frauen von Adel war Mary zur Pflichterfüllung erzogen worden. Auch wenn es ihr nicht behagt hatte, in die Fremde geschickt zu werden, hätte sie Malcolm of Ruthven geheiratet, um dem Wunsch ihrer Familie nachzukommen und den Ruf des Hauses Egton zu wahren.

Aber niemand, weder ihr Vater noch irgendjemand sonst auf dieser Welt, konnte von ihr verlangen zu bleiben, wenn ihr Leben bedroht war. Mary würde nicht ihr Leben opfern, nur um ihrer Familie zu gefallen.

Ein kühner Entschluss reifte in ihr heran.

6.

Die Übersetzung der Zeichen, die Sir Walter und Quentin auf dem Sarkophag von Robert the Bruce gefunden hatten, erwies sich als weitaus schwieriger als erwartet. Nicht nur, dass jedes der Zeichen gleich über mehrere Bedeutungen verfügte, auch ihre Reihenfolge war völlig unklar, und so verbrachten die beiden einen ganzen Nachmittag damit, die Runen in immer neue Zusammenhänge zu setzen, ohne dass ihre Bedeutung sich offenbart hätte. Mehr als einmal wünschte Sir Walter, sein alter Freund und Mentor Gainswick wäre noch bei ihnen, um ihnen bei der Lösung des Rätsels beizustehen.

In zwei Tagen würde Gainswick auf dem alten Friedhof von Edinburgh beigesetzt werden, in unmittelbarer Nachbarschaft jener Künstler und Gelehrten, die er sein Leben lang bewundert hatte. Sir Walter wusste, dass sich der Professor darüber gefreut hätte, aber es konnte ihn nicht trösten. Die Lücke, die Gainswicks Tod hinterließ, war schmerzlich und nicht zu füllen, und seine Mörder waren noch immer auf freiem Fuß. Zwar setzten die Constables alles daran, sie aufzuspüren, aber Sir Walters Vertrauen in die Gesetzeshüter hatte in den letzten Wochen sehr gelitten.

Hatte Inspector Dellard nicht versprochen, dass sie in Edinburgh sicher wären? Dass sich die Sektierer nicht in die großen Städte wagten? Einmal mehr hatte er sich geirrt, und in Sir Walter war die Erkenntnis gereift, dass er selbst das Rätsel lösen musste. Zu viel stand auf dem Spiel, und außer ihm schien niemand die Zusammenhänge sehen zu wollen. Je mehr Quentin und er herausfanden, desto komplexer wurde das Geflecht von Intrige, Aberglaube, Täuschung und Verbrechen. Aber Sir Walter hatte auch das Gefühl, dass sie kurz davor standen, das Geheimnis zu lüften.

»Fangen wir noch einmal an«, schlug er vor, während er nachdenklich auf die mit Runenzeichen versehenen Blätter blickte, die vor ihm auf dem Tisch ausgebreitet lagen. »Dieses Zeichen kennen wir mit Sicherheit – es ist die Schwertrune, die alle anderen Zeichen dominiert. Jene Rune, die wir an der Stirnseite des Sarkophags gefunden haben, bedeutet ›Gemeinschaft‹ oder ›Bruderschaft‹ – damit dürfte die Sekte selbst gemeint sein.«

»Auch bei diesen dort können wir uns einigermaßen sicher sein«, sagte Quentin und deutete auf zwei weitere Symbole. »Dies ist das Zeichen für ›Stein‹. Das andere bezeichnet das gälische Wort ›Cairn‹, was ebenfalls ›Fels‹ oder ›Stein‹ bedeutet.«

»Oder eine ganze Ansammlung von Steinen«, gab Sir Walter zu bedenken.

»Onkel!«, rief Quentin plötzlich. »Sagtest du nicht, dass jene Rune dort für ›Vollkommenheit‹ und ›Vollendung‹ steht?«

»Worauf willst du hinaus?«

»Na ja«, murmelte Quentin, der plötzlich in heller Aufregung war, »ich meine, in vielen alten Kulturen gilt die geometrische Form des Kreises als Inbegriff höchster Vollkommenheit.«

»Und?«

»Möglicherweise«, fuhr Quentin triumphierend fort, »muss diese Rune zusammen mit den beiden anderen gelesen werden und bezeichnet nichts anderes als den Kreis der Steine, von dem wir in der Bibliothek gelesen haben.«

Sir Walter schaute Quentin so unverwandt an, dass dessen Euphorie schlagartig versiegte. »Es ist nur eine Theorie, Onkel«, fügte er vorsichtig hinzu und zuckte mit den Schultern. »Sicher habe ich etwas übersehen, was du schon längst erkannt hast.«

»Keineswegs«, widersprach Sir Walter, »und du solltest meinen Blick nicht missdeuten, mein Junge. Ich bin voller Bewunderung für deinen Scharfsinn.«

»Wirklich?«

»In der Tat. Du hast völlig Recht, dies ist die einzige Kombination, die tatsächlich Sinn ergibt: die Bruderschaft des Schwertes am Kreis der Steine.«

»Fragt sich nur, was die restlichen acht Zeichen bedeuten.«

»Dieses hier steht für ein Ereignis«, resümierte Sir Walter, »jenes dort für Unheil und Bedrohung, wie wir herausgefunden haben.«

»Vielleicht muss man auch diese Zeichen in Zusammenhang bringen«, überlegte Quentin. »Vielleicht ist ein unheilvolles Ereignis gemeint. Eine bedrohliche Situation.«

»Ich merke, mein Junge, du bist um einiges geschickter darin als ich, diese alten Rätsel zu entwirren. Nur weiter so. Wir stehen kurz davor, das Geheimnis zu lüften, ich kann es fühlen.«

»Es könnte alles Mögliche sein«, vermutete Quentin. »Vielleicht eine Warnung. Möglicherweise auch eine Art Bannfluch, mit dem das Grab des Königs bedacht wurde.«

Sir Walter seufzte. »Wie oft muss ich es dir noch sagen, Junge? Bei allen Rätseln, die sich um diese Bruderschaft ranken mögen, handelt es sich dennoch um Menschen aus Fleisch und Blut. Weder gab es zu irgendeinem Zeitpunkt zauberkundige Magier, noch wurde jemals ein Herrscher durch einen Bannspruch gestürzt. Die Geschichte wird von Menschen gemacht, Quentin. Von gewöhnlichen Sterblichen wie dir und mir.«

»Wohl eher von solchen wie dir«, erwiderte Quentin verlegen. »Mir wird man eines Tages kein Denkmal setzen, da bin ich mir sicher. Dir aber schon.«

»Oh, Junge.« Sir Walter schüttelte den Kopf. »Was du da nur wieder spintisierst. Sollten mir im Zuge meiner Arbeit jemals die Ideen ausgehen, so werde ich mich vertrauensvoll an dich wenden, um ...«

Während Sir Walter sprach, war Quentins Blick auf den Sekretär gefallen, wo die zu beantwortende Tagespost lag. Schlagartig hellten sich seine Züge auf. »Ich glaube, ich habe die Lösung«, fiel er seinem Onkel ins Wort.

»Was meinst du?«

»Siehst du das?«, fragte Quentin, griff nach einem der Briefe, die er auf dem Sekretär entdeckt hatte, und schwenkte ihn triumphierend in der Hand. »Ich glaube, das ist die Lösung!«

»Die Lösung? Das ist die Einladung zu Professor Gainswicks Gedächtnisfeier. Man hat mich gebeten, seiner in einer Ansprache zu gedenken.«

»Ist das nicht wunderbar?« Quentin strahlte über sein ganzes blasses Gesicht. »Nun hat uns der Professor doch noch geholfen, die Zeichen zu enträtseln.«

»Bist du sicher, dass es dir gut geht, mein Junge?« Sir Walter bedachte seinen Neffen mit einem skeptischen Blick. »Möglicherweise waren die Anstrengungen der letzten Tage etwas zu viel für dich.«

»Keine Sorge, Onkel, es geht mir gut. Und dir wird es auch gleich besser gehen, denn ich habe soeben herausgefunden, was die Zeichen auf dem Sarkophag uns sagen sollen.«

»So?«

»Es ist eine Einladung«, eröffnete Quentin stolz.

»Eine Einladung? Wie darf ich das verstehen?«

»Der Gedanke kam mir, als mein Blick auf diesen Brief fiel. Plötzlich wusste ich die Lösung. Es ist ganz einfach. Alle Einladungen enthalten die gleichen Angaben, nicht wahr?«

»Gewöhnlich ja.« Sir Walter nickte. »Sie nennen den Gastgeber, den Anlass, den Ort und die Zeit.«

»So ist es«, bestätigte Quentin. »Nichts anderes haben wir auf dem Sarkophag gefunden: Der Anlass ist die drohende Gefahr, der Ort der Kreis der Steine, der Gastgeber die geheime Bruderschaft. Fehlt nur noch die Zeitangabe.«

»Allmächtiger!« Sir Walter stand wie vom Donner gerührt. »Du hast Recht, mein Junge! Es könnte sich um eine verschlüsselte Botschaft handeln, die über die Jahrhunderte konserviert wurde. Lass mich sehen ... wir haben herausgefunden, dass jene Zeichen dort ›Sonne‹ und ›Mond‹ bedeuten, richtig?«

»Richtig«, stimmte Quentin zu, dessen Gesicht rot geworden war vor Eifer. Von dem furchtsamen jungen Mann, der am liebsten die Finger von dem Fall gelassen hätte, war nichts mehr geblieben. Quentin brannte darauf, das Rätsel zu lösen, und auch er hatte jetzt den Eindruck, dass sie kurz vor dem Durchbruch standen.

»Von den alten Druiden ist bekannt, dass sie ihre Zeitrechnung nach Himmelskonstellationen ausgerichtet haben«, überlegte Sir Walter. »Sonne und Mond bestimmten den Kalender der alten Zeit, ihnen war alles untergeordnet. Aber was bedeuten die übrigen Zeichen? Es kann keine Jahreszahl sein, weil die Kelten einen Kalender nach unserem Verständnis nicht kannten.«

»Die brauchten sie auch nicht, weil sie sich an astronomischen Ereignissen orientierten«, erwiderte Quentin. »Erinnere dich, wie die Zeichen auf dem Sarkophag angeordnet waren, Onkel. Das Mondsymbol war dem Sonnensymbol untergeordnet. Es könnte also eine Mondfinsternis gemeint sein.«

»Eine Mondfinsternis?« Sir Walter blickte seinen Neffen erstaunt an und schien sich plötzlich an etwas zu erinnern. Er griff nach der Zeitung, die auf dem Beistelltisch des Ohrensessels lag, und begann darin zu blättern. Als er schließlich gefunden hatte, wonach er suchte, glitt ein zufriedenes Lächeln über seine Züge, und er hielt Quentin die aufgeschlagene Seite hin.

»Lies«, forderte er seinen Neffen auf – und mit Augen, die sich vor Staunen immer noch weiter öffneten, überflog Quentin die Zeilen des Artikels.

»›Die astronomische Gesellschaft der Universität Edinburgh gibt bekannt, dass sich am Freitag, dem dreizehnten dieses Monats, eine totale Mondfinsternis ereignen wird‹«, las er leise vor.

»Das ist in fünf Tagen«, bestätigte Sir Walter.

»Kann das ein Zufall sein?«, fragte Quentin verwundert.

»Möglicherweise. Oder eine äußerst glückliche Fügung. Die Druiden der grauen Vorzeit haben Sonnen- und Mondfinsternissen eine besondere Bedeutung beigemessen, und ihre erklärten Nachfolger scheinen das ebenfalls zu tun. Für uns heißt das, dass wir wissen, wann und wo wir die Sektierer fassen können – nämlich in drei Tagen am Kreis der Steine.«

»Unglaublich«, meinte Quentin. »Aber welcher Steinkreis ist gemeint? Und was genau wird in fünf Tagen vor sich gehen?«

»Ich nehme an, dass die verbliebenen Zeichen es uns sagen könnten. Leider wissen wir nur von diesem dort, was es bedeutet – es steht für ›Rückkehr‹ oder ›Wiedergeburt‹. Die restlichen Symbole finden sich nicht in unserem Nachschlagewerk. Sie dürften zu den verbotenen Zeichen gehören, deren Bedeutung nur wenigen Eingeweihten bekannt war.«

»Und den Sektierern«, fügte Quentin hinzu.

»Allerdings.«

»Fragt sich nur, was sie damit bezwecken. Wie hängt das alles wohl zusammen? Die Schwertrune, die Bruderschaft, der Kreis der Steine, das Grab des Bruce ...«

»Ich weiß es nicht, mein Junge, aber uns bleibt nicht mehr viel Zeit, es herauszufinden. Einst wurden in mondfinsteren Nächten heidnische Beschwörungen abgehalten und Menschenopfer dargebracht. Ich will nicht, dass noch jemand den Wahnsinn dieser Leute mit dem Leben bezahlt. Außerdem ...« Sir Walter unterbrach sich und blickte zu Boden, und Quentin konnte sehen, wie sein Onkel nervös mit dem Unterkiefer mahlte.

»Du befürchtest noch Schlimmeres, nicht wahr?«, fragte er vorsichtig. »Du denkst an den Besuch des Königs in Edinburgh.«

Sir Walter nickte. »Der Besuch Seiner Majestät ist für nächste Woche geplant, nur wenige Tage nach der Mondfinsternis – und das, mein lieber Junge, kann kein Zufall sein. Ich denke, dass Inspector Dellard mit seinem Verdacht Recht hatte. Die Sektierer haben vor, sich in jener Nacht zu versammeln, und möglicherweise planen sie einen Anschlag auf das Leben des Königs.«

»Meinst du?« Quentins Stimme versagte vor Aufregung, sodass er nur ein heiseres Krächzen zu Stande brachte. »Vielleicht ist das die Bedrohung, von der in der Inschrift die Rede ist ...«

»Du lässt die Logik außer Acht, Neffe. Was ist zuerst da gewesen, die Henne oder das Ei? Wie kann eine fünfhundert Jahre alte Inschrift sich auf etwas beziehen, das erst in ferner Zukunft geschehen wird? Natürlich ist das unmöglich. Die Sektierer haben die Inschrift entdeckt und sie in ihrem Sinn gedeutet, das ist alles. Aber nun, da wir anfangen, ihre Pläne zu durchschauen, haben wir die Chance, sie zu verhindern.«

»Was willst du tun, Onkel? London informieren?«

»Noch nicht, mein Junge. Der Besuch des Königs ist für Schottland in diesen unsicheren Zeiten wichtiger denn je. Wenn aus Schotten und Engländern je ein Volk werden soll, so muss der König diese Reise antreten. Wir werden unsere Kenntnisse also vorerst für uns behalten.«

»Hat die Sicherheit des Königs nicht Vorrang vor patriotischen Erwägungen?«

»Natürlich, mein Junge, und du darfst mir glauben, dass ich nicht vorhabe, die Sicherheit König Georges zu irgendeinem Zeitpunkt infrage zu stellen. Sollte es uns nicht gelingen, den Sektierern das Handwerk zu legen, so werde ich London umgehend informieren, damit der Besuch abgesagt wird.«

»Du hast nicht nur Freunde am Hof, Onkel. Es wird Stimmen geben, die behaupten, du hättest die schottischen Interessen über deine Treue zu England gestellt.«

»Wer mich kennt, weiß, dass das nicht wahr ist. Aber natürlich werde ich die volle Verantwortung für mein Handeln übernehmen, mit allen Konsequenzen, die sich daraus für mich ergeben mögen. Bei allem, was wir herausgefunden haben, gibt es kein Zurück mehr.«

»Aber sollten wir nicht wenigstens die Constables informieren?«

»Das Risiko wäre zu groß. Sobald die Sektierer merken, dass man ihnen auf den Fersen ist, werden sie wieder untertauchen. Uns hingegen bietet sich jetzt die Gelegenheit, ihre Verschwörung aufzudecken und sie zu fassen. Aber nur, wenn wir klug und unauffällig handeln.«

Quentin schaute seinen Onkel bewundernd an.

Seit Wochen hatte Sir Walter kaum geschlafen; er trug eine Last mit sich herum, unter der andere wohl schon längst zusammengebrochen wären, und wirkte dennoch so mutig und entschlossen, dass Quentin ihn nur dafür bewundern konnte. Sehnsüchtig wünschte er sich, dass nur ein klein wenig davon auf ihn abgefärbt hätte.

»In fünf Tagen treffen sich die Sektierer bei einem alten Steinkreis«, fasste Sir Walter zusammen. »So lange haben wir Zeit herauszufinden, um welchen Steinkreis es sich handelt, und den Schlupfwinkel der Sektierer auszumachen. Bei Tagesanbruch werden wir mit unserer Suche beginnen. Die Zeit drängt ...«

7.

Und?«

Malcolm of Ruthven bebte vor Ungeduld. Seine blassen Züge waren purpurrot angelaufen, sein Gesicht aufgedunsen, als wollte es jeden Augenblick zerplatzen.

»Es tut mir Leid, Mylord«, meldete der Diener, den das traurige Los getroffen hatte, dem Laird die schlechte Nachricht zu überbringen. »Die Lady of Egton ist nicht auffindbar.«

»Nicht auffindbar? Was soll das heißen, sie ist nicht auffindbar?«

»Wir haben das gesamte Anwesen nach ihr abgesucht, aber von der Lady fehlt jede Spur«, antwortete der Diener kleinlaut. Seine Mundwinkel zuckten nervös. Der Zorn des Lairds war berüchtigt.

»Das ist nicht möglich«, knurrte Malcolm und starrte den Diener mit glühenden Augen an. »Kein Mensch kann sich einfach in Luft auflösen. Jemand muss sie gesehen haben.«

»Die Zofen geben an, die Lady of Egton gegen Mittag zum letzten Mal gesehen zu haben. Als sie sie für die Nacht zurechtmachen wollten, fanden sie ihr Gemach leer. Dafür fehlten einige Kleider und andere persönliche Gegenstände.«

»Was willst du damit sagen?«, fragte Malcolm lauernd.

Der Diener wand sich wie ein Aal. Er hatte versucht, sich um die Wahrheit zu mogeln, um seinen Herrn von selbst darauf kommen zu lassen, was geschehen war. Aber Malcolm of Ruthven machte seinem Ruf, unnachgiebig und starrsinnig zu sein, einmal mehr alle Ehre. Er ließ den Diener das Unfassliche aussprechen – schon um einen Vorwand zu haben, seine namenlose Wut an ihm auszulassen.

»Die Lady ist abgereist«, gestand der Bedienstete leise, und einige Sekunden lang war es im Audienzzimmer des Lairds so leise, dass der Diener das Pochen seines eigenen Herzens hörte.

Für einen Augenblick schien es, als könnte Malcolm of Ruthven seinen berüchtigten Zorn dieses eine Mal beherrschen. Dann jedoch brach es aus ihm hervor, ungezügelt und ungebändigt. »Das ist unmöglich!«, brüllte er und hieb mit der Faust auf den Tisch, dass der Diener zusammenzuckte. »Das ist völlig unmöglich! Meine Braut kann mich nicht verlassen haben! Niemand verlässt einen Ruthven!«

»Mylord, wenn Sie mir den Einwand gestatten«, entgegnete der Diener leise, fast flüsternd, »möchte ich Ihnen mit allem gebührenden Respekt versichern, dass jeder Irrtum ausgeschlossen ist. Die Lady of Egton hat Burg Ruthven in den frühen Abendstunden den Rücken gekehrt.«

Das Gebrüll, in das der Laird daraufhin verfiel, hatte kaum noch etwas Menschliches. Es war der Ausdruck roher, ungezügelter Wut. Seine Fäuste ballten sich, dass das Weiße an den Knöcheln hervortrat, und seine Augen begannen zu lodern, dass dem Diener angst und bang wurde.

»Wieso wurde sie nicht aufgehalten?«, schrie er mit heiserer Stimme. »Hatte ich nicht angeordnet, dass sie die Burg ohne meine ausdrückliche Erlaubnis nicht verlassen darf?«

»Mylord müssen verzeihen. Keiner der Bediensteten hat die Lady gesehen, als sie das Schloss verließ. Aber eins Ihrer Pferde wurde aus dem Stall entwendet.«

»Eines meiner Pferde? Bestohlen wurde ich also auch noch?«

»Wünschen Sie, beim Sheriff Anzeige gegen Ihre Braut zu erstatten?«, fragte der Diener undiplomatisch.

»Und mich vor aller Welt zum Gespött zu machen? Ist es nicht schlimm genug, dass diese treulose Schlange von einer Frau das Versprechen bricht, das sie mir gegeben hat? Willst du mich auch noch öffentlich demütigen, du dämlicher Idiot?«

»Verzeihung, Mylord. Natürlich lag das nicht in meiner Absicht. Ich dachte nur, weil Ihnen solches Unrecht zugefügt wurde ...«

»Es ist nicht die Aufgabe eines Lakaien zu denken«, beschied der Laird ihm grob. Seine Nasenflügel blähten sich, er schnaubte wie ein Stier. In hilfloser Wut sprang er auf, trat an das hohe Fenster und blickte auf die Zinnen und Türme Burg Ruthvens, die sich den ganzen Tag über in Nebel gehüllt hatten. Selbst das Wetter, dachte Malcolm, hatte sich gegen ihn verschworen und begünstigte die Flucht der Verräterin.

Mary of Egton hatte ihm nichts als Ärger gebracht. Zu keinem Zeitpunkt hatte sie versucht, seine Zuneigung zu gewinnen, im Gegenteil. Bei jeder sich bietenden Gelegenheit hatte sie ihn angegriffen und ihn beleidigt, hatte ihn vor seinen Freunden bloßgestellt und ihn zum Gespött gemacht, weil sie die Gesellschaft dummer Stallburschen seiner eigenen vorgezogen hatte. Und zuletzt hatte sie ihm gar das verweigert, was ihm als ihrem Bräutigam von Rechts wegen zustand.

Sein Stolz war gekränkt, weil sie ihn verlassen hatte, und er würde diese Schmach nicht auf sich sitzen lassen. Aber hatte sie ihm andererseits nicht einen Gefallen damit getan? Er hatte die Beziehung, die seine Mutter für ihn arrangiert hatte, ohnehin nie befürwortet, hatte größere Pläne, als Eleonore of Ruthven ein gehorsamer Sohn zu sein. Um seines Besitzes willen hatte er eingewilligt, Mary of Egton zu heiraten – was konnte er dafür, wenn sie ihn nicht wollte und es vorgezogen hatte, das Weite zu suchen? Trotz ihres Starrsinns würde selbst seine Mutter einsehen müssen, dass ihre Pläne gescheitert waren, und Malcolm würde frei sein, endlich seine eigenen Ziele zu verfolgen.

Er spürte, wie seine Wut verflog und sich in Schadenfreude verwandelte. Bitteres Gelächter entrang sich seiner Kehle, das den Diener geradezu bestürzte.

»Ist Ihnen nicht wohl, Mylord?«, fragte er besorgt. »Soll ich nach einem Arzt rufen lassen?«

»Ich brauche keinen Arzt«, versicherte Malcolm und wandte sich wieder seinem Untergebenen zu. Die Zornesröte war aus seinen Zügen gewichen, und er trug wieder jene blasse, unbewegte Miene zur Schau, die unmöglich erkennen ließ, was in seinem Kopf vor sich ging. »Meine Mutter allerdings wird es mit Bedauern hören, dass die Hochzeit abgesagt werden muss. Soweit ich weiß, waren die Gäste bereits geladen.«

»Dann ... wollen Sie die Lady ziehen lassen?«

»Natürlich. Glaubst du denn, ich würde eine Frau heiraten, die mich nicht zu schätzen weiß? Die ich jagen muss, um sie wie eine Trophäe vor den Traualtar zu schleppen? Dafür bin ich mir zu schade.«

»Wie Recht Sie haben, Mylord«, sagte der Diener und verbeugte sich tief, sichtlich erleichtert darüber, dass der Zorn seines Herrn ihn nicht ereilt hatte. Stockhiebe für den Überbringer einer unwillkommenen Nachricht waren auf Burg Ruthven keine Seltenheit.

»Lass mich jetzt allein«, sagte Malcolm und wartete ab, bis der Diener sich entfernt und die Tür hinter sich geschlossen hatte. Dann trat er zurück an seinen Schreibtisch und nahm Platz, um zu Papier und Feder zu greifen.

Dass er Mary of Egton nicht mehr heiraten wollte, bedeutete nicht, dass er die Schmach, die sie ihm angetan hatte, hinnehmen würde. Seine treulose Braut musste bestraft werden. Die Frage war, wohin sie sich auf ihrer Flucht wenden würde, aber dieses Rätsel war nicht schwer zu lösen.

Natürlich würde sie versuchen, eine möglichst große Entfernung zwischen sich und Ruthven zu bringen. Nach Egton zurück konnte sie nicht, weil der Familie einer wortbrüchigen Braut Schimpf und Schande drohten, also blieb ihr nur, Zuflucht bei einem Dritten zu suchen. Und nach allem, was Malcolm aus ihren unerträglich langweiligen Gesprächen erfahren hatte, war unschwer zu erraten, wer dieser Dritte sein mochte.

Der Laird von Ruthven lachte leise. Die Ironie des Schicksals war bemerkenswert.

So fügte sich alles zusammen.

Mary of Egton war auf der Flucht.

Auf der Flucht vor einem lieblosen Bräutigam, der sie nur als Mittel zum Zweck betrachtet hatte, um seine Gier wie auch seine Lust zu befriedigen. Auf der Flucht vor einer kaltherzigen Schwiegermutter, die jeden Lebensfunken in ihr hatte ersticken und sie zu einer willenlosen Puppe hatte machen wollen.

Auf der Flucht aus einer Welt, die sie eingeengt und ihr die Luft zum Atmen genommen hatte.

Ihr war nicht viel Zeit geblieben, um ihren Entschluss zu überdenken. Sie hatte die Gelegenheit genutzt, so lange sie sich geboten hatte. Hätten Molcolm und seine Mutter geahnt, dass Mary sich mit Fluchtgedanken befasste, hätten sie alles darangesetzt, es zu verhindern.

Nur wenige Stunden waren Mary geblieben, um ihr Vorhaben zu planen. Bei Einbruch der Dunkelheit hatte sie ihr Gemach verlassen und war hinuntergegangen in die Gesindeküche, wo Sean der Schmiedegeselle und seine Freunde bereits auf sie gewartet hatten.

Einer der Pferdeburschen hatte für sie aus dem Stall ein Ross entwendet, eine der Zofen einen grünen Jagdumhang besorgt, der sie sowohl vor dem Wetter als auch vor neugierigen Blicken schützen würde, eine der Mägde schließlich einen Korb mit Proviant.

Sean hatte ihr dabei geholfen, das Pferd zu satteln und zu zäumen. Anschließend hatte er sie an den Wächtern und den Spitzeln der Ruthvens vorbei aus der Burg geschleust. Durch den schmalen Hinterausgang, der in die trutzige Mauer eingelassen war, hatte Mary die Burg verlassen wie eine Diebin im Schutz der Dunkelheit.

Zum ersten Mal, seit sie nach Ruthven gekommen war, war Mary für den Nebel dankbar, der zäh über den Hügeln lag und sie vor neugierigen Blicken schützte. Noch einmal wandte sie sich um, sah die Türme und Mauern in milchigem Schleier verschwinden, und für einen kurzen Moment war ihr, als stünde auf dem Söller eine dunkle Gestalt, genau wie am Tag ihrer Ankunft. Mary glaubte zu sehen, dass die Gestalt ihr zuwinkte; im nächsten Augenblick war sie jedoch im Nebel verschwunden, und Mary hätte nicht zu sagen vermocht, ob sie nun wirklich gewesen war oder nur eine Täuschung.

Die junge Frau umfasste die Zügel ihres Pferdes fester und lenkte es den steinigen Pfad hinab. Die Hauptstraße wollte sie meiden, weil man dort zuerst nach ihr suchen würde. Sean hatte ihr den Weg nach Darloe, dem nächstgelegenen Dorf, genau beschrieben; er führte an der Schlucht entlang bis zu den Ausläufern der Hügel. Dort, wo er die Straße kreuzte, die von Cults heraufführte, sollte Mary dem Lauf des Flusses folgen. Auf diese Weise würde sie zum Dorf gelangen. Der dortige Schmied war der Bruder von Seans Lehrherr und würde ihr für die Nacht Zuflucht gewähren.

Im Nebel kam das Pferd nur langsam voran. Vorsichtig setzte es einen Huf vor den anderen, während die Schwaden immer dichter wurden. Kälte kroch unter Marys Umhang und ließ sie frösteln. Durch den Nebel klangen die Huftritte des Pferdes seltsam dumpf. Sonst war kein Laut zu hören, weder das Kreischen von Vögeln noch das Pfeifen des Windes. Es war, als stünde die Zeit still, und ein leises Grauen ergriff von Mary Besitz.

Immer wieder blickte sie sich um, vergewisserte sich, dass niemand ihr folgte. Sie zuckte zusammen, als sie mehrere riesenhafte Gestalten sah – um gleich darauf festzustellen, dass es kahle Bäume waren, die den Wegrand säumten und deren Umrisse im Nebel nur undeutlich zu erkennen waren.

Dennoch beruhigte sich Mary nicht. Das Herz schlug ihr bis zum Hals, kalter Schweiß stand ihr auf der Stirn. Noch immer fürchtete sie, auf ihrer Flucht entdeckt und gefasst zu werden. Wenn sie zurück nach Ruthven gebracht würde, so würde sie ihres Lebens nicht mehr sicher sein. Allerdings konnte sie auch nicht zu ihrer Familie nach Egton zurückkehren. Ihre Eltern hatten sie Malcolm in die Ehe gegeben, hatten ihr Wort darauf verpfändet, dass sie ihm eine treue und gehorsame Gattin sein werde. Ihre Tochter wieder in ihr Haus aufzunehmen war ihnen deshalb nicht mehr möglich, selbst wenn sie es gewollt hätten.

Mary würde also selbst sehen müssen, wo sie unterkam. Durch ihre Flucht hatte sie alles verloren: ihren Besitz, ihren Titel, ihre Privilegien. Aber dafür hatte sie ihre Freiheit gewonnen.

Fieberhaft hatte Mary überlegt, wohin sie sich auf ihrer verzweifelten Flucht wenden könnte. Wer mochte Verständnis für ihre Lage aufbringen, wer mutig genug sein, eine junge Frau aufzunehmen, die ihrem Stand entsagt hatte, um in Freiheit leben zu können?

Nur eine Antwort war ihr auf diese Frage eingefallen: Sir Walter Scott.

Sie hatte die Güte und Gastfreundschaft des Herrn von Abbotsford und seiner Gemahlin bereits einmal genossen. Mary war sicher, dass Sir Walter ihr in seinem Haus Zuflucht gewähren würde, wenn sie ihm schilderte, was geschehen war – wenigstens so lange, bis sie sich darüber klar geworden war, was sie mit ihrem Leben anfangen wollte.

Die Reise nach Abbotsford würde mehrere Tage in Anspruch nehmen. Mary hatte genügend Geld bei sich, um unterwegs in Tavernen speisen und nächtigen zu können. Die Frage war, ob es klug war, dies zu tun, denn in den Gasthöfen würden die Ruthvens zuerst nach ihr suchen.

Es war gewiss besser, wenn sie abseits der Straßen blieb und die Nächte auf entlegenen Gehöften verbrachte. Nur so konnte sie sicher sein, ihrem gewalttätigen Bräutigam zu entkommen. Entbehrungsreiche Tage lagen vor ihr, aber trotz ihrer Furcht ließ sich Mary nicht einschüchtern. Das traurige Schicksal von Gwynneth Ruthven und die Ereignisse der letzten Nacht hatten sie zu ihrem Entschluss bewogen, und sie würde nicht mehr davon abrücken.

Die Entscheidung war gefallen.

Und zum ersten Mal in ihrem Leben fühlte sich Mary of Egton wirklich frei.

8.

Lange nach Mitternacht saß Sir Walter noch immer in seinem Arbeitszimmer am Sekretär, im Kerzenlicht über seinen jüngsten Roman gebeugt, mit dem es nicht recht vorangehen wollte. Auch Quentin war noch anwesend, wenn auch nur körperlich. Erschöpft von den Anstrengungen des Tages, war der junge Mann im Sessel eingeschlafen. Die Decke, die Sir Walter fürsorglich über ihn gebreitet hatte, hob und senkte sich gleichmäßig unter seinen Atemzügen.

Sir Walter beneidete den Neffen fast um seinen gesegneten Schlaf; er selbst hatte seit Wochen nicht mehr als drei, vier Stunden am Stück geruht, und selbst wenn er schlief, verfolgten sie ihn bis in seine Träume: die immer gleichen, bohrenden Fragen nach dem Wieso und dem Warum. Weshalb hatte Jonathan sterben müssen? Wer waren die Drahtzieher all dieser Gräueltaten? Was führten sie wirklich im Schilde? Und was hatten die geheimnisvollen Runenzeichen damit zu tun, die Quentin und er entdeckt hatten?

Hätte Sir Walter geahnt, dass dunkle Gestalten um das Haus in der Castle Street schlichen und zwischen den Vorhängen hindurch ins Innere spähten, wäre er ungleich beunruhigter gewesen; so jedoch erinnerte er sich daran, dass er Arbeit zu erledigen hatte, und versuchte, sich wieder auf den Roman zu konzentrieren, an dem er schrieb.

Unermüdlich tauchte er die Feder ins Tintenfass und ließ sie über das Papier gleiten, aber immer wieder musste er sie absetzen und überdenken, was er soeben geschrieben hatte. Nicht nur, dass er Schwierigkeiten hatte, sich zu konzentrieren. Bisweilen wusste er einfach nicht, wie es mit den Abenteuern des Helden weitergehen sollte. Der Roman spielte zur Zeit Ludwigs XI., und wenn Sir Walter ehrlich war, hatte er noch nicht einmal einen griffigen Namen für die Hauptfigur gefunden, einen jungen schottischen Edelmann, der nach Frankreich ging, um dort ruhmvolle Taten zu vollbringen.

Daran, dass er den vorgesehenen Termin noch würde einhalten können, glaubte Sir Walter inzwischen schon selbst nicht mehr; er würde James Ballantyne einen Brief schreiben müssen, in dem er sich für die Verzögerung in aller Form entschuldigte. Wenn es ihm nicht bald gelang, das Rätsel um die Runensekte zu lösen, würde sich diese ganze Angelegenheit noch nachteilig auf seine Karriere als Romancier auswirken.

Sir Walter kniff die Augen zusammen. Seine eigene Schrift verschwamm ihm vor den Augen, und er schob es auf das spärliche Licht, das die Kerzen verbreiteten. Warum, in aller Welt, war noch niemand auf die Idee gekommen, Gaslaternen, wie sie in den Straßen gebräuchlich waren, auch in Häusern zu installieren?

Eisern hielt Sir Walter die Augen offen und brachte weitere Zeilen zu Papier. Dann blinzelte er, und diesmal war es mehr als eine Irritation der Augen: Die Anstrengungen des Tages forderten ihren Tribut, und die Augenlider fielen ihm zu. Als er sie wieder aufschlug, stellte er mit einem Blick auf die Standuhr fest, dass zehn Minuten verstrichen waren.

Zehn Minuten – verschwendet, weil er sich nicht hatte beherrschen können! Sich selbst scheltend, setzte Scott seine Arbeit fort und beendete den Abschnitt, in dessen Mitte ihn der Schlaf ereilt hatte. Kaum hatte er jedoch den Punkt gesetzt, holte die Erschöpfung ihn erneut ein.

Als er die Augen diesmal aufschlug, brauchte er nicht erst auf die Uhr zu sehen, um zu wissen, dass Zeit verstrichen war. Er sah es an den vier in weite Kapuzenmäntel gehüllten Gestalten, die vor ihm im Arbeitszimmer standen.

Entsetzen fuhr in seine Glieder, schlagartig war er hellwach. Ein erstickter Schrei entwich seiner Kehle, der auch Quentin erwachen ließ.

»Onkel, was ...?«

Der Junge brach ab, als er die Vermummten sah. Sein Mund blieb offen stehen, und die Stimme versagte ihm. Panische Angst befiel ihn, und unwillkürlich fühlte er sich an jenen schrecklichen Augenblick erinnert, als er in der Bibliothek von Kelso dem dunklen Schatten begegnet war.

Dann aber fiel Quentin auf, dass die Vermummten keine schwarzen, sondern braune Kutten trugen. Außerdem führten sie schlichte, lange Stöcke aus geschmeidigem Holz bei sich. Wie die Männer ins Haus gekommen waren, konnte Quentin sich nicht erklären.

»Was hat das zu bedeuten?«, fragte Sir Walter, der noch vor seinem Neffen die Sprache wieder fand. »Was fällt Ihnen ein, widerrechtlich mein Haus zu betreten?! Verschwinden Sie augenblicklich, ehe ich den Constable alarmiere!«

Der Anführer der Eindringlinge, der Sir Walter am nächsten stand, langte daraufhin an seine Kapuze und schlug sie zurück.

Sowohl Sir Walter als auch Quentin schnappten hörbar nach Luft, als sie in die Züge von Abt Andrew blickten.

»Ehrwürdiger Abt!«, rief Scott mit vor Staunen weit aufgerissenen Augen.

»Guten Abend, Sir Walter«, grüßte der Ordensmann. »Und auch Ihnen einen Guten Abend, Master Quentin. Ich bitte Sie, meinen Mitbrüdern und mir dieses ungebetene Eindringen zu verzeihen, aber die Umstände ließen uns keine andere Wahl.«

»Welche Umstände?«, fragte Sir Walter. Seinen Schrecken hatte er bereits überwunden, und seine Vernunft gewann sogleich wieder die Oberhand. »Weshalb sind Sie nicht in Kelso? Und überhaupt – was hat dieser Aufzug zu bedeuten?«

»Sie werden alles erfahren«, beschwichtigte der Abt Sir Walters berechtigte Neugier. »Die Zeit ist gekommen, dass wir uns Ihnen zu erkennen geben, meine Herren, denn die Dinge haben eine dramatische Wendung genommen, die wir nicht vorhersehen konnten. Und ich fürchte, dass Ihnen beiden eine entscheidende Rolle zukommen wird …«

Mary of Egton war noch immer auf der Flucht.

Vier Tage lang war sie durch endlos scheinendes Hügelland geritten, immer weiter nach Süden. Dabei hatte sie sich stets abseits der Wege gehalten und es vermieden, anderen Reisenden zu begegnen.

Dass es für eine Frau keineswegs ungefährlich war, allein durch dieses wilde, raue Land zu reisen, in dem Gesetzlose ihr Unwesen trieben, war Mary klar. Aber die Aussicht, in die Fänge von Wegelagerern zu geraten, erschien ihr weniger schlimm als jene, zu Malcolm of Ruthven zurückkehren und den Rest ihrer Tage in den tristen Mauern seiner Burg zubringen zu müssen. Also setzte sie ihren Weg fort.

Die Nächte verbrachte sie in schäbigen kleinen Gasthöfen abseits der Hauptstraße. Für ein wenig Schweigegeld verzichteten die Wirte dort auf überflüssige Fragen, und sie konnte sichergehen, nicht entdeckt zu werden. Zuletzt hatte sie im Stadel eines kleinen Gehöfts geschlafen. Wegen ihres Umhangs, dessen Kapuze sie sich weit ins Gesicht gezogen hatte, hatte der Bauer sie für einen Botenjungen gehalten, und sie hatte nichts getan, um seinen Irrtum aufzuklären. Wohl aus Mitleid für die magere, durchnässte Gestalt – es hatte den ganzen Tag über unaufhörlich geregnet – hatte er Mary gestattet, in der Scheune zu übernachten.

Im Stroh zu schlafen wie arme Leute war für die junge Adelige eine neue Erfahrung gewesen. Mehrmals war sie aufgewacht, weil ihr Rücken geschmerzt, das Stroh sie gepiekt oder das Vieh im angrenzenden Stall laut gemurrt hatte. Dennoch war Mary nicht unglücklich gewesen, denn dies war das Leben, einfach, aber wahrhaftig. So also fühlte sich Freiheit an.

Noch vor Tagesanbruch war sie aufgebrochen und dem schmalen Pfad nach Süden gefolgt, und zum ersten Mal seit Tagen hatte sich der Nebel mit Aufgang der Sonne gelichtet. Die Landschaft, von der Mary in den letzten Tagen nur wenig zu sehen bekommen hatte, hatte sich verändert. Die Hügel waren nicht mehr kahl und braun wie in den Highlands, das Gras grüner und saftiger; statt karger Büsche und Ginsterranken ragten nun Bäume auf, die im Licht des Sommers gelbgrün leuchteten. Ihre Furcht schwand. Zum ersten Mal hatte Mary das Gefühl, wieder frei atmen zu können.

Nach Mittag erreichte sie eine Kreuzung, wo der Pfad, dem sie gefolgt war, auf die Hauptstraße stieß. Mary erinnerte sich, diese Stelle passiert zu haben, als Kitty und sie nach Ruthven gefahren waren, und ihr Pulsschlag beschleunigte sich, als ihr klar wurde, dass es nicht mehr weit sein konnte bis Abbotsford. Nun, da sie sich so dicht vor dem Ziel befand, gab sie ihre Vorsicht auf und nahm die Hauptstraße, die sie am Tweed entlang bis zu Sir Walters Landsitz führen würde.

Je weiter sie der Straße folgte, desto größer wurde ihre Zuversicht, und als schließlich sogar die Wolkendecke aufbrach und freundlich gelbes Sonnenlicht durch das Blätterdach der Bäume sickerte, empfand Mary regelrechte Euphorie. Dann wurde ihr klar, dass sie sich noch gar keine Gedanken darüber gemacht hatte, was sie Sir Walter sagen wollte. Bislang hatte ihre ganze Aufmerksamkeit ihrer Flucht gegolten; ihr einziges Ziel war es gewesen, Malcolm of Ruthven zu entkommen. Nun jedoch war es an der Zeit, ein Stück weiter zu denken.

Sollte, durfte sie Sir Walter die Wahrheit sagen?

Nicht, dass Mary dem Herrn von Abbotsford nicht vertraut hätte, aber hatte sie das Recht, ihn in diese Sache hineinzuziehen? Immerhin war zwischen ihren Eltern und der Familie Ruthven ein rechtskräftiger Vertrag geschlossen worden, und sie wollte nicht, dass Sir Walter in die Streitigkeiten verwickelt wurde, die es zweifellos geben würde. Andererseits wusste sie, dass er in Rechtsdingen beschlagen war wie kaum ein anderer. Wer also, wenn nicht er, konnte ihr helfen, ein neues Leben zu beginnen?

In Gedanken versunken setzte Mary ihren Weg fort, bis durch das dichte Grün der Bäume das Rauschen eines nahen Flusses zu hören war. Der Tweed – nun war es nicht mehr weit bis Abbotsford! Gerade wollte Mary ihrem Pferd die Sporen geben, um den Rest des Wegs geschwind hinter sich zu bringen, als das Dickicht zu beiden Seiten der Straße plötzlich zum Leben erwachte.

»Halt!«, rief eine laute Stimme, und unmittelbar vor Mary schoss ein aus Seilen geknüpftes Netz in die Höhe, das unter Sand und Laub verborgen gewesen war und ihr den Weg abschnitt.

Ihr Pferd wieherte panisch und scheute, bäumte sich auf der Hinterhand auf. Mary musste all ihre Reitkünste aufbieten, um nicht abgeworfen zu werden. Es gelang ihr mit Mühe, sich im Sattel zu halten und das Tier zu beruhigen. Als sie sich umblickte, sah sie sich von Männern umringt, die rote Uniformen trugen und mit langläufigen Musketen bewaffnet waren – Soldaten!

»Was hat das zu bedeuten?«, fragte Mary wütend.

»Absteigen!«, befahl einer der Soldaten, ein Corporal mit wild entschlossener Miene.

»Was ist das? Ein Überfall?«

»Steig ab«, befahl der Corporal noch einmal, »oder ich gebe den Befehl, dich zu erschießen, Bursche!«

Mary atmete innerlich auf. Wegen des Umhangs und der Art, wie sie auf dem Pferd saß, hatte der Corporal nicht bemerkt, dass sie eine Frau war – vielleicht würde sie ihn in diesem Glauben lassen können. Da sie von Gewehrläufen umgeben war, sah Mary keine andere Möglichkeit, als sich der Anordnung zu fügen. Widerstrebend stieg sie aus dem Sattel, bemüht, dabei wie ein Mann auszusehen.

»So ist es gut. Und jetzt die Kapuze runter.«

»Weshalb?«

»Hörst du nicht, was ich sage? Müssen wir dir erst Gehorsam beibringen, Bursche?«

Mary biss die Lippen zusammen. So kurz vor dem Ziel aufgehalten zu werden war ärgerlich und frustrierend zugleich. Zwar fürchtete sie sich nicht vor den Soldaten, wohl aber vor den

Fragen, die diese stellen würden, wenn sie erst herausfänden, dass sie eine Frau war.

Mit einer beiläufigen Handbewegung schlug Mary die Kapuze des Mantels zurück, und ihr blondes Haar kam zum Vorschein, das im spärlichen Sonnenlicht golden schimmerte. »Sind Sie jetzt zufrieden?«, fragte sie und blitzte den Corporal wütend an.

Wenn die Soldaten überrascht waren, so zeigten sie es nicht. Der Corporal nickte einem seiner Untergebenen zu, der sich daraufhin zurückzog und im Wald verschwand.

»Was hat das zu bedeuten?«, fragte Mary. »Weshalb halten Sie mich auf? Ich protestiere energisch gegen dieses Vorgehen, hören Sie?«

Weder der Unteroffizier noch seine Schergen antworteten ihr. Dafür kehrte wenig später der Soldat in Begleitung eines weiteren Mannes zurück, dessen Auftreten und Aussehen etwas Respektgebietendes hatten.

Glattes schwarzes Haar umrahmte ein schmales, asketisches Gesicht, in dem ein eisiges Augenpaar funkelte. Die Züge des Mannes verrieten Entschlossenheit, seine Haltung und die Art, wie er sich bewegte, Autorität und Stolz. Mary kannte sich in den militärischen Dienstgraden nicht sehr gut aus, aber die tadellose, mit Epauletten versehene Uniform ließ darauf schließen, dass er einen Offiziersrang bekleiden musste.

»Sind Sie der Befehlshaber dieser Horde?«, fragte Mary deshalb spitz. »Dann schulden Sie mir eine Erklärung für das rüpelhafte Verhalten Ihrer Leute. Ich wäre um ein Haar von meinem Pferd gestürzt.«

»Ich bitte Sie, das Verhalten meiner Männer zu entschuldigen«, sagte der Mann. Aufgrund seiner Aussprache schloss Mary, dass er kein Schotte, sondern Engländer war. »Gleichwohl muss ich meine Leute in Schutz nehmen, denn was sie taten, geschah auf meinen Befehl.«

»Auf Ihren Befehl?« Mary hob die Brauen. »Und wer sind Sie, wenn ich fragen darf?«

Der Angesprochene lächelte unbeeindruckt. »Denken Sie nicht, dass anlässlich der Gegebenheiten ich derjenige sein sollte, der die Fragen stellt? Ihrer Sprache und Ihrem Auftreten entnehme ich, dass Sie keine Dienstbotin oder Bauernmaid sind, auch wenn Ihre Kleidung und Ihre schamlose Art zu reiten darauf schließen lassen.«

»Das ... ist richtig«, bestätigte Mary und senkte den Blick. Ihr wurde bewusst, dass es unklug gewesen war, so forsch aufzutreten. Möglicherweise hätten die Soldaten sie für ein Bauernmädchen gehalten und sie ziehen lassen. Nun jedoch musste sie ihnen Rede und Antwort stehen.

»Also?«, fragte der Offizier prompt. »Ich warte auf eine Erklärung.«

Sein forschender Blick traf Mary bis ins Mark. Fieberhaft überlegte sie, was sie antworten sollte. Die Wahrheit durfte sie auf keinen Fall sagen, sonst war sie schneller wieder in Ruthven, als sie die Namen ihrer unverheirateten Cousinen aufzählen konnte.

»Mein Name ist Rowena«, nannte sie daher den erstbesten Namen, der ihr in den Sinn kam. »Lady Rowena von Ivanhoe«, fügte sie hinzu.

»Und weiter?«

»Ich war auf dem Weg nach Abbotsford, als mein Gesinde und ich von Wegelagerern überfallen wurden. Meinen Dienern gelang die Flucht, während ich von den Gesetzlosen gefangen genommen wurde. Zwei Tage lang befand ich mich in ihrer Gewalt, ehe auch ich fliehen konnte.«

»Und Ihre Kleider?«

»Haben die Räuber behalten. Ich kann froh sein, überhaupt etwas am Leib zu tragen.«

»Ich verstehe«, sagte der Mann und lächelte unbestimmt. Es war unmöglich zu sagen, ob er Marys dreiste Lügengeschichte glaubte oder nicht.

»Nachdem Sie nun wissen, wer ich bin«, sagte sie deshalb, »würde ich gern wissen, wer Sie sind.«

»Gewiss, Mylady. Mein Name ist Charles Dellard. Ich bin königlicher Inspector auf Sondermission.«

»Sondermission?« Mary hob die Brauen. »Welche Art Mission könnte das sein, Inspector? Wehrlosen Frauen im Wald aufzulauern? Sollten Sie sich nicht lieber darum kümmern, dass die Gesetzlosen gefasst werden, die mich überfallen haben?«

Dellard überhörte sowohl die Beleidigung als auch die restlichen Worte. Überhaupt schien ihn wenig zu kümmern, was Mary sagte. »Sie wollten nach Abbotsford?«, fragte er nur.

»So ist es.«

»Um was zu tun?«

»Um einen lieben Freund zu besuchen«, entgegnete Mary mit triumphierendem Lächeln. »Vielleicht kennen Sie ihn, denn er ist sehr einflussreich in dieser Gegend. Sir Walter Scott.«

»Gewiss kenne ich Sir Walter«, versicherte der Inspector. »Gewissermaßen ist er sogar der Grund für die Unbill, die wir Ihnen bereitet haben, Lady Rowena.«

»Wie darf ich das verstehen?«

»Nicht nur Sie sind von Räubern behelligt worden. Der Wald ist dieser Tage voller Gesetzloser, die den Landfrieden brechen und das Recht mit Füßen treten. Selbst vor Abbotsford machen sie nicht Halt.«

»Es hat einen Überfall auf Abbotsford gegeben?« Mary war bemüht, sich ihre Erregung nicht allzu sehr anmerken zu lassen.

»Gewiss. Und aus diesem Grund, Mylady, hält Sir Walter sich auch nicht mehr auf seinem Landsitz auf.«

»Nein?« Mary hatte das Gefühl, als bräche für sie eine Welt zusammen. »Und wo ist er?«

»In Edinburgh, auf meine Empfehlung. Ich sagte ihm, dass ich hier auf dem Land nicht mehr für seine Sicherheit garantieren könne, deshalb entschloss er sich, zusammen mit seiner Familie das Stadthaus in Edinburgh aufzusuchen. Offen gestanden wundert es mich, dass er Ihnen dies nicht mitgeteilt hat, wo er doch ein so lieber Freund von Ihnen ist.«

Der Tonfall des Inspectors gefiel Mary nicht, und sein Blick noch viel weniger. Er enthielt nicht nur Misstrauen, sondern auch ein gutes Maß an Schadenfreude.

»Es scheint mir«, fuhr Dellard fort, »dass Sie eine Weile nicht in dieser Gegend gewesen sind, Lady Rowena. Hier hat sich viel geändert in letzter Zeit. Die Lande sind unsicher geworden. Gesetzlose stecken überall, sodass mich nicht wundert, was Ihnen widerfahren ist. Um zu verhindern, dass sich so etwas wiederholt, werden meine Männer und ich uns persönlich um Ihren Schutz kümmern.«

»Das wird nicht nötig sein«, versicherte Mary.

»Nicht doch, Mylady. Ich würde es mir nie verzeihen, wenn Ihnen auf Ihrem weiteren Weg etwas zustieße. Meine Leute und ich werden Sie in Gewahrsam nehmen, um ganz sicher zu gehen, dass Sie nicht noch einmal in die Hände ruchloser Banditen fallen.«

»Aber nein, Inspector«, wiederholte Mary, energischer diesmal. »Ich sagte Ihnen bereits, dass das nicht nötig sein wird. Sie und Ihre Leute haben anderweitige Pflichten zu erfüllen, und dabei will ich Ihnen nicht im Weg stehen.«

»Keine Sorge, Mylady, das tun Sie nicht«, sagte Dellard – und auf einen Wink von ihm traten zwei seiner Männer vor und ergriffen Mary.

»Was hat das zu bedeuten?«, fragte sie.

»Es ist nur zu Ihrem Besten, Mylady«, erwiderte Dellard, doch der hämische Ausdruck in seinem Gesicht strafte seine Worte Lügen. »Wir werden Sie in Gewahrsam nehmen, bis die Gefahr vorüber ist.«

»Was mich betrifft, ist sie vorüber. Befehlen Sie Ihren Männern, mich auf der Stelle loszulassen.«

»Bedauere, das kann ich nicht tun.«

»Und warum nicht?«

»Weil ich meinerseits Befehle habe«, antwortete Dellard, und die ohnehin nur gespielte Freundlichkeit verschwand aus seinem Gesicht. »Schafft sie weg«, wies er seine Männer an – aber Mary dachte nicht daran, das wehrlose Opfer zu spielen.

Mit aller Kraft holte sie aus, trat nach einem ihrer Bewacher und traf ihn oberhalb des Stiefelschafts am Knie. Der Soldat stieß eine Verwünschung aus und sank keuchend zu Boden. Sein Kumpan war darüber so überrascht, dass er den Griff um Marys Arm lockerte. Sie nutzte die Gunst des Augenblicks, um sich zu befreien. Verzweifelt rannte sie los, über die Straße in Richtung Gebüsch.

»Haltet sie! Lasst sie nicht entkommen!«, rief Dellard seinen Leuten zu – und schon einen Augenblick später wurde Mary erneut von groben Händen gepackt und zurückgezerrt. Sie wehrte sich erbittert, aber gegen die überlegene Körperkraft der Soldaten, die noch dazu in der Überzahl waren, hatte sie nicht den Hauch einer Chance.

Dennoch gab sie nicht auf und gebärdete sich wie wild. Fauchend wie eine Raubkatze schlug sie mit ihren kleinen Fäusten um sich, kratzte und biss, wie es sich für eine Dame von Adel gewiss nicht gehörte – und schaffte es tatsächlich, sich noch einmal loszureißen. Diesmal landete sie in den Armen von Dellard, der sie grinsend erwartet hatte.

»Wohin des Wegs, Mylady?«, fragte er – und noch ehe Mary reagieren konnte, hatte er seinen Säbel gezückt und schlug damit zu.

Die metallene Glocke traf Mary an der Schläfe. Sie fühlte sengenden Schmerz, dann trübte ihre Umgebung sich ein. Das Letzte, was sie sah, ehe sie das Bewusstsein verlor, waren Charles Dellards grinsende Züge.

9.

Nachdem sich die erste Aufregung gelegt hatte, begann Abt Andrew seinen Bericht. Sie hatten den Salon des Hauses aufgesucht, wo Sir Walter, Quentin und der Abt in den großen Sesseln vor dem Kaminfeuer Platz genommen hatten. Seine drei Mitbrüder hieß der Abt, Türen und Fenster zu bewachen.

»Diese Vorsichtsmaßnahme dürfte überflüssig sein«, meinte Sir Walter. »Dieses Haus ist massiv gebaut und hat stabile Fenster und Türen.«

»Dennoch ist es uns mühelos gelungen einzudringen«, erwiderte der Abt gelassen, »und was uns möglich ist, mag auch dem Feind gelingen.«

»Welchem Feind?«

»Das wissen Sie genau, Sir Walter. Ich habe Ihnen die Wahrheit versprochen, aber ich möchte Sie bitten, auch keine Spiele mehr mit uns zu treiben.«

»Die Frage ist, wer hier mit wem spielt, mein werter Abt. Wiederholte Male habe ich Sie auf das Runenzeichen angesprochen, und außer dunklen Andeutungen haben Sie mir nichts offenbart.«

»Zu Ihrem eigenen Besten. Hätten Sie zu diesem Zeitpunkt von der Sache abgelassen, wären Sie unbehelligt geblieben. Jetzt, fürchte ich, gibt es kein Zurück mehr für Sie.«

»Kein Zurück mehr?«, fragte Quentin. »Wovor?«

»Vor der Verantwortung, die das Schicksal Ihnen zugewiesen hat, Master Quentin. Ich fürchte, Ihr Onkel und Sie sind inzwischen ebenso tief in diese Geschichte verstrickt, wie wir es sind.«

»Was für eine Geschichte?«, erkundigte sich Sir Walter. Die Ungeduld in seiner Stimme war deutlich zu hören. »Welches Geheimnis hüten die Mönche von Kelso, das niemand sonst erfahren darf?«

»Ein Geheimnis aus alter, aus sehr alter Zeit«, antwortete der Abt rätselhaft. »Bevor ich Ihnen jedoch die Wahrheit enthülle, muss ich Ihnen das Versprechen abverlangen, niemandem auch nur ein Wort darüber zu verraten.«

»Weshalb nicht?«

»Ihre Frage, Sir Walter, wird sich von selbst beantworten, wenn Sie erst erfahren haben, worum es geht.«

»Haben Sie Inspector Dellard auch einen Maulkorb verordnet?«, fragte Scott spitz.

»Inspector Dellard?«

»Er sagte mir, dass Sie mit ihm gesprochen hätten. Von ihm haben wir auch das Wenige erfahren, das wir bislang wissen.«

»Inspector Dellard also.« Der Abt nickte. »Ich verstehe. Damit haben Sie uns bereits einen ersten, äußerst wertvollen Hinweis gegeben.«

»Das freut mich«, log Sir Walter unverblümt. »Zumal Sie noch immer in Rätseln sprechen, werter Abt.«

»Verzeihen Sie. Wenn man ein Geheimnis so lange und so sorgfältig bewahrt hat wie wir, ist es schwer, sein Schweigen zu brechen.«

»Wie lange genau?«, wollte Quentin wissen.

»Eine sehr lange Zeit, Master Quentin. Über fünfhundert Jahre lang.«

»Fünfhundert Jahre«, echote Quentin eingeschüchtert.

»Seit den Tagen von William Wallace und Robert the Bruce. Mehr als ein halbes Jahrtausend.«

Sir Walter war sichtlich weniger beeindruckt als sein Neffe. »Kommt jetzt die Stelle, an der Sie uns weismachen wollen, dass Sie und Ihre Mönche schon damals dabei gewesen sind?«, fragte er.

»Nein, Sir Walter. Aber das Wissen um die Ereignisse jener dunklen Tage ist in meinem Orden von Generation zu Generation weitergegeben worden. Vor mir haben nicht weniger als zweiunddreißig Äbte das Geheimnis gewahrt, um es erst kurz vor ihrem Tod an ihre Nachfolger weiterzugeben. Ich bin der Erbe einer langen Reihe von Vorgängern, und ich hätte nichts dagegen gehabt, wenn die Zeit auch mich übergangen hätte. Aber das Schicksal hat es anders gewollt. Die Entscheidung fällt jetzt, in unseren Tagen. Unsere Generation ist es, die die Verantwortung trägt.«

»Welche Verantwortung?«

»Sie müssen wissen, Sir Walter, dass die Mönche von Dryburgh, deren Erben wir sind, einen feierlichen Eid geleistet haben. Sie haben nicht nur die Gelübde von Armut, Keuschheit und Gehorsam abgelegt, sondern dazu noch geschworen, das Böse zu bekämpfen – Heidentum und dunkle Magie. Anlass des Schwurs war der schändliche Verrat, der seinerzeit an William Wallace geübt wurde.«

»Das müssen Sie mir genauer erklären«, verlangte Sir Walter und beugte sich vor. Der Widerschein des Feuers warf flackerndes Licht auf seine angespannten Züge.

»Sie kennen die Geschichte. William Wallace, der bereits zu seinen Lebzeiten den Beinamen ›Braveheart‹ bekam, einte die zerstrittenen Clans der Highlands und führte sie gegen die Engländer in den Krieg. Im Jahr des Herrn 1297 errang er bei Sterling einen entscheidenden Sieg, der ihn ermutigte, nach Süden vorzudringen und den Feind auf seinem eigenen Grund und Boden anzugreifen. Wallaces Erfolge riefen jedoch auch Neider auf den Plan; Clansfürsten, die ihm seine Machtstellung und seine Beliebtheit beim Volk missgönnten und deshalb zu intrigieren begannen. Sie streuten das Gerücht aus, dass Wallace selbst nach der Krone greifen wolle, wenn er die Engländer erst besiegt hätte, was zwar schlicht gelogen war, jedoch vielerorts Misstrauen gegen Wallace weckte.

In der Schlacht von Falkirk ging die Saat, die Bravehearts Feinde ausgebracht hatten, zum ersten Mal auf. Einige bedeutende Clansherren ließen Wallace auf dem Schlachtfeld im Stich. Die Schlacht ging verloren, Wallace selbst überlebte schwer verletzt. Sein Ruf jedoch hatte schlimmen Schaden genommen, denn von da an gab es viele, die an ihm zweifelten. Unter jenen, die am heftigsten gegen Wallace intrigierten, waren Angehörige der alten, verbotenen Druidenbruderschaften, die sich aus den dunklen Zeitaltern erhalten hatten. Sie witterten die Gelegenheit, durch den Sturz von Wallace, der stets treu zur Kirche gestanden hatte, eine Revolution herbeizuführen – eine neuerliche Zeitenwende, an deren Ende die alte, heidnische Weltordnung wiederum erstehen sollte.

Die mächtigste unter jenen Verbindungen war die Bruderschaft der Runen, der es gelang, einige der jungen Eiferer des schottischen Adels auf ihre Seite zu ziehen, welche den jungen Earl of Bruce auf den Thron bringen wollten. Mit ihrer Hilfe entwickelte die Runenbruderschaft einen perfiden Plan: Mittels dunkler Magie sollte Wallace vernichtet und Robert als Herrscher eingesetzt werden – freilich nur, um im Auftrag der Bruderschaft zu regieren und die alte Ordnung wieder herzustellen.«

»Dunkle Magie, heidnische Flüche«, echote Quentin atemlos, während Sir Walter alles schweigend verfolgte. Die Skepsis in seinen Zügen war unübersehbar.

»Die zentrale Rolle bei der Verschwörung nahm Wallaces Schwert ein – jene Klinge, mit der er den Sieg bei Sterling erfochten hatte und die für die schottischen Clans zum Symbol der Freiheit und des Widerstands gegen die englischen Besatzer geworden war. Es gab Stimmen, die behaupteten, dass Bravehearts Waffe eine der alten Runenklingen sei, die in grauer Vorzeit von den ersten Clansfürsten geschmiedet worden waren und denen man magische Fähigkeiten zuschrieb. Mithilfe eines jungen Adeligen namens Duncan Ruthven, dessen Vater ein treuer Gefolgsmann Wallaces gewesen war und der deshalb sein Vertrauen genoss, wurde das Schwert aus Bravehearts Besitz entwendet und zur Bruderschaft gebracht, die es in einem heidnischen Ritual mit Menschenblut besudelte und einen Bann darüber aussprach. Es dauerte nicht lange, bis der Fluch Wirkung zeigte: Wallaces Kriegsglück verließ ihn. Seine Verbündeten fielen von ihm ab, er wurde vom Jäger zum Gejagten.

Im Jahr des Herrn 1305 wurde er von den seinen verraten. Er ging den Engländern in die Falle und wurde nach London gebracht, wo man ihn im darauf folgenden Jahr öffentlich hinrichtete.«

»Und das Schwert?«, fragte Quentin.

»Das Runenschwert verschwand auf geheimnisvolle Weise – um nur wenige Jahre später wieder aufzutauchen, diesmal im Besitz von Robert the Bruce. Die Bruderschaft hatte den jungen Adel vorgeschickt, und so war es ihr gelungen, sich das Vertrauen Roberts zu erschleichen. Und obwohl Robert selbst kaum Chancen sah, den Krieg gegen die Engländer fortzusetzen, wagte er das Unvorstellbare und errang auf dem Schlachtfeld von Bannockburn den Sieg. Seither haben sich viele Historiker gefragt, wie dies geschehen konnte. Wie konnte ein versprengter Haufen schottischer Clansmänner ein englisches Heer besiegen, das ihnen an Zahl und Bewaffnung um ein Vielfaches überlegen war?«

»Sie werden es uns verraten«, vermutete Sir Walter.

»Man hat versucht, es dem Wetter zuzuschreiben, der Beschaffenheit des Bodens, auf dem gekämpft wurde. Aber das ist nicht der wahre Grund. Der wahre Grund ist, dass an jenem Tag Kräfte am Wirken waren, die bereits aus der Welt verschwanden. Dunkle, grauenvolle Mächte, die in der Schlacht auf schottischer Seite standen und die Herzen der Engländer mit Furcht erfüllten. Der Fluch der Runenbruderschaft, mit dem das Schwert des Bruce bedacht worden war, zeigte Wirkung.«

»Und an so etwas glauben Sie?«

»Ich habe keinen Grund, es nicht zu tun, Sir Walter. Die Geschichtsbücher belegen, was damals geschehen ist.«

»Die Geschichte berichtet nur vom Sieg bei Bannockburn.

Von einem Runenschwert und einem Fluch ist mir nichts bekannt.«

»Sie müssen zwischen den Zeilen lesen«, beharrte der Abt. »Ist es etwa nicht wahr, dass sich Roberts Politik nach William Wallaces Tod grundlegend verändert hat? Dass er seine zurückhaltende Rolle aufgab und in den Kampf um den Thron eingriff? Dass er misstrauisch und verschlagen wurde? 1306, im selben Jahr, in dem Wallace hingerichtet wurde, ließ der Bruce seinen Rivalen John Comyn in der Kirche zu Dumfries kaltblütig ermorden, um sich den Weg zum Thron zu ebnen. Kurz darauf wurde er zum schottischen König gekrönt, die Anerkennung durch die Kirche jedoch wurde ihm versagt. Mehr noch, Robert wurde exkommuniziert und von der Kirche geächtet – weshalb wohl, denken Sie, ist dies geschehen?

»Wegen des Schwertes«, gab Quentin die Antwort.

»In der Folgezeit«, fuhr Abt Andrew nickend fort, »bemühten sich insbesondere Angehörige meines Ordens darum, Robert seinen tragischen Irrtum klar zu machen, ihm zu vermitteln, dass er im Begriff war, sich vollends in die Hände böser Mächte zu begeben. Sie erkannten, dass das Gute in ihm noch nicht erloschen war, und allmählich begab sich der König zurück auf den Pfad des Lichts.«

»Aber sagten Sie nicht, Robert habe in Bannockburn mit der verfluchten Klinge gekämpft?«

»Das hat er. Aber noch am Tag des Sieges wandte er sich von den dunklen Mächten ab. Er ließ das Runenschwert auf dem Schlachtfeld und kehrte reumütig zurück in die Arme der Kirche. Er tat Buße dafür, dass er vom rechten Pfad abgekommen war, und wurde dafür vom Papst anerkannt. Der König selbst jedoch konnte sich nie vergeben, womit er den Sieg in Bannockburn erkauft hatte. Er bedauerte seine Tat zeit seines Lebens, und aus Reue verfügte er, dass sein Herz nach seinem Tod in heiliger Erde begraben werden solle.«

»Das also ist die Schuld, an der der König sein Leben lang getragen hat«, meinte Quentin in Erinnerung an die Worte seines Onkels. »Deshalb wurde sein Herz ins Heilige Land gebracht. Es ist also nicht nur eine Sage.«

»Es ist die Wahrheit, junger Master Quentin, ebenso wie alles andere.«

»Woher wissen Sie das?«

»Ein Pater mit dem Namen Dougal hat seinerzeit sein Leben riskiert, um William Wallace zu warnen. Seine Warnung erreichte Wallace nie, weil ein Pfeil aus dem Hinterhalt unseren Bruder traf. Aber Dougal lebte noch lange genug, um niederzuschreiben, was er von den Plänen des Feindes erfahren hatte.«

»Und das Schwert?«, fragte Sir Walter. »Was ist mit dem angeblich verfluchten Schwert geschehen?«

»Wie ich schon sagte – am Tag der Schlacht blieb es auf dem Feld von Bannockburn zurück. Der König wandte sich ab von Heidentum und dunklen Mächten und kehrte zurück ins Licht. Natürlich fühlten sich die Sektierer betrogen. Sie zürnten dem König und verleumdeten ihn, und bis heute geht das Gerücht, dass nur deshalb wiederum Unheil über das schottische Volk gekommen sei, weil Robert sich an jenem Tag von den alten Bräuchen abgewandt habe. Das Schwert jedoch ging verloren, und mit ihm seine zerstörerischen Kräfte. Im Andenken an Pater Dougal und um zu verhindern, dass sich die Ereignisse wiederholten, entschloss sich mein Orden damals, einen Kreis von Eingeweihten zu bilden, eine kleine Gruppe von Mönchen, die über das Geheimnis wachen und für den Augenblick gewappnet sein sollten, in dem das Schwert wieder auftauchen würde, und mit ihm jene, die es mit bösen Kräften beladen hatten. Über die Jahrhunderte glaubten viele, dass die Bruderschaft der Runen zerschlagen wäre, aber meine Mitbrüder und ich hielten an unserer Wachsamkeit fest. Vor vier Jahren schließlich mussten wir erkennen, dass sie in all dieser Zeit berechtigt gewesen war.«

»Wieso?«, fragte Quentin. »Was geschah vor vier Jahren?«

»Das Grab König Roberts wurde entdeckt«, riet Sir Walter.

»So ist es. Als der Sarkophag des Königs gefunden wurde, ahnten wir, dass sich nun auch die dunklen Mächte wieder regen würden, die zu seinen Lebzeiten ihr Unwesen getrieben hatten, und wir sollten Recht behalten. Als hätte sie all die Jahrhunderte nur auf diesen Augenblick gewartet, trat die Runenbruderschaft wieder auf den Plan.«

»Aber weshalb?«, fragte Sir Walter. »Was wollen diese Leute? Welches Ziel verfolgen sie?«

»Haben Sie es denn noch immer nicht verstanden, Sir Walter? Haben Sie noch nicht begriffen, worum es Ihren Gegenspielern geht?«

»Offen gestanden – nein.«

»Sie wollen das Schwert des Bruce«, sagte Abt Andrew mit Unheil in der Stimme. »Die verderblichen Kräfte von einst wohnen dem Schwert noch immer inne, und die Nachkommen der Sektierer wollen es benutzen, um die Geschichte erneut nach ihrem Gutdünken zu ändern.«

»Die Geschichte ändern? Wie sollte so etwas möglich sein? Und überhaupt – wie kann ein Schwert von einer bösen Macht durchdrungen sein? Verzeihen Sie, mein lieber Abt, aber Sie verlangen von mir, an Dinge zu glauben, die sich jeder Logik entziehen, an heidnischen Hokuspokus der ärgsten Sorte.«

»Sie brauchen nicht mehr daran zu glauben, Sir Walter. Das Schwert hat seine verderbliche Wirkung bereits unter Beweis gestellt. Das erste Mal auf dem Schlachtfeld von Bannockburn, wo es Tod und Verderben über die zahlenmäßig weit überlegenen Engländer brachte. Seither ist es nur einmal wieder aufgetaucht, und auch da brachte es nichts als Verderben, nämlich als die Jakobiten revoltierten und die Runensekte versuchte, ihren Vorteil daraus zu ziehen. Der Aufstand der Königstreuen wurde jedoch blutig niedergeworfen, wie Sie wissen, und das Schwert verschwand erneut, um in unseren Tagen wieder aufzutauchen.«

»Dann wurde es bereits gefunden?«

»Noch nicht, und gebe der Herr, dass die Bruderschaft es nicht vor uns finden möge.«

»Weshalb nicht?«

»Weil sie es erneut dazu benutzen würde, um Umsturz und Zerstörung zu planen und das Land in Wirrnis und Chaos zu stürzen.«

»Ein fünfhundert Jahre altes Schwert?« Sir Walter konnte sich eines Schmunzelns nicht enthalten. »Zweifellos dürfte es in der Zwischenzeit einigen Rost angesetzt haben.«

»Spotten Sie darüber, wenn Sie können. Aber auch Ihnen sollte die Tatsache zu denken geben, dass es im selben Monat, in dem William Wallace von seinen Anhängern verraten wurde, eine Mondfinsternis gab. Und in wenigen Tagen ...«

»... wird es erneut eine Mondfinsternis geben«, ergänzte Quentin mit unheilschwangerer Stimme.

»Sie wissen bereits davon?«

»Wir haben einige der Runen entziffern können, die sich auf König Roberts Sarkophag befinden«, bestätigte Sir Walter. »Zweifellos kennen Sie ihre Bedeutung.«

Abt Andrew nickte. »Diese Runen sind der Grund für unsere Beunruhigung. Denn sie benennen exakt den Ort und die Zeit, an dem die Runenbruderschaft die Kräfte des Königsschwerts entfesseln will.«

»Zum Zeitpunkt der Mondfinsternis am Kreis der Steine.«

»Genauso ist es. Nur fehlt ihnen bislang das Wichtigste.«

»Das Schwert von Robert the Bruce.«

»Richtig, Sir Walter. Wir wissen, dass die Bruderschaft danach sucht. Und natürlich weiß sie, dass auch wir danach suchen. Diesem Zweck diente der Überfall auf die Bibliothek, und nur aus diesem Grund haben die Sektierer das Gebäude in Brand gesteckt.«

»Um Hinweise zu vernichten.«

»Genau.«

»Deshalb also musste der arme Jonathan sterben – wegen eines alten Aberglaubens. Und nicht viel hätte gefehlt, und ich hätte auch meinen Neffen deshalb verloren.«

»Ich denke nicht, dass es zu Beginn in der Absicht der Sektierer lag, Sie und Ihre Familie in die Sache hineinzuziehen, Sir Walter. Aber durch Ihre beharrlichen Versuche, der Wahrheit auf den Grund zu gehen, haben Sie sich selbst in diese Lage gebracht.«

»Also trage ich Schuld an allem, was geschehen ist? Ist es das, was Sie mir sagen wollen?«

»An Dingen wie diesen trägt niemand Schuld, Sir Walter. Sie geschehen einfach, und alles, was wir dabei tun können, ist, den Platz einzunehmen, den die Geschichte uns zugewiesen hat.«

Sir Walter nickte nachdenklich. »Wenn Sie all das wussten, Abt Andrew, wenn Sie zu jedem Zeitpunkt über die wahren Täter informiert waren – weshalb haben Sie mich dann nicht darüber aufgeklärt? Weshalb haben Sie mich blind im Dunkeln tappen lassen?«

»Zu Ihrem Schutz, Sir Walter. Je weniger Sie wussten, desto

besser war es für Sie. Zuerst hoffte ich noch, dass Sie irgendwann den Mut verlieren und von der Sache ablassen würden, aber ich hatte Ihre Entschlossenheit grob unterschätzt. Seither haben meine Mitbrüder und ich Sie nach Kräften unterstützt.«

»Sie? Mich unterstützt?«

»Gewiss. Von wem, denken Sie, kam der Schlüssel zur verbotenen Kammer der Bibliothek?«

»Nun, Quentin hat vermutet, dass es die Sektierer waren, die ihn uns haben zukommen lassen.«

»Ihr Neffe hat sich geirrt, Sir Walter. Nicht die Verschwörer, sondern mein Orden hatte den Schlüssel in seinem Besitz. Wir waren es, die ihn an Sie geschickt haben. Und der Besuch Ihres Neffen bei uns in Kelso ... Glauben Sie, wir hätten nicht durchschaut, dass er an jenem Tag den Auftrag hatte, in unserer Bücherei zu spionieren? Es wäre uns ein Leichtes gewesen, ihn zu vertreiben, wenn wir es gewollt hätten. Und erinnern Sie sich noch an die Nacht, Master Quentin, in der Sie in die Gewalt der Namenlosen geraten sind? Meine Mitbrüder waren es, die Ihnen das Leben gerettet haben.«

»Sie sind das gewesen?«, fragte Quentin erstaunt. »Dann waren auch Sie es, die sich nahe der Bibliothek einen Kampf mit den Vermummten geliefert haben?«

Der Abt nickte. »In jener Nacht haben die Anhänger der Runenbruderschaft versucht, in die Bibliothek einzudringen und dort nach dem Verbleib des Schwertes zu forschen. Wir konnten sie vertreiben, aber dieser Zustand wird nicht lange andauern. Endgültig können wir die Sektierer nur dann besiegen, wenn es uns gelingt, das Schwert des Bruce in unseren Besitz zu bringen und es von dem Fluch zu reinigen, der darauf lastet.«

»Flüche, dunkle Magie, finstere Verschwörungen – ich glaube nicht an Dinge wie diese«, beharrte Sir Walter. »Und als

Mann der Kirche sollten Sie das ebenfalls nicht tun, werter Abt.«

»Diese Dinge, Sir Walter«, entgegnete Abt Andrew harsch, »sind älter als der Orden, dem ich diene. Sie sind sogar älter als die Kirche. Älter, als die Erinnerung der Geschichte zurückreicht. Der Fluch, der auf dem Runenschwert lastet, ist ein Relikt aus den Anfängen, aus jener Zeit, die vor der Geschichte liegt. Etwas, das bis in unsere Tage fortbesteht, obwohl sein Zeitalter längst zu Ende ist. Diejenigen, die danach trachten, es zu besitzen, wollen es benutzen, um damit Chaos und Zerstörung zu verbreiten. Sie wollen die bestehende Ordnung stürzen und die alten Götter zurückkehren lassen, die Schrecken der Vorzeit. Krieg und Barbarei werden herrschen, wenn wir ihnen nicht Einhalt gebieten.«

»Große Worte«, räumte Sir Walter ein. »Vielleicht sollten Sie sich einmal als Romancier versuchen, lieber Abt. Aber verraten Sie mir: Wie soll eine Hand voll Sektierer mit einem jahrhundertealten Relikt all diese schrecklichen Dinge bewirken?«

»Sie kennen die Antwort«, sagte Abt Andrew nur.

Sir Walter wollte etwas erwidern, als er plötzlich erbleichte. »Der König«, flüsterte er.

»Die Bruderschaft weiß von dem geplanten Besuch in Edinburgh«, bestätigte der Abt. »In wenigen Tagen tritt sie zusammen, um das Schwert in einer heidnischen Zeremonie Tod und Zerstörung zu weihen, so, wie es schon einmal geschehen ist. Mit unschuldigem Blut wird man den Fluch erneuern, der darauf lastet. Danach wird man die Klinge in das Herz des Mannes lenken wollen, den man für die Verkörperung des neuen Geistes hält, für den Vertreter der neuen Ordnung.«

»König George«, flüsterte Sir Walter. »Das also ist es. Diese Männer planen ein Attentat auf den König.«

»Sie wissen, was geschähe, wenn der König bei seinem ersten offiziellen Empfang in Edinburgh einem Attentat zum Opfer fiele.«

»Allerdings. Truppen würden in Schottland einmarschieren wie zuletzt unter Cumberland. Ein Bürgerkrieg wäre die Folge, schrecklicher als alle anderen zuvor. Engländer und Schotten würden einander gegenseitig bekämpfen, und neues Blut würde fließen, der alte Hass wieder hervorbrechen ... Ich habe mein Leben der Aussöhnung zwischen Engländern und Schotten gewidmet, dem Miteinander unserer Kulturen. All das würde von einer solchen Bluttat auf einen Schlag zerstört werden.«

»Selbst wenn Sie nichts von alledem glauben, was ich Ihnen über das Schwert und die Bruderschaft der Runen erzählt habe, Sir Walter – denken Sie nicht, dass es Ihre Pflicht als Patriot und als Bürger des Britischen Empires ist, alles Menschenmögliche zu tun, um eine solche Katastrophe abzuwenden?«

»In der Tat«, sagte Sir Walter, ohne mit der Wimper zu zucken. Quentin trat an seine Seite. Trotz seiner Bedenken war er wild entschlossen, seinem Onkel im Kampf gegen die Sektierer beizustehen – mit dem Unterschied, dass er Abt Andrew durchaus Glauben schenkte.

Mit jedem Wort, das der Abt gesprochen hatte, war Quentin noch blasser geworden. Die dunklen Geheimnisse, die sich um das Runenschwert rankten, bereiteten ihm Sorge, aber er ließ es sich nicht anmerken; zum einen, weil sein Ehrgefühl es nicht zugelassen hätte, seinen Onkel in dieser entscheidenden Stunde im Stich zu lassen, zum anderen aber auch, weil Quentin gehört hatte, dass der junge Clansmann, der Robert the Bruce verraten hatte, den Namen Ruthven getragen hatte. Und hatte nicht Mary of Egton vor, einen Nachkommen eben jener Familie zu ehelichen? Die Sache beunruhigte Quentin, auch wenn er nicht genau sagen konnte, warum. Vielleicht ja deshalb, weil er insgeheim hoffte, einen Makel am Geschlecht derer von Ruthven zu finden und sich und seine Eifersucht so ein wenig trösten zu können ...

Sir Walter schien die Übereinstimmung nicht bemerkt zu haben, und Quentin behielt sein Wissen für sich. Sein Onkel hatte jetzt wichtigere Dinge im Kopf als seine kindischen Vermutungen. Es stand zu viel auf dem Spiel, als dass sie noch hätten Zeit verschwenden dürfen.

»Ich wusste, dass ich auf Ihre Hilfe zählen kann, Sir Walter«, sagte Abt Andrew, und in seinem hageren Gesicht flackerte ein wenig Hoffnung auf. »Viel Zeit bleibt uns allerdings nicht. Unser einziger Trost ist, dass auch die Gegenseite noch nicht zu wissen scheint, wo sich das Schwert befindet. Sie tappen ebenso im Dunkeln wie wir.«

»Wissen Sie, wer die Kerle sind?«

»Nein. Die meisten Mitglieder der Runenbruderschaft kennen sich nicht einmal gegenseitig. Während ihrer Versammlungen tragen sie Masken, die es ihnen unmöglich machen, sich gegenseitig zu identifizieren. Nur ihr Anführer kennt sie alle von Angesicht – so ist es schon in alten Zeiten gewesen.«

»Deshalb also waren sie uns die ganze Zeit auf den Fersen«, schnaubte Sir Walter. »Aber sie sind stets einen Schritt hinter uns geblieben.«

»Wie ich schon sagte – auch unsere Gegenspieler kennen den Ort nicht, an dem das Schwert verborgen ist. Alles, was sie wissen, ist, dass sie es innerhalb der nächsten vier Tage in ihren Besitz bringen müssen, um während der Mondfinsternis den Fluch zu erneuern, der auf der Klinge lastet. Es darf ihnen nicht gelingen, Sir Walter! Wir müssen das Schwert vor ihnen finden und es vernichten!«

»Wenn es um die Sicherheit des Königs geht, will ich gern tun, was ich kann. Gibt es denn einen Hinweis? Einen Anhaltspunkt dafür, wo sich das Schwert befinden könnte?«

»Es gibt eine Spur. Aber sie ist sehr alt, und selbst jene Brüder meines Ordens, die in der Geschichte bewandert sind und die alten Schriften über die Runenbruderschaft studiert haben, konnten dort nichts finden.«

»Ich verstehe. Dennoch würde ich diese Spur gern in Augenschein nehmen, wenn es erlaubt ist.«

»Natürlich, Sir Walter. Von nun an gibt es keine Geheimnisse mehr zwischen uns und Ihnen, und ich bedauere sehr, Sie nicht schon früher ins Vertrauen gezogen zu haben.«

»Spät bedeutet nicht zwangsläufig zu spät, werter Abt«, bemerkte Walter Scott schmunzelnd.

»Das hoffe ich sehr. Wir müssen uns vorsehen, Sir, denn unsere Gegner sind zahlreich und verschlagen, und sie lauern im Verborgenen. Ich fürchte, dass sie dort zuschlagen werden, wo wir sie am wenigsten erwarten.«

10.

Man hatte sie zum Kreis der Steine gebracht.

Gwynneth Ruthven hatte von diesem Ort gehört, in den Geschichten, die die Alten sich erzählten. In früherer Zeit, so sagte man, waren die Druiden hier zusammengekommen, um heidnische Rituale und Beschwörungen abzuhalten. Der Boden dieses Ortes war getränkt vom Blut der Unschuldigen, die im Kreis der Steine ihr Leben gelassen hatten.

Viel lieber hätte Gwynn diesen Ort auch weiterhin für eine Ausgeburt der Fantasie gehalten, mit der man kleine Kinder schreckte. Aber als man ihr das Tuch abnahm, mit dem man ihr die Augen verbunden hatte, stellte sie fest, dass er wirklich existierte. Genau so, wie er ihr beschrieben worden war.

Riesige, kreisförmig angeordnete Felsquader umringten einen weiten Platz, in dessen Mitte ein steinerner Opfertisch stand. Entlang der Steine hatten die Anhänger der Bruderschaft Aufstellung genommen – Männer in den dunklen Kutten und mit den Furcht einflößenden Masken, die Gwynneth bereits kannte.

Am Opfertisch wartete eine weitere vermummte Gestalt. Anders als die übrigen Verschwörer trug sie ein schneeweißes Gewand, und ihre Maske war aus purem Silber, das matt im Mondlicht glänzte. An dem Augenpaar, das durch die Sehschlitze stach, hatte Gwynneth keine Mühe, den Mann hinter der Maske zu erkennen. Es war Graf Millencourt.

Die Nacht war hereingebrochen. Der Mond stand hoch am Himmel; er beleuchtete den Steinkreis mit blassem Schein und ließ Millencourts Gewand gespenstisch leuchten. Hätte Gwynneth nicht gewusst, wer sich hinter der einschüchternden Verkleidung verbarg, hätte sie sich wohl gefürchtet. So erfüllte Trotz ihr Innerstes, und sie war fest entschlossen, weder Angst noch Schwäche zu zeigen – obgleich die Worte der alten Kala wie ein nicht enden wollendes Echo in ihrem Bewusstsein nachhallten: *»Ich habe dein Ende gesehen, dunkel und böse …«*

Die Vermummten, die den Opferplatz umstanden, stimmten einen dumpfen Gesang an. Er war in der alten, heidnischen Sprache gehalten. Die wenigen Brocken, die Gwynneth davon verstand, reichten aus, um zu begreifen, wovon er handelte.

Von dunklen Geistern.

Von Macht und Verrat.

Und von Blut ...

Man brachte sie zum Opfertisch, wo man sie zwang niederzuknien. Ihre Hände waren gefesselt, sodass sie keine Möglichkeit hatte, sich zu wehren. Der vermummte Millencourt hob die Arme, und augenblicklich verstummten seine Anhänger. Es wurde vollkommen still im Kreis der Steine, und Gwynneth konnte das Unheil, das ihr bevorstand, fast körperlich fühlen. Verzweiflung stieg in ihr auf und schnürte ihr die Kehle zu, aber sie kämpfte tapfer dagegen an.

»Dieses Weib«, erhob Millencourt die Stimme, »hat es gewagt, sich gegen uns zu stellen. Sie hat uns belauscht, hat uns heimlich ausspioniert und uns an unsere Feinde verraten. Ihr alle, meine Brüder, wisst, welche Strafe auf ein solches Vergehen steht.«

Die Vermummten antworteten erneut auf Keltisch – mit einem einzigen Wort. Es bedeutete »Tod«.

»So ist es, meine Brüder. Aber ihr alle wisst, dass unserer Bruderschaft in diesen Tagen Großes bevorsteht. Dank der Hilfe jener, die neu zu unserem Kreis gestoßen sind, bietet sich uns die Möglichkeit, alles zu verändern. Wir können Macht und Einfluss gewinnen und das Rad der Zeit auf jenen Tag zurückdrehen, als die Römer erstmals dieses Land betraten und den Fluch der neuen Zeit über uns brachten.

Die Römer konnten wir vertreiben. Nach ihnen kamen die Sachsen. Dann die Wikinger. Schließlich die Normannen. Wir kämpften tapfer, aber wir konnten nicht verhindern, dass unser Einfluss immer geringer wurde, bis zum heutigen Tag. Und der Niedergang dauert an, meine Brüder. Immer mehr Könige und Fürsten wenden sich von der alten Ordnung ab. Sie zerstören das Clanswesen und machen freie Männer zu Vasallen. Sie kehren den alten Mächten den Rücken und schenken ihr Vertrauen dem Glauben, den die Mönche bringen. Überall schießen ihre Klöster aus dem Boden wie Geschwüre, während es immer weniger von uns gibt. Unser Zeitalter geht zu Ende, meine Brüder, es hört seinen Totengesang. Wenn wir nicht handeln und den Lauf der Dinge aufhalten, werden wir schon bald ohne Macht und Einfluss sein. Die Traditionen werden gebrochen, die neue Ordnung wird herrschen, und wir alle werden ihre Leibdiener sein. Dies darf nicht geschehen.«

Zustimmung wurde hier und dort geäußert, empörtes Gemurmel ging reihum. Jeder der Anwesenden schien Millencourts Ansichten zu teilen, und Gwynneth fühlte den Hass, der ihr entgegenschlug. Und einer dieser Vermummten, dachte sie schaudernd, war ihr Bruder ...

»Schon bald«, fuhr der Graf fort, »wird all das jedoch der Vergangenheit angehören. Denn das Schicksal hat uns dazu ausersehen, den Gang der Dinge zu ändern. Wir werden das Rad der Zeit anhalten bis zu dem Tag, an dem die Fremden kamen und begannen, sich in unsere Belange einzumischen. Die neue Ordnung wird fallen, meine Brüder. Nicht mehr lange, und die alten Götter werden zurückkehren und mit ihnen die Zeit, in der wir frei und stark waren und uns nicht an Orten wie diesen zu verstecken brauchten. Dies alles wird geschehen, genau wie die Runen es vorhergesagt haben.«

Die Sektierer antworteten mit schrillem, triumphalem Gesang, der Gwynneth bis ins Mark erschaudern ließ.

Die alte Kala hatte Recht gehabt. Millencourt und seinen Leuten ging es tatsächlich darum, das Rad der Zeit anzuhalten. Mehr noch, sie wollten es zurückdrehen auf heidnische Tage, in denen das Land, wie sie behaupteten, noch frei gewesen war.

Mit solchen Versprechungen mochten sie junge Männer locken, Eiferer, wie auch Duncan einer war, die aus Unzufriedenheit rebellierten. Gwynn hingegen machte sich keine Illusionen darüber, was Millencourt und seine Anhänger in Wahrheit bezweckten. Sie wollten das, was alle wollten und weswegen seit Generationen sinnlos Blut vergossen wurde.

Macht.

Nur darum ging es ihnen – wieder am Tisch der Mächtigen zu sitzen, obgleich das Zeitalter der Runen und Druiden längst zu Ende gegangen war. Der geplante Verrat an William Wallace nährte ihre Hoffnung, dass all dies schon bald Wirklichkeit werden könnte.

»Seht, meine Brüder«, rief Millencourt, der plötzlich ein Schwert in den Händen hielt und es hoch reckte, sodass sich das Mondlicht in der Klinge brach. »Seht euch diese Waffe an! Erkennt ihr sie?«

»Wallaces Schwert«, antwortete es ehrfurchtsvoll reihum.

»So ist es. Wallaces Schwert, geschmiedet in alter Zeit und von großer Kraft durchdrungen. Durch die Hilfe treuer Freunde ist es in unseren Besitz gelangt. Es ist der Schlüssel zur Macht, meine Brüder. Die Waffe, mit der wir die neue Ordnung stürzen werden. Krieg und Chaos werden die Folge sein, und aus der Asche werden wir uns als die neuen Herren des Landes erheben. Runen und Blut werden herrschen, genau wie in alter Zeit.«

»Runen und Blut«, echote es.

»Fluchbeladen wird die Klinge Wallace den Untergang bescheren und uns den Sieg. Dies ist der Grund, weshalb wir uns hier am Kreis der Steine versammelt haben, an jenem Ort, an dem seit Anbeginn der Zeit den Göttern und ihren Zeichen gehuldigt wird. Der Mond wird heute Nacht vom Drachen verschlungen, meine Brüder, und das bedeutet, dass die Zeit gekommen ist, um den Fluch auszusprechen und unsere Rache einzuläuten.«

Aller Blicke wandten sich zum nächtlichen Himmel empor, und auch Gwynneth schaute hinauf – um entsetzt festzustellen, dass der Mond tatsächlich verschwand. Etwas schob sich davor und dämpfte seinen Schein, ließ ihn schmutzig rot erglühen.

Wie Blut, dachte Gwynneth schaudernd, während die Runenbrüder erneut ihren unheimlichen Gesang anstimmten, der immer lauter wurde, je mehr der Mond in Dunkelheit verschwand.

Rasende Angst ergriff von Gwynneth Besitz. Hatten Millencourt und seine Leute tatsächlich die Macht, den Mond verschwinden zu lassen? Konnten sie die Gestirne beeinflussen und die Welt tatsächlich neu ordnen?

»Es ist so weit, meine Brüder!«, rief der Druide plötzlich. »Die Stunde unserer Rache ist gekommen. Bringt mir die Maid!«

Erneut wurde Gwynneth von groben Händen gepackt und in die Höhe gerissen. Mit unwiderstehlicher Kraft schleppte man sie zum steinernen Tisch und legte sie bäuchlings darüber. Alles, was sie sehen konnte, war die bleiche Hand ihres Peinigers, die das Runenschwert hielt. Der Gesang der Sektierer wurde immer noch lauter, strebte seinem Höhepunkt entgegen. Gwynneth hörte die kalten, heidnischen Worte, und mit einem Mal hatte sie Todesangst, die ihr die Kehle zuschnürte und ihr Herz rasen ließ.

»Runen und Blut!«, rief Millencourt und hob das Schwert. »Es möge geschehen!«

»Nein!«, rief Gwynneth laut und wandte ihren Blick zu den Maskierten, die den Opfertisch umstanden. »Ich bitte euch, schont mein Leben! Duncan, wo bist du? Duncan, bitte hilf mir …!«

Aber es kam keine Antwort. »Runen und Blut!«, schrien die Sektierer jetzt ebenfalls, und als Gwynneth die nackte, unverhohlene Blutgier durch die Sehschlitze der Masken blitzen sah, wusste sie, dass es keine Rettung für sie gab.

Das also war das dunkle Ende, das Kala ihr prophezeit hatte. Das Runenweib hatte am Ende Recht behalten.

Millencourt reckte das Schwert hoch in die Luft und murmelte Beschwörungsformeln in der alten Sprache. Gleichzeitig begann Gwynn zu beten. Zu den guten, lichten Mächten, auf dass sie ihre Seele aufnahmen und sich ihrer erbarmten.

Sie schloss die Augen und merkte, wie ihre Furcht sich legte. Mit einem Mal fühlte sie sich fern und entrückt, als ob sie sich in einer anderen Zeit befände, an einem anderen Ort. Trost, wie Menschen ihn nicht zu spenden vermochten, erfüllte sie.

Dann stieß das Runenschwert herab.

Mary of Egton kam zu sich.

Heftig rang sie nach Luft und schlug die Augen auf.

Sie hatte wieder geträumt. Von Gwynneth Ruthven und den letzten Augenblicken ihres Lebens, davon, wie sie von den Verschwörern auf einem steinernen Opfertisch ermordet worden war.

Mary blinzelte und blickte sich orientierungslos um – nur um festzustellen, dass der Traum noch nicht zu Ende war. Jetzt war sie es selbst, die auf dem Opfertisch lag, umringt von maskierten Männern in dunklen Kutten. Und auch sie gewahrte den Blutdurst in ihren Augen.

Es hatte sich nichts geändert – nur dass es diesmal nicht Gwynneth Ruthven war, die sich in der Gewalt der Sektierer befand, sondern sie selbst. Und mit einem Mal kam Mary of Egton ein erschreckender Gedanke.

Alles, was sie um sich herum sah und fühlte, war erschreckend echt. Was, wenn es kein Albtraum war, den sie erlebte? Wenn es nicht die Fortsetzung eines Trugbilds war, sondern die Wirklichkeit ...?

11.

Da keine Zeit zu verlieren war, brachen sie noch in der Nacht auf. Sir Walter weckte seinen Kutscher und ließ ihn die Pferde anschirren, und schon wenig später machte er sich gemeinsam mit Quentin und Abt Andrew auf den Weg. Die Mönche, hieß es, würden ihnen in einigem Abstand folgen, um sich zu vergewissern, dass sie keine unerwünschte Gesellschaft hatten.

Während der Fahrt in der Kutsche wurde kaum gesprochen. Sowohl Sir Walter als auch sein Neffe hatten immer noch an den Neuigkeiten zu kauen, die der Abt ihnen enthüllt hatte. Endlich klärte sich das Rätsel, fügten sich die einzelnen Teile des Mosaiks zu einem Bild zusammen. Allerdings war Quentin nicht gerade begeistert von diesem Gesamteindruck.

Was er gehört hatte von magischen Gegebenheiten, von alten Flüchen und finsteren Verschwörungen, hatte seine alte Furcht wieder aufflackern lassen. Wenn ein wackerer Kirchenmann wie Abt Andrew diese Dinge ernst nahm und ihnen solche Bedeutung beimaß, dann konnten es nicht nur Hirngespinste sein, sagte er sich. Allerdings war Quentin fest entschlossen, sich nicht von seiner Furcht beherrschen zu lassen. Er wollte seinem Onkel helfen, diese Sache zu einem guten Ende zu bringen. Zudem ging es um das Wohl Schottlands, vielleicht des ganzen Empires.

Gerade erst war das Land der napoleonischen Gefahr entronnen, da zog eine neue Bedrohung am Horizont herauf, ein Relikt aus grauer Vorzeit. Quentin verspürte nicht die geringste Lust mit anzusehen, wie sein Land in Chaos und Barbarei zurückfiel, denn genau das schien es zu sein, worauf die Sektierer es anlegten. Also würde er seine Furcht hintanstellen und seiner Pflicht nachkommen, wie man es von ihm als patriotischem Bürger erwartete.

Auch Sir Walter war in Gedanken versunken. Allerdings konnte Quentin in den Zügen seines Onkels nicht die geringste Furcht ausmachen. Sir Walter war ein Verstandesmensch und stolz darauf; selbst die Ausführungen des Abts konnten ihn nicht von seinen Überzeugungen abbringen. Dafür trübte Sorge Sir Walters Miene.

Auch wenn er Abt Andrews Überzeugung, was das Schwert und den angeblichen Fluch betraf, nicht teilte – die Bedrohung durch die Bruderschaft der Runen war nicht von der Hand zu weisen. Und als Staatsmann, der er war, wusste Sir Walter sehr wohl, was ein Anschlag auf das Leben des Königs nach sich ziehen konnte. Alles, wofür er sein Leben lang gearbeitet hatte – die Aussöhnung zwischen Engländern und Schotten und die Renaissance der schottischen Kultur – wäre unwiederbringlich zerstört. Das Reich würde in einer Krise versinken, die es anfällig machen würde für Feinde von innen wie von außen. In Sir Walters Augen bedurfte es keines mystischen Fluchs, um das Empire zu bedrohen – die Gefahr war auch so schon groß genug. Er war bitter entschlossen, ihr zu begegnen, und wenn das

Schwert der Schlüssel dazu war, dann musste er es vor den Verschwörern finden ...

Schon bald hatte die Kutsche ihr Ziel erreicht. Mit gemischten Gefühlen hatte Quentin festgestellt, dass es erneut Richtung High Street ging, hinauf zum Burghügel, über dem Edinburgh Castle mit seinen mächtigen Mauern thronte. Vor einem alten Haus, das an der Stirnseite eines schmalen Hofs lag, ließ Abt Andrew die Kutsche anhalten. Die drei Männer stiegen aus, und Quentin fröstelte, als er an dem Gebäude emporblickte. Es stammte aus dem späten Mittelalter, hatte Mauern aus Fachwerk und ein hohes, spitz zulaufendes Dach. Dass das Haus schon bessere Zeiten gesehen hatte, stand für Quentin außer Frage; der Lehm des Mauerwerks war an vielen Stellen brüchig, das Holz morsch und faulig. Das Gebäude war unbewohnt, sodass seine Fenster den Besuchern wie die leeren Augenhöhlen eines Schädels entgegenstarrten, dunkel und hohl.

»Dies war einst ein Gasthaus«, erklärte Abt Andrew. »Jetzt befindet es sich im Besitz meines Ordens.«

»Wieso denn das?«, fragte Quentin, der sich nicht denken konnte, warum jemand ein altes Gemäuer wie dieses kaufen sollte.

»Sehr einfach«, gab der Abt mit gedämpfter Stimme zurück. »Der Überlieferung nach war dieses Gasthaus ein geheimer Treffpunkt der Runensekte. Und nun folgen Sie mir nach drinnen, meine Herren. Hier draußen ist es nicht sicher, und die Nacht hat Augen und Ohren.«

Durch die knarrende Tür traten sie ein. Modrige Luft schlug ihnen entgegen. Abt Andrew entzündete einige Kerzen, und als ihr schummriger Schein sich ausbreitete, erkannte Quentin, dass sie keineswegs allein waren. Entlang der Wände reihten sich mehrere Gestalten in dunklen Kutten, schweigend und reglos. Quentin sog hörbar die Luft ein. Abt Andrew gab jedoch lächelnd Entwarnung.

»Verzeihen Sie, Master Quentin, ich hätte Sie warnen sollen. Natürlich wird dieses Gebäude zu jeder Zeit von meinen Mitbrüdern bewacht. Wir lassen es niemals aus den Augen.«

»Aber ... warum sind sie im Dunkeln?«, fragte Quentin verblüfft.

»Weil niemand wissen soll, dass sie hier sind. Schließlich wollen wir unsere Gegenspieler nicht auf unsere Fährte lenken.«

Das leuchtete Quentin ein. Er half den Mönchen dabei, die Fenster zu verhängen, damit kein Licht nach außen dringen konnte. Danach wurden noch mehr Kerzen entzündet, die den alten Schankraum des Gasthauses sanft beleuchteten.

Bis auf einen Tresen, der auf alten Alefässern errichtet war, gab es keine Einrichtung mehr. Vermutlich hatte man sie irgendwann geplündert, um im Winter damit kalte Stuben zu heizen. Auf dem Boden lag fingerdicker Staub, der bei jedem Schritt, den die Besucher machten, aufgewirbelt wurde.

Sir Walter, der sich weder am Schmutz noch am modrigen Gestank zu stören schien, blickte sich aufmerksam um. »Und Sie sind sicher, dass dieser Ort einst ein Treffpunkt der Sektierer war, Abt Andrew?«

»Jedenfalls wird es in den Chroniken meines Ordens behauptet.«

»Aber weshalb wissen unsere Gegenspieler nichts davon?«

»Das ist eines der Rätsel, die ich bislang noch nicht vollständig ergründen konnte«, gestand der Ordensmann ein. »Offenbar gingen wichtige Kenntnisse in den Wirren des Jakobitenaufstands verloren. Soweit wir wissen, hatte zuletzt ein junger Clansmann aus dem Norden das Runenschwert in seinem Besitz. Es heißt, es wurde nach Edinburgh gebracht, wo es im Zug der Krönungszeremonie an James VII. von Schottland hätte überreicht werden sollte. Dazu ist es jedoch nie gekommen.«

Sir Walter nickte. »Ein Jahr nach der Einnahme von Edinburgh wurden die Jakobiten unter der Führung des jungen Charles Stewart bei Culloden vernichtend geschlagen. Edinburgh wurde von den Regierungstruppen zurückerobert, und die Jakobitenbewegung war damit faktisch am Ende.«

»Genauso war es. Und in jenen Tagen, als in den Straßen der Stadt Kämpfe zwischen Jakobiten und Soldaten der Regierung tobten, ging das Schwert verloren. Wir gehen davon aus, dass die Sektierer es versteckten, damit es nicht in englische Hände fällt. Wohin es gebracht wurde, wissen wir allerdings nicht.«

»Aber Sie vermuten, dass es noch hier in der Nähe sein könnte.«

»Was wir uns erhoffen, ist ein Hinweis, eine Spur, der wir folgen können. Schon viele Gelehrte unseres Ordens haben diesen Ort in Augenschein genommen, aber nichts gefunden. Nun ruhen unsere Hoffnungen auf Ihnen, Sir Walter.«

»Dann will ich sehen, was ich für Sie tun kann. Aber ich will Ihnen nichts versprechen, mein lieber Abt. Wenn Ihre Gelehrten nichts gefunden haben, welche Hoffnung sollte da wohl ich hegen?«

»Ihre Bescheidenheit in allen Ehren«, erwiderte Abt Andrew mit mildem Lächeln, »aber sie ist hier völlig fehl am Platz. Sie haben bewiesen, dass Sie ein Mann von messerscharfem Verstand sind, Sir Walter, und Ihre Beharrlichkeit hat mir in den letzten Wochen manches Kopfzerbrechen bereitet.«

»Dann schulde ich Ihnen diesen Gefallen schon als Wiedergutmachung«, gab Sir Walter zurück und griff nach einem der Kerzenleuchter, um damit die Wände abzuschreiten. Quentin tat es ihm gleich und folgte ihm, auch wenn er keine rechte Vorstellung hatte, wonach sein Onkel suchte.

»Die Wände wurden bereits abgeklopft?«, erkundigte sich Sir Walter.

»Allerdings. Es wurden keine Hohlräume oder dergleichen gefunden.«

»Und der Fußboden?« Sir Walter deutete auf die morschen Planken.

»Auch er wurde eingehend untersucht. Man fand weder das Schwert noch einen Hinweis auf seinen Verbleib.«

»Verstehe ...« Nachdenklich schritt Sir Walter weiter den Raum ab, leuchtete in jede Nische und begutachtete die von schweren Holzbalken getragene Decke. »Wir werden uns jede Etage einzeln vornehmen«, entschied er. »Und wenn wir damit fertig sind, werden wir die Etagendecken untersuchen. Notfalls werden wir dieses Haus Stein für Stein auseinander nehmen, um ...«

»Onkel!«

Quentins Ruf unterbrach Sir Walter in seinen Ausführungen. Noch vor ein paar Wochen hätte er seinen Schützling wohl dafür zurechtgewiesen, aber inzwischen hatte der Junge bewiesen, dass er ein guter und wertvoller Mitarbeiter war und es sich durchaus lohnen konnte, ihm Gehör zu schenken.

»Was ist, mein Junge?«, fragte Sir Walter deshalb.

Quentin war stehen geblieben und betrachtete den gemauerten Kamin an der Rückseite des Schankraums. Oberhalb der Kaminöffnung war ein aufrecht stehender Löwe in den Stein gemeißelt – das Wappentier von Robert the Bruce und der Familie Stewart, die es von ihm übernommen hatte. Zwar hatte der Zahn der Zeit schon arg daran genagt, doch schien Quentin etwas entdeckt zu haben, auf das er aufgeregt deutete.

»Sieh dir das an, Onkel«, forderte er. Sogleich gesellte sich Sir Walter zu ihm, und im Schein der Kerzen erkannte er, was sein Neffe meinte.

In das königliche Wappen waren Runen eingeritzt.

Es war die Wirklichkeit, die sie erlebte!

Diese Erkenntnis war so schrecklich, dass Mary of Egton den Mund zu einem panischen Schrei öffnete. Jedoch kam kein Ton über ihre Lippen. Das Entsetzen war so groß, dass es ihr die Kehle zuschnürte und jeden Laut im Keim erstickte.

Die ausdruckslosen, rußgeschwärzten Fratzen, die von allen Seiten auf sie starrten, waren nicht die Ausgeburt eines weiteren Albtraums, sondern so wirklich wie sie selbst. Nicht nur, dass Mary sie alle sehen konnte – sie konnte auch den keuchenden Atem der Männer hören und hatte den beißenden Geruch von Rauch in der Nase.

Angstvoll wollte sie zurückweichen, aber sie konnte nicht. Man hatte sie gefesselt, sodass sie nicht in der Lage war, sich zu bewegen. Wehrlos lag sie auf dem Boden, und die Vermummten blickten schweigend auf sie herab. Die Augen, die durch die Sehschlitze der Masken starrten, waren kalt und erbarmungslos.

»Wo bin ich?«, brachte Mary endlich hervor. »Wer seid ihr? Bitte, antwortet mir ...«

Eine Antwort erhielt sie nicht; dafür lichteten sich die Reihen der Maskierten, und ein weiterer Vermummter trat heran, der ihr Oberhaupt und Anführer zu sein schien. Anders als die Übrigen trug er eine Kutte aus blendendem Weiß, und die Maske vor seinem Gesicht bestand nicht aus geschwärztem Holz, sondern aus blitzendem Silber. In seiner Linken hielt er einen Stock, dessen silberner Knauf die Form eines Drachenkopfs besaß.

»Millencourt«, flüsterte Mary und erbleichte.

Drohend baute sich der Maskierte vor ihr auf und schaute hochmütig auf sie herab. »Du bist also endlich erwacht, treulose Hure?« Seine Stimme klang gedämpft und seltsam metallisch unter der Maske, aber trotz des Schocks, unter dem sie stand, hatte Mary das Gefühl, sie zu kennen.

»Wo bin ich?«, fragte sie noch einmal, leise und zaghaft. »Und wer sind Sie?«

»Willst du wohl schweigen, Weib?«, herrschte er sie an. »Es steht dir nicht zu, deine Stimme gegen das Oberhaupt der Bruderschaft zu erheben!«

»Der Bruderschaft …?«

Mary hatte das Gefühl, als wären ihre Träume und Visionen plötzlich lebendig geworden. Die Vermummten und ihr Anführer, die geheimnisvolle Bruderschaft – all das erinnerte sie erschreckend deutlich an Gwynneth Ruthvens Aufzeichnungen.

Wie war das möglich?

War es Vorsehung? Bestimmung? Oder nur eine Laune, die sich das Schicksal erlaubte, eine weitere von so vielen, die Mary in letzter Zeit hatte ertragen müssen?

»Die Bruderschaft der Runen«, erklärte der Maskierte stolz. »Gegründet vor langer Zeit und nur zu dem einen Zweck, das Wissen um die alten Geheimnisse zu wahren. Über Jahrhunderte wurden wir angefeindet und verfolgt, ja, nahezu ausgerottet. Nun aber sind wir zurückgekehrt, und nichts kann uns aufhalten. Wir sind die Herren der neuen Zeit, und wehe denen, die uns schmähen und verlachen, Mary of Egton!«

Mary zitterte am ganzen Körper. Tränen der Furcht stiegen ihr in die Augen, während sie sich gleichzeitig fragte, woher der Maskierte ihren Namen kannte.

Der Vermummte deutete ihren Gesichtsausdruck richtig. »Du fragst dich, woher ich dich kenne«, stellte er fest. »Lass dir gesagt sein, Mary of Egton, dass die Bruderschaft alles weiß. Wir wissen, woher du kommst und dass du feige geflohen bist. Dass du dich deiner Verantwortung entzogen und deinen zukünftigen Ehemann Malcolm of Ruthven im Stich gelassen und der Lächerlichkeit preisgegeben hast.«

Mary rang nach Luft. Das also war der Grund für ihre Gefangennahme. Kurz vor dem Ziel war sie doch noch den Ruthvens in die Arme gelaufen – selbst die Hüter des Gesetzes schienen in ihren Diensten zu stehen. Mit einem Mal gesellte sich blanke Wut zu ihrer Furcht. Diese Männer mochten Angst einflößende Masken tragen und sich für die Nachkommen der alten Druiden halten, aber wenn sie dennoch nicht mehr waren als Malcolm Ruthvens Marionetten, verdienten sie ihre Verachtung.

»Hat Malcolm euch geschickt?«, fragte sie, und mit jedem Wort gewann ihre Stimme an Festigkeit. »Lässt er vermummte Handlanger erledigen, wozu er selbst nicht Manns genug ist?«

»Hüte deine Zunge, Weib! Die Worte, die du wählst, bringen dir das Verderben!«

»Was erwartet ihr von mir? Dass ich vor euch auf den Knien liege? Vor Männern, die nicht einmal den Mut haben, einer Frau ihr Gesicht zu zeigen, die wehrlos und gefesselt vor ihnen auf dem Boden liegt?«

Die Augen hinter der Silbermaske blitzten. Die Rechte des Vermummten zitterte und ballte sich zur Faust, und einen Augenblick lang schien es, als wollte er damit auf Mary einschlagen. Aber er hielt sich zurück, und ein gepresstes Lachen drang unter seiner Maske hervor.

»Noch spricht Hochmut aus deinen Worten«, zischte er, »aber schon bald wirst du mich um Gnade anflehen. Dein Stolz wird gebrochen, Mary of Egton, das versichere ich dir bei den Runen unserer Bruderschaft.«

»Was habt ihr mit mir vor?«, fragte Mary trotzig. Mit dem Mut einer Frau, die nichts mehr zu verlieren hatte, bot sie ihren Peinigern die Stirn. »Wollt ihr mich vergewaltigen? Mich foltern? Mich umbringen wie gemeine Räuber?«

Der Maskierte lachte nur und wandte sich ab, als wollte er sie seinen Anhängern überlassen.

»Ich verlange eine Antwort!«, rief Mary ihm hinterher. »Wollt ihr mich töten? Soll mir dasselbe widerfahren wie einst Gwynneth Ruthven?«

Sie wusste selbst nicht, weshalb sie das gesagt hatte. Gwynneths Name war ihr plötzlich in den Sinn gekommen, und in ihrem hilflosen Zorn hatte sie ihn laut hinausgeschrien. Welche Wirkung sie damit erzielte, konnte sie nicht ahnen.

Der Anführer der Sektierer verharrte wie vom Blitz getroffen. Drohend wandte er sich wieder zu ihr um. »Was hast du gerade gesagt?«

»Ich fragte, ob ich enden soll wie Gwynneth Ruthven«, stieß Mary trotzig hervor. Jede Reaktion des Maskierten war ihr lieber, als wenn er sie einfach liegen ließ wie eine wertlose Ware.

»Was weißt du von Gwynneth Ruthven?«

»Warum fragen Sie? Sagten Sie nicht selbst, dass Sie und Ihre Bande alles wissen?«

»Was weißt du von ihr?«, schrie er, und in einem jähen Wutausbruch, der selbst seine Leute erschreckte, riss er den Knauf aus seinem Stock, und eine lange, blitzende Klinge kam zum Vorschein, die er an Marys Kehle legte.

»Sprich, Mary of Egton«, zischte er, »oder ich schwöre dir, du wirst es im nächsten Augenblick bereuen.«

Mary fühlte den kalten, spitzen Stahl an ihrer Kehle, und im Angesicht eines grausamen Todes schmolz ihre Entschlossenheit. Sie zögerte, worauf der Vermummte den Druck der Klinge noch verstärkte und ein dünnes blutiges Rinnsal an Marys Hals herabrann. Der kalte Blick ihres Peinigers ließ keinen Zweifel daran, dass er zustechen würde.

»Ich habe von ihr gelesen«, brach Mary ihr Schweigen.

»Von Gwynneth Ruthven?«

Sie nickte.

»Wo?«

»In einer alten Aufzeichnung.«

»Woher hast du sie?«

»Ich habe sie gefunden.«

»Auf Burg Ruthven?«

Erneut nickte Mary.

»Elende Diebin! Wer hat dir erlaubt, darin zu lesen? Wer hat dir von dem Geheimnis erzählt? Bist du deswegen nach Ruthven gekommen? Um zu spionieren?«

»Nein«, versicherte Mary verzweifelt. »Ich weiß nichts von einem Geheimnis, und auf Gwynneth Ruthvens Aufzeichnungen bin ich durch puren Zufall gestoßen.«

»Wo?«

»In der Turmkammer.« Sie merkte, wie der Druck der Klinge fester wurde, und konnte ihre Tränen nicht länger zurückhalten. »Ich fand sie rein zufällig. Sie waren in einem Hohlraum im Mauerwerk versteckt.«

»Nichts geschieht zufällig, Mary of Egton, schon gar nicht Dinge wie diese. Du hast die Aufzeichnungen gelesen?«

Sie nickte.

»Dann kennst du den Fluch. Du weißt, was damals geschehen ist.«

»Ich weiß es. Aber ich ... ich hatte es nicht für möglich gehalten, bis jetzt ...«

Der Maskierte schnaubte verächtlich, dann zog er sich zurück, um sich mit seinen Anhängern zu beraten. Mary rang keuchend nach Luft und griff sich an die Stelle, wo die Klinge ihre zarte Haut geritzt hatte. Sie sah den Mann mit der Silbermaske aufgebracht gestikulieren und mit den anderen Vermummten verhandeln.

Schließlich kehrte er zurück. »Das Schicksal«, sagte er, »nimmt bisweilen seltsame Wege. Offenbar gibt es einen Grund dafür, dass unsere Pfade sich kreuzten. Die Vorsehung hatte dabei die Hand im Spiel.«

»Die Vorsehung?«, fragte Mary. »Wohl eher ein bestechlicher Inspector.«

»Schweig, Weib! Ich weiß nicht, welche Laune des Schicksals ausgerechnet dich dazu ausersehen hat, uns den Schlüssel zur Macht zu überreichen. Aber es ist geschehen. Ausgerechnet du hast die verschollenen Aufzeichnungen Gwynneth Ruthvens gefunden. Dafür müsste ich dir eigentlich dankbar sein.«

»Ich verzichte auf Ihren Dank«, erklärte Mary bitter. »Sagen Sie mir lieber, was das alles soll. Wovon reden Sie? Von welchem Schlüssel ist hier die Rede? Und woher wissen Sie von Gwynneth Ruthven?«

Erneut drang hämisches Gelächter unter der Maske hervor. »In meinen Kreisen gehört es zum guten Ton, die Geschichte seiner Vorfahren zu kennen.« Mit diesen Worten nahm der Vermummte die Maske ab – und Mary traute ihren Augen nicht, als die blassen, ebenso vertrauten wie verhassten Gesichtszüge Malcolm of Ruthvens darunter zum Vorschein kamen.

»Malcolm«, hauchte sie entsetzt – deshalb also war ihr die Stimme des Maskierten so bekannt vorgekommen.

»Noch vor ein paar Tagen habe ich vergeblich um deine Aufmerksamkeit gebuhlt«, versetzte ihr Bräutigam kalt. »Nun, so scheint es mir, ist sie mir ganz und gar zuteil geworden.«

»Ich verstehe nicht ...«, stammelte Mary, und ihre Blicke glitten hilflos zwischen Malcolm und seinen vermummten Anhängern hin und her.

»Natürlich verstehst du nicht. Wie solltest du auch? Du bist ein unwissendes Weibsbild, deine Gedanken kreisen ausschließlich um dich selbst. Du magst viele Bücher gelesen haben, aber dennoch hast du nichts verstanden. Die Macht, Mary of Egton, gehört jenen, die sie sich nehmen. Dies ist das Wesen der Geschichte.«

Die Art, wie er sprach, und das Flackern in seinen Augen machten Mary Angst. So, sagte sie sich, musste ein Mensch aussehen, der im Begriff war, den Verstand zu verlieren.

»Ich weiß nicht, welches Schicksal dich ausersehen hat, uns den Sieg zu bringen«, fuhr er fort. »Aber unsere Wege scheinen untrennbar verbunden. Was vor einem halben Jahrtausend von meinem Ahnen Duncan Ruthven begonnen wurde, wird nun zu Ende gebracht. Das Runenschwert wird zurückkehren und die alte, verderbliche Macht besitzen. Du, Mary of Egton, wirst es sein, die den Fluch besiegelt – mit deinem Blut!« Daraufhin brach er in drohendes Gelächter aus, und seine Anhänger stimmten einen dumpfen, barbarischen Singsang an.

Blankes Entsetzen ergriff von Mary Besitz. Ihre Blicke verschwammen, und die geschwärzten Fratzen ringsum verschmolzen zu einem Mosaik des Grauens. Alles in ihr verkrampfte sich, und sie schrie, brüllte ihr Entsetzen und ihre Panik laut hinaus, worauf der Gesang der Vermummten nur noch mehr anschwoll.

Das Herz schlug Mary bis zum Hals, und kalter Schweiß trat auf ihre Stirn – bis die Strapazen überhand nahmen und sie das Bewusstsein verlor. Der Vorhang fiel, und sie war in Dunkelheit gefangen.

12.

Edinburgh Castle
Sommer 1746

Die ehrwürdigen Mauern der Burg, die einst der Sitz von Königen gewesen war, erzitterten unter dem Beschuss feindlicher Kanonen. Die Regierungstruppen waren bereits nahe heran. Es war nur noch eine Frage der Zeit, bis es ihnen gelingen würde, eine Bresche in den äußeren Wall zu schießen und die Festung zu stürmen.

Erneut erfolgte ein Einschlag, der die Burg in ihren Grundmauern erbeben ließ. Staub rieselte von der Decke, von irgendwoher drangen die Schreie von Verwundeten.

Für Galen of Ruthven stand fest, dass dies das Ende war. Die Enttäuschung, die er verspürte, war abgrundtief. Für kurze Zeit hatte es so ausgesehen, als könnte gelingen, was ihren Vorfahren versagt geblieben war. Nun jedoch wurden ihre Träume und ehrgeizigen Pläne von den Kanonen der Regierungstruppen in Stücke geschossen.

»Graf«, wandte er sich an seinen Begleiter, »ich denke, es hat keinen Sinn, noch länger zu warten. Mit jeder Sekunde, die wir zögern, laufen wir mehr Gefahr, den Regierungstruppen in die Hände zu fallen.«

Der Angesprochene, ein alter Mann mit Bart und grauem Haar, das ihm bis auf die Schulter reichte, nickte bedächtig. Er war hager und knochig und sein Gesicht voller Falten. Sein Blick wirkte seltsam leer, als hätte die Last eines langen, sehr langen Lebens ihn ausgezehrt. »So geht unsere Gelegenheit dahin«, sagte er leise. »Unsere letzte Möglichkeit, die alte Zeit wiederkehren zu lassen. Es ist meine Schuld, Galen.«

»Eure Schuld, Graf? Wie darf ich das verstehen?«

»Ich habe es in den Runen gesehen. Sie haben mir gesagt, wie die Schlacht von Culloden enden und dass James niemals König werden würde. Aber ich wollte es nicht wahrhaben. Ich habe die Runen verleugnet. Dies ist die Strafe, die mich dafür ereilt. Nun werde ich nicht mehr erleben, wie die alte Ordnung wiederkehrt.«

»Sagt so etwas nicht, Graf. Eure Augen haben viele Kriege gesehen. Herrscher kommen und gehen. Es wird eine neue Gelegenheit geben, nach der Macht zu greifen.«

»Nicht für mich. Lange bin ich auf dieser Welt gewesen, am Leben gehalten von Mächten, die außerhalb deines Begreifens liegen. Aber ich spüre, dass meine Zeit zu Ende geht. Dies war der Grund, weshalb ich die Runen geleugnet und die Zeichen missdeutet habe. Ich wollte nicht wahrhaben, dass die Zeit noch immer nicht reif ist. So viele Jahrhunderte habe ich gewartet – und nun zerrinnt mir die Zeit unter den Händen.«

Erneut erschütterte ein Einschlag die Festungsmauern, dieses Mal so heftig, dass der Alte Mühe hatte, sich auf den Beinen zu halten. Galen of Ruthven stützte ihn.

»Wir müssen gehen, Graf«, drängte er.

»Ja«, sagte der Alte nur – und griff nach dem Bündel, das vor ihm auf dem Tisch lag, presste es an sich, als wäre es der wertvollste Besitz, den er auf Erden hatte.

Von den Bewaffneten, die im Hintergrund gewartet hatten, blieben einige an Ort und Stelle, um den Rückzug ihres Anführers zu decken. Der Rest begleitete den Grafen, umgab ihn wie ein schützender Kordon, um ihn notfalls unter Einsatz des Lebens zu verteidigen.

Über eine steile Treppe ging es in ein fensterloses Gewölbe, das von Fackeln beleuchtet wurde und in dem der Kanonendonner nur mehr gedämpft zu hören war. Die Männer öffneten die hölzerne Falltür, die in den Boden eingelassen war. Dann nahmen sie die Fackeln von den Wänden und stiegen nacheinander hinab.

Noch immer waren dumpfe Einschläge zu vernehmen, bald weit entfernt, dann wieder bedrohlich nahe. Die Jakobiten waren dabei, den Kampf um die Burg zu verlieren. Nicht mehr lange, und es würde in der Stadt von Regierungstruppen wimmeln. Dann war auch dieser Gang von Entdeckung bedroht, der in alter Zeit angelegt worden war und durch den Fels des Burghügels ins Freie führte.

Galen of Ruthven blieb bei dem Alten, der sich mit einem Arm auf ihn stützte und mit dem anderen das Paket umklammert hielt. Gerade wollten sie den niederen Gang hinabsteigen, der sich vor ihnen durch den Fels bohrte, als es plötzlich einen weiteren Einschlag gab.

Er war ganz nah und unmittelbar über ihnen, so laut und mächtig, dass die Männer lauthals schrien. Instinktiv blickte Galen of Ruthven nach oben und sah zu seinem Entsetzen einen Riss, der sich in der Stollendecke gebildet hatte. Im nächsten Moment stürzte der Gang ein.

Mit ohrenbetäubendem Getöse fielen Felsbrocken und loses Gestein herab und erschlugen die Männer, die unmittelbar unter der Einsturzstelle standen. Staub stieg auf und raubte die Sicht, und Galen of Ruthven konnte nicht verhindern, dass der Alte von seiner Seite gerissen wurde. Instinktiv machte er einen Satz nach vorn, um dem tödlichen Steinschlag zu entgehen, als unmittelbar hinter ihm ein weiterer Teil der Decke einbrach und mit vernichtender Wucht auf die Flüchtlinge niederprasselte.

Schließlich kehrte Stille ein. Hier und dort rieselten noch kleine Steine nach. Dann war es vorbei.

Galen of Ruthven fand sich auf dem Boden liegend. Er blutete aus einer Kopfwunde, seine Glieder jedoch waren wie durch ein Wunder heil geblieben. Im dichten Staub, der ringsum in der Luft lag, konnte er nichts sehen, nur die Schreie der Verwundeten waren zu hören.

Mühsam raffte er sich auf die Beine und griff nach der Fackel, die herrenlos neben ihm auf dem Boden lag und wie durch ein Wunder noch immer brannte. In ihrem gelben Schein beobachtete er, wie der Staub sich lichtete und das Ausmaß der Zerstörung sichtbar werden ließ.

Das Gewölbe war eingestürzt, der Einstieg zum Stollen verschüttet. Hier und dort ragten menschliche Gliedmaßen aus dem Schutt – und zu seinem Entsetzen erblickte Galen of Ruthven darunter auch eine bleiche, knochige Hand. Hustend stürzte er darauf zu und versuchte, das Geröll mit den Händen abzutragen. Aber von oben rieselte neuer Schutt nach.

Rings um ihn regten sich die Überlebenden des Einsturzes. Sie rappelten sich stöhnend auf und sahen sich orientierungslos um.

»Hierher!«, rief Galen of Ruthven ihnen zu. »Kommt her, ihr müsst mir helfen! Der Graf wurde verschüttet!«

Sofort waren zwei Männer bei ihm, die ihm zur Hand gingen. Aber auch die vereinten Bemühungen brachten keinen Erfolg – immer noch mehr Trümmer rutschten nach, sodass der Körper des Grafen schließlich ganz verschüttet wurde.

»Er ist tot!«, rief einer der Männer. »Es hat keinen Sinn mehr. Lasst uns fliehen.«

»Wir können nicht fliehen«, schärfte Galen of Ruthven ihm zähneknirschend ein. »Der Graf hatte das Schwert. Wir müssen es mitnehmen.«

Stampfende Schritte waren plötzlich im Stollen zu hören, dazu lautes Geschrei.

»Regierungstruppen! Sie haben den Stollen entdeckt! Wir müssen fliehen ...«

Galen of Ruthven wusste, dass sein Gefolgsmann Recht hatte. Zurück konnten sie nicht, der Weg war versperrt. Also blieb ihnen nur die Flucht nach vorn. Widerstrebend musste Galen of Ruthven eingestehen, dass ihre Sache verloren war – vorerst.

Die Überlebenden des Einsturzes zogen grimmig die Waffen, dann stürzten sie hinter Galen her, dem einfallenden Feind entgegen. Sie passierten die Stelle, wo die Erbauer des Stollens die tödliche Falle eingerichtet hatten – und unvermittelt stießen sie auf den Feind, der in beträchtlicher Anzahl den Gang gestürmt hatte.

Ein peitschender Schuss löste sich, und einer der Rebellen fiel getroffen nieder. Durch den staubigen Schleier, der noch immer in der Luft lag, waren die Uniformen der Schwarzen Garde zu erkennen – schottische Soldaten, die in Diensten der Britischen Krone standen und gegen die eigenen Landsleute kämpften.

Galen of Ruthven riss die Steinschlosspistole in den Anschlag und betätigte den Abzug. Ein dumpfer Knall ertönte, der von der niederen Decke zurückgeworfen wurde, und einer der Soldaten wurde von den Beinen gerissen. Einen heiseren Schrei auf den Lippen, stürzte Ruthven den Feinden entgegen, die in seinen Augen schändliche Verräter waren und den Tod tausendfach verdient hatten. An das Schwert konnte er jetzt nicht mehr denken – ein Kampf auf Leben und Tod war entbrannt.

Nach ihrem überraschenden Angriff zogen die Gardisten sich zurück. Weder hatten sie damit gerechnet, im Stollen auf Widerstand zu stoßen, noch damit, dass er so erbittert ausfallen würde. Mit dem Mut der Verzweiflung rannten die Rebellen gegen die Soldaten an. Galen of Ruthven stürmte an ihrer Spitze, das Gesicht blutbesudelt und vor Hass verzerrt.

Die Pistole hatte er längst weggeworfen. Da keine Zeit zum Nachladen blieb, war sie nutzlos geworden. Stattdessen ließ er den Säbel durch die Reihen der Soldaten tanzen und wütete wie ein Berserker unter ihnen. Zurück konnten die Rebellen nicht; ihre einzige Möglichkeit bestand darin, sich den Weg nach draußen freizukämpfen, wenn auch unter hohen Verlusten. Aus nächster Nähe feuerten die Soldaten die Gewehre ab und setzten die mörderischen Bajonette ein. Das Geschrei der Verwundeten war überall zu hören, und beißender Pulverdampf erfüllte die Luft.

Galen of Ruthven konnte kaum noch etwas sehen. Blindlings hieb er um sich, gefangen im Blutrausch. Er merkte kaum noch, wenn seine Klinge auf Widerstand traf und durch Fleisch und Knochen schnitt. Das Blei, das die Luft rings um ihn erfüllte, scherte ihn nicht. Seine Verzweiflung darüber, dass der Plan fehlgeschlagen war, wurde übermächtig, und alles in ihm sann auf Rache. Rache für den Verrat am schottischen Volk, Rache für das Scheitern der ehrgeizigen Pläne, Rache für den Tod des Druiden. Der Feind war auf dem Vormarsch, aber er würde nicht siegen. Galen of Ruthven war entschlossen, bis zum letzten Atemzug für die Sache der Bruderschaft zu kämpfen.

Er hörte seine Gefolgsleute schreien, sah sie fallen unter den Kugeln und Bajonetten der Gardisten. Verbissen kämpfte er weiter, war nicht aufzuhalten in seiner Raserei – bis der Rausch plötzlich endete.

Schwer atmend stand Galen of Ruthven im Stollen, eine Fackel in der einen, die blutige Klinge in der anderen Hand. Sein Pulsschlag raste, sein langes Haar hing schweißnass und blutverschmiert in sein Gesicht. Panisch drehte er sich um die eigene Achse, blickte hierhin und dorthin – bis er gewahrte, dass er als Einziger noch auf den Beinen stand. Die Übrigen, Freund wie Feind, lagen am Boden, rührten sich nicht mehr oder wanden sich in ihrem Blut. Leer und unbewacht lag der Stollen vor ihm – und Galen of Ruthven ergriff die Flucht.

Mit fliegenden Schritten rannte er durch den Gang, so schnell seine müden Beine ihn trugen. Endlich erreichte er den Ausstieg und kletterte hinauf, über die Stiegen, die in den Fels geschlagen waren. So gelangte er in den Kamin, in den der Geheimgang mündete. Der Ausstieg stand offen, davor lagen die Leichen der beiden Posten, die der Graf zur Bewachung des Stollens abkommandiert hatte. Die Gardisten hatten sie umgebracht.

Der Schankraum des Gasthauses war leer, die Tische und Stühle umgestürzt. Von der Straße drang lautes Geschrei herein, Schüsse und Kanonendonner waren in der Ferne zu hören.

Rasch verschloss Galen of Ruthven den Ausstieg mit dem Kaminrost. Dann griff er nach seinem Säbel und benutzte ihn, um geheime Zeichen in das Wappen zu ritzen, das oberhalb der Feuerstelle in den Rauchabzug gemeißelt war. Jetzt mochte es zu gefährlich sein, zurückzugehen und das Schwert zu holen – die

Gefahr, dass er damit gefasst wurde und es in Feindeshand fiel, war zu groß. Aber die Zeit dafür würde kommen, irgendwann. Noch war die Bruderschaft nicht am Ende ...

Klirrend zersprang eine Glasscheibe, als eine verirrte Kugel sie traf. Galen of Ruthven fuhr herum. Er musste fliehen, wenn er den Regierungstruppen nicht in die Hände fallen wollte. Aber er würde zurückkehren, um zu holen, was ihm und den seinen rechtmäßig zustand.

Das Schwert – und die Macht.

Den Säbel in der Hand, rannte er zur Tür, öffnete sie einen Spalt und spähte hinaus. Chaos herrschte in den Straßen. Die Bürger hatten sich in ihren Häusern verschanzt, während Kämpfer der Clans Cameron und Grant den Regierungstruppen noch vereinzelt Widerstand leisteten. Die Gardisten rückten vor, Schreie und Schüsse waren von überall zu hören.

Galen of Ruthven wartete, bis der Augenblick günstig war, dann schlüpfte er hinaus, wollte an der Hausmauer entlang zur nächsten Nische, um dort in Deckung zu gehen.

»Du!«, hörte er einen heiseren Ruf – und noch während er sich umwandte, wusste er, dass er einen tödlichen Fehler begangen hatte.

Das Letzte, was er sah, war die dunkle Mündung einer Muskete. Dann fiel der Schuss.

Der laute Knall ließ Mary aus ihrer Ohnmacht erwachen. Halb aufgerichtet blickte sie sich um – nur um festzustellen, dass sie sich nicht in den heftig umkämpften Straßen Edinburghs befand. Einmal mehr hatte sie einen Traum gehabt, der ihr so wirklich erschienen war, als wäre sie tatsächlich dabei gewesen.

Allerdings war die Wirklichkeit nicht weniger Furcht einflößend: Malcolm of Ruthven stand vor ihr und starrte hasserfüllt auf sie herab. Bei ihm war einer seiner Anhänger, der die schwarze Kutte und rußgeschwärzte Maske der Bruderschaft trug.

»Wo ist es?«, wollte Malcolm wissen. »Und ich würde dir raten, nicht wieder ohnmächtig zu werden.«

»Wovon sprichst du?«

»Das Schwert«, drängte Malcolm. »Du weißt, dass wir es suchen. Du hast Gwynneths Aufzeichnungen gelesen. Findet sich darin ein Hinweis auf das Schwert?«

»Du weißt, wo die Aufzeichnungen sind«, erwiderte Mary trotzig. »Lies sie selbst!«

Aber Malcolm of Ruthven war nicht gewillt, sich auf Spiele einzulassen. Er beugte sich zu ihr hinab, packte sie an den Haaren und zog ihren Kopf zurück, sodass ihre Kehle sich ihm ungeschützt darbot. Dann zückte er erneut die Klinge und presste sie ihr an den Hals.

»Dazu reicht die Zeit nicht, und ich verspüre keine Lust mehr, mich von dir an der Nase herumführen zu lassen«, zischte er. »Also sage mir, ob sich in den Aufzeichnungen Hinweise auf das Runenschwert befinden.«

»Nein«, flüsterte Mary.

»Du lügst! Elende Hure, du wirst mich nicht noch einmal zum Gespött der Leute machen. Eher schneide ich dir die Kehle durch, hast du verstanden?«

In seinem unbarmherzigen Griff brachte Mary kaum mehr als ein krampfhaftes Nicken zustande. Tränen stiegen ihr in die Augen. »In den Aufzeichnungen ... steht nichts ... über das Schwert«, stieß sie hervor.

»Lüge! Alles Lüge!«, brüllte Ruthven mit sich überschlagender Stimme – und schickte sich an zuzustechen.

»Ein Traum«, stieß Mary in ihrer Not hervor. »Ich hatte ... einen Traum.«

»Was für einen Traum?«

»Visionen ... sehe die Vergangenheit ...«

»Was für ein Lügenmärchen ist das nun wieder?«

»Keine Lüge ... Wahrheit ... habe es gesehen.«

»Das Schwert?«

»Ja.«

»Wo? Wann?«

»Edinburgh ... Jakobiten ...«

»Du lügst!«

»Nein ... sage die Wahrheit«, beteuerte Mary krächzend. »Da war ein Mann.«

»Was für ein Mann?«

»... schon zuvor gesehen, in einem anderen Traum ... Begleiter nannten ihn ›Graf‹ ...«

Plötzlich lockerte Malcolm den Griff und nahm die Klinge von ihrem Hals. Der Vermummte und er tauschten einen langen, erstaunten Blick.

»Wie hat dieser Graf ausgesehen?«

Mary hustete und musste sich mehrmals räuspern, ehe sie wieder in der Lage war zu sprechen. »Er war schlank, fast hager«, erinnerte sie sich und hatte den Alten dabei deutlich vor Augen. »Er hatte graues Haar und einen Bart, sein Alter war unmöglich zu schätzen. Sein Mund war schmal, sein Blick hatte etwas Unheimliches ...«

»Unwissendes Weib«, zischte Malcolm wütend. »Du hast den Gründer unserer Bruderschaft gesehen. Fürst Kalon, Lord Orog, Prätor Gaius Ater Maximus, Graf Millencourt – die Namen und Titel, die er im Lauf der Jahrhunderte annehmen musste, um unerkannt unter den Menschen zu weilen, sind vielfältig. Er war es, der die Bruderschaft der Runen begründete und ihr zu Macht und Ansehen verhalf.«

»Ich habe gesehen, wie er starb«, sagte Mary trotzig.

»Was faselst du da?«

»In meinem Traum. Ich sah eine Flucht durch einen unterirdischen Gang. Kanonendonner war zu hören, alles war in Aufregung.«

»Der Kampf um Edinburgh Castle«, flüsterte Malcolm. »Was genau hast du gesehen?«

»Ich habe gesehen, wie euer gelobter Graf feige geflohen ist«, versetzte Mary genüsslich. »Und mit ihm auch Galen of Ruthven.«

»Mein Großvater«, hauchte Malcolm, und seine letzten Zweifel schienen zu schwinden. »Sage mir, was du gesehen hast, Weib! Hatten sie etwas bei sich? Einen bestimmten Gegenstand? Sprich schon, Weib, oder ich werde deine Zunge mit Gewalt lösen!«

»Ein Paket.«

»War es länglich und so groß wie ein Schwert?«

»Ja. Aber es ist verloren gegangen.«

»Wo?«, fragte Malcolm mit bebender Stimme, und Mary hatte das Gefühl, dass dies die entscheidende Frage war.

»Es gab einen Kanoneneinschlag«, berichtete sie. »Ein Teil des Stollens stürzte ein und begrub den Grafen unter sich – und mit ihm ging auch das Schwert verloren. Die Überlebenden versuchten, es auszugraben, aber es gelang ihnen nicht. Dann kamen Regierungssoldaten, und es gab einen blutigen Kampf ...«

»Wo?«, wiederholte Malcolm seine Frage. »Wo ist das gewesen? Erinnere dich, Weib, oder muss ich dich erst mit glühenden Eisen foltern?«

»Ich weiß es nicht«, beteuerte Mary. »Mein Traum endete, kurz bevor ich es sehen konnte.«

»Unsinn! Was ist das Letzte, woran du dich erinnerst? Ich will alles wissen, hörst du? Jede Einzelheit!«

»Der … der Stollen endete«, stammelte Mary, während sie sich die letzten Bilder ins Gedächtnis zu rufen versuchte, die sie gesehen hatte. »Galen of Ruthven war der Einzige, dem die Flucht gelang … er kletterte durch einen Schacht … da war ein Kamin …«

»Ein Kamin? Was für ein Kamin?«

»Ein Kamin mit einem Wappen darauf.«

»Was für ein Wappen?«

»Ich weiß es nicht.«

»Was für ein Wappen? Willst du wohl reden?«

»Ich weiß es nicht«, beteuerte Mary noch einmal und konnte die Tränen nicht länger zurückhalten. »Es war eine Krone mit einem Löwen darunter, der aufrecht stand …«

»Das Wappen des Hauses Stewart«, folgerte Malcolm. »Weiter!«

»Galen markierte den Kamin mit eigenartigen Zeichen. Dann verließ er das Gebäude. Da waren Tische und Stühle und ein Tresen … ein Schankraum, aber keine Menschen. Von draußen drang lautes Geschrei herein, Schüsse waren zu hören … Galen ging hinaus – an mehr erinnere ich mich nicht. Bitte, Malcolm, Sie müssen mir glauben. Das ist alles, was ich gesehen habe.«

Schwer atmend schaute Malcolm auf sie herab. Seine Blicke loderten, als hätten sie Feuer gefangen. »So fügt es sich zusammen«, flüsterte er. »Die Zeit ist reif. Das Rätsel hat sich gelöst.« Er wandte sich seinem Kumpan zu, der schweigend dabeigestanden hatte. »Endlich wissen wir, was damals geschehen ist.«

»Aber Sir! Wollen Sie dieser Frau wirklich Glauben schenken? Sie könnte sich das alles auch ausgedacht haben.«

»Niemals. Sie weiß von Dingen, die kein Außenstehender wissen kann. Aus Gründen, die wir nicht kennen, hat der Druide sie ausgewählt, um mir, seinem Nachfolger, mitzuteilen, wo sich das Schwert befindet. Ich will, dass ihr sofort nach Edinburgh reitet und die Waffe findet. Die Beschreibung ist eindeutig: Ein Gasthaus in unmittelbarer Nähe der Burg, in dessen Kamin das Wappen der Stewarts gemeißelt wurde.«

»Verstanden, Sir.«

»Nun endlich wissen wir, wo wir suchen müssen. Nach all den Jahrhunderten des Wartens wird sich unser Schicksal erfüllen! Und ich dulde kein Versagen, Dellard. Nicht dieses Mal ...«

13.

Bei den Gebeinen des Heiligen Edward!«, rief Sir Walter aus. »Du hast Recht, mein Junge!«

In das Wappen der Stewarts waren einige Runenzeichen geritzt worden, offenbar in großer Eile. Dennoch waren sie deutlich zu erkennen. Es waren die gleichen Runen, die Quentin und Sir Walter auf dem Sarkophag des Bruce entdeckt hatten.

»Haben Sie etwas gefunden?«, erkundigte sich Abt Andrew hoffnungsvoll.

»Nicht ich, aber mein wackerer Neffe hier«, antwortete Sir Walter und klopfte Quentin anerkennend auf die Schulter. »Diese beiden Zeichen wurden offenbar nachträglich in das Wappen eingeritzt. Es sind Runen – die gleichen wie auf König

Roberts Sarkophag. Dass sie sich hier finden, kann kein Zufall sein.«

»Sicher nicht. Wie ich schon sagte, Sir Walter, war dies einst der Schlupfwinkel der Sekte.«

»Darüber bin ich mir im Klaren. Aber ist Ihnen nie der Gedanke gekommen, dass es mit diesen Runen mehr auf sich haben könnte? Wie genau wurde dieser Kamin untersucht?«

»Nun, offen gestanden denke ich nicht, dass irgendjemand ...«

Es pochte leise, als Sir Walter daranging, den Kamin mit dem Knauf seines Stocks abzuklopfen. Eine hohle Stelle schien es jedoch nicht zu geben.

»Es kann kein Zufall sein«, überlegte er laut. »Diese Zeichen müssen etwas zu bedeuten haben. Sie sind ein Hinweis, eine Spur ...«

Er trat einen Schritt zurück und nahm den Kamin als Ganzes in Augenschein. Dabei bemerkte er einen Luftzug an seiner rechten Hand.

»Seltsam«, war alles, was er dazu sagte.

Er trat vor und zurück, bald nach links und bald nach rechts, versuchte herauszufinden, woher der Zug kam. Zu seiner Überraschung rührte er nicht vom Rauchabzug her, was nahe liegend gewesen wäre, sondern war ganz dicht über dem Boden zu fühlen, aus der Richtung des von Asche bedeckten Rosts.

»Der Kaminrost, mein Junge«, wandte er sich an Quentin. »Könntest du ihn bitte für mich entfernen?«

»Natürlich, Onkel.« Ohne Zögern trat Quentin vor, packte das schmiedeiserne Gebilde und zerrte es aus dem Kamin. Dass dabei Schwaden von Ruß aufwölkten und er im Aussehen einem Kohlengräber ähnlich wurde, kümmerte ihn nicht.

Unter dem Rost befand sich eine Steinplatte, die ebenfalls rußbedeckt war. Auf die Bitte seines Onkels hin säuberte Quentin sie mit seiner Hand – und gab einen hellen Schrei von sich, als darunter die Schwertrune sichtbar wurde, eingeritzt in den alten Stein.

»Das gibt es nicht!«, rief er begeistert. »Du hast es geschafft, Onkel! Du hast es gefunden!«

»Wir, mein Junge«, verbesserte Sir Walter mit zufriedenem Lächeln. »Wir haben es gefunden.«

Auch Abt Andrew und seine Mitbrüder waren sofort zur Stelle. Staunend blickten sie auf die Entdeckung.

»Ich wusste, dass Sie uns nicht enttäuschen würden, Sir Walter«, meinte Abt Andrew. »Der Herr hat Sie und Ihren Neffen mit besonderem Scharfsinn gesegnet.«

»Abwarten«, sagte Sir Walter. »Was wir jetzt brauchen, ist etwas Werkzeug. Ich nehme an, dass sich unter der Bodenplatte des Kamins ein Hohlraum befindet. Mit etwas Glück finden wir dort, wonach wir suchen.«

Abt Andrew schickte zwei seiner Mitbrüder los, um die verlangten Gegenstände zu holen – einen schweren Hammer und eine Hacke, mit denen Quentin der Steinplatte zu Leibe rückte. Mehrmals dröhnte es dumpf, als er den Hammer mit voller Wucht auf die Platte niedersausen ließ. Endlich bekam der Stein Sprünge. Mit der Hacke setzte Quentin nach und legte eine Öffnung frei, die zwei Ellen im Quadrat maß. Undurchdringliche Schwärze starrte den Männern daraus entgegen.

»Kerze«, verlangte Quentin aufgeregt und griff nach dem Kandelaber, den man ihm reichte, um damit in die Öffnung zu leuchten.

»Und?«, fragte Sir Walter ungeduldig. »Was kannst du sehen?«

»Haben Sie das Schwert gefunden, Master Quentin?«, wollte Abt Andrew wissen.

»Nein. Aber es gibt hier einen Schacht. Und einen Gang, der darunter verläuft, eine Art Stollen ...«

Sir Walter und der Abt tauschten überraschte Blicke. »Ein Stollen?«, fragte Sir Walter mit hochgezogenen Brauen.

»Davon ist mir nichts bekannt.«

»Möglicherweise ein Geheimgang. In früheren Zeiten war es durchaus nicht ungewöhnlich, sich für Krisenzeiten eine Hintertür offen zu halten.«

»Ich werde mir das mal ansehen«, verkündete Quentin – und noch ehe Sir Walter etwas dagegen sagen konnte, sprang er schon mitsamt dem Kerzenleuchter hinunter.

Sir Walter und Abt Andrew eilten zum Rand der Öffnung und blickten hinab. Etwa drei Yards tiefer gewahrten sie Quentin, aufrecht in einem Stollen stehend.

»Das ist unglaublich«, rief Quentin herauf, und seine Stimme hallte leicht. »Vor mir liegt ein Gang, aber ich kann nicht sehen, wohin er führt.«

»Wir brauchen mehr Licht«, verlangte Sir Walter, woraufhin einer der Mönche zwei Fackeln hinabwarf, die Quentin an den Kerzen entzündete.

»Es ist ein ziemlich langer Gang«, meldete er. »Das Ende kann ich noch immer nicht sehen. Nach etwa zwanzig Yards beschreibt der Gang eine Biegung.«

»In welche Richtung?«, wollte Sir Walter wissen.

»Nach links.«

»Hm.« Sir Walter überlegte. »Der Gang verläuft in nordwestlicher Richtung. Wenn er zusätzlich noch eine Biegung nach links beschreibt, führt ihn das genau auf Edinburgh Castle zu.«

»Sie haben Recht.« Abt Andrew nickte.

»Möglicherweise handelt es sich also nicht um einen Fluchtweg für dieses Haus, wie wir zunächst angenommen haben, sondern um einen Geheimgang aus der Burg, der in dieses Gebäude mündet.«

»Es wird berichtet, dass Anhänger der Jakobiten auf geheimnisvolle Weise aus der Burg entkommen konnten. Vielleicht haben wir soeben die Erklärung dafür gefunden.«

»Vielleicht.« Sir Walter nickte. »Und es würde auch erklären, weshalb die Runenbrüder ausgerechnet hier ihren Schlupfwinkel hatten. Ist der Stollen begehbar, Junge?«, rief er, an Quentin gewandt.

»Ich denke schon.«

»Dann sollten wir ihn erforschen. Finden Sie nicht auch, Abt Andrew?«

Der Ordensmann zog die Stirn kraus. »Sie wollen selbst hinuntersteigen?«

Über Sir Walters Züge huschte wieder sein jungenhaftes Grinsen. »Ich denke nicht, dass sich uns die Geheimnisse dieses Stollens von hier oben aus erschließen werden, mein lieber Abt. Nun sind wir so weit gekommen – auf den letzten Yards werde ich mich gewiss nicht aufhalten lassen.«

»Dann werde ich Sie begleiten«, verkündete Abt Andrew entschieden und winkte seine Leute herbei, um Sir Walter und ihm beim Hinuntersteigen zu helfen.

Wegen seines Beins bereitete es Sir Walter einige Mühe, in den Stollen hinabzuklettern, aber der Herr von Abbotsford hatte es sich nun einmal in den Kopf gesetzt und wäre durch nichts und niemanden davon abzuhalten gewesen. Quentin ließ ihn auf seine Schulter steigen und formte dann einen Tritt mit den Händen, über den Sir Walter auf den Boden des Stollens gelangte. Abt Andrew sprang ihm kurzerhand hinterher. Die Art und Weise, wie er sich bewegte und den Sprung geschmeidig abfing, ließ vermuten, dass Gebet und Studium alter Schriften nicht die einzigen Dinge waren, mit denen sich der Abt beschäftigte.

Die Mönche reichten ihnen von oben weitere Fackeln nach. Sobald die drei Männer diese entzündet hatten, gingen sie daran, den Stollen zu erforschen, der sich düster vor ihnen erstreckte. Fleißige Hände hatten ihn in den Basalt des Burghügels geschlagen, vermutlich schon zu mittelalterlicher Zeit.

Die Decke des Stollens war gerade hoch genug, um einen Mann in gebückter Haltung passieren zu lassen. Die Wände waren feucht und von Schlick überzogen, Wasserlachen standen auf dem Boden, in denen sich das Licht der Fackeln spiegelte. Irgendwo tropfte Wasser, und die Schritte der drei Männer klangen hohl und unheimlich von den Wänden wider.

Quentin, der alle Scheu überwunden hatte und jetzt nur noch darauf brannte, das Rätsel zu lösen, das sie so lange beschäftigt hatte, übernahm die Führung der kleinen Gruppe. Ihm folgte Sir Walter, Abt Andrew bildete die Nachhut.

Immer weiter drangen sie in den Stollen vor, der zunächst die von Quentin erwähnte Biegung nach links beschrieb, ehe er in sanftem Winkel anstieg.

»Ich hatte Recht«, stellte Sir Walter fest. Seine Stimme hallte durch den Stollen. »Dieser Gang führt tatsächlich hinauf zur Burg. Ich würde jede Wette darauf eingehen, dass ...«

Unvermittelt war Quentin stehen geblieben.

Vor ihnen lag ein menschliches Skelett.

Es war halb an die Stollenwand gelehnt, und über den Gebeinen lagen noch Reste einer Uniform. Daneben fanden sich ein rostiger Säbel sowie die Überreste einer Steinschlosspistole. Das Schlüsselbein des Toten war zerschmettert – offenbar die Folge einer Kugel, die den Mann aus nächster Nähe getroffen haben musste.

»Der Uniform nach war es ein Regierungssoldat«, vermutete Sir Walter, »ein Angehöriger der Schwarzen Garde. Offenbar hat es hier unten Kämpfe gegeben.«

Sie gingen weiter und stießen auf Hinweise, die Sir Walters Vermutung erhärteten. Noch mehr Skelette säumten den Stollen; sie lagen teils so dicht, dass Sir Walter und seine Begleiter darüber hinwegsteigen mussten. Daneben fanden sich die rostigen Überreste von Waffen und Uniformen – teils von Regierungstruppen, teils von jakobitischen Widerstandskämpfern.

»Hier unten muss ein schreckliches Scharmützel stattgefunden haben«, vermutete Quentin.

»Allerdings«, stimmte Sir Walter zu. »Und die Regierungssoldaten haben es verloren.«

»Was bringt dich darauf?«

»Sehr einfach – wäre es einem der Soldaten gelungen, diesen Stollen lebend zu verlassen, wäre er nicht geheim geblieben. So aber konnten ganz offenbar nur Jakobiten entkommen – und sie haben ihr Geheimnis für sich behalten.«

»Das klingt logisch«, räumte Abt Andrew ein. »Allerdings frage ich mich, weshalb die Toten in diesem Zustand sind. Die Jakobitenaufstände wurden vor gut siebzig Jahren zerschlagen, aber diese Skelette sehen aus, als lägen sie schon ein paar hundert Jahre hier unten.«

»Ich glaube, ich kenne die Antwort«, meldete Quentin sich gepresst zu Wort und leuchtete mit seiner Fackel den Stollen hinab – worauf aus der Ferne ein schrilles Pfeifen erklang. Wo der Lichtschein der Fackel den Stollen erfasste, schien sich der Boden plötzlich zu bewegen, und dutzende leiser, trippelnder Schritte waren zu hören.

»Ratten«, stöhnte Sir Walter und verzog missbilligend das Gesicht. Es gab nicht viele Dinge, vor denen der Herr von Abbotsford sich ekelte – aber die grauen Nager gehörten mit einiger Sicherheit dazu.

Quentin, der die Schwäche seines Onkels kannte, schrie laut und schwenkte seine Fackel, um die Biester zu verjagen. Quiekend zogen sich die Ratten in den Stollen zurück, um erneut aufgeschreckt zu werden, wenn die Männer weiter ins Dunkel vordrangen. Immer wieder waren im Halbdunkel rötlich glühende Augen zu sehen, die sie feindselig anblitzten.

Der Gang wurde noch steiler, und in unregelmäßigen Abständen waren Stufen in den Boden gehauen worden. Nach Sir Walters Schätzung mussten sie sich jetzt bald unter der Königsburg befinden – und jeder der drei Männer fragte sich, was sie am Ende des Stollens vorfinden würden ...

Auf donnernden Hufen ritten sie durch die Nacht – eine Abteilung von Dragonern, die ihren Pferden erbarmungslos die Sporen gaben.

Sie konnten die Hauptstraße benutzen, denn sie brauchten sich nicht zu verstecken. Ihre Uniformen waren die perfekte Tarnung – wer wäre schon darauf gekommen, hinter einer Abteilung britischer Dragoner die Angehörigen einer verbotenen Bruderschaft zu vermuten?

Charles Dellard war voller Verachtung für all jene, die er hinters Licht geführt hatte. Von seinen Vorgesetzten bis hin zu den Hohlköpfen in der Regierung hatten sie ihn alle für einen loyalen Untertanen Seiner Majestät gehalten. Dabei brannte er darauf, seine Maske endlich fallen zu lassen und seine wahren Absichten zu offenbaren. Er hatte es satt, Speichel zu lecken und sich den Anweisungen bornierter Adeliger zu fügen, die Titel und Amt nur ererbt hatten. Er wollte selbst zu jenen gehören, die die Macht in Händen hielten – und dank Malcolm of Ruthven und der Bruderschaft der Runen würde er schon bald zu jenem erlauchten Kreis gehören.

Unnachgiebig trieb er sein Pferd an. Jenseits der Hügel konnte er schon bald die ersten Ausläufer der Stadt ausmachen. Der matte Schein der Straßenlaternen lag über den Häusern und erhellte die Nacht, sodass man den Burghügel und die mächtige Festung darauf von weitem sehen konnte.

Edinburgh.

Sie waren am Ziel.

Das Fell der Pferde glänzte schweißnass vom scharfen Ritt. Die Tiere schnaubten und hatten alles gegeben, aber noch immer trieben ihre Reiter sie an.

Malcolm of Ruthven war davon überzeugt, dass der Traum der Engländerin mehr gewesen war als nur ein flüchtiges Trugbild oder eine Lüge, mit der sie ihren Hals zu retten versuchte. Dellard wusste nicht, was er davon halten sollte. Aber ihm war klar, dass die Mondfinsternis kurz bevorstand und sie alle Möglichkeiten nutzen mussten, um das Runenschwert zu beschaffen, die verfluchte Klinge, von der alles abhing.

Fast war es so weit.

Nicht mehr lange, und das düstere Schicksal, an das sie alle glaubten, würde sich erfüllen. Dann würde ein neues Zeitalter anbrechen. Sobald der verräterische König aus dem Weg geräumt war – mithilfe der Klinge, die schon anderen Verrätern vor ihm den Tod gebracht hatte ...

Das Verderben kam so schnell über ihn, dass Quentin keine Zeit blieb, darauf zu reagieren.

Der Gang hatte die Steigung hinter sich gebracht und verlief wieder geradeaus. Wäre Quentin nicht so fixiert darauf gewesen, das Ende des Stollens zu erreichen, wäre ihm vielleicht aufgefallen, dass der Boden an dieser Stelle anders beschaffen war als im restlichen Gang. So allerdings rannte er blindlings in die Falle, die vor langer Zeit von heimtückischer Hand ausgelegt worden war.

Ein unbedachter Tritt, ein hässliches Knacken – und die nur fingerdicke Steinplatte, die den Boden gebildet hatte, gab nach. Sie sprang in Scherben, darunter tat sich schwarze Tiefe auf.

Ein erstickter Schrei entrang sich Quentins Kehle, als er merkte, dass er den Boden unter den Füßen verlor. Die Fackel fiel zu Boden. Panisch ruderte er mit den Armen, aber sie griffen nichts als leere Luft. Im nächsten Moment hatte er das Gefühl, als wollte der Abgrund ihn verschlingen. Einen Lidschlag lang schwebte er zwischen Leben und Tod – bis ihn zwei beherzte Hände packten und festhielten, während die Trümmer der Steinplatte in der Schwärze verschwanden.

Quentin schrie weiter. Es dauerte einen Moment, bis er begriff, dass er nicht abstürzen würde. Sir Walter und Abt Andrew hatten blitzschnell reagiert und ihn am Kragen seines Rocks gepackt. Da baumelte er nun und zappelte hilflos, während sie ihn zurück auf sicheren Boden zogen.

»Das war knapp, mein Junge«, sagte Sir Walter überflüssigerweise.

Quentin zitterte am ganzen Körper. Unfähig, ein Wort zu sagen, kroch er auf allen vieren zur Abbruchkante und warf einen Blick hinab. Da seine Fackel jetzt dort unten lag, konnte man den Grund erkennen. Die Grube war an die zehn Yards tief und ihr Boden mit eisernen Dornen besetzt. Wäre Quentin tatsächlich gestürzt, hätte sein letztes Stündlein geschlagen.

»Danke«, presste er mit versagender Stimme hervor. Für einen Augenblick hatte er tatsächlich gedacht, es wäre vorbei.

»Keine Ursache, mein Junge.« Sir Walter lächelte hintergründig. »Ich hätte es mir nie verziehen, wenn dir auch noch etwas zugestoßen wäre. Es war also reiner Eigennutz.«

»Eine Fallgrube«, stellte Abt Andrew fest, dessen Pulsschlag sich nicht einmal gesteigert hatte. »Offenbar hatten die Erbauer dieses Stollens einige Vorbehalte gegen unerwünschte Besucher.«

»Offenbar«, stimmte Sir Walter zu. »Allerdings hätten sie damit rechnen müssen, dass uns eine solche Vorrichtung nur noch neugieriger machen würde. Denn wo heimtückische Fallen angebracht werden, gibt es ganz sicher auch etwas zu entdecken.« Er reichte Quentin die Hand, um ihn wieder auf die Beine zu ziehen. »Alles in Ordnung, mein Junge?«

»Ich denke schon.« Quentins Knie waren weich, und sein Herz schlug wie wild gegen seine Rippen. Noch immer unter dem Schock des Ereignisses stehend, klopfte er den Schmutz von seiner Kleidung.

»Ich schlage vor, wir nehmen diesen Weg«, sagte Sir Walter und deutete auf das schmale, nur zwei Hand breite Sims, das die Fallgrube umlief. Die Konstruktion war so einfach wie wirkungsvoll: Wer wusste, wohin er seinen Fuß zu setzen hatte, konnte sicher auf die andere Seite gelangen. Wer – wie Quentin – den direkten Weg nahm, war dem Untergang geweiht.

Es kostete Quentin ein gutes Maß an Überwindung, sich der Grube erneut zu nähern, geschweige denn, daran entlangzubalancieren. Am liebsten hätte er die Augen geschlossen, wäre er dadurch nicht erst recht Gefahr gelaufen, einen Fehltritt zu tun. So bewegte er sich mit winzigen Schritten vorwärts, mit dem Rücken zur Wand und sich zwingend, nicht unentwegt in den Abgrund zu starren.

Nacheinander passierten sie die Grube. Sir Walter ging als Letzter. Wieder bereitete ihm sein Bein einige Probleme, aber mit viel Konzentration und einer bewundernswerten Portion Mut überwand er auch dieses Hindernis.

Von jetzt an blieben die drei Männer beisammen und erkundeten zunächst den Untergrund, ehe sie ihren Fuß darauf setzten. Wie sich jedoch herausstellte, gab es keine weiteren Fallen. Schließlich – Sir Walter nahm an, dass sie sich bereits unter Edinburgh Castle befanden – verbreiterte sich der Stollen zu einem unterirdischen Gewölbe – und endete unvermittelt.

Die Decke war eingestürzt, und ein riesiger Haufen Schutt und Felsbrocken versperrten den Gang.

»Meine Herren«, sagte Abt Andrew gefasst, »ich spreche es nicht gern aus, aber ich fürchte, dies ist das Ende unserer Reise.«

»Es hat den Anschein«, bestätigte Sir Walter zähneknirschend. Dass sie so weit gekommen waren und solche Gefahren auf sich genommen hatten, um jetzt vor einem Haufen Schutt zu kapitulieren, ärgerte ihn ohnegleichen – und nicht nur ihn.

»Das darf nicht wahr sein«, zeterte Quentin. »Wir stehen kurz vor der Lösung des Rätsels, und nun versperren uns ein paar Steine den Weg.«

Beherzt machte er sich daran, einige der größeren Brocken beiseite zu räumen. Kaum hatte er sie jedoch im Schweiße seines Angesichts entfernt, rieselte von oben neues Geröll nach.

»Lassen Sie es gut sein, Master Quentin«, bat Abt Andrew. »Damit riskieren Sie nur, dass auch der Rest des Stollens über uns einstürzt.«

»Aber ... es muss etwas geben, das wir tun können! Das kann es nicht gewesen sein, nicht wahr, Onkel?«

Sir Walter antwortete nicht. Auch er brannte darauf zu erfahren, was es mit dem Stollen auf sich hatte, allerdings war er nicht in der Lage, einen Haufen Geröll so einfach verschwinden zu lassen. Nachdenklich suchte er im Licht seiner Fackel den Boden ab – und stieß unvermittelt auf eine Spur.

»Quentin! Abt Andrew!«

Im Fackelschein sahen die beiden, was Sir Walter entdeckt hatte: Unter Steinen und Staub lag ein menschlicher Leichnam begraben. Zuvor war er nicht zu sehen gewesen, erst Quentins hilfloser Versuch, das Hindernis zu beseitigen, hatte ihn freigelegt.

Anders als die Toten auf den Gängen war dieser hier verschüttet gewesen, sodass die Ratten nicht herangekommen waren. Der beißende Geruch von Verwesung schlug den dreien entgegen, als sie weitere Steine entfernten. Plötzlich sahen sie, dass der Tote etwas umschlungen hielt.

Es war ein längliches, in Leder geschlagenes Bündel, das der Tote mit einem Arm umklammerte ... so, als wäre es ein Schatz von unermesslichem Wert, den er selbst über den Tod hinaus bewachen wollte.

Die drei Männer tauschten viel sagende Blicke, als ihnen aufging, was sich in diesem Paket befinden mochte. Hatte ihre Suche sie schließlich ans Ziel geführt?

Quentin, der es vor Ungeduld kaum noch aushielt, übernahm die wenig angenehme Arbeit, das Paket der Umklammerung des Toten zu entringen. Er kam sich dabei wie ein Grabräuber vor, und nur der Gedanke, dass die Sicherheit des Landes davon abhängen konnte, beschwichtigte ihn.

Unter einiger Kraftanstrengung gelang es ihm, das Bündel, das etwa vier Ellen lang war, unter dem Schuttberg hervorzuziehen. Daraufhin rutschte erneut Geröll nach und begrub den Leichnam wieder unter sich – als hätte er seine Rolle in diesem undurchschaubaren Ränkespiel beendet und nun endlich den ersehnten Frieden gefunden.

Quentin legte das Paket auf den Boden, und im flackernden Licht der Fackeln machten die Männer sich daran, es auszupacken.

Augenblicke unerträglicher Spannung vergingen, in denen keiner von ihnen ein Wort verlor. Die alten Schnüre zerfielen fast von selbst, und Sir Walter schlug das eingefettete Leder beiseite, das seinen Inhalt vor Nässe und Feuchtigkeit hatte schützen sollen.

Quentin hielt den Atem an, und in Sir Walters Augen war das Leuchten eines Jungen zu sehen, der ein lange versprochenes Geschenk bekommen hat. Im nächsten Augenblick wurde der Schein der Fackeln von blitzendem Metall reflektiert, das so hell leuchtete, dass es die Männer blendete.

»Das Schwert!«, rief Abt Andrew – und tatsächlich kam aus den Schichten alten Leders eine gut vier Fuß lange Klinge zum Vorschein.

Sie war breit und doppelschneidig und nach alter Schmiedekunst gefertigt. Der lederumwickelte Griff war lang genug für zwei Hände, der Knauf jedoch so ausbalanciert, dass die Klinge auch mit einer Hand geführt werden konnte. Oberhalb der breiten Parierstange war ein Zeichen in die Klinge eingearbeitet, das im Licht der Fackeln schimmerte.

»Die Schwertrune«, flüsterte Quentin.

»Damit dürfte es erwiesen sein«, stellte Sir Walter fest. »Dies ist die Waffe, nach der Sie gesucht haben, Abt Andrew.«

»Und ich danke meinem Schöpfer dafür, dass ich alle Scheu überwunden und Sie um Rat gebeten habe, Sir Walter«, erwiderte der Abt. »In kürzester Zeit ist Ihnen geglückt, was keinem unserer Gelehrten in der Vergangenheit gelungen ist.«

»Es ist nicht wirklich mein Verdienst«, wehrte Sir Walter ab. »Zum einen hat Quentin auch seinen Teil dazu beigetragen. Und zum anderen war die Zeit wohl einfach reif, um das Geheimnis zu offenbaren.« Er betrachtete die Klinge und wog sie in beiden Händen. »Das also ist das Schwert, dessentwegen betrogen und gemordet wird.«

»Die Gerüchte entsprachen der Wahrheit. Unter den Jakobiten befanden sich tatsächlich Angehörige der Runensekte. Sie waren im Besitz der Waffe, kamen jedoch nicht mehr dazu, ihre verderblichen Kräfte zu entfesseln. Mit diesem Schwert, Gentlemen, wurde der Sieg auf dem Schlachtfeld von Sterling errungen. William Wallace führte es, ehe es ihm den Untergang brachte. Danach ging es in den Besitz von Robert the Bruce über, der es bis nach der Schlacht von Bannockburn trug. Das war vor mehr als einem halben Jahrtausend.«

»Es ist kaum Rost darauf zu sehen«, stellte Quentin fest. Die Vorstellung, dass die berühmtesten Persönlichkeiten der schottischen Geschichte diese Waffe besessen hatten, erfüllte ihn sowohl mit Stolz als auch mit Erfurcht – und mit einem gewissen Maß an Unbehagen.

»Das Schwert war gut eingeölt und in Leder geschlagen«, war Sir Walter sofort mit einer Erklärung zur Hand, als wollte er alle übernatürlichen Spekulationen im Keim ersticken. »Kein Wunder, dass es die Jahre gut überdauert hat. Allerdings frage ich mich, weshalb niemand wusste, wo das Schwert abgeblieben war. Schließlich muss einer der Aufständischen damals aus dem Stollen entkommen sein.«

»Das stimmt«, pflichtete Abt Andrew bei. »Als die Regierungstruppen vorrückten, flohen die Runenbrüder wohl in den Geheimgang, damit das Schwert nicht in englische Hände fiel. Dabei kam es – möglicherweise durch Artilleriebeschuss – zum teilweisen Einsturz des Stollens. Das Schwert ging verloren, aber einigen Widerständlern gelang es zu fliehen. Sie lieferten sich ein Gefecht mit Regierungssoldaten, die den Geheimgang vielleicht zufällig entdeckt und gestürmt hatten. Wie Sie schon sagten, Sir Walter, hat offenbar keiner von ihnen den Kampf überlebt, sonst wäre die Existenz des Stollens schon früher bekannt geworden.«

»Mindestens einer der Aufständischen«, spann Sir Walter den Faden weiter, »hingegen hat überlebt. Er war es, der den Geheimgang verschlossen und den Kamin mit den Hinweisen versehen hat. Die Frage ist nur, weshalb das Wissen um den geheimen Stollen verloren ging.«

»Sehr einfach«, sagte plötzlich eine Stimme aus der dunklen Tiefe des Stollens. »Weil jener Überlebende kurz darauf erschossen wurde und niemandem sein Geheimnis anvertrauen konnte.«

Sir Walter, Abt Andrew und Quentin wandten sich erschrocken um und hoben ihre Fackeln. Im flackernden Licht erkannten sie dunkle Gestalten in weiten Kutten. Die Masken vor ihren Gesichtern waren rußgeschwärzt. In den Händen hielten sie Pistolen und blankgezogene Säbel.

»Sieh an«, sagte Sir Walter ungerührt. »Unsere Gegenspieler haben das Rätsel also ebenfalls gelöst – wenn auch erst nach uns, wenn ich das anmerken darf.«

»Schweigen Sie!«, kam es barsch zurück – und mit einer

Stimme, die Sir Walter und seinen Begleitern sehr bekannt vorkam.

»Dellard?«, fragte Abt Andrew.

Der Anführer der Vermummten lachte. Dann griff er nach seiner Maske und nahm sie ab. Darunter erschienen tatsächlich die asketischen Züge des königlichen Inspectors, der jetzt voller Häme grinste.

»In der Tat, werter Abt. So sehen wir uns also wieder.«

Abt Andrew schien nicht überrascht zu sein, anders als seine Begleiter. Während Quentin den Inspector anstarrte wie ein leibhaftiges Gespenst, färbten Sir Walters Züge sich zornesrot.

»Dellard«, empörte er sich. »Was hat das zu bedeuten? Sie sind ein Offizier der Krone! Sie haben einen Eid auf König und Vaterland geleistet!«

»Ihrer Entrüstung, Sir, kann ich entnehmen, dass es mir gelungen ist, den großen Walter Scott hinters Licht zu führen. Eine Leistung, die, wie ich finde, großen Respekt verdient. Schließlich ist Ihr Scharfsinn weithin bekannt.«

»Sie haben sicher Verständnis, wenn ich Ihnen keinen Beifall zolle. Wie konnten Sie nur, Dellard? Sie haben uns alle getäuscht. Sie haben vorgegeben, gegen die Sektierer zu ermitteln – dabei gehören Sie selbst zu ihnen!«

»Sich mit einem Schafsfell zu tarnen war für Wölfe schon immer eine wirkungsvolle List«, beschied Dellard grinsend. »Außerdem sollten gerade Sie mein kleines Täuschungsmanöver zu schätzen wissen, Sir Walter.«

»Wovon sprechen Sie?«

»Denken Sie nach, Scott – Sie haben das alles doch erst möglich gemacht. Indem Sie Slocombe die Ermittlungen wegnahmen und sie mir übertrugen, taten Sie uns unwissentlich einen großen Gefallen. Dann allerdings haben Sie sich mit Ihrer Neugier und Beharrlichkeit mehr und mehr zu einem Ärgernis entwickelt, wie ich gestehen muss.«

»Ist das der Grund, weshalb ich Abbotsford um jeden Preis verlassen sollte?«

»Sieh an, der alte Scharfsinn kehrt zurück«, spottete Dellard. »Aber Sie haben Recht. Anfangs ging es uns tatsächlich darum, Sie und Ihren Neffen loszuwerden. Dann jedoch wurde uns klar, dass Sie viel nützlicher für uns sein würden, wenn Sie für uns statt gegen uns arbeiten würden. Also haben wir Sie nach Edinburgh geschickt, damit Sie für uns nach dem Schwert suchten. Und wie man sehen kann«, fügte er mit einem Blick auf das Schwert hinzu, das Quentin in den Händen hielt, »sind Sie erfolgreich gewesen.«

Er nickte seinen Schergen zu, die mit erhobenen Waffen vortraten. Abt Andrew jedoch stellte sich schützend vor Quentin. »Nein«, sagte er mit fester Stimme. »Das Schwert bekommen Sie nicht, Dellard. Nur über meine Leiche!«

»Und? Glauben Sie, ich hätte Skrupel, Sie zu töten? Ihresgleichen hat uns lange genug ins Handwerk gepfuscht.«

Der Ordensmann zeigte keine Regung, sondern blickte furchtlos in die Mündungen der Pistolen. »Sie dürfen das nicht tun, Dellard«, sagte er beschwörend. »Wenn Sie den Fluch erneut entfesseln, wird er Not und Elend über uns alle bringen. Ein Krieg, der das Land entzweien und in dem Bruder gegen Bruder kämpfen wird. Tausende werden sterben.«

»So ist es«, versetzte Dellard genüsslich. »Und aus der Asche dieses Krieges wird eine neue Macht emporsteigen. Die alten Herren werden vertrieben, und eine neue Ordnung wird errichtet werden.«

»Daran glauben Sie?«

»Und ob ich das tue.«

»Dann sind Sie ein Narr, Dellard, denn Sie werden niemals siegen«, prophezeite Abt Andrew. »Alles, was Sie den Menschen zu bieten haben, sind Angst, Gewalt und Schrecken.«

»Das genügt, um zu herrschen«, erwiderte der Verräter überzeugt.

»Vielleicht. Die Frage ist nur, wie lange Ihre Herrschaft andauern wird. Sie wollen die Vergangenheit wieder lebendig machen und ein Zeitalter heraufbeschwören, das längst zu Ende gegangen ist. Ihr Ansinnen wird scheitern, Dellard, und wir alle werden dabei sein und Ihren Untergang erleben.«

»Ihre hellseherischen Fähigkeiten in allen Ehren, werter Abt«, konterte der Inspector. »Ich fürchte nur, als Orakel taugen Sie nicht allzu viel – bei drei werden Sie nämlich tot sein. Eins ...«

»Geben Sie ihm das Schwert, Abt Andrew«, sagte Sir Walter beschwörend. »Dieser Mann kennt keine Skrupel.«

»Nein, Sir Walter. Mein Leben lang habe ich mich auf diesen Augenblick vorbereitet. Ich werde nicht weichen, nun, da er gekommen ist.«

»Dann wird es Ihr letzter Augenblick sein«, versetzte Dellard gehässig. »Zwei ...«

»In Gottes Namen, Dellard! Es ist nur ein Schwert, ein altes Artefakt! Was kann es schon anrichten?«

Der Abt wandte sich um und bedachte Sir Walter mit einem wissenden Blick. »Noch zweifeln Sie«, sagte er leise. »Aber schon bald, Sir Walter, werden auch Sie glauben.«

»Drei!«, rief Dellard laut – und die Ereignisse überstürzten sich.

Quentin, der für sich zu dem Schluss gekommen war, dass Abt Andrew sein Leben nicht sinnlos opfern sollte, wollte los, um Dellard und seinen Leuten das Schwert zu übergeben. Der Abt jedoch hielt ihn mit eiserner Hand zurück – und im nächsten Moment krachten die Pistolen der Sektierer.

»Nein!«, riefen Quentin und Sir Walter wie aus einem Munde – aber es war zu spät.

Einen Augenblick hielt sich Abt Andrew noch auf den Beinen, während seine Kutte sich in Brusthöhe bereits dunkel färbte. Dann brach er zusammen.

Sir Walter war sofort bei ihm, während die Vermummten vortraten, um Quentin das Schwert abzunehmen. Schockiert wie er war, leistete der junge Mann nur halbherzig Widerstand – seine einzige Sorge galt jetzt Abt Andrew.

Zwei Kugeln hatten den Ordensmann in die Schulter getroffen, eine dritte direkt ins Herz. In scharfen Stößen pulsierte Blut aus der Wunde und tränkte die Kutte des Mönchs. Abt Andrews Gesichtszüge waren von einem Augenblick zum anderen kreidebleich geworden.

»Sir Walter, Master Quentin«, flüsterte er und bedachte die beiden Männer mit ermattendem Blick.

»Ja, ehrwürdiger Abt?«

»Haben ... alles versucht ... tut mir so Leid ... Fehler gemacht ...«

»Sie können nichts dafür«, sprach Sir Walter ihm Trost zu, während Quentin verzweifelt versuchte, die Blutung zu stillen. Es gelang ihm jedoch nicht, und schon bald war seine Kleidung über und über mit dem Blut des Abts besudelt.

»Haben alles gegeben ... gekämpft ... viele Jahrhunderte ... dürfen nicht siegen ...«

»Ich weiß«, sagte Sir Walter nur.

Abt Andrew nickte. Dann, in einem jähen Ausbruch letzter Kraft, packte er Sir Walters Schulter und zog sich daran hoch.

Mit trüben Augen blickte er ihn an und flüsterte mit heiserer Stimme letzte Worte.

»Zeremonie ... nicht durchführen ... verhindern ...«

Alle Kraft verließ ihn, und sein Oberkörper sackte zurück. Noch einmal bäumte sich sein geschundener Körper auf. Dann fiel der Kopf des Abts zur Seite, und es war zu Ende.

»Nein«, flüsterte Quentin beschwörend, dessen Verstand sich weigerte anzuerkennen, was geschehen war. »Nein, nein!«

Sir Walter verharrte einen Augenblick in stillem Gebet. Dann schloss er dem Abt die Augen. Als er wieder aufblickte, lag ein Ausdruck in seinem Gesicht, den Quentin noch nie bei ihm gesehen hatte. Blanker Hass sprach aus seinen Zügen.

»Mörder«, beschimpfte er Dellard und seine Anhänger. »Elende Verbrecher. Abt Andrew war ein Mann des Friedens. Er hat Ihnen nichts getan!«

»Glauben Sie das wirklich, Scott?« Der Inspector schüttelte den Kopf. »Sie sind naiv, wissen Sie das? Obgleich Sie nun schon so viel wissen, haben Sie das wahre Ausmaß dieser Sache noch immer nicht erkannt. Abt Andrew war kein Mann des Friedens, Scott. Er war ein Krieger, genau wie ich. Schon seit Jahrhunderten tobt dort draußen ein Kampf, in dem über das Schicksal und die Zukunft dieses Landes entschieden wird. Aber ich erwarte nicht, dass Sie und Ihr bornierter Neffe das verstehen.«

»Da gibt es nichts zu verstehen. Sie sind ein feiger Mörder, Dellard, und ich werde alles daransetzen, dass Sie und Ihre Anhänger für Ihre Verbrechen zur Rechenschaft gezogen werden.«

Dellard seufzte. »Ich sehe, Sie haben rein gar nichts begriffen. Möglicherweise werden Sie es noch verstehen, wenn Sie es erst mit eigenen Augen sehen.«

»Wovon sprechen Sie?«

»Von einer weiten Reise, die wir zusammen unternehmen werden – oder haben Sie ernsthaft geglaubt, wir würden Ihnen das Schwert abnehmen und Sie dann laufen lassen? Sie wissen zu viel, Scott, und so wie die Dinge liegen, können Sie von Glück sagen, wenn Ihnen nicht dasselbe Schicksal widerfährt wie dem ehrwürdigen Abt.«

Auf ein Nicken von ihm traten seine Männer vor und ergriffen Sir Walter und Quentin. Während Sir Walter energisch protestierte, versuchte sich Quentin mit Fäusten zur Wehr zu setzen. Der Kampf war jedoch nur von kurzer Dauer, denn kurzerhand schlug man beide nieder, und sie brachen bewusstlos zusammen.

Keiner von ihnen bekam mit, wie man sie packte und davonschleppte, an einen unbekannten Ort, wo düstere Dinge ihren Lauf nehmen sollten ...

14.

Es war ein böses Erwachen.

Nicht nur, weil Quentins Schädel dröhnte und greller Schmerz zwischen seinen Schläfen pulsierte, sondern auch, weil die Erinnerung zurückkehrte. Die Erinnerung an den unterirdischen Stollen, an das Runenschwert – und an die Begegnung mit den Vermummten.

Quentin zuckte zusammen, als er sich entsann, wie Abt Andrew vor ihren Augen gestorben war. Er erinnerte sich an das höhnische Gelächter Charles Dellards, der sich als Verräter erwiesen hatte – und ihm wurde jäh bewusst, dass er sich in Gefangenschaft befand.

Ein leises Stöhnen entrang sich seiner Kehle, und er schlug die Augen auf. Was er jedoch sah, war ganz und gar nicht das, was er erwartet hatte. Denn statt sich von maskierten Verbrechern umringt zu sehen, blickte er in die anmutigen, überirdisch schönen Züge von Mary of Egton.

»B-bin ich tot?«, lautete die einzige Frage, die ihm dazu einfiel. Schließlich war es völlig unmöglich, dass er Mary ausgerechnet hier begegnete. Er musste also tot und im Himmel gelandet sein, wo sich alle seine Wünsche und Träume erfüllten.

Mary lächelte. Ihr Gesicht war blasser, als er es in Erinnerung hatte, und ihr langes Haar war wirr. Beides änderte jedoch nichts an ihrer Schönheit, die Quentin sogleich wieder in den Bann schlug.

»Nein«, erwiderte sie. »Ich denke nicht, dass Sie tot sind, mein lieber Master Quentin.«

»Nein?« Er richtete sich halb auf und schaute sich verwirrt um. Sie befanden sich in einem winzigen Raum mit niederer Decke und hölzernem Boden und Wänden. Licht fiel nur durch ein schmales Gitter in der Decke, und jetzt erst fiel Quentin auf, dass ihr Gefängnis sich bewegte. Träge rumpelte es hin und her, und von draußen war gedämpft das Rasseln eines Geschirrs und der Huftritt von Pferden zu vernehmen.

Sie befanden sich in einer Kutsche – und das war nicht die einzige Überraschung. In der gegenüberliegenden Ecke gewahrte Quentin Sir Walter, der an die Wand gelehnt auf dem Boden saß und einen improvisierten Verband um den Kopf trug.

»Onkel«, entfuhr es Quentin verwundert.

»Guten Morgen, mein Junge. Oder sollte ich besser sagen:

gute Nacht? Ich bezweifle, dass diese Schurken uns sehr wohlwollend gesonnen sind.«

»W-wo sind wir hier?«, fragte Quentin verblüfft. Allmählich setzte sich bei ihm die Erkenntnis durch, dass er doch nicht gestorben war. Allerdings – wie kam Mary hierher?

»Auf dem Weg zum Domizil der Bruderschaft«, erwiderte sie. »Wo das allerdings ist, hat man mir nicht gesagt. Ich bin gefangen wie Sie.«

»Aber ... das geht doch nicht«, stammelte Quentin hilflos. »Sie dürften nicht hier sein. Sie müssten wohl behütet auf Ruthven Castle sein bei Ihrem Bräutigam.«

»Eigentlich ja«, gab Mary zu, und dann berichtete sie Quentin, was sich seit ihrem Abschied in Abbotsford zugetragen hatte.

Obwohl sie sich kurz fasste, ließ sie nichts aus – auch nicht jene Nacht, in der Malcolm of Ruthven sie hatte vergewaltigen wollen und sie durch das nächtliche Schloss verfolgt hatte. Quentins Gesicht verkrampfte sich dabei vor Abscheu, und auch Sir Walter, der vor ihm erwacht war und die Geschichte nun zum zweiten Mal hörte, schüttelte wiederum empört den Kopf.

Mary berichtete, wie sie Gwynneth Ruthvens Aufzeichnungen gefunden hatte, und sie erzählte von ihren Träumen, von der Bruderschaft der Runen und der Verschwörung, die sich vor mehr als einem halben Jahrtausend ereignet hatte. Quentins Züge röteten sich dabei zusehends.

»Schließlich«, beendete sie ihren Bericht, »hielt ich es nicht mehr aus. Ich beschloss zu fliehen, und einige der Bediensteten halfen mir, von der Burg zu entkommen. Ich wusste nicht, wohin ich mich wenden sollte, also beschloss ich, nach Abbotsford zu reiten. Zunächst ging alles gut, aber kurz vor dem Ziel lief ich

Charles Dellard in die Arme. Ich konnte nicht wissen, dass er und Malcolm gemeinsame Sache machten – das wurde mir erst klar, als er mich festnehmen und niederschlagen ließ.«

»Malcolm of Ruthven ist der Kopf der Bande«, fügte Sir Walter bitter hinzu. »Ist das vorstellbar? Ein schottischer Laird wird zum Verräter an der Krone. Es ist eine Schande.«

»Aber dann ... dann ist alles wahr«, ächzte Quentin, der noch Mühe hatte, die jüngsten Erkenntnisse einzuordnen. »Die Verschwörung gegen William Wallace, das verfluchte Schwert, das in Bannockburn den Sieg gebracht hat – all das ist wirklich so geschehen. Lady Marys Träume beweisen es.«

»Ein Traum ist ein Traum, mein Junge, und kein Beweis. Zwar muss ich zugeben, dass es tatsächlich erstaunliche Übereinstimmungen zwischen Lady Marys Träumen und dem gibt, was wir über die Runensekte herausgefunden haben. Allerdings bin ich sicher, dass sich für all dies eine einfache, rationale Erklärung finden lässt. Möglicherweise hat Malcolm of Ruthven ihr von seinen Plänen erzählt?«

»Kein Wort.« Mary schüttelte den Kopf.

»Oder Sie haben unwissentlich ein Gespräch belauscht, in dem von jenen Vorgängen die Rede war. Der menschliche Geist spielt uns bisweilen seltsame Streiche.«

»Das war kein Streich, Sir Walter«, versicherte Mary. »Was ich geträumt habe, das habe ich geträumt. Mehr noch, es kam mir so vor, als wäre ich selbst dabei gewesen, als teilte ich Gwynneth Ruthvens Schicksal. Auch sie geriet in die Gefangenschaft der Sekte und wurde zu ihrem Schlupfwinkel gebracht, zum Kreis der Steine.«

»Zum Kreis der Steine«, echote Quentin schaudernd. »Und was ist dort geschehen?«

Mary zögerte, ehe sie antwortete. »Man hat Gwynneth grausam ermordet. Mit dem Schwert, das William Wallace den Untergang bringen sollte. Ihr Blut hat den bösen Fluch besiegelt.«

»Was ist danach geschehen?«, wollte Sir Walter wissen. »Was ist mit dem Schwert passiert?«

»Das weiß ich nicht. Der letzte Traum, den ich hatte, handelte nicht von Gwynneth, sondern von einem jungen Mann namens Galen Ruthven. Es war Jahrhunderte später, zur Zeit der Jakobitenerhebung. Auch Galen Ruthven hatte zur Bruderschaft gehört. Er und seine Leute flohen aus Edinburgh Castle, durch einen unterirdischen Gang ...«

Quentin und Sir Walter tauschten einen überraschten Blick. »Ein unterirdischer Gang?«

»Ein Stollen durch den Fels. Ein geheimer Fluchtweg, den die Sektierer benutzten.«

»Hatten sie etwas bei sich?«, erkundigte sich Sir Walter gespannt.

»Allerdings – es war das Schwert. Sie hatten es in Leder geschlagen, damit es keinen Schaden nahm. Ein alter Mann trug es bei sich, den sie den ›Grafen‹ nannten – wie Malcolm mir später sagte, war er der Begründer der Bruderschaft. Aber dann wurde die Burg von einem Kanoneneinschlag erschüttert, und der Stollen stürzte ein. Er begrub den Grafen unter sich und mit ihm das Schw...«

Mary unterbrach sich, als sie merkte, dass die beiden Männer sie anstarrten. »Was ist?«, fragte sie. »Habe ich etwas Falsches gesagt?«

»Nein, meine Liebe«, antwortete Sir Walter, »aber ich muss gestehen, dass auch ich allmählich an die Grenzen meiner Rationalität stoße. Was Sie geträumt haben, Lady Mary, ist tatsächlich so geschehen. Quentin und ich waren in diesem Stollen in Edinburgh. Wir haben die sterblichen Überreste jenes Mannes gesehen, und wir haben das Schwert gefunden.«

»Das Schwert ist es, worum es diesen Leuten geht«, fügte Quentin hinzu. »Seit Jahrhunderten haben sie es gesucht, und jetzt, wo sie es endlich wieder in ihrem Besitz haben, planen sie damit erneut eine Verschwörung – genau wie einst gegen William Wallace.«

»Ich verstehe«, flüsterte Mary, und man konnte sehen, dass ihr unbehaglich zu Mute war. »So also fügt sich alles zusammen. Aber – weshalb habe ich diese Träume? Warum sehe ich in ihnen Dinge, die wirklich geschehen sind? Das ist unheimlich.«

»Vor einiger Zeit habe ich einen Artikel gelesen«, überlegte Sir Walter. »Ein Gelehrter aus Paris vertrat darin die Auffassung, dass es unter bestimmten Voraussetzungen geschehen kann, dass Erinnerungen aus ferner Vergangenheit die Zeit überdauern und in der Gegenwart wieder auftauchen. Als Beispiel führte er eine junge Frau aus Ägypten an, die vorgab, den Weg zu einer verschütteten Grabkammer zu kennen. Als man ihrer Beschreibung folgte, stieß man in einer unter Schichten von Sand verborgenen Höhle tatsächlich auf sterbliche Überreste. Auf die Frage, woher sie ihre Kenntnisse gehabt habe, antwortete die Frau, einen Traum von einer ägyptischen Prinzessin gehabt zu haben, die ihr den Weg gezeigt hätte.«

»So ist es auch bei mir gewesen«, bestätigte Mary. »Sprechen Sie von einer Art ... Wanderung der Seelen?«

Sir Walter lächelte. »Wohl eher von einer Art Seelenverwandtschaft. Jener Franzose ging davon aus, dass diese Fälle äußerst selten sind. Denn nur wenn sich Wesen und Schicksal der beiden Personen auf verblüffende Weise ähneln, kann es geschehen, dass Erinnerungen aus längst vergangener Zeit sich erneut manifestieren – wie ein Echo, wenn Sie so wollen.«

»Ich verstehe«, erwiderte Mary, aus deren Gesicht jede Farbe gewichen war.

»Das ist, wie gesagt, nicht meine Theorie, sondern die eines höchst fantasiebegabten Franzosen. Ich gebe allerdings zu, dass sie in Anbetracht dessen, was Ihnen widerfahren ist, durchaus etwas für sich haben mag.«

»Sie sprachen von einer Ähnlichkeit der Schicksale, Sir Walter«, sagte Mary leise. »Heißt das, dass mir dasselbe Schicksal droht wie Gwynneth Ruthven?«

Quentin, der angespannt zugehört hatte, hielt es nicht mehr aus. Er konnte nicht zusehen, wie Mary litt, deshalb nahm er all seinen verbliebenen Mut zusammen und sagte: »Das ist nicht gesagt, Lady Mary. Es ist nur eine Theorie, und wenn Sie mich fragen, nicht einmal eine besonders gute. Könnte das alles nicht auch ein erstaunlicher Zufall gewesen sein? Sie hatten eine wirklich schlimme Zeit auf Burg Ruthven – könnte das nicht ebenfalls der Grund für Ihre Albträume sein?«

»Denken Sie das wirklich?«, fragte sie ihn, und er konnte die Tränen in ihren Augen schimmern sehen.

»Unbedingt«, log er, ohne mit der Wimper zu zucken, während er in Wahrheit an sich halten musste, um seine eigene Furcht zu verbergen.

Was sein Onkel gesagt hatte, hatte ihn sehr beunruhigt. Waren dunkle Flüche und heidnische Verschwörer nicht schon genug? Mussten nun auch noch so unheimliche Dinge wie Seelenverwandtschaften und düstere Prophezeiungen hinzukommen? Aber es gab etwas, das stärker war als Quentin Hays Furcht – seine Zuneigung zu Lady Mary.

Um sie zu trösten und in Sicherheit zu wiegen, hätte er selbst angesichts eines vielköpfigen Cerberus überlegen gelächelt. Es kam ihm so vor, als hätte er eine weitere Lektion gelernt in seinem Bemühen, ein Mann zu werden, und das wohlwollende Nicken, das Sir Walter ihm schickte, ermutigte ihn auf seinem Weg.

Mary schluchzte leise, und Quentin konnte nicht anders, als den Arm um ihre Schultern zu legen, auch wenn ihm das aufgrund des Standesunterschieds nicht zukam. Jetzt, in diesem Augenblick, waren sie alle gleich, ungeachtet ihrer Herkunft. Vermutlich würden die Runenbrüder sie alle töten, welche Rolle spielte es also?

»Keine Sorge, Lady Mary«, flüsterte er. »Es wird Ihnen nichts geschehen. Ich verspreche Ihnen, dass mein Onkel und ich alles tun werden, um Sie vor diesen vermummten Kerlen zu beschützen. Dieser elende Malcolm wird Sie nicht bekommen, und wenn ich es persönlich mit ihm aufnehmen muss.«

»Mein lieber Quentin«, hauchte sie, »Sie sind mein Held« – und sie lehnte den Kopf an seine Schulter und weinte bittere Tränen.

»Das also ist sie.«

Staunend betrachtete Malcolm of Ruthven die Klinge, die vor ihm auf dem Tisch lag. Auf den ersten Blick war es ein gewöhnliches Schwert, dessen Aussehen nicht darauf schließen ließ, um welch machtvolle Waffe es sich handelte. Zwei Dinge allerdings waren daran sonderbar: die Tatsache, dass das Schwert viele hundert Jahre alt war und sich weder Rost noch sonst ein Makel auf der Klinge fand, sowie das Runenzeichen, das oberhalb der Parierstange in die Klinge eingraviert war.

Dunkle Kräfte waren in diesem Zeichen gebannt – Kräfte,

die über ein halbes Jahrtausend geschlafen hatten und darauf warteten, erneut entfesselt zu werden. Von ihm, Malcolm of Ruthven, dem Nachkommen der großen Druiden.

Seine Augen glänzten, und ein seltsames Lächeln spielte um seine Lippen, als er nach der Waffe griff. In dem Augenblick, in dem er sie berührte, durchfuhr ihn ein kalter Schauder – das Gefühl, als gingen Macht und Wissen vergangener Jahrhunderte auf ihn über. Dunkles Gelächter entrang sich seiner Kehle, und er hob das Schwert, um es im Licht der Laterne zu betrachten.

»Endlich«, sagte er. »Endlich ist es mein! So, wie es immer vorherbestimmt war. Zur Zeit des dunklen Mondes kehrt die Klinge zurück. Nun werden wir herrschen. Runen und Blut.«

»Runen und Blut«, bestätigte Charles Dellard, der lautlos in das Zelt getreten war.

Der verräterische Inspector sah den Glanz in Malcolm of Ruthvens Augen und wusste, was er zu bedeuten hatte. Aber er hütete sich, darüber ein Wort zu verlieren. Malcolm of Ruthven war der uneingeschränkte Anführer der Runenbruderschaft, und wer von seiner Macht profitieren wollte, der musste die Kunst beherrschen, im rechten Augenblick zu schweigen.

»Morgen wird es so weit sein, Dellard. Wir werden am Kreis der Steine sein und das Ritual abhalten, das vor so langer Zeit schon einmal stattgefunden hat. Dem großen Druiden war es nicht vergönnt zu erleben, wie der Fluch erneuert wird, um wiederum einem Verräter Tod und Verderben zu bringen. Aber wir, seine Erben, werden seiner gedenken, wenn wir das Ritual vollziehen.«

»Was geschieht mit den Gefangenen?«

Malcolm lachte überlegen. »Das Schicksal meint es gut mit uns, Dellard. Glauben Sie, es ist Zufall, dass Scotts Pfade sich mit unseren gekreuzt haben? Niemals! Die Runen haben es vorhergesehen. Scott war nicht nur derjenige, der das Schwert für uns finden sollte – er wird auch der sein, der die Ereignisse der morgigen Nacht für die Nachwelt festhalten wird.«

»Sir?« Dellard hob die Brauen.

»Sie haben mich verstanden. Ich will, dass Scott dabei ist. Er soll meinen größten Triumph erleben. Er soll Augenzeuge dieses historischen Augenblicks werden, der nicht nur die Geschichte dieses Landes, sondern der ganzen Welt verändern wird. Vor mehr als fünfhundert Jahren hat dieses Schwert William Wallace das Verderben gebracht und Robert the Bruce zum König von Schottland gekrönt. Schon bald wird es den Verräter George vom Throne Schottlands fegen und mich, Malcolm of Ruthven, zu seinem Nachfolger küren. Es ist eine machtvolle Waffe, Dellard, dazu ausersehen, von Königen geführt zu werden.«

Charles Dellard biss sich auf die Lippen. Dem Inspector wurde bewusst, dass Malcolm of Ruthvens Zustand sich in den letzten Tagen verschlimmert hatte. Wie es dazu gekommen war, wusste Dellard nicht, aber er schwieg. Er war diesem Pfad bereits zu weit gefolgt, als dass er noch hätte umkehren können.

»Was haben Sie, Dellard?«, fragte Malcolm, der den Schatten auf den Zügen seines Handlangers bemerkte. »Glauben Sie, ich hätte den Verstand verloren?«

»Natürlich nicht, Sir«, beeilte sich Dellard zu versichern. »Ich frage mich nur, ob Ihre Pläne nicht ein wenig zu weit gehen ... für den Augenblick.«

»Zu weit?« Wieder stimmte Malcolm of Ruthven sein unheimliches Gelächter an. »Das sagen Sie nur, weil Sie nicht wie ich an die Macht dieser Waffe glauben. Ich kann es Ihnen nicht verdenken, Dellard. Sie sind Brite und nicht wie ich in den Traditionen dieses Landes verwurzelt. Dieses Schwert, mein lieber Inspector, birgt Kräfte, die Sie nicht einmal erahnen. Sie vermögen Königreiche mühelos zum Wanken zu bringen.

Die Kraft und die Entschlossenheit der Männer, die diese Nation geformt haben, sind in ihr konserviert – und wenn ich in der Nacht des dunklen Mondes endlich das Ritual vollziehe, wird beides auf mich übergehen. Ich werde die Stärke von Wallace besitzen und das Herz des Bruce. Mit beidem werde ich dieses Land von seinen unrechtmäßigen Besatzern befreien und schließlich selbst die Krone tragen. Die neue Zeit wird vergehen und die alte Ordnung zurückkehren. Ein neues Zeitalter wird anbrechen, in dem die alten Götter und Dämonen herrschen. So, wie es die Runen vorhergesagt haben.«

Und damit begann Malcolm of Ruthven erneut zu lachen – das laute, gackernde Gelächter eines Wahnsinnigen.

15.

Am Kreis der Steine

Als sie die Schritte vor der Baracke hörten, wussten sie, dass der Augenblick gekommen war.

Zwei Tage lang waren sie durch die Lande gefahren worden, mit unbekanntem Ziel und wie Tiere eingesperrt in einen hölzernen Verschlag. Irgendwann, die Sonne war bereits untergegangen, hatte die Kutsche angehalten. Man hatte Sir Walter, Quentin und Lady Mary aus ihrem engen Gefängnis gezerrt. In einer schäbigen Hütte hatten sie die Nacht und den darauf folgenden Tag verbracht: auf dem feuchten Boden kauernd, hungernd und durstig, frierend und voll schrecklicher Ungewissheit.

Die Schritte vor der Tür schmatzten im Morast. Mary, die sich dicht an Quentin drängte, sandte ihm einen erschrockenen Blick, und der einstmals so furchtsame junge Mann wuchs über sich selbst hinaus.

»Keine Sorge«, sagte er mit ruhiger Stimme. »Was immer auch geschieht, ich bin bei dir.«

Geräuschvoll wurde die Tür geöffnet. Die Dämmerung war bereits hereingebrochen, und blakender Fackelschein fiel in die Hütte. Fünf Vermummte standen vor der Tür. Sie alle trugen die Kutten und Masken der Bruderschaft.

»Holt die Frau«, wies einer der Kerle die übrigen an, worauf sie Mary ergreifen wollten.

Quentin jedoch stand auf und ging dazwischen. »Nein«, sagte er energisch. »Lasst sie in Ruhe, ihr Bastarde!«

Aber die Sektierer waren nicht gewillt, sich von ihm aufhalten zu lassen. Grob stießen sie ihn zur Seite, worauf er gegen die Wand prallte und benommen zu Boden stürzte. Hilflos musste er zusehen, wie die Kerle die sich heftig wehrende Mary packten und davonschleppten.

»Ich protestiere!«, rief Sir Walter, dessen krankes Bein es ihm nicht gestattete aufzustehen. »Lassen Sie die Lady sofort los!«

»Maul halten, alter Narr«, kam die Antwort barsch, und schon schleppten die Kerle die junge Frau zur Tür.

»Lasst sie in Ruhe«, schrie Quentin, »nehmt mich an ihrer Stelle« – aber im nächsten Moment hatten die Vermummten die Baracke schon verlassen. Die Tür wurde zugeworfen und der Riegel vorgeschoben, und alles, was Sir Walter und Quentin danach noch hörten, waren Mary of Egtons verzweifelte Hilfeschreie, die im Dunkel der hereinbrechenden Nacht verklangen.

»Verdammt!«, rief Quentin und trat in hilfloser Wut gegen die Wand. Tränen schossen ihm in die Augen, und er raufte sich verzweifelt die Haare. »Warum habe ich es nicht verhindert? Ich hätte ihr helfen müssen! Mary hat mir vertraut! Ich habe ihr versprochen, sie zu beschützen, und habe jämmerlich versagt!«

»Du hast alles getan, was du konntest, mein Junge«, erwiderte Sir Walter traurig. »Dich trifft keine Schuld. Mir allein ist es zuzuschreiben, dass all das geschehen ist. Meinem dummen Stolz und meiner Beharrlichkeit. Was musste ich meine Nase auch in Dinge stecken, die mich nichts angingen? Hätte ich nur auf Abt Andrew gehört. Oder auf Professor Gainswick. So viele sind einen sinnlosen Tod gestorben, nur weil ich nicht aufhören konnte. Nun müssen wir alle für meine Eitelkeit bezahlen.«

Quentin hatte sich ein wenig beruhigt. Energisch wischte er sich die Tränen aus den Augen und setzte sich zu seinem Onkel auf den Boden.

»So etwas darfst du nicht sagen«, widersprach er ihm. »Was du getan hast, Onkel, war richtig. Diese Verbrecher hatten Jonathan auf dem Gewissen. Was hättest du tun sollen? Dabeistehen und zusehen, wie die Sache im Sand verläuft? Du hattest Recht, in jeder Beziehung. Und wie diese Sache auch ausgehen wird – ich bin dankbar dafür, dass ich an deiner Seite sein durfte.«

»Was habe ich dir gebracht, mein Junge?« Sir Walter schüttelte sein ergrautes Haupt. »Nichts als Furcht und Elend.«

»Das ist nicht wahr. Bei dir habe ich gelernt, dass es Dinge gibt, die es lohnen, dass man für sie einsteht. Du hast mir beigebracht, was Loyalität bedeutet. Von dir habe ich gelernt, was Courage ist.«

»Und du bist ein guter Schüler gewesen, Quentin«, versicherte Sir Walter leise. »Der beste, den ich je hatte.«

»Meinst du das wirklich?«

»Allerdings. Du bist mir gefolgt, selbst wenn du nicht meiner Meinung gewesen bist, und das nenne ich Loyalität. Du hast deine Angst überwunden und bist den Dingen auf den Grund gegangen, das nenne ich Courage. Dein größtes Verdienst jedoch ist, dass du Lady Mary bis zuletzt Mut zugesprochen hast und dich vorhin sogar gegen sie austauschen wolltest. Das, mein lieber Junge, nenne ich Tapferkeit.«

Quentin erwiderte das Lächeln, das sein Onkel ihm schenkte. Früher hätte ihm ein solches Lob alles bedeutet – in Anbetracht der Umstände war es nur ein schwacher Trost. »Ich danke dir, Onkel«, sagte er dennoch. »Es war mir eine Ehre, dein Schüler zu sein.«

»So wie es mir eine Ehre war, dich zu unterrichten«, erwiderte Sir Walter, und in seinen Augenwinkeln sah Quentin heimliche Tränen schimmern.

Dann kehrte Schweigen ein.

Keiner der beiden sprach mehr ein Wort, beide starrten still vor sich hin. Was hätten sie sich auch noch sagen sollen? Es war alles gesprochen worden, jedes weitere Wort hätte den Schmerz nur noch vergrößert.

Sie wussten beide, dass es kein Entkommen gab. Noch war nicht klar, was die Sektierer mit ihnen vorhatten, aber Malcolm of Ruthven und seine ruchlose Bande hatten schon zu früherer Gelegenheit bewiesen, dass ein Menschenleben für sie nichts wert war. Um ihre Ziele zu erreichen, gingen die Runenbrüder über Leichen – und weder Sir Walter noch Quentin gaben sich falschen Illusionen hin. Sie würden sterben, vermutlich noch in dieser Nacht, die von den Runen auf dem Sarkophag von Robert the Bruce vorausgesagt worden war.

Der Nacht der Mondfinsternis ...

Lange saßen sie so, schweigend und jeder in seine Gedanken versunken. Dann – es musste bereits Mitternacht sein – wurden erneut Schritte vor der Baracke hörbar. Die Tür wurde geöffnet, und die Vermummten kamen zurück.

Diesmal war die Reihe an Sir Walter und Quentin.

Die Szenerie war so düster wie unheimlich.

In einem alten Steinkreis, der aus vorgeschichtlicher Zeit stammte und dessen riesige Quader sich in den nachtschwarzen Himmel reckten, hatten die Runenbrüder sich versammelt: dutzende von Vermummten, die die schwarzen Masken und Kutten der Bruderschaft trugen.

Die Fackeln in ihren Händen waren die einzige Lichtquelle, denn der Mond, der hoch am nächtlichen Himmel stand, hatte bereits angefangen, sich einzutrüben. Nur noch eine schmale Sichel war zu sehen, die bleich und hell leuchtete. Die Mondfinsternis stand kurz bevor.

Man führte Sir Walter und Quentin in die Mitte des Kreises – dorthin, wo ein steinerner Opfertisch stand und zwei weitere Vermummte warteten.

Der eine war von großem Wuchs, und trotz des schwarzen Gewandes, das er trug, war deutlich zu sehen, dass er schlank und hager war. Eine geschwärzte Maske bedeckte sein Gesicht, dennoch war Sir Walter sicher, dass sich hinter der Verkleidung kein anderer als Charles Dellard verbarg, der verräterische Inspector.

Der andere Mann war kleiner. Von den übrigen Sektierern unterschied er sich durch sein weißes Gewand und die silberne Maske vor seinem Gesicht. Durch die Sehschlitze blitzte ein hasserfülltes Augenpaar.

Dies musste Malcolm of Ruthven sein, vermutete Sir Walter, während Quentin nur Augen hatte für die junge Frau, die an Armen und Beinen gefesselt auf dem steinernen Opfertisch lag. Man hatte ihr ein schäbiges Kleid aus grauem Leinen angezogen, und das lange, offene Haar wallte über den jahrtausendealten Stein. Verzweiflung sprach aus ihren Blicken.

»Mary!«, rief Quentin, und in einer energischen Bewegung gelang es ihm, sich von seinen Häschern loszureißen. Die wenigen Schritte zum Opferstein legte er laufend zurück und fiel atemlos vor ihr nieder.

»Mary«, hauchte er. »Es tut mir so Leid. So Leid, hörst du?«

»Liebster Quentin«, erwiderte sie mit bebender Stimme. »Du kannst nichts dafür. Das Schicksal war gegen uns. Ich wünschte, wir wären einander nie begegnet.«

»Nein«, widersprach er, während ihm Tränen in die Augen traten. »Egal, was geschieht, ich bin glücklich, dir begegnet zu sein.«

»Sieh an.« Der Mann mit der Silbermaske war vorgetreten und blickte herrisch auf beide herab. Seine Stimme triefte vor Bosheit. »Hast du also endlich jemanden gefunden, der dein kaltes Herz zum Erweichen gebracht hat, Mary of Egton? Jemand, der deiner würdig ist – ein bürgerlicher Habenichts der ärgsten Sorte.«

»Wage es nicht, ihn zu beleidigen«, zischte Mary. »Quentin hat in seinem kleinen Finger mehr Ehrgefühl als du an deinem ganzen verderbten Leib, Malcolm of Ruthven. Du bist der letzte Spross eines Adelsgeschlechts, dein Titel und Besitz sind nur ererbt. Quentin hingegen hat alles, was er ist, redlich erworben. Müsste ich wählen zwischen dir und ihm, würde ich ihn stets vorziehen.«

Der Maskierte wankte wie unter einem Fausthieb, so sehr hatten Marys Worte ihn getroffen. »Das wirst du bereuen«, prophezeite er. »Als ich deine Zuneigung wollte, hast du sie mir verweigert. Nun wirst du dafür bezahlen.

Ihr alle werdet dafür bezahlen«, fügte er hinzu, an Quentin und Sir Walter gewandt. Noch ehe der Mond sich wieder enthüllt, werdet ihr bedauern, euch gegen uns gestellt zu haben. Eine neue Zeit wird anbrechen, noch heute Nacht!«

»Was haben Sie vor?«, erkundigte sich Sir Walter, von den pathetischen Worten des Sektierers sichtlich unbeeindruckt. »Wozu diente all dieses Blutvergießen? Wozu dieser sinnlose Hass? Dieser lächerliche Mummenschanz? Glauben Sie wirklich an dieses ganze Theater?«

Der Mann mit der Silbermaske warf ihm einen seltsamen Blick zu. Dann schritt er langsam und bedrohlich auf ihn zu. »Sollte es sein«, sagte er dabei, »dass es Ihnen bei allem, was Sie gesehen und erlebt haben, noch immer an Glauben fehlt, Scott? Dabei kann ich deutlich die Furcht in Ihren Augen erkennen.«

»Da haben Sie Recht. Aber es sind nicht so sehr alte Flüche und die törichte Maskerade, die ich fürchte, sondern vielmehr das, was Sie dem schottischen Volk antun könnten in Ihrer Raserei. Was haben Sie vor, Malcolm of Ruthven?«

»Sie wissen also, wer ich bin«, erwiderte der andere, und mit einer beiläufigen Handbewegung nahm er die Maske ab. Seine blassen Züge waren hassverzerrt. »Dann will ich Ihnen den Gefallen tun und im letzten Akt dieses Spiels mit offenem Visier vor das Publikum treten. Warum auch nicht? Wenn das Ritual erst abgeschlossen ist, wird es keine Rolle mehr spielen, wer oder was ich einst war. Man wird nur noch danach fragen, was ich bin.«

»Tatsächlich?« Sir Walter hob unbeeindruckt die Brauen. »Und was sind Sie, Ruthven? Ein Wahnsinniger? Ein Träumer, der jeden Bezug zur Realität verloren hat? Oder sind Sie nur ein ganz gewöhnlicher Dieb und Mörder?«

In Malcolm of Ruthvens Zügen tobte ein zorniges Mienenspiel. »Sie wissen nichts«, stellte er fest. »Sie sind so unwissend wie am ersten Tag, dabei hatten Sie Gelegenheit genug, zu begreifen und ein Glaubender zu werden. Aber ich versichere Ihnen, Scott – noch vor Sonnenaufgang werden Sie überzeugt sein, dass ich nicht verrückt bin und dass der Fluch des Runenschwerts tatsächlich existiert. Denn heute Nacht werde ich ihn entfesseln.«

»Das also ist der Grund? Deshalb mussten all diese armen Menschen sterben? Mein armer Jonathan? Professor Gainswick? Abt Andrew?«

»Sie sind die Letzten gewesen. Die Letzten aus einer langen Reihe von Opfern, die der Kampf um das Runenschwert gefordert hat. Vor vielen Jahrhunderten wurde ein Pakt geschlossen, Scott. Ein Pakt mit dunklen Mächten, die seither dem Runenschwert innewohnen und Herrscher zu stürzen und zu krönen vermögen. Sie haben Braveheart den Untergang gebracht und hätten Robert the Bruce zum König erhoben.«

»Robert the Bruce war König von Schottland«, brachte Scott in Erinnerung. »Mit dem heiligen Segen der Kirche.«

»Unsinn. Sein Königtum war nur ein Schatten, seine Herrschaft von kurzer Dauer. Der Bruce hätte ewig herrschen können, aber er war zu einfältig, um zu begreifen, welche Möglichkeiten das Schicksal ihm bot. Er hat das Schwert auf dem

Schlachtfeld von Bannockburn zurückgelassen und damit alles weggeworfen.«

»Er hat nur getan, wozu sein Gewissen ihm riet.«

»Er hat seinen eigenen Untergang heraufbeschworen und uns alle verraten. Wie es hieß, hatte unmittelbar nach der Schlacht ein altes Runenweib, das den lichten Künsten frönte, das Schwert an sich genommen, um es vor uns zu verbergen. Viele Jahrhunderte suchten wir es vergeblich.«

»Wir? Wer ist ›wir‹?«

»Die Bruderschaft der Runen und das Geschlecht derer von Ruthven«, gab Malcolm stolz zur Antwort, »untrennbar verbunden seit dem Tag von Bannockburn. Über Jahrhunderte suchten wir nach dem Schwert und taten alles, um die Herrschaft zurückzugewinnen, während die neue Ordnung immer mehr erstarkte. Die Engländer kamen und überrannten unser Land, und die Clansherren ließen sich von ihnen vorführen wie dumme Schuljungen. Es fehlte an Kraft, die Clans zu einen, denn das Symbol dieser Einheit war verloren gegangen am Tag der schicksalhaften Schlacht. Schließlich jedoch wurde das Schwert wieder entdeckt, und die Bruderschaft hielt die Zeit für gekommen. Leider mussten wir erkennen, dass wir uns geirrt hatten.«

»Die Jakobitenaufstände«, riet Sir Walter. »Sie also waren die treibende Kraft, die dahinter steckte. Sie hofften, mithilfe der Stewarts die Regierung zu stürzen, aber Ihr Plan schlug fehl. Deshalb die überstürzte Flucht aus Edinburgh Castle ...«

»Die Zeit war noch nicht reif, die Zeichen falsch gedeutet worden. Der große Druide, der unsere Bruderschaft Jahrhunderte hindurch geführt hatte, fand beim Beschuss von Edinburgh Castle den Tod. Mein Großvater, Galen of Ruthven, war der Einzige, der vom Verbleib des Schwertes wusste. In den Wirren der Kämpfe starb auch er und nahm sein Geheimnis mit in den Tod.«

»Wie schade«, versetzte Sir Walter ohne eine Spur von Bedauern.

»Durch seinen frühen Tod wurde die Kette durchbrochen. Über Jahrhunderte war die Mitgliedschaft in der Bruderschaft der Runen weitergegeben worden vom Vater an den Sohn. Mein Vater jedoch war völlig ahnungslos. Er heiratete eine Aristokratin, die sich dem Britentum angepasst hatte und nichts von den alten Traditionen ihres Volkes hielt. Bis heute ist sie von dem Gedanken besessen, den Laird of Ruthven, ihren einzigen Sohn, an eine Engländerin zu verheiraten. Der Laird jedoch stieß zufällig auf die Aufzeichnungen seines Großvaters und erfuhr, welch stolze Tradition das Haus von Ruthven wahrte. Als dann auch noch das Grab von Robert the Bruce entdeckt wurde und er die Zeichen auf dem Sarkophag sah, da wusste er, dass es sein Schicksal war, die Bruderschaft neu zu gründen und sich auf die Suche nach dem Schwert zu begeben, denn der Zeitpunkt der Erfüllung war gekommen.«

»Aber Sie haben es nicht gefunden«, konterte Sir Walter, dem klar war, dass Malcolm von sich selbst gesprochen hatte.

»Es gab kaum Spuren – nur den Hinweis auf ein Buch, in dem die Geheimnisse unserer Bruderschaft festgehalten worden waren für den Fall, dass sie irgendwann zerschlagen würde und sich neu formieren müsste. Obwohl unsere Erzfeinde, die Mönche von Dryburgh, uns über Jahrhunderte hinweg beobachteten, ahnten sie nicht, dass sich dieses Buch direkt vor ihren Augen befand. Zerrissen in Fragmente und verteilt auf verschiedene Bibliotheken, bewachten sie es selbst.«

»Und auf der Suche nach diesen Fragmenten gelangten Sie nach Kelso«, folgerte Sir Walter.

»Dryburgh war eine der Bibliotheken, die in alter Zeit ausersehen wurden, ein Fragment zu beherbergen. Allerdings wusste ich nicht, ob es die Zerstörung des Klosters überstanden hatte. Also mussten wir in Kelso danach suchen, in vielen mühevollen Nächten. Aber nicht wir fanden es schließlich, sondern ein unwissender junger Student, der aus purem Zufall auf Informationen stieß, die ihm besser verborgen geblieben wären.«

»Jonathan«, seufzte Sir Walter. »Deshalb also musste er sterben.«

»Ihr Student war zur falschen Zeit am falschen Ort, Scott. Um unsere Spuren in der Bibliothek zu verwischen, gab ich den Befehl, sie niederzubrennen. Der Brand der Bibliothek, so sagte ich mir, würde genügend Aufsehen erregen, um es unseren Agenten vor Ort zu ermöglichen, die Suche nach dem Runenschwert fortzusetzen.«

»Sie sprechen von Charles Dellard.«

»Allerdings. Dass Ihr unglückseliger Neffe bei dem Brand um ein Haar den Tod gefunden hätte, erleichterte die Sache noch für uns, denn Sie persönlich waren es, der eine offizielle Untersuchung des Vorfalls verlangte und Dellard damit eine vollkommene Tarnung verschaffte. Gewissermaßen, mein werter Scott, haben Sie uns also noch geholfen. Bis Sie anfingen, Ihre Nase selbst in die Angelegenheit zu stecken. Mir war sofort klar, dass Sie gefährlich sind, also beschloss ich, Sie und Ihren Neffen aus dem Weg räumen zu lassen.«

»Der Überfall an der Brücke«, mutmaßte Sir Walter.

Malcolm nickte. »Jedoch ging das Attentat nicht so vonstatten, wie wir es geplant hatten, und statt Ihrer fuhr eine andere Kutsche über die sabotierte Brücke – eine Kutsche mit zwei jungen Frauen darin.«

»Elender Schuft! Diese Frauen wären Ihretwegen um ein Haar ums Leben gekommen!«

»Ich weiß. Und stellen Sie sich meine Überraschung vor, als ich erfuhr, dass eine dieser Frauen meine eigene Braut war. Inzwischen weiß ich jedoch, dass all das kein Zufall war, sondern von der Vorsehung gewollt. Der Fehlschlag an der Brücke brachte mich in eine schwierige Lage. Die Mönche von Kelso wurden auf uns aufmerksam, und Sie, mein werter Scott, übten immer mehr Druck auf Dellard aus, während die Suche nach dem Runenschwert kein Stück vorankam. Ich musste also eine Entscheidung treffen ...«

»... und Sie beschlossen, Quentin und mich loszuwerden«, folgerte Sir Walter. »Deshalb der Angriff auf das Anwesen. Sie wollten uns einschüchtern, damit wir Abbotsford verlassen und nach Edinburgh gehen.«

»Sie missverstehen meine Pläne, Scott«, rügte Malcolm wie ein Lehrer seinen Schüler. »Es ging mir nicht darum, Sie loszuwerden. Im Gegenteil tat ich fortan alles, um Sie bei Ihren Nachforschungen zu unterstützen. Denn mir war klar geworden, dass Ihr brillanter Verstand und Ihre Berühmtheit uns sehr nützlich sein könnten, wenn wir Sie für uns arbeiten ließen. Erst viel später fand ich heraus, dass die Mönche von Kelso wohl denselben Gedanken hatten. Von da an versorgten wir Sie abwechselnd mit Hinweisen, wobei sich jeder von uns über die raschen Fortschritte wunderte, die Sie erzielten. Ist das nicht eine feine Ironie des Schicksals? Sie waren unser beider Marionette, Scott, und haben es noch nicht einmal bemerkt.«

»Sie lügen«, sagte Sir Walter, aber die Bestürzung war ihm deutlich anzumerken. Sollte es wirklich wahr sein?, fragte er sich. Sollte er die ganze Zeit über gelenkt und manipuliert worden sein, ohne es zu bemerken? Hatte er in seiner Beharrlichkeit und seinem Durst nach Wahrheit seinen Feinden noch in die Hände gearbeitet?

»Was ist mit Professor Gainswick?«, fragte er.

»Was soll mit ihm sein?«

»Warum musste er sterben? Doch nur, weil Sie fürchteten, dass er mir zu viel verraten könnte. Das beweist, dass Sie lügen.«

»Glauben Sie das wirklich?« Malcolm of Ruthven schnaubte verächtlich. »Was hätte dieser alte Narr Ihnen wohl verraten können? Er war ebenso ungefährlich wie nutzlos. Was er Ihnen an Informationen hat zukommen lassen, hätten wir Ihnen auch vermitteln können.«

»Warum musste er dann sterben? Warum, wenn er nicht einmal eine Bedrohung für Sie war?«

»Ganz einfach«, versetzte Malcolm genüsslich, »weil der Zwischenfall in der Bibliothek mir klar gemacht hatte, dass Sie nichts so stark motivieren würde wie der Verlust eines weiteren lieben Menschen, an dem Sie sich natürlich ebenfalls die Schuld geben würden. Und ich hatte Recht, nicht wahr?«

Für einen Augenblick verschlug es Sir Walter die Sprache, so entsetzt war er über das, was er hörte. »Sie elender, unfassbarer Bastard«, flüsterte er. »Sie haben einen unschuldigen Menschen getötet, nur um mich bei der Stange zu halten? Professor Gainswick musste sterben, damit ich noch verbissener nach dem Schwert suchte?«

»Es klingt abwegig, das gebe ich zu. Aber Sie werden mir zugestehen müssen, dass dieser Zug seine Wirkung nicht verfehlt hat, mein werter Scott. Von da an waren Sie in Ihrem Ehrgeiz, das Rätsel der Runenbruderschaft zu lösen, nicht mehr aufzuhalten.«

»Und ... die Zeichnung, die Gainswick hinterlassen hatte?«

»Eine kleine Aufmerksamkeit von uns – schließlich mussten

wir Ihnen einen weiteren Hinweis zukommen lassen. Sie war ein Köder, den Sie und Ihr einfältiger Neffe ohne Argwohn geschluckt haben. Sie haben die Inschrift auf dem Sarkophag des Bruce gefunden und die Zeichen entschlüsselt, sonst wären Sie heute nicht hier.«

»Nicht alle Zeichen«, widersprach Sir Walter.

»Natürlich nicht, sonst wären Sie heute ebenfalls nicht hier«, versetzte Malcolm böse. »Wollen Sie wissen, was die Zeichen bedeuten? Jeder Angehörige der Bruderschaft kannte sie einst auswendig, denn von Generation zu Generation wurden sie weitergegeben, fast fünfhundert Jahre lang:

In der Nacht des dunklen Mondes
kommt die Bruderschaft zusammen
am Kreis der Steine,
um der Bedrohung zu begegnen
und zurückzuholen, was einst verloren ging:
das Schwert der Runen.

Sehen Sie das, Scott?«, fragte Malcolm und deutete zum Himmel, wo die Scheibe des Mondes sich inzwischen noch mehr verfinstert hatte. Sie sah jetzt aus, als wäre sie mit Blut überzogen, scharlachrot zwischen den Sternen. Von der Sichel war nur noch ein schmaler Rand geblieben. »In der Prophezeiung ist von dieser Nacht die Rede! Der Nacht, in welcher sich der Mond verfinstert wie einst und der Fluch erneuert wird, der dem schottischen Volk schon einmal die Freiheit gebracht hat.«

»Freiheit«, spottete Sir Walter. »Wie oft wurde dieses Wort schon gebraucht, um rücksichtslosen Usurpatoren den Weg zu ebnen? Ihnen geht es nicht um Freiheit, Ruthven, sondern nur darum, Ihre eigene Macht zu mehren. Es wird Ihnen aber nicht gelingen, denn Sie werden Schottland in nur noch mehr Leid und Chaos stürzen. Die Menschen hier haben genug gelitten. Was sie vor allem brauchen, ist Frieden.«

»Es wird Frieden geben«, versicherte Malcolm. »Wenn der falsche König erst vom Thron gefegt ist und ich selbst die Krone trage, wird es Frieden geben.«

»Sie? Sie wollen sich selbst zum König krönen?« Sir Walter lachte freudlos. »Wenigstens weiß ich jetzt, dass Sie wahnsinnig sind.«

»Ich kann verstehen, dass Sie meine Vision nicht teilen, Scott. Alle großen Persönlichkeiten der Geschichte hatten den Ruf, wahnsinnig zu sein. Alexander der Große, Julius Cäsar, Napoleon ...«

»Wollen Sie sich ernstlich einen Mann zum Vorbild nehmen, den eine blutige Revolution ausgespien und der ganz Europa in einen sinnlosen Krieg gestürzt hat?«

»Warum nicht? Die Vorsehung hat mich auserwählt, Scott. Mich und niemand anderen. Das Runenschwert, geschmiedet in alter Zeit und von großer Kraft durchdrungen, wird mir die Stärke geben, die dazu nötig ist. Es ist der Schlüssel, mit dem wir die Wende der Zeiten rückgängig machen und die neue Ordnung stürzen werden. Aus der Asche werden wir uns erheben – als die neuen Herren dieses Landes und irgendwann vielleicht der ganzen Welt!«

»Sie haben den Verstand verloren«, sagte Sir Walter. Es war kein Vorwurf, sondern eine Feststellung, um die Malcolm of Ruthven sich jedoch nicht scherte. Dem fiebrigen Leuchten seiner Augen war zu entnehmen, dass sein Verstand bereits in Abgründe gestürzt war, aus denen es kein Zurück mehr gab.

Seine Unterredung mit Sir Walter war zu Ende. In einer triumphalen Geste riss er die Arme hoch. »Wir haben gesiegt, meine Brüder!«, schrie er seinen Anhängern entgegen. »Runen und Blut!«

»Runen und Blut«, echote es reihum. Dann, immer drängender und fordernder: »Runen und Blut!«

Begleitet vom Chor der Sektierer, kehrte Malcolm of Ruthven zum Opferstein zurück, wo Mary of Egton noch immer lag. Quentin kauerte bei ihr und versuchte sie zu trösten – aber welchen Trost konnte es geben bei dem düsteren Schicksal, das sie erwartete?

Erneut nahm Malcolm die silberne Maske vors Gesicht. Dann breitete er die Arme aus, und sofort verstummten seine Anhänger. Dellard kam und reichte ihm das Schwert, und Malcolm hob es hoch, sodass jeder der Runenbrüder es sehen konnte. Ein Raunen ging durch die Reihen – voller Ehrfurcht, Bewunderung und unverhohlener Gier.

»Dies ist das Runenschwert, meine Brüder! Die Klinge, die in alter Zeit geschmiedet wurde und mit der der Verräter Wallace seine Siege errang, ehe sie sich gegen ihn wandte und ihn bestrafte. Der Fluch, der auf der Klinge ruht, ist noch immer wirksam, aber er muss erneuert werden, damit er Schottlands Feinde noch einmal zerschmettern kann. Wie vor fünfhundert Jahren ist es die Nacht des dunklen Mondes, in der wir zusammenkommen, um zu tun, was die Geschichte uns aufgetragen hat – und wie einst muss die Klinge mit dem Blut einer unberührten Frau benetzt werden, damit ihre Kräfte erwachen!«

»Nein!« Quentin sprang auf. »Du maskierter Bastard wirst ihr nichts antun! Wage es nicht, deine Hand an sie zu legen, sonst werde ich dich ...«

Er verstummte jäh, als ihn der Faustschlag seines Bewachers hart in den Nacken traf. Quentin wurde zu Boden geschmettert, aber er wollte nicht unten bleiben. Seine Verzweiflung und seine Furcht, Mary zu verlieren, verliehen ihm Mut und Kraft, wie er sie nie zuvor gekannt hatte. Unbeugsam rappelte er sich wieder auf und funkelte Malcolm of Ruthven zornig an.

»Schafft ihn weg!«, befahl dieser unwirsch, und Quentin wurde von seinen Bewachern ergriffen.

»Nein!«, schrie er, gebärdete sich wie wild in ihrer Umklammerung und streckte seine Hand nach Mary aus, um sie ein letztes Mal zu berühren.

»Quentin!«, rief sie. Ihr verängstigter Blick suchte den seinen, und sie trafen sich, spendeten einander für einen winzigen Augenblick Frieden und Trost.

»Es tut mir so Leid, Mary«, beteuerte er. »Hörst du? Es tut mir so Leid!«

»Das braucht es nicht, Quentin. Du hast alles für mich getan und noch mehr. Ich liebe dich ...«

»Reizend«, höhnte Malcolm of Ruthven. »Du hast also endlich gefunden, was dir gleichkommt, liebste Mary? Leider hat das junge Glück keine Zukunft, denn in wenigen Augenblicken wird sich der Mond verfinstert haben. Dann beginnt mein Zeitalter, Mary of Egton – und das deine endet.«

»Und das ist gut so, Malcolm of Ruthven«, entgegnete Mary mit eisiger Ruhe, »denn in deinem Zeitalter will ich nicht leben.«

Gehetzt blickte Quentin hinauf zum Himmel. Malcolm hatte Recht. Der Mond hatte sich inzwischen so dunkel verfärbt, dass er nur noch als blasse Scheibe gegen die Schwärze der Nacht auszumachen war. Die Sterne waren hinter dunklen Wolken verschwunden, und in der Ferne war grollender Donner zu hören, der die Nacht noch düsterer erscheinen ließ. Eisig kalter Wind kam auf und fegte durch den Kreis der Steine. In wenigen Augenblicken würde die Konjunktion vollständig sein ...

Schon hob Malcolm of Ruthven die Klinge und umklammerte sie mit beiden Händen, um sie mit schrecklicher Wucht auf sein wehrloses Opfer herabfahren zu lassen. Seine Anhänger stimmten einen unheimlichen Singsang in einer hässlichen, rohen Sprache an, die Quentin nicht verstand. Sie übertönten damit den Wind und den nahenden Donner.

»Nein!«, brüllte er, und noch einmal wehrte er sich mit verzweifelter Kraft gegen den Griff seiner Häscher, aber sie packten ihn und schleppten ihn davon, ohne dass er etwas dagegen unternehmen konnte. Sie brachten ihn zurück zu seinem Onkel, dem das Entsetzen ebenfalls ins Gesicht geschrieben war.

»Nein, Ruthven!«, schrie Walter Scott aus Leibeskräften. »Tun Sie das nicht …«

Es war wie ein Albtraum.

Alles schien plötzlich mit zäher Langsamkeit vonstatten zu gehen, und Quentin hatte das Gefühl, seine Umgebung nur noch verschwommen wahrzunehmen. So, als hätte sich sein Bewusstsein eingetrübt, um die schreckliche Wahrheit nicht ertragen, um nicht mit ansehen zu müssen, wie die Runenklinge der Frau, die er liebte, ein grausames Ende bereitete.

Im Angesicht des Todes hatte Mary ihm ihre Liebe gestanden, die geächtete Liebe einer Adeligen zu einem Bürgerlichen – aber was vermochte sie auszurichten gegen das Unglück, das mit der Gewalt eines Gewittersturms über sie hereinbrach?

Ein Blick zum Himmel …

Die Mondfinsternis war vollkommen.

Von Wolken umhüllt, stand die dunkle Scheibe am Himmel, umzuckt von Blitzen, die aus dem Mantel der Nacht herabstachen.

Der Augenblick, auf den die Bruderschaft der Runen seit

über einem halben Jahrtausend gewartet hatte, war gekommen. Der Gesang der Sektierer schwoll in einem donnernden Crescendo an – und Malcolm of Ruthven handelte.

Schlagartig war Quentins Wahrnehmung wieder klar, klarer als je zuvor in seinem Leben. Mit kristallener Schärfe sah er den Anführer der Runensekte im Licht der Fackeln stehen, das Schwert hoch erhoben, und für den Bruchteil eines Augenblicks schien die Zeit stillzustehen. Quentin erstarrte – dann sah er mit vor Entsetzen geweiteten Augen, wie Malcolm of Ruthven zum vernichtenden Stoß ausholte.

In diesem Augenblick geschah etwas Unvorhergesehenes.

Lauter Donnerschlag krachte und ließ den Kreis der Steine erzittern. Nicht wenige der Sektierer warfen sich erschrocken zu Boden. Im selben Augenblick entlud sich unmittelbar über dem Steinkreis ein Blitz, der gleißend und hell herabfuhr und die Nacht zum Tag machte – und als zöge die Spitze des Runenschwerts ihn auf geheimnisvolle Weise an, entlud sich der Blitz mit furchtbarer Gewalt in die uralte Klinge und erfasste Malcolm of Ruthven mit vernichtender Kraft.

Der Gesang der Sektierer brach jäh ab. Einen Augenblick lang waren alle geblendet, und der gellende Schrei, der sich Malcolm of Ruthvens Kehle entrang, machte klar, dass das Schicksal einen anderen Lauf genommen hatte. Rote und grüne Lichtstrahlen stachen nach allen Seiten, dann war der Blitz erloschen.

Malcolm, verbrannt am ganzen Körper, wankte hin und her. Die Maske fiel von seinem Gesicht und enthüllte geschwärzte, entstellte Züge, aus denen weit aufgerissene Augen ungläubig starrten. Sein Mund formte letzte, heisere Worte. »Der Bruce«, murmelte er, »es war der Geist des Bruce ...«

Dann brach er zusammen.

»Der Fluch! Der Fluch!«, rief einer der Sektierer. »Er hat sich gegen uns gerichtet!«

Maßloses Entsetzen griff unter den Runenbrüdern um sich, fuhr mit dem eisig kalten Wind durch ihre Reihen und erfüllte ihre Herzen mit panischer Furcht.

Auch Quentins Bewacher blieben davon nicht verschont. Sie lockerten ihren Griff, und es gelang dem jungen Mann, sich loszureißen. Mit fliegenden Schritten eilte er zu Mary, die reglos auf dem kalten Opferstein lag. Hatte der verderbliche Blitz auch sie ereilt?

»Nein! Bitte nicht ...«

Quentin hastete zu ihr und beugte sich über sie – um mit unsäglicher Erleichterung festzustellen, dass ihr Herz noch immer schlug.

Als sein Blick auf das Runenschwert fiel, das neben dem Opferstein im Boden steckte, sah er auch, woher die roten und grünen Lichtstrahlen gekommen waren: von leuchtenden Rubinen und blitzenden Smaragden, die in den Griff des Schwertes eingearbeitet und unter dem verbrannten Leder zum Vorschein gekommen waren. Die Rune jedoch, die die Schwertklinge verunziert hatte, war zu Quentins maßloser Verblüffung restlos verschwunden!

Der junge Mann kam nicht dazu, seiner Verwunderung Ausdruck zu verleihen, denn jetzt überstürzten sich die Ereignisse. Charles Dellard, der neben dem leblosen Körper seines Anführers niedergefallen war und seinen Tod festgestellt hatte, fuhr wutschnaubend in die Höhe. In einer raschen Bewegung glitt seine Rechte unter das weite Gewand und riss einen gekrümmten Dolch hervor.

»Die Hexe muss sterben!«, keifte er mit einer Stimme, die es an Raserei leicht mit der seines glücklosen Anführers aufnehmen konnte. Schon wollte er sich auf Mary stürzen, um zu Ende zu bringen, was Malcolm of Ruthven versagt geblieben war.

Quentin handelte, schneller, als sein Verstand reagieren oder seine Vorsicht ihn warnen konnte. Gewandt wie eine Raubkatze schnellte er empor, sprang über den Opfertisch, auf dem die noch immer bewusstlose Dame seines Herzens lag, und katapultierte sich dem Angreifer entgegen. Dass er dabei selbst Gefahr lief, von Dellards Dolch ereilt zu werden, war ihm gleichgültig. Die Wut, die Frustration und die Furcht der vergangenen Tage brachen sich Bahn und verliehen Quentin schier übermenschliche Kraft.

Im Sprung bekam er Dellard zu fassen, packte ihn an seinem Gewand und riss ihn von den Beinen. Hart landeten die beiden Männer auf dem Boden, in tödlicher Umklammerung umfangen. Ein zähes Ringen um den Besitz der Waffe setzte ein.

Sir Walter, dessen Häscher das Weite gesucht hatten, humpelte zum Steintisch, um seinem Neffen zu Hilfe zu eilen. Da gellte ein heiserer Schrei durch die Nacht, der die aufgeregten Rufe der Sektierer noch übertönte.

»Quentin«, ächzte Sir Walter und schickte in seiner Verzweiflung ein Stoßgebet zum Himmel. Er erreichte den Opfertisch, auf dem Mary of Egton lag, gewahrte das Schwert, dessen Edelsteine im Licht der Fackeln glänzten – und sah die beiden Männer, die wie leblos auf dem Boden lagen, der sich mit Blut tränkte.

»Quentin ...«

Eine der beiden Gestalten regte sich, richtete sich zunächst nur halb auf und blickte sich benommen um, ehe sie sich schließlich ganz erhob. Zu seiner unsagbaren Erleichterung erkannte Walter Scott, dass es sein geliebter Neffe war. Dellard blieb reglos liegen, den eigenen Dolch im Herzen.

Sir Walter eilte zu ihm, und gemeinsam kümmerten sie sich um Mary, die zögernd aus ihrer Ohnmacht erwachte. Die Gefahr war jedoch nicht gebannt. Als die Sektierer sahen, dass auch ihr zweites Oberhaupt einen jähen Tod gefunden hatte, schlug ihr anfängliches Entsetzen in blinde Wut um, und Rufe nach Vergeltung wurden laut.

»Tötet sie! Sie tragen die Schuld an allem!«

»Sie haben den Fluch über uns gebracht!«

»Sie dürfen nicht überleben!«

»Runen und Blut ...«

Von allen Seiten kamen sie heran, zogen den Kreis, den sie um den Opfertisch gebildet hatten, immer enger. Mordlust blitzte durch die starren Sehschlitze ihrer Masken, und unheimliches Gemurmel setzte ein, das wie das Knurren eines archaischen Untiers klang, welches eine tödliche Wunde davongetragen hatte und ein letztes Mal nach Blut lechzte.

Eng aneinander gedrängt, blickten Quentin, Mary und Sir Walter dem Feind entgegen, der sich von allen Seiten näherte. Dolche und Messer wurden gezückt, und jeder der drei wusste, dass sie keine Schonung zu erwarten hatten.

Die Mondfinsternis war vorbei. Schon gewann die Himmelsscheibe wieder an Farbe, und die fahle Sichel des Erdtrabanten trat hervor. Das Gewitter war weitergezogen, als hätte es sich nur zu dem einen Zweck entladen, Malcolm of Ruthven in die Schranken seiner sterblichen Existenz zu weisen.

Die hochfliegenden Pläne der Runenbruderschaft waren gescheitert, aber das letzte Blut war noch nicht geflossen. Die Sektierer wollten, dass jemand bezahlte für das, was sich vor ihren Augen abgespielt hatte und was sie dennoch nicht begreifen konnten.

Instinktiv umschloss Quentin Marys Hand. Sie schmiegte

sich an ihn, und Sir Walter breitete schützend seine Arme über sie, wie ein Vater, der seine Kinder vor Schaden behüten wollte. So hätten sie wohl ein grausames Ende gefunden – wäre nicht in diesem Augenblick der Hufschlag nahender Pferde erklungen.

Erneut schien der Steinkreis zu erbeben, als aus dem Dunkel der Nacht schnaubende Rösser heransprengten, auf denen Männer in weiten Kapuzenmänteln saßen. Sie schwenkten lange Holzstöcke und gingen sofort zum Angriff über.

»Die Mönche von Kelso«, entfuhr es Sir Walter. »Wir sind gerettet!«

Im Nu entbrannte ein heftiges Gefecht zwischen den Mönchen und den Sektierern, ungleich erbitterter als jenes in den Gassen von Edinburgh. Die Schlacht zwischen den Mächten des Lichts und der Finsternis, auf die sich die Mönche jahrhundertelang vorbereitet hatten, wurde endlich geschlagen. Kampflärm war ringsum zu hören, hier und dort peitschte ein Schuss durch die Nacht, mitunter quittiert vom Schrei eines Getroffenen. Fackeln erloschen, und im rötlichen Zwielicht des zurückkehrenden Mondes huschten Gestalten in weiten Gewändern durch die Nacht und lieferten einander erbitterte Duelle.

Wie viele es waren, die dort im Halbdunkel fochten, war nicht festzustellen. Schließlich aber gewannen die Mönche von Kelso die Oberhand. Die meisten der Sektierer fielen den Schlagstöcken der wackeren Ordensmänner zum Opfer; andere ergriffen die Flucht, worauf die Mönche ihnen nachstellten, und wieder andere streckten die Waffen.

Ein Schatten trat aus dem Halbdunkel und gesellte sich zu Sir Walter, Quentin und Mary, die das grausige Schauspiel atemlos verfolgt hatten. Er trug die weite Kutte des Mönchsordens, und als er seine Kapuze zurückschlug, erkannten Quentin und Sir Walter, dass es Bruder Patrick war, Abt Andrews Stellvertreter und rechte Hand.

»Sind Sie unversehrt?«, wollte er wissen.

»Zum Glück ja«, antwortete Sir Walter. »Doch wenn Sie und Ihre Mitbrüder nicht rechtzeitig eingetroffen wären ...«

»Ich bedauere sehr, dass wir so spät gekommen sind. Aber nachdem wir erfahren hatten, was in Edinburgh geschehen war, brauchte es eine Weile, bis wir herausfanden, an welchem Steinkreis sich die Bruderschaft treffen wollte.«

»Dann wissen Sie, was mit Abt Andrew geschehen ist?«

Patrick nickte. »Er starb für das, woran er glaubte. Es war immer seine Überzeugung, dass wir uns eines Tages dem Bösen würden stellen müssen – und er behielt Recht. Nun aber ist die Gefahr gebannt.«

Quentin hatte den Opfertisch umrundet und sich nach dem Runenschwert gebückt. Ein seltsames Gefühl durchströmte ihn, als er danach fasste. Staunend betrachtete er die Edelsteine, die so unversehens zum Vorschein gekommen waren. Dann reichte er die Waffe an seinen Onkel weiter, der sie wiederum Bruder Patrick übergab.

»Hier«, sagte er. »Dies ist die Klinge, um derentwegen so viel Leid geschehen ist. Nehmen Sie sie in Verwahrung und sorgen Sie dafür, dass sie niemals wieder solchen Schaden anrichten kann.«

»Nein, Sir Walter!« Der Mönch hob abwehrend die Hände. »Wie könnte ich mir anmaßen, diese Waffe verstecken zu wollen? Andere haben es versucht, die klüger und mächtiger waren als ich, und alle sind sie gescheitert. Das Schwert kann nicht verborgen werden. Es scheint, als wäre es von einem eigenen Willen beseelt, der es immer wieder zurückkehren lässt.«

»Dann zerstören Sie es eben.«

»Das ist nicht nötig. Denn nicht das Schwert ist böse, sondern das, was die Menschen daraus gemacht haben. Einst war es ein Symbol, Sir Walter, ein Symbol für Schottlands Einheit und Freiheit, und das sollte es auch wieder werden. Bringen Sie es zurück nach Edinburgh, und übergeben Sie es den Regierungsvertretern. Sie werden wissen, was damit geschehen sollte.«

Sir Walter überlegte kurz, dann nickte er.

»Vielleicht haben Sie Recht. Wir werden behaupten, das Schwert zu einer anderen Zeit und unter anderen Umständen gefunden zu haben. In Anbetracht der politischen Brisanz wird es nicht schwierig sein, einen glaubwürdigen Zeugen zu finden, der bereit ist, diese Version der Geschichte zu beschwören. Darüber, was am Kreis der Steine geschehen ist, werde ich kein Wort verlieren.«

»So ist es recht.« Bruder Patrick nickte. »Die Bruderschaft der Runen ist zerschlagen, die Gefahr ist gebannt. Nach so vielen Jahrhunderten findet dieses Land nun endlich Frieden.«

16.

Leith, Edinburgh Harbour
Zwei Monate später

Im Hafen von Leith herrschte reger Betrieb.

Die Morgensonne schien vom Himmel, und die See war ruhig. Unentwegt kamen Schiffe den Firth of Forth herauf – Handelsschiffe zumeist, die Waren aus Spanien und Westafrika brachten, aber auch aus Frankreich und von den Inseln. An den Piers, wo die Segler vor Anker lagen, drängten sich Matrosen, Hafenarbeiter und Passagiere; Kisten mit Waren und Gepäck wurden verladen, Fässer mit Trinkwasser an Bord genommen, die von sechsspännigen Wagen angeliefert wurden. Hier wurde eine Dreimastbark zum Auslaufen klar gemacht, dort kehrte eine Brigg der königlichen Marine von einer Patrouillenfahrt zurück.

An jenem Kai, an dem die Schiffe aus Übersee festzumachen pflegten, lag die *Fortune* vor Anker, ein stolzer Schoner, der unter britischer Fahne segelte. Die *Fortune* stand kurz vor dem Auslaufen; das Gepäck war verladen und die Vorräte an Bord genommen, und unter den strengen Augen des Ersten Offiziers traf die Mannschaft die letzten Vorbereitungen.

Am Kai waren die Passagiere dabei, sich von ihren Verwandten zu verabschieden, ehe sie die wochenlange Reise antraten, die sie auf die andere Seite des Ozeans bringen würde, in die Neue Welt.

Unter ihnen waren auch Sir Walter, Quentin und Mary, die nicht länger dem Haus derer von Egton angehörte, sondern den schlichten Namen Mary Hay trug, nachdem sie ihrem Quentin in der Kirche von Dunfermline das Jawort gegeben hatte.

»Und ihr seid sicher, dass ihr es euch nicht noch einmal überlegen wollt?«, erkundigte sich Sir Walter. »Ihr braucht nicht in die Neue Welt zu gehen, um miteinander glücklich zu werden. Ihr seid Lady Charlotte und mir in Abbotsford stets willkommen.«

»Danke, Onkel. Aber Mary und ich haben uns entschieden. Wir werden einen neuen Anfang wagen. In einem Land, in dem man nicht so sehr danach fragt, was jemand ist, sondern was er aus sich macht.«

»Dann bist du dort richtig aufgehoben, mein Junge. Du hast alles, was ein junger Mann braucht, um das Leben selbst in die Hand zu nehmen. Man hat dich zu mir geschickt, damit du das Handwerk des Schriftstellers erlernst. Aber du kannst alles werden, was du willst, Quentin. Du musst es nur wollen.« Damit wandte sich Sir Walter an Mary. »Und du bist ebenfalls bereit, dein Glück zu suchen, mein Kind?«

»Das bin ich, Onkel. Zum ersten Mal in meinem Leben werde ich wirklich frei sein, und ich habe vor, diese Freiheit zu nutzen. Ich möchte Gedichte schreiben – genau wie du.«

»Eine vorzügliche Idee. Ich bin sicher, dass du das Talent dazu hast.«

»Und was wirst du tun?«, fragte Quentin. »Wollen Tante Charlotte und du nicht doch mit uns kommen? Ich bin sicher, Amerika würde einen berühmten Schriftsteller mit offenen Armen willkommen heißen.«

»Ich und Schottland verlassen? Niemals, mein Junge. Ich bin hier geboren, und ich lebe hier, und eines Tages werde ich auch hier sterben. Ich liebe dieses Land zu sehr, als dass ich ihm jemals den Rücken kehren könnte. Ich werde mich weiter dafür einsetzen, dass es zu neuer Blüte gelangt – aber nicht, indem wir uns gegen die Engländer zur Wehr setzen, sondern indem wir Hand in Hand mit ihnen eine neue Zeit beginnen. Nach dem Besuch des Königs in Edinburgh stehen uns alle Möglichkeiten offen. Ich habe das Gefühl, dass das Land einer guten Zukunft entgegengeht – als wäre mit dem Schwert auch die Hoffnung zu unserem Volk zurückgekehrt.«

»Ich begreife noch immer nicht, wie all das geschehen konnte«, sagte Mary. »Weshalb hat sich die Prophezeiung der Bruderschaft nicht erfüllt? Warum hat der Blitz just in dem Augenblick eingeschlagen, als Malcolm mich töten wollte?«

»Es war der Geist des Bruce«, war Quentin überzeugt. »Ruthven selbst äußerte diese Vermutung, kurz bevor er starb. Der Geist von König Robert wachte über das Schwert und verhinderte, dass sich die schrecklichen Taten von einst wiederholen konnten. Vielleicht war dies die Gelegenheit, auf die er seit einem halben Jahrtausend gewartet hatte. Die Gelegenheit, sich endlich vom Fluch des Schwertes zu reinigen und Wiedergutmachung zu üben.«

»Eine hübsche Geschichte, mein Junge.« Sir Walter schüttelte bedächtig den Kopf. »Allerdings bin ich eher geneigt zu glauben, dass Malcolm of Ruthven einer einfachen Regel der Physik zum Opfer gefallen ist – nämlich der, dass Blitze dazu neigen, sich in exponierte Gegenstände zu entladen, vornehmlich dann, wenn sie aus Metall gefertigt sind. Ein Amerikaner namens Benjamin Franklin hat darüber einen interessanten Aufsatz geschrieben.«

»Aber da sind noch immer viele Dinge, die sich nicht erklären lassen«, beharrte Quentin. »All diese Hinweise, die wir bekommen haben ...«

»Man hat uns bewusst manipuliert, wie du weißt. Alles, was geschah, war genau geplant.«

»Und Marys Träume?«

»Stellten sich dann ein, wenn sie in Gwynneth Ruthvens Tagebuch gelesen hatte. Jeder weiß, dass wir oft von jenen Dingen träumen, mit denen wir uns eingehend beschäftigen.«

»Und die Schwertrune? Du hast selbst gesehen, dass sie von der Klinge verschwunden ist.«

»Das ist wahr. Aber erinnerst du dich, wie ich dir sagte, dass viele Dinge sich uns erst dann offenbaren, wenn wir ein Bewusstsein dafür entwickelt haben? Vielleicht wollten wir alle die Schwertrune auf der Klinge sehen, die Runenbrüder eingeschlossen, und mit dem Ende der Bruderschaft ist auch unser Bewusstsein dafür verloren gegangen. Jedenfalls bin ich sicher, dass sich auch dafür eine plausible Erklärung finden lässt. Das Zeitalter der Magie ist unwiderruflich zu Ende, mein Junge – auch wenn Malcolm of Ruthven und seine Anhänger das nicht wahrhaben wollten.«

»Ihr beide werdet euch wohl nie einig werden, was?«, erkundigte sich Mary mit gespieltem Ernst.

»Wir sind uns einig, meine Liebe«, versicherte Sir Walter. »In den Dingen, auf die es wirklich ankommt, sind wir uns stets einig gewesen. Nicht wahr, mein Junge?«

Er hielt Quentin zum Abschied die Hand hin. Anstatt sie jedoch zu ergreifen, fiel Quentin seinem Onkel kurzerhand um den Hals und umarmte ihn herzlich. Sir Walter zögerte einen Moment, dann erwiderte er die Umarmung, auch wenn es sich für Gentlemen nicht ziemte.

»Ich danke dir, Onkel«, flüsterte Quentin. »Für alles, was du für mich getan hast.«

»Ich habe zu danken, mein Sohn. Diese Tage, im Guten wie im Schlechten, werden mir immer unvergesslich bleiben.«

Danach wandte sich Sir Walter Mary zu, und sie begnügte sich nicht damit, ihn zu umarmen, sondern hauchte ihm einen zärtlichen Kuss auf die Wange.

»Leb wohl, mein Kind«, sagte Sir Walter lächelnd. »Noch vor ein paar Monaten hätte ich dir vermutlich aufgetragen, gut auf meinen Neffen aufzupassen. Inzwischen habe ich allen Grund zu der Annahme, dass er auf dich achten und dir ein guter und zuverlässiger Ehemann sein wird. Also enttäusche mich nicht, mein Junge, hörst du?«

»Keine Sorge, Onkel«, versicherte Quentin grinsend.

»Ich wünsche euch beiden alles Glück auf Erden.«

»Glück?« Mary hob die Brauen. »Ich dachte, du glaubst nicht an solche Dinge?«

Sir Walter lächelte mild. »Ich glaube nicht an Magie, mein Kind – aber niemand hindert dich daran, an die Kraft der Vorsehung und des guten Schicksals zu glauben. Möge sie euch immer begleiten.«

Er blieb stehen und sah zu, wie Quentin und Mary über die Laufplanke an Bord der *Fortune* gingen. Der Maat überprüfte ihre Passage und ließ sie dann an Bord. Vom Achterdeck aus, wo sich die Passagiere versammelt hatten, winkten sie Sir Walter zu, während die Matrosen die Vorbereitungen zum Auslaufen trafen.

Die Leinen wurden gelöst und die Segel gesetzt, und die *Fortune* verließ den Hafen, lief aus in Richtung der Neuen Welt, die Mary Hay die Freiheit bringen mochte, die sie sich immer ersehnt hatte – und ihrem Ehemann Quentin das nächste große Abenteuer.

Sir Walter stand am Pier und blickte dem Schiff nach, bis es den Hafen längst verlassen hatte und zu einem winzigen Punkt am Horizont geworden war. Dann wandte er sich ab und trat den Heimweg an.

So wehmütig sein Herz über den Abschied Quentins und Marys war, so sehr freute er sich darauf, mit seiner Gattin nach Abbotsford zurückzukehren und endlich den Roman zu vollenden, dessen Fertigstellung der unglückliche James Ballantyne in den letzten Wochen so häufig hatte anmahnen müssen.

Und als er in die Kutsche stieg, fiel Sir Walter endlich auch ein passender Name für den Helden seines neuen Romans ein.

»Warum«, sagte er zu sich selbst, »nenne ich ihn nicht Quentin …?«

Epilog

Sir Walter Scotts Roman *Quentin Durward* – neben *Ivanhoe* eine seiner bekanntesten Schöpfungen – wurde 1823 veröffentlicht, ein Jahr nach den aufregenden Ereignissen, die zum Fund des Königsschwerts und zur Zerschlagung der Runenbruderschaft führten. Held des Romans ist ein Mann aus Schottland, der im Frankreich Ludwigs XI. aufregende Abenteuer erlebt und sich dabei durch Mut und Unerschrockenheit auszeichnet.

Das Königsschwert wurde nach seiner Entdeckung durch Sir Walter nach Edinburgh verbracht, wo es zusammen mit den übrigen Herrscherinsignien an George IV. überreicht wurde. So wurde es zum Symbol des Vereinigten Königreichs und eines Schottlands, das seine Vergangenheit hinter sich ließ und in eine neue Zukunft aufbrach.

Bis zum heutigen Tag ist die Klinge im Königlichen Museum zu Edinburgh zu besichtigen, wenngleich die offiziell überlieferte Geschichtsschreibung eine andere Version der Ereignisse wiedergibt, die zum Fund des Schwertes und der Herrscherinsignien führten. Wie es heißt, hätten Sir Walter Scott und der Governor von Edinburgh Castle das Königsschwert entdeckt, als sie 1818 einen Verschlag im lange verschlossenen Thronsaal des Schlosses öffneten. Und kaum jemand, der die wertvolle Klinge betrachtet, ahnt, welch wechselvolle Geschichte sie in sich birgt …

Danksagung

Die Idee zu diesem Roman wurde in einem besonderen Moment geboren – als ich vor einigen Jahren im ehemaligen Arbeitszimmer Sir Walter Scotts auf seinem Landsitz Abbotsford stand und wie einst der Meister auf die sanftgrünen Hänge zu beiden Seiten des Tweed blickte. Jene Zeit mit ihrer faszinierenden Mischung aus Tradition und Moderne wieder aufleben zu lassen und zugleich dem Erfinder des historischen Abenteuerromans ein Denkmal zu setzen, indem ich ihn selbst zu einer Romanfigur erhob, war ein Gedanke, der mich nicht mehr loslassen wollte. Das Ergebnis halten Sie, liebe Leserin und lieber Leser, in Ihren Händen.

Natürlich sind an der Entstehung eines Romans viel mehr Menschen beteiligt, als ein Name auf dem Umschlag erahnen lässt. Mein besonderer Dank gilt daher meiner Familie und meinen Freunden – einerseits für den moralischen Beistand, aber auch dafür, dass sie nie müde wurden, den einen oder anderen Aspekt der Geschichte und der Entwicklung der Charaktere mit mir zu diskutieren. Besonders erwähnen möchte ich Stefan Bauer von der Verlagsgruppe Lübbe, dessen Begeisterung für das Projekt es vom ersten Augenblick an getragen und ihm über so manche Hürde hinweggeholfen hat, des weiteren Angela Kuepper für die angenehme Zusammenarbeit beim Lektorat.

Außerdem habe ich den Komponisten James Horner und Howard Shore zu danken, deren filmmusikalische Klänge die Entstehung des Romans begleitet haben – und natürlich Sir Walter Scott, dessen literarisches Schaffen meiner Zunft neue Wege bereitet hat.

Einer historischen Figur in all ihren Facetten gerecht zu werden ist freilich schlicht unmöglich, und der Leser möge mir verzeihen, wenn ich mir bei der Ausgestaltung dieser oder jener Begebenheiten so manche dichterische Freiheit genommen habe. Vor allem ging es mir darum zu unterhalten – und Walter Scott, der der Weltliteratur so viele illustre Figuren geschenkt hat, selbst zu einer solchen werden zu lassen.

Michael Peinkofer,
im Juli 2004

Dunkle Schatten über Schottland

Michael Peinkofer
DAS VERMÄCHTNIS
DER RUNEN
Historischer Roman
448 Seiten
ISBN 978-3-7857-2494-1

Edinburgh, 1826: Sir Walter Scott ist spurlos verschwunden und wird für tot erklärt. Sein Neffe Quentin und dessen Frau Mary kehren aus Amerika zurück, um seinen Nachlass zu regeln. Bald schon häufen sich die Hinweise, dass eine Verschwörung die Existenz Schottlands bedroht, der auch Scott zum Opfer gefallen sein könnte. Eine geheimnisvolle Frau behauptet, dass das königliche Blut der Stewarts durch ihre Adern fließt, und mit der Bruderschaft der Runen tritt ein alter Gegner erneut auf den Plan. Quentin und Mary werden in ein gefährliches Ränkespiel verstrickt, das vor sechs Jahrzehnten seinen Anfang genommen hat, auf dem Schlachtfeld von Culloden ...

Der große Kreuzfahrer-Roman von Bestsellerautor Michael Peinkofer

Michael Peinkofer
DAS BUCH VON ASCALON
Historischer Roman
848 Seiten
ISBN 978-3-404-16798-2

1096: Die Welt des jungen Diebes Conn gerät aus den Fugen, als seine Geliebte Nia brutal ermordet wird. Kaum begibt er sich auf die Spur des Mörders, wird er zum Mitwisser einer tödlichen Verschwörung gegen den englischen Thron – und damit selbst zum Gejagten. Auf der Flucht schließt Conn sich dem Kreuzfahrerheer an, das gen Jerusalem zieht. Dort begegnet er dem jüdischen Kaufmann Isaac und seiner Tochter Chaya. Sie hüten eine alte Schrift von unermesslichem Wert: das *Buch von Ascalon*. Hinter diesem ist auch Nias Mörder her...